Der *Duden* präsentiert zwei Definitionen des Wortes »List«, eine enge und eine weite. Die enge Definition: Mittel, mit dessen Hilfe man, andere täuschend, etwas zu erreichen sucht, was man auf normalem Wege nicht erreichen könnte. Die weite Definition: Mittel, mit dessen Hilfe man etwas zu erreichen sucht, was man auf normalem Wege nicht erreichen könnte. Welche Formen und Arten der List es gibt, worin ihre gesellschaftliche und politische Bedeutung besteht, wird in den 21 Beiträgen dieses Bandes umfassend auf interkultureller und interdisziplinärer Ebene untersucht. Inhaltlich spannt sich der Bogen vom antiken Hellas, von China und Indien bis in die gegenwärtige Psychologie und Pädagogik; von der List im islamischen Recht und in der christlichen Theologie zur westlichen Jurisprudenz; von der altskandinavischen Literatur und germanischen Mythologie über Zeugnisse aus dem Mittelalter, der Philosophie, Rhetorik und Politik bis zur List in der Verhaltensbiologie des Kindes und den »Listen« des Aidsvirus.

Die List

Herausgegeben von
Harro von Senger

Suhrkamp

edition suhrkamp 2039
Erste Auflage 1999

Erstausgabe

Satz: Uhl + Massopust, Aalen
Druck: Nomos Verlagsgesellschaft, Baden-Baden
Umschlag gestaltet nach einem Konzept
von Willy Fleckhaus: Rolf Staudt
Printed in Germany

2 3 4 5 6 – 04 03 02 01 00

Inhalt

Vorwort des Herausgebers

Im akademischen Jahr 1995–1996 organisierte ich als Vertreter der Fachrichtung Sinologie des Orientalischen Seminars der Albert-Ludwigs-Universität Freiburg i. Br. eine Ringvorlesung mit dem Titel »List: Tücke oder Ausweg – eine Unbekannte in der westlichen Wissenschaft«. Aus dem Blickwinkel ihrer Disziplinen widmeten sich zwanzig Dozentinnen und Dozenten der Universitäten Freiburg i. Br., Lausanne, München, Münster und Zürich in jeweils etwa einstündigen Vorträgen, die vom Publikum anschließend diskutiert wurden, dem Thema List, die meisten von ihnen zum ersten Mal in ihrer wissenschaftlichen Laufbahn. Der vorliegende Band präsentiert die zwanzig Vorträge, die die Verfasserinnen und Verfasser nach ihren Referaten in stetem Gedankenaustausch mit dem Herausgeber – zum Teil erheblich – überarbeitet haben, und zwar in einer Anordnung, die teils chronologischen, teils thematischen Gesichtspunkten folgt.

Wie kommt ein Sinologe dazu, den Anstoß zu einer solchen Ringvorlesung zu geben? Nun, das Thema »List« hat sehr wohl etwas mit China zu tun, was allerdings einem zu sehr mit europäischen Denkkategorien imprägnierten China-Beobachter nicht auffallen mag. In China wird weitaus reflektierter mit der List umgegangen als im Westen.

Alle Teilnehmerinnen und Teilnehmer der Ringvorlesung erhielten zur Vorbereitung ihres Referats mein Grundlagenpapier »Die List im chinesischen und abendländischen Denken: Zur allgemeinen Einführung«, dessen nach Abschluß und Auswertung der Ringvorlesung ergänzte und ausgearbeitete Fassung den vorliegenden Band einleitet. Anknüpfend an mein Grundlagenpapier unterbreitete ich allen Vortragenden die folgenden fünf Fragen:

1. Wie ist »List« zu definieren? Ist List immer mit Täuschung verknüpft, oder gibt es auch täuschungsfreie List?
2. Lassen sich Arten der List unterscheiden? Oder ist eine solche Unterscheidung unmöglich bzw. überflüssig?
3. Ist »List« ein bloßes Etikett und kein realer Sachverhalt? Ist

die Bezeichnung von etwas als »listig« ein dumpf-intuitiver sowie rein subjektiver Vorgang, den man nicht in wissenschaftliche Worte fassen und intersubjektiv kaum vermitteln kann? Oder ist eine wissenschaftliche strategemische Analyse (einer Gegebenheit, eines Textes etc.) möglich? Wenn ja, wie funktioniert sie?

4. Wie sehen Sie den Stand der Listforschung in Ihrem Fachgebiet?

5. Wie schätzen Sie die Möglichkeit/Wünschbarkeit/Ergiebigkeit einer zukünftigen Listforschung in Ihrem Fachgebiet ein?

Ein Ergebnis der Ringvorlesung ist die Erkenntnis, daß die List in den meisten Disziplinen bisher noch kaum oder gar nicht erforscht worden ist.

Möge angesichts dieser Bilanz des Defizits der vorliegende Band zu weiteren strategemkundlichen Unternehmungen anregen, so daß eine vielen westlichen Menschen gar nicht bewußte, dem Westen keineswegs förderliche Intelligenzkluft zwischen China und uns überbrückt und überdies auch unsere westliche Selbsterkenntnis vertieft werde.

Freiburg im Br., 1. Oktober 1997 *Harro von Senger*

Harro von Senger
Die List im chinesischen und im abendländischen Denken: Zur allgemeinen Einführung

Die folgenden Ausführungen aus sinologischer Warte sind als vielfach idealtypisch und bisweilen bewußt etwas provokativ formulierte, der Falsifizierung harrende Denkanstöße aufzufassen, ganz im Sinne des Strategems Nr. 17 im Katalog der 36 Strategeme (s. unten S. 31f.): »Einen Backstein hinwerfen, um einen Jadestein zu erlangen.«

Ziel dieses Bandes ist es, das bisher im Westen noch kaum erforschte Phänomen der List in einer über rein innerwestliche Denkhorizonte hinausgreifenden Weise zu beleuchten und so einen Zugang zu einem wichtigen Mentalitätsunterschied zwischen westlichen Menschen (mit innerwestlichen Abstufungen, s. zum Beispiel »jeito« in Brasilien und »furberia« in Italien) und Chinesen zu erschließen.

Auf die Etymologie des deutschen Wortes »List« gehen u. a. Heinz Klingenberg (s. in diesem Band S. 284f.), Hugo Steger (s. in diesem Band S. 326) und Herbert Pilch (s. in diesem Band S. 375ff.) ein; s. im übrigen Jacob und Wilhelm Grimms *Deutsches Wörterbuch*, Stichwort »List«, in Bd. 6, Leipzig 1885, Spalten 1065ff. (dtv-Ausgabe Bd. 12, München 1984, Spalten 1065ff.).

Mit drei konnotativ unterschiedlichen Bedeutungen des deutschen Wortes »List« setzt sich Herbert Pilch (s. in diesem Band S. 368ff.) auseinander. Was die Denotation (s. S. 346 angeht, so gibt es heutzutage im Deutschen im wesentlichen zwei Definitionen des Wortes »List«:

Erstens die vulgäre List-Definition (List = Täuschung). Sie findet sich z. B. in G. Wahrig: *Deutsches Wörterbuch*, München 1987, S. 840:

»List [...] *geschickte Täuschung;* eine List anwenden; mit List und Tücke (umg.; verstärkend) *mit Schlauheit und Mühe;* List wider List! *wer einen anderen täuscht, darf selbst getäuscht werden;* zu einer List greifen [< ahd. *list* < germ. **listi-;* zu germ. **lis* ›wissen‹]«

Zweitens die gehobene List-Definition (List = ungewöhnliche Vorgehensweise). Sie findet sich z. B. im *Duden: das große Wörterbuch der deutschen Sprache in acht Bänden,* Band 5, Mannheim 1994, S. 2137 (erstmals auf diese Weise formuliert im *Duden, Deutsches Universalwörterbuch,* Mannheim etc. 1983, S. 791):

»List, die; [...] [mhd., ahd. list, urspr. = Wissen]: a) **Mittel, mit dessen Hilfe man (andere täuschend) etw. zu erreichen sucht, was man auf normalem Wege nicht erreichen könnte;** eine teuflische List; Nun konnte nur eine tollkühne List helfen (Hartung, Piroschka 19); Er hatte eine schreckliche List angewandt, um sie zu halten (Hollander, Akazien 159); So greift er zu einer raffinierten List (St. Zweig, Fouché 200); b) (o. Pl.) *listige Wesensart: das Listigsein:* Jetzt sehe ich die grausame List in seinen blutigen Augen (H. Mann, Stadt 262); Der Elefant vereint List mit Stärke (Brecht, Geschichten 178); Der Staatsanwalt ... spricht vorsichtig mit staatsanwältlicher List, zunächst nur von einem Gerücht (Mostar, Unschuldig 90); *mit List und Tücke (ugs.: *unter Aufbietung aller Überredungskünste*).«

Laut einer schriftlichen Auskunft von Herrn Matthias Wernke (Leiter der Dudenredaktion, Mannheim; Oktober 1995) »muß [...] die« von mir durch Fettdruck hervorgehobene »Definition so aufgefaßt werden, daß sie zwei komplementäre Bedeutungsnuancen zusammenfaßt« bzw. »daß das Wort ›List‹ auch ohne die Bedeutungskomponente ›Täuschung‹ gebraucht werden kann«.

Der Duden präsentiert also zwei Definitionen des Wortes »List«, eine enge und eine weite: Die enge Definition [entspricht in etwa der Wahrig-Definition]: Mittel, mit dessen Hilfe man, andere täuschend [d. h. ihnen einen falschen Eindruck vermittelnd bzw. sie irreführend, Duden, a. a. O., S. 1256], etwas zu erreichen sucht, was man auf normalem Wege nicht erreichen könnte. Die weite Definition: Mittel, mit dessen Hilfe man etwas zu erreichen sucht, was man auf normalem Wege nicht erreichen könnte.

In der weiten »List«-Definition ist der Zusatz »andere täuschend« weggelassen: List = [bewußt, mit Schläue eingesetzte] un-, außergewöhnliche, unkonventionelle, unorthodoxe Vorgehensweise, Problemlösung (Auskunft Christine Tauchmanns, Dudenredaktion, Februar 1996). Ich bezeichne diese weite Definition der List, die die enge Definition der List mit umfaßt, als die »Duden-Definition«. Von dieser weiten Umschreibung der List werde ich im folgenden deshalb ausgehen, weil sie sich mit der chinesischen Auffassung von List deckt. Damit bildet die Duden-Definition eine Brücke zu dem vielen westlichen Menschen verschlossenen chinesischen Verständnis von List.

Zwar bezieht sich die (übrigens in den meisten Beiträgen dieses Bandes übernommene) Duden-Definition nur auf das deutsche Wort »List«. Sie erscheint mir aber gerade auch im Hinblick auf China als derart gelungen, daß ich sie darüber hinaus als eine Definition des Begriffs der »List« betrachte. Dieser von der Duden-Definition inhaltlich erklärte Begriff der List wird in den verschiedenen Sprachen mit unterschiedlichen Wörtern zum Ausdruck gebracht, zum Beispiel in der chinesischen Sprache unter anderem durch das Wort 计 (ji). Den Begriff der List, so wie ihn die von mir hinfort als Begriffs-Definition verstandene Duden-Definition umschreibt, bezeichne ich als »Strategem«. Der mit »Strategem« bezeichnete Begriff der List erstreckt sich auch auf die Fülle der – zwar in China und nur in China – systematisierten, aber keineswegs kulturspezifischen, nur in China allein benutzten Listumsetzungstechniken, von denen ich jede einzelne ebenfalls »Strategem« nenne. Dem Substantiv »Strategem« beigesellt ist das Adjektiv »strategemisch«.

Jedes Strategem umfaßt folgende vier Komponenten: Es ist ein (1) bewußt, (2) mit Schläue eingesetztes (3) Mittel, und zwar ein (4) außergewöhnliches, mit dessen Hilfe von einem Ausgangspunkt aus ein Ziel erreicht werden soll. Ausgangspunkte und Ziele sind tausendfältig und bereits vorhanden, bevor man auf den Gedanken kommt, gegebenenfalls ein Strategem anzuwenden. Sie gehören also nicht zum inneren Wesenskern eines Strategems und fallen daher hier nicht weiter in Betracht. Ein Strategem ist erstens ein bewußt eingesetztes Mittel. Ein Strategem ist zum zweiten eine mit Schläue eingesetzte Vorgehensweise. »Schläue« bezeichnet »die Fähigkeit, seine Absichten mit geeigneten Mitteln, die anderen verborgen sind oder auf die sie nicht kommen, zu erreichen« (Duden, *Deutsches Universalwörterbuch*, Mannheim etc. 1983, S. 1069). Ein Strategem ist drittens ein Mittel, also grundsätzlich nie ein Selbstzweck. Jedes Strategem ist viertens eine ungewöhnliche Vorgehensweise, das heißt, es hält sich nicht an gegebene Regeln bzw. Normen. Die »Außergewöhnlichkeit« einer strategemischen Vorgehensweise setzt ein Wachheits- und Kenntnisstandsgefälle zwischen Strategemanwender und Strategembetroffenem voraus, sie beruht auf Schläue, Witz, Phantasie und Findigkeit.

Nicht jede ungewöhnliche Vorgehensweise ist ein Strategem. Denn das »Ungewöhnliche« einer Vorgehensweise kann ins Absurde oder Törichte abgleiten. – Wenn ein »normaler« Weg zum Ziel auf überdurchschnittliche und in diesem Sinne außergewöhnliche Weise begangen wird, dann hat dies nichts mit List zu tun. Denn hier fehlen das Element der Schläue und die für die List typische dialektische Zweigleisigkeit bzw. das Ausweichen vom »normalen« auf den »nicht normalen« Weg. – Eine bei ihrem ersten Auftreten trickhafte »ungewöhnliche« Vorgehensweise kann sich einbürgern und zu einer routinemäßigen, nicht mehr als strategemisch empfundenen Vorgehensweise entwickeln. – Die strategemische Vorgehensweise ist »außergewöhnlich« stets nur in einem relativen Sinne, d. h. in einem konkreten Kontext und im Hinblick auf die jeweiligen Strategembetroffenen. – Ein Strategem bietet eine Alternative zu einem »normalen Weg«. Das Adjektiv »normal« bzw. »nicht normal« bezieht sich auf einen Weg hin zu einem Ziel, nicht auf das Strategemphänomen als solches. Nicht angängig ist es, vom Standpunkt eines von außen auf das Strategemgeschehen blickenden wohlinformierten Dritten aus zu entscheiden, ob ein Verhalten als »normal/unstrategemisch« oder als »nicht normal/strategemisch« einzustufen sei. Man darf nicht das Wissen des Außenstehenden in die Protagonisten eines Strategemgeschehens hineinprojizieren. Überflüssig, ja zum Scheitern verurteilt wäre der Versuch, allgemein umschreiben zu wollen, was genau das Wortpaar »normal/unstrategemisch« – »nicht normal/strategemisch« beinhalte. Denn auf der Ebene des Generell-Abstrakten läßt sich die unendliche Vielfalt der lebendigen Dialektik von »normal« und »nicht normal« im strategemischen Sinne inhaltlich nicht eindeutig bestimmen. Möglich ist es freilich, aus einer Fülle von Beispielen konkreter Strategemanwendungen verschiedene Strategemtechniken herauszufiltern, zu benennen und zusammenzustellen. Das Paradebeispiel hierfür ist der chinesische Katalog der 36 Strategeme.

Das Wechselspiel zwischen Normalem, also »Gewöhnlichem«, und Nicht-Normalem, also »Ungewöhnlichem«, wird im ältesten chinesischen Militärtraktat, *Meister Suns Kriegskunst* (ca. 2500 v. u. Z.), im Hinblick auf die Kriegführung verdeutlicht:

»In der Kriegführung gibt es nichts anderes als das Außergewöhnliche (qi) und das Gewöhnliche (zheng), aber die Veränderungen [ihrer Kombinationen im Rahmen unterschiedlicher konkreter Szenarien] eröffnen eine unendliche Vielfalt von Möglichkeiten. Das Außergewöhnliche (qi) und das Gewöhnliche (zheng) entstehen wechselseitig auseinander, vergleichbar mit der Endlosigkeit eines Kreises, wer kann die Möglichkeiten ihrer Kombinationen [schon] erschöpfen?« (A.a.O., Kap. V)

In einem in Shanghai 1978 erschienenen Sammelkommentar zu *Meister Suns Kriegskunst* steht in der ersten Zeile der Deutung dieser Gedanken ein Ausspruch von Li Quan aus der Tang-Zeit (618–907 n. u. Z.): »In einem Krieg den Feind ohne Strategem zu besiegen ist schwer.« Der kurz darauf folgende Kommentar von He Yanxi aus der Song-Zeit (960–1279) erläutert das Wort »ungewöhnlich« (qi) anhand eines durch den Einsatz von Strategemen errungenen berühmten militärischen Sieges aus der Mitte des 3. Jh. v. u. Z. (»Der alte General Lian Po und der Heißsporn Zhao Kuo«, deutsch in: Harro von Senger: *Strategeme*, Sonderausgabe, München [3]1996, S. 77ff.).

Ein eigenes Kapitel mit dem Titel »qi zheng« findet sich in dem beinahe 2000 Jahre verschollen gewesenen, 1972 fragmentarisch ausgegrabenen Werk *Sun Bins Kriegskunst* aus dem 4. Jh. v. u. Z. Ein amerikanischer Sinologe übersetzt »qi zheng« hervorragend mit »Unorthodox and Orthodox« (Ralph D. Sawyer [Übers.]: *Sun Pin: Military Methods,* Boulder/Col. 1995, S. 230). Sun Bin schreibt über das Verhältnis zwischen »qi« und »zheng«:

»Man muß das [jeweils Entgegengesetzt-]Verschiedenartige als das Außergewöhnliche (qi) betrachten. So ist Ruhe im Hinblick auf Bewegung, ist Muße im Hinblick auf Anstrengung das Außergewöhnliche [...]. Eine Vielzahl ist im Hinblick auf eine Minderzahl das Außergewöhnliche, das vom Feind Durchschaute ist das Gewöhnliche (zheng), das von ihm nicht Entdeckte das Außergewöhnliche (qi) [...].«

In einem Kommentar heißt es dazu: »›Zheng‹ ist das Allgemeine, Normale, ›qi‹ ist das Besondere, die Veränderung. [...] ›Gewöhnliches‹ (zheng) und ›Ungewöhnliches‹ (qi) sind aufeinander bezogene Begriffe. Was unter normalen Umständen ›gewöhnlich‹ (zheng) ist, kann unter besonderen Umständen zu etwas ›Außergewöhnlichem‹ werden und umgekehrt […]« (Zhang Zhenze: *Sun Bin Bing Fa Jiao Li [Sun Bins Kriegskunst, mit Verbesserungen und Erläuterungen versehen],* Beijing 1986, S. 195).

In dem vor etwa 500 Jahren entstandenen Traktat über die 36 Strategeme (s. unten S. 27 ff.) steht im Kommentar zu Strategem Nr. 8:

»Das Außergewöhnliche (qi) erzeugt man aus Gewöhnlichem (zheng), gäbe es nichts Gewöhnliches, dann könnte man das Außergewöhnliche nicht erzeugen.«

Dieser für das Verständnis der chinesischen Strategemkonzeption grundlegende Gedanke kristallisiert sich in der Redewendung »Chu qi zhi sheng«: »Außergewöhnliches erzeugen [und so den] Sieg erringen« oder »Durch die Produktion von etwas Überraschendem den Sieg erringen«. Diese Redewendung geht inhaltlich auf *Meister Suns Kriegskunst* zurück, die Formulierung aber prägte der wegen seiner Denkschriften berühmte hohe Beamte der Tang-Zeit Lu Zhi (754–805 n. u. Z.). Müßte ich definieren, was in China unter dem Begriff »List« verstanden wird, würde ich mit dieser Redewendung antworten. Da gemäß chinesischer Auffassung Strategeme der Weisheit entspringen, ist die ein Strategem zum Strategem machende »Erzeugung von Außergewöhnlichem« ein intellektueller Vorgang. Damit sind zum Beispiel (wohl nicht nur mit dem grundsätzlich jedem Menschen verfügbaren reinen Intellekt arbeitende) Magie und religiöse Wunder – ebenfalls außergewöhnliche Wege zum Ziel – aus dem Strategembegriff ausgeschlossen. Was die Magie betrifft, so wird diese beispielsweise im Ming-zeitlichen Roman *Reise in den Westen* als gleichsam technisches Mittel zur Ausführung von Strategemen eingesetzt, spielt aber beim *Ersinnen* von Strategemen keine Rolle. Der magisch Befähigte, der strategemisch vorgehen will, ist genauso auf Strategeme im Stile der 36 Strategeme angewiesen wie der Durchschnittsmensch. Aus dem Umstand, daß das Wesen des Strategems in der Erzeugung von »Außergewöhnlichem« besteht, ergibt sich für die hierzu erforderliche intellektuelle Leistung, daß sie ebenfalls aus dem Rahmen fallen, d. h. von einer gewissen Kreativität zeugen muß, die je nach der Raffinessestufe des Strategems von unterschiedlichem Niveau sein mag. Es kann durchaus auch recht primitive, plumpe Strategeme und gleichwohl Leute geben, die darauf hereinfallen.

In diesem Zusammenhang ist auf das chinesische Schriftzeichen *quan* hinzuweisen. Es bedeutet zunächst »Laufgewicht [= das verschiebbare Gewicht an der Laufgewichtswaage]«, sodann »wiegen, abwägen«, »genau überlegen«, »Macht, Einfluß«, ja sogar »(subjektives) Recht«. Mit diesem Schriftzeichen wird das chinesische Wort für »Menschenrecht« (ren*quan*) gebildet. In vorliegendem Zusammenhang fallen indes vor allem Bedeutungen wie »vorläufig«, »unbeständig«, »sich anpassend« etc. ins Gewicht, Bedeutungen, die sich in dem mit »quan« gebildeten, erstmals in der von Fan Ye (398–445 n. u. Z.) verfaßten *Geschichte der Späteren Han-Dynastie* belegten Ausdruck »quanyi zhi ji« (»einstweiliger Plan, Notbehelf, taktisches Vorgehen«) widerspiegeln. »Quan« kann schließlich auch eine vom (konfuzianischen etc.) Kanon abweichende Vorgehensweise bezeichnen, deren Ergebnis aber dem Leitweg (dao), der dem Kanon wie allen Dingen zugrunde liegt, entsprechen kann bzw. sollte. Gemäß diesem Verständnis wird »quan« bereits im *Kommentar des Gong Yang* (aus dem Zeitalter der Kämpfenden Staaten 475–221 v. u. Z.) zu den angeblich von Konfuzius (551–479 v. u. Z.) redigierten *Frühlings- und Herbstannalen* umschrieben:

»Was ist *quan? Quan* verstößt gegen den Kanon (jing), ist aber [manchmal] besser als der Kanon.«

Eine grundlegende Veranschaulichung von »quan« im Sinne eines »Ausnahmebehelfs« findet sich im Buch des zweitwichtigsten konfuzianischen Denkers Mencius (etwa 372–289 v. u. Z.):

»Mencius sprach: ›Wer seine Schwägerin, die am Ertrinken ist, nicht rettet, der ist ein Wolf. Daß sich Mann und Frau nicht berühren, das ist die [in den] Riten [li, verkörpern in besonderem Maße den Kanon von aus konfuzianischer Sicht korrektem ethischem und etikettegemäßem Verhalten] [verankerte Regel]. Daß einer seine Schwägerin, die am Ertrinken ist, an der Hand herauszieht, das ist die [gutzuheißende] Abweichung (quan) [von der Regel].« (*Mencius* IV, I 17)

Was Mencius hier anhand eines Beispiels veranschaulicht, wird in der Sentenz wiedergegeben: »Chang ze shou jing, bian ze cong *quan*« (»In einer normalen Situation hält man sich an den Kanon (jing), im Falle einer [wesenhaften] Wandlung [der Normalität] folgt man einer Abweichung [vom Kanon]).« Aus diesem Gedanken ergibt sich eine Sicht der Dinge, gemäß der scheinbar feststehende soziale Normen (jing) keineswegs in jedem Fall unantastbar sind. Es sind stets Wirklichkeitskonstellationen denkbar, in denen »quan«, also von der Norm abweichendes Verhalten, als geboten erachtet werden kann. So räumt die chinesische Geisteskultur schon seit Jahrtausenden dem Individuum einen Ermessensspielraum für spontanes, von Normen aller Art abweichendes Handeln im Einzelfall ein. Kein Wunder, daß »quan« im reichhaltigen chineschen Strategemvokabular eine hervorragende Rolle spielt. Im chinesischen strategemischen Schrifttum besonders wichtig ist das von »quan« und »mou« gebildete zweisilbige Wort »quanmou« mit Bedeutungen wie »(politische) Taktik, Kniff« und »trickery«. Erstmals belegt ist »quanmou« (mit einer negativen Konnotation) bei Xun Kuang, auch Xun Zi, Meister Xun, genannt (ca. 313–238 v. u. Z.), einem zwischen Konfuzianismus und Legismus stehenden Denker: »Der Staatslenker, der [...] das Ränkeschmieden (quanmou) zur Grundlage macht, wird untergehen.« In der von Ban Gu (32–92 n. u. Z.) verfaßten *Geschichte der Han-Dynastie* werden als eine Kategorie von Verfassern militärischer Traktate die »quanmouzhe« (»Strategemiker«) aufgeführt und wie folgt gekennzeichnet:

> »Mittels gewöhnlicher (zheng) [Methoden] [wollen] sie das Land behüten, mittels außergewöhnlicher (qi) [Methoden] [wollen] sie das Militär einsetzen. Bevor sie einen Krieg führen, erstellen sie erst einen Plan, [dabei] berücksichtigen sie sowohl die Strategie als auch Taktik (xing shi), sie befassen sich sowohl mit ›Yin‹ als auch mit ›Yang‹. Es sind Leute, die Kampfkünste einsetzen.«

An diese alte Denktradition knüpfen in der Volksrepublik China Bücher an wie *Bingjia Quanmou (Strategeme für den Militärkommandanten),* verfaßt von Li Bingyan (Beijing ³1991), *Zhongguo Gudai Quanmou (Strategeme aus dem chinesischen Altertum),* verfaßt von Yuan Youwen et al. (Chongqing 1988) und *Quanmou Shu (Strategemkunst),* Chefred.: Liu Xiren (Beijing 1992).

Ein Unterschied zwischen einer ungewöhnlich-strategemischen und einer konventionell-unstrategemischen Vorgehensweise liegt darin, daß bei einer unstrategemischen Vorgehensweise ohne jegliche Beeinträchtigung ihrer Effizienz den davon betroffenen Personen gegenüber vorgängig alle Karten restlos aufgedeckt werden können, wogegen eine täuschungsstrategemische Vorgehensweise den davon Betroffenen nicht offen als »Strategem« angekündigt werden darf, da sonst strategemvereitelndes Mißtrauen bzw. strategemgefährdende Wachsamkeit entstünden. Ein Täuschungsstrategem verträgt in bezug auf seinen Charakter als Strategem keine Transparenz, es gelingt in der Regel nur, unter Abschirmung bzw. Geheimhaltung seines Strategemcharakters, durch den unmittelbaren Vollzug. Anders verhält es sich bei reinen Präsenzstrategemen. D. h., ein Täuschungsstrategem darf nicht als »Strategem« deklariert und vom Gegenüber auf keinen Fall als »Strategem« erkannt werden (»Rumpelstilzchen-Natur des Täuschungsstrategems«). Ähnlich wie Rumpelstilzchen verliert der Anwender eines Täuschungsstrategems grundsätzlich seine Macht über diejenige Person, die sein Strategem als Strategem identifiziert.

Wenn ein großes Publikum Opfer eines Strategems (welcher Art auch immer) ist und der Strategemanwender zusätzlich zu seiner Strategemkundigkeit auch noch über Macht verfügt, wird es ihm freilich zumindest zeitweise gelingen, eine allgemeine Strategementlarvung zu verhindern oder zu vereiteln, indem er zum Beispiel den Vorwurf der Strategemanwendung von sich weisen und den Strategementlarver als Gespensterseher, Vertreter einer Verschwörungstheorie oder schlicht als Bösewicht hinstellen wird. So ist es möglich, daß auf ganze Völker zielende Strategeme, selbst wenn sie von einzelnen längst durchschaut worden sind, über lange Zeiträume hinweg wirksam bleiben. Ähnlich wie »Lebenslügen« kann es auch »Lebenslisten« bzw. besser »Lebensstrategeme« geben, angesichts deren einzelne oder Menschengruppen so tun, als ob sie sie nicht durchschauten oder die zu durchschauen sie sich weigern. Gründe für die stillschweigende Duldung oder gar Kultivierung eines Strategems können etwa sein: Angst vor den Konsequenzen der Aufdeckung des Strategems; Zwang zur Wahrung der Loyalität gegenüber dem »König«, dessen

»neue« Kleider nicht ohne Risiko als »Nacktheit« bezeichnet werden können; Scham vor dem Eingeständnis, dem Strategem zeitweise selbst zum Opfer gefallen, also übertölpelt worden zu sein; heimliche Komplizenschaft mit dem Strategemanwender; Eigeninteresse etc.

»Strategem« und »Weisheit«

Der bekannte französische Semiologe Roland Barthes (1915–1980) hat unrecht, wenn er behauptet: »Was wir in Betrachtung des Orients anstreben können, ist [...] keine andere Weisheit« (*L'empire des signes,* Genf 1970, S. 10). In Wirklichkeit verfügt zum Beispiel China über eine andere Weisheit. Die chinesische Weisheit ist umfassender als die abendländische. Dies kommt im chinesischen Schriftzeichen *zhi* für »Weisheit« zum Ausdruck. Dieses Schriftzeichen bedeutet gleichzeitig auch »Strategem« bzw. Strategemkundigkeit (s. hierzu im einzelnen Harro von Senger: *Strategemische Weisheit: Chinesische Wörter im Sinnbezirk der List,* in: *Archiv für Begriffsgeschichte,* Bd. 39, Jg. 1996, Bonn 1996, S. 27ff.).

Das in diesem Zusammenhang beste westliche Wörterbuch der chinesischen Sprache (Institut Ricci [Hg.]: *Dictionnaire français de la langue chinoise,* Paris 1976, S. 149) erläutert das Schriftzeichen wie folgt:

»1. Talent; capacité
2. Intelligence; sagesse; prudence
3. Intelligent; sage; prudent
4. Stratagème«

Die Strategemkundigkeit erstrahlt im Reich der Mitte im Glorienschein der »Weisheit«. Der Weise darf in China, wenn nötig, strategemkundig sein, ja, er wird ob seiner (auch praktizierten) Strategemkundigkeit bewundert. Ganz anders verhält es sich im christlich geprägten Abendland. Hier wird das Strategem verteufelt. Mit dem Mord in einem Atemzug erwähnt wird das deutsche Wort List in einer renommierten Bibelübersetzung (Markus 7,21–23, in der Version der *Zürcher Bibel*). Weisheit und Strategemkundigkeit erscheinen als Feuer und Wasser. Das war aber nicht immer so. Schon bei den alten Griechen fanden Weisheit und Strategemkundigkeit Platz unter dem Dach eines Wortes:

»μῆτις [...] plan, plan habile, plus souvent <sagesse> habile et efficace, qui n'exclut pas la ruse [...]; le mot est volontiers appliqué à Zeus le rusé; voir Vernant et Détienne [...]« (aus Pierre Chantraine: *Dictionnaire étymologique de la langue grecque,* Paris 1968, S. 699).

M. Detienne und J. P. Vernant erläutern »metis« in einer Weise, die die altgriechische »Weisheit« nahe an den chinesischen Begriff, wie er im Schriftzeichen mit der Aussprache »zhi« angelegt ist, heranzurücken scheint. »Metis« ist demnach

»une forme d'intelligence et de pensée, un mode du connaître; elle implique un ensemble complexe, mais très cohérent, d'attitudes mentales, de comportements intellectuels qui combinent le flair, la sagacité, la prévision, la souplesse d'esprit, la feinte, la débrouillardise, l'attention vigilante, le sens de l'opportunité, des habilités diverses, une expérience longuement acquise; elle s'applique à des réalités fugaces, mouvantes, déconcertantes et ambiguës, qui ne se prêtent ni à la mesure précise, ni au calcul exact, ni au raisonnement rigoureux.« (Marcel Detienne; Jean-Pierre Vernant: *Les ruses de l'intelligence. La mètis des Grecs,* Paris 1974, S. 9f.)

Es fällt übrigens auf, daß, so wie der strategemische Gehalt des chinesischen Wortes »zhi« im ganzen westlichen Sprachraum (Ausnahme: Rußland) allein in einem französischen Diktionär der chinesischen Sprache erfaßt wird, auch die strategemische Dimension der altgriechischen »metis«, wie ein allerdings nur grober, nicht umfassender Überblick erweist, nur in französischen Wörterbüchern der altgriechischen Sprache dokumentiert wird.

Auch das deutsche Wort »List« hat in einer frühen Phase u. a. »Weisheit« bedeutet (s. hierzu auch in diesem Band Heinz Klingenberg, S. 285):

»[List, Bedeutungsentwicklung:] [3] die Klugheit, Weisheit selbst, auch die göttliche [...]« (s. Jacob und Wilhelm Grimm, a. a. O., dtv-Ausgabe Bd. 12, Spalte 1065)
»List war die älteste Bezeichnung für Wissen, Weisheit (so noch bei Luther: Es ist auf Erden kein besser List, denn wer seiner Zungen ein Meister ist)« (*Der neue Herder, von A–Z,* 1. Halbbd., Freiburg 1949, Spalte 2469).

Im Gegensatz zur altgriechischen »metis« und zum chinesischen »zhi« ist jedoch dem deutschen »List« die synchrone Bedeutung von Weisheit – im unstrategemischen Sinne – und von »List« im modernen Sinne (s. die Wahrig- und Duden-Definitionen des deutschen Wortes List) nicht zu eigen gewesen, und wenn, dann höchstens in einer vergleichsweise kurzen Zeitspanne des Übergangs von der ursprünglich weiten positiven zur modernen engen und eher negativen Bedeutung (s. die Ausführungen über »Des armen Hartmann Reden vom Glauben« in: Jost Trier: *Der deutsche Wortschatz im Sinnbezirk des Verstandes*, Heidelberg 1973, S. 119ff.). Das Besondere am chinesischen »zhi« liegt darin, daß es nicht nur synchron, sondern – über gewaltige Zeiträume hinweg – diachron die Doppelbedeutung »Weisheit« – »Strategemkundigkeit/Strategem« bewahrt hat.

So ist ein Bericht in einer Beijinger Tageszeitung vom 22. Juni 1995 mit »Yi lao fu *zhi* dou san jiefan« betitelt, was mit »Eine alte Frau bekämpft mit *Strategemkundigkeit* drei Räuber« übersetzt werden kann. Gemäß dem Bericht hielt sich die alte Frau Jia Yumei ohne jede Begleitung in ihrem Geschäftslokal in der Stadt Yinchuan im Autonomen Gebiet Ningxia der Hui-Nationalität auf. Das Gebäude befand sich allein auf weiter Flur in einem Quartier, dessen restliche Häuser im Rahmen einer Umsiedlungsaktion gerade abgerissen worden waren. Um Mitternacht polterten drei Räuber an die Haustür und verlangten Einlaß und Geld. Die Strategemkundigkeit der alten Frau veranlaßte sie, zunächst die Räuber in freundlichem Ton hinzuhalten, um dann, als dies nicht fruchtete, mit fester Stimme nach ihren beiden – gar nicht vorhandenen – Söhnen im oberen Stockwerk zu rufen: »Telefoniert der Polizei und kommt mit dem Gewehr herunter.« In der Folge ahmte sie die Stimme eines Sohnes nach, der ihr antwortete (Yi lao fu zhi dou san jiefan [Eine alte Frau bekämpft mit Strategemkundigkeit drei Räuber], in *Guangming Ribao* [Licht-Tageszeitung], Beijing, 22. Juni 1995, S. 4).

Die Ausdrücke »*zhi* dou« (»mit *Strategemkundigkeit* bekämpfen« bzw. *»überlisten«*), bisweilen auch »dou *zhi*« [bzw. zusammengeschrieben »douzhi«] (»einen anderen durch *Strategemkundigkeit* auszumanövrieren suchen; sich gegenseitig *austricksen*, einander *überlisten*, wörtlich: [sich in bezug auf] die *Weisheit/Strategemkundigkeit* messen« bzw. »um den *Weisheits*preis streiten«), kommen aber nicht nur in modernsten Texten, beispielsweise in der chinesischen Presse, häufig vor, sondern sind bereits in alter Zeit belegt. In China berühmt ist ein Ausspruch Liu Bangs, des Gründers der längsten aller chinesischen Kaiserdynastien, nämlich der Han-Dynastie (206 v. u. Z. – 220 n. u. Z.), in dem »dou *zhi*« vorkommt: »Ning ken dou *zhi*, bu neng dou li«: »Ich ziehe ein *Weisheits*messen vor, zu einem Messen der Muskelkraft bin ich nicht imstande.« Xiang Yu, der große Gegenspieler von Liu Bang, hatte den Vater Liu Bangs gefangengenommen und ließ Liu Bang die Drohung übermitteln, er werde den Vater kochen lassen, wenn der Sohn sich nicht ergebe. Liu Bang ließ ihm ausrichten, für diesen Fall bitte er, ihm eine Tasse von der Brühe zu schicken. Der rasende Xiang Yu ließ sich sein Vorhaben als zwecklos ausreden, vereinbarte dann eine Unterredung mit Liu Bang und schlug vor, die Entscheidung um die Kaiserkrone solle durch einen Zweikampf zwischen ihnen beiden herbeigeführt werden. Darauf antwortete Liu Bang lachend mit dem oben zitierten Satz.

In der Tat bestand das »Weisheitsmessen« Liu Bangs mit Xiang Yu vornehmlich im Ersinnen und Anwenden von Strategemen. So geht gar die Bezeichnung eines der 36 Strategeme der Chinesen, nämlich Strategem Nr. 8 »Sichtbar die Holzstege wieder instandsetzen, heimlich nach Chencang marschieren«, auf ein Kriegsstrategem Liu Bangs zurück (s. hierzu Harro von Senger: *Strategeme*, Sonderausgabe, München etc. ³1996, S. 140 ff.). Ein Buch über das »Weisheitsmessen« (douzhi) gab Li Bingyan, der Verfasser des in der Volksrepublik China erfolgreichsten Buches über die 36 Strategeme, heraus (Li Bingyan [Hg.]: *Douzhi De Xueshuo: Junshi Moulüe Jiu Jiang [Die Lehre vom Weisheitsmessen: Neun Vorträge über militärische Strategeme]*, Beijing 1991). 19 Auflagen von 1979 bis 1985 (als es wegen Plagiats aus dem Handel gezogen wurde) erlebte in Taibei das Buch *Douzhi: Sanshiliu Ji (Weisheitsmessen* [oder: *Kampf mit Strategemkundigkeit]: die sechsunddreißig Strategeme).*

Im Unterschied zu China wurde im deutschen Sprachraum die Strategemkundigkeit von der Weisheit abgetrennt. Ähnliches geschah offensichtlich auch im außerdeutschen westlichen Kulturraum. Wenn es zutrifft, daß in China die Strategemkundigkeit als eine Ausdrucksform der Weisheit hochgehalten und gepflegt wurde und wird und daß im Westen die aus der Weisheit verbannte Strategemkundigkeit verkümmert ist, dann ergibt sich die Erkenntnis, daß die chinesische Weisheit, mithin also Intelligenz, um die Dimension der Strategemkundigkeit reicher ist als die westliche Intelligenz. Umgekehrt bedeutet dies, daß der westliche Mensch im Vergleich zum Chinesen grundsätzlich über eine um die genannte Dimension ärmere Intelligenz verfügt. Darf die Frage gestellt werden: Ist der westliche Mensch in den von der Strategemkundigkeit betroffenen Bereichen strukturell »dümmer« als der Chinese?

»List« und »Strategem«

»Strategem« ist ein nahezu unbekanntes und daher nicht negativ vorbelastetes deutsches Fremdwort für List (s. Hugo Steger in diesem Band, S. 322ff.). Da Chinesen einen neutralen, wenn nicht positiven List-Begriff haben, eignet sich »Strategem« für den interkulturellen Diskurs besser als das deutsche Wort »List«. »Strategem« ist zudem ein in vielen europäischen Sprachen heimisches Wort. So wurde das Stichwort »sanshiliu *ji*« (wörtlich: sechsunddreißig *ji*) in einem 1970 nur für den internen Gebrauch in Beijing erschienenen chinesisch-englischen Handwörterbuch mit über 20 000 vor allem im politischen und militärischen Bereich benutzten Wörtern mit »the thirty-six stratagems« übersetzt. Dieses Handbuch präsentiert die, soweit bekannt, erste von Chinesen angefertigte fremdsprachige Übersetzung des bis vor wenigen Jahrzehnten geheimgehaltenen Katalogs der 36 Strategeme (*Han Ying Cihui Shouce [Chinesisch-englisches Handwörterbuch]*, Beijing 1970, S. 769ff.). Daß sich als Übersetzung von »36 ji« nicht zwangsläufig »36 Strategeme« aufdrängt, zeigt die, soweit bekannt, erste deutsche Übersetzung dieses Ausdrucks mit »Die 36 Taktiken« (Joachim Glaubitz: *Opposition gegen Mao: Abendgespräch am Yenshan und andere politische Dokumente*, Olten etc. 1969, S. 178, 212). Nun bringt aber das schillernde Wort »Taktik« den aus chinesischer Sicht strategemischen Gehalt der »36 ji« nicht genügend zum Ausdruck. Zudem hat es eine viel zu kurzatmige Bedeutung und wird daher dem Umstand nicht gerecht, daß manches »ji« auch langzeitplanerisch-strategisch (s. hierzu unten S. 25 ff.) eingesetzt werden kann. In meinen Publikationen über die »36 ji« benutzte ich daher immer das Wort »Strategem«, wobei ich die von den Chinesen selbst, und zwar nicht nur in dem zitierten Handwörterbuch von 1970, gewählte westliche Übersetzung von »ji« im Rahmen des Ausdrucks »36 ji« übernahm. So erhielt das erste westliche Buch über den Gegenstand den Titel »Strategeme«.[1] Das von Chinesen für die Übersetzung von »ji« im Rahmen des Ausdrucks »36 ji« gewählte englische Wort »stratagem« wird in *The Oxford English Dictionary*, Bd. X, Oxford 1933, erklärt als

»1.a. *An operation or act of generalship; usually, an artifice or trick designed to outwit or surprise the enemy* (Auf deutsch etwa: Eine Operation oder ein Akt der Feldherrnkunst; gewöhnlich eine List oder ein Trick, der dazu bestimmt ist, den Feind zu übertölpeln oder zu überraschen)
1.b. *In generalized sense: Military artifice* (In verallgemeinertem Sinn: Kriegslist)
2.a. *Any artifice or trick; a device or scheme for obtaining an advantage* (Jede[r] List oder Trick; Kunstgriff oder Machenschaft zur Erlangung eines Vorteils)
2.b. *In generalized sense: Skill in devising expedients; artifice, cunning* (In verallgemeinertem Sinn: Gewandtheit im Ersinnen von Auswegen; List; Schläue)«

Bei der deutschen Übersetzung der englischen Deutung des Wortes »stratagem« läßt sich der Rückgriff auf das Wort »List« nicht vermeiden. Dem deutschen Wort »List«, aus dem die Wörter »Hinterlist« und »Arglist« gebildet sind, haftet heutzutage vielfach ein etwas anrüchiger Charakter an (zu positiven Konnotationen des Wortes »List« s. Herbert Pilch in diesem Band, S. 368 ff.). Kaum ein Angehöriger des deutschen Sprachraums würde es wohl schätzen, als »listig« bezeichnet zu werden. Das erste Adjektiv, das der *Duden* mit dem Stichwort »List« verknüpft, ist bezeichnenderweise »teuflisch«, was

1 Harro von Senger: *Strategeme: Lebens- und Überlebenslisten der Chinesen, die berühmten 36 Strategeme aus drei Jahrtausenden*, 1. Aufl. München 1988.

die nicht gerade hohe im Deutschen der »List« entgegengebrachte Wertschätzung unterstreicht:

»Das scheinbar rational Unerklärliche/Undurchschaubare von Listen wird im christlichen Abendland – teilweise unter Fortführung älterer Traditionen – mit dem Zauber des bösen Teufels und seiner irdischen ›Angestellten‹ verbunden. Teufels*list,* Zauber*tricks* werden so dem Göttlichen und dessen guten Wundern gegenübergestellt. Gott braucht in Wundern keine Tricks zu machen. Da er die von ihm den Menschen gegebenen/zugebilligten Möglichkeiten jederzeit selbst überschreiten kann, ergibt sich hier kulturell die Einordnung der List in die von Gott ›zugelassene‹ Antiwelt des Antichrist, des teuflischen Gegenspielers.« (S. Hugo Steger in diesem Band S. 326)

Während »List« gemäß dieser Analyse im Abendland der »Antiwelt des Antichrist« zugeordnet[2] und damit negiert wird, werden chinesische Ausdrücke wie »ji«, die mit »List«, besser jedoch mit »Strategem« übersetzbar sind, mit dem Yin-Element assoziiert. In diesem Zusammenhang ist auf das *Yijing (Buch der Wandlungen),* ein Orakelbuch, dessen Kerngehalt aus der Zeit zwischen dem 10. und 8. Jahrhundert v. u. Z. stammt, hinzuweisen, auf das die vor etwa 500 Jahren entstandene älteste Abhandlung über die 36 Strategeme, das Traktat *Die 36 Strategeme (Das geheime Buch über die Kriegskunst),* in sämtlichen 36 Kapiteln Bezug nimmt. Ein Grundgedanke des *Buchs der Wandlungen,* wohl eines der berühmtesten Werke des chinesischen Altertums, ist gemäß dessen ältestem Kommentar (aus der Zeit um die Mitte des 1. Jahrtausends v. u. Z.) der kosmologische Dualismus von Yin und Yang. Yang vertritt u. a. die Sonnenseite, z. B. eines Hügels, Yin die Schattenseite. Yin steht aber auch für »Strategem«. Der Yin-Bereich wird aber im Denken von Chinesen nicht als »Antiwelt des Anti-Yang«, sondern als eine zum Yang-Bereich komplementäre, mit diesem polar verbundene Sphäre betrachtet. Ohne Yin könnte Yang gar nicht bestehen (s. hierzu Harro von Senger: *Ganzheit im chinesischen Denken: Legende und Realität,* in: Christian Thomas [Hg.]: *Auf der Suche nach dem ganzheitli-*

2 Diese den christlichen Gott von jeglicher Strategemanwendung dissoziierende Sicht entspricht in keiner Weise seiner mit geeigneten strategemischen Analysen nachweisbaren tatsächlichen Listigkeit und erweist sich nachgerade als ein – strategemischer? – Mythos, s. Ulrich Mauch: *Der listige Jesus* (Zürich 1992).

chen Augenblick: der Aspekt der Ganzheit in den Wissenschaften, Zürcher Hochschulforum, Bd. 19, Zürich 1992, S. 67). Von diesem Yin-Yang-Denken her erlangt somit das Strategem seine gleichsam kosmologische Legitimität. Das Strategem koexistiert notwendigerweise, natürlicherweise mit dem Nicht-Strategem, eine Welt von zwischenmenschlichen Beziehungen ohne Strategeme ist, so gesehen, für Chinesen denkunmöglich. Daraus entspringt eine grundsätzliche Bejahung von Strategem und Strategemkundigkeit, die folglich als ein integraler Bestandteil der Weisheit und Klugheit anerkannt werden. So ist denn auch der geschickte Umgang des Menschen mit den Wechselspielen von Yin und Yang gemäß dem Traktat *Die 36 Strategeme (Das geheime Buch über die Kriegskunst)* der Angelpunkt der Strategemkunde. Gemäß dem *Buch der Wandlungen* hat Yin die Kennziffer 6. Unter Berufung darauf wird die Zahl »36« im Ausdruck »36 ji« bereits im ersten Satz des Traktats *Die 36 Strategeme (Das geheime Buch über die Kriegskunst)* als das Quadrat des Yin-Elementes, demnach also als Sinnbild für nicht unbedingt exakt 36, sondern allgemein für eine Überfülle von Strategemen erläutert.

»Strategem« und »Strategie«/»Taktik«

In bezug auf China sprechen Sinologen bisweilen von »strategischem Denken« (s. zum Beispiel Heiner Roetz: *Die chinesische Ethik der Achsenzeit*, Frankfurt a. M. 1992, S. 235 f., 404, 414). Sie stützen sich auf Karl-Otto Apel (s. etwa *Diskurs und Verantwortung: das Problem des Übergangs zur postkonventionellen Moral*, Frankfurt a. M. 1988) und andere Autoren. Wie uferlos und unscharf der von dieser Denkschule benutzte Begriff »strategisch« mit dem Hauptakzent auf der »Instrumentalisierung der anderen Menschen (ihrer Handlungen und schon ihrer mutmaßlichen Intentionen und Motive) im Dienste des eigenen Interesses« ist, zeigt die folgende Palette von allesamt als »strategisch« bezeichneten – unter bestimmten Bedingungen übrigens laut Apel vertretbaren – Vorgehensweisen: offene Gewaltanwendung; massive Betrugsoperationen; das ganze Spektrum der Beeinflussung durch Suggestionen, Manipulationen, kurz durch verdeckt strategischen Sprachgebrauch wie gezielte Information, Verschweigung, Herunterspielen, Nahelegen von Konsequenzen, Gebrauch eines bestimmten Vokabulars usw. (Apel, a. a. O., S. 463 f.). Überdies scheint das Substantiv »Strategie« teilweise im weiter unten erläuterten althergebrachten und keineswegs konsequent im soeben dargelegten »strategischen« Sinne verstanden zu werden, etwa wenn von »einer langfristigen Zielstrategie der konsensualen Moral« (Apel, a. a. O., S. 67) bzw. von »einer moralischen Strategie« die Rede ist, bei der »zweckrational-strategisches Handeln« nicht ausgeschlossen, sondern »dem Maßstab einer übergeordneten regulativen Strategie unterstellt [ist], die a priori auf ein moralisches Ziel bezogen ist: nämlich auf das Ziel der langfristigen Selbstaufhebung der Notwendigkeit strategischen Handelns [...]« (Apel, a. a. O., S. 467 f.). Wörter wie »Taktik« und insbesondere »Strategem« scheinen von der so verstandenen »Strategie« aufgesogen und ins Nichts aufgelöst zu werden. Da viel zu weitmaschig und pauschal, eignet sich der von Apel benutzte Terminus »Strategie« nicht für die doch auf feinere Nuancierungen angewiesene Analyse des Phänomens »Strategem« (zumal Strategeme keineswegs notwendigerweise »strategisch« im Apelschen Sinne zu sein brauchen, s. Harro von Senger: *Strategeme,* Sonderausgabe, München [3]1996, 11.2, 11.5, 11.6). Ja, dieser Wortgebrauch würde im Bereich der Strategemkunde nur zur Verwirrung beitragen, käme er doch ständig dem hergebrachten militärwissenschaftlichen Begriff der Strategie in die Quere.

Nicht selten werden im deutschen Sprachraum »Strategie« und »Taktik« geradewegs im Sinne von »List« verwendet, vermutlich unter dem Einfluß der englischen Sprache. Im Gegensatz zum deutschen Fremdwort »Strategie«, dem meines Wissens kein einziges deutsch–deutsches Wörterbuch die Bedeutung »List« zuordnet, bezeichnet nämlich das englische Wort »strategy« u. a. auch »List, Berechnung, Intrige, Ränke« (Otto Springer [Hg.]: *Langenscheidts enzyklopädisches Wörterbuch der englischen und deutschen Sprache,* 5. Aufl. Berlin 1978, Bd. 2, S. 1393). Und über »Taktik« kann man im englischsprachigen Schrifttum folgendes lesen: »Every tactic is more or less a ruse« (Spaight: *War Rights on Land,* S. 153, zitiert aus: Hans-Peter Furrer: *Perfidie in der Geschichte und im heutigen Kriegsvölkerrecht,* Diss. Basel, Zürich 1988, S. 42).

Im deutschen Sprachraum sollten »List« auf der einen sowie »Strategie« und »Taktik« auf der anderen Seite klar voneinander unterschieden und nicht miteinander vermengt werden. Im Gegensatz zu »Strategem« als einem wertneutralen Alternativausdruck für das ambivalent bzw. vielfach negativ konnotierte Wort »List« bzw. als von mir hier verwendete Bezeichnung für den Begriff der List bedeutet »Strategie« den »Entwurf und die Durchführung eines Gesamtkonzepts, nach dem der Handelnde [in der Auseinandersetzung mit anderen] ein bestimmtes Ziel zu erreichen sucht, im Unterschied zur Taktik, die sich mit den Einzelschritten des Gesamtkonzepts befaßt« (*Meyers Enzyklopädisches Lexikon*, Bd. 22, Mannheim etc. 1979, S. 663). An diesem Sinn der deutschen Wörter »Strategie« und »Taktik« sollte nicht gerüttelt werden. Denn der Weg zu folgender Feststellung darf nicht durch einen Wortwirrwarr versperrt werden: Strategeme können sowohl strategisch (s. hierzu Gabriele Haug-Schnabel in diesem Band, S. 463f.) als auch operativ-taktisch eingesetzt werden, und umgekehrt sind sowohl strategemische, also Strategeme einsetzende, als auch unstrategemische, also auf Strategeme verzichtende Strategien und Taktiken (s. ein Beispiel im Beitrag von Gabriele Haug-Schnabel, S. 468) aller Art denkbar.

Der chinesische Katalog der 36 Strategeme

Gegen Ende der Ming-Zeit (um 1500 n. Chr.) entstanden, stellt er den weltweit ersten und bisher einzigen Versuch dar, Strategeme zu unterteilen und einzelne Arten von Strategemen zu benennen.[3] Die Existenz dieser »Listenliste« relativiert mindestens fünf »das chinesische Denken« »dem westlichen Denken« entgegensetzende Stereotypen:

a. Durch die Existenz des Katalogs der 36 Strategeme erschüttert wird die weitverbreitete These, »das chinesische Denken« sei »synthetisch«, erfasse also von der Wirklichkeit nur relativ undifferenzierte Gesamtaspekte, wogegen »das

3 Ein »classement des ruses«, gekennzeichnet durch eine »universalité des catégories«, präsentiert, allerdings bloß zur Bereicherung der volksliterarischen Motivforschung, Claude Bremond: *Principes d'un index des ruses*, in: *Cahiers d'Etudes africaines*, 60, XV-4, Paris/Den Haag 1975, S. 601 ff.

westliche Denken« analytisch sei, also alles und jedes ein- und unterteile. In bezug auf den Bereich des Strategemischen erweist sich gerade umgekehrt »das chinesische Denken« als »analytisch« und das westliche als »synthetisch«, dies insofern, als es über einen vergleichsweise undifferenziert-amorphen Begriff der List nicht hinausgekommen ist.

b. Ferner stellt sich die Annahme, Chinesen betrachteten stets alles ethisch-wertend, wogegen im Westen grundsätzlich alles »sachlich« bzw. »wertneutral« betrachtet werde, im Hinblick auf Strategeme als falsch heraus, ja es scheint sich geradezu umgekehrt zu verhalten. Westliche Menschen vermögen sich, was auch einzelne Beiträge im vorliegenden Band offenbaren, nur schwer von der Fixierung auf ethische Überlegungen zu lösen, wenn sie sich mit Strategemen auseinandersetzen. Demgegenüber ist der Katalog der 36 Strategeme völlig ethikfrei formuliert. Werturteile über die darin beschriebenen Strategemtechniken fehlen. Dieser Katalog dokumentiert die freie chinesische Sicht unmittelbar auf das Listphänomen als solches und zeigt, wie kühl und sachlich die Chinesen dieses Phänomen analysieren. Gleichsam ein ethischer Vorhang versperrt demgegenüber dem westlichen Menschen den ungehinderten Blick direkt auf das Listphänomen. Ihn plagt in erster Linie immer und stets die Frage, ob denn nun die List etwas Gutes oder Schlechtes sei. So gerät er auf einen Holzweg, auf dem er sich nicht mehr mit dem Listphänomen, sondern mit den moralischen Emotionen befaßt, die dieses Phänomen, das er von der Sache her im Grunde gar nicht kennt, bei ihm hervorruft.

c. Als falsch erscheint schließlich die Annahme, die Stärke »des chinesischen Denkens« liege allgemein in der Orientierung auf lange Zeiträume hin, wogegen »das westliche Denken« eher gegenwartszentriert sei. Das chinesische Denken kann, soweit es sich mit Strategemen befaßt, ausgesprochen augenblicksbewußt sein, weiß es doch, wie blitzschnell Konstellationen für eine erfolgreiche Strategemanwendung vorüberhuschen.

d. Das Ersinnen eines Strategems ist im Grunde immer ein individueller Vorgang. Chinesische Strategemgeschichten – wahre und literarische – haben stets ihre namentlich bekannten Helden bzw. Heldinnen. Selbst wenn eine Personengruppe über die Konzipierung eines Strategems beratschlagt, wird es letztlich stets eine Einzelperson sein, der der strategemische Einfall kommt. Auch zur mitwissenden Durchführung eines Strategems sind zumindest große Kollektive, sofern sie nicht verschworene Gemeinschaften sind, ungeeignet, denn mit der Anzahl der Eingeweihten steigt die Gefahr des Strategemverrats. Insofern Strategeme im »chinesischen Denken« eine wichtige Rolle spielen, ist dieses ausgesprochen individualistisch und eben gerade nicht, was im Westen häufig angenommen wird, kollektivistisch. Insofern »das westliche Denken« strategemlos ist, erscheint umgekehrt dieses als viel normenhöriger, als »konformistischer« und so gesehen ichentrückter als »das chinesische Denken«.

e. Berühmte chinesische Strategemgeschichten zeigen, wie ein Ich auf nicht normalem Weg, also entgegen den herrschenden gesellschaftlichen Normen, sein von ihm autonom als erstrebenswert erkanntes Ziel erreichte. Seit Jahrhunderten populär ist zum Beispiel das Mädchen Zhu Yingtai aus der Östlichen Jin-Dynastie (317–420 n. u. Z.). Von ihm wird berichtet, es habe das Metamorphosenstrategem (Nr. 21 im Katalog der 36 Strategeme) benutzt, um sich, als Mann verkleidet, den Zugang zu der – im alten China Frauen verschlossen gewesenen – Schulausbildung zu verschaffen. Gemäß einer berühmten Peking-Oper verhinderte die Tochter des Großwürdenträgers Zhao Gao (?–207 v. u. Z.) ihre Zwangsverheiratung, indem sie bei einem Rendezvous mit dem ihr zugedachten Gatten Verrücktheit mimte (Strategem Nr. 27). Gong Zizhen (1792–1841) griff, das Strategem der indirekten Kritik benutzend (Strategem Nr. 26), durch eine Parabel über die menschlich verursachte Verkrüppelung von Pflaumenbäumen das repressive Regime der Qing-Dynastie (1644–1911) an. Aus heutiger Sicht haben die drei Strategemanwender(innen) je ein individuelles Menschenrecht verwirklicht, nämlich Zhu Yingtai das Recht auf Bildung (Universale Erklärung der Menschenrechte von 1948, Art. 26, Ziff. 1), die Tochter des Zhao Gao das Recht auf freie Eheschließung (UEMR Art. 16, Ziff. 2) und Gong Zizhen das Recht auf freie Meinungsäußerung (UEMR Art. 19). Westliche Kreise, die in der chinesischen Kultur nach Ansätzen zur okzidentalen Konzeption individueller Menschenrechte suchen, sind viel zu sehr der Vorstellung verhaftet, es müsse sich um Eins-zu-eins-Entsprechungen handeln. Hat also zum Beispiel die westliche Philosophie geistige Grundlagen für die Entwicklung von Menschenrechten erarbeitet, durchforstet man im Westen prompt die Werke alter chinesischer Philosophen, allen voran jene des Konfuzius, um dort ebenfalls nach Ansätzen zur Entwicklung von Menschenrechtsvorstellungen westlichen Charakters zu fahnden. Wenn man bei den chinesischen Philosophen nicht fündig wird, behauptet man, wie etwa der deutsche Außenminister Klaus Kinkel, »die westlichen Staaten mit ihrem ›abendländischen Menschenrechtsverständnis‹ müßten sich ein wenig in die Notwendigkeiten des asiatischen Kulturkreises mit seinem ›konfuzianischen Menschenrechtsverständnis‹ hineinfühlen« (»Kinkel wirbt mit Konfuzius für Li Peng«, in: *die tageszeitung*, Berlin, 25. Juni 1996, S. 1). Den chinesischen Individualismus mag man vielleicht in den Werken chinesischer Philosophen – jedenfalls auf den ersten Blick – nicht entdecken. Doch die Existenz des Katalogs der 36 Strategeme und die Lektüre zahlreicher, Chinesen aller Epochen begeisternder – historischer und literarischer – Strategemgeschichten beweisen auf einer ganz anderen Ebene die Durchsetzungskraft chinesischer Individuen bei der Verwirklichung von Zielsetzungen von – aus der Sicht des heutigen Menschen – individualistisch-menschenrechtlichem Zuschnitt. Selbst die vielfach belächelte westliche naturrechtliche Konzeption individueller Menschenrechte könnte in zahlreichen aus dem alten China berichteten Strategembeispielen eine Art Bestätigung finden. Aus naturrechtlicher Sicht sind die Menschenrechte des Individuums überzeitlich und überkulturell. Sie sind naturgegeben und gelten auch ohne jegliche Verankerung in irgendeinem Rechtsdokument. Da im vormodernen China staatliche Gesetze und gesellschaftliche Normen die, gemäß dieser Sicht, der menschlichen Natur immanenten Menschenrechte nicht gewährleisteten, griffen Chinesinnen und Chinesen zum Mittel des Strategems, um ihr Naturrecht durchzusetzen, getrieben von einem in ihrer menschlichen Natur verankerten, instinktiv erfühlten Impuls zur Wahrung ihrer Menschenwürde. Auf jeden Fall scheint sich die von Europäern nicht selten vorgenommene schematische Gegenüberstellung des Westens und des Reiches der Mitte unter dem Gesichtspunkt individueller Menschenrechte angesichts der Tatsache, daß in China die Strategemkultur eine weltweit einzigartige Blüte und Verbreitung gefunden hat, als relativierungsbedürftig zu entpuppen (zum Verhältnis zwischen Strategemen und Menschenrechten s. Harro von Senger: *Einführung in das chinesische Recht,* München 1994, S. 24f.; ders.: *Chinese Culture and Human Rights,* in: Wolfgang Schmale [Hg.]: *Human Rights and Cultural Diversity,* Goldbach 1993, S. 306f.).

Die 36 Strategeme – gestützt auf das älteste Traktat *Sanshiliu Ji (Miben Bingfa)*

1. Den Kaiser täuschen [indem man ihn in ein Haus am Meeresstrand einlädt, das in Wirklichkeit ein verkleidetes Schiff ist] und [ihn so dazu veranlassen,] das Meer [zu] überqueren
2. [Die ungeschützte Hauptstadt des Staates] Wei belagern, um [den durch die Hauptstreitmacht des Staates Wei angegriffenen Staat] Zhao zu retten
3. Mit dem Messer eines anderen töten
4. Ausgeruht den erschöpften Feind erwarten
5. Eine Feuersbrunst für einen Raub ausnützen
6. Im Osten lärmen, im Westen angreifen
7. Aus einem Nichts etwas erzeugen
8. Sichtbar die Holzstege wieder instandsetzen, heimlich nach Chencang marschieren
9. Das Feuer am gegenüberliegenden Ufer beobachten
10. Hinter dem Lächeln den Dolch verbergen
11. Der Pflaumenbaum verdorrt anstelle des Pfirsichbaums
12. Mit leichter Hand das [einem unerwartet über den Weg laufende] Schaf wegführen
13. Auf das Gras schlagen, um die Schlangen aufzuscheuchen [und dadurch in Erfahrung zu bringen, ob und wo im Gras Schlangen lauern/um die Schlangen zu verjagen]
14. Für die Rückkehr der Seele einen Leichnam ausleihen
15. Den Tiger vom Berg in die Ebene locken
16. Will man etwas fangen, muß man es zunächst loslassen
17. Einen Backstein hinwerfen, um einen Jadestein zu erlangen
18. Will man eine Räuberbande unschädlich machen, muß man deren Anführer fangen

19. Das Brennholz unter dem Kessel wegnehmen
20. Das Wasser trüben, um die Fische zu ergreifen
21. Die Zikade wirft ihre goldglänzende Hülle ab
22. Die Türe schließen und den Dieb fangen
23. Sich mit dem fernen Feind verbünden, um zunächst den nahen Feind anzugreifen
24. Vorgeben, daß man durch den Staat Yu zwecks Angriff auf den Staat Guo nur hindurchmarschieren wolle, und jenen dann doch besetzen
25. [Ohne Veränderung der Fassade eines Hauses in dessen Innerem] die Balken stehlen und gegen [morsche] Stützen austauschen
26. Die Akazie schelten, [dabei aber] auf den Maulbeerbaum zeigen
27. Verrücktheit mimen, ohne das Gleichgewicht zu verlieren
28. Auf das Dach locken, um dann die Leiter wegzuziehen
29. [Dürre] Bäume mit [künstlichen] Blüten schmücken
30. Die Rolle des Gastes in die des Gastgebers umkehren
31. Das Strategem der schönen Frau
32. Das Strategem der Öffnung der Tore [einer in Wirklichkeit nicht verteidigungsbereiten Stadt]
33. Das Strategem des Zwietrachtsäens
34. Das Strategem der Selbstverstümmelung
35. Die Strategem-Verkettung
36. [Rechtzeitiges] Weglaufen ist [bei sich abzeichnender völliger Aussichtslosigkeit] das beste [der 36 Strategeme]

Der Katalog der 36 Strategeme vermag zwar einen großen Teil möglicher Strategeme abzudecken, ist aber keineswegs erschöpfend. Daher gibt es chinesische Veröffentlichungen mit Zusammenstellungen von 58, 64 oder noch mehr Strategemen.

Werden die Strategeme dadurch zu normalen Wegen der Problemlösung, also entstrategemisiert, daß man sie gleichsam kodifiziert? Ja, insofern die fundierte Kenntnis des Katalogs der 36 Strategeme, bei denen es sich im Grunde um 36 Strategemtechniken handelt, das potentielle Strategemopfer zu einer Strategemsensibilität führen kann, die ihm grundsätzlich das Durchschauen von Strategemen ermöglicht, auf die es in der entsprechenden Konstellation nunmehr gefaßt ist, die es also gewissermaßen als eine Normalität erwartet. Ja, insofern dem Strategemanwender eine Auswahl von Strategemtechniken zur Verfügung gestellt wird, die er in entsprechenden Situationen bewußt einsetzen kann, so daß Strategemanwendung als solche für ihn zu einem normalen Mittel unter anderen Mitteln der Problemlösung wird. Nein, insofern die Strategemtechniken letzten Endes recht abstrakte Modelle (s. hierzu Gunther Eigler in diesem Band, S. 408 ff.) sind, die stets in einer einmaligen Situation in die Wirklichkeit umgesetzt werden müssen. Soll die Strategemanwendung gelingen, ist immer wieder in einem neuen konkreten Hier und Jetzt ein noch nicht ausgetretener Pfad zu erschließen. Je mehr das Strategemwissen freilich verbreitet wird, um so höher werden die Anforderungen an die Schöpfungskraft und Phantasie potentieller Strategemanwender. Insofern ist zu erwarten, daß eine Popularisierung der Strategemkunde, insbesondere der Methoden der strategemischen Analyse, letzten Endes zu einer Reduktion von Strategemanwendung führen wird, was dann zu begrüßen ist, wenn die Annahme zutrifft, daß Strategeme überwiegend als Schadensstrategeme aktualisiert zu werden pflegen.

Strategemarten

Unterteilung gemäß dem Wirklichkeitsbezug

Ein Strategem funktioniert, indem es einen außergewöhnlichen Weg zu einem auf gewöhnlichen Pfaden nicht erreichbaren Ziel erschließt. Auf den ungewöhnlichen Weg führt das Strategem den Strategemanwender, indem es ihm im wesentlichen fünf Formen des Umgangs mit der aus unstrategemischer Sicht widerborstigen Wirklichkeit anbietet. Je nach dem Schwerpunkt bzw. je nach dem Ziel des ungewöhnlich-schlauen Umgangs mit der Wirklichkeit lassen sich fünf Grundkategorien von Strategemen unterscheiden, die noch um zwei weitere Strategemkategorien ergänzt werden können:

1. Simulationsstrategeme: eine nicht vorhandene Wirklichkeit wird vorgespiegelt (z. B. Strategem Nr. 7, 27, 29, 32)
2. Dissimulationsstrategeme: eine tatsächlich vorhandene

Wirklichkeit wird dem Blick entzogen/verborgen (z. B. Strategem Nr. 1, 6, 8, 10)

3. Informationsstrategeme: eine unbekannte bzw. verborgene/vertuschte Wirklichkeit wird ermittelt/enthüllt, bzw. eine unbequeme/tabuisierte oder verbotene/sonstwie schwer mitteilbare Wirklichkeitssicht wird vermittelt (z. B. Strategem Nr. 13, 26)

4. Ausmünzungsstrategeme: eine aktiv herbeigeführte oder gegebene Wirklichkeit/Konstellation wird, gestützt auf überlegene Analysestärke, Geschicklichkeit und/oder Geistesgegenwart, ausgenutzt (z. B. Strategem Nr. 2, 4, 5, 9, 12, 18, 19)

5. Fluchtstrategeme: einer prekären Wirklichkeit entzieht man sich/weicht man aus (z. B. Strategem Nr. 36)

6. Hybride Strategeme: ein und dieselbe Strategemhandlung kann mindestens zwei der aufgezählten fünf Kategorien zugeordnet werden (z. B. Ausmünzung + Simulation oder Dissimulation; Simulation + Dissimulation oder umgekehrt, s. unten S. 36).

7. Strategemverkettung: man kombiniert zwei oder mehr, in der Regel aufeinander folgende Strategemanwendungen im Rahmen eines komplexen, durch ein Gesamtziel bestimmten Handlungsablaufs (Strategem Nr. 35, s. hierzu Xuewu Gu in diesem Band, S. 428 ff.).

Man beachte: Nur die Strategeme der Kategorien 1 und 2 beruhen auf Täuschung. Lediglich im Bereich dieser beiden Kategorien sind die im deutschen Sprachraum häufige Gleichsetzung von »List« und »Lüge« nachvollziehbar und die Antinomie »Listhandeln – Wahrhandeln« sinnvoll. Die Strategeme der Kategorien 3 bis 5 beruhen demgegenüber auf dem geschickten synchronen bzw. diachronen Spiel mit Segmenten der als vielschichtig-uneindeutig bzw. mehrbödig sowie, da in ständiger dynamischer Entwicklung befindlich, als beeinfluß- bzw. wandelbar aufgefaßten Wirklichkeit (s. hierzu Harro Senger: *The Idea of Change as a Fundament of the Chinese Art of Cunning*, in: *Notions et perceptions du changement en Chine, Mémoires de l'Institut des hautes études chinoises*, Volume XXXVI, Paris 1994, S. 23 ff.). So gesehen lassen sich sämtliche Strategeme gemäß dem Schwerpunkt ihres Verhältnisses zur Wirklichkeit drei Hauptklassen zuordnen, nämlich

1. Täuschungsstrategemen (Grundkategorien 1 und 2)

2. Präsenzstrategemen (Grundkategorien 3, 4 und 5)
3. Mischstrategemen (Grundkategorie 6)

Reine Präsenzstrategeme setzen Geschicklichkeit, Geistesgegenwart, Wachheit, Einbildungskraft, Kombinationsgabe, geistige Beweglichkeit etc. voraus, nicht aber die Absicht einer Täuschung. In diesem Bereich sind nicht Wahrheit und Offenheit, sondern einfältige Verschlafenheit, fehlende geistige Wachheit bzw. mangelhafte allseitige Wirklichkeitsdurchdringung die Antipoden des Strategems, und man kann daher grundsätzlich durchaus »von einer äußersten Offenheit der List« (s. Ute Guzzoni in diesem Band, S. 390) sprechen. Nichthybride Präsenzstrategeme verzichten gänzlich auf das Element der aktiven Täuschung, wie das folgende Beispiel zeigt:

»Sir Fitzroy MacLean, der vor kurzem 85jährig starb, mochte in vieler Hinsicht als typischer Vertreter der traditionellen britischen Oberschicht erscheinen. Lebenswelt, Lebenslauf, Lebenshaltung des Sohnes einer alten Familie der schottischen Aristokratie wirken in der Tat auf den ersten Blick eher konventionell. Eton und Cambridge; diplomatischer Dienst, unter anderem 1937–1939 an der Moskauer Botschaft; konservativer Parlamentsabgeordneter; [...]. Doch die (freilich apokryphe) Legende, MacLean sei das Vorbild für Ian Flemings James-Bond-Figur gewesen, hing ihm nicht ganz zufällig an. Fitzroy MacLean gehörte zu jener Reihe höchst eigenwilliger, wenn nicht exzentrischer Militärs, die die britischen *upper classes* im Zweiten Weltkrieg hervorbrachten. Als sich das Foreign Office bei Kriegsausbruch weigerte, ihn für den Militärdienst freizugeben, erzwang MacLean sein Ausscheiden durch eine legale List: er bewarb sich um einen Parlamentssitz in Lancaster. Was Churchill später zu dem Kommentar veranlaßte, dies sei ›the young man who has used the Mother of Parliaments as a public convenience‹. MacLean trat zunächst in das schottische Eliteregiment der Cameron Highlanders ein [...]. Bald aber wechselte er zu einer der damals im Aufbau begriffenen, später legendär werdenden ›private armies‹ – zum ›Special Air Service‹, der hinter den deutschen Linien in Nordafrika operierte. Dem abenteuerlichen Leben in der Wüste folgte ein mindestens ebenso abenteuerlicher neuer Auftrag: MacLean wurde mit dem Fallschirm im Partisanengebiet von Bosnien abgesetzt, um als 32jähriger Brigadier von 1943 bis zum Kriegsende die britische Militärmission bei Tito zu leiten.« (Zitiert aus Franz Georg Maier: *Unverändert aktuell: Fitzroy MacLeans Erfahrungen in Bosnien*, in: *Neue Zürcher Zeitung*, 20. August 1996, S. 46.)

Den Einstieg in seine militärische Karriere verdankte MacLean also einer »List«. Um die Blockade des Foreign Office zu überwinden, machte er sich Rechtsbestimmungen zunutze, gemäß welchen ein Parlamentarier rechtlich verpflichtet war, aus dem öffentlichen Dienst auszuscheiden. MacLeans ehrliche und offene List täuschte das Strategemopfer – das Foreign Office – in keiner Weise. Es wurde vielmehr ausmünzungsstrategemisch an die Wand gespielt. Durch den gekonnten Einsatz juristischen Wissens erschloß sich MacLean einen außergewöhnlichen Weg zum zunächst versperrt gewesenen Ziel. Unter allen denkbaren Strategemen scheinen die Präsenzstrategeme zahlen- und bedeutungsmäßig zu überwiegen.

Der hybride Charakter einer Strategemhandlung schließt nicht unbedingt aus, daß sie schwerpunktmäßig einer bestimmten Strategemkategorie angehört. So kann ein Simulationsstrategem nicht nur eine Scheinwirklichkeit vorspiegeln, sondern gleichzeitig auch ein tatsächlich vorhandenes Sein dem Blick entziehen. Insofern der Aufbau eines ganz bestimmten und nur dieses Scheins das Hauptanliegen des Strategemanwenders ist, kann man gleichwohl von einem Simulationsstrategem sprechen. Ist dagegen das Verdecken eines Seins das Hauptanliegen und spielt es keine entscheidende Rolle, was für ein konkreter Schein zu diesem Zweck vorgetäuscht wird (z. B. durch einen Geheimagenten, der zur Identitätsverschleierung geradesogut als Handwerker wie als Kaufmann, Bettler oder Wissenschaftler etc. auftreten kann), so liegt schwerpunktmäßig ein Dissimulationsstrategem vor. Bei jeder Strategemhandlung wird eine bestimmte Konstellation ausgenutzt. Also enthält jedes Strategem die Komponente der Ausmünzung. Ein reines Ausmünzungsstrategem ist jedoch dann nicht hybrid, wenn es auf jegliche Täuschung verzichtet und weder auf Flucht noch auf Information zielt. Ähnliche Überlegungen können auch über die hybride Natur mancher Informations- und Fluchtstrategeme angestellt werden, bei denen zum Beispiel eine Täuschung eingesetzt wird. Im Interesse einer differenzierten Strategemanalyse kann sich aber auch in diesen Fällen die auf den Schwerpunkt des Umgangs mit der Wirklichkeit abzielende Einordnung der betreffenden Strategemhandlung in eine der beiden Kategorien als sinnvoll erweisen.

In China stehen andere Unterteilungen der 36 Strategeme im

Vordergrund, insbesondere die beiden Grundarten der in einer Position der Stärke bzw. offensiv und der in einer Position der Schwäche bzw. defensiv eingesetzten Strategeme. Dies sind zwei von insgesamt sechs Kategorien, denen bereits im Traktat *Die 36 Strategeme (Das geheime Buch über die Kriegskunst)* der Reihe nach je sechs Strategeme zugeordnet sind.

Betrachtet man die Beispiele, die in chinesischen Büchern über die 36 Strategeme zur Veranschaulichung der einzelnen Strategeme aufgeführt werden, so stellt man fest, daß die 36 Strategeme grundsätzlich nicht nur beim Handeln, sondern auch beim Sprechen eingesetzt werden können. Die 36 Strategeme treten demnach als Aktions-, aber auch als rhetorische Strategeme auf.

Unterteilung gemäß ethischen Gesichtspunkten

Je nach ihrer ethischen Beurteilbarkeit können drei Arten von Strategemen unterschieden werden (nach Thomas von Aquins ethisch begründeter Unterteilung der Lüge):
1. Schadensstrategeme: das zerstörerische, egoistische Moment überwiegt (z. B. Davids Anwendung von Strategem Nr. 3 gegen Uria),
2. Dienststrategeme: das Strategem wird im Dienst einer »höheren Sache« angewandt (z. B. Judiths Anwendung von Strategem Nr. 35 gegen Holofernes),
3. Scherzstrategeme: Strategemanwendung zur Belustigung (z. B. die Anwendung von Strategem Nr. 13 in der TV-Sendung »Die versteckte Kamera«).

Im Westen besteht die Tendenz, die Aufmerksamkeit von der Frage nach dem Wesen und den Arten auf die Frage nach der ethischen Bewertung des Strategems abzulenken. In China wird demgegenüber die ethische Bewertung des Strategems als solchen kaum erörtert. Es überwiegt die Überzeugung, daß nicht das Strategem als solches, sondern das konkrete Ziel, dem es dient, der ethischen Wertung unterliegt und daß die ethische Bewertung des Zieles einer Strategemanwendung für die Bewertung des betreffenden konkret benutzten Strategems maßgebend sei. So schreibt ein chinesischer Autor in bezug auf die Anwendung von Strategemen in der Politik:

»Die führenden Persönlichkeiten unterschiedlicher Klassen und Gruppen können allesamt [Strategeme] anwenden und wenden sie auch an. Nur wenn man das [im konkreten Einzelfall] benutzte Strategem im Zusammenhang mit dem – gerechten oder ungerechten, fortschrittlichen oder reaktionären oder grundlegende Fragen von Recht und Unrecht nicht tangierenden – Wesen des betreffenden Kampfes beurteilt, kann man es in angemessener Weise bewerten.« (*Zhonghua Chuantong Wenhua Daguan [Großer Überblick über die traditionelle chinesische Kultur]*, Beijing 1993, S. 508)

In noch allgemeinerer Weise äußert ein anderer Chinese:

»Von ihrem Wesen her gesehen sind Strategeme lediglich von den Menschen zum Erreichen eines Zieles benutzte Mittel (shouduan), sie sind bloße Werkzeuge (gongju), an sich sind sie ohne jegliche ethische Färbung [...] Strategeme kann jeder Mensch benutzen. Doch was die Sittlichkeit und Redlichkeit des Strategemanwenders angeht, so kann dieser edel oder niederträchtig sein. Von niederträchtigen Menschen ausgeheckte Strategeme mögen zwar für eine kurze Weile von Erfolg gekrönt sein, sind aber letztendlich zum Scheitern verurteilt. Nur edle Menschen können [gestützt auf Strategeme] langwährenden Nutzen erzielen und den endgültigen Sieg erringen.« (Deng Jianhua: *Moulüe Jingwei [Die Quintessenz der Strategeme]*, Wuhan 1994, S. 8)

Derartige Überlegungen sind nicht neu. Schon Liu Xiang (77–6 v. u. Z.) meinte in seinem Werk *Shuo Yuan (Andekdotenpark)* im Kapitel »Quanmou« (Strategeme):

»Unter den Strategemen gibt es lautere und unlautere. Die Strategeme des Edlen sind lauter, die Strategeme des kleinen Mannes sind unlauter. Die Strategeme des Lauteren streben nach dem Allgemeinwohl. Wenn sich der Lautere für das Volk mit ganzem Herzen einsetzt, dann ist das ehrlich gemeint. Die Strategeme des Unlauteren entspringen seiner Selbstsucht und seinem Gewinnstreben, wenn er etwas für das Volk tut, so ist das bloßer Trug.« (Lu Yuanjun [Kommentare und Übersetzung]: *Shuo Yuan Jin Zhu Jin Yi [Der Anekdotenpark mit modernen Anmerkungen und moderner Übersetzung]*, Taibei [4]1985, S. 418)

Was allgemein das Zusammenleben der Menschen betrifft, so wird in zeitgenössischen Pressekommentaren eine von Gefühlen der Menschenliebe (ren'ai) losgelöste Strategemanwendung verurteilt (Wang Yan: Jingti »meiyou ren'ai de zhishi« [Vorsicht vor »Wissen ohne Menschenliebe«], in: *Renmin Ribao* [Volkszeitung], Beijing, 3. April 1995, S. 11), und es wird davor gewarnt. Strategeme sollen also, wie schon in alter Zeit eingeschärft, nicht zu rein selbstischen Zwecken ohne Rücksicht auf ethische Schranken eingesetzt werden.

Daneben gibt es noch zahlreiche weitere Möglichkeiten der Einteilung der Strategeme wie z. B.:

c. nach den Bereichen, in denen Strategeme angewandt werden (Kriegsstrategeme, zivile Strategeme wie z. B. juristische Strategeme [s. hierzu in diesem Band die Beiträge von Ulrich Rebstock und Claudio Soliva, S. 241 ff. und 263 ff.], Strategeme in der Pädagogik [s. hierzu in diesem Band Gunther Eigler, S. 408 ff.], Strategeme von Politikern [s. hierzu in diesem Band Xuewu Gu, S. 424 ff.], Strategeme in den Massenmedien, in der Werbung, im Showgeschäft, im Kunstbetrieb, in der Wissenschaft, in der Wirtschaft, im Sport, Strategeme bei Kindern [s. hierzu in diesem Band Gabriele Haug-Schnabel, S. 459 ff.] etc.);

d. als neutral oder positiv bewertete Strategeme (in der deutschen Sprache mit wertneutral bis positiv klingenden bzw. augenzwinkernden Ausdrücken bedacht wie »Strategie«, »Taktik«, »Kunstgriff«, »Kniff«, »Finte«, »Coup«, »Pfiffigkeit«, »Chuzpe«, »Geniestreich«, »Trick«, »Eulenspiegelei«, »Dreh«, »Bubenstück«, »Gimmick« etc.) und als negativ beurteilte Strategeme (mit negativen Ausdrücken belegt wie »Intrige«, »Kabale«, »Ränkespiel«, »Machenschaft«, »Winkelzug«, »übler Trick«, »Taschenspielertrick«, »fauler Trick«, »Rattenfängerei«, »Schmierenstück«, »Schlich«, »Manipulation«, »fauler Zauber«, »Augenwischerei«, »krumme Tour«, »Masche«, »Bluff«, »Täuschungsmanöver«, »Gaukelspiel«, »Verarschung« etc.);

e. als Strategem erkannte und dementsprechend auch wenigstens umrißhaft zutreffend umschriebene Strategeme und nicht als Strategem identifizierte und daher mit falschen Etiketten wie – zum Beispiel in der deutschen Sprache – »Zynismus«, »Mythos«, »Heuchelei«, »Mißbrauch«, »Farce« oder – positiv – »Königsweg«, »Geste«, »Symbolik« etc. bezeichnete Strategeme;

f. ausdrücklich – im Deutschen sehr selten – als »Listen« bezeichnete und – im Deutschen sehr verbreitet – verschämt durch Alternativausdrücke (siehe d.) umschriebene Strategeme;

g. (z. B. in Texten) explizite, also ausdrücklich »List« genannte – oder je nach Sprache mit dem entsprechenden Wort bezeichnete –, und implizite, nur durch eine strategemische Analyse feststellbare Strategeme;

h. offensiv aus einer Position der Stärke heraus bzw. im vollen Besitz der Initiative und defensiv aus einer Position der Schwäche heraus bzw. in einer Notsituation eingesetzte Strategeme;

i. Menschen gegenüber und Tieren oder Objekten der unbelebten Natur gegenüber angewandte Strategeme, wobei der unbelebten Natur gegenüber angewandte technische Strategeme meist als »Trick« bezeichnet werden;

j. Strategeme im strengen Sinne des Wortes und Strategeme im metaphorischen Sinn (s. hierzu in diesem Band Peter Sitte, S. 475 ff.);

k. erfolgreiche Strategeme und – sich in harmlosen Fällen als Schildbürgerstreiche erweisende – mißglückte Strategeme. Hierfür gibt es in China seit der Song-Zeit (960–1279 v. u. Z.) die Wendung »nong qiao cheng zhuo«: »klug sein wollen, sich aber als Narr erweisen; Opfer der eigenen Klugheit/List werden«. Der Ausdruck »zhuoji« (dummes, einfältiges Strategem) prägte bereits der berühmte Dichter Du Fu (712–770 n. u. Z.).

Die möglichen Nebenfolgen von Strategemen

Von dem auf der Stelle mißglückten Strategem zu unterscheiden sind unvorhergesehene Spät- bzw. Nebenfolgen des an sich zunächst erfolgreich durchgeführten Strategems. So schreibt Ralf Dahrendorf über das Selbstbestimmungsrecht der Völker:

»In einem engen Sinn kann man darunter das Recht von Menschen verstehen, an der Regierung ihrer Dinge [sic] mitzuwirken, eine Art Recht auf Demokratie. Insoweit folgt dieses Recht aus den Bürgerrechten. Doch war dies weder Präsident Wilsons Motiv, als er den Völkerbund propagierte, noch hatten die Autoren der Charta der Vereinten Nationen die Demokratie im Sinn. Wilson suchte ein Prinzip, um Österreich-Ungarn in seine Bestandteile aufzulösen, und die Vereinten Nationen hatten von Anfang an einen antikolonialen Zug.« (*Nur Menschen haben Rechte: das Selbstbestimmungsrecht der Völker ist ein barbarisches Instrument,* in: *Die Zeit,* Hamburg, 28.4.1988, S. 43)

Das so gesehen von Präsident Wilson aus pur strategemischen (s. das Strategem des Zwietrachtsäens, Nr. 33 im Katalog der 36 Strategeme) Gründen zur Auflösung Österreich-Ungarns (und wohl auch, so wäre zu ergänzen, des Osmanischen Reiches) in die Welt gesetzte Selbstbestimmungsrecht der Völker führte schließlich – als ein Faktor unter anderen – auch zum Untergang der Imperien einzelner Siegermächte des Ersten Weltkrieges wie des britischen und des französischen Weltreiches. Die Strategemanwender fielen also ihrem eigenen Strategem zum Opfer. Wie sagt doch das (von mir leicht modifizierte) deutsche Sprichwort: »Wer anderen eine Grube gräbt, fällt selbst [auch] hinein!« Ein Strategem ist eine mitunter nicht nur für das Strategemopfer gefährliche Waffe. Für Wilson mochte es sehr bequem gewesen sein, mit unklaren Wörtern wie »Völker« und »Selbstbestimmungsrecht« zu operieren, da er bei den Siegermächten des Ersten Weltkrieges das Interpretationsmonopol über diese Wörter in sicheren Händen wähnte. Damit, daß das Selbstbestimmungsstrategem außer Kontrolle geraten könnte, hatte er offenbar nicht gerechnet. Als nach dem Zweiten Weltkrieg das Selbstbestimmungsrecht der Völker gegen die europäischen Kolonialmächte geltend gemacht wurde, versuchten diese vergeblich, sich dagegenzustemmen, mit Argumenten wie, die Ausdrücke »Völker« und »Selbstbestimmungsrecht« seien nicht klar definiert, weshalb die Gefahr bestehe, daß auch Minderheiten das Selbstbestimmungsrecht beanspruchen könnten, ferner mit dem Bedenken, daß die grenzenlose Ausübung des Selbstbestimmungsrechts – so Frankreich – zur Anarchie führen könne. Heute noch bemüht man sich im Westen verzweifelt, das Wilsonsche Selbstbestimmungsstrategem aus der Welt zu schaffen, zum Beispiel mit der im Abendland vertretenen These, das Selbstbestimmungsrecht der Völker sei kein Menschenrecht, und mit Brandmarkungen wie, das Selbstbestimmungsrecht sei ein »barbarisches Instrument«, »ein Instrument der Entzivilisierung, [...] das aus dem Wortschatz der internationalen Politik verschwinden sollte« (Dahrendorf, ibid.), und wer den Begriff des Selbstbestimmungsrechts verwende, mache sich »des demagogischen Sprachgebrauchs schuldig« (Jörg Fisch: *Selbstbestimmungsrecht: Opium für die Völker?*, in: *Neue Zürcher Zeitung*, 9./10. September 1995, S. 17). Welche potentiellen

Konsequenzen das Selbstbestimmungsrecht in der Tat mit sich bringt, kann man daraus ersehen, daß den derzeit etwa 200 Staaten des Erdballs zwischen 8000 und 20000 ethnische Gruppen gegenüberstehen. Wie Goethes Zauberlehrling bemüht sich heute der Westen krampfhaft, die globale Dynamitwirkung des von ihm selbst – laut Dahrendorf mit rein strategemischen Absichten – ausgebrüteten Selbstbestimmungsrechts der Völker unter Kontrolle zu halten. Dieses Beispiel soll unbedarften Strategemanwendern, die sich zu früh die Hände reiben, eine Warnung sein! Bei jeder Strategemanwendung gilt es, nicht nur das unmittelbare Nahziel zu anzuvisieren, sondern es sind auch stets die langfristigen Nachwirkungen zu bedenken. Im Hinblick darauf bliebe so manches Strategem infolge der Unvorhersehbarkeit der damit verknüpften Risiken besser unausgeführt.

Die Anwendungsmöglichkeiten der Strategeme

1. Die *handlungssteuernde* Anwendung von Strategemen gegenüber anderen (Fremdüberlistung) oder gegen sich selbst (Selbstüberlistung [s. hierzu in diesem Band Franz Buggle, S. 452ff.]), bei Tätigkeiten (Tatstrategeme) oder beim Reden (rhetorische Strategeme): geschieht im Westen zumeist rein situativ-spontan und unreflektiert (Ausnahmen: Rhetorik [s. hierzu in diesem Band Herbert Pilch, S. 346, Kriegsstrategeme, deliktisches Verhalten wie [im deutschen Recht] u. a. Menschenhandel etc.).
2. Die *beobachtungssteuernde* Anwendung von Strategemen in Form der pro- oder retrospektiven strategemischen Analyse von Handlungen, Situationen, Texten etc.: im Westen in jeder Hinsicht unterentwickelt.

Demgegenüber benutzen Chinesen Strategeme nicht nur als handlungssteuernde Modelle, sondern insbesondere auch als beobachtungssteuernde Raster für die Vornahme von retro- oder prospektiven strategemischen Analysen (militärischer, politischer, diplomatischer, wirtschaftlicher Vorgänge etc.). Sämtliche in ihrer Zahl gar nicht mehr überblickbaren chinesischen Bücher über die 36 Strategeme sind in bezug auf die von ihnen gebrachten Beispiele zur Veranschaulichung der einzelnen Strategeme als Einführungen nicht nur in die strategemische Tat, sondern auch in die strategemische Analyse anzusehen. Der strategemischen Analyse kundig war bereits der unbekannte Verfasser des Traktats *Die 36 Strategeme (Das geheime Buch über die Kriegskunst)*, der in jedem der 36 je einem einzelnen Strategem gewidmeten Kapitel Beispiele aus der chinesischen Geschichte anführt, deren Zuordnung zu einem bestimmten Strategem jeweils die Frucht einer vom Verfasser des Traktats vorgenommenen strategemischen Analyse des jeweiligen Geschehensablaufes ist. Die viele Chinesen kennzeichnende Tendenz, ungewöhnlich anmutende Verhaltensweisen anderer Menschen unwillkürlich strategemischen Analysen zu unterziehen und hinter dem vordergründigen Tun des Gegenübers verborgene Strategeme zu vermuten, hat zur Folge, daß ein durch Wachsamkeit und Mißtrauen geprägtes strategemisches Bewußtsein geradezu als ein Kennzeichen chinesischer Mentalität erscheint. Insofern die Strategemkundigkeit nicht der Handlungsorientierung, sondern der Beobachtungssteuerung dient, ist für sie das Durchschauen von List ein primäres Anliegen, das dem puren Selbstschutz dient und mit der Absicht, das eigene Handeln durch Strategeme anleiten bzw. mit dem anderen listig umgehen (Gunther Eigler, S. 418) zu wollen, mitnichten gekoppelt zu sein braucht (in diesem Sinne auch Xuewu Gu in diesem Band, S. 442).

Elemente der strategemischen Analyse

Grundvoraussetzungen sind Strategemsensibilität sowie einigermaßen klare Modellvorstellungen von »normalen«, »gewöhnlichen« Gegebenheiten und Handlungsabläufen. Die Strategemsensibilität mag im gewöhnlichen Berufs- und Alltagsleben »schlummern«, sollte aber grundsätzlich jederzeit aktivierbar sein. Die strategemische Analyse beginnt mit der Beurteilung einer bestimmen (in der Wirklichkeit vorhandenen/in einem Text beschriebenen) Sachlage als harmlos (unstrategemische Situation) oder als strategemverdächtig (strategemische Situation) und verfährt im letztgenannten Falle nach der Schrittfolge »vom Gröberen ins Feinere«:

1. Zunächst ist zu fragen: Handelt es sich um eine *Täuschun-*

gen Vorschub leistende Sachlage (Täuschungssituation) oder um eine *geschickten Wirklichkeitsgestaltungen Vorschub leistende Sachlage* (Präsenzsituation)?

2. Bei einer Täuschungssituation: deuten Inkonsistenzen bzw. Widersprüchlichkeiten in der ins Auge gefaßten Sachlage bzw. die penetrante, abweichenden Ansichten gegenüber unduldsame Aufoktroyierung einer ganz bestimmen Sicht der Dinge darauf hin, daß etwas *vorgegaukelt* oder daß etwas *verborgen* wird?

3. Bei einer Präsenzsituation:
– wird etwas ausgemünzt?
– wird etwas (v)ermittelt?
– wird vor etwas die Flucht ergriffen?

4. Handelt es sich um eine strategemisch komplexe Situation/Vorgehensweise, bei der mehr als ein Strategem feststellbar ist bzw. Täuschungs- und Präsenzstrategeme ineinandergreifen?

5. Die strategemische Feinanalyse (in Ermangelung eines anderen Instrumentariums bis auf weiteres gestützt auf den chinesischen Katalog der 36 Strategeme).

Ein Beispiel westlicher Strategemblindheit

Die mangelhafte westliche Wahrnehmung von Strategemen, unter anderen auch im interkulturellen Diskurs, beleuchtet folgende Begebenheit (zitiert aus: Hans-Peter Martin; Harald Schuhmann: *Der Feind sind wir selbst: die Menschheit auf der Suche nach einem neuen Zivilisationsmodell*, in: *Der Spiegel*, Nr. 2, 11. Januar 1993, S. 103):

»Wie heute die unterschiedlichsten Kulturen miteinander verwoben und die gegensätzlichsten Regierungen aufeinander angewiesen sind, vermag Chinas Ministerpräsident Li Peng seinen Besuchern aus dem Westen mit einer einzigen Frage zu verdeutlichen.
Pflichtschuldig mahnte etwa der deutsche Umweltminister Klaus Töpfer, auch im Reich der Mitte müßten die Menschenrechte eingehalten werden, als er im vergangenen April als Vermittler zwischen Nord und Süd vor dem Rio-Umweltgipfel zu Gast in Peking war. Diese Rechte könne man seinem Volk schon gewähren, entgegnete der chinesische Machtstratege. ›Aber wäre Deutschland auch bereit, 10 bis

15 Millionen Chinesen jährlich aufzunehmen und für sie zu sorgen?‹ Die unerwartete Reaktion ließ den Missionar der westlichen Demokratie verstummen. Dieser ›unglaubliche Zynismus‹, erinnert sich Töpfer, habe ihn entwaffnet.«

Das chinesische Gegenüber kontert auf Herrn Töpfers Vorstoß mit Strategem Nr. 35, bestehend aus einer Verkettung der Strategeme Nr. 2, Nr. 12, Nr. 19 und Nr. 30 aus dem Katalog der 36 Strategeme. Diese vier Strategeme gehören zur Grundkategorie der Ausmünzungsstrategeme. Strategemisch ausgemünzt wird Art. 13, Ziff. 1 der Universalen Erklärung der Menschenrechte vom 10. Dezember 1948:

»Everyone has the right to freedom of movement and residence within the borders of each [sic!] State (Jeder Mensch hat das Recht auf Freizügigkeit und freie Wahl seines Wohnsitzes innerhalb eines [jeden, s. hierzu Helle Kanger: *Human Rights in the UN Declaration,* Uppsala 1984, S. 103] Staates).«

Der strategemisch-verdeckte Hinweis auf die im Westen aus dem Menschenrechtsdiskurs ausgeschlossene und westlichen Menschen daher im allgemeinen unbekannte Bestimmung von Art. 13, Ziff. 1 der Universalen Erklärung der Menschenrechte, die den Grundsatz der weltweiten Domizilfreiheit als individuelles Menschenrecht verankert, führte zur sofortigen und totalen Niederlage Herrn Töpfers. »Entwaffnet« hatte ihn eine einzige Gegenfrage! Von Bedeutung ist in diesem Zusammenhang der Umstand, daß Herr Töpfer in eurozentrisch-monoperspektivischer Weise die chinesische Reaktion einzig und allein der Kategorie »Zynismus« (laut Duden »eine Haltung, die in einer Situation geradezu als konträr, paradox und daher jemandes Gefühle um so mehr verachtend und verletzend empfunden wird«) zuzuordnen wußte. Daß aus chinesischer Sicht Li Pengs Lenkung des Gesprächs auf besagten Art. 13, Ziff. 1 einem ganz anderen Handlungsmuster, nämlich dem der Listigkeit entspringt, nahm Herr Töpfer nicht wahr. Es ist für die inexistente westliche Strategemsensibilität typisch, daß Herr Töpfer blindlings chinesischen Strategemen zum Opfer fiel und sogar noch rückblickend unfähig war, die strategemische Dimension des chinesischen Schachzuges auch nur umrißhaft zu erfassen (s. hierzu im einzelnen Harro von Senger: *Probleme beim Dialog zwischen Europa und China,* in:

Thomas Bearth et al. [Hg.]: *Dialog,* Zürcher Hochschulforum, Bd. 22, Zürich 1994, S. 176ff.).

Zur mangelhaften westlichen Strategemwahrnehmung

Oft wird im Westen behauptet, dank Macchiavelli sei man über die Strategeme bestens unterrichtet. Diese Auffassung ist falsch, denn:

1. Strategeme stehen nicht im Vordergrund von Machiavellis Denken. Das Grundkennzeichen dessen, was wir »Machiavellismus« nennen, ist nicht die Strategemkundigkeit an sich. Machiavelli geht es in erster Linie darum, den Herrscher, insbesondere unter der Voraussetzung des Staatsnotstandes, vom Zwang zu befreien, nach ethischen Normen zu handeln. Machiavelli begründet, ohne schon den Begriff zu verwenden, die Lehre von der Staatsräson. Er bricht mit der Tradition christlich-metaphysischer Staatstheorie. Machiavelli setzt an die Stelle der christlichen Tugenden des Herrschers als Voraussetzung dauerhafter politischer Herrschaft dessen Fähigkeit, politische Macht zu erwerben und zu erhalten, und zwar skrupellos, als Selbstzweck. Machiavelli steht somit gewissermaßen für die – zumindest teilweise – Entlassung der Politik aus der Ethik.

2. Bei der Behandlung dieses Grundthemas kommt Machiavelli vereinzelt unter anderem auf Strategeme zu sprechen, deren sich der Herrscher bedienen kann, um politische Macht zu erwerben und zu erhalten. So erwähnte Machiavelli etwa das Strategem »Teile und herrsche!« In dieser Hinsicht ist übrigens Machiavellis weniger bekanntes Buch *Vom Staate* ergiebiger als *Der Fürst.* In *Vom Staate* erzählt Machiavelli zahlreiche Begebenheiten, in denen das eine oder andere Strategem eine Rolle spielt. Doch Machiavelli entwickelt keine Strategemtheorie. Er versucht nicht einmal ansatzweise, verschiedene Arten von Strategemen systematisch voneinander zu unterscheiden oder gar einen Katalog von Strategemen zusammenzustellen.

Ferner wird im Westen oft behauptet, dank griechischer Sagen (der listige Odysseus), Werken der volkstümlichen Literatur (Till Eulenspiegel) und Märchen (Das tapfere – eigentlich »listige« Schneiderlein) etc. sei man über Strategeme bestens unterrichtet. Diese Auffassung ist falsch, da – mit einigen Ausnahmen, die im vorliegenden Band gewürdigt werden – so gut wie alle bisherigen westlichen Darstellungen des Listphänomens auf der Stufe der Anekdotologie steckengeblieben sind (so im Grunde auch Frédéric Joignot: *Eloge de la ruse: joyeux traité pour se jouer des esprits chagrins,* Paris 1996). Es gibt zahlreiche Strategemgeschichten, aber kaum eine ernstzunehmende wissenschaftliche Untersuchung über Fragen wie das Wesen des Listphänomens, die Struktur von Strategemen, Strategemarten etc. Selbst die westliche Kriegslistforschung, im Rahmen kriegsvölkerrechtlicher Abhandlungen[4], steckt in den Kinderschuhen. Allein in der Rechtswissenschaft (Strafrecht, Kriegsvölkerrecht) existiert eine gewisse Strategemforschung[5], ferner in der Germanistik (s. Wolfgang Jupé: *Die List im Tristanroman Gottfrieds von Straßburg [...],* Heidelberg 1976; s. ferner in diesem Band Hugo Steger, S. 321 ff.). Die Rolle von Strategemen im allgemeinen zivilen (politischen, wirtschaftlichen etc.) Leben ist nahezu unerforscht geblieben. Die beinahe totale westliche Strategemunkenntnis dürfte darauf zurückzuführen sein, daß »schon die alten Griechen« das Listphänomen nie zum Gegenstand theoretischer Erörterung erhoben haben (s. hierzu in diesem Band Renate Zoepffel und Ute Guzzoni, S. 111 ff. und 386 ff.) und die geistige westliche Zivilisation in dieser Hinsicht durch das altgriechische – sowie übrigens auch altrömische – Erbe gleichsam eine bleibende Null-Prägung erfahren hat. So haben führende westliche philosophische Systeme das Listphänomen in sträflicher Weise falsch eingeschätzt. Beispiele:

4 S. als ein Beispiel (mit weiterführenden Literaturangaben): Michael Gimmerthal: *Kriegslist und Perfidieverbot im Zusatzprotokoll vom 10. Juni 1977 zu den vier Genfer Rotkreuz-Abkommen von 1949: (Zusatzprotokoll I),* Bochum 1990.

5 *Ist zur List im Falle des Kindesraubes (§ 235 Strafgesetzbuch) eine Täuschung oder doch ein auf Täuschung gerichtetes Verhalten erforderlich?,* Erörterungen des Strafsenats, Urteil vom 27. Januar 1888, in: *Entscheidungen des Reichsgerichts: Entscheidungen in Strafsachen,* Siebzehnter Band, Leipzig 1888, S. 90 ff.; Joachim Bohnert: *Das Tatbestandsmerkmal »List« im Strafgesetzbuch,* in: *Goltdammer's Archiv für Strafrecht,* Jahrgang 1978 [Hamburg/Heidelberg], S. 353 f.; Ralf Krack: *List als Straftatbestandsmerkmal,* Frankfurt a. M. 1994.

– Neuthomismus: »Falsche Arten von Klugheit sind die sog. Klugheit der Welt und die Verschlagenheit; *sie sind [...] Laster.* [...] Die Verschlagenheit besteht darin, daß jemand ein Ziel mit unredlichen Mitteln erreichen will. Dahin gehen List und Betrug: List geht mehr auf Lüge und falsche Angaben aus [...]« (s. Pater Dr. Bernhard Kälin: *Lehrbuch der Philosophie: Einführung in die Ethik,* 2. Aufl. Sarnen 1954, Nr. 204).
– *Katechismus der Katholischen Kirche* (»Weltkatechismus«, Oldenburg 1993): Laut »thematischem Register«, S. 797, fehlt das Stichwort »List«.
– Aufklärung: »List (cunning) ist der Affe der Weisheit und so weit von dieser entfernt, wie es nur geht; und sie ist als Affe wegen der Menschenähnlichkeit des Affen, dem jedoch fehlt, was ihn wirklich menschengleich machen könnte, um so häßlicher. *List ist nur der Mangel an Vernunft* [...]« (John Locke, *Gedanken über die Erziehung,* Nr. 140).
– Deutsches Militärdenken: »[...] dem ganz Schwachen und Kleinen, *für den [...] keine Weisheit mehr ausreicht,* [bietet sich] auf dem Punkt, wo ihn alle Kunst zu verlassen scheint, die List als die letzte Hilfe [...] [an]« (Carl von Clausewitz: *Vom Kriege [Drittes Buch: Von der Strategie überhaupt X. Die List],* hg. von Wolfgang Pickert und Wilhelm Ritter von Schramm, Pfaffenhofen 1969, S. 108).
– Deutsche Geistesgrößen des 20. Jahrhunderts: »Ernst Jünger [...] ist [...] keine Abhandlung über die List im Abendland bekannt, wahrscheinlich deshalb, weil diese Eigenschaft eher im Nahen und Fernen Osten verbreitet ist« (briefliche Auskunft im Auftrag Ernst Jüngers vom 16. Juni 1995); »über die ›List‹ müßte ich Hegel konsultieren. Ich selber habe dazu nichts geschrieben« (briefliche Auskunft von Jürgen Habermas vom 31. März 1997).

Wie diese Hinweise und Zitate andeuten, krankt der westliche intellektuelle Umgang mit dem Listphänomen u. a. daran, daß es gänzlich ignoriert wird und daß infolge einer vorschnellen ethischen Mißbilligung oder aufgrund einer Bagatellisierung dieses Phänomens jeglicher Impuls zu einer ernsthaften wissenschaftlichen Auseinandersetzung damit von vornherein unterbunden wird.

Für die naive Bagatellisierung des Listphänomens typisch ist eine Äußerung von John Locke in seinen *Gedanken über die Erziehung*, Nr. 140:

»[...] List [...] versucht [...] es mit Kniffen und auf Umwegen; das Mißliche dabei ist aber, daß ein listiger Trick nur einmal hilft, danach aber immer hinderlich ist. Noch nie ist eine Decke so dick oder so fein gemacht worden, daß sie sich selbst verdeckt hätte: noch nie ist einer so listig gewesen, daß er seine List hätte verbergen können. Und wenn einmal eine List aufgedeckt worden ist, dann ist jeder gewarnt und mißtrauisch gegenüber verschlagenen Menschen, und alle Welt tut sich bereitwillig zusammen, sie zu bekämpfen und unschädlich zu machen, während der offene, faire und weise Mann überall auf Hilfsbereitschaft stößt und auf geradem Wege seinem Geschäft nachgeht.«

Mit dieser Verharmlosung der List setzt sich ein chinesischer Autor beinahe 2000 Jahre vor Locke, und zwar in dem Han Fei (ca. 280–233 v. u. Z.) zugeschriebenen *Han Fei Zi* auseinander (übersetzt von Harro von Senger: *Strategemische Weisheit: Chinesische Wörter im Sinnbezirk der List*, a. a. O., S. 55 ff.). Mag auch ein bestimmtes Strategem »nur einmal« helfen, so kann die strategemische Ausnützung des in einem einzelnen »kleinen« Augenblick schlummernden Potentials durchaus langfristige, ja unumkehrbare Folgen zeitigen, man denke im westlichen Kulturkreis nur etwa an Davids Strategem gegen Goliath u. a. Die möglichen strategischen Folgen der einmaligen Strategemanwendung können durch die (wenn überhaupt erfolgende) spätere – bisweilen ja sehr späte! – Aufdeckung des Strategems vielfach mitnichten rückgängig gemacht werden. Im übrigen ist die – vielleicht nicht nur westliche – Welt viel zu strategemblind, um die Strategeme, von denen sie betroffen ist, tatsächlich in vollem Ausmaße prompt zu durchschauen und zu durchkreuzen und um in der Lage zu sein, jeweils den »verschlagenen Menschen« vom »offenen, fairen und weisen Mann« zu unterscheiden.

Burkhart Kienast
Eas Warnung vor der Sintflut: Zur List im alten Orient

Auch im alten Orient hat man schon sehr früh versucht, bestimmte Ziele, wenn es denn anders nicht möglich war, auf ungewöhnliche Weise, durch eine List, ein Strategem also, zu erreichen. Es entspricht freilich dem restriktiven Gebrauch der Keilschrift, daß es, anders als offenbar im alten China, theoretische Erörterungen dazu im altorientalischen Schrifttum nicht gibt. Unter diesen Umständen habe ich mich entschlossen, in der Hauptsache einige markante Fälle aus der religiösen Literatur herauszugreifen und auf strategematisch besonders ergiebige Sachgebiete hinzuweisen.

Die Tatsache, daß über dieses Thema überhaupt gesprochen werden kann, verdanken wir einer List des babylonischen Gottes Ea, des Herren der Weisheit, der einstmals unsere Vorfahren vor der Sintflut bewahrt hat. Der älteste überlieferte Text stammt etwa aus dem 18. Jh. v. Chr.; er hat in leicht abgewandelter Gestalt Eingang in das Alte Testament gefunden und ist daher in groben Zügen bekannt. Ich will die babylonische Geschichte hier nur kurz referieren, muß dazu aber ein wenig weiter in die Geschichte zurückgreifen.

»Als die Götter Menschen waren«, so beginnt der Text[1], mußten sie sich selbst um ihren Unterhalt kümmern und für die Sieben Großen Götter harte Arbeit leisten. Im Laufe der Zeit wurden sie des Frondienstes überdrüssig, sie zerstörten ihr Arbeitsgerät, zogen lärmend zur Wohnung ihres Peinigers Enlil und forderten Arbeitserleichterungen. Enlil wandte sich um Hilfe an den »Vater der Götter«, den Himmelsgott Anum,

1 Vgl. die Bearbeitung des Textes durch W. G. Lambert/A. R. Millard, *Atraḫasīs. The Babylonian Story of the Flood*, Oxford 1969. Vgl. dort auch Ausführungen über die Überlieferungsgeschichte: Die Entstehungszeit ist unbekannt; eine gut erhaltene Niederschrift und mehrere Fragmente stammen aus dem 17. Jh. v. Chr., dazu kommen zahlreiche spätere, im Wortlaut leicht abweichende, Fragmente, davon die meisten aus der Bibliothek des assyrischen Königs Assurbanipal (668–627) in Ninive.

der aber Verständnis für die Leiden der Aufsässigen zeigte. In den folgenden Beratungen wurde ein Vorschlag des Ea angenommen, und demzufolge formte die Muttergöttin einen Lehmkloß, der mit dem Fleisch und Blut eines geopferten Gottes zum Leben erweckt wurde: Der Mensch ward geschaffen, damit er anstelle der Götter harte Arbeit leiste und sie durch seine Opfer unterhalte.

Es dauert aber nicht einmal 1200 Jahre, da stört sich Enlil an den Klagen der Menschen über die Schwere der Arbeit und schickt den Pestgott Namtar zur Bestrafung aus. Atramḫasīs, ein Priester und frommer Diener des Ea, berichtet darüber seinem Gott; mit Eas Rat werden dann der Pestgott besänftigt und die Plage beendet. Nach weiteren 1200 Jahren wiederholen sich die Ereignisse: Diesmal trifft eine Dürrekatastrophe die Menschheit, die Atramḫasīs freilich wiederum, einem Rat seines Gottes folgend, abwenden kann. Als die Menschen ein drittes Mal durch ihren Lärm Enlil beunruhigen, findet eine Götterversammlung statt. Die aufsässige Menschheit soll nun durch eine große Flut vernichtet werden; außerdem wird Ea durch einen Eid verpflichtet, nicht wieder die göttlichen Pläne seinem Schützling Atramḫasīs zu verraten.

Atramḫasīs hat einen bösen Traum – die Stelle ist leider nicht erhalten – und bittet seinen Gott um eine Deutung. Ea antwortet: »Beachte die Botschaft, die ich dir sage!« Dann wendet sich Ea an die Schilfhütte, in der Atramḫasīs (wie heute noch viele Menschen im südlichen Irāq) wohnt, und fährt fort: »Wand, höre mir genau zu, Rohrwand, beachte alle meine Worte: Zerstöre dein Haus, baue ein Boot; lass' fahren deinen Besitz, rette das Leben!«[2] Es folgen Bauanleitung und Verhaltensanweisungen sowie eine Warnung vor der Flut. Atramḫasīs tut, wie ihm geheißen. Als die Flut einsetzt, begibt er sich mit den Seinen an Bord. Sieben Tage und Nächte steigen die Wassermassen, bis alles andere Leben ertränkt ist. Als endlich wieder Land in Sicht ist und Atramḫasīs und die Seinen festen Boden unter die Füße bekommen, bereiten sie ein Dankopfer. Die Götter, denen inzwischen klargeworden war, was sie angerichtet haben, riechen den Duft und fallen gierig wie die Fliegen über das Opfer her.

Anum bemerkt: »Nur Ea konnte dies tun.« Er beruhigt

2 A.a.O. 88 ff.

Enlil, der inzwischen ebenfalls eingesehen hat, daß Eas Handeln auch dem Wohle der Götter dient, und in der folgenden Götterversammlung werden einvernehmlich bestimmte Regeln für die Menschheit beschlossen, um künftig deren Aufsässigkeit zu unterbinden.

Uns interessiert hier zunächst die Rolle des Himmelsgottes Anum: Der »Vater der Götter« ist sozusagen ein *deus emeritus*, der aber in gravierenden Fällen immer wieder eingreifen muß, sei es um Zwistigkeiten unter den anderen Göttern zu schlichten, sei es um die göttliche Ordnung generell wieder ins Lot zu bringen.

Enlil ist der rächende Gott, der hier unerbittlich die Bestrafung der Menschheit für ihre Vergehen anstrebt, ohne sich um die Folgen zu kümmern.

Im Gegensatz dazu steht Ea: Er ist der vorausschauende und listenreiche Gott der Weisheit, zuständig auch für das Handwerk und die Kunst der Beschwörung. Mit seinem Einfallsreichtum »erfindet« er hier den Menschen zur Entlastung der Götter und steht seiner Kreatur auch weiterhin bei, so gut er vermag, und dementsprechend erscheint er auch in der Keilschriftliteratur immer wieder als ein Freund und Helfer des Menschen – wie in unserem Falle: Zweimal verrät Ea direkt seinem Schützling Atramḫasīs die Pläne der Götter, bis er, durch einen Eid gebunden, zu einer List greifen muß: Er kann Atramḫasīs nicht mehr unmittelbar ansprechen, und so wendet er sich an die Wand der Schilfhütte; vom strategematischen Ansatz her gesehen, können wir also im Verhältnis zwischen Ea und Atramḫasīs von einem *Informationsstrategem* sprechen: Die Botschaft, die direkt nicht vermittelt werden darf, muß auf einem Umweg an den Mann gebracht werden. Im Verhältnis zwischen Ea und den übrigen Göttern, insbesondere Enlil, denen gegenüber Ea sich durch einen Eid verpflichtet hat, Atramḫasīs die göttlichen Pläne geheimzuhalten, kann man von einem *Ausmünzungsstrategem* sprechen, insofern Ea offenbar eine Lücke im Eidestext ausnützt: nicht untersagt wurde ja, die Wand der Schilfhütte des Atramḫasīs zu warnen.

Interessant ist dabei vielleicht noch eines: Ea ist einer der bedeutendsten Götter des Landes, der sich hier, wenn man sein Verhalten aus strategematischer Sicht betrachtet, einer List bedient; die List ist damit zwar noch nicht göttlichen Ursprungs, in jedem Falle aber erscheint Eas Listenanwendung als ein positives Beispiel und als eine Anregung für den Menschen, im Notfall dem Vorbild zu folgen.

Unsere Kenntnis von der Geschichte der Sintflut verdanken wir indirekt *Adapa*, einem der legendären Sieben Weisen, die noch vor der Flut den Menschen Moral und Sitte beigebracht haben und dem die Überlieferung die Erfindung der Schrift nachsagt.[3] Adapa[4] war ein Priester des Ea in seiner Stadt Eridu, die damals an den Gestaden des Persischen Golfes gelegen war. Eines Tages nun fuhr Adapa mit seinem Boot hinaus auf das Meer, um Fische als Opfer für seinen Herren Ea zu fangen. Als das Boot voll beladen war, kam der Südwind auf und brachte es zum Kentern. Voller Verzweiflung über das Unglück – kann er doch seinem Gott an diesem Tage keine Opfer darbringen – bricht es aus Adapa heraus: »Südwind, du hast durch dein Wehen mich zum Kentern gebracht; rufe nur deine Brüder gegen mich zu Hilfe: Ich will doch deinen Flügel brechen.« Obwohl dieser Aufschrei formal keine Beschwörungsformel enthält, reicht der eben geäußerte böse Wunsch aus: Plötzlich hört der Südwind auf zu wehen; das Meer wird ruhig, und sieben Tage lang herrscht Windstille. – Die Katastrophe ist da, denn der Südwind vom Persischen Golf her bringt den für die Vegetation des Landes lebensnotwendigen Regen.

Schließlich schreitet der Himmelsgott Anum ein und zitiert Adapa in den Himmel. Bevor dieser dorthin aufbricht, erhält er genaue Anweisungen von seinem Gott Ea: Adapa soll sich in Trauergewänder hüllen; denn am Himmelstore werden zwei Götter stehen, Dumuzi und Ningizzida, Vegetationsgottheiten, die durch die Windstille aus dem Lande vertrieben wurden. Die offenkundige Reue des Adapa wird die beiden so sehr besänftigen, daß sie vor Anum zu seinen Fürsprechern werden. Man wird Adapa im Himmel die übliche Gastfreundschaft erweisen:

3 Vgl. unten S. 67.

4 Vgl. die Bearbeitung des Adapa-Mythos durch S. A. Picchioni, *Il Poemetto di Adapa*, Budapest 1981, 112–123. Der Autor gibt in der Einleitung einen ausführlichen Überblick über die verschiedenen, teilweise erheblich variierenden Interpretationen des Textes. Für die oben gegebene Deutung vgl. B. Kienast, *Die Weisheit des Adapa von Eridu*, in: *Symbolae... Francisco Mario Theodoro De Liagre Böhl Dedicatae*, Leiden 1973, 234–239, und *Überlegungen zum »Fluch« des Adapa*, in: *Festschrift Lubor Matouš*, Budapest 1978, 181–200.

Ihm werden Speise des Todes und Trank des Todes angeboten, er soll nichts davon zu sich nehmen; er wird Öl und ein Gewand erhalten, er soll sich salben und kleiden. So geschieht es – fast.

Nachdem Adapa am Himmelstore die Begegnung mit Dumuzi und Ningizzida hatte und zu Anum gelangt ist, wird er zuerst nach dem Grund für seinen Frevel gefragt; er erzählt von seinem Mißgeschick und schließt den Bericht mit den Worten: »Aus Wut habe ich den Südwind beschimpft.« Nun legen Dumuzi und Ningizzida ein gutes Wort für Adapa ein; Anum beruhigt sich und überlegt: »Warum hat Ea die Menschheit über das Böse dieser Welt aufgeklärt; warum hat er ihm [Adapa] ›tiefe Einsicht‹ verschafft? Denn Ea hat das doch getan.« Und dann: »Was sollen wir nun mit Adapa machen? Bietet ihm Speise des Lebens und Trank des Lebens, er soll essen und trinken; gebt ihm Öl und ein Gewand, er soll sich salben und kleiden!« So geschieht es. Adapa akzeptiert nur Öl und Gewand, lehnt aber Speis' und Trank ab. Von Anum nach dem Grund hierfür befragt, sagt er schlicht: »Mein Herr Ea hat zu mir gesagt: Du sollst nicht essen und du sollst nicht trinken!« Nun lächelt Anum ob der Taten des Ea und sagt: »Die Götter von Himmel und Erde, soviel ihrer sind: Wer könnte so handeln, wer könnte seinem Wort, als wäre es das Wort des Anum, Geltung verschaffen?« »Adapa aber«, so endet der Text, »hat vom Horizont des Himmels bis zum Zenit des Himmels alles gesehen, seinen schrecklichen Glanz erfahren; damals hat Anum ihm, Adapa, besonderen Schutz zukommen lassen, hat der Stadt des Ea Freiheit gewährt. Anum hat, daß sein [des Adapa] Priestertum für immer gepriesen werde, als Schicksal bestimmt: er hat begnadigt Adapa, das Menschenkind, dessen Beschimpfung erfolgreich des Südwinds Flügel gebrochen hat, und der dann zum Himmel aufstieg. So war es!«

Manche sehen in diesem Mythos das Motiv von der Suche nach dem ewigen Leben und werfen dem Gotte Ea vor, Adapa durch den Rat, nichts zu essen und zu trinken, um den greifbaren Erfolg in Gestalt der Unsterblichkeit betrogen zu haben. Diese Auffassung widerspricht allerdings der dem Menschen freundlichen Gesinnung Eas, und unklar bleibt, warum Anum dem reuigen Sünder ein ernsthaftes Angebot des ewigen Lebens überhaupt gemacht haben sollte. Ich betrachte deshalb die Geschichte als eine aitiologische Erzählung, mit der erklärt werden soll, wie Adapa zu seiner Weisheit gekommen ist: durch die Erfahrung eines Menschen, der im Übereifer des Dienstes für seinen Gott gefehlt und großes Unheil angerichtet hat, der dann aber als gehorsamer Diener des Gottes Ea schließlich Gnade und Einsicht fand.

Ea ist in der Erzählung die treibende Kraft: Er ist es ja, der »seinem Wort, als wäre es ein Wort des Anum«, Geltung verschafft hat, wobei mit »seinem Wort« Adapas böser Wunsch, dem Südwind den Flügel zu brechen, gemeint ist; und Anum fragt, warum wohl Ea diesem Wort Wirkung verliehen hat. Der Prolog des Textes gibt dafür eine klare Antwort: Ea »hat ihm [Adapa] weite Einsicht gegeben, indem er ihm die Vorschriften für das Land enthüllte; ihm gab er Weisheit, das ewige Leben gab er ihm nicht. Zu jener Zeit, in jenen Jahren hat den Weisen, den Sohn von Eridu, Ea als Vorbild für die Menschen geschaffen. Der Weise, dessen Wort niemand umstößt, der Vermögende, der an Weisheit von den Großen Göttern Reiche ist er, der Reine, der mit der unbefleckten Hand, der Gesalbte, der die Göttliche Ordnung gesucht [und gefunden] hat.« Ea hat also beabsichtigt, einem auserkorenen Diener höhere Einsichten zukommen zu lassen und ihn damit zum Sittenlehrer der Menschheit zu machen. Um das zu erreichen, wählt er ein Vorgehen, das wir vielleicht unter das Stichwort »Ausmünzungsstrategem« stellen können: Ea nutzt die Verzweiflung des Adapa, um ihm mit dem Wirklichwerdenlassen des bösen Wunsches das Verwerfliche seines Handelns, letztlich seine Auflehnung gegen das Schicksal und damit gegen die Götter, deutlich zu machen: Selbst in höchster Not und Verzweiflung darf sich der Mensch nicht gegen die Götter wenden.

Der Rat zum Anlegen der Trauerkleidung trifft sicher die Befindlichkeit des Adapa und soll dessen Reue über das Verschwinden der beiden Vegetationsgottheiten Dumuzi und Ningizzida bekunden; wir können wohl von einem »Informationsstrategem« sprechen, das Ea den Adapa ausführen läßt.

Die unterschiedliche Bezeichnung von Speis' und Trank der Götter gibt Anlaß zu weiteren Überlegungen:

Ea warnt seinen Schützling vor Speis' und Trank des Todes, indem er ihm durch das genitivische Attribut »des Todes« signalisiert, daß es für Adapa als sterblichen Menschen todeswürdige Hybris wäre, nach Speis' und Trank der Götter zu greifen; Ea will sagen, »wenn du Speis' und Trank der Götter zu dir nimmst, mußt du sterben«. Ea erinnert Adapa auf diese Weise nachdrücklich daran, daß der Mensch sterblich geschaffen wurde; er verwendet also ein Informationsstrategem, um seine Botschaft an den Mann zu bringen.

Anum spricht – aus der Sicht der Götter richtig – von Speis' und Trank des Lebens, aber er verbirgt damit die Gefahr, die dem sterblichen Menschen droht, falls er sich daran vergreifen wollte; deshalb sagt er auch nach der Ablehnung der Nahrung durch Adapa: »Warum hast du nicht gegessen, nicht getrunken? Du wärest nicht [mehr] am Leben.« Anum bedient sich damit ebenfalls eines Informationsstrategems, und er tut dies, um Adapas Aufrichtigkeit und Gehorsam gegen Ea zu prüfen, genaugenommen liegt das Loyalitätsteststrategem vor, und erst als Adapa den Test besteht, entläßt ihn Anum in Gnaden.

Das sog. *»Weltschöpfungsepos«*[5] ist ein religionspolitisches Dokument, das den Aufstieg des Stadtgottes von Babylon, Marduk, zum Herrscher der Welt beschreibt, einen Vorgang von weltpolitischer Bedeutung, denn mit der »Erhöhung Marduks« wird die weit über ein Jahrtausend währende Vorherrschaft der Stadt Babylon begründet. Das Epos berichtet von dem Kampf der jungen Götter gegen die uranfänglichen Kräfte des Chaos. Zunächst bestreitet Ea das Geschehen, dann aber überläßt er das Feld seinem Sohn Marduk, der nach dem endgültigen Sieg eine neue Weltordnung errichtet und als Lohn für seinen Erfolg in der Versammlung der Götter zu deren König ausgerufen wird. Im Verlaufe der Auseinandersetzungen setzen Ea und sein Sohn Marduk wiederholt ihre magischen Fähigkeiten zur Bezwingung der Feinde ein. In diesem Zusammenhang werden zwei *termini* verwendet, die unsere Fragestellung betreffen: Die Substantive *šibqūm,* »Anschlag, Planung«[6], und *nikiltum,* »kunstvolle, listige Ge-

5 Eine brauchbare Bearbeitung des sog. »Weltschöpfungsepos« mit dem antiken Titel *enūma eliš* liegt bis heute nicht vor. Vgl. deshalb die Übersetzung in *Ancient Near Eastern Texts Relating to the Old Testament,* ed. by James B. Pritchard, Second Edition, Princeton 1955, 60–72.

6 So nach W. von Soden, *Akkadisches Handwörterbuch,* Bd. III. 1981, 1227. Zu den im Text zitierten Beispielen vgl. *The Assyrian Dictionary of the Oriental Institute of the University of Chicago,* Vol. 17 S/II, 1992, 381f. sub *»šibqū* s. pl.; 1. plan, 2. stratagem, plot, trick«; hier finden sich ausführliche Textzitate mit englischer Übersetzung.

staltung«, eine Ableitung von dem Adjektiv *naklum,* »kunstreich, -voll«, mit dem Verbum *nakālum* »künstlich, kunstvoll sein«, und dem Substantiv *niklum* »kunstvolles Tun«, »Arglist«.[7]

šibqū ist ein Wort unbekannter Etymologie; es wird im *Chicago Assyrian Dictionary* übersetzt mit »plan«, »plot«, »trick« und – »stratagem«. Der Begriff wird einerseits allgemein gebraucht, andererseits aber häufig in militärischem Kontext verwendet.

So sagt der Jüngling zu seiner verflossenen Geliebten: »Mehr als du (glauben magst) bin ich mir deiner (weiblichen) ›Verführungskünste‹ bewußt *(eliki ḫassāku ana šibqīki)*«, und anderswo heißt es: »Er ging fast zugrunde in einem Lügengespinst (*ina qê šibqī*).«

Im Weltschöpfungsepos finden sich mehrfach Stellen wie: »Ea, der alles weiß, entdeckte ihre Kriegspläne *(šibqū)*«, was sich speziell auf magische Machenschaften der Mächte des Chaos bezieht. Noch interessanter ist ein Beleg aus einem Brief des assyrischen Königs Šamšīadad I. (1813–1781) an seinen Sohn Jasmaḫadad aus dem 18. Jh. v. Chr.: »Ihr sucht nach Kriegslisten *(šibqū)*, um den Feind zu schlagen, und wollt ihn ausmanövrieren, aber der Feind sucht gleichermaßen nach Kriegslisten gegen euch und versucht euch auszumanövrieren – so wie bei Ringern der eine gegen den anderen Finten *(šibqū)* versucht.«

Vielfältiger noch ist das Adjektiv *naklum* »kunstvoll« mit seinen Ableitungen: Der Wortstamm bezieht sich zunächst auf handwerkliche Fähigkeiten etwa in der Architektur bei der Planung und Gestaltung von Palastanlagen und besonders auch auf technische und künstlerische Ausführung von Metallgußarbeiten; es ist auch die Rede von einer »Tiara mit künstle-

7 So nach W. von Soden, *Akkadisches Handwörterbuch,* Bd. II, 1972, unter den einzelnen Stichwörtern. Zu den im Text zitierten Beispielen vgl. *The Assyrian Dictionary of the Oriental Institute of the University of Chigaco,* Vol. 11 N/I, 1980, 381f. sub »*nakālu* v.; 1. to act cleverly, to play a trick, [...], 3. *nukkulu* to execute in an ingenious, artistic, refined, sophisticated way, 4. *nikilta nukkulu* to deceive, play tricks«; ibid. 187 sub »*nakliš* adv.; artistically, skillfully«; ibid. 187f. sub »*naklu* adj.; ingenious, clever, artistic, artful, sophisticated, complicated«. Vgl. Vol. 11 N/II, 1980, 220f. sub »*nikiltu* s.; 1. ingenuity, skillful work, ingenious or clever idea, 2. trick, cunning, deception«; ibid. 231 sub »*niklu* s.; 1. ingenuity, 2. trick, deception«; hier finden sich ausführliche Textzitate mit englischer Übersetzung.

rischem Design *(nikiltum)* als herrschaftlichen Schmuck für Assur, den König der Götter«. Andererseits ist aber auch die Rede von technischen Tricks *(šipir nikilti)*, mit deren Hilfe der Übeltäter eine Steininschrift ausradieren könnte.

Wieder im Weltschöpfungsepos nehmen die »genialen magischen Erfindungen« *(nikiltum)* Marduks auch konkrete Gestalt an und sind sogar in der Lage, gegen die Mächte des Chaos zu kämpfen. Daher rühren dann zahlreiche Epitheta Marduks, des »Herren der Beschwörung«, »Marduk, der kunstvolle Listen kennt *(mudû niklātim)*«, oder »der listenreiche Experte *(apkal niklāti)*«. Derartiges wird dann auf Nabû, den Gott der Schreibkunst, der natürlich auch die schriftlich überlieferten Beschwörungstexte kennt, übertragen.

Auf welche Fähigkeiten der Assyrerkönig Assurbanipal (668–627) bei der Beschreibung seiner Ausbildung hinweisen will, ist nicht ganz klar; er sagt unter anderem: »Ich habe die kunstvollen *(kammu naklu)* Tafeln, deren Sumerisch dunkel und deren Akkadisch schwer zu verstehen ist, gelesen«[8], und er mag damit entweder die Schreibtechnik oder den poetischen Gehalt der Texte meinen.

Allgemein von Fertigkeiten spricht der assyrische König Sanherib (704–681): »Durch den Einfallsreichtum meines Herzens *(ina niklat libbija)* gab ich [den Toren und Höfen des Palastes] Namen«, und: »Ein Tor aus Bronze ließ ich nach eigenen Vorstellungen *(ina niklāt ramānija)* anfertigen.« Meistens sprechen die Herrscher hier aber davon, daß sie die Fähigkeiten Ea verdanken: »Ich, der ich ein Bildnis der Großen Götter hergestellt habe mit Hilfe der Genialität *(ina uzni nikilti)*, die Ea mir geschenkt hat.«

Aber auch im negativen Sinne kann *nikiltum* »Kunstfertigkeit« gebraucht werden; so heißt es mehrfach in Briefen: »Er hat mich des Hauses meines Vaters beraubt, wendet dauernd Tricks gegen mich an *(kajjamānu niklātum unakkala)* und trachtet sogar nach meinem Leben«, oder: »Er plant böse Machenschaften *(niklāta… idabbub)* gegen X«, und »Er sandte Leute aus Babylon in arglistiger Weise *(ina šipir nikilti)* zu mir nach Ninive«; in einem Omentext heißt es gar: »Wenn in einer Stadt viele Betrüger *(ēpiš nikiltum)* sind.«

8 Für das ganze Zitat vgl. unten S. 67f. mit Fußnote 15.

Auf Kriegslisten verweisen Aussagen wie in einer Anfrage an den Sonnengott: Werden die Feinde durch »Waffengewalt, durch Kampf und Schlacht, Sturmangriff, durch Aushungerung oder eine Bresche, durch einen Rammbock oder ... durch gutes Zureden oder einen günstigen Frieden, oder durch irgendeine Kriegslist *(ina mimma šipir nikilti)* zur Eroberung einer Stadt die Stadt X einnehmen?«[9], oder: »Inmitten der Nacht haben sie in hinterhältiger Weise *(ina šipir nikilti)* mich angegriffen.«

Wir dürfen anmerken, daß im Hebräischen, Syrischen und Altsüdarabischen die gleiche Wurzel vorkommt, aber mit einer Beschränkung auf das negative Bedeutungsfeld »Arglist«, »Täuschung«.

Die wichtigsten Bereiche des Wortfeldes von *nikiltum* »handwerkliche Kunstfertigkeit«, »magische Fähigkeit« und »Kriegslist« erinnern uns an die Bemerkungen in F. Kluges *Etymologischem Wörterbuch der Deutschen Sprache* (18. Aufl.) zum Stichwort »List«: »Es umfaßt ursprünglich die Technik des Krieges (Kriegslist), das Schmiedehandwerk und den kultisch-magischen Bereich, der vom Christentum zu verbotenem Zauber gedrückt wurde.

Daher ging ›List‹ vielfach in bösen Sinn über, während die neu einströmende Gedankenwelt zu ›Kunst‹, ›Weisheit‹ und ›Wissenschaft‹ griff.«[10]

In unserem Falle ist natürlich der Übergang von »List« zu »Arglist« nichtchristlichen Einflüssen zuzuschreiben, aber er ist dennoch leicht verständlich: Denn wenn einmal nicht mehr nur die handwerkliche Fähigkeit gemeint ist, wird es in vielen Fällen auf den jeweiligen Standpunkt ankommen: Eine »List« zum Erreichen meines eigenen Vorteils ist natürlich etwas sehr Positives, wenn sie Erfolg hat; wendet die gleiche List freilich ein Dritter gegen mich an, so kann ich sie nur als »Arglist« bezeichnen. Es liegt also ein »Wort mit Gegensinn« (ein *terminus* der *Arabischen Nationalgrammatik*) vor: *nikiltum* kann

9 Vgl. E. G. Klauber, *Politisch-Religiöse Texte aus der Sargonidenzeit*, Leipzig 1913, 1 f., Zeile 8–11.

10 Im Gegensatz zu den einschränkenden Bemerkungen von H. Steger in seinem Beitrag »List – ein kommunikativer Hochseilakt zwischen Natur und Kultur«, weiter unten S. 321 ff., vgl. die Belege bei H. Klingenberg, »List als literarisches Motiv in germanischer Mythologie und Heldensage«, unten S. 281 ff.

sowohl die positive List als auch die negative Arglist bezeichnen.

Auch das Bedeutungsfeld von *emqum*, »weise«, ist hier kurz zu streifen: der Begriff bezieht sich einerseits auf handwerkliches Geschick, aber allgemein auf jede Art von Wissen und begegnet häufig als Epitheton von Göttern und Königen; *emqum* wird aber auch in der Fabel vom Fuchs von deren Helden gesagt und bedeutet hier etwa »schlau«, »listenreich«.[11]

Die *Fabel vom Fuchs*[12] nimmt innerhalb der Keilschriftliteratur insofern eine Sonderstellung ein, als sie zu den wenigen literarischen Texten gehört, die nicht primär dem religiösen Bereich zuzuordnen sind. Aber auf eine gewisse Beliebtheit des Werkes mag dennoch seine zeitliche und räumliche Verbreitung hinweisen: Zwei Bruchstücke stammen aus dem mittelassyrischen Assur (ca. 12. Jh. v. Chr.), mehrere aus neuassyrischer Zeit aus Ninive und Assur (ca. 7. Jh. v. Chr.), ein Fragment aus Babylon; ein weiteres ist unbekannter Herkunft. Dabei handelt es sich nicht um Schultexte, also Schreibübungen von Schülern, sondern um Bibliotheksexemplare, wie aus dem Kolophon des Fragments aus Babylon und aus einem Inventarverzeichnis hervorgeht. Letzteres erwähnt die »Serie vom Fuchs; nach dem ›Munde‹ des Ibni-marduk, des Sohnes des Lu-dumu-nunna, des Gelehrten«. Der Eintrag folgt unmittelbar auf die Nennung der »Serie des Gilgameš; nach dem ›Munde‹ des Sîn-leqe-ununnī, des Beschwörungspriesters« und der »Serie des Etana; nach dem ›Munde‹ des Lu-nanna [...]«; er findet sich also in bester Gesellschaft. Denn gemeint ist einmal das weltberühmte *Gilgameš*-Epos und dann eine Erzählung über den vorsintflutlichen König Etana von Uruk. Dieses Werk mag für uns insofern interessant sein, als hier eine Tierfabel von Adler und Schlange eingeflossen ist – neben unserem Text der einzige Beleg für die Gattung im alten Orient.

Über den Umfang der *Serie vom Fuchs* können wir nur sehr

11 Zu *emqu(m)* »weise« vgl. W. von Soden, *Akkadisches Handwörterbuch*, Bd. I, 1965, 215, und *The Assyrian Dictionary of the Oriental Institute of the University of Chigaco*, Vol. 4 E, 1958, 151 f.

12 Letzte Bearbeitung: W. G. Lambert, *Babylonian Wisdom Literature*, Oxford 1960, 186–209.

ungenaue Angaben machen. Die Überlieferung kennt formal zwei Versionen: Die eine davon steht auf einkolumnigen, die andere auf zweikolumnigen Tontafeln, d. h. auf Tafeln mit jeweils einer bzw. zwei Kolumnen auf der Vorder- und Rückseite; pro Kolumne dürfen wir mit bis zu 70 Zeilen und mehr rechnen. Die zwei mittelassyrischen Fragmente stehen auf einkolumnigen Tafeln, die besser erhaltene hat auf der unteren Partie noch insgesamt 55 Zeilen bewahrt; die andere immerhin noch drei Viertel von fast 40 Zeilen. Inhaltlich mögen beide Texte zu einer einkolumnigen Tafel mit rund 130 bis über 150 Zeilen gehören. Die neuassyrischen Bruchstücke stammen, soweit erkennbar, alle von zweikolumnigen Tafeln mit vielleicht 260 bis 300 Zeilen; ein Exemplar davon wird durch die einkolumnige Tafel aus Babylon dupliziert und enthält deren ganzen Text allein auf der Rückseite.

Die Tafel aus Babylon und ihr neuassyrisches Duplikat enthalten das Ende des Textes und ein Kolophon, dessen Zeilenanfänge leider nicht erhalten sind. Einem Schreibervermerk zufolge handelt es sich um die letzte Tafel der Serie, aber wir können nicht sagen, die wievielte Tafel hier vorliegt; doch mit gutem Grund ist anzunehmen, daß es sich wohl um die dritte Tafel der zweikolumnigen Edition handelt, die ganze Fabel also rund 780–900 Zeilen umfaßt haben muß; vorhanden sind nur rund 325 Zeilen, und davon liegen nur rund 70 vollständig vor oder sind mit Sicherheit zur Gänze zu rekonstruieren. Angesichts dieser Umstände kann es nicht wundern, wenn noch der letzte Bearbeiter des Textes, W. G. Lambert, dem Werk inhaltlich nicht allzuviel abgewinnen konnte.

Das Kolophon der Tafel aus Babylon ist auch aus einem anderen Grunde von außerordentlicher Bedeutung, denn es gibt uns den eigentlichen Namen der Serie, und damit deren erste Zeile: *enūma ^{d}Enlil ina māti iškunu piqittu* »Als Enlil im Lande eine Inspektion angesetzt hatte«; dies entspricht der üblichen Einleitung in die akkadischen Epen der altbabylonischen Zeit. Wir werden auf die inhaltlichen Implikationen der Aussage zurückkommen.

Die Fabel vom Fuchs ist in akkadischer Sprache auf uns gekommen; nur am vermutlichen Beginn der Erzählung finden sich einige sumerische Zeilen mit akkadischer Übersetzung. Inwieweit daraus auf eine ältere Version der Dichtung in sumerischer Sprache zu schließen ist, sei dahingestellt.[13]

Der Text ist nicht in Prosa abgefaßt, sondern, wie die akkadische Dichtung, in Versform gestaltet. Das Versmaß ist das in der altbabylonischen Periode übliche, und dies weist im Zusammenhang mit der erwähnten epischen Einleitung auf eine Entstehung der uns vorliegenden Fassung der Fabel vom Fuchs in diese Zeit (18./17. Jh. v. Chr.).

Trotz der epischen Einleitung treten die erzählenden Teile in den Hintergrund; sie finden sich nur an dem vermuteten Anfang der Fabel und gelegentlich als Einleitung zu einer neuen Episode oder als Überleitung. Bestimmend für den Charakter der Fabel sind Rede und Gegenrede der verschiedenen handelnden Individuen.

Die Protagonisten der Fabel sind der Fuchs und der Wolf; als ihr gemeinsamer Opponent begegnen der Löwe und der Hund; außerdem hören wir von dem obersten Gott Enlil und dem Sonnengott Šamaš, die beide insbesondere vom Fuchs verschiedentlich angerufen werden.

Die Auseinandersetzung mit dem Hund ist am besten dokumentiert, und ihre Darstellung folgt immer dem gleichen Aufbau: Zuerst spricht der Hund, dann der Wolf und zu guter Letzt der Fuchs; fast überall finden sich stereotype Redeeinleitungen, die hier vielleicht von Interesse sind.

kalbu pāšu īpušamma iqabbi
»Der Hund tat seinen Mund auf und sprach«
išmēma barbaru amat kalbi
»Es hörte der Wolf das Wort des Hundes«
ētapla šēlebumma ibakki ṣarpiš
»Es antwortete der Fuchs, bitterlich weinend«.

13 Die Proverbien-Literatur in sumerischer Sprache kennt neben Sprichwörtern über verschiedene andere Tiere auch solche betreffend den Fuchs; vgl. E. I. Gordon, *Sumerian Proverbs. Glimpses of everyday life in Ancient Mesopotamia,* Museum Monographs, Philadelphia 1959, No. 1.65 = 2.118 und 1.58–70; ferner ders., *Journal of Cuneiform Studies* 12, 1958, S. 1–75, No. 5.58. Die Sprichwörter heben zumeist auf Prahlerei und Feigheit des Fuchses ab. Vgl. im übrigen W. v. Soden, *Akkadisches Handwörterbuch,* Bd. III, 1981, 1210 sub *šēlebu(m)* »Fuchs«, und The Assgrian Dictionary of the Oriental Institute of the University of Chicago, Vol. Š/2, 1992, 268–270 sub »fox« (hier finden sich ausführliche Textzitate mit englischer Übersetzung).

Redeeinleitung und Rede der einzelnen Protagonisten sind immer ungefähr gleich lang, jeweils 12 bzw. 16 Zeilen. Direkt danach beginnt entweder der Hund erneut zu reden, oder es wird ein erzählender Teil als Überleitung eingeschoben.

Es blieb dem belgischen Altorientalisten Herman Vanstiphout vorbehalten, in einem Beitrag mit dem Titel *The Importance of the ›Tale of the Fox‹*[14] durch Vergleiche mit dem mittelalterlichen Tierepos von *Reineke Fuchs* eine ganz neue Deutung der so fragmentarisch erhaltenen Fabel zu geben und durch zahlreiche Einzelbeobachtungen ihr Verständnis erheblich zu verbessern. Seine Argumentation ist allerdings vorwiegend literaturvergleichend ausgerichtet und geht weniger auf philologische Details ein. So kommt er zu folgender Rekonstruktion des Textes (die Hinweise auf die einzelnen Fragmente sind hier weggelassen):

»1. Enlil orders an inspection.
(2. One may suspect that this inspection results in detecting crimes committed by Fox and Wolf.)
3. Enlil threatens to send a drought (unless the criminals are brought before him?).
4. Fox and Wolf are brought before the lion, with dog as guard und prosecutor.
5. In what might be a second session before a higher court (Shamash/Enlil) Fox seemingly succeeds in throwing the blame on Wolf and perhaps even Dog. Still, Lion is still present, so that the session before Shamash may be a reminiscence of an earlier occasion.
6. As proof and guarantee of his inocence or at least his reformation, Fox promises to go with his family to Enlil's temple to sacrifice.«

Vanstiphout geht in seinen Erwägungen zur Fabel offenbar von der Reihenfolge der Fragmente in der Edition von Lambert aus, die jedoch eher zufällig ist. Wir können dieser Rekonstruktion nicht zustimmen; insbesondere sehen wir die Rolle des Löwen ganz anders: Dieser wird nur in zwei Fragmenten erwähnt, und wir meinen, die beiden Passagen inhaltlich der gleichen Episode zuordnen zu müssen. Gegen die Auffassung von Vanstiphout spricht wohl auch das Verhalten des Löwen und des Hundes, die man sich selbst bei großzügiger Auffassung kaum als Richter und Ankläger in einem Pro-

14 ASJ (= *Acta Sumerologica* [Japonica]) 10, 1988, 191–228.

zeß vorstellen kann. Ob es sich also um die Schilderung von Gerichtsverfahren handelt, kann durchaus bezweifelt werden, auch wenn dies durch die Verwendung juristischer *termini technici* wie »einen Prozeß führen« *(gerû)*, »(eines Vergehens) überführen« *(burru)*, »Urteil« *(dīnu)* nahegelegt und durch die mehrfache Anrufung des Sonnengottes Šamaš in seiner Funktion als Richtergott und des obersten Gottes Enlil gestützt zu werden scheint. Aber nirgends wird ein Gerichtsort erwähnt; der Wortwechsel mit dem Löwen findet in dessen Revier statt und die Debatte zwischen Fuchs, Wolf und Hund am vom Hund bewachten Eingang zu den Höhlen von Fuchs und Wolf.

Nun eine Zusammenfassung des Geschehens aus meiner Sicht:

»Als Enlil im Lande eine Inspektion angesetzt hatte«, mußte er offenbar feststellen, daß nicht alles den göttlichen Vorstellungen entsprach. Insbesondere, so ist zu vermuten, hatte der Fuchs sich (mit dem Wolf?) durch räuberisches Verhalten und das Töten anderer Tiere schuldig gemacht. Enlil droht daraufhin, eine Dürre über das Land zu senden mit der Absicht, auf diese Weise den (die?) Übeltäter zur Verantwortung ziehen zu können. Der Fuchs versucht bereits hier, durch sein Reden Unheil von sich abzuwenden: Mit den an Enlil gerichteten folgenden Worten scheint der Fuchs Erfolg zu haben: »Enlil, mein Herr, was du geschaffen hast, sollst du nicht zerstören. Meine Feinde haben sich mit mir versöhnt [...]«

Damit ist das Thema vorgegeben, und es wird offenbar in den drei folgenden Episoden weiterentwickelt.

Im folgenden weiche ich mit meiner Deutung von Vanstiphout ab:

1. Der Fuchs und sein Partner, der Wolf, setzen das verwerfliche Treiben fort. Sie werden vor/von Šamaš angeklagt. Der Wolf versucht, alle Schuld auf seinen Partner abzuwälzen, und fordert von Šamaš für den ›weisen‹, ›trickreichen‹ Fuchs die Todesstrafe: »Seit der Fuchs aufgetaucht ist, kommandiert er mich herum; man hat einen krummen Weg unter meine Füße gelegt. Nun werde ich noch selbst durch Reden bezichtigt! Šamaš, laß den ›Verfolger‹ nicht deinem Urteil entkommen: Man soll den weisen, trickreichen Fuchs töten.« Weinend beginnt der Fuchs sich vor dem Sonnengott zu verteidigen: »Šamaš, du sollst mich in diesem Fall nicht verurteilen. [...]«

Es folgt eine lange Lücke von rund 140 Zeilen, in der weitere Reden von Wolf und Fuchs und die Überleitung zur nächsten Episode gestanden haben werden.
2. Das nächste Mal sind Fuchs und Wolf sogar in das Revier des Löwen eingedrungen und wurden von diesem dabei erwischt. Empört droht der Löwe: »Wer in mein Dickicht eindringt, wird nicht mehr zurückkehren, wird nicht sicher entkommen, die Sonne nicht wiedersehen. [...] Ich will dich ohne Reue fressen; dein Blut saugen, dein Fleisch zerreißen [...]«; er macht aber offenbar seine Drohungen nicht wahr, nachdem der Fuchs, weinend wie immer, aber erfolgreich um Gnade gebettelt hat. Die entscheidenden Dialoge sind in der folgenden langen Lücke anzusetzen.
3. Bei einer letzten Exkursion werden Fuchs und Wolf schließlich vom Hund gestellt. Der Fuchs behauptet nun, er sei vom Wolf zu dem Unternehmen gelockt worden; doch beide fliehen und verstecken sich in ihren Höhlen. Der Hund bewacht die Eingänge und prahlt mit seinen Aufgaben und Fähigkeiten: Als Beschützer der Herden schlägt er mit seinem Gebell sogar Leoparden, Tiger, Löwen und andere Wildkatzen in die Flucht; in seinem Revier haben Räuber wie Wolf und Fuchs nichts verloren, und so droht er, die beiden zu vernichten. Die folgende umfangreiche Diskussion mit gegenseitigen Anschuldigungen von Wolf und Fuchs und Drohungen des Hundes gegen beide bildet wohl den Hauptteil der Fabel. Im Verlaufe der Debatte weist der Fuchs gar die Anschuldigungen des Hundes zurück mit den Worten: »Ich habe kein Fleisch gefressen, kein Blut gesaugt, kein Fell zerrissen. [...] Wenn ich Unrecht getan habe, will ich die Strafe dafür auf mich nehmen. [...] Der Hund hat Verleumdungen ausgesprochen. [...] Fleisch wurde nicht gefressen, Blut nicht gesaugt. [...] Leben habe ich nicht gefährdet.« Folgerichtig heißt es später: »Der Fuchs und der Wolf, die das Beste vom Fleisch gefressen hatten, gehen einhellig Šamaš und Enlil an und verlangen Schlimmes für den Hund, ihren Bewacher: ›Nicht länger soll er bestehen, sterben soll der Hund‹.« Nach einer weiteren Lücke und einigen unverständlichen Zeilen kündigt der Fuchs Opfer für Enlil an und betet zu diesem Gott. Und mit diesem Zeichen der Reue und des Versprechens der Besserung hat er sich offenbar sicher aus der Affäre ziehen können. – Über das Schicksal von Wolf und Hund ist nichts

bekannt, doch ist eine Bestrafung der beiden wohl kaum anzunehmen.

Trotz der schlechten Überlieferung unserer *Fabel vom Fuchs* können wir unter strategematischen Gesichtspunkten festhalten: Der Wolf ist grimmig, blutdürstig, ein wenig dumm und nur der willige Partner des Fuchses. Mit Recht ist daher der Fuchs die zentrale Figur der Fabel; er ist »weise« oder besser »schlau« (*emqu*), »trickreich« (*muštēpišu*, auch »der Zauberei kundig«) und wendig und versteht es immer wieder, seine Widersacher zu überrumpeln und selbst die Götter von sich zu überzeugen. Er bedient sich dabei häufig verschiedener Ausmünzungsstrategeme, so wenn er bei Enlil die Bewahrung der Schöpfung anmahnt, oder mit der durch bitterliches Weinen immer wieder zur Schau gestellten Reue. Wo Fuchs und Wolf sich in ihren Höhlen verkriechen, liegt ein Fluchtstrategem vor, und ein Dissimulationsstrategem wendet der Fuchs an, indem er das Verbrechen insgesamt leugnet und daraus seine eigene Unschuld ableitet. Und ein Simulationsstrategem dürfen wir in den Anschuldigungen gegen den Hund sehen, die in den Forderungen nach dessen Hinrichtung gipfeln.

Durch die Thesen von Vanstiphout hat die Fabel vom Fuchs literaturvergleichend einen neuen Stellenwert erhalten. Doch im Unterschied zu dem flämisch-niederdeutschen *Reineke Fuchs*, wie er uns auch in der Fassung von J. W. von Goethe begegnet, treten nur wenige Tiere auf: der Fuchs und der Wolf, der Löwe und der Hund. Aber der Löwe ist nicht der König der Tiere und Gerichtsherr, der Hund nicht der Ankläger und Büttel in einer animalischen Rechtsordnung; beide sind vielmehr Opfer der Begehrlichkeit und des Listenreichtums des Fuchses. Der Ort der Handlung ist nicht eine bestimmte Gerichtsstätte, sondern offenbar der jeweilige Tatort. Und es handelt sich auch trotz der juristischen *termini* nicht um förmliche Verfahren. Vielmehr rufen die Betroffenen in ihrer Not den Sonnengott Šamaš als Richtergott um Hilfe an. Und es sind natürlich die Götter, Šamaš und Enlil, deren Urteil das Verhalten der Tiere unterliegt. Ein direkter Vergleich des *Reineke Fuchs* mit der altorientalischen *Fabel vom Fuchs* ist damit kaum möglich; allenfalls können wir von einer Art »Ur-Reineke« sprechen, dessen Intention und Ausgestaltung bei seiner räumlichen und zeitlichen Verbreitung den unterschiedlichen kulturellen Bedingungen angepaßt wurde.

In den Keilschrifttexten wird natürlich auch dann von »Listen« berichtet, wenn die einschlägigen *termini* nicht genannt werden. Das gilt für die bereits genannten Textgattungen, also für die Mythen und Epen, für die Weisheitstexte und die Königsinschriften ebenso wie für die Briefe und Omentexte. Es ist sogar die Regel in zwei weiten Bereichen, in der Kriegsberichterstattung und im Recht, denen wir uns noch kurz zuwenden wollen.

Beispiele für Kriegslisten lassen sich gelegentlich in Königsinschriften oder in den Briefen assyrischer Agenten finden. Wenn solche Hinweise aber selten sind, so ist dies wohl kein Zufall, sondern einem Geheimhaltungsstrategem, genauer Dissimulationsstrategem zuzuschreiben, da die Herrscher und ihre Feldherren sicher kein Interesse daran hatten, ihre taktischen Finessen auszuplaudern. Ähnliche Rücksichten mag auch Assurbanipal (668–627) in der Beschreibung seiner Ausbildung als Kronprinz genommen haben: »Marduk, der Weise unter den Göttern, gab mir große Umsicht und weiten Verstand; Nabû, der Schreiber des Alls, schenkte mir den Besitz seiner Weisheit. Ninurta und Nergal [beides Kriegsgötter] statteten meinen Körper mit heldenhafter Stärke und unvergleichlicher Kraft aus. Die Erfindung des weisen Adapa erfaßte ich, den verborgenen Schatz, die gesamte Schreibkunst. Ich kann die Vorzeichen von Himmel und Erde aus eigener Kenntnis diskutieren, kann in der Runde der weisen Gelehrten die Omenserie ›Wenn die Leber ein Abbild des Himmels ist‹ debattieren. Ich kann die komplizierten Reziproken und die Produkte ohne Hilfe finden. Ich habe die kunstvollen Tafeln, deren Sumerisch dunkel und deren Akkadisch schwer zu verstehen ist, gelesen. Ich habe die Steintafeln aus der Zeit vor der Flut studiert, die ganz und gar unverständlich sind. Folgendes tat ich täglich mit einem ausgesuchten Partner: Ich galoppierte auf Kampfrössern, ritt auf wilden Hengsten; ich hielt den Bogen, ließ den Pfeil schwirren entsprechend meiner Heldenhaftigkeit, ich schleuderte schwerfällige Lanzen wie Pfeile. Ich ergriff die Zügel, wendete die Räder wie ein Wagenlenker. Ich schmiedete große und kleine Schilde wie ein Waffenschmied; ich bin fähig zu jeder Kunstfertigkeit aller Handwerksmeister.

Gleichzeitig lernte ich alles Nötige für die Herrschaft und wandelte auf den Pfaden des Königtums.«[15]

Angesichts der genauen Angaben zur Ausbildung der körperlichen und geistigen Fähigkeiten ist der pauschale Hinweis ganz am Ende des Zitates auf die Voraussetzungen zur Ausübung der Königsherrschaft auffällig. Dazu gehörten jedenfalls die Kenntnis der staatlichen Organisation, der Finanz- und Wirtschaftsverwaltung, die Wahrung des Rechtes und Maßnahmen zum Erhalt des sozialen Friedens sowie die Abwehr innerer und äußerer Feinde.

Wir wollen uns nur dem letzten dieser Punkte zuwenden[16]: Schon in der zweiten Hälfte des dritten Jahrtausends v. Chr. war Kriegführung ohne eine entsprechende Ausbildung kaum möglich und erst recht nicht zur Zeit des Assurbanipal (668–627). Da war das Heer gegliedert in verschiedene Truppenteile; das Gros bildete natürlich die leichte und schwere Infanterie einschließlich besonders ausgebildeter »Gebirgsjäger«, daneben gab es Kavallerie zu Pferde und, ab dem ersten Jahrtausend, auch Kamelreiterei, Streitwagenkontingente sowie die »Genietruppen«: Dazu sind zu zählen Pioniereinheiten zum Bau von Wegen, besonders im Gebirge, und Brücken einschließlich von »Behelfsbrücken« über Flüsse und Schluchten sowie die Artillerie mit ihren Steinschleudern, Rammböcken und anderen Belagerungsmaschinen. Die oft gewaltige Truppenstärke von Tausenden von Soldaten, die enormen Mengen an leichten Waffen und schwerem Kriegsgerät setzten erhebliches operatives Können und große logistische Fähigkeiten der Armeeführer voraus. Zugleich ergaben sich aus der Gliederung des Heeres aber taktische Möglichkeiten. So gehörte zu den Kriegslisten etwa das Überraschungsmoment: Die Kavallerie konnte dem Gros der Armee vorauseilen, den Feind stellen und ihm erste Verluste zufügen, Eliteeinheiten der Infanterie konnten in Gewaltmärschen gegebenenfalls der

15 Vgl. M. Streck, *Assurbanipal und die letzten assyrischen Könige bis zum Untergange Niniveh's*, II. Teil, Vorderasiatische Bibliothek Bd. 7/2, Leipzig 1916, 254ff.

16 Vgl. den Kongreßband *Iraq* XXV/2, 1963, *Warfare in the Ancient Near East*, und dort besonders die Beiträge von W. von Soden, *Die Assyrer und der Krieg*, 131–144, und H.W.F. Saggs, *Assyrian Warfare in the Sargonid Period*, 145–154.

Kavallerie zu Hilfe eilen oder dem anrückenden Feind einen Hinterhalt legen. War Feindberührung hergestellt, gab es nächtliche Attacken oder Angriffe von unerwarteter Seite, wenn etwa Truppenteile heimlich einen Fluß auf einer »Pontonbrücke« aus Lederschläuchen überschritten hatten. Beliebt war auch das schnelle Besetzen von Engpässen im Gebirge, von Flußübergängen und Wasserstellen, um dem Feind den Weg abzuschneiden. Standen sich die Heerhaufen in Schlachtordnung gegenüber, konnte die Kavallerie oder ein Streitwagenkontingent den Gegner umgehen oder von der Flanke her angreifen. Bei der Belagerung von Städten hat man neben dem Einsatz der üblichen Belagerungsmaschinen offenbar auch versucht, die Stadtmauern zu untertunneln. War der Feind in die Flucht geschlagen, wurde die Verfolgung aufgenommen und getötet, wen man kriegen konnte; desgleichen geschah auch nach der Eroberung einer Stadt, die ansonsten geplündert und gebrandschatzt wurde. Die dabei begangenen Grausamkeiten wie Pfählen, Rädern, Schinden oder Zerstückeln waren zeitbedingt, also keine besondere Eigenheit einer bestimmten Kriegspartei. Feindliche Fürsten hatten Glück, wenn sie im Triumphzug mitgeführt wurden; sonst konnte es passieren, daß man ihnen den Kopf abschnitt und diesen, auf einen Pfahl gespießt, öffentlich ausstellte. Alle diese Abscheulichkeiten (aus unserer Sicht) sind keineswegs Zeichen eines ausgeprägten Sadismus, sondern Teil einer psychologischen Kriegführung, oder – aus strategematischer Sicht – Informationsstrategeme, denen oft genug Erfolg vergönnt war. Wohl aus ähnlichen Gründen gab es im Palast des Königs Assur-naṣirpal II. (883–859) Reliefs mit Darstellungen assyrischer Siege offenbar nur in der Großen Audienzhalle zur Einschüchterung fremder Gesandter, während die übrigen Gemächer mit anderen Szenen geschmückt waren. Die Verbreitung der furchterregenden Nachrichten überließ man dem Feind selbst: »Den Rest der Leute, die, um ihr Leben zu retten, geflohen waren, ließ ich laufen, um den Sieg des Gottes Assur, meines Herren, zu rühmen.« Und mit Genugtuung wird festgestellt: »Ich verbreitete Schreckensglanz und tiefe Furcht, und die Leute von X kamen und brachten mir Tribut.« Das »Ausschütten von Todesstille«, womit die Königsinschriften regelrechte Massaker benennen, war also eine informationsstrategematische, »friedenserhaltende Maßnahme« (wie das heute auch nicht viel anders ist) und zumindest geeignet, das Leben der eigenen Soldaten zu schonen.

Die strategematische Einordnung der einzelnen Kriegslisten ist natürlich von Fall zu Fall verschieden; es sind aber mit hoher Wahrscheinlichkeit alle Strategemgruppen zu belegen – das Fluchtstrategem natürlich nur seitens des Feindes, der sich den assyrischen Truppen zu entziehen sucht.

Wir kommen zum letzten Punkt, dem Recht: »In einer Gerichtsversammlung sollst du nicht herumlungern, bei einem Prozeß dich nicht herumtreiben; denn bei dem Prozeß wird man dich zum Zeugen machen, und du wirst Zeugnis für sie [die Parteien] ablegen müssen. Man bringt dich dazu, in einem Prozeß, der dich nichts angeht, [Aussagen] zu bestätigen. Angesichts eines Prozesses hau ab, achte nicht darauf [Fluchtstrategem!]. Bist du selbst in einen Prozeß verwickelt, lösche das Feuer [der Auseinandersetzung]. Ein Prozeß ist [wie] eine verborgene Grube, eine starke Mauer, die den Gegner unter sich begräbt. Sie erinnern sich an längst Vergessenes und bringen eine Anklage vor.« Aus diesen Worten eines sog. Weisheitstextes[17] aus der Bibliothek des Assurbanipal (668–627) ist eine große Abneigung gegen Juristen generell und speziell solche Rechtsvertreter herauszuhören, die im Verhör dem Zeugen Fallen stellen und ihm das Wort im Munde herumdrehen. Ein solches Verhalten ist natürlich eine besondere Gefahr bei einem Berufsstand, der auf die Anwendung von »Listen« oder besser »Strategemen« in der täglichen Berufsausübung angewiesen ist.

Denn das Recht, gleichgültig ob nur mündlich tradiert, in kurzen Leitsätzen zusammengefaßt oder in umfassenden Gesetzestexten kodifiziert, basiert auf Erfahrungen der Vergangenheit, und nicht nur jeder neue Fall mag anders gelagert sein, sondern es können auch neue Entwicklungen gleich welcher Art eintreten, die ein generelles Überdenken des überkommenen Rechtswesens notwendig machen. Der Jurist ist dann gefordert, das geltende Recht auszudeuten und weiterzuentwickeln. Dabei muß er auch zu ungewöhnlichen Mitteln, also

17 Die sog. *Councels of Wisdom,* bearbeitet von W. G. Lambert, *Babylonian Wisdom Literature,* Oxford 1960, S. 96–107, besonders S. 100, Zeilen 31–40.

zu Strategemen, greifen. Einige Beispiele aus dem Keilschriftrecht sollen das erläutern:

Zum besseren Verständnis sei vorausgeschickt: Die antiken Juristen haben sich die Erfindung der Schrift (um 3000 v. Chr.) alsbald zu eigen gemacht, aber sie haben das neue Medium nicht zur Kodifizierung des Rechtes oder zur Fixierung rechtstheoretischer Überlegungen verwandt, sondern vielmehr begonnen, Rechtsgeschäfte schriftlich als Beweisurkunden aufzuzeichnen, und bis zum Ende des zweiten Jahrtausends v. Chr. war die klassische Form der keilschriftrechtlichen Urkunde gefunden: Die Tontafel mit dem Vertragstext wird nach der Beschriftung mit Mehl bestäubt und mit Lehm ummantelt; auf der Hülle wird der Vertragstext ganz oder in abgekürzter Form wiederholt, und der verbleibende freie Raum wird gesiegelt; die Versiegelung erfolgt generell durch die Partei, die sich eines Rechtes begibt, also etwa durch den Schuldner oder den Verkäufer, eventuell auch durch die Zeugen. Die Urkunden sind objektiv stilisiert und orientieren sich in ihrem Aufbau an einem allgemeingültigen Formular mit dem generellen Schema[18]:

1. Geschäftsvermerk mit Vertragsgegenstand (Sklave, Haus, Feld, Darlehenssumme etc.), Namen der Kontrahenten und rechtsgeschäftliche Tätigkeit (freilassen, kaufen, pachten, mieten etc.),
2. »Schlußklauseln« (Zahlungsversprechen, Verzichterklärungen etc.),
3. Zeugen,
4. Datum.

Es ist deutlich, daß dem Verfasser einer Urkunde unter diesen Umständen nur wenig Spielraum bleibt, zumal die Zahl der eigenständigen Rechtsgeschäfte beschränkt ist und zusätzlich auch dem Umfang der Schlußklauseln und ihrer Formulierung Grenzen gesetzt sind.

Wie unter diesen Umständen mit Hilfe juristischer Strategeme das erwünschte Resultat erzielt werden konnte, mögen

18 Zur Urkundenlehre vgl. schon M. San Nicolò, *Beiträge zur Rechtsgeschichte im Bereiche der keilschriftlichen Rechtsquellen,* Oslo 1931, 114–174, besonders S. 155–158.

einige Beispiele aus dem Pfandrecht der frühaltbabylonischen und altassyrischen Zeit (um 1900 v. Chr.) sowie aus dem Grundkaufrecht im mittelassyrischen Staate von Arrapḫa (ca. 14. Jh. v. Chr.), aus Nuzi (in der Nähe von Kerkuk) verdeutlichen:

Da ist einmal die sog. *zinsantichretische Feldhypothek*[19], eine etwas abenteuerliche Konstruktion, die aber deutlich zeigt, wie »strategemkundige« antike Juristen es verstanden haben, mit dem ihnen vorgegebenen Formularinventar umzugehen: Um dieses in sich widersprüchlich erscheinende Institut besser verständlich machen zu können, seien zunächst die Begriffe *Feldhypothek*, *Zinsantichrese*[20] und *zinsantichretisches Besitzpfand* sowie die agrarwirtschaftlichen Voraussetzungen für ihre Anwendung kurz erläutert.

Es kam nicht selten vor, daß zur Sicherung eines meist kurzfristigen Darlehens ein Feld zum *hypothekarischen Pfand* bestellt oder, anders ausgedrückt, mit einer Hypothek belastet wurde: Das Feld blieb dann im Eigentum und Besitz des Schuldners, war aber dem Gläubiger insofern verfangen, als es nicht veräußert oder anderweitig verpfändet werden durfte und bei Verzug des Schuldners in welcher Form auch immer zur Befriedigung des Gläubigers herangezogen werden konnte – nicht anders, als das auch heute noch der Fall ist.

Auf der anderen Seite gab es das *zinsantichretische Besitzpfand*, das dem Gläubiger das Recht einräumte, zur Befriedigung seiner Zinsansprüche den Ertrag des Feldes heranzuziehen (Zinsantichrese); dafür mußte der Gläubiger natürlich dieses Feld in seinen Besitz bringen, sich also ein Besitzpfand ausbedingen, um jederzeit einen Zugriff auf die Ernte zu haben.

Unter den altbabylonischen Darlehensurkunden gibt es zahlreiche Beispiele sowohl für die Feldhypothek als auch für das zinsantichretische Besitzpfand. Die Wahl zwischen den beiden Pfandarten wird nun offenbar von den Gegebenheiten des Agrarjahres bestimmt: Die Belege für die Feldhypothek

19 Vgl. dazu B. Kienast, *Die altbabylonischen Briefe und Urkunden aus Kisurra*, I. Teil, Freiburger altorientalische Studien Bd. 2/1, Wiesbaden 1978, 88–92, §§ 126–132.

20 Vgl. zum Begriff der Antichrese P. Jörs/W. Kunkel/L. Wenger, *Römisches Recht*, 3. Aufl. Heidelberg 1949, 155 f.

stammen überwiegend aus der ersten Hälfte des Wirtschaftsjahres, aus jener Zeit also, in der die Aussaat vorbereitet und abgeschlossen wurde; die Belege für das zinsantichretische Besitzpfand hingegen sind ausschließlich in die zweite Hälfte des Jahres datiert, in der keine Saatarbeiten mehr erforderlich waren. Der Grund liegt auf der Hand: Der Gläubiger, oft kein Landwirt, sondern ein »Bankier«, konnte naturgemäß an einem besitzverschaffenden Nutzpfand nur nach Abschluß der Aussaat Interesse haben; waren aber noch nicht einmal die vorbereitenden Feldarbeiten abgeschlossen, so mußte ihm eine Hypothek lieber sein, die den Schuldner zwar im Besitz des Feldpfandes beließ, ihm dafür aber auch die Bewirtschaftung des Feldes aufbürdete.

Im Formularwesen der altbabylonischen Zeit nicht vorgesehen war nun der Fall, daß der Gläubiger noch vor Abschluß der Aussaatarbeiten zur Sicherung eines Darlehens auf einem Besitzpfand mit Zinsantichrese bestand. In dieser Situation ist der Urkundenschreiber auf die einfache, aber doch geniale Konstruktion der sog. *zinsantichretischen Feldhypothek* verfallen: In einer Urkunde, die in den 5. Monat datiert ist, und damit in eine Zeit, in der die Aussaat noch nicht abgeschlossen war, heißt es[21]:

»⅓ Mine Silber – zum Zins dafür haben sie 2,16 Hektar Feld... [zum Pfand] bestellt, ... – das Silber [also] haben vom Gläubiger G die Schuldner S_1 und S_2 erhalten. Wenn sie ihm das Feld nicht geben, wird er um dieses Feld einen Rechtsstreit führen können. 6 Zeugen. Datum.«

Die Pfandklausel deutet hier eindeutig auf ein zinsantichretisches Besitzpfand hin; aber erst durch die Schlußklausel, die dem Gläubiger die Übertragung des verpfändeten Feldes garantieren soll, wird angedeutet, daß das Feld zunächst im Besitze der Pfandschuldner verblieb, denen damit – implicite – der Anbau des Feldes oblag: Das Feld ist also zunächst ein hypothekarisches Pfand, das erst durch die spätere Besitzübertragung auf den Gläubiger zum zinsantichretischen Besitzpfand wird.

21 Vgl. dazu B. Kienast, *Die altbabylonischen Briefe und Urkunden aus Kisurra*, I. Teil, Freiburger altorientalische Studien Bd. 2/2, No. 22.

Die Urkunde ist übrigens in einem miserablen Sumerisch geschrieben, einer an sich bereits toten Sprache, die aber noch als Sprache der Religion und der Wissenschaft weiterverwendet wurde; die vielen Fehler in unserer Urkunde zeigen deutlich an, daß der babylonische Schreiber mit dieser Rechtssprache erhebliche Schwierigkeiten hatte; die Deutung des Textes hat sich mir erst erschlossen, nachdem ich von den pfandrechtlichen Voraussetzungen ausgehend und zunächst unter bewußter Vernachlässigung philologischer Feinheiten eine Interpretation versucht habe.

Eine andere Möglichkeit, das Verlangen des Gläubigers nach einem Besitzpfand zu befriedigen, auch wenn die Aussaat noch nicht abgeschlossen ist, bietet das sog. *Pachtpfand*[22]: Es findet sich ebenfalls in einer frühaltbabylonischen Urkunde, diesmal aus dem 3. Monat:

»Zehn Seqel Silber – zinspflichtig, Zins pro zehn Seqel: zwei Seqel Silber – hat vom Gläubiger G der Schuldner S erhalten. 4,32 Hektar Feld des S hat von S der G zur Bestellung erhalten. Ein Drittel der Gerste vom Schnitt. Drei Zeugen. Datum.«

Auf den ersten Blick wird hier ein normales zinspflichtiges Darlehen mit einem Pachtvertrag verknüpft; vereinbart wird die sog. Drittelpacht, wonach der Pächter zwei Drittel, der Verpächter ein Drittel erhält. Allerdings ist das Pachtformular leicht variiert, und es fällt auf, daß die Kontrahenten beider Geschäfte identisch sind in der Weise, daß Darlehensgläubiger und Pächter des Feldes sowie Darlehensschuldner und Verpächter jeweils die gleiche Person sind. Außerdem ist der Gläubiger-Pächter ein bekannter »Bankier«, der in der Rolle eines Feldpächters eine merkwürdige Figur abgibt. Naheliegend ist daher die Annahme, daß hier ein normales zinspflichtiges Darlehen vorliegt; zusätzlich wird ein Besitzpfand in der äußeren Form eines Pachtvertrages vereinbart, wobei die dem Gläubiger-Pächter zustehenden Ernteerträge den Ausgleich für seine Aufwendungen für die Aussaat garantieren. Diese umständliche Konstruktion war notwendig, da die

22 Vgl. dazu B. Kienast, *Die altbabylonischen Briefe und Urkunden aus Kisurra,* I. Teil, Freiburger altorientalische Studien Bd. 2/1, Wiesbaden 1978, 88–92, §§ 126–132.

Urkunde zu Jahresbeginn ausgestellt wurde und der Gläubiger zur Sicherung seiner Forderungen den Besitz des Feldes sowie Ausgleich für die damit ihm obliegenden Arbeiten forderte.

Eine weitere Möglichkeit der »Indirekten Pfandbestellung« bietet das sog. *Kaufpfand*[23], wofür sich eine Reihe von Zeugnissen aus den altassyrischen Handelskolonien in Kleinasien (19. Jh. v. Chr.), freilich überwiegend in kleinasiatischem Milieu, anführen lassen. Hier ein Beispiel:

»Die Tochter der Verkäuferin V hat die Käuferin K gekauft. ½ Mine 1 ½ Seqel Silber hat sie bezahlt. Wenn die V ihre Tochter ›packt‹, wird die V der K 1 Mine Silber zahlen [und dann] ihre Tochter davonführen. Wenn sie [die Tochter] ein Unrecht oder eine Gemeinheit begeht, wird die K sie, wohin es ihr beliebt, verkaufen. Wenn irgend jemand sie [die Tochter] ›packt‹, wird die K die V ›packen‹. Siegel der V; Siegel des Zeugen A; Siegel des Zeugen B.«

Die Urkunde beginnt mit einem geläufigen Kaufformular, das den Kauf des Mädchens von seiner Mutter durch die Käuferin und die Bezahlung des Kaufpreises registriert. Dazu mag die Eviktionshaftung der V passen; sie haftet persönlich für erfolgreich vorgebrachte Ansprüche Dritter auf das Mädchen. Ungewöhnlich bei einem echten Kaufgeschäft ist freilich die Einräumung eines Retraktrechtes, womit der V gestattet wird, gegen Bezahlung von ca. dem Doppelten des ursprünglichen Kaufpreises ihre Tochter wieder an sich zu nehmen; statt »packen« *(ṣabātum)* wird anderwärts deutlicher »auslösen« *(paṭārum)* gebraucht. Die Retraktsumme wird gelegentlich ausdrücklich als »Kaufpreis« *(šīmum)* bezeichnet; ihre Höhe, hier etwa das Duplum, ist nicht als Strafandrohung zu verstehen, da die Urkunden für den Fall rechtswidriger Anfechtung eines Kaufgeschäftes oft ein Vielfaches (4- bis 8fach) des Kaufpreises nennen. Mit dem Rückkaufsrecht zu verbinden ist die Klausel, die der K nur bei Fehlverhalten des gekauften Mädchens das Recht zum Weiterverkauf einräumt. Eine andere Urkunde drückt den Sachverhalt noch deutlicher aus:

23 Vgl. dazu B. Kienast, *Das altassyrische Kaufvertragsrecht,* Freiburger Altorientalische Studien, Beihefte: Altassyrische Texte und Untersuchungen Bd. 1, Stuttgart 1984, 74–77, §§ 95–98.

»Wenn sie [die V] am Ende dieses Monats 45 Seqel Silber, ihren [des verkauften Mädchens] Kaufpreis bringen, werden sie sie [das Mädchen] davonführen. Wenn sie [das Silber] nicht bringen, [ist das Mädchen] seine [des K] Sklavin.«

Hier wird das Rückkaufsrecht also auf einen Monat beschränkt, und erst nach Ablauf dieser Frist erwirbt der K Volleigentum.

Generell handelt es sich hierbei nur formal um Kaufurkunden; denn besondere Lösungsklauseln räumen dem Verkäufer ein Retraktrecht ein, verschiedene Bestimmungen beschränken das Eigentumsrecht des Käufers; weiter treten Pfand- und Bürgschaftshaftung seitens des Verkäufers auf, und endlich begegnet sogar eine Haftung des Käufers für die Verfügbarkeit des Kaufobjektes. Aus alledem ergibt sich: Der Käufer erwirbt zunächst kein Volleigentum, sondern nur revokable, eingeschränkte Eigentumsrechte; es handelt sich also um bedingte Verkäufe, d. h. um dem Kauf nachgeformte Rechtsgeschäfte. Im Klartext: Der Kaufpreis ist als Darlehen zu verstehen, das durch die Bestellung eines sog. *Lösungspfandes* gesichert wird.

Zu den Urkunden über Grundstückskäufe im mittelassyrischen Nuzi (ca. 14. Jh. v. Chr.) sind einige Vorbemerkungen notwendig: Im alten Orient war das Land vielfach Eigentum des Gottes bzw. Tempels oder des Königs bzw. Palastes. Während ein Teil des Bodens zentral bewirtschaftet wurde, konnten einzelne Parzellen an bestimmte Personen als Lehen vergeben werden. Als Gegenleistung hatten die Lehensnehmer entweder Abgaben zu leisten oder bestimmte Dienste (Pflege der Bewässerungskanäle, Kriegsdienst etc.) zu erbringen. Da die Lehensträger kein Eigentum an dem Land besaßen, konnten sie es auch nicht veräußern, doch hatte sich im Laufe der Zeit in der Praxis ein Erbanspruch auf das Lehensland ergeben, so daß dieses oft über Generationen im Besitze der gleichen Familie war. Für den Lehensherren war damit eine gewisse Kontinuität gewährleistet, und bei den im ganzen einfachen Dienstleistungen entfiel die Notwendigkeit, andauernd nach neuen Lehensnehmern zu suchen.[24]

Wollte man unter diesen Umständen dennoch Land ver-

24 Vgl. B. Kienast in: *Reallexikon der Assyriologie und vorderasiatischen Archäologie,* Bd. 5, 1976–1980, 52–59 sub *»ilku«*.

äußern, ein Wunsch, der infolge der wirtschaftlichen Entwicklung aufkam, so war aufgrund der beschriebenen Sachlage ein förmlicher Kaufvertrag (wie eine Schenkung) nicht möglich. In Nuzi fand man nun im Erbrecht einen Ausweg[25], wie etwa das folgende Urkundenschema zeigen mag:

»Adoptionsurkunde des Adoptanten A. Den S hat er zur Sohnschaft angenommen. Das Feld X [Größe und Lage] hat der A dem S als seinen Erbteil gegeben. Der S hat dem A X Silber [o. ä.] als Geschenk gegeben. Wenn das Feld größer ist, wird er [A] nichts abschneiden, wenn es kleiner ist, nichts hinzufügen. Wenn das Feld einen Vindikanten bekommt, wird der A es frei machen und dem S geben. Die Lehenspflicht für das Feld trägt nur der A.«

Formal liegt mit der Überschrift und mit dem Geschäftsvermerk deutlich eine Adoptionsurkunde vor. Eigenartig aber ist: Der Adoptierte S erhält keinen generellen Erbanspruch auf den Todesfall des A, dafür aber sofort ein nach Größe und Lage genau umrissenes Feld, und die Haftungsklausel für dessen Umfang hat mehrfach Parallelen in den Kaufurkunden. Den normalen Gepflogenheiten der Adoption entspricht auch nicht das einmalige Geschenk des Adoptierten S an den Adoptanten A anstelle der sonst üblichen kindlichen Unterhaltspflicht. Auch die Haftung gegen Drittansprüche ist ungewöhnlich, da das Vermögen des künftigen Erblassers, hier des Adoptanten A, sonst natürlich mit allen darauf lastenden Mängeln vererbt wird.

Und noch etwas: Als Adoptierte erscheinen immer wieder die gleichen Personen, was zunächst unverständlich ist, weil man nicht Kind mehrerer Väter gleichzeitig sein kann. Ein gewisser Teḫip-tilla hat sich sogar 81mal adoptieren lassen. Paul Koschaker bemerkt dazu: »Diese Zahl würde übrigens auch ein Nacheinander der Adoptionen mit dazwischenliegenden Auflösungen des Adoptionsverhältnisses ausschließen. Wollte man aber, um diesen Schwierigkeiten zu entgehen, Adoptionen *mortis causa* annehmen, so würde sich uns Teḫip-tilla als ein professioneller Erbschleicher darstellen, dessen Fähigkeiten über Menschenmaß hinausgingen.«[26]

25 Vgl. P. Koschaker, *Neue keilschriftliche Rechtsurkunden aus der El-Amarna-Zeit*, Leipzig 1928, 52–66.
26 A. o. O. 57.

In Anbetracht aller Umstände ist es richtiger, hinter diesen scheinbaren Adoptionen in Wahrheit Grundstückskäufe zu sehen, wobei der Adoptant als Verkäufer, der Adoptierte als Käufer und das »Geschenk« als Kaufpreis für das »vererbte« Feld anzusehen sind.

Die Beispiele mögen zeigen, wie virtuos die antiken Juristen mit den ihnen vorgegebenen Formularen umzugehen verstanden, wenn es galt, individuellen Wünschen Rechnung zu tragen: Bei der *zinsantichretischen Feldhypothek* wird durch das einfache Hinzufügen der Übergabebestimmung die zunächst vereinbarte Hypothek zu einem Besitzpfand; auch beim *Kaufpfand* wird das Kaufgeschäft erst durch die Schlußklauseln zu dem beabsichtigten Darlehensgeschäft mit Pfandbestellung; und gleiches gilt für die *Verkaufsadoption* in Nuzi, wo allein die Schlußbestimmungen die formale Adoption als Kaufgeschäft erkennen lassen. Interessanter noch ist beim *Pachtpfand* die Verbindung eines zinspflichtigen Darlehens mit der scheinbaren Feldpacht, die hier materiell die Bestellung eines Besitzpfandes darstellt.

In diesen und vielen ähnlich gelagerten Fällen können wir von einem Ausmünzungsstrategem sprechen, indem man geschickt vorhandene Formulare für bestimmte Rechtsinstitute durch leichte Abwandlung oder Kombination mit anderen Klauseln dazu benutzt hat, sonst nicht geläufige oder gar eigentlich nicht erlaubte Rechtsgeschäfte darzustellen.

Wegen des Fehlens einschlägiger Vorarbeiten habe ich mich darauf beschränkt, einige wenige Beispiele zu unserem Thema aus den verschiedensten Bereichen der keilschriftlichen Überlieferung vorzuführen. Bei meinen Bemühungen habe ich den Eindruck gewonnen, daß wir Strategeme der verschiedensten Art wohl in allen überlieferten Textgattungen antreffen werden, daß aber die Bedeutung und Funktion dieser Strategeme unterschiedlich zu beurteilen ist, je nachdem, ob die Texte dem wissenschaftlichen Bereich zuzurechnen sind oder nicht. Dies hängt mit dem eingangs kurz erwähnten restriktiven Gebrauch der Keilschrift zusammen, der quasi nur »Ergebnisprotokolle« zuläßt, etwa in der Zusammenstellung mathematischer Tabellen oder der Ausformung einer Rechtsurkunde. Bei der Anwendung des strategematischen Ansatzes sehe ich die Möglichkeit, die theoretischen und methodischen Denkvorgänge der antiken »Wissenschaftler« besser zu erfassen, als es bisher möglich war. Dies gilt z. B. für die Kriegslisten und für die Jurisprudenz, aber auch für die Mathematik, die Mantik und die Beschwörungskunst und sicher auch für manch anderes Teilgebiet des menschliches Wissens. Der Lehre von den Strategemen wird somit hier eine besondere Bedeutung zukommen.

Was demgegenüber die nichtwissenschaftliche Überlieferung betrifft, so handelt es sich hier jeweils um Strategeme, die aus einer gegebenen Situation heraus spontan erdacht und angewandt werden; das gilt natürlich für die literarischen Werke, die von der Phantasie und der Vorstellungskraft ihrer Autoren leben, wie in besonderem Maße von den Privatbriefen, die dem Einfallsreichtum ihrer Schreiber verfangen sind. Zum besseren Verständnis auch dieser schriftlichen Zeugnisse erscheint der strategematische Ansatz als hilfreich. Dafür ein letztes Beispiel: Im 19. Jh. v. Chr. schreibt ein altassyrischer Kaufmann aus Zentralanatolien an seine Braut im fernen Assur:

»Dein Vater hat mir mitgeteilt, daß ich dich heiraten kann. Ich habe nun meine Diener zu deinem Vater geschickt, damit sie dich abholen. Bitte, sobald du meinen Brief hörst, wende dich dort an deinen Vater [zum Abschied] und mach dich mit meinen Dienern auf und komme her. Ich bin allein; es gibt niemanden, der für mich sorgt und mir den Tisch bereitet. – Wenn du mit meinen Dienern nicht herkommst, werde ich [hier] in Waḫšušana eine Tochter aus Waḫšušana heiraten! Du und meine Diener kommt unverzüglich her!«[27]

Wir haben es hier kaum mit einer Liebeserklärung »der etwas anderen Art« zu tun, denn die Eheschließung war wohl weniger eine Liebesheirat als eine geschäftliche Vereinbarung zwischen dem Bräutigam und dem Brautvater, und somit wäre dieser der eigentliche Adressat für eine Aufkündigung der Eheabsprache. Wir werden also die scheinbare Drohung als ein rhetorisches Informationsstrategem bezeichnen können, mit dessen Hilfe der Schreiber auf seine Sehnsucht nach der Verlobten hinweisen und die schnelle Anreise seiner Braut erreichen möchte.

27 Vgl. J. Lewy, *Archiv Orientální* 18/3, Prag 1950, 374, Anm. 48.

Erhart Graefe

Die List der Isis: Über Strategeme bei den alten Ägyptern[1]

Der Terminus »List« kommt in den altägyptischen Sprachen nicht vor, genauer gesagt, finden wir einen solchen in unseren altägyptischen Lexika nicht. Es gibt auch keinerlei Vorarbeiten dazu.[2] An und für sich ist es ja nichts Neues, daß zwar einerseits gewisse Verhaltensweisen der menschlichen Gesellschaft auch in antiken Kulturen vorhanden gewesen sein müssen, sie andererseits aber keinen prägnanten Ausdruck in der betreffenden Sprache gefunden haben. Es kann theoretisch sein, daß man bisher bestimmte Sachverhalte von seiten der Ägyptologen nicht als List bezeichnet hat, weil implizit jeder die engere Definition im Sinne hatte, die besagt, List sei eine Art der Täuschung. Es liegt aber vielleicht auch am Zufall der Überlieferung, gerade im alten Ägypten. Ein großer Teil der uns erhaltenen Textzeugnisse hat nicht das Alltagsleben zum Inhalt, sondern es sind religiöse Texte (im weitesten Sinne), und so handelt es sich bei ihnen nicht um zusammenhängende Erzählungen von menschlichem Tun. Daß wir das listenreiche Vorgehen unserer Protagonisten erkennen können, hat jedoch eine einigermaßen präzise Situationsschilderung zur Voraussetzung. Auf der anderen Seite müssen die uns berichteten Vorgänge keineswegs solche aus der Realität bzw. dem Alltag sein. Man wird sie auch im Mythos oder als Kunstgriffe von Autoren in der Literatur finden.

1 Mit Anmerkungen versehene und unter Berücksichtigung von Vorschlägen Herrn von Sengers erweiterte Fasung des am 22.4.96 in Freiburg gehaltenen Vortrages. Ich verwende das Leidener Klammersystem, d. h. (…) = erläuternder Kommentar; […] = in einer Lücke zu ergänzender Text; {…} = zu tilgender, fehlerhafter Text; <…> = zu ergänzender, fehlender Text (wenn im Original keine Lücke vorhanden ist).

2 Ab und zu ist bei der Kennzeichnung von Texten von jemandes »List« die Rede (z. B. unten Nr. 11 [»List der Isis«]), aber es handelt sich dann um moderne Interpretation. Schott (1950) S. 48 hat allerdings einmal das Wort *šrgḥ* in Papyrus Harris 500, rt 16,11 mit »List« übersetzt; jedoch ist die Textstelle ganz unklar; *šrgḥ* wird bei Lesko (1987) III, S. 163 unter Hinweis auf GM 38, 1980, S. 85–7; GM 47, 1981, S. 21–2 mit »excited feelings« wiedergegeben.

Aus dieser Prämisse ergibt sich sofort, wo man in erster Linie suchen muß, um altägyptische Strategeme (also »Listen«) zu finden, nämlich in mythologischen Erzählungen, Märchen, gewissen Genres der großen Literatur wie Liebesliedern etc. Es gibt vereinzelt auch Strategeme innerhalb von Totentexten. Dabei handelt es sich in der Regel um Strategeme, die wir aufgrund des Zusammenhangs als solche bezeichnen dürfen. Auf der Ebene des Lexikons ist kaum ein Ergebnis zu erwarten, solange man nicht Texte findet, die eine bestimmte Situation eindeutig begrifflich kommentieren. Solche aber gibt es in dem uns überkommenen Material nur ganz selten; sie setzten Reflexion über die Planung bzw. Durchführung eines Strategems voraus. Erzählt wird aber meist nur der Vorgang als solcher, z. B., wie die Hethiter vor der Schlacht bei Kadesch Ramses II. überlisteten (siehe unten Nr. 5). In der ägyptischen Wiedergabe heißt es einfach, zwei Beduinen seien gekommen, hätten über den Standort der hethitischen Armee die Unwahrheit gesagt; und es sei die Absicht des hethitischen Königs gewesen, mit ihrer Hilfe die Ägypter auszuspähen. Die Lüge der Beduinen ist ein Dissimulations-Strategem[3] innerhalb einer Strategem-Verkettung. Nur für sich allein geschildert wird eine Lüge demgegenüber in der Erzählung des Sinuhe. Dessen Antwort auf eine Frage des Syrerfürsten wird vom Sprecher selbst als Lüge bezeichnet, aber ohne Erläuterung, warum er log.[4] Insofern Sinuhe etwas Tatsachenwidriges vorspiegelte, kann man seine Lüge als Simulations-Strategem qualifizieren. Weitrei-

3 Kreator-Strategem (Nr. 7 im chinesischen Katalog). Aus chinesischer Sicht ist grundsätzlich jede Lüge als Simulations- oder Dissimulations-Strategem mittels Worten aufzufassen.

4 B37; Koch (1990), S. 27. Der Held der Geschichte, Sinuhe, befand sich im Heer des Kronprinzen Sesostris auf einem Heereszug in Libyen (die Erzählung beginnt also ca. 1962 v. Chr.). Er hörte duch Zufall heimlich mit, wie durch einen Boten aus der Residenz Angehörigen der Königsfamilie, die sich im Gefolge des Kronprinzen befanden, der Tod des Königs mitgeteilt wurde. Aus nicht klar erläuterten Gründen floh Sinuhe Hals über Kopf nach Syrien. Nach anderthalb Jahren seines Aufenthaltes dort wurde er von einem Syrerfürsten zu sich gebeten. Dieser fragte ihn, wieso er nach Syrien gekommen sei und ob es vielleicht einen besonderen Vorfall in der ägyptischen Residenz gegeben habe. Sinuhe antwortete, König Amenemhet (regierte etwa 1991–1962 v. Chr.) sei gestorben, und man wisse nicht, wie das zugegangen sei. Vermutlich witterte Sinuhe in der Frage eine Falle, denn der Syrer mußte ja längst erfahren haben, daß der König gestorben war. Dem fügt Sinuhe als Erzähler für den Leser

chende strategemische Absichten sind mit Sinuhes Lüge, die damit ein isoliertes Einzelstrategem darstellt, nicht verknüpft, wogegen die mit ähnlicher Formulierung bezeichnete Lüge der Beduinen im Kadeschgedicht innerhalb einer vom Erzähler erkannten und beschriebenen (aber nicht bezeichneten) umfänglicheren Strategem-Verkettung ihren Platz hat.

Bleiben wir zunächst beim Lexikon. Ich erwähnte gerade, daß Ausdrücke für »Lüge« bzw. »die Unwahrheit sagen« strategemisch relevant sind. Einen anderen Terminus, der so etwas wie »Anschlag« bedeutet, kenne ich nur aus der Lebenslehre des Ptahhotep als etwas, was man nicht tun soll[5]: »Du sollst keine Anschläge *(ḫr [.w])* gegen die Menschen[6] machen« bzw.: »Niemals gelingen die Absichten (»Anschläge«, *(ḫr [.w])* der Menschen, es sind die Befehle Gottes, die sich realisieren.«[7] Das Verbum, von dem das Substantiv *ḫr* abgeleitet ist, bedeutet wörtlich nach Gardiner »vorbereiten«[8]; mithin könnte das auf die Pla-

hinzu: »Ich sagte aber als Lüge (*jwms*)...« Es folgt die Behauptung, ihm sei der Tod gemeldet worden und diese Nachricht habe ihn ohne eigenes Verschulden zur Flucht getrieben, als sei es der Befehl eines Gottes gewesen. Die Lüge liegt im Verschweigen der Tatsache, daß er vom Tod durch (zufälliges) Belauschen eines Gesprächs erfuhr. Da die Berufung an den Hof des Syrerfürsten nicht von Sinuhe geplant war und auch erst nach längerem Aufenthalt im Lande mehr oder weniger zufällig erfolgte, scheint es mir nicht gerechtfertigt, das Strategem der Lüge als Teil eines Fluchtstrategems anzusehen (man hätte denken können, die Behauptung, der Tod des Königs sei ihm gemeldet worden, habe der Erhöhung seiner eigenen Bedeutung dienen sollen).

5 Lehre des Ptahhotep, Papyrus Prisse 6,8 (Žába/Dévaud Nr. 99) und 6,9–10 (Nr. 114–115); Žába (1956), S. 74, Komm. S. 120. Die Lehre könnte in der 5. Dyn. entstanden sein (zwischen 2465 und 2325 v. Chr.), die Handschriften stammen aus der 12.Dyn. oder später (nach 1991 v. Chr.).

6 *jmj=k jrj.w ḫr(.w) m rmṯ.w. m rmṯ.w* mit »gegen die Menschen« zu übersetzen, stellt ein Problem dar, aber es gibt entsprechende Beispiele bei Žába (1956), S. 120

7 *n p3j ḫr(.w) nj rmṯ.w wḏ.t nṯr pw ḫpr.t.*

8 *ḫr* »vorbereiten«: Gardiner (1935–38), S. 489 gegen Wb III, 146,7; und ZÄS 45, 1908–09, S. 74, Anm. 2 zu Papyrus Prisse 6,9–10. Papyrus Millingen (Lehre Amenemhets I) 1,7: *rḏ(j).n = f 'w.wj sḫpr ḫr(.w?) jm:* Helck (1969), S. 30: »(Doch wer meine Speise aß, der stellte Truppen auf), wem ich meine Arme gereicht hatte, der schuf Schrecken (*ḫr*) damit (d. h. durch Mißbrauch der gewährten Unterstützung)«; Papyrus Millingen 1,3–4: *smd.t ... tmm.t rḏ(j) jb m-s3 ḫr=s:* Helck(1969), S. 20: »(Nimm dich in Acht besonders vor den Untergebenen, [die nichts sind]) und um deren Respekt man sich nicht kümmern soll« oder (Graefe) »...um deren Anschläge man sich (normalerweise) nicht kümmert«.

nung eines Strategems hinweisen. In der Lebenslehre des Amenemope[9] gibt es einen ähnlichen Satz mit vermutlich dem gleichen Substantiv *ḥr(y)*: »Sage dem nicht deine Verehrung in Unwahrheit, gegen den du einen Anschlag im Schilde führst.«[10]

Man kann noch eine ganze Reihe von Bezeichnungen aus unterschiedlichen Zeiten für unrechtmäßiges oder gewitztes Handeln finden, die in der Beschreibung eines Strategems ihren Platz haben könnten, wobei aber, wie gesagt, eine solche Erläuterung fast nie vorkommt: *m ʿḏ3w* »lügnerisch«[11]; *ḏd m ʿḏ3* »als Lüge/Unwahrheit sagen«[12]; *jrj ḥr.wj* »doppelzüngig«, wörtlich: »zwei Gesichter«[13]; *sʿḏ3* »falsche Reden führen«[14]; *snmḥ* »betrügerische Manipulation der Waage«[15]; *sh3* »schwindeln«[16]; *ẖ3k-jb* »listig, verschlagen sein«[17]; *jrj bg m* »übel mitspielen«[18]; *ḥmww-jb* »erfinderisch«[19]; *pg3-ḥr* »scharfsinnig«[20]; *wb3-ḥr* »geschickt«[21]. Die Liste ließe sich leicht erweitern. In einem koptischen Text des 6. oder 7. Jahrhunderts n. Chr.[22], dem sog. *Kambysesroman*[23], charakterisiert ein Bera-

9 Aus der 20. Dyn. (1186–1070 v. Chr.).

10 In 13, 13–14: *m jrj.w ḏd n =f j3w.t= k n ʿḏ3 jw wn ḫry m ẖ.t =k* nach Žába (1956), S. 120; Grumach (1972), S. 84: »Sage ihm (dem »Heißen«) nicht ein falsches »du seist gepriesen«, während Schrecken (*ḫry:* Žába: »complot«) in deinem Inneren ist«. Zur Schreibung als *ḫry* gibt Žába keinen Kommentar.

11 Wb I, S. 241,4–5. *m ʿḏ3w* (Präposition plus Substantiv) kann sowohl mit »lügnerisch« als auch »als Lüge« übersetzt werden.

12 Kadesch-Bulletin: Kitchen (1979), S. 103 ff.

13 Wb III, S. 126, 20.

14 Wb IV, S. 57, 2–4.

15 Wb IV, S. 165,15.

16 Wb IV, S. 207, 2–3.

17 Vgl. Wb II, S. 363, 8–16. Siehe unten Anm. 58 zu Nr. 11. Die genaue Bedeutung des Ausdrucks »*ẖ3q*-sein in bezug auf das Herz« ist nicht gesichert. *ẖ3q* allein bedeutet »feindlich sein gegen«, und es gibt auch den Ausdruck *ẖ3q-jb* als Substantiv im Sinne von »Übelgesinnter« (o. ä.) als Bezeichnung für Empörer und Feinde.

18 Spiegel (1937), S. 132; das Verb *b(3)g* ist nicht im Wb verzeichnet; Lesko (1982), S. 165: ? »noun«.

19 Wb III, S. 83, 4.

20 Wb I, S. 562, 6.

21 Wb I, S. 291,7.

22 Die koptische Sprache ist die Endstufe des Altägyptischen, allerdings in griechischer Schrift und ein paar Zusatzbuchstaben geschrieben. Sie enthält nur noch einen Bruchteil des älteren Sprachschatzes.

23 Siehe den entsprechenden Katalogartikel von Suzana Hodak in: von Falck (1996), S. 258, Nr. 284 mit Literaturhinweisen.

ter des persischen Königs Kambyses die Ägypter als außerordentlich gewitzte Leute, gegen die man nicht gewinnen könne außer durch »Kunstgriffe« (ⲧⲉϩⲛⲏ [griechisches Lehnwort τεχνη[24]]), mit »Vorwänden« (ⲗⲟⲓϭⲉ) und »Weisheit« (ⲙⲛⲧⲥⲁⲃⲉ). Der König folgt dann dem Rat und versucht es mit einer Kriegslist (siehe unten Nr. 24), die mit dem Wort ⲕⲣⲟϥ bezeichnet wird, was man mit »List«, »Arglist« oder »Hinterlist«, »Falschheit« übersetzen kann.[25] Diese koptische Wort dürfte von dem altägyptischen Verbum *qrf* »krümmen«, »biegen«[26] abgeleitet sein; der König versucht eine »krumme Sache«.

Damit bleibt für den ersten Versuch der strategemischen Analyse altägyptischen Verhaltens nur die Durchsicht von Texten der eingangs genannten Kategorien übrig, nämlich von mythologischen Erzählungen, Märchen, erzählenden Literaturwerken, wissenschaftlichen und juristischen Texten. Im folgenden werde ich die Ergebnisse einer solchen vorläufigen Durchsicht vorstellen.

Ich habe die Strategembeispiele nach zwei verschiedenen Gesichtspunkten klassifiziert; die Ordnung innerhalb dieser ist nicht chronologisch und geht durch alle Zeiten bis hin zur koptischen Zeit und zu von griechischen Autoren berichteten Episoden, sofern sie nur gut in ein ägyptisches Ambiente passen. Der erste Gesichtspunkt ist der der Strategem-Kategorie: A: Simulation (Nr. 1–5), B: Dissimulation (Nr. 6–9), C: Information (Nr. 10–13), D: Ausmünzung (Nr. 14–22), und E: Strategem-Verkettung (Nr. 23–25).[27] Der zweite Gesichtspunkt ist der einer Ordnung nach Sinn und Zweck eines Strategems (A: Anwendung eines Strategems aus Eigennutz; B: Anwendung eines Strategems zum Nutzen des Staates bzw. der Gesellschaft; C: Anwendung eines Strategems zugunsten eines Toten; D: Weitere Zielsetzungen).

Im folgenden gebe ich nach Strategem-Kategorien geordnet

24 Vgl. τεχνη als Mittel der Rhetorik, die von G. Eigler als europäisches Pendant zum chinesischen Strategem herausgestellt wird.

25 Crum (1939), S. 118b.

26 Wb V, 60,7–8; das Wort ist auch in demotischer Schrift und Sprache belegt; siehe zur Etymologie Černý (1976), S. 63.

27 Ein Beispiel für ein Fluchtstrategem habe ich im ägyptischen Material bisher nicht gefunden.

kurzgefaßte Beschreibungen einer Auswahl von Strategemen[28] und lasse dabei von Fall zu Fall auch Passagen im Original sprechen. Danach wende ich mich resümierend der Frage nach Sinn und Zweck der Strategeme zu.

Die Anwendung von Strategemen bei den alten Ägyptern, nach Strategemkategorien geordnet

A: Simulation

Zunächst fünf Beispiele der Anwendung von Simulations-Strategemen:

Nr. 1: Ein Liebesgedicht[29]: Ein Mann sagt von sich, er werde simulieren, krank zu sein, damit zusammen mit den besorgten Nachbarn die Geliebte komme. Es handelt sich um ein bewußt eingesetztes Mittel, etwas zu erreichen, was vielleicht in der bestimmten Situation sonst nicht so einfach möglich wäre. Dabei wird stillschweigendes Einverständnis der Geliebten vorausgesetzt, denn der Liebhaber setzt hinzu, sie werde die Ärzte beschämen, weil sie seine Krankheit[30] kenne. Der Mann verfolgt also das Ziel, daß die Geliebte zu ihm kommt, ohne daß dies den Nachbarn auffällt[31]:

»Ich werde mich drinnen niederlegen
und so tun, als wäre ich krank[32].
Dann treten meine Nachbarn ein, nachzusehen.
Dann kommt meine ›Schwester‹ (Ausdruck für ›Geliebte‹) mit ihnen.
Sie wird die Ärzte überflüssig machen[33],
denn sie kennt meine Krankheit.«

28 Die Listen sind immer implizit; nur in seltenen Fällen werden zur Charakterisierung der Strategeme Ausdrücke gebraucht, die von manchen Bearbeitern mit »listig« o. ä. übersetzt werden.

29 Papyrus Harris 500 II, 9ff. (die Handschrift stammt aus der 19. Dyn. [13. Jhdt. v. Chr.]).

30 Hier ist die Liebe als Krankheit gesehen, ein Motiv, das noch in anderen altägyptischen Liebesgedichten vorkommt.

31 Übersetzung von Schott (1950), S. 48, Nr. 6.

32 Wörtlich: »Dann bin ich zu Unrecht krank«.

33 Weil sie keine Krankheit finden werden bzw. weil er plötzlich wieder gesund sein wird.

Nr. 2: Eine Episode aus der Erzählung des Streites zwischen Horus und Seth.[34] Gott Horus und Gott Seth sollen je in einem Schiff aus Stein zur Wettfahrt antreten, in einer Art Stellvertretungskampf[35] um das Erbe der Herrschaft. Seth, der Onkel des Horus, hatte dessen Vater Osiris, seinen Bruder also, getötet. Horus simuliert den Stein durch entsprechenden Anstrich eines Holzschiffes und gewinnt. Jedoch hindern die übrigen Götter Horus daran, Seth zu töten, der sich schnell in ein Nilpferd verwandelt hat. Diese literarisch gefaßte Episode dient nicht nur der Zerstreuung des Lesers. Man war früher so weit gegangen, die ganze Erzählung als »in the spirit of Offenbach«[36] zu bezeichnen.[37] Aber der altägyptische Autor hatte keinesfalls solch eine spöttische Entmythologisierung im Sinn. Im Gegenteil, Ursula Verhoeven hat 1995 in ihrer Kölner Antrittsvorlesung unter dem Titel »Literatur als Liturgie. Ein ›Sitz im Leben‹ für die Erzählung vom Streit der Götter Horus und Seth«[38] wahrscheinlich gemacht, daß ein Zusammenhang mit den Feiern zur Thronbesteigung eines Königs bestehen muß. Daß solche Mythen nicht einfach zur Volksbelustigung erzählt wurden, zeigt überdies die Tatsache, daß sie auch bildlich gefaßt werden konnten. Ich verweise auf eine Bronzefigur[39], die einen falkenköpfigen Gott (Horus) in einem Schiff stehend zeigt, das auf einem Krokodil »ruht«. Auch das Krokodil kann eine Form des Seth sein. Der Kampf der Götter ist also rundplastisch (dreidimensional) dargestellt und die Bronze wahrscheinlich als eine Art Standartenaufsatz gedacht, da sich unter dem Krokodil ein Zapfen befindet. Es dürfte sich um ein Kultgerät gehandelt haben.

34 Papyrus Chester Beatty I, 13,2 ff.: Brunner-Traut (1989), S. 136. (Die Handschrift stammt aus der 20. Dyn. [1. Hälfte 12. Jh. v. Chr.]).

35 Es geht bei dem Streit zwischen Horus und Seth immer darum, welcher von beiden das Erbe des Osiris, d.h. die Herrschaft, antreten wird. Der Kampf wird hier stellvertretend für einen Kampf »Mann gegen Mann« mit Schiffen ausgefochten.

36 Das heißt, man dachte an den respektlosen Umgang mit der Götterwelt wie in den Operetten *Die Schöne Helena* oder *Orpheus in der Unterwelt*.

37 Gardiner (1931), S. 9.

38 *Ägypten und Altes Testament* 35, hrsg. von Manfred Görg, Wiesbaden 1996, S. 347 ff.

39 Abgebildet bei Roeder (1960), S. 61, Abb. 14 ohne Quellenangabe.

Nr. 3[40]: Eine Episode aus dem sogenannten Mythos von der Himmelskuh: Der Sonnengott läßt durch die Göttin Hathor-Sachmet einen Teil der rebellischen Menschen töten. Nach dem ersten Tag des Gemetzels tut es ihm wieder leid; er kann aber den Befehl nicht zurücknehmen und beschließt daher, die Göttin zu überlisten. (Diese Beweggründe werden im Originaltext nicht genannt, sie ergeben sich nur aus der Erzählung.) Er läßt Ocker bringen und Bier brauen. Daraus entsteht eine Flüssigkeit, die wie Blut aussieht. Diese wird über der Erde ausgegossen. Als die Göttin kommt, um die Menschen zu töten, trinkt sie das vermeintliche Blut, wird betrunken und kann die Menschen nicht mehr erkennen; diese sind gerettet.

Nr. 4[41]: Ein General simuliert dem Feind seine und seiner Armee Übergabe, um ihn dann leichter überrumpeln zu können.

Nr. 5: Zwei unter hethitischer Herrschaft stehende Beduinen spiegeln als angebliche Überläufer dem Pharao vor, das hethitische Heer sei zu weit entfernt, um die Ägypter am Sturm auf die Stadt Kadesch am Orontes hindern zu können. Die Aufgabe der Beduinen lautet, die Ägypter auf diese Weise zu desinformieren und sie außerdem auszuspähen. Diese Kriegslist ist also eine solche der Feinde der Ägypter, d. h. der Hethiter, wird aber in einem offiziellen Dokument der Ägypter überliefert, in dem sogenannten Bulletin über die Ereignisse der Schlacht bei Kadesch (ca. 1285 v. Chr.).[42] Ich will den Vorgang etwas ausführlicher zitieren:

»Es kamen zwei Schasu vom Stamme der Schasu, um Seiner Majestät zu sagen: ›Es sind unsere Brüder, die Anführer sind der Stämme, die sich bei dem Feind von Hatti[43] befinden, die uns geschickt haben, um Seiner Majestät zu sagen: Wir wollen Diener des Pharao (LHG[44]) sein, um uns zu trennen von dem Fürsten von Hatti.‹ Darauf sagte Seine Majestät zu ihnen: ›Wo sind sie, eure Brüder, die euch geschickt haben,

40 Hornung (1982), S. 38. (Die Belege für den Text stammen aus der 18. bis 20. Dyn. [Mitte des 14. bis Mitte des 12. Jhs. v. Chr.]).

41 Papyrus Harris 500 verso: Brunner-Traut (1989), S. 182 f. (Die Handschrift stammt aus der 19. Dyn. [13. Jhdt. v. Chr.]).

42 Assmann (1985), S. 188; Kitchen (1979), S. 103 ff.

43 Siehe Anm. 45.

44 Abkürzung für »er lebe, sei heil und gesund« bzw. »Leben/Heil/Gesundheit«, eine stereotype Wunschformel.

diesen Sachverhalt Seiner Majestät mitzuteilen?‹ Darauf sagten sie zu ihm: ›Sie sind dort, wo der elende[45] Fürst von Hatti ist, denn der Feind von Hatti ist in dem Lande von Haleb im Norden von Tunip.[46] Er fürchtet sich zu sehr vor Pharao (LHG), um nach Süden zu kommen, seit er gehört hat, daß Pharao (LHG) nach Norden gekommen ist.‹ Diese beiden Schasu sprachen diese Worte, die sie zu Seiner Majestät sagten, aber in Unwahrheit (*mʿḏꜣ*).[47] Denn es war der Feind von Hatti, der sie (d. h. die beiden Schasu) kommen ließ, um zu erkunden, wo Seine Majestät sich befand, und um zu verhindern, daß die Armee Seiner Majestät sich bereitmachte zum Kampf mit dem Feind von Hatti. Der Feind von Hatti, der die Schasu kommen ließ, um diese Worte Seiner Majestät zu sagen, war mit seinen Truppen und Wagen gekommen und allen Fürsten eines jeden Landes, die zum Herrschaftsbereich von Hatti gehörten. Ihre Truppen und Wagen, die er mit sich geführt hatte als Verbündete, um zu kämpfen mit den Truppen Seiner Majestät, sie befanden sich ausgerüstet und kampfbereit hinter Alt-Kadesch, ohne daß Seine Majestät wußte, daß sie dort waren, als die beiden Schasu, die anwesend waren, befragt wurden.«

Die Kriegslist der Hethiter gelang. Ramses II. setzte seinen Marsch ohne vorherige Aufklärung fort und entkam wenig später einer Katastrophe nur knapp.[48]

Weiter unten wird unter den Beispielen für Informationsstrategeme die sogenannte Königsnovelle erwähnt (Nr. 12). Sie dient der Bekanntgabe von königlichen Entscheidungen (die ihrerseits nach einer neueren Auffassung teilweise auf göttliche Orakel zurückgehen[49]) in Form von Pseudo-Ratssitzungen. Eine solche Sitzung diente nicht wirklich der Beratung und kann daher als Simulationsstrategem aufgefaßt werden.

45 »Feind von Hatti« und »elender Fürst von Hatti« sind pejorative Bezeichnungen der Ägypter für den Kriegsgegner, also »Sprachregelung«. Es gibt keine indirekte Rede im Ägyptischen, daher wird der Vorgang als Folge direkter Reden aufgeführt, und dabei hat der Redaktor zweifellos die Erwähnung des hethitischen Königs im Sinne der Sprachregelung verändert.

46 D. h. zu weit weg von Kadesch, um Ramses II. aktuell gefährlich werden zu können.

47 *jsṯ ḏd pꜣ šꜣs.wj nꜣ mdw.w ḏd=sn n ḥm =f m ʿḏꜣ.*

48 Siehe die letzte Diskussion der historischen Situation bei Mayer und Mayer-Opificius (1995), S. 321–68.

49 Shirun-Grumach (1993), S. XV. 123 ff.

Es folgen Dissimulations-Strategeme; eine vorhandene Wirklichkeit wird dem Blick entzogen oder verborgen:
Nr. 6: Aus einer Tierfabel[50]: Ein Mensch, ein Diener, redet einem Bären, seinem Herrn, dessen Dummheit ausnützend, ein, seine Krallen und Zehen taugten nichts mehr, und erlangt so dessen Zustimmung, sie ihm ausreißen zu dürfen. Der Mensch entflieht daraufhin der Knechtschaft des Bären.
Nr. 7: Eine Episode aus dem Streit zwischen Horus und Seth[51]: Die Götter verbieten einem Fährmann, eine bestimmte Göttin zu einer Insel überzusetzen. Diese verändert die Gestalt und damit ihre Identität und erlangt unter zusätzlicher Bestechung die Überfahrt.
Nr. 8[52]: Die Göttin Isis verteilt Scheinmumien ihres ermordeten Gemahls an verschiedene Orte, damit der Mörder die von Isis wieder zusammengefügte, vorher zerstückelte Leiche nicht so leicht findet, um sie wiederum auseinanderzureißen.[53]
Nr. 9[54]: Verheimlichung von jemandes Fähigkeiten vor einem Vorgesetzten zu eigenem Vorteil. Am Anfang einer Erzählung wird der Held der Geschichte vorgestellt und dargelegt, wie seine potentiellen Konkurrenten ihn ausschalten durch Verschweigen seiner Fähigkeiten. Dabei ist natürlich vorausgesetzt, daß hervorragende Leistungen dem König gemeldet werden müssen.

50 Aus dem demotischen Papyrus Leiden I 384 (»Mythos vom Sonnenauge«): Brunner-Traut (1989), S. 168–69. (Die Handschrift stammt aus dem 2. Jh. n. Chr.; die Abfassung dürfte aber ins 14. Jh. v. Chr. zurückgehen). Siehe auch Anm. 95 zu Strategem-Beispiel Nr. 21.
51 Papyrus Chester Beatty I, 5,3–6,2: Brunner-Traut (1989), S. 131.
52 Plutarch, *Peri Isidos kai Osiridos,* in 18 (Griffiths (1970), S. 144–45). (Plutarch schrieb im 1. Jh. n. Chr.).
53 Nach Überzeugung der Ägypter war die Unversehrtheit des Leichnams Bedingung für das Fortleben im Jenseits.
54 Papyrus Vandier (»Merire und sein Golem«): Brunner-Traut (1989), S. 212; Fischer-Elfert (1987), S. 5 ff.; Posener (1985). (Die Handschrift stammt aus dem 6. oder 5. Jh. v. Chr.).

Nun komme ich zur Kategorie der Informationsstrategeme; eine unbekannte Wirklichkeit oder eine bestimmte Sicht der Wirklichkeit wird ermittelt oder vermittelt:

Nr. 10: Ein König erzieht die Untertanen auf indirekte Art und Weise.[55] Der Usurpator Amasis wurde vom Volk anfangs wegen seiner unköniglichen Herkunft verachtet. Er besaß ein goldenes Fußwaschbecken, in dem er und seine Gäste sich die Füße wuschen. Eines Tages zerschlug er es heimlich, ließ daraus ein Götterbild gießen und dieses an einem prominenten Platz aufstellen, wo es von den Ägyptern verehrt wurde. Danach versammelte der König die Ägypter und erklärte ihnen, sie verehrten nun ein Bild, das aus dem Fußbecken gemacht sei, in das sie vorher gespien hätten. So ginge es auch mit ihm, früher sei er Bürger gewesen und nun König, der Anspruch auf Achtung hätte. Damit gewann Amasis die Ägypter für sich.

Nr. 11[56]: Eine Göttin fügt dem obersten Gott anonym Schmerzen zu, um eine Information aus ihm herauszupressen, nämlich die Bekanntgabe seines wahren Namens. Der Text wird von den Ägyptologen oft abgekürzt als »List der Isis« bezeichnet. Jedoch ist die präzise Bedeutung des an einer Stelle des Textes erwähnten und manchmal mit »listig sein« übersetzten Ausdrucks *ẖ3k-jb* unklar. Es handelt sich um einen Zaubertext, der mit der Macht des Namens zu tun hat. Die ägyptischen Götter haben viele Namen, jeder von ihnen steht für eine bestimmte Eigenschaft; je mehr Namen eine Gottheit hat, desto mächtiger ist sie. Aber auch aus anderen Gründen ist die Kenntnis von jemandes Namen sehr wichtig. Wessen Namen man kennt, den kann man mit dieser Kenntnis durch Zauber bezwingen. Seinen Namen preisgeben oder den wah-

55 Amasis und das Götzenbild: Brunner-Traut (1989), S. 196 nach dem demotischen Papyrus BM 10508. (Die Handschrift stammt aus der ptolemäischen Zeit [3.–1. Jh. v. Chr.]; die Handlung wird aber in die 26. Dyn. verlegt [6. Jh. v. Chr.]).

56 List der Isis: Papyrus Chester Beatty XI rt, 1–4 (BM 10691) (Gardiner (1931) S. 116–18, Tf. 64–65); Papyrus in Turin (CGT 54052) (Pleyte-Rossi (1869–1876), Tf. 131–133; 31+77) und weitere Textzeugen: Brunner-Traut (1989), S. 149 ff., 313 f. (Die Handschriften stammen aus der 19. Dyn. [zwischen 1306 und 1186 v. Chr.]).

ren Namen sagen, bedeutet, etwas an Macht wegzugeben: So war auch in mythischer Urzeit der (wahre) Name des Sonnengottes unbekannt; Isis wollte ihn in Erfahrung bringen.

»Jedoch Isis war eine weise Frau[57], ihr Herz war verschlagener (?)[58] als das von Millionen Menschen, sie war erlesener[59] als Millionen Götter, sie war erkennender[60] als Millionen von (Toten-)Geistern. Es gab nichts im Himmel und auf Erden, was sie nicht gewußt hätte, wie Re[61], der das Notwendige für die Erde tut. Die Göttin plante in ihrem Herzen[62], den (wahren) Namen d(ies)es ehrwürdigen Gottes in Erfahrung zu bringen[63]...«

Sie schuf eine Schlange, damit diese den Sonnengott Re beiße. Dieser konnte sich selbst von den Schmerzen des Bisses nicht befreien und rief die Götter um Hilfe. Er sagte, er habe niemals seinen (wahren) Namen gesagt, damit kein Zauber Macht über ihn gewinnen könne. Isis fragte ihn heuchlerisch[64]:

»Was ist, was ist, mein göttlicher Vater? Hat etwa eine Schlange dir ein Leid zugefügt, hat eines deiner Geschöpfe gar sein Haupt gegen dich erhoben?«

Er bejahte dies und sagte, es sei ein Schlangenbiß ohne Heilmittel[65]:

»Da sprach Isis zu Re...: ›Sage mir deinen Namen, mein göttlicher Vater, denn der Mann lebt, mit dessen Namen ein Zauber gesprochen wird.‹«

57 *z.t s3r.t.*
58 *ẖ3q jb=s r ḥḥ.w. nj.w rmṯ.w.* Zu dem von Brunner-Traut (1989), S. 150 mit »listig« übersetzten Ausdruck *ẖ3q jb=s* siehe oben Anm. 17.
59 *stp st r ḥḥ.w m nṯr.w.* Der Papyrus in Turin (Taf. 132,1) hat hier *stp r=s ḥḥ.w m nṯr.w,* was von Brunner-Traut (1989), S. 150 mit »ihr Spruch war erlesener als der von Millionen Göttern« übersetzt wird, wozu allerdings in *stp r<,>=s<r> ḥḥ.w m nṯr.w* emendiert werden muß.
60 *jp st r ḥḥ.w m 3 ḫ.w.* Die genaue Bedeutung von *jp* ist unklar. Brunner-Traut (1989), S. 150 übersetzt »sie hatte tiefere Einsicht als Millionen Geister«.
61 Wichtigster Name des Sonnengottes.
62 *nṯr.t k3(j)=st m jb–st* ... Zum zweiten Mal haben wir einen mit *jb* »Herz« zusammengesetzten Ausdruck. Hier ist *k3(j)* »planen« neutral, während *ẖ3q* weiter oben eher einen negativen Beigeschmack hat.
63 *nṯr.t k3(j)=st m jb= st r rḫ rn nj nṯr špsj.*
64 rt II,9. Die Heuchelei ergibt sich aus dem Wortlaut ihrer Frage.
65 rt III, 1 ff.

Der Sonnengott antwortete mit einer Aufzählung von Epitheta, aber es nutzte nichts, denn der geheime Name war nicht dabei, was auch von Isis so angemerkt wurde. Die Schmerzen dauerten weiter. Nun flüsterte er seinen wahren Namen der Isis ins Ohr mit der Auflage, ihn auch ihrem Sohn Horus zu offenbaren, aber erst, nachdem er durch einen Eid (zur Vertraulichkeit) verpflichtet worden sei. Daraufhin wurde er geheilt.

Man bemerke, daß der uns unbekannte Autor selbst einen Trick, und zwar ein Dissimulationsstrategem, angewandt hat, das es erlaubt, die Distanz zwischen Menschen und Gottheit bzw. die Plausibilität der Erzählung aufrechtzuerhalten: Der Gott sagt der Isis seinen wahren Namen nur ins Ohr, und so erfährt ihn der Zuhörer nicht.[66]

Nr. 12: Bekanntgabe einer königlichen Entscheidung im Rahmen des Berichts über eine Pseudo-Beratung zwischen dem König und seinen Ratgebern (der sog. *Königsnovelle*). Es handelt sich um Berichte, in denen dargelegt wird, wie es zu gewissen, den Hauptinhalt der Erzählung bildenden königlichen Entschlüssen kam. Die Auslöser können verschieden sein, Träume des Königs, die Ankunft von Boten, Ereignisse, auf die reagiert werden muß, wie der Einsturz eines Tempels. Nach einer neuen Hypothese von I. Shirun-Grumach handelt es sich mindestens bei einem Teil der *Königsnovellen* sogar um »indirekte Orakelwiedergaben«, d. h., der »Pseudo-Beratung« im Kabinett geht ein persönliches Orakel für den König voraus, in dem ein Gott den Auftrag für ein bestimmtes Projekt erteilt.[67] Dies wird im Bericht der *Königsnovelle* aber nicht expressis verbis erwähnt. Normalerweise präsentiert der König dem staunenden Publikum seiner Ratgeber eine Lösung, auf die sie selbst nicht kamen. Sie stimmen begeistert zu. Es gibt aber auch mindestens eine Ausnahme, in der der König eine

66 In einer Variante in Papyrus Chester Beatty VII, rt 5,4, die von Vittmann (1995), S. 15 erwähnt wird, soll nach diesem Autor der Sonnengott seinen wahren Namen verraten haben. Ich glaube es aber nicht. Die Passage lautet: »Ich bin der Löwe, ich bin das Löwenpaar, ich bin der Phönix, der von selbst entstanden ist, der Mann von Millionen <Ellen (Längenmaß)>, dessen Namen man nicht kennt.« In der letzten Phrase verbirgt sich wieder der Vorbehalt des ägyptischen Verfassers, den Namen nicht wirklich preiszugeben.

67 Shirum-Grumach (1993), S. XV.

Entscheidung gegen den Rat seiner Höflinge trifft. Dies schwächt aber die Aussagekraft nicht, im Gegenteil. Der Entdecker dieser literarischen Form, Alfred Hermann, schrieb dazu: »Während in den übrigen Geschichten die Erwiderung der Räte die Aufgabe hat, die Richtigkeit der königlichen Pläne zu bestätigen, hat die Ablehnung hier die Wirkung, daß dem König, der das Unternehmen gegen seine Räte beginnt und erfolgreich durchführt, die Ereignisse selbst recht geben. Durch diese Umkehrung der üblichen Bestätigung, welche man beinahe als literarischen Trick bezeichnen möchte, ist in diesem Einzelfall in das Verhältnis von Plan und Ausführung eine verstärkte Spannung gebracht.«[68] Ich füge hinzu, daß selbstverständlich nur erfolgreich abgeschlossene Projekte in dieser Art schriftlich fixiert wurden. Den »literarischen Trick«, von dem Hermann spricht, kann man mit Hilfe des chinesischen Strategems Nr. 16 noch präziser umschreiben: »Will man etwas fangen, muß man es zunächst loslassen.« Die Botschaft von der Klugheit des Königs wird um so intensiver aufgenommen, je mehr anfängliche Skepsis gegenüber seiner Entscheidung erwähnt worden war.

Nr. 13: Ein literarischer Kunstgriff ist das Strategem zur Verbreitung von bzw. Warnung vor einer unangenehmen »Wahrheit« in den sogenannten Mahnworten des Ipuwer.[69] Inzwischen weiß man, daß dieser Text aus mehreren Spruchsammlungen zusammengestellt ist und der einmal erwähnte Ipuwer kaum deren (einziger) Autor sein wird. Man muß annehmen, die Mahnworte als Ganzes seien fern jeder konkreten geschichtlichen Situation verfaßt und bildeten den Höhepunkt der sogenannten Klageliteratur in der 12. Dyn. (zwischen 1991 und 1785 v. Chr.); sie reflektierten aber mindestens in einem fernen Echo den Zusammenbruch der Ordnung des Alten Reiches am Ende der 6. Dyn. (zwischen 2325 und 2155 v. Chr.).[70] Von einem Teil der Ägyptologen wurde der Text so interpretiert, als werfe der Sprecher des Textes einem König vor, durch wohlmeinende Schwäche chaotische Zustände im Lande ver-

68 Hermann (1938), S. 18.
69 Papyrus Leiden I 344 rt: LÄ I, Sp. 65, s. v. Admonitions (J. Spiegel).
70 Siehe Helck (1995), S. 72 ff. mit der meines Erachtens wichtigen und richtigen letzten Bemerkung S. 79, die Mahnworte dürften nicht historisch ausgewertet werden. Genau das tut aber Gundlach (1992).

ursacht zu haben. J. Spiegel beschrieb das so: »Diese schildert er in den ersten beiden Teilen seiner Rede mit kunstvoll geschliffener Rhetorik, wobei er die eingetretene soziale Umschichtung demagogisch zu diskreditieren bemüht ist.« Ausschnitte des Textes sind von Bert Brecht unter der Überschrift *Die List, die Wahrheit unter vielen zu verbreiten* informationsstrategemisch interpretiert worden.[71] Er hat dabei solche Passagen ausgewählt, die Zustände schildern, wie sie sich die »Unterdrückten« wünschen (könnten). In seiner Interpretation propagieren die Autoren diese Zustände, die sie nur scheinbar verurteilen. Ich zitiere einen Teil der von Brecht ausgewählten Passagen in der von ihm gewählten Reihenfolge, allerdings in neuerer Übersetzung:[72]

(B7) »Wahrlich, die Edlen sind in Trauer, aber die Bettler sind in Freude. Jede Stadt sagt: Laßt uns die Starken unter uns verjagen.«
(B50) »Wahrlich, geöffnet wird das Büro und weggenommen seine Register, und so werden zugewiesene Leute zu Herren von Zugewiesenen.«
(B17) »Wahrlich, der Sohn eines (angesehenen) Mannes, dessen Namen man kennt, entbehrt seiner Anerkennung, und das Kind seiner (Haus)herrin ist nun Sohn seiner Sklavin.«
(B33) »Wahrlich, gegeben werden die Bürger(mädchen) an die Mühlsteine, und die in ›Seide‹ gekleidet waren, werden ungerecht geschlagen. Die aber nie den hellen Tag sahen, sind ungehindert herausgegangen.«
(B22) »Wahrlich, aufgebrochen werden die Kästen aus Ebenholz, und kostbares *ss<u>d</u>*-Holz klafft an den Betten auseinander.«
(C6) »Seht, das Geheimnis des Landes, dessen Grenzen unbekannt sind, ist entblößt, und die Residenz – sie hat sich in einem Augenblick geneigt.«[73]

71 Brecht (1987), S. 454–55. Er benutzte die Übersetzung von Erman (1923), S. 133 ff. Dabei ging Brecht von der heute als irrig betrachteten Voraussetzung aus, es handele sich um einen einheitlich verfaßten Text. Außerdem zitierte er selektiv, d. h., reihte einzelne Passagen des Textes aneinander, ohne auf die Auslassungen hinzuweisen.

72 Helck (1995), S. 8 ff. unter dessen Abschnittsbezifferung.

73 Der Satz lautet bei Erman (1923), S. 140: »Sehet, das Geheimnis des Landes, dessen Grenze man nicht kennt, ist entblößt; die Residenz, die ist in einer Stunde zusammengestürzt«. Brecht hat ihn in unzulässiger Weise ohne Anmerkung verkürzt zu: »Sehet, die Residenz ist in einer Stunde zusammengestürzt.«

(C25) »Seht, die Bettler des Landes werden zu Reichen, aber ein Besitzer von Dingen ist ein Habenichts.«[74]
(C27) »Seht, wer nicht sein Brot hatte, ist Besitzer eines Speichers, ausgestattet ist seine Scheune mit dem Besitz eines anderen.«[75]

Brechts Schlußfolgerung lautet: »Es ist einleuchtend, daß dies die Schilderung einer Unordnung ist, die den Unterdrückten als ein sehr begehrenswerter Zustand erscheinen muß. Und doch ist der Dichter schwer faßbar. Er verurteilt ausdrücklich diese Zustände, wenn auch schlecht...«

Die von Brecht getroffene Auswahl wird dem Originaltext jedoch nicht gerecht, sie dient ihm dazu, von dessen Autor zu behaupten, er habe diese Zustände bekanntmachen bzw. propagieren wollen, aber unter dem Deckmantel ihrer Verurteilung. Aber so »geradlinig« ist der Text nicht[76]; ich zitiere daraus zum Vergleich eine kurze Folge von Sätzen in der überlieferten Reihenfolge ohne Auslassungen[77]:

»Wahrlich, die Frauen sind unfruchtbar, man wird nicht mehr schwanger, nichts kann der Schöpfer mehr bilden wegen des Zustands der Welt.
Wahrlich, die Bettler besitzen jetzt Reichtum; wer sich keine Sandalen leisten konnte, häuft Schätze auf.
Wahrlich, den Sklaven der Leute ist traurig zumute, und die Großen mischen sich nicht aus (Freude) unter ihre Leute.
Wahrlich, die Herzen sind gewalttätig, Pest geht durch das Land, Blut ist überall, kein Mangel an Tod, und das (Toten)kleid meldet sich, bevor man ihm nahekommt.
Wahrlich, viele Tote sind im Fluß begraben; der Strom ist zum Grab, und das Grab ist zum Strom geworden.
Wahrlich, die Wohlhabenden sind voller Klage und die Armen voller Freude, jede Stadt sagt: ›Laßt uns die Mächtigen aus unserer Mitte vertreiben!‹
Wahrlich, die Menschen sehen aus wie Trauervögel; voller Schmutz ist das Land, es gibt jetzt keinen mehr mit weißen Kleidern.
Wahrlich, die Welt dreht sich wie eine Töpferscheibe, der Räuber häuft Schätze auf, und (der Vornehme) ist ein Dieb.«

74 Bei Erman (1923), S. 142 so: »Sehet, die Armen des Landes sind zu Reichen geworden, wer etwas besaß, ist jetzt einer, der nichts hat«; bei Brecht wiederum verkürzt zu: »Sehet, die Armen des Landes sind zu Reichen geworden.«
75 Es folgen elf weitere Sätze mit diesem Tenor.
76 Anmerkung Herrn von Sengers: »...obzwar natürlich gerade ein listiger Text nicht geradlinig ist.«
77 Dieses Mal in der Übersetzung von Hornung (1990), S. 84.

Wie man sieht, gibt es nicht nur Aussagen, die eine Verbesserung der Lebensumstände der »Unterdrückten« beinhalten. Gerade diese Durchmischung von »subversiven« und unverfänglichen Sätzen mag aber Brecht, der die aus seiner Sicht der bloßen Kaschierung dienenden harmlosen Aussagen in seinem Zitat ausließ, als listig empfunden haben. Wäre der ganze Text subversiv gewesen, hätte er, so möglicherweise Brechts Sicht, keine Chancen gehabt, verbreitet werden zu können. Der Tenor des Textes insgesamt ist eine Klage über den allgemein schlechten Zustand der ägyptischen Welt, eine Klage, die sehr viel Übertreibung enthält. Die Autoren der Mahnworte schildern daher keine Realität. Auf der anderen Seite prangern sie Mißstände an, wie sie in Zeiten des »Umsturzes« vorkommen und die nach der ideologischen staatlichen »Sprachregelung« nur Ausnahmen sein können: Chaotische Zustände werden, wenn überhaupt, dann als nur vorübergehende bzw. überwundene Störungen zugegeben. Wenn man feststellen will, ob es sich bei der Darstellung der Mahnworte um ein Informationsstrategem handelt, ist die zeitliche Entfernung von den zugrundeliegenden historischen Ereignissen in Betracht zu ziehen. Stammt der Kern des Textes wirklich aus dem Ende des Alten Reiches, aus der Zeit nach dessen gewaltsamem Untergang, ist zu fragen, an wen sich die Mahnworte richten sollten. Nach dem Untergang des »Ancien régime« gibt es keinen Grund, unter dem Deckmantel der Verurteilung »revolutionäre« und angeblich von »Unterdrückten« begrüßte Zustände zu verteidigen.[78] Das, was erreicht wer-

78 Die Mahnworte können kaum vor dem Beginn einer/der revolutionären Krise verfaßt worden sein; denn im Abschnitt C wird die Plünderung von Königsgräbern erwähnt, etwas, was vermutlich den Höhepunkt des Umsturzes darstellt. Um dieses Argument zu entkräften, könnte man den Abschnitt als spätere Zutat erklären. In diesem Fall würde man den Teil der bereits im Alten Reich verfaßten Mahnworte am ehesten als Warnung vor der Zukunft verstehen, so wie das von früheren Ägyptologen auch getan wurde. Erst nach Fertigstellung des Manuskriptes bin ich auf den Aufsatz von Steffen Wenig, »Bertolt Brecht und das alte Ägypten« aufmerksam geworden (in ZÄS 96, 1969, 63–66). Darin wird gesagt, daß Brechts Schrift mit den Zitaten aus den Mahnworten des Ipuwer zuerst 1934 in der Zeitschrift »Unsere Zeit« in Paris erschienen ist. Wenig ist der Meinung (gegen Brecht), daß der Autor der Mahnworte als Vertreter der herrschenden Schicht dafür eintritt, die Resultate des Umsturzes rückgängig zu machen. Übrigens hat Brecht, worauf Wenig hinweist, den Text noch einmal verwendet, und zwar in dem Stück »Der kaukasische Kreidekreis« (1944).

den sollte, wäre bereits Realität. Der Text wäre dann als reine Klage über die gesellschaftliche Veränderung anzusehen. Wenn die Auffassung stimmt, daß der Text erst im Mittleren Reich kompiliert wurde (während einer stabilen Herrschaft), muß man ihn als Warnung vor dem, was (wieder) passieren könnte, verstehen. Dann stellten die Autoren dem Schul(?)publikum eine fiktive (immer drohende) Realität vor Augen, die sie in der Tat verurteilten, und dann wäre ihr Vorgehen ein Informationsstrategem, und zwar das von Anhängern des »Ancien régime«.

D: Ausmünzung

Nun nenne ich Beispiele von Ausmünzungsstrategemen; eine günstige Situation wird geistesgegenwärtig oder schlau geplant genutzt:

Nr. 14: Es wird ein Vorwand für eine Beschlagnahme geschaffen. Dieses Paradebeispiel für ein Ausmünzungsstrategem kennt jeder Ägyptologe aus dem Beginn seiner Studienzeit, weil es zur klassischen Lektüre gehört[79]: Ein Bauer aus der Provinz trieb einige mit seinen Feldprodukten beladene Esel ins tiefer gelegene Niltal, um erstere gegen andere Dinge einzutauschen. Er kam an einem Kanal nahe an dem Haus eines gewissen Nemti-nacht vorbei:

»Da sagte dieser Nemti-nacht, als er die Esel dieses Bauern, die seinem Herzen gefielen, sah, ›hätte ich doch irgendein treffliches Götterbild[80], daß ich die Sachen dieses Bauern damit raubte‹.«

Es gibt in der Geschichte keinen externen Erzähler, der die Handlung kommentieren würde, sondern sie wird in Dialogen vorangetrieben, und sei es auch nur, wie gerade, in wörtlicher Rede, die allein die Gedanken eines der Protagonisten ausdrückt. Der Autor der Erzählung sagt uns damit ganz direkt und deutlich, worum es geht, nämlich um Raub. Nun weiter im Text:

79 Bauer R1 41 ff. (alte Zählung); Vogelsang (1913), S. 37; Parkinson (1991), R 6,7 ff. (Die Handschriften stammen aus der späten 12. Dyn. und der 13. Dyn. [zwischen 1991 und 1650 v. Chr.], die Zeit der Abfassung dürfte die der 9.–10. Dyn. [zwischen 2134 und 2040 v. Chr.] sein.)

80 Zum Zaubern.

»Das Haus dieses Nemti-nacht stand nun bei der Wegegabelung eines Dammweges. Er (der Weg) war eng, nicht breit. Er hatte die Breite eines ...[81]-gewandes, und auf seiner einen Seite war Wasser, auf seiner anderen war Getreide. Da sagte dieser Nemti-nacht zu seinem Diener: ›Lauf und bring mir ein Laken aus meinem Hause!‹ Und es wurde ihm sofort gebracht. Da breitete er dieses Laken über die Ränder des Dammweges aus und es flog sein einer (Saum) auf das Wasser und sein anderer (Saum) auf das Korn. Dieser Bauer ging auf dem für jedermann bestimmten Weg. Da sagte dieser Nemti-nacht: ›Sei ruhig, Bauer! Trittst du auf meine Kleider?‹ Da sagte der Bauer: ›Ich tue so, daß du (mich) lobst. Mein Weg ist richtig!‹ Als er nun nach oben ging, sagte dieser Nemti-nacht: ›Dient dir mein Korn als Weg, Bauer?‹ Da sagte dieser Bauer: ›Mein Weg ist richtig. Das Ufer ist steil und die Wege stehen unter Korn, und du versperrst unseren Weg noch obendrein mit deinen Kleidern? Willst du uns nicht vorbeigehen lassen?‹ (Ein Satz unklar.) Da nahm sich einer von diesen Eseln ein Maul voll von dem Korn. Da sagte dieser Nemti-nacht: ›Siehe, dein Esel frißt aber mein Korn. Siehe, er soll treten und es dreschen.‹«

Der Dialog geht noch weiter; am Ende werden alle Esel mit ihren Ladungen konfisziert. Das Strategem des Nemti-nacht begann also damit, mit einem Gewand einen Weg zu versperren. Der Täter hoffte, daß der so bedrängte Bauer darauf in einer Weise reagieren würde, daß daraus ein Vorwand zur Beschlagnahme seines Besitzes abgeleitet werden könnte. Tatsächlich entstand eine mehrfache Zwangslage für den Bauern: Seine Esel und er selbst hätten über das Tuch des Nemti-nacht laufen müssen, was augenscheinlich als Angriff auf den wegelagernden Beamten aufgefaßt worden wäre. Der Bauer versuchte dann offenbar, zwischen Gewand und Kornfeld durchzugehen, was Nemti-nacht bereits als Beschädigung seines Korns beanstandete. Bei dieser Gelegenheit nun fraß einer der Esel ein paar Ähren ab, was Nemti-nacht das endgültige Signal gab, Esel und Ladung des Bauern zu beschlagnahmen; er münzte die provozierte Situation aus.

Nr. 15: Erbitten einer beschworenen Blankozusage für die Erfüllung eines sonst nicht gewährten Wunsches.[82] Eine Frau nutzt

81 An dieser Stelle steht ein unklarer Name.

82 Papyrus d'Orbiney 16,1 ff.: »Brüdermärchen«. (Die Handschrift wurde unter Sethos II. [19. Dyn. zwischen 1204 und 1194 v. Chr.] geschrieben, die Abfassung dürfte 150 Jahre früher erfolgt sein).

ihre erotische Anziehungskraft auf den König[83], um ihren Mann ermorden zu lassen.[84] Sie weiß, daß der König die Bitte nicht gewähren würde, wenn er wüßte, worum genau es sich handelt. Daher soll er eine Blankozusage als Liebesbeweis abgeben und sich darüber hinaus noch eidlich zur Erfüllung verpflichten.

Nr. 16: Der Fürst von Kadesch am Orontes läßt beim Angriff von Thutmosis III. in dessen 33. Jahr (etwa 1435 v. Chr.) eine rossige Stute auf die Schlachtreihe der Ägypter los, um die Hengste vor deren Streitwagen in Aufruhr zu bringen.[85] Dies, und wie er das Tier tötete, berichtete ein ägyptischer Offizier ganz lakonisch in einer Inschrift in seinem Grab[86]; es kam ihm nicht auf die Schilderung der feindlichen List, sondern die seiner Heldentat an.

Nr. 17: Ermordung mit Hilfe eines Geschenkes für den zu Ermordenden.[87] Der Mörder Seth verspricht demjenigen seiner Gäste eine schön verzierte Kiste, der genau in sie hineinpasse. Das gelingt nur dem Gott Osiris. Flugs eilen die Anhänger des Seth herbei, verschließen die Kiste und werfen sie in den Nil.

Nr. 18: Literarisches Strategem der Ironie. Eine strategemische Ausmünzung kann sich auch der Ironie bedienen, wie z. B. in einem fiktiven satirischen Brief aus der Ramessidenzeit:[88] Ein Korrespondenzpartner schreibt seinem Kollegen folgende Antwort auf dessen Brief:

»Du bist dahergekommen, beladen mit großen Geheimnissen, und du hast mir einen Vers des Djedefhor zitiert. Du weißt aber gar nicht, ob er positiv oder negativ (gemeint) ist, welches Kapitel geht ihm voran, welches folgt ihm denn? Du bist doch der erfahrene Schreiber an der

83 »Strategem der schönen Frau«, Nr. 31 im chinesischen Katalog der 36 Strategeme.

84 Vgl. das Strategem Nr. 3 im chinesischen Katalog: »Mit dem Messer eines anderen töten«.

85 Siehe Anm. 83.

86 Urk. IV, S. 894 mit Übersetzung in Blumenthal, Müller und Reineke (1984), S. 312; Helck (1971), S. 153.

87 Plutarch, *Peri Isidos kai Osiridos,* 13 (ed. Griffiths [1970], S. 138–9). Siehe Anm. 52. Es handelt sich um das Strategem Nr. 17 im chinesischen Katalog: »Einen Backstein hinlegen, um einen Jadestein zu erlangen.«

88 Brunner (1991), S. 397: Satirischer Brief des Hori 11,1 ff.; Fischer-Elfert (1992), S. 97 ff.; Fischer-Elfert (1986), S. 94. (Der Text stammt aus der Zeit Ramses' II. vor dessen 5. Jahr ca. 1285 v. Chr.).

Spitze seiner Kollegen. Die Lehre aller Bücher ist eingraviert in dein Herz.«

Die Passage stammt aus dem berühmten literarischen Brief des Schreibers Hori, in dem dieser einem Kollegen bzw. – indirekt – seinem zeitgenössischen Berufsstand mangelnde Bildung vorhält.[89] Die Situation ist die folgende: Hori hat einen Brief seines Gegners Amenemope bekommen, in den dieser ein Zitat eingebaut hat in der Erwartung, der Empfänger Hori werde die Quelle nicht erkennen. Dieser ergreift die sich bietende Gelegenheit[90] und schlägt zurück mit der Behauptung, Amenemope kenne ja nicht einmal den Kontext des Zitats. Das sich anschließende Lob ist eine (hyperbolische) Ironie. Das Strategem der rhetorischen Frage mit dem erwarteten Effekt, daß der Adressat die Antwort schuldig bleiben werde, dient dazu, dessen Unfähigkeit zu demonstrieren, und dies wird durch das Pseudolob noch gesteigert.

Nr. 19: Die Unversehrtheit des Leichnams war für die alten Ägypter eine der Voraussetzungen für das Weiterleben nach dem Tode. Daher wurde für die Gräber ein so hoher Aufwand getrieben. Man hat nun mehrfach gefunden, daß in Gräbern des Alten Reiches (zwischen 2640 und 2155 v. Chr.), gelegentlich auch in späteren Zeiten, bei der Beschriftung von Grabkammerwänden gewisse in den Texten vorkommende Schriftzeichen in Gestalt von potentiell gefährlichen Lebewesen verstümmelt oder verändert waren (siehe Abb. 1[91]). zum Beispiel gibt es Schlangen ohne Köpfe, Menschen ohne Rumpf (also nur Kopf und Arme), liegende Löwen sozusagen in zwei Teilen gezeichnet, Tiere mit Messern im Kopf. Hinter dieser Praxis steht eine urtümliche Angst, die Lebewesen, die als Schriftzeichen gemalt sind, könnten von menschlichen oder göttlichen Feinden auf magische Weise lebendig gemacht werden und dem Toten schaden. Daher verstümmelt oder »tötet« man sie vorsorglich. Durch diese Anwendung des Kraftentziehungsstrategems (Strategem Nr. 19 im chinesischen Katalog) wurde der Schadensmagie die Grundlage entzogen.

89 Vgl. das Strategem Nr. 26 im chinesischen Katalog: »Die Akazie schelten, dabei aber auf den Maulbeerbaum zeigen.«

90 Vgl. das Strategem Nr. 12 im chinesischen Katalog: »Mit leichter Hand ein Schaf wegführen.«

91 Abbildung nach Lexa (1925), Tf. 71.

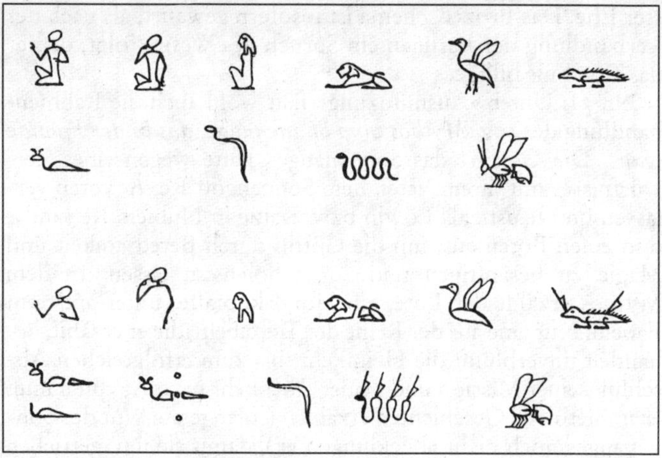

Abb. 1: Oben vollständige, unten unschädlich gemachte Hieroglyphen.

Nr. 20: Zwei Prozeßparteien führen formal einen Prozeß, aber nur, um in dessen Rahmen ein Protokoll zu erlangen. Ein solches Strategem ist ein uralter, noch heute gebrauchter juristischer Trick. Ich vergleiche eine Meldung der *FAZ* vom 27.3.96, S. N1: »Weil für die Embryonenforschung ein bundeseinheitliches Gesetz geplant war, mußte es aus gesetzestechnischen Gründen in das Strafrecht übernommen werden.«[92] Eine Prozedur wird einem ihr an sich nicht zugedachten Zweck dienstbar gemacht. Ich zitiere aus der Rechtsgeschichte von Seidl:[93] »Urkunden über Rechtsgeschäfte werden mitunter in der Weise errichtet, daß die Vertragschließenden scheinbar vor einer richterlichen Behörde einen Prozeß führen, bei dem es aber nur darauf ankommt, daß die Verpflichtung der einen Partei in der Form eines gerichtlichen Protokolls niedergelegt ist.« Es ist das Protokoll über eine Verhandlung vor dem Wesir[94]; doch handelt es sich zweifelsohne um die ganz friedliche Auseinandersetzung eines Vaters mit seinen Söhnen er-

92 Nur bei Aufnahme in das Strafrecht ist der Bund zuständig und kann damit für alle Bundesländer gültige Vorschriften erlassen.
93 Seidl (1951), S. 27–28.
94 Papyrus Turin 2021; Belege bei Seidl (1951) (siehe die vorige Anm.). (Die Handschrift stammt aus der 20. Dyn. [zwischen 1186 und 1070 v. Chr.]).

ster Ehe. Das Prozeßschema ist insofern gewahrt, als nach der Verhandlung der Parteien ein Spruch des Wesirs folgt, daß er das Ergebnis billige.

Nr. 21: Unter »Ausmünzung« fällt wohl auch die Rahmenhandlung des sog. *Mythos vom Sonnenauge, das in der Fremde war.*[95] Die Göttin »das Sonnenauge« hatte wegen eines Zerwürfnisses mit ihrem Vater, dem Sonnengott Re, Ägypten verlassen und hauste als Löwin bzw. Katze in Nubien. Re sandte nun einen Boten aus, um die Göttin durch Beredsamkeit und Magie zu besänftigen und zurückholen zu lassen. In dem Mythos erzählt der Bote, ein Hundskopfaffe, unter anderem Fabeln. Nur eine aus der Reihe der Tierfabeln, die er erzählt, behandelt unverblümt die Heimkehr; bis zum erfolgreichen Abschluß seiner Mission und beider Rückkehr nach Ägypten muß er immer neue Geschichten erzählen (solange die Wut des Sonnenauges noch nicht abgeklungen ist), damit sie ihn, getrieben von ihrer Neugier auf immer wieder neue Geschichten, nicht tötet[96] und damit (noch wichtiger) ihr Zorn allmählich verebbt.[97] Die ganze Erzählung als solche ist die Darstellung eines Strategems, nämlich der Art und Weise, wie die Heimholung der Göttin erreicht wird. Innerhalb dieses Rahmens sind das Bei-Laune-Halten der Göttin und ihre Ablenkung durch spannende Geschichten wiederum ein Strategem für den Selbstschutz des Boten und die erfolgreiche Erfüllung seines Auftrags.

Nr. 22: Ein Streit unter Göttern[98]; der Sonnengott wurde sichtlich verärgert. Seine Tochter entblößt ihre Scham vor ihm, bringt ihn damit zum Lachen und stimmt ihn dadurch versöhnlich. Wir fragen uns, warum er lachte. Wahrscheinlich ist die Geste der Tochter eine starke Übertreibung; die Göttin benutzt eine sicher uralte ägyptische Kultsitte, eine Demutsgeste,

95 Siehe den Artikel *Sonnenauge, Demotischer Mythos vom* in LÄ V (1984), Sp. 1082 ff. (Die Textzeugen stammen aus dem 2. Jh. n. Chr.; es gibt eine griechische Bearbeitung). Im wichtigsten Textzeugen, dem demotischen Papyrus Leiden I 384, ist der Beginn mit der Einleitung der Rahmenhandlung verloren; er läßt sich aber unter Hinzunahme der hieroglyphisch bezeugten sogenannten Tefnut-Legende rekonstruieren.

96 Strategem Nr. 17, siehe Anm. 87.

97 Strategem Nr. 19 im chinesischen Katalog (zitiert in Anm. 101).

98 Papyrus Chester Beatty I,3,9ff., Erzählung vom Streit des Horus und Seth: Brunner-Traut (1989), S. 130. (Die Handschrift stammt aus der 20. Dyn. [12. Jhdt. v. Chr.]).

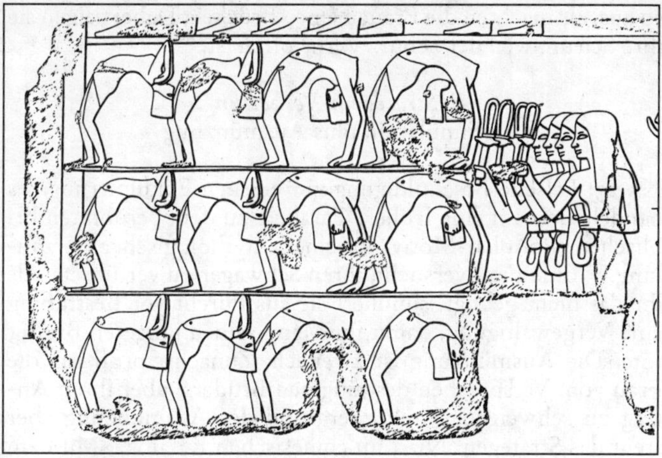

Abb. 2: Ägyptischer »Flickflack« mit Exponierung der Scham.

die aber einer Göttin nicht ansteht, sondern nur einer menschlichen Frau. Die in dieser Situation ulkig wirkende Geste, die der Göttin keine große Mühe bereitet, kann als »Backstein« betrachtet werden, durch den sie einen »Jadestein« erlangt.[99] Der Jadestein besteht in der wiedergewonnenen guten Laune des Sonnengottes. Indem ihn die Göttin zum Lachen reizt[100], entzieht sie seinem Zorn die Grundlage.[101] Es gibt bildliche Darstellungen dieser Thematik (d. h. des sich Entblößens) aus dem Neuen Reich (zwischen 1552 und 1070 v. Chr.). zum Beispiel üben bei dem Opetfest in Luxor Frauen vor den Götterbarken eine Art Überschlag (Flickflack) aus, wobei sie einen vorn offenen Schurz tragen (siehe Abb. 2).[102] Das wird auch auf einem Bildostrakon[103] in Turin gezeigt.[104] Das ägyptische »Augenblicksbild« zeigt eine Phase aus dem Überschlag: Es sieht

99 Strategem Nr. 17 im chinesischen Katalog der 36 Strategeme.
100 Provokationsstrategem Nr. 13.
101 Mit den Strategemen Nr. 17 und Nr. 13 ist also das Kraftentziehungsstrategem Nr. 19 verknüpft: »Das Brennholz unter dem Kessel wegziehen.« Alle drei Strategeme gehören zur Kategorie der Ausmünzungsstrategeme.
102 Epigraphic Survey (Hg.) (1994), Tf. 36.38, S. 18.
103 Die Ägypter benutzten, um teuren Papyrus zu sparen, auch Stein- oder Tonscherben (»Ostraka«) als Schreib- oder Zeichenmaterial.
104 Turin Cat 7052; Scamuzzi (1964), Tf. 54.

so aus, als machten die Frauen eine »Brücke«. Dabei zeigen sie ihre Scham, weil der Schurz vorne offen ist.[105]

E: Strategem-Verkettung
a) Simulation plus Ausmünzung

Nr. 23: Falsche Beschuldigung zur eigenen Exkulpierung. Es handelt sich um eine frühere Parallele zu dem berühmten biblischen Potiphar-Motiv in einer mythologischen Erzählung.[106] Eine Frau versucht, ihren Schwager zu verführen. Als ihr das nicht gelingt, simuliert sie aus Furcht vor Bestrafung eine Vergewaltigung, damit ihr Mann seinen jüngeren Bruder töte. Die Ausmünzung ist zweifach: Zunächst profitiert die Frau vom Versprechen des jüngeren Bruders, über ihren Antrag zu schweigen. Im Vordergrund der Ausmünzung aber steht das Strategem Nr. 3 im chinesischen Katalog: »Mit dem Messer eines anderen töten.«

Nr. 24: Die List aus dem anfangs erwähnten volkstümlichen *Kambysesroman:*[107] Ein feindlicher König, der unhistorisch Kambyses wie Nabukodonosor (»Nebukadnezar«) genannt wird, schreibt unter dem Namen des ägyptischen Königs Apries Briefe an die Ägypter, die von seinen Boten in ganz Ägypten verlesen werden. Darin werden die Ägypter aufgefordert, zu einem bestimmten Termin sich unbewaffnet in Memphis zu einem Fest zu versammeln.[108] Dort werde der Gott Apis ihnen wichtige Dinge offenbaren. Natürlich ist das ein Hinterhalt und sollen die Ägypter dann gefangengesetzt

105 Etwas Ähnliches wird von Diodor in Buch I, 85,3 (Oldfather (1960), S. 290–91) im 1. Jh. v. Chr. expressiv verbis beschrieben (Frauen exponieren ihre Scham durch Hochheben ihres Gewandes vor dem neu gefundenen Apis-Stier). Zu vergleichen sind vermutlich (in rundplastischer Darstellung) gewisse römerzeitliche Terrakotten des zweiten/dritten Jahrhunderts n. Chr.: Dabei hockt die Frau, zeigt mit der rechten Hand auf ihre entblößte Scham und umfaßt mit der linken von hinten den linken Oberschenkel. Eine allseits befriedigende Deutung dieser Variante steht noch aus. Vgl. den Katalogartikel unter Nr. 121 a–b von J. von Grumbkow in: von Falck (Hrsg.) (1996), S. 154.

106 Papyrus d'Orbiney 3,5 ff.; 4,5 ff.: *Brüdermärchen.* Brunner-Traut (1989), S. 62. Vgl. Anm. 82.

107 Siehe oben Anm. 23. Der Text ist leicht zugänglich in BKU (1904), S. 33 ff. sowie Steindorff (1921), S. 52 ff.

108 Der Ort geht nur implizit aus dem Text hervor: Memphis.

werden. Ich zitiere den Satz, in dem das oben[109] erwähnte Wort für »List« vorkommt[110]: »Die Boten aber, die Nabukodonosor ausgeschickt hatte, gingen hinaus nach ganz Ägypten, indem sie die Briefe in allen Städten und Dörfern in dem Machtbereich des Pharao lasen als eine List (ⲕⲣⲟϥ), indem sie mit ihnen (den Ägyptern) redeten und die Ägypter belogen, nämlich die Boten.« Der Perser (Kambyses) bzw. die Babylonier (Nabukodonosor) simuliert, ägyptischer Pharao zu sein, in der Erwartung, die Tatsache der an einem Ort versammelten unbewaffneten ägyptischen Oberschicht zu seinen Gunsten ausmünzen zu können.

b) Dissimulation plus Ausmünzung

Nr. 25[111]: In der Erzählung des bereits mehrfach erwähnten Streites zwischen Horus und Seth verwandelt sich die Göttin Isis in eine junge Frau (Dissimulation), um bei dem ihr feindlich gesonnenen Gott Seth Begierde zu erregen und nach ihrer Erzählung eines ihrem Sohn zugefügten Unrechts eine Verurteilung dieser Tat durch den Gott zu erreichen.[112] So geschieht es, weil er jede Vorsicht fahren läßt, und damit kann die Göttin triumphierend darauf verweisen, er habe sich selbst gerichtet, er sei ja der betreffende Übeltäter gewesen. Sie ruft ihm zu: »Schäm dich! Dein eigener Mund hat es gesprochen, dein eigener Verstand[113] hat dich gerichtet. Was willst du mehr?« Seth berichtet dies dem Allherrn mit den Worten: »(Sie) hat mir wieder übel mitgespielt.«[114] Dies ist einer der wenigen Fälle, in denen wir einen altägyptischen Kommentar zu einer Strategemanwendung besitzen. Leider ist aber die betreffende Redewendung nur hier belegt, d. h., wir kennen die Bedeutung von *jrj bg m* nicht genauer, als man es aus dieser einen Stelle erschließen kann.

109 Siehe S. 84.
110 Pergamenthandschrift Berlin Inv. P 9009, VI, 1 ff.
111 Papyrus Chester Beatty I,6,4–7,1: Brunner-Traut (1989), S. 132. Siehe oben Anm. 34.
112 Strategem der schönen Frau (Nr. 31 im chinesischen Katalog). Es gehört zur Kategorie der Ausmünzungsstrategeme.
113 *sšȝ-ḥr.*
114 (7,2) *jry=st bg jm=j ʿn.* Siehe Anm. 18.

Zum Sinn und Zweck der Anwendung von Strategemen bei den alten Ägyptern

Strategeme aus Eigennutz

Um Lustgewinn geht es in Beispiel Nr. 1, in dem ein Mann Mittel und Wege findet, seine Geliebte unter den Augen der Nachbarn ins Haus kommen zu lassen, ohne daß diese den Grund dafür bemerken. Dem Eigennutz dient die Strategemanwendung ebenfalls in den Beispielen Nr. 2 mit der »Umwandlung« eines Holzschiffes in ein Steinschiff durch entsprechende Bemalung; Nr. 14 mit der Bereicherung auf Kosten eines anderen; Nr. 15 mit der Bewirkung einer Blankozusage, die zu einem Mord führt; Nr. 18 (satirischer Brief) mit der Erzielung von Prestigegewinn zu Lasten eines Partners; Nr. 20 mit der Zweckentfremdung einer juristischen Prozedur; schließlich Nr. 23, in dem die Tötung eines angeblichen Vergewaltigers angestrebt wird. Dieses letztgenannte Beispiel Nr. 23 veranschaulicht außerdem den Typus des Schadensstrategems, also eines rein destruktiven Strategems um selbstsüchtiger Ziele willen.

Strategeme zugunsten des Staates bzw. des König(tum)s

Typische Beispiele für Strategeme zugunsten des Königtums sind Nr. 12 *(Königsnovelle):* Der König diskutiert bereits getroffene Entscheidungen (es handelt sich teilweise um göttliche Aufträge) pro forma mit den Ratgebern bzw. vollzieht solche gegen deren Rat; dazu Nr. 10: Anbetung eines aus einem Fußwaschbecken hergestellten Götterbildes mit der für die Ägypter lehrreichen Analogie. Nr. 13 (Mahnworte des Ipuwer) stellt eine Warnung vor dem Zusammenbruch der ägyptischen Welt dar (in der Interpretation von Brecht[115] ist es die Propagierung einer nur fadenscheinig verurteilten »verkehrten Welt«). In Nr. 3 dient das Strategem zur Rettung der Menschheit durch den Gott selbst, der die Vernichtung befahl.[116]

115 Provoziert durch die ägyptologische Auffassung von diesem Text von ca. 1923.

116 Die Geschichte als solche stellt eine Sinnparallele zur vorderorientalischen Sintflut-Erzählung dar.

Strategem zugunsten eines Toten

Das Beispiel Nr. 8 (Verteilung von Scheinmumien) dient der Sicherung vor nochmaliger Zerstückelung des Leichnams des Gottes Osiris.

Weitere Zielsetzungen

Als ein Scherzstrategem kann u. U. Beispiel Nr. 22 (Zeigen der Scham) angesehen werden: Die Anwendung dieses Strategems bezweckt eine Belustigung und Versöhnlichstimmung des von ihm Betroffenen.

Bei Beispiel Nr. 6 (Verstümmelung des törichten, aber mächtigen Bären) könnte man an die Befreiung des Menschen aus der Zwangsherrschaft des Tierischen denken. Das wäre ein Dienststrategem (Dienst an einer höheren Sache).

Ausblick

Am Ende will ich drei Fragen beantworten, die Herr von Senger den Berichterstattern der diesem Band zugrunde liegenden Ringvorlesung gestellt hat:

1. »Ist die weite Duden-Definition der List aus Ihrer Sicht fruchtbar oder nicht?« Ich denke »ja«; sie erlaubt, die planerische Ingeniosität der Menschen in größerem Zusammenhang losgelöst von Werturteilen zu studieren.
2. »Lassen sich Arten der List unterscheiden?« Antwort, »ja«, wie am ägyptischen Material demonstriert.
3. »Ist ›List‹ ein bloßes Etikett, das man aufklebt, und kein realer Sachverhalt?« Dies ist die schwierigste Frage, weil, jedenfalls bisher, kein altägyptischer Begriff gefunden wurde, der deutlich mit »List« im Sinne von »Strategem« zu übersetzen wäre. Ich habe anfangs angedeutet, daß das, wenigstens teilweise, am Charakter der uns überlieferten Textgenres liegen könnte. Dafür, daß uns zufälligerweise nur der altägyptische Beleg für die Bezeichnung »List« fehlt, die Vorstellung aber vorhanden war, sprechen drei der vorhin zitierten Texte, nämlich Nr. 11, Nr. 1 und Nr. 5. In Nr. 11 heißt es: »Die Göttin

plante in ihrem Herzen, den Namen des ehrwürdigen Gottes in Erfahrung zu bringen...« Das bedeutet, sie dachte über ein Strategem nach, wie das Geheimnis zu lüften sei. Im Liebesgedicht Nr. 1 sagt der Sprecher im Klartext, warum er Krankheit simulieren will, und in Nr. 5, der Hethiter-List vor der Kadesch-Schlacht, wird wie in Nr. 11 kommentiert: »Diese beiden Schasu sprachen diese Worte, die sie zu Seiner Majestät sagten, aber in Unwahrheit. Denn es war der Feind von Hatti, der sie kommen ließ, um zu erkunden, wo Seine Majestät sich befand, und um zu verhindern, daß die Armee Seiner Majestät sich bereit machte zum Kampf mit dem Feind von Hatti.«

Es fehlt nur noch der resümierende Begriff »List«, der dann in dem koptischen Beleg mit »ⲕⲣⲟϥ« tatsächlich vorhanden zu sein scheint (s. o. Nr. 24).

Literatur

Assmann (1985?) J. Assmann, *Krieg und Frieden im alten Ägypten: Ramses II. und die Schlacht bei Kadesch* (mannheimer forum 83/84), Mannheim ca. 1985.

BKU (1904) Königliche Museen zu Berlin, *Ägyptische Urkunden*, hg. von der Generalverwaltung. *Koptische Urkunden*, Bd. I, Berlin 1904.

Blumenthal, Müller und Reineke (1984) *Urkunden des ägyptischen Altertums IV.* Übersetzung zu den Heften 5–16, hg. von E. Blumenthal, I. Müller und W. F. Reineke unter der Leitung von A. Burkhardt, Berlin 1984.

Brecht (1987) B. Brecht, *Fünf Schwierigkeiten beim Schreiben der Wahrheit*, in: Ders., *Ein Lesebuch für unsere Zeit*, (Lesebücher für unsere Zeit, begründet von Walther Victor), Berlin/Weimar 1987.

Brunner (1991) H. Brunner, *Die Weisheitsbücher der Ägypter. Lehren für das Leben*, 2. Aufl., Zürich/München 1991 (1988).

Brunner-Traut (1989) E. Brunner-Traut, *Altägyptische Märchen*, 8. Aufl., Düsseldorf/Köln 1989 (1963).

Černy (1976) *Coptic Etymological Dictionary*, compiled by J. Černy, Cambridge 1976.

Clère (1931) J. J. Clère, in: *Bulletin de l'Institut Français d'Archéologie Orientale du Caire*, Le Caire 30, 1931.

Crum (1939) W. E. Crum, *A Coptic Dictionary*, Oxford 1939.

Epigraphic Survey (Hg.) (1994) Epigraphic Survey (Hg.), *Reliefs and In-*

scriptions at Luxor Temple I (Oriental Institute Publications 112), Chicago 1994.
Erman (1923) A. Erman, *Die Literatur der Aegypter*, Leipzig 1923.
von Falck (Hg.) (1996) M. von Falck (Hg.), *Ägypten. Schätze aus dem Wüstensand. Kunst und Kultur der Christen am Nil* [Ausstellungskatalog des Gustav-Lübcke-Museums Hamm], Wiesbaden 1996.
Fischer-Elfert (1986) H.-W. Fischer-Elfert, *Die satirische Streitschrift des Papyrus Anastasi I.* Übersetzung und Kommentar (Ägyptologische Abhandlungen 44), Wiesbaden 1986.
Fischer-Elfert (1987) H.-W. Fischer Elfert, in *Bibliotheca Orientalis* 44, 1987, 6 ff.
Fischer-Elfert (1992) H.-W. Fischer-Elfert, *Die satirische Streitschrift des Papyrus Anastasi I.* Textzusammenstellung (Kleine Ägyptische Texte), 2. Aufl., Wiesbaden 1992.
Gardiner (1931) A. H. Gardiner, *The Library of A. Chester Beatty, The Chester Beatty Pap.* No. 1, London 1931.
Gardiner (1935–38) A. H. Gardiner, *The Instruction of Amenemmes I* (Mélanges Maspero I; Mémoires publiés par l'Institut Français d'Archéologie Orientale du Caïre 66), Le Caïre 1935–38.
GM *Göttinger Miszellen*, Göttingen.
Griffiths (1970) *Plutarch's De Iside et Osiride*, ed. by J. G. Griffiths, Cambridge 1970.
Grumach (1972) I. Grumach, *Untersuchungen zur Lebenslehre des Amenope* (Münchener Ägyptologische Studien 23), Berlin 1972.
Gundlach (1992) R. Gundlach, *Die religiöse Rechtfertigung des Sturzes der 8. Dynastie*, in *Studia Aegyptiaca* XIV, Budapest 1992, S. 245–264, bes. S. 248–260.
Helck (1969) W. Helck, *Der Text der »Lehre Amenembets I. für seinen Sohn«* (Kleine Ägyptische Texte), Wiesbaden 1969.
Helck (1971) W. Helck, *Beziehungen Ägyptens zu Vorderasien im 3. und 2. Jahrtausend v. Chr.*, 2. Aufl. (Ägyptologische Abhandlungen 5), Wiesbaden 1971.
Helck (1977) W. Helck, *Die Lehre für König Merikare* (Kleine Ägyptische Texte), Wiesbaden 1977.
Helck (1995) W. Helck, *Die »Admonitions« Pap.* Leiden I 344 recto (Kleine Ägyptische Texte 11), Wiesbaden 1995.
Hermann (1938) A. Hermann, *Die ägyptische Königsnovelle* (Leipziger Ägyptologische Studien 10), Glückstadt etc. 1938.
Hornung (1982) E. Hornung, *Der ägyptische Mythos von der Himmelskuh* (Orbis Biblicus et Orientalis 46), Freiburg/Göttingen 1982.
Hornung (1990) E. Hornung, *Dichtung am Hofe der Pharaonen. Gesänge vom Nil*, Zürich/München 1990.
Kitchen (1979) K. A. Kitchen, *Ramesside Inscriptions II*, Oxford 1979.
Koch (1990) R. Koch, *Die Erzählung des Sinuhe* (Bibliotheca Aegyptiaca XVII), Bruxelles 1990.

LÄ (1975 ff.) *Lexikon der Ägyptologie*, hg. von W. Helck et al., Wiesbaden 1975 ff.
Lesko (1982) *A Dictionary of Late Eyptian* (L. H. Lesko, Editor) I, Berkeley 1982.
Lexa (1925) F. Lexa, *La magie dans l'Égypte antique I-II*, Paris 1925.
Mayer und Mayer-Opificius (1995) W. Mayer und R. Mayer-Opificius, *Die Schlacht bei Qadeš. Der Versuch einer neuen Rekonstruktion*, in: *Ugarit-Forschungen* 26, 1994, Neukirchen-Vluyn 1995, S. 321–368.
Oldfather (1960) *Diodorus of Sicily* with an English Translation by C. H. Oldfather (Loeb Classical Library) I, Cambridge (Mass.)/London 1960 (1933).
Parkinson (1991) R. B. Parkinson, *The Tale of the Eloquent Peasant*, Oxford 1991.
Pleyte-Rossi (1869–1876), *Papyrus de Turin.* Facsimilés par F. Rossi de Turin, publiés par W. Pleyte de Leide, Leiden 1869–1876.
Posener (1985) G. Posener, *Le Papyrus Vandier*, Le Caire 1985.
Quack (1992) J. F. Quack, *Studien zur Lehre für Merikare* (Göttinger Orientforschungen IV, 23), Wiesbaden 1992.
Roeder (1960) G. Roeder, *Ägyptische Mythen und Legenden*, Zürich/Stuttgart 1960.
Scamuzzi (1964) E. Scamuzzi, *Museo Egizio di Torino*, Torino 1964.
Schott (1959) S. Schott, *Altägyptische Liebeslieder* (Bibliothek der Alten Welt), 2. Aufl., Zürich 1950.
Seidl (1951) E. Seidl, *Einführung in die ägyptische Rechtsgeschichte*, (Ägyptologische Forschungen 10), Glückstadt 1951.
Shirun-Grumach (1993) I. Shirun-Grumach, *Offenbarung, Orakel und Königsnovelle* (Ägypten und Altes Testament 24), Wiesbaden 1993.
Spiegel (1937) J. Spiegel, *Die Erzählung vom Streite des Horus und Seth in Pap. Beatty I als Literaturwerk* (Leipziger Ägyptologische Studien 9), Glückstadt etc. 1937.
Steindorff (1921) G. Steindorff, *Kurzer Abriß der Koptischen Grammatik*, Berlin 1921.
Urk. IV *Urkunden der 18. Dynastie* (Urkunden des ägyptischen Altertums IV), hg. von G. Steindorff, Berlin 1906 ff.
Vittmann (1995) G. Vittmann, *»Riesen« und riesenhafte Wesen in der Vorstellung der Ägypter* (Beiträge zur Ägyptologie 13), Wien 1995.
Vogelsang (1913) F. Vogelsang, *Kommentar zu den Klagen des Bauern* (Untersuchungen zur Geschichte und Altertumskunde des alten Ägypten 6), Leipzig 1913.
Wb *Wörterbuch der ägyptischen Sprache*, hg. von A. Erman und H. Grapow, Berlin 1926 ff.
Žába (1956) Z. Žába, *Les maximes de Ptahhotep*, Prag 1956.
ZÄS *Zeitschrift für ägyptische Sprache und Altertumskunde*, Berlin.

Renate Zoepffel
Die List bei den Griechen

Welche Begriffe werden bei den Griechen verwendet, um das zu benennen, was wir, in der weiten Duden-Definition, als List bezeichnen? Die Vielzahl der Begriffe ist verwirrend und legt die Vermutung nahe, daß die Griechen ihrerseits differenzierte Vorstellungen von diesem Phänomen hatten. Ich stelle zur Einführung einen Abschnitt aus der *Odyssee* vor.

Odysseus ist schlafend von den Phaiaken am Strand von Ithaka abgesetzt worden. Als er erwacht, weiß er nicht, wo er sich befindet, und nimmt erst einmal das Schlimmste an, daß ihn nämlich die Phaiaken in einem fremden Land ausgesetzt haben. Bei allem Jammer vergißt er allerdings nicht, sorgfältig zu zählen, ob ihm die Phaiaken auch alle Gastgeschenke mitgegeben haben. Athena, die ihm als junger Hirte erscheint und ihm auf seine Frage mitteilt, daß er auf Ithaka gelandet ist, erzählt Odysseus erst einmal eine seiner vielen Lügengeschichten, um seine Person nicht zu verraten (Od. 13, 255).

»Da lächelte die Göttin, die helläugige Athena, und streichelte ihn mit der Hand und glich an Wuchs einer Frau, einer schönen und großen, und einer, die herrliche Werke weiß. Und hob an und sagte zu ihm die geflügelten Worte: ›Klug (kerdaleos: κερδάλεος) müßte der und diebisch (epiklopos: ἐπίκλοπος) sein, der dich überholen wollte in allen Listen (doloi: δόλοι), und träte auch ein Gott dir gegenüber! Du Schlimmer, Gedankenbunter (poikilometis: ποικιλομῆτις), Unersättlicher an Listen (doloi: δόλοι)! So wolltest du denn nicht einmal, wo du doch in deinem Land bist, aufhören mit den Betrügereien (apatai: ἀπάται) und mit den Reden, den diebischen, die dir von Grund auf eigen sind? Doch auf, reden wir nicht mehr davon, die wir doch beide die Listen (kerdea: κέρδεα) kennen! Da du unter den Sterblichen allgesamt der weitaus beste bist an Rat (boule: βουλή) und Worten, ich aber unter allen Göttern berühmt durch Klugheit (metis: μῆτις) und Listen (kerdea: κέρδεα).‹« (13, 291–299)[1]

1 Übersetzung von W. Schadewaldt. Nur am Rande mache ich darauf aufmerksam, daß Athena offenbar einen Unterschied macht zwischen dem Verhalten in der Fremde und in der Heimat: Selbst in der Heimat hört Odysseus nicht auf, mit List vorzugehen.

An Begriffen tauchen in diesen neun Versen also auf: κέρδος, κερδάλεος, ἐπίκλοπος, δόλος, ποικιλομῆτις, ἀπάτη, βουλή und μῆτις. Eindeutig ist für uns in diesem Begriffsreichtum am ehesten dolos. Soweit ich herausgefunden habe, bedeutet dieses Wort nie etwas anderes als List. Allerdings kann auch das Werkzeug der List, z. B. das Netz, in dem Hephaistos das ehebrecherische Liebespaar Aphrodite und Ares gefangen hat, dolos genannt werden (Od. 8, 276; vgl. u. S. 118). Bei der Jagd ist das Netz ein wichtiges Hilfsmittel, um das Beutetier zu fangen, und ich möchte gleich hier die Aufmerksamkeit auf diesen Zusammenhang lenken. Eindeutig scheint auch apate. Schadewaldt übersetzt hier mit »Betrügereien«, und auch ich habe bisher immer angenommen, daß die negative Komponente »Betrug« bei diesem Wort im Vordergrund stehe. Eine genauere Untersuchung des Wortgebrauchs zeigt aber, daß dolos und apate offenbar völlig synonym gebraucht werden. Die berühmte *Ilias*-Episode, in der Hera Zeus vom Kampfgeschehen vor Troja ablenkt, indem sie mit Hilfe von Aphrodites magischem Gürtel sein Liebesverlangen weckt und ihn dann einschläfert, wird allgemein als Dios apate (Διὸς ἀπάτη)[2] bezeichnet (Il. 14, 159–351 und 15, 4–46; vgl. u. S. 117). Zeus selbst gebraucht in seinem Wutausbruch nach seinem Erwachen Hera gegenüber dolos und apate gleichermaßen für ihr Tun. Immerhin scheint apate doch eher der engere Begriff zu sein. Aber hier fehlen genaue Untersuchungen. Interessant ist in diesem Zusammenhang, daß nach Hesiod (Theog. 224) Apate, Philotes, das Liebesverlangen, und Geras, das Alter, gemeinsam als Kinder der Nacht angesehen wurden. Vielleicht weil Mutter wie Kinder die Sinne bzw. das Wahrnehmungsvermögen beeinträchtigen oder weil die Mutter den Raum bietet für ihre Kinder. Dolos dagegen wurde nicht personifiziert.

Athena bezeichnet sich selbst als berühmt durch »Klugheit und Listen«. Klugheit ist hier metis. »Durch Klugheit (meti: μήτι) ist dir der Holzfäller weit besser als durch Stärke (biefi: βίηφι); Durch Klugheit (meti: μήτι) auch lenkt der Steuermann im weinfarbenen Meer/Gerade das schnelle Schiff, umherge-

2 Die Überlistung oder Täuschung des Zeus. Die Fachleute, die mit dem Terminus arbeiten, ersparen sich eine Übersetzung und vermeiden unser Problem, das nicht ihres ist. Vgl. aber E. L. Wheeler, *Stratagem and the Vocabulary of Military Trickery*, Leiden 1988, S. 30ff.

schleudert von den Winden./Durch Klugheit (meti: μήτι) übertrifft der Wagenlenker den Wagenlenker«, sagt Nestor zu seinem Sohn Antilochos zu Beginn des Wagenrennens bei den Leichenspielen für Patroklos (Il. 23, 315 ff.) und ermuntert ihn, damit die Minderwertigkeit seiner Pferde auszugleichen. Das Wort scheint völlig neutral zu sein. In Zusammensetzungen mit Adjektiven wie »bunt« (poikilos: ποίκιλος) bekommt es den Sinn von »listig«. Poikilometa (ποικιλομῆτα) – Gedankenbunter, nennt Athena den Odysseus. In anderen Zusammenhängen, bei Homer, Hesiod, in den homerischen Hymnen und auch noch später, tauchen auf: polymetis (πολυμῆτις) – also viel-klug, aiolometes (αἰολομήτης) – also schnell beweglich, veränderlich, glitzernd klug, haimylometes (αἱμυλομήτης) – einnehmend, verführend klug, angkylometes (ἀγκυλομήτης) – krummklug. Die wendige, schnell bewegliche, verführerische Klugheit – das ist hier offenbar List, jedenfalls können wir im Zusammenhang jeweils unser »listig« einsetzen. Klug und listig zu sein, das ist nach Athenas Worten aber auch das, was Nutzen bringt. Athena ist berühmt durch kerdesin (κέρδεσιν) – durch Listen, übersetzt Schadewaldt, aber kerdos (κέρδος) bedeutet im Grundsinn Nutzen. Kerdaleos (κερδάλεος) ist Odysseus, kerdea (κέρδεα) wissen er und Athena. Uns bleibt wieder nur die Übersetzung mit listig bzw. List.

Überraschender noch im Zusammenhang ist die Bezeichnung des Odysseus als »diebisch«. Auch seine Worte nennt Athena »diebisch« (mython te klopion: μύθων τε κλοπίων; Schadewaldt übersetzt mit »Reden«). Norman O. Brown hat in seinem Buch über Hermes[3] m. E. sehr überzeugend gezeigt, daß kleptein (κλέπτειν) im Gegensatz zu harpazein (ἁρπάζειν), dem offenen, gewalttätigen Rauben, das heimliche Wegnehmen und ursprünglich jede heimliche Aktivität überhaupt bezeichnet. Von da ergibt sich die Verbindung zur List und zum Überlisten, so daß Hesiod als Moral von der Geschichte des Prometheus, der Zeus zum Vorteil der Menschen überlistet hat und der dafür nicht nur selbst schrecklich bestraft wird, sondern auch für die Menschen das ausweglose Unglück »Frau« heraufbeschworen hat, formulieren kann: »Es

3 Norman O. Brown, *Hermes the Thief. The Evolution of a Myth*, New York 1969 (Originalausgabe 1947).

ist nicht möglich, Zeus zu überlisten oder zu hintergehen« (Hos ouk esti Dios klepsai noon oude pareein: Ὣς οὐκ ἔστι Διὸς κλέψαι νόον οὐδὲ παρελθεῖν – d. h., die Wahrnehmungsfähigkeit des Zeus heimlich wegzunehmen).[4]

Pindar dichtet gar: Geschicklichkeit (sophia: σοφία) betrügt (kleptei: κλέπτει), indem sie verführt mit Mären (mythois: μύθοις); Nem. 7, 23. Übers. W. Schadewaldt), womit auch die Sophia im Umkreis der List aufgetaucht wäre, wo sie sich bei Herodot wiederholt eindeutig wiederfindet.[5] Sophia oder sophie (σοφίη) und techne (τέχνη) sind ursprünglich Bezeichnungen für jede besondere Fähigkeit im Bereich des Handwerks und der Kunst. Hephaistos, Athena, Hermes sind bekannt für ihre sophie bzw. techne, und bei ihnen allen ist der Bezug zur List eng. Die »Weisheitslehrer«, die im 5. Jahrhundert ihr Können andere zu lehren versprachen, hießen Sophisten, wobei diese Bezeichnung in der zweiten Hälfte des Jahrhunderts zum Schimpfwort wurde, weil man ihnen u. a. Wortverdrehung vorwarf.[6]

Techne wird anfänglich besonders für die Metallverarbeitung gebraucht. Aber wenn die Athener 446/45 die Chalkidier schwören lassen: »Ich werde vom Volk der Athener nicht abfallen, weder mit List noch mit Betrug, weder in Worten noch in Werken« – so steht da wörtlich im Text der Inschrift: oute technei oute mechanei oudemia (οὔτε τέχνει οὔτε μεχανεῖ οὐδεμίαι)[7], womit auch mechane im Wortumfeld der List aufgetaucht ist. Plutarch gebraucht die Formulierung »apaten... technazon« (ἀπάτην... τεχνάζων) im Sinne von »mit List bewerkstelligen« (Timoleon 10,3), und in der *Odyssee* wie bei

4 Theogonie 613; vgl. u. S. 5 f. Nach der Version der Erga (42–105) ist die Erschaffung der Pandora die Strafe dafür, daß Prometheus das Feuer, das Zeus vor den Menschen verborgen hatte, gestohlen und in einem Narthexrohr verborgen auf die Erde gebracht hat. Durch das Verbergen hatte er die Sinne oder den Verstand (phrenas: φρένας) des Zeus verführt bzw. betrogen (eperopeuo: ἠπεροπεύω, ein Verb, das häufig für die Verführungskünste der Frauen gebraucht wird).

5 3,4,2; 85,1; 127,2. 5,21,2. Vgl. auch sophisma (σόφισμα: kluge Idee, Trick): 3,85,2.

6 Vielleicht ist es kein Zufall, daß zur gleichen Zeit in der Tragödie Aufrichtigkeit über List gestellt wird – vgl. Anm. 25 und S. f. zum *Philoktet* des Sophokles.

7 IG I²39 = Russell Meiggs/David Lewis, *A Selection of Greek Historical Inscriptions*, Oxford 1969, Nr. 52, S. 138 ff.

Herodot wird das Verb mechanoomai (μηχανόομαι) im Sinne von »nachstellen mit Kunst oder List« gebraucht. Platon schreibt im 7. Brief (326 e), ein Gott habe es vielleicht »listig bewerkstelligt« (mechanomeno tini ton kreittonon: μηχανωμένῳ τινι τῶν κρειττόνων), daß er, Platon, nach Sizilien gekommen sei.

Mit dieser Übersicht ist das Spektrum der Wörter zur Bezeichnung von List oder listigem Handeln noch lange nicht abgeschlossen. Ich erwähne nur noch medomai (μήδομαι) – listig oder kunstvoll planen oder ausführen; parapeitho (παραπείθω) – überreden im Sinne von berücken, verlocken; eperopeuo (ἠπεροπεύω) – listig verführen, besonders von Aphrodite gesagt. Eperopeutes (ἠπεροπεύτης) ist aber auch Hermes, der Beschwätzer. Das Wort strategema (στρατήγημα) dagegen bezeichnet zunächst nur die Handlung eines Feldherrn, einen Teil seines Tuns ganz allgemein, ein Stück Feldherrnkunst.[8] Erst bei Polybios (3,18,9)[9] scheint es eingeengt zu sein auf »Kriegslist«. In dieser Bedeutung ist das Wort dann Buchtitel für die großen Sammlungen von Kriegslisten, die von Frontin und Polyän in der römischen Kaiserzeit verfaßt wurden.

Ich kann hier nur meine bisherigen Eindrücke wiedergeben, genauere Untersuchungen stehen auch nach dem sehr hilfreichen Buch von Marcel Detienne und Jean-Pierre Vernant[10] zum Thema weiterhin aus. Zusammenfassend wage ich die Behauptung, daß neben dem Grundwort dolos alle Bezeichnungen für geistige Fähigkeiten und Kunstfertigkeiten auch zur List in Beziehung stehen können, insbesondere wenn sie verbunden sind mit Wörtern für Vielfältigkeit, Buntheit, Beweglichkeit, aber auch, wie bei kleptein, mit der Vorstellung eines heimlichen Agierens. Im Gegensatz zu Kraft (kratos: κράτος) und Gewalt (bie: βίη) bilden diejenigen Begriffe einen Zusammenhang, die jedwede Manipulation der Umwelt, sei es von Lebewesen oder Gegenständen, mittels geistiger Fähigkeiten bezeichnen.[11] Die List-Vorstellung der Griechen wäre danach

8 Frühester Beleg nach Liddell-Scott im 4. Jh. v. Chr. bei Xenophon, *Memorabilien* 3,5,22 und Isokrates 12,78.

9 167 v. Chr. unter den nach Rom gebrachten Achäern, gestorben sicher nach 129.

10 Marcel Detienne und Jean-Pierre Vernant, *Les ruses de l'intelligence. La mètis des Grecs*, Paris 1974.

außerordentlich weit. Es ist aber nicht auszuschließen, daß innerhalb dieser weiten Begriffsbestimmung – unter Umständen erst im Lauf der Entwicklung – auch wieder differenziert und beispielsweise »betrügerisches« oder »lügnerisches« Vorgehen (apatan: ἀπατᾶν) abgegrenzt wurde von allgemeinerer Manipulation des Gegenübers. Die bisherigen Untersuchungen reichen hier noch nicht aus.

List ist im griechischen Leben allgegenwärtig. Schon bei den Kämpfen um die Herrschaft unter den Göttern ersinnt Gaia eine »listige und schlechte Kunst« (Hesiod, *Theog.* 160: dolien de kaken t'ephrassato technen: δολίην δὲ κακήν τ' ἐφράσσατο τέχνην). Sie erschafft das Eisen, formt eine Sichel, und ihr krummgesonnener (ankylometes: ἀγκυλομήτης) Sohn Kronos entmannt damit seinen Vater Uranos, der aus Angst vor einem Umsturz seine Kinder nicht hatte ans Tageslicht kommen lassen. Als später Kronos, wieder aus Angst vor Umsturz, selbst seine Kinder verschluckt, bittet seine Frau Rheia ihre Eltern Gaia und Uranos, »ihr mit List zur Seite zu stehen« (471: metin symphrassasthai: μῆτιν συμφράσσασθαι). Gaia versteckt den neugeborenen Zeus in einer Höhle und gibt Kronos einen in Windeln gewickelten Stein zum Verschlingen. »Und als das Jahr sich vollendet, gab [überlistet vom weisen Ratschlag der Gaia] der große Kronos wieder heraus seine Kinder, unterlegen der Macht und der List des eigenen Sohnes« (496: niketheis technesi biephi te – νικηθεὶς τέχνῃσι βίηφί τε). Der Sohn ist eben der Weltenherrscher Zeus.

Auch in den folgenden Kämpfen zwischen Zeus und den Titanen spielt List immer wieder eine entscheidende Rolle. Nach der endgültigen Erringung der Macht auf dem Olymp heiratet Zeus zuerst Metis, die von allen Göttern und Menschen am meisten wußte (887), eine Tochter der Meergottheiten Okeanos und Thetys (358). Gaia und Uranos warnen Zeus, Metis werde nach der Geburt der Athena, mit welcher sie bereits schwanger ist, einen Sohn gebären, der Zeus stürzen solle. Daraufhin überlistet Zeus Metis mit einschmeichelnden Worten (889f.: dolo phrenas exapatesas haimylioisi logoisi – δόλῳ φρένας ἐξαπατήσας αἱμυλίοισι λόγοισι) und verleibt sie sich ein. Athena wird aus Zeus' Kopf geboren und der gefährliche

11 Vgl. dazu u. S. 125 und Anm. 25.

Sohn gar nicht erst gezeugt, während Zeus die Klugheit der Metis offenbar in sich aufgenommen und damit seine Macht endgültig etabliert hat. Er heiratet dann Themis, die Göttin der Sitte und Ordnung, so daß man für den Umgang der Götter untereinander Hoffnung schöpfen könnte, aber die Ehe scheint nicht von langer Dauer gewesen zu sein.

Heras List oder, besser, ihre ganze Listenstrategie zur Entlastung der vor Troja kämpfenden Griechen habe ich schon erwähnt.[12] Hera schmückt sich zunächst auf das Raffinierteste und erfindet eine rührende Geschichte von ihrer Absicht, das zerstrittene Ehepaar Okeanos und Thetys versöhnen zu wollen, damit Aphrodite ihr den magischen Schönheitsgürtel leiht, in den neben Verlangen und Liebesgeflüster auch Liebeskraft (Philotes: φιλότης) – jene Schwester der Apate – und Verführung (parphasis: πάρφασις, »die auch den verständig Denkenden den Sinn raubt«: *Ilias* 14,217: he t'eklepse noon pyka per phroneonton: ἥ τ' ἔκλεψε νόον πύκα περ φρονεόντων) eingewirkt sind. Hypnos, den Schlaf, der ihr helfen muß, Zeus einzuschläfern, ködert sie mit einem herrlichen Geschenk: ein goldener Lehnstuhl reicht ihm nicht aus, es muß schon eine der Grazien sein. Hypnos ist es dann auch, der Poseidon das ganze Geschehen berichtet und zum Handeln auffordert, so daß Hera im Grunde keinen Meineid schwört, wenn sie dem wutschnaubenden Zeus nach dessen Erwachen versichert, sie habe Poseidon nicht aufgestachelt. Das ist dieselbe Art von List, wie sie Ea in seinem Gespräch mit der Wand verwendet.[13] Die kunstvolle Art des Schwörens (horkos: ὅρκος) ist zusammen mit der Diebeskunst (kleptosyne: κλεπτοσύνη) – vielleicht besser: der Kunst des heimlichen Agierens – übrigens ein Geschenk des Hermes an seinen Sohn Autolykos, der seine Untaten durch Klugheit und Zauber zu verbergen wußte und seinerseits der Großvater des Odysseus war (*Odyssee* 19, 394f., 24, 331ff.). Heute würde man aus diesem Stammbaum sicher schließen, daß es eine genetische Disposition für Listigkeit gibt.

Auch von der List des Hephaistos war schon kurz die Rede.[14] Als die von Hephaistos zusammengerufenen Götter sich die ertappten Ehebrecher in ihrem Netzgefängnis ansehen,

12 *Ilias* 14,159–351 und 15,4–46.
13 Vgl. den Beitrag von B. Kienast in diesem Band, S. 51.

äußern sie zwar auch Sprichwortweisheit: »Bös Ding gedeiht nicht« und »Es ereilt der Langsame den Schnellen« (*Odyssee* 8, 329), aber eindrucksvoller ist doch wohl ihr »unauslöschliches Gelächter«, und der freche Hermes gesteht Apollon, er hätte gar nichts dagegen, mit Ares zu tauschen, wenn er dafür bei der goldenen Aphrodite schlafen dürfte. Der Dichter läßt es also durchaus offen, wie die List des Hephaistos zu beurteilen ist. Immerhin verspricht Poseidon, dafür zu bürgen, daß Ares die Ehebruchsbuße an Hephaistos zahlt, aber ob das Ansehen des unglücklichen Ehemannes letztlich wiederhergestellt worden ist, bleibt fraglich.

In den Bereich der Welterklärung gehört der Mythos vom Opferbetrug des Prometheus und von der Erschaffung der Frau bzw. der Pandora. Hesiod berichtet ihn mit leichten Varianten sowohl in der *Theogonie* als auch in den *Erga*. Ich stütze mich hier vor allem auf die Darstellung in der *Theogonie* (521–616).

Der Titan Prometheus hat mit seinem Listenreichtum schon Zeus im Kampf um die Macht geholfen. Später wird er vor allem zum Wohltäter der Menschen, denen er bei seiner Aufteilung des Opfertieres zwischen Göttern und Menschen die besten Teile zuschustert, indem er Fleisch und Innereien, verborgen unter der Rindshaut und dem Magen, auf einen Haufen legt, die Knochen aber, verborgen unter Fett, auf einen anderen, und dann Zeus wählen läßt. Zeus wird getäuscht oder durchschaut die listige Kunst, die dolie techne (δολίη τέχνη), und verbirgt aus Zorn vor den Menschen das Feuer, das daraufhin Prometheus im Narthexrohr verborgen stiehlt. Aber Zeus »ersann für den Raub des Feuers den Menschen ein Übel« (570) und läßt Hephaistos aus Lehm ein Wesen formen, das einer keuschen Jungfrau gleicht. Nachdem Athena dieses Wesen aufs Schönste geschmückt hat – in den *Erga* beteiligen sich, nicht zufällig, noch Aphrodite und Hermes an der Ausstattung –, bringt Zeus es zu den Göttern und Menschen, und »die hielt Staunen, als sie diese äußerste, ausweglose List sehen« (589: dolon aipyn, amechanon anthropoisin – δόλον αἰπύν, ἀμήχανον ἀνθρώποισιν). Es folgen in der *Theogonie* 22 Verse der Frauenbeschimpfung. Nähme man diese Darstel-

14 *Odyssee* 8,266–366.

lung ernst, dann müßten für die Griechen die Frauen – und mit ihnen die Hälfte der Menschheit – nichts als »ausweglose List«, zur Bestrafung erschaffen, gewesen sein. List wäre insofern für sie wahrhaftig ein allgegenwärtiges Phänomen. Wobei hier wohl die weibliche Verführungskunst im Vordergrund steht, »die auch den verständig Denkenden den Sinn raubt«, so daß sich ihre Wahrnehmungsfähigkeit trübt und sie offenbar nicht mehr Herr ihrer Willenskraft und Entscheidungen sind, sich eben manipuliert fühlen. Zeus hat also die List des Prometheus, die den Menschen das Opferfleisch – oder das Feuer – brachte, vergolten mit einer unausweichlichen Strafe, die in der Erschaffung der Frau als personifizierter List besteht.

Verkörpert schon Prometheus den Listen- und Trickreichen und zugleich den Menschenfreund und Kulturheros[15], so gilt dies alles in noch gesteigerter Weise für den Gott Hermes. Der zu den »Homerischen Hymnen« gerechnete *Hermes-Hymnos*[16], dessen Datierung sehr umstritten ist, entwirft folgendes Bild: Die Nymphe Maia, von Zeus auserwählt, gebar in der Höhle ein wendiges, kluges, gewinnendes Knäblein (polytropos: πολύτροπος, haimylometes: αἱμυλομήτης): »Jenen Räuber und Rinderdieb, den Führer im Traumland / Jenen nächtlichen Späher und Schützer des Tores. / Es war zu vermuten, dieses Morgenkind werde bald den unsterblichen Göttern / Ruhmvolle Taten zeigen. Am Mittag spielt es die Leier« – die es, nebenbei, selbst erfunden hat. »Abends dann stahl es die Rinder Apollons« (13–18), heißt es in diesem Hymnos, der als eine einzige Verherrlichung von List oder Klugheit gelesen werden kann. Nachdem Hermes Leier und fröhliches Lied erfunden und die Leier in seiner Wiege versteckt hat, »spürt er Verlangen nach Fleisch, darum / Fort aus dem duftenden Haus, um allseits zu späh'n; denn im Herzen / Holte er aus zu verwegenem Trug (dolos aipys: δόλος αἰπύς), derart wie das Diebsvolk / Planvoll schreitet zur Tat in der Nächte schwärzester Stunde« (64–67). Beim Wegtreiben der Rinder »vergaß er nicht seiner pfiffigen Kunst (dolie techne: δολίη τέχνη). Denn die Spuren / Drehte er um, die Vorderhufe kamen nach hinten /

15 Vgl. dazu Aischylos, *Der gefesselte Prometheus.* Zu Prometheus als Trickster s. Charles Penglase, *Greek Myths and Mesopotamia. Parallels and Influence in the Homeric Hymns and Hesiod,* New York 1994, S. 223.
16 Griechisch-deutsch, hg. von Anton Weiher, 3. Aufl., München 1970.

Und was hinten nach vorn, auch er ging rückwärts hinunter« (76–78). Auch Wundersandalen flocht er sich, und später, bei der Heimkehr in die Höhle seiner Mutter, verwandelte er sich in eine kleine Nebelschwade und schlüpfte so durch das Türschloß. Der schimpfenden Mutter erklärte er, er habe das alles nur getan, um für beide einen Platz unter den Göttern auf dem Olymp zu erlangen. Apollon braucht natürlich trotz aller Vorsichtsmaßregeln des Hermes nicht lange, um den Rinderdieb ausfindig zu machen. Bei Apolls Ankunft in der Höhle »schlüpfte Hermes schnell hinein in die duftenden Windeln. Wie Asche / Große, kohlende Haufen von Stämmen des Waldes zudeckt, / Grad so verrollte sich Hermes selbst beim Anblick Apollons. / Machte ein Häufchen zusammen aus Kopf, Händen und Füßen, / Grad wie ein junges Tier im Versteck, als werd er zum süßen / Schlummer gerufen, und wachte doch wirklich« (237–242). Als Apollon ihn zur Rechenschaft ziehen will, stellt Hermes sich völlig ahnungslos und unschuldig. Er schwärme nur für Schlaf, Muttermilch, Windeln und warme Bäder. »Sprach's und schaute bald hierhin und dorthin, verzog seine Brauen, / Blinzelte viel mit den Lidern dabei und tat einen lauten / Pfiff und tat so, als müsse er nutzlose Worte vernehmen« (278–280). Wahrlich eine exakte Regieanweisung für Gestik und Mimik zwecks Vortäuschung gelangweilter Ahnungslosigkeit. Dahinter steckt genaueste Beobachtung und dementsprechendes Interesse. Das Ende ist glücklich. Als der wutschnaubende Apoll das Windelbündel zu Zeus schleppt, lacht dieser und bringt eine Versöhnung zustande: Hermes schenkt Apoll die Leier und die Kunst, sie zu spielen, und er verspricht, ihm nie wieder etwas zu stehlen. Dafür gilt ihm und seiner Mutter zukünftig der Ruhm der unsterblichen Götter, sie werden in den Olymp aufgenommen, und Hermes darf die Rinder des Apoll hüten.

Die Figur des Hermes reicht m. E. in ganz frühe Kulturstufen der Menschheit zurück, in die Zeit der Jäger und Nomaden und ihrer Lebensbewältigung. Er gehört zu den Trickster-Figuren, von denen die Erzählungen der verschiedensten Völker voll sind[17], und müßte im interkulturellen Vergleich näher un-

17 S. z. B. Paul Radin, *The Trickster. A Study in American Indian Mythology*, New York 1965. Ellen B. Basso, *In Favour of Deceit: A Study of Tricksters in an Amazonian Society*, Tucson: University of Arizona Press 1987. A. Be-

tersucht werden. Später wird Hermes, der Erfinder par excellence, zum »Geber alles Guten«, zum Kulturbringer, insofern die Erfindungsgabe die Techne hervorbringt, die eine Manipulation der Welt bzw. der Natur ist, ihr etwas abgewinnt, was sie nicht von selbst darbietet.[18] Und er wird zum Gott des Marktes, des Handels und der Verträge. Norman O. Brown[19] hat den *Hymnos* sogar als Ausdruck der Selbstauffassung einer aufsteigenden Händlerschicht interpretiert, die sich im Bild ihres Gottes selbst feiert und Zugang zum »Olymp« der alten Herrenschicht fordert. Ganz deutlich wird hier jedenfalls die List gepriesen als letzlich friedliches, häufig komisch wirkendes Durchsetzungsmittel sogar des Kleinsten, wenn er nur klug ist.

List wird allerdings nicht überall und immer so vorbehaltlos akzeptiert. Bei den schon erwähnten Leichenspielen für Patroklos setzt Achill auch Preise im Wagenrennen aus.[20] Antilochos, Nestors Sohn, hat zwar die schlechtesten Pferde, aber sein Vater weist ihn mit den schon zitierten Worten darauf hin, daß Klugheit einen solchen Mangel wettmachen kann. Antilochos greift zu der List (414: technesomai – τεχνήσομαι), die Pferde des Menelaos in einer Wegenge so zu behindern, daß dieser sie zurückhalten muß, um einen Zusammenstoß zu vermeiden. Den Zeitverlust kann Menelaos dann trotz seiner viel besseren Pferde nicht mehr aufholen und kommt deshalb als Dritter hinter Diomedes und Antilochos ins Ziel. Den zweiten Preis will Achill – und auch das ist wiederum interessant – zunächst dem aus dem Rennen ausgeschiedenen Eumelos geben, dem Athena das Joch zerbrochen hatte, weil Apollon wiederum Diomedes den Stachel (die Peitsche) »listig« bzw. »betrügerisch« (388: elepheramenos – ἐλεφηράμενος) aus der Hand geschlagen hatte.[21] Offenbar erkennt Achill – und die an-

nesik, *Schelmentum und Macht. Studien zum Typ des σοφὸς ἀνήρ bei Herodot*, Diss. Bonn 1994. Vgl. auch Anm. 24.

18 Gemäß moderner Listdefinition könnte man sagen, daß für die Griechen auch die – für uns – unbeseelte Natur ein Aktionspartner ist, demgegenüber in schwierigen Situationen das Mittel der »ungewöhnlichen (= unnatürlichen) Problemlösung« angewendet wird.

19 Vgl. Anm. 3.

20 *Ilias* 23, 262–613.

21 Inwiefern Apollon »listig« bzw. »betrügerisch« vorgegangen ist, wird im Text nicht erläutert. Das Verb elephairomai: ἐλεφαίρομαι wird in *Odyssee*

wesenden Griechen stimmen ihm zu – eine Niederlage, die durch »List« oder »Betrug« seitens der Götter bewirkt wurde, nicht an. Antilochos protestiert allerdings und verlangt den zweiten Preis für sich. Das ruft nun Menelaos auf den Plan, und er verlangt: »Schwöre, daß du nicht absichtlich (585 hékon – ἕκων) meinen Wagen mit List (dólo – δόλῳ) behindert« hast. »Dem antwortete wieder der verständige (586: pepnymenos – πεπνυμένος)[22] Antilochos: Halte ein jetzt! Denn um vieles jünger bin ich / Als du, Herrscher Menelaos! Du aber bist der Ältere und Bessere. / Du weißt, wie es ist mit den Übertretungen eines jungen Mannes! / Denn rascher ist der Sinn und schwach die Einsicht (lepte de te metis – λέπτη δέ τε μῆτις)«. Antilochos verzichtet auf den Preis – und umgeht damit den Eid, was nun wiederum Menelaos so rührt (»wie Tau sich um die Ähren legt«, erwärmt sich sein Herz), daß auch er seinerseits nachgibt und Antilochos den Preis überläßt: »Jetzt besiegte den Sinn des sonst so verständigen Antilochos die Jugend./Ein zweites Mal aber vermeide es, Bessere zu betrügen (605: eperopeuein – ἠπεροπεύειν)«.

Dieses Beispiel zeigt m. E. sehr eindrucksvoll, wie differenziert die Umgangsformen in dieser Adelsgesellschaft waren. Die Spielregeln des Agon verlangen offenbar, daß jeder Teilnehmer seine Kräfte frei entfalten kann. Selbst Götter sollen hier nicht eingreifen. Antilochos hat aber Menelaos durch sein Manöver behindert, wobei für Menelaos offensteht, ob unbeabsichtigt oder listig-betrügerisch. Die absichtliche Behinderung wird offenkundig negativ konnotiert, so daß »betrügerisch« vor »listig« (immer in unseren Kategorien) in den Vordergrund tritt. Antilochos redet sich mit »jugendlichem Übermut« heraus, d. h., er verlagert den Streitfall ins Spielerische. »Im Eifer des Gefechts« hat er die Spielregeln »vergessen«, aber es war »nicht böse gemeint«. Mit dieser Anerkennung der bestehenden Rangordnung gepaart, führt seine List

19,565 für die falschen Träume gebraucht, welche die Menschen mit leeren Hoffnungen betrügen. Apollon ist die Ursache dafür, daß die Hoffnungen des Diomedes auf den Sieg getrogen hätten, wenn Athena nicht eingegriffen hätte.

22 Liddell-Scott geben für das Verb pepnymai: πέπνυμαι: to be conscious, in full possession of one's faculties, wise. Das Partizip wird für Pesonen und Sachen gebraucht. Im Fall des Antilochos könnte man also auch »geistesgegenwärtig« übersetzen. Es fehlen genauere Wortuntersuchungen.

schließlich doch zum Erfolg. Antilochos gewinnt den Preis, erkennt aber an, daß Menelaos ihm überlegen ist. So sind letztlich beide zufrieden. Ob die Griechen oder einzelne unter ihnen auch noch in dem Zurückstecken des Antilochos eine List erkannten, läßt sich leider nicht sagen.

Andererseits ist es Dummheit und wird bestraft, wenn jemand überlegenen Gewalten nicht mit Vorsicht oder Klugheit begegnet. Odysseus ist von Kirke vor der Skylla gewarnt worden. Es ist nicht möglich, ihr mit Waffengewalt gegenüberzutreten, vor ihr zu fliehen ist das beste. Als Odysseus, der Listenreiche, ausgerechnet hier versucht, den »wehrhaften Helden« zu spielen, sich rüstet und mit Speeren vom Verdeck des Schiffes aus gegen Skylla kämpfen will, frißt diese sechs seiner Gefährten (Od. 12, 227ff.). Es gibt also Situationen – das ist doch wohl »die Moral von der Geschicht« –, in denen landläufiges Heldentum töricht ist.

Über Odysseus und seine diversen Listen ließe sich ein ganzes Buch schreiben. Es gibt wohl kein Strategem, das dieser Prototyp der menschlichen List nicht anwenden würde, um sein Ziel zu erreichen: Verstellung, Verkleidung (bis zur Erniedrigung als Bettler), Irreführung, Sinnesverwirrung (Polyphem wird betrunken gemacht), rhetorische Manipulation usw. Und er erfindet auch Listwerkzeuge, wie das Hölzerne Pferd oder »Ohropax«, mit dem er seine Gefährten vor dem Gesang der Sirenen schützt, während er selbst sich fesseln läßt, um gefahrlos hören zu können. Hier steht die List übrigens ganz im Dienst der Neugier, Entdeckerfreude oder Abenteuerlust. Mit Hilfe einer ingeniösen Techne ist es möglich, eine sonst tödliche Erfahrung zu machen.

Es könnte sein, daß bereits Odysseus das gesamte Spektrum von List-Varianten, die den Griechen als solche bekannt waren, mit seinem Handeln abdeckt. In diesem Zusammenhang scheint es verlockend, Kategorien zu entwickeln, um interkulturelle Vergleiche zu erleichtern. Andererseits haben die Griechen selbst an so etwas offenbar nicht gedacht, und so sehe ich die Gefahr, daß wir ein Schema erstellen, das der griechischen Mentalität möglicherweise nicht gerecht wird. Der Gewinn an Übersichtlichkeit wäre dadurch teuer bezahlt, weil kein Ausbrechen aus unseren Kategorien mehr möglich wäre: Wir fänden immer nur uns selbst wieder vor.

Die griechischen Dichter und Historiker vermitteln Erfahrungswissen aus dem menschlichen Leben und bilden eine Fundgrube ersten Ranges für den, der Anregungen zum Listenersinnen sucht. Die Einengung des historisch Denkwürdigen auf das Politische und den Krieg schränkt später das Spektrum wesentlich ein, aber bei Herodot reicht die Spannweite unendlich viel weiter. Da gibt es z.B. den Bericht (Herodot 5, 35) über eine Nachricht, die einem Boten auf den kahlgeschorenen Kopf geschrieben und dann von den nachwachsenden Haaren verdeckt wird, so daß der Bote selbst nichts anderes zu wissen braucht als die Aufforderung an den Adressaten, ihm die Haare zu scheren. Eine kleine Novelle für sich bildet die Geschichte vom ägyptischen Meisterdieb (Herodot 2,121), sozusagen ein Wettkampf der Listanwendung zwischen Dieb und König, in dem der Dieb als Siegespreis schließlich, weil er der klügste Mensch im Reich ist, die Königstochter gewinnt. Diese Geschichte ist übrigens ein Wandermärchen, das in verschiedenen Varianten bei vielen Völkern erzählt wird.[23] Es macht deutlich, daß das Erfahrungswissen, das dieser Historiker bietet, aus noch ganz anderen Quellen als denen der Ereignisgeschichte schöpft und daß eine globale Untersuchung des Phänomens List sich der Volkserzählung als einem Mentalitätsspiegel zuwenden müßte.[24] Herodot hat auch die Tierwelt nicht ausgeschlossen und berichtet z.B. im Ägyptenbuch (2, 66) folgendes: »Wenn die Ägypter an sich schon zahlreiche Haustiere halten, würden es noch viel mehr sein, wenn sich die Zahl der Katzen nicht verminderte; das geschieht so: Wenn die Katzen Junge haben, meiden sie den Kater. Diese verlangen nun vergeblich nach den Weibchen. Daher verfallen sie auf die List (sophizontai: σοφίζονται)[25], den Müttern offen oder

23 Gisela Strasburger, *Lexikon zur frühgriechischen Geschichte*, Zürich/München 1984, S. 386 s. v. Rhampsinitos.

24 Mir sind besonders die Erzählungen nordamerikanischer Indianer aufgefallen, in denen listenreiche Tiere, z.B. der Coyote, eine herausragende Rolle spielen. S. Barre Toelken, *The »Pretty Languages« of Yellowman: Genre, Mode, and Texture in Navaho Coyote Narratives*, in: Dan Ben-Amos (Hg.), *Folklore Genres*, Austin/Texas 1976, S. 145–170.

25 Vgl. o. S. 114 mit Anm. 6. Das Verb sophizein: σοφίζειν wird z.B. bei Hesiod, *Erga* 649, für denjenigen verwendet, der ein technisches Können (die Seefahrt) ausübt. Bei Euripides, *Iphigenie in Aulis* 744, bedeutet es das Ersinnen von Auswegen aus schwierigen Situationen. Bei Hesiod, im 8. Jh. v.

heimlich die Jungen zu rauben und zu töten, ohne sie zu fressen. Die Katzen, die nun keine Jungen mehr haben, wünschen andere und laufen zu den Katern. Dieses Tier zieht nämlich gerne Junge auf.«[26] Man könnte einwenden, daß dieses eine ägyptische Geschichte ist, also nicht aussagekräftig für griechisches Denken. Aber schon bei Hesiod findet sich in der *Theogonie* (767–773) folgende Beschreibung des Höllenhundes Kerberos: »... und ein schrecklicher Hund hält Wache am Eingang, gnadenlos, er besitzt eine tückische List (770: techne kake – τέχνη κακή): Wer hereinkommt, wird begrüßt, die Ohren gespitzt, mit wedelndem Schwanze, aber er läßt niemals wieder hinaus, und belauernd frißt er, wen er gepackt beim Verlassen der Tore nach draußen.«

Und wenn auch dieses noch ein Motiv sein sollte, das aus dem Orient stammt, wie so vieles bei Hesiod, so hat List im Tierreich griechische Jäger offenbar immer interessiert, wofür Xenophon und besonders zwei kaiserzeitliche Autoren namens Oppian Beleg sind.[27] Sinnbild des listigen Tiers war für die Griechen vor allem der Tintenfisch, der das Gewässer um sich herum »tückisch trübe macht« und seine ahnungs- und orientierungslosen Opfer mit seinen unsichtbaren Fangarmen angelt.[28]

Chr., bezeichnet das Verb also eine »handwerkliche« Fähigkeit, bei Euripides, im 5. Jh. v. Chr., ein rein intellektuelles Vermögen. Liegt ein Begriffswandel vor, oder faßte griechische Mentalität immer beide Leistungen unter einem Wort zusammen? Vgl. dazu aber auch *Das Herkunftswörterbuch. Etymologie der deutschen Sprache, Duden* Bd. 7, Mannheim 1989, dem zufolge List mhd./ahd. Wissen, bezogen auf die Techniken der Jagdausübung und des Kampfes, auf magische Fähigkeiten und handwerkliche Kunstfertigkeiten, bedeutet. Erst allmählich negativer Nebensinn: Trick, Täuschung – Gegensatz zu lauterem, fairem Weg. Sonst allgemein: Erfahren, Kennen, Kenntnis.

26 Diese Geschichte gleicht auf verblüffende Weise dem, was die moderne Verhaltensforschung als Reproduktionsstrategie bei freilebenden Löwen beobachtet hat. S. dazu Wolfgang Wickler/Uta Seibt, *Das Prinzip Eigennutz*, München 1981, 151ff., bes. S. 152: »Wenn Löwenmännchen einen Harem übernehmen und darin Babys vorfinden, so bringen sie diese um (ohne sie aufzufressen – also nicht etwa aus Hunger!)«, und S. 153: »Darum ist es durchaus folgerichtig, wenn sie gleich zu Beginn ihrer Herrschaft alle Muttertiere in den Brunstzustand versetzen, und um das zu erreichen, müssen sie deren Kinder töten. Dann kommen die Mütter – wie immer, wenn die Jungen sterben oder selbständig geworden sind – in wenigen Wochen in Brunst.« Schade, daß wir nicht mehr wissen über den Hintergrund des Herodoteischen Berichts!

List im Tierreich – darauf sei an dieser Stelle hingewiesen – ist seit einiger Zeit Gegenstand der biologischen Verhaltensforschung. Die Soziobiologie oder, wie manche lieber sagen; die »Evolutionsbiologie sozialen Verhaltens«, geht davon aus, daß »das Prinzip, welches dem Reproduktionswettlauf allein zugrunde liegt, […] die interindividuelle Konkurrenz« ist.[29] Die Forscher dieses Wissenschaftszweiges haben aus ihrem empirischen Material den Schluß gezogen, »daß ganz allgemein Kommunikation – selbst zwischen nahen Verwandten, geschweige denn sonst – ein Verfahren ist, nicht um Wahrheit zu übermitteln, sondern den eigenen Vorteil zu sichern, und zwar durch entsprechende Manipulation des Signalempfängers«.[30]

Ich kann dies hier nicht weiter verfolgen; ich wollte nur die Aufmerksamkeit auf diese Forschungsrichtung lenken und auf ihr Ergebnis, daß »Irreführung« das viel frühere Phänomen in der Evolution der Lebewesen ist, »Wahrhaftigkeit« dagegen oder, weniger pathetisch, »unverstellte Kommunikation« erst auf einer sozialen Stufe auftaucht, wo sie zum Überleben beiträgt.[31] Vielleicht liegt in diesem Bereich auch der Schlüssel für die Beantwortung der Frage, warum das christliche Abendland so »listenblind« geworden ist. Hier wirkt möglicherweise die christliche Überzeugung nach, daß der Mensch als Ebenbild Gottes »gut« erschaffen und folglich grundsätzlich »wahrhaftig« sei. Die mit der List verbundene »Irreführung«, die nach christlicher Sicht mit »Lüge« gleichzusetzen ist[32], kann

27 Xenophon, *Kynegetikos (Schrift über die Jagd)*, passim; Oppian, *Halieutika (Lehrgedicht über die Fischerei)*, und Pseudo-Oppian, *Kynegetika (Epos über die Jagd)*. Vgl. dazu besonders M. Detienne und J. P. Vernant (s. Anm. 10).

28 Vgl. M. Detienne u. J.-P. Vernant (s. Anm. 10) Kap. 1,2.

29 Christian Vogel, *Der wahre Egoist kooperiert*, in: Heinz-Dieter Ebbinghaus u. Gerhard Vollmer (Hrsg.), *Denken unterwegs*, Stuttgart 1992, S. 178.

30 Wolfgang Wickler, *Von der Ethologie zur Soziobiologie*, (wiederabgedruckt) in: Jost Herbig u. Rainer Hohlfeld (Hrsg.), *Die zweite Schöpfung. Geist und Ungeist in der Biologie des 20. Jahrhunderts*, München 1990, S. 181.

31 Wenn nämlich wechselseitiger bzw. reziproker Altruismus das Leben in einer Sozietät bestimmt. Vgl. Chr. Vogel (s. Anm. 29), S. 180: »Die Effizienz solcher (direkter oder indirekter) Reziprokbeziehungen steigt bei längerem sozialem Zusammenleben der Partner und gegenseitiger Vertrautheit der Sozietätsmitglieder.« – Die grundlegenden Hinweise auf die Soziobiologie verdanke ich – wie vieles andere – Ute Schillinger, Konstanz.

32 Augustinus, *De mendacio* und *contra mendacium*.

danach erst mit dem Sündenfall, der ja eine Täuschungshandlung seitens der Schlange einschließt, in das menschliche Dasein eingeführt worden sein und entstellt den »wahren« Menschen.

In Griechenland ist mir ausdrückliche ethische Kritik an listenreichem Verhalten bisher, sehen wir einmal von der des Menelaos gegenüber Antilochos ab, zuerst bei Xenophanes von Kolophon (570–475/70) begegnet. »Alles haben Homer und Hesiod den Göttern angehängt, was bei den Menschen schändlich und tadelnswert ist: Stehlen und Ehebrechen und einander Betrügen«, lautet das berühmte Fragment, das immer wieder zitiert wird: kleptein, moicheuein te kai allelous apateuein (κλέπτειν, μοιχεύειν τὲ καὶ ἀλλήλους ἀπατεύειν).[33] Nach dem, was sich mir bis jetzt über den griechischen Wortgebrauch ergeben hat, würde ich zwar weniger rigoros moralisch übersetzen: kleptein (κλέπτειν) muß, wie wir gesehen haben, nicht platt »stehlen« bedeuten, sondern könnte auch »heimlich wegnehmen«, ja »überlisten« meinen[34], und apateuein (ἀπατεύειν) nicht »lügen«, sondern »täuschen« oder »manipulieren«. Aber es bleibt die Tatsache, daß diese Verhaltensweisen, die bei Homer Athena an sich und Odysseus so sehr lobt[35], laut Xenophanes für Menschen schändlich sind.

Die dezidierteste Kritik, die ich bisher gefunden habe, wird in Sophokles' Tragödie *Philoktet* am listenreichen Odysseus geübt.[36] Den Griechen ist geweissagt worden, daß sie Troja nicht ohne den Bogen des Philoktet erobern können. Diesen Helden haben sie aber bei der Hinfahrt nach Troja auf einer einsamen Insel ausgesetzt, weil er, von einem eiternden Schlangenbiß gequält, mit seinen Schmerzensschreien die anderen Griechen unerträglich irritierte. Die Schutzbehauptung war, daß er die Opferhandlungen mit seinem Geschrei störe, und Odysseus gehört zu den Protagonisten dieser Ausset-

33 Frg. 11 D. K. = Sextus Empiricus, adv. mathem. 9,193.

34 Im *Philoktet* des Sophokles soll Neoptolemos »die Seele des Philoktet herausstehlen« (ten psychen … ekklepseis: τὴν ψυχὴν…ἐκκλέψειͅσ, Vers 54f.), d. h. ihn überlisten.

35 Vgl. o. S. 112f.

36 Als Aufführungsdatum für diese Tragödie ist das Jahr 409 v. Chr. sicher überliefert.

zung. Jetzt ist es wieder Odysseus, der Philoktet und den Bogen nach Troja holen soll, auf ausdrücklichen Befehl der Könige, wie Odysseus immer wieder betont bei seinen Versuchen, den aufrichtigen Jüngling Neoptolemos, einen Sohn Achills, der sich einer hinterlistigen Handlungsweise zunächst widersetzt[37], zu ihr zu überreden. Neoptolemos ist das Werkzeug der List des Odysseus, der selbst nicht handelnd auftreten kann, weil Philoktet dann sofort die böse Absicht erkennen und mit seinem unfehlbaren Bogen alle bei ihm gelandeten Griechen töten würde. Wegen des Bogens ist das Mittel der Gewalt nicht einsetzbar. Aber auch das der offenen Rede, die Neoptolemos vorziehen würde, kann nicht angewendet werden, weil Philoktet in seinem Groll einer Diskussion unzugänglich ist. Odysseus droht Neoptolemos mit dem Zorn der Könige, falls er sich dem Befehl widersetzen wolle, weil er dadurch alle Griechen schädigen würde. Andererseits hält er ihm vor, wieviel Ehre und Ruhm er gewinnen würde, wenn er tatsächlich Philoktet überliste und den Bogen in seine Hand bekomme. Klug und tapfer werde er dann heißen (Vers 119): sophos (σοφός) und agathos (ἀγαθός) – eine Anspielung auf das zeitgenössische Männlichkeitsideal des Kaloskagathos (καλὸς κἀγαθός), des »Schönen und Guten«. Odysseus gibt selbst zu, daß er »Unerhörtes« (wörtl. Neues, das er vorher nicht gehört hat) von Neoptolemos fordert (Vers 52), der zu »solchem schlechten Tun und Reden« nicht geschaffen sei (Vers 79f.), aber der Zweck bzw. der Gewinn (kerdos: κέρδος) heiligt ganz eindeutig aus der Sicht des Odysseus das Mittel. Und: »Redlich (δίκαιοι) sind wir dann später wieder« (Vers 82). Neoptolemos gibt zunächst nach und spielt das böse Spiel mit. Nachdem es ihm aber gelungen ist, das Vertrauen des einsamen Elenden zu erringen, und dieser ihm während eines Krankheitsanfalls, bei dem er ohnmächtig wird, den Bogen zu treuen Händen gibt, erträgt Neoptolemos die Täuschung, die seiner innersten Natur widerspricht, nicht mehr. Er enthüllt Philoktet nach größter Gewissensnot den ganzen Plan, auch auf die Gefahr hin, die Eroberung Trojas zu verhindern. Man darf nicht siegen wollen um jeden Preis, sagt

37 Neoptolemos nennt »Lüge«, was Odysseus als »List« bezeichnet: pseude – dolo: ψευδῆ – δόλῳ (Vers 100f., vgl. 107ff.)

er zu Odysseus.[38] Zum guten Ende bringt die Geschichte Herakles, der einzige wirkliche Freund des Philoktet. Diese Freundschaft beruht auf der Dankbarkeit des Herakles dafür, daß Philoktet ihn von seinen Schmerzen, verursacht durch das Nessoshemd – ein Mittel tückischster List –, erlöste, indem er ihn tötete.[39] Herakles erscheint als deus ex machina und bringt Philoktet, der vorher unversöhnlich geblieben war, dazu, mit nach Troja zu gehen, wo er auch Heilung von seinen Leiden finden werde.

Odysseus, dem Weltklugen, der sich übrigens auf Hermes und Athena beruft (Vers 133 f.), ist in dieser Tragödie entgegengestellt der aufrichtige, edle Neoptolemos, der nur offen handeln will. Haplotes (ἁπλότης), die später bei Xenophon am jungen Kyros positiv bewertet wird[40], die Einfältigkeit sozusagen, steht gegen vielfältige oder zwiespältige Krummgesonnenheit des Odysseus. Schlaglichtartig wird hier erkennbar, daß in der Poliswelt – so jedenfalls erkläre ich mir diesen Wandel – andere Verhaltensformen als bei Homer gefordert werden. Man müßte untersuchen, wann oder wo diese neuen Werte auftauchen oder jedenfalls in den Vordergrund treten. Haplotes (ἁπλότης) im Sinne von »unverstellter Aufrichtigkeit« scheint jedenfalls erst spät belegt zu sein. Grundsätzlich wäre quasi die »Gegenprobe« zu machen und das der List entgegengesetzte Verhalten und dessen Bewertung zu erforschen. Kennt die griechische Mythologie keinen »Siegfried«, abgese-

38 Wörtlich: »Lieber ehrlich (kalos dron: καλῶς δρῶν) das Ziel verfehlen als mit Falschheit (kakos: κακῶς) siegen« (Vers 94 f.). Odysseus dagegen sagt von sich selbst, er sei beseelt von dem Verlangen, überall zu siegen (Vers 1052).

39 Die Geschichte von Nessos, Deianeira und dem Tod des Herakles, den das mit Nessos' Blut getränkte Gewand versengt, ist Thema der sophokleischen Tragödie *Trachinierinnen*. Allerdings spielt dort Philoktet keine Rolle. Die List des Nessos, der Deianeira sterbend weisgemacht hatte, das Blut aus seiner, von Herakles' vergiftetem Pfeil verursachten Wunde sei ein unfehlbarer Liebeszauber, wird wiederholt dolos genannt.

40 Xenophon, *Kyrupaedie* 1,4,3: »Doch wie an den Körpern der Jungen trotz ihrer beträchtlichen Größe zu sehen ist, daß sie noch recht jung sind, so war auch Kyros' Redseligkeit kein Zeichen von Dreistigkeit, sondern von kindlicher Einfalt (haplotes: ἁπλότης) und Freundlichkeit« (Übers. von R. Nickel, *Die Erziehung des Kyros*, München 1992. »Kindlich« ist ein Zusatz des Übersetzers). Das Verb haploizesthai (ἁπλοΐζεσθαι) verwendet Xenophon, *Memorabilien* 4,2, im Sinne von »aufrichtig sein«.

hen von der späten »Kleinausgabe« des sophokleischen Neoptolemos? Mir ist auf Anhieb keiner bekannt, und das halte ich nicht für einen Zufall.

Es ist für mich allerdings noch die Frage offen, ob es sich im *Philoktet* nicht noch um ein anderes Problem handelt, nämlich um die Beurteilung der Person des Philoktet, und ob nicht auch hier wieder die uralte griechische Verhaltensregel gilt[41], der zufolge man dem Freund Freund und dem Feind Feind sein solle. Es könnte sein, daß der schwache, mitleiderregende Philoktet, der von Griechen ungerecht, ja unmenschlich behandelt worden ist, nicht als Feind angesehen werden darf. Einen Freund zu schädigen gilt aber nicht als gerecht. »Ist es gerecht, so ist es mehr als klug«, hält Neoptolemos dem Odysseus entgegen.[42] Wie dem auch sei, für uns wird klar, daß ethische Fragen aus diesem Umkreis im Athen des ausgehenden 5. Jahrhunderts und der Endphase des Peloponnesischen Krieges (431–404) diskutiert wurden.

Simpler – wie üblich –, dafür mit dankenswerter Klarheit, bringt Xenophon die Problematik auf den Punkt. Er schreibt von seinem Helden Agesilaos in der Lobschrift auf diesen (11,4): »Und diejenigen, die von ihren Freunden getäuscht worden waren (exapatan: ἐξαπατᾶν), tadelte er nicht, die sich aber von Feinden hatten täuschen lassen, beschimpfte er sehr, und die Täuschung (exapatan: ἐξαπατᾶν) von Mißtrauischen hielt er für weise (sophos: σοφός), die von Vertrauensvollen aber für frevlerisch (anhosios: ἀνόσιος).« Die Beurteilung von List richtet sich also nach der Person des von ihr Betroffenen, was sicher eine Differenzierung bedeutet, die bei Homer schon auftauchte, sich dort aber auf die Machtstellung der Beteiligten bezog.[43]

Unterwegs bei dieser – notwendig unabgeschlossenen – Beschäftigung ist mir aufgefallen, daß abgesehen von den gesellschaftlichen Veränderungen eine parallele Entwicklung auf der Ebene der Wirklichkeitswahrnehmung dringend in die Unter-

41 S. K. J. Dover, *Greek Popular Morality in the Time of Plato and Aristotle*, Oxford 1974, S. 180–184. Albrecht Dihle, *Die Goldene Regel. Eine Einführung in die Geschichte der antiken und frühchristlichen Vulgärethik*, Göttingen 1962, S. 32.

42 Vers 1246.

43 Vgl. o. S. 122f.

suchung mit eingeschlossen werden muß. Der Wandel im Bereich der zwischenmenschlichen Kommunikation ist ohne Berücksichtigung dieses anderen Wandlungsprozesses letztlich nicht verständlich. Ich kann hier nur skizzieren, was ich meine.

In der *Odyssee* (4, 351 ff.) schildert Menelaos, wie er Proteus, dem Meeresgreis, der unfehlbares Wissen hat, Auskunft entreißt über den Grund für die widrigen Winde, die ihn auf Pharos festhalten. Wieder einmal ist List, nämlich Verkleidung, der Ausgangspunkt, um Proteus überhaupt nahe zu kommen. Dann aber müssen die Griechen, so rät ihnen die Tochter des Proteus, diesen mit aller Kraft festhalten, auch wenn er sich in wilde Tiere, Wasser und Feuer verwandelt. Erst wenn er dieser Verwandlungen müde wird, kann er befragt werden. Die Personifizierung der Weisheit, auch des Wissens von der Zukunft, wird hier mit einem Wesen verbunden, das sich ständig verwandeln kann und wohl nicht zufällig aus dem Meer stammt, wie Metis. Abgekürzt: Wandelbarkeit ist – nach dieser Sichtweise – ein Wesenszug des Seins.

Die Naturphilosophen trachten dagegen nach der Entdeckung von Naturgesetzlichkeiten. Sie gehen davon aus, daß die Welt immer schon so gewesen sein muß, wie sie sie beobachten, und daß hinter allem Wandel in der Natur ein unwandelbares Sein stehe. Parallel zu dieser Entwicklung verläuft wohl die Entdeckung von Fiktionalität, vom Unterschied zwischen Irrtum und Lüge, zwischen Wirklichkeit und Dichtung.[44] Ihren Höhepunkt bei den Griechen findet diese Denkentwicklung in Platon und seiner Idee des Guten. Aus der lebendigen Wandelbarkeit des Seins wird die ewige Wahrheit. Dementsprechend kann sich wirkliches Wissen auch nur auf das Gleichbleibende beziehen. Aristoteles hat das öfters formuliert; ich zitiere hier eine Passage aus der *Rhetorik*, weil ich in dieser Schrift am ehesten Aussagen zur List vermutet habe. Aristoteles schreibt (*Rhetorik* 1,2,11, 1356 b 30–33): »Ferner hat keine Theorie (techne: τέχνη) das einzelne (to kath 'heka-

44 Vgl. Louise H. Pratt, *Lying and Poetry from Homer to Pindar. Falsehood and Deception in Archaic Greek Poetics*, Ann Arbor 1993. Wolfgang Kullmann, *Antike Vorstufen des modernen Begriffs des Naturgesetzes*, in: Okko Behrends/Wolfgang Sellert (Hrsg.), *Nomos und Gesetz: Ursprünge und Wirkungen des griechischen Gesetzesdenkens*, Göttingen 1995, S. 36–111.

ston: τὸ καθ' ἕκαστον) im Blick, wie etwa die Medizin das, was für Sokrates bzw. Kallias zur Gesundheit gereicht, sondern das, was für diesen oder diese bestimmte Gruppe von Menschen zur Gesundheit verhilft – das nämlich ist Aufgabe (entechnon: ἔντεχνον) der Theorie, wogegen der Einzelfall (to kath'hekaston: τὸ καθ' ἕκαστον) unendlich (apeiron: ἄπειρον) und nicht Gegenstand exakter Wissenschaft ist (ouk episteton: οὐκ ἐπιστητόν, vgl. episteme).«

Phänomene wie die List gehören für ein derartiges Denken nicht nur in den geringer geschätzten Bereich der zahllosen »Einzelfälle«, sondern sie sind in extremer Weise Teil dessen, was sich immer auch anders verhalten kann und von dem es deshalb kein festes, sicheres Wissen und keine Theorie gibt. Es ist also alles andere als verwunderlich, daß die griechische Philosophie, auch in ihrer Unterabteilung der Ethik, sich nie mit etwas so Unendlichem und Proteushaftem beschäftigt hat.

Im Alltagsleben dagegen hat man sich schon bemüht, Erfahrungswissen zu tradieren. Dazu gehören nicht nur die Sammlungen von Kriegslisten, sondern auch eine kleine Schrift, die sogar dem Aristoteles zugeschrieben worden ist: Ich meine die Schrift über die Hauswirtschaft. Das zweite Buch beginnt folgendermaßen: »Wer die Hauswirtschaft recht betreiben will, muß mit der Gegend gut vertraut sein, in der er arbeitet, muß gut veranlagt und in seinen Planungen fleißig und gerecht (dikaios: δίκαιος) sein. Soweit ihm eines dieser Stücke fehlt, wird ihm der Erfolg der Betätigung, in der er sich versucht, ausbleiben« (1345 b 7ff.). Ich überspringe einige Kapitel, in denen der Autor sich über die verschiedenen Teilgebiete der Hauswirtschaft äußert. Interessant ist in unserem Zusammenhang nur, daß er die private Hauswirtschaft für die kleinste und vielgestaltigste hält. In Kapitel 1,8 (1346 a 25) heißt es dann weiter: »Damit haben wir gesprochen über die Hauswirtschaft und ihre Teilgebiete. Und nun haben wir zusammengestellt, was man früher unternommen hat, um Geld einzunehmen, oder was man geschickt (technikos: τεχνικῶς) dazu eingerichtet hat, soweit wir es für erwähnenswert hielten. Auch diese Forschung nämlich hielten wir für nützlich; denn bisweilen wird etwas davon in die eigenen Planungen passen.« Und dann folgt eine Anekdotensammlung, aus der ich zur Illustration nur ein einziges Beispiel herausgreife. In Kapitel 2,13 (1348 a 4ff.)

heißt es: »Mausolos, der Beherrscher Kariens, lud einmal, als der Großkönig Boten schickte, die von ihm die Abgaben einforderten, die Reichsten im Land ein und erklärte ihnen, der Großkönig fordere die Steuern, er selber sei aber in Verlegenheit. Sogleich kündigten ihm dazu bestellte Männer an, wieviel jeder ihm geben werde. Daraufhin schämten sich die Reicheren, hatten wohl auch Angst und zeichneten viel mehr noch und bezahlten es auch.«

Mit diesem schönen Beispiel griechischer Listigkeit breche ich ab.

Und ziehe nur noch mein Fazit: Ich denke, das Thema List eignet sich hervorragend, um Fragen der zwischenmenschlichen Kommunikation zu untersuchen. Die offenbar weltweite Verbreitung des Phänomens macht es für interkulturelle Vergleiche besonders geeignet. Darüber hinaus wirft das Thema die Frage nach der Wirklichkeitwahrnehmung auf und nach der Art und Weise, wie diese die Alltagskommunikation möglicherweise steuert.

Ist das berühmte »archaische Lächeln«, das der griechischen Menschendarstellung ab dem 5. Jahrhundert so gründlich verlorengeht, möglicherweise auch Ausdruck einer Weltsicht, die das Bunte, Vielfältige, Glitzernde und Wandelbare der Welt betont? Und ist die »edle Einfalt und stille Größe« der Klassik, die Schwermütigkeit des strengen Stils Ausdruck einer Mentalität, in der Welt letztlich zum Unwandelbar-Eindeutigen geronnen ist, das vom Menschen nicht mehr manipuliert werden kann? Ist das Lächeln vielleicht gar nicht heiter, wie es uns erscheint, sondern hintergründig, gefährlich? Und wie steht es in diesem Zusammenhang mit dem berühmten chinesischen Lächeln?

Friedrich Wilhelm
In der Liebe und im Krieg ist jede List erlaubt – Denkt Indien anders?

Meine Themenstellung ist listig, weil ich der Überzeugung bin, daß keineswegs jede List erlaubt ist – auch nicht im Krieg. Schon vor der Genfer Konvention, deren erste Fassung aus dem Jahr 1864 stammt, und der Haager Landkriegsordnung von 1899 und 1907 bestand durchaus ein Völkergewohnheitsrecht im Westen wie in Indien, gab es also ethische Normen, Rechtsgrundsätze und Konventionen, die den Gebrauch der Mittel einschränkten und reglementierten. Mir schwebt das englische Sprichwort vor: »All is fair in love and war«, weil die Mittel in der Liebe und im Krieg in einem Atemzug genannt werden. Ich beschränke mich hier auf den Hinduismus. Auf den Buddhismus gehe ich nicht ein. Ich betrete Neuland, denn eine Untersuchung über die List in Indien ist mir nicht bekannt.

Als Indologe weiß ich, daß sich das vermutlich aus dem 4. Jahrhundert n. Chr. stammende *Kāmasūtra* (»Leitfaden des *kāma*«, »Liebeslehrbuch« des *Vātsyāyana*) wie auch das wohl im 3. Jahrhundert n. Chr. kompilierte *Arthaśāstra* (»Lehrbuch des politischen Erfolges«) vieler Listen bedienen. Beide Werke wurden in Sanskrit verfaßt.

Sanskrit-Vokabeln für »List«

Eins-zu-Eins-Entsprechungen gibt es von keiner Sprache zur anderen. Nicht einmal deutsch *Strategem*, englisch *stratagem* und französisch *stratagème* sind äquivalent, und selbst innerhalb einer Sprache finden sich keine deckungsgleichen Synonyme. Unter diesen Voraussetzungen versuche ich eine semantische Untersuchung der Sanskritwörter für »List«. Fassen wir deutsch »List« wertneutral bis positiv auf, so kommt ihm das Sanskritwort *upāya* (»Hilfsmittel«) sehr nahe, aber es wird nicht durchgängig gebraucht (und bildet auch kein Adjektiv):

In der politischen Literatur bedeutet *upāya* nicht »List«, sondern ist der Oberbegriff der weiter unten näher erläuterten vier politischen Mittel. Wir können also nicht die Bedeutung von *upāya* ohne Berücksichtigung der Kontextualität festlegen. Das gilt auch für die anderen Wörter. Zum Beispiel wird in einem Text – wie wir noch sehen werden – *chala* als Kriegslist empfohlen. Andererseits wird *chala* in einem späten Rechtstext in ganz anderer Bedeutung verwendet. Die 50 *chala-s* sind Verstöße gegen die Etikette in Anwesenheit des Königs (nur erwähnt im Gesetzbuch des Pitāmaha I, 8–18, das aus dem 4.–7. Jahrhundert n. Chr. stammt (s. Jolly, S. 123f., Kane I, S. 515).

Ethisch bewertet hat die Mehrzahl der Wörter für »List« eine negative Bedeutung in Richtung Trug *(māyā)*, Betrug *(śāṭhya)* und Schurkerei *(dhūrtatā)*. Dagegen gelten *vidagdha*, *nipuṇa* und *paṭu* als positiv. *Vidagdha* heißt »ausgebrannt«, aber nicht im Sinne von »ausgekocht«, sondern von »mit allen Finessen vertraut«, »sophisticated«. *Nipuṇa* hat die Grundbedeutung »geschickt«, *paṭu* »scharf«.

Zu fragen wäre natürlich – nicht nur für das Sanskrit –, wie weit wir das Wortfeld »List« abstecken sollten. Unbedingt dazu gehört »krumm« *(kuṭila)*, ein negativ bewertetes Adjektiv für »nicht gerade«. Der Autor des *Arthaśāstra* heißt Kauṭilya (wörtlich »Krummheit«), abgeleitet von *kuṭila* (»krumm«). Es handelt sich hier um einen signifikanten Namen, denn es sind in der Tat die krummen Wege der Politik, die dieses Buch lehrt. In der indischen Tradition gilt Kauṭilya (alias *Cāṇakya*) als Minister des Maurya-Königs Candragupta, der nach 320 v. Chr. diesem die Bildung des ersten indischen Großreichs ermöglichte. Das Sanskrit-Drama *Mudrārākṣasa* (»Das Siegel und Rākshasa«, 6. Jahrhundert n. Chr.?) greift auf diese Tradition zurück und schildert (fern der historischen Wahrheit), mit welchen Listen Cāṇakya sein Ziel erreichte. Der deutsche Indologe Hermann Jacobi (1850–1937) sah in diesem Minister den »indischen Bismarck«, wobei er den ränkereichen Begründer des indischen Großreichs und den Autor des *Arthaśāstra* für identisch hielt. Seit längerem neigt aber die westliche Wissenschaft zu der Ansicht, daß das *Arthaśāstra* eine spätere Kompilation ist und dem Kauṭilya zugeschrieben wurde, weil dieser als erfolgreicher Politiker bereits einen legendären Ruf genoß.

Ein anderes Wort für »krumm« ist *vakra*, und im *Mahābharata* (»Das große Buch vom Kampf der Bhāratas«, 5. Jahrhundert v. Chr. bis 4. Jahrhundert n. Chr.) XII, 101,4 werden zwei »Klugheiten« *(prajñā)* genannt: die gerade *(ṛjvī)* und die (hier nicht ratsame) krumme *(vakrā)*. »Krumm« ist das Oppositionswort zu »gerade«, wie es der noch zu behandelnde »hinterhältige Kampf« zum »offenen Kampf« ist. Dagegen findet sich zu *upāya* und *chala* ebensowenig ein eindeutiges Antonym wie zu »List«, »ruse« oder »stratagem«.

Im *Arthaśāstra* des Kauṭilya werden vier politische Mittel *(upāya-s)* aufgezählt: *sāman* (Verständigung), *dāna* (Bestechung), *bheda* (Spaltung) und *daṇḍa* (Gewaltanwendung).

Erst in einem späten politischen Traktat, im *Nītisāra* (»Essenz der Politik«) des Kāmandaka (8. Jahrhundert n. Chr.), der viel aus dem *Arthaśāstra* des Kauṭilya übernimmt, manches aber neu konzipiert, werden drei weitere Mittel hinzugefügt: *māyā*, *upekṣā* und *indrajāla* (XVIII,51–59). Kāmandaka unterscheidet zwei Formen der *māyā*, eine menschliche und eine unmenschliche (d. h. übermenschliche). Zur menschlichen Form zählen das Sichverbergen in Götterbildern oder hohlen Säulen, das Anlegen von Frauenkleidung, zur übermenschlichen das Gestaltannehmen nach Belieben, das Regnenlassen von Waffen oder Steinen, das Sichtbarmachen von Finsternis, Sturm, Bergen oder Wolken. Im *Arthaśāstra* X, 6, 48 wird *māyā* im Plural verwendet, aber nicht erklärt. Es heißt in diesem Kontext »trügerische Mittel«. Ursprünglich die Zauberkraft eines vedischen Gottes, ist *māyā* hier zur Gaukelkunst im politischen Kräftespiel geworden.

Unter *upekṣā* ist im *Nītisāra* des Kāmandaka die geflissentliche Nichtbeachtung des trickreichen Vorgehens anderer zu verstehen. Sie ist anzuraten, wenn sie einem selbst nützlich erscheint.

Indrajāla heißt »Netz des Indra«. Das Netz, das einen wehrlos macht, ist die Waffe der Arglistigen, die den offenen Kampf scheuen. »Das Netz des Indra« wird als Wunderwaffe in einem Schlachtzauber des *Atharvaveda* (»Wissen von den Zaubersprüchen«, 1000 v. Chr.?) VIII, 8,8 beschworen (»... Der Weltraum ward ein Zaubernetz Und ich mit diesem Indranetz mit Finsternis bestrick' ich all die Feinde ...«, Übers. F. Rückert). Im *Mahābhārata* III, 234, 17 wird *indrajāla* unter den Wunderwaffen genannt, die der Held Arjuna gegen die Gandharven (eine Gruppe halbgöttlicher Wesen) einsetzt. Im *Arthaśāstra* findet sich nur die Vṛddhi-Ableitung *aindrajālika* an einer einzigen Stelle (II, 18. 19) im Sinne von Zaubertrug: *aindrajālikam aupaniṣadikaṃ ca karma,* »magische und geheime Praxis«. (Wie wir noch sehen werden, heißt das XIV. Buch des *Arthaśāstra aupaniṣadika,* »das auf die Geheimlehre Bezügliche«). Im *Nītisāra* des Kāmandaka wird *indrajāla* ähnlich wie die übermenschliche Form der *māyā* definiert: das Vorgaukeln von Wolken, Finsternis usw., von Armeen, um den Feind in Schrecken zu versetzen. Der *Nītisāra* des Kāmandaka erschien viel zu spät, als daß seine »Novellierung« der politischen Mittel und seine Definitionen der List noch hätten Schule machen können.

Eine indische Variante der Zopyroslist

Jedoch schon vor dem *Nītisāra* des Kāmandaka wurde die List als eigenes politisches Mittel eingeführt: bereits in der ältesten Fassung des Fabelbuchs *Pañcatantra* (»Das Fünferbuch«), im *Tantrākhyāyika* (1. Jahrhundert n. Chr.?), werden die vier politischen Mittel um ein fünftes erweitert, um das schon genannte *chala,* »Kriegslist«, »ruse de guerre«, die im Englischen zu »ruse of war« wurde. Dieses *chala* spielt eine entscheidende Rolle im Krieg der Krähen gegen die Eulen. Nach dem nächtlichen Überfall der Eulen berät sich der Krähenkönig mit seinen Ministern. Schließlich rät ein Krähenminister zu einem Mittel, das noch in keinem Lehrbuch genannt ist: zu *chala*, also zur Kriegslist. Die Krähen folgen diesem empfohlenen *chala:* Sie ziehen ab und lassen den Krähenminister mit ausgerissenen Federn blutbeschmiert zurück. Als in der Nacht die Eulen wiederkommen, kann er ihnen damit glaubhaft machen, daß er von den Seinen verstoßen wurde. Er kann das Vertrauen der Eulen gewinnen und sie in eine Höhle locken, wo sie von den Krähen verbrannt werden. Diese Form der List nennen wir in unseren Breiten Zopyroslist nach einer Geschichte bei Herodot (III, 147–153). Der Perser Zopyros schneidet sich Nase und Ohren ab und geht zu den Babyloniern über. Er stellt sich als Opfer der Perser dar und gewinnt dadurch das Vertrauen der Babylonier, bis er Dareios I. die Einnahme der Stadt Babylon ermöglichen kann.

Der Schakal als Reineke Fuchs

Über das *Pañcatantra* bzw. *Tantrākhyāyika* sind unter Anleitung von Ulrich Schneider (1922–1992) verdienstvolle Arbeiten in Freiburg entstanden. Während bei uns die Rolle des ränkereichen Kanzlers Reineke Fuchs übertragen wird, hat in der indischen Tierfabel diese Funktion der Schakal, wie es dem Biotop angemessen ist.

Eines der fünf Bücher des *Pañcatantra* heißt *mitrabheda,* »Die Spaltung von Freunden«. Zwei Schakale im Ministerrang fühlen sich durch die Freundschaft des Löwen, ihres Königs, zu einem Stier zurückgesetzt und sinnen auf Abhilfe. Dem Löwen wird vorgegaukelt, daß der Stier ihm nach dem Leben trachte, und dem Stier wird vorgetäuscht, daß ihm vom Löwen Gefahr drohe. Das klassische Intrigenmuster aller Zeiten und Zonen. Das *Pañcatantra* ist eine Fundgrube der List, und wie Prof. Ballhatchet, London, mir einmal sagte, galt es unter britischer Herrschaft als ungeeignet für die Lektüre indischer Schulkinder. Hier noch ein weiteres Beispiel: Ein Löwe tötet wahllos die Tiere des Waldes. Die Tiere vereinbaren, daß dem Löwen jeweils nur ein Tier zugesandt wird.

Als die Reihe an den Hasen kommt, sinnt dieser auf ein listiges Mittel *(upāya).* Er kommt verspätet und erklärt dem darüber erzürnten Löwen, er sei durch einen anderen Löwen aufgehalten worden. Der Löwe will daraufhin unbedingt seinen Nebenbuhler sehen. Der Hase führt ihn zu einem Brunnen. Der Löwe hält sein Spiegelbild im Wasser für den fremden Löwen, stürzt sich auf sein Spiegelbild und ertrinkt. Die Sympathielenkung ist eindeutig: Der Leser bewundert die listige Klugheit des Schwachen – des Hasen als *underdog* –, der den Tyrannen überlistet.

Ehebruchsgeschichten

Nicht nur im *Pañcatantra,* sondern in einem großen Teil der narrativen Sanskritliteratur finden sich viele Geschichten, in denen List angewendet wird – ein embarras de richesse. Zum Beispiel ist die untreue Ehefrau, die den Ehemann mit ihrem Liebhaber betrügt und sich trickreich zu helfen weiß, selbst wenn sie *in flagranti* vom Gatten ertappt wird, ein Thema mit vielen Variationen. Dagegen ist der untreue Ehemann kein gängiges Thema, da seine Eskapaden erlaubt oder weniger tadelnswert sind. Ein wichtiger Unterschied zum Westen besteht: Das alte Indien kennt keine Schränke, und der Liebhaber muß sich meist unter dem Bett verstecken.

Besonders listig ist die Rahmengeschichte der *Śukasaptati*, (»Siebzig Erzählungen des Papageien«, 10.–13. Jahrhundert?). Als eine Ehefrau, deren Mann sich auf Geschäftsreise befindet, abends zu ihrem Geliebten gehen will, hält der Papagei sie durch eine Geschichte auf.

Die besondere List des Papageis besteht darin, daß er der Frau zurät, zu ihrem Geliebten zu gehen, sie müsse aber so listig sein wie eine gewisse Gaṇaśālinī. Dadurch wird die Neugier der Ehefrau geweckt, und 69 Abende lang wird sie durch immer neue Geschichten, in denen mit List schwierige Situationen gemeistert werden, von ihrem amourösen Vorhaben abgelenkt.

Gab es 64 Sanskrit-Listen?

In Braj Bhākhā, einem alten Hindi-Dialekt, finden wir einen Hinweis auf 64 Listen:In einer von Johannes Hertel edierten und ins Deutsche übersetzten Erzählung *(Sieben Erzählungen in Braj Bhākhā* in: Festschrift Ernst Kuhn, München 1916) heißt es S. 49: »Unterwegs aber fragte die Schakalin: ›Wieviel Kräfte *[parākrama]* stecken in dir, Geliebter?‹ Da sagte der Schakal: ›In mir stecken nur die 64 Listen *[daī]* meines Lehrers! Mit diesen aber bin ich selbst in 60 Kämpfen mit dem Löwen unüberwindlich.‹« Der Schakal macht nun aber geltend, daß die Listen ihn verlassen, zuerst 32, dann weitere, bis nur eine übrig bleibt. Darauf sagt die Schakalin, daß eine List genüge: »In der Klugheitslehre heißt es: ›Mit *einer* List läßt sich eine Festung nehmen; mit *einer* List kann man eine Festung retten.‹« (S. 50) Dieser Erzählung läßt sich nicht entnehmen, daß hier an eine feste Zahlenordnung von 64 verschiedenen Listen gedacht ist. Ich bezweifle auch, daß es eine Sanskrit-Aufzählung von 64 Listen gab. Die Zahl 64 wurde in dieser Erzählung nur gewählt, weil sie für die Inder eine größere runde Zahl ist (wie für uns die Hundert). Das *Kāmasūtra* zitiert eine Schule, die 64 (= acht mal acht) Varianten der körperlichen Liebe unterscheidet, und zählt die 64 *kalā-s* (Künste und Kunstfertigkeiten) auf, die die höheren Töchter und Hetären beherrschen sollen [zur Zahl 64 s. F. Wilhlem in *Zeitschrift der Deutschen Morgenländischen Gesellschaft* 1967, S. 292]. Das von Hertel mit »List« übersetzte Wort lautet in Braj Bhākhā *daī* (S. 41 f.), das in Hindi »godhead, destiny, fate« bedeutet. Nach R. L. Turner (*A Comparative Dictionary of the Indo-Aryan Languages,* London 1966, Nr. 6574) geht *daī* auf Sanskrit *daivya* zurück, das auch »göttliche Kraft« bedeutet. Hertels Übersetzung »List« ist also nur ein Interpretationsversuch.

Die Finten des Kāmasūtra

Die »Ars amatoria« des Sanskrit ist das *Kāmasūtra*. Liebe und Lebensgenuß *(kāma)* ist das dritte der drei Lebensziele der Hindus. (Auf die beiden anderen Lebensziele *dharma* und *artha* kommen wir hernach zu sprechen.)

Das *Kāmasūtra* schildert nicht nur in trocken aufzählendem und klassifizierendem Stil, wie er für das wissenschaftliche Sanskrit typisch ist, die Liebestechnik, sondern beschreibt auch detailliert den Lebensstil einer finanziell unabhängigen Welt, die ihren Vergnügungen nachgeht. Die Eroberung von Mädchen spielt dabei eine wichtige Rolle. Das Lehrbuch empfiehlt listige Annäherungen.

Im *Kāmasūtra* wird für List das Wort *upāya* lobend benutzt. Es wird auch angeraten, unter einem Vorwand *(apadeśa)* seine Ziele zu verfolgen. So setze sich der Mann bei einer Theateraufführung oder bei einer Gesellschaft in die Nähe des begehrten Mädchens und berühre sie unter einem Vorwand. Um sich abzustützen, setze er seinen Fuß auf den ihren. »Darauf berühre er nach und nach eine Zehe nach der anderen« und wage sich dann weiter vor. »Wenn er aber ihre Liebe erkannt hat, hole er sie unter dem Vorwand einer Krankheit in sein Haus« (III, 4; Schmidt, S. 274 f.).

Es werden sogar Möglichkeiten aufgezählt, wie ein Mann in den Harem eindringen kann – etwa als Dienerin oder Wächter verkleidet.

List wird auch den in den 64 Künsten *(kalā-s)* gebildeten *gaṇikās* angeraten, die manches mit den Hetären, Kurtisanen oder Geishas gemeinsam haben. Oft ist die *gaṇikā* die ausgehaltene Mätresse des verheirateten Mannes von Welt. Sie soll sich nicht mit dem üblichen Entgelt zufrieden geben, sondern durch eine ganze Skala von Listen *(upāya)* versuchen, soviel wie irgend möglich von ihrem Freier zu bekommen (V, 3). Wir bringen einige Beispiele: Sie soll vorgeben, einen Tempel zu bauen, einen Teich anzulegen, ein Fest zu veranstalten, sie soll Verluste durch einen angeblichen Brand oder durch Räuber geltend machen usw. Moralisch ist ihr Verhalten durch die drei Lebensziele abgedeckt, denn für Hetären wie für Könige ist nach Aussage des *Kāmasūtra* (I, 2) der *artha*, also der materielle Erfolg, das wichtigste Lebensziel. So erfährt die Hetäre auch aus dem Kāmasūtra, welche List sie anwenden soll, um einen finanziell nicht mehr ergiebigen Liebhaber loszuwerden: »Tun, was ihm unerwünscht ist; Zusammenkneifen der Lippen; auf den Boden stampfen.« Oder »wo es nichts zu lachen gibt, lachen [...] unter Abbrechung seiner Erzählung Beginnen anderer, Erwähnen seiner Versehen und Beschäftigungen, die er nicht unterlassen kann«.

Die Zitate stammen aus der deutschen Übersetzung von Richard Schmidt (S. 421 und 423), deren erste Auflage 1897 erschien. In seiner Übersetzung sind die vermeintlich anstößigen Stellen in lateinischer Sprache wiedergegeben, weswegen seine Übersetzung nie inkriminiert wurde. Eine durchgehend deutsche Übersetzung von F. Leiter und H. H. Thal erschien 1929, ihre Neuauflage führte 1965 zu einem Prozeß vor dem Amtsgericht Kempten. Das Gericht schloß sich der Ansicht der Sachverständigen an, die auf den kulturgeschichtlichen Wert des Buches verwiesen, und gestattete den Vertrieb dieser Übersetzung. Auf den kulturgeschichtlichen Wert zu verweisen, halte ich für eine listige Einlassung, denn die überwiegende Mehrzahl der Käufer interessierte sich für die Stellen, die Schmidt in seiner Übersetzung auf Latein gebracht hatte, was manchem den Wert klassischer Bildung vor Augen führte. Nach Änderung des Pornographieparagraphen ist der Reizwert des *Kāmasūtra* spürbar gesunken.

In Indien, das nicht nur durch die Hindu-Sittlichkeit, sondern auch durch viktorianische Rechtsnormen und Moralvorstellungen geprägt wurde, sind englische Übersetzungen (zum Teil mit Bildern der erotischen Tempel von Khajuraho, Madhya Pradesh, illustriert) erhältlich. In meinem Exemplar der Übersetzung von S. C. Upadhyaya entdeckte ich einen Zettel, den der Buchhändler von mir hätte verlangen müssen. Darin hätte ich erklären müssen, daß ich entweder Jurist, Arzt, Indologe, Psychologe oder Soziologe sei. Übrigens ist die vollständige deutsche Übersetzung aus dem Englischen, nicht aus dem Sanskrit, angefertigt worden, was Richard Schmidt in seinem Aufsatz *Ein monströses Plagiat* schon 1933 nachgewiesen hat.

Die krummen Wege der Politik

Wir wenden uns jetzt dem Lebensziel *artha* zu, das im *Arthaśāstra* des Kauṭilya seine ausführlichste Darstellung findet. Gewöhnlich drückt die Aufreihung *dharma*, *artha* und *kāma* die Priorität aus. Diese Werteskala wird im *Arthaśāstra* geändert: *artha*, der politische und materielle Erfolg, gilt als oberstes Lebensziel, wie es im *Kāmasūtra* für Könige und Hetären postuliert wurde. Kauṭilya sagt ganz allgemein, daß »der artha die Hauptsache« sei (I,7,6). Wir dürfen davon ausgehen, daß dieser Grundsatz für den König und die politischen Entscheidungsträger des Staates galt.

Die Vorrangsstellung des *artha* hat die Konsequenz, daß in Konfliktsituationen mit dem *dharma* (dem Hindu-Recht) der *artha* Vorrang hat. Mit dieser Konstruktion ist im *Arthaśāstra* nicht nur jedes Mittel gerechtfertigt, sondern sogar angeraten. Obwohl das *Arthaśāstra* des Kauṭilya bestimmte »listige« Begriffe einführt (zum Beispiel ati-sandhi »Übervorteilungsbündnis«, VII,9–12), thematisiert es nicht die List als solche, denn diese ist ein Bestandteil der traditionellen politischen Mittel wie in Machiavellis *Principe*, wie Harro von Senger zeigt.

Listige Politik wird im *Arthaśāstra* in vielen Variationen behandelt. Da ist zunächst die große Zahl der Spione zu nennen, die der König in seine Dienste nimmt: fahrende Schüler, Asketen, Händler, Bettelnonnen u. a. (I,11 und 12). Es gibt *agents provocateurs,* die zum Beispiel an einem vielbesuchten Ort einen Streit beginnen sollen. Der eine soll sich über den König beschweren, der das Volk mit Steuern und Strafen bedrückt. Der andere soll ihm widersprechen und darauf hinweisen, daß die Menschen früher unter dem Faustrecht litten, unter dem »Brauch der Fische« (dem zufolge die großen Fische die kleinen fressen), und deshalb einen König wählten. Die Steuern stehen ihm zu, denn er garantiert den Schutz der Bevölkerung (I,13). So listig soll für die monarchische Staatsform Propaganda gemacht werden.

Die Loyalität der hohen Beamten wird durch listige Proben *(upadhā-s)* getestet, und zwar in bezug auf jedes der drei Lebensziele (I, 10). Zunächst die Prüfung in bezug auf den *dharma:* Der Hauspriester soll (zum Schein) entlassen werden und den zu prüfenden Beamten durch Agenten zuflüstern lassen, daß der König unrechtmäßig *(adharmika)* ist. Man solle einen anderen zum König machen, was allen gefiele. Weisen die Beamten das Ansinnen zurück, gelten sie als loyal. Bei der Prüfung in bezug auf den *artha* ist es der General, der zum Schein entlassen wird und den Beamten zuflüstern soll, daß sie materiellen Nutzen aus der Beseitigung des Königs ziehen könnten. Die Prüfung mit Bezug auf den *kāma* soll eine im Harem angesehene Bettelnonne übernehmen. Sie soll jedem der Prüflinge zuflüstern, daß die Hauptgemahlin des Königs ihn liebe und sich mit ihm treffen wolle, was auch materiellen Vorteil bringe. Wer hier nein sagt, gilt als loyal in bezug auf den *kāma*, da er ihm nicht zustehenden Liebes- und Lebensgenuß von sich weist.

Vielfältig sind die listigen Verfahren, Reichtümer anzuhäufen. Ich nenne hier nur: »Indem er [der König] einen Göttertempel, ein Heiligtum, eine Heiligen- oder Wallfahrtsstätte oder eine Wundererscheinung *(aupapādika)* bei Nacht ins Dasein ruft, soll er aus Wallfahrten und frommen Jahrmärkten Gewinn ziehen« (Meyer, S. 375 f.) – übrigens nach von Sengers Definition eine Simulationslist.

Es gibt verschiedene Listen, den feindlichen König aus seiner Burg herauszulocken – auch hier schreckt das Werk vor religiösem Schwindel nicht zurück. Da sind es ein angeblich vierhundertjähriger Asket, der den König zu einem Besuch verleiten soll, oder andere falsche Heilige und Wundermänner, auf die der König neugierig gemacht werden soll. »Oder einen nach Gut und Weibern Lüsternen mögen die Hinterhältler durch reiche Witwen, Frauen von herrlicher Schönheit und Jugend verlocken, die sie unter dem Vorgeben, sie wollten ihm des Erben Gut zur Aufbewahrung anvertrauen, herbeigebracht haben. Geht er [der feindliche König] darauf ein, so sollen ihn nachts beim Stelldichein im Hinterhalt Versteckte mit Gift oder Waffe töten.« (Meyer, S. 620) Dieses Kapitel (XIII, 2) heißt *yogavāmana.* Hier ist *yoga* (Grundbedeutung »Anjochung«) als listiges Mittel aufzufassen, hat also ähnlich wie *māyā* auch diese Spezialbedeutung. Nach dem Kommentar *Śrīmūla* bedeutet yogavāmanam: *yogena kapaṭayogena vāmanam parasya taddurgān niṣkramaṇam,* »durch ein listiges Mittel *(yoga)* das Herauskommenlassen *(vāmanam)* des Feindes aus der Festung«. Das Wort *yoga* im Sinne von »List« findet sich auch als Überschrift von XII, 5 *yogātisaṃdhāna,* »Übervorteilung durch [listige] Mittel«, und in dem Kompositum *upaniṣadyoga,* »Mittel der Geheimlehre«, das in X,6,48 im Plural erscheint, wie das dort mitgenannte Wort *māyā.* Dieses Kompositum bezieht sich nicht auf die philosophischen *Upanischaden,* sondern auf das XIV. Buch des *Arthaśāstra* (aupaniṣadika, »Auf die Geheimlehre Bezügliches«).

Wo jede List vergeblich war und auch die offene Schlacht keinen Erfolg brachte, werden im XIV. Buch Beschwörungen, Zaubersprüche und Rezepturen als ultima ratio empfohlen. Es gibt zum Beispiel acht Mittel, sich und andere unsichtbar zu machen *(antardhānayoga-s).* Schwarze Magie, der wir zuerst im *Atharvaveda* begegnen, soll zum Sieg über die Feinde verhelfen. Viele Götter und Dämonen, die eher dem Volksglauben zuzuordnen sind, werden um Hilfe angefleht. Der Dämon Śambara wird »hundertlistig« *(śatamāya)* genannt. Im Grunde handelt es sich hier um die Fortsetzung der Politik mit magischen Mitteln.

Auch das *Kāmasūtra* hat seine Geheimlehre *(aupaniṣadika).* Im letzten Kapitel werden dem Möchtegern-Casanova, der trotz der bisherigen Lektüre nicht reüssiert hat, Salbenrezepturen, die auf Frauen bezaubernd wirken, und potenzstärkende Mittel empfohlen.

Wir nannten bereits die heimtückischen Attentate auf den

feindlichen König. Das Leben des eigenen Königs muß natürlich besonders geschützt werden, zum Beispiel vor Anschlägen mit Gift oder Dolch. In der Schlacht soll sich ein Double des Königs (*rājavyañjana*, »Königsdarsteller« X,3,42) den eigentlichen Gefahren aussetzen. Die Schlacht wird als »offener Kampf« *(prakāśayuddha)* geführt, wenn man auf eigenem Boden steht und dem Feind weit überlegen ist, sonst als hinterhältiger Kampf *(kūṭayuddha)*, bei dem die Möglichkeiten des Terrains, des Wetters und des Zeitpunkts voll auszunutzen sind, d.h., strategisch-taktische Überlegungen zum Tragen kommen (X,3).

Wir wissen nicht, ob die Empfehlungen des *Arthaśāstra* befolgt wurden. Auch können wir nur vermuten, daß ihnen reale Erfahrungen zugrunde liegen. Jeder Zeitbezug, jede Erwähnung historischer Begebenheiten, aus denen zum Beispiel Machiavelli seine Lehren zieht, werden vermieden. Es bleiben nur die Lehren der Geschichte selbst, die uns nahelegen, daß hinter diesem Werk viel historische Wirklichkeit stehen muß. Manche listigen Ratschläge des *Arthaśāstra* lesen sich allerdings so, als ob sie Phantasieprodukte seien. Die nach den drei Lebenszielen unterschiedenen Loyalitätstests haben wohl in dieser Form nicht stattgefunden. Jedenfalls kennen wir keinen historischen Fall, daß einem hohen Beamten ein Rendezvous mit der Königin in Aussicht gestellt wurde, um seine Zuverlässigkeit in Liebesangelegenheiten zu testen. Die Freimütigkeit, mit der Kauṭilya auch skrupelloseste Mittel sanktioniert, hat ihm in Indien einen ähnlichen Ruf eingetragen wie bei uns Machiavelli. Vielleicht war es listiger Humor, der Nehru bewog, in den zwanziger Jahren unter dem Pseudonym Chanakya (= Cāṇakya, ein anderer Name für Kauṭilya) zu schreiben, und der nach der Unabhängigkeit die Nehru-Regierung veranlaßte, das Diplomatenviertel von New Delhi Chanakyapuri (»Chanakya-Stadt«) zu nennen. Daß die DDR-Botschaft in New Delhi in der Kauṭilya-Straße ihren Sitz hatte, ist eine feine Ironie der Geschichte. Als politische Gegner den von 1991 bis 1996 regierenden indischen Ministerpräsidenten Narasimha Rao »Chanakya« nannten, wollten sie ihn als verschlagenen Politiker bezeichnen. Da Rao aber scheiterte, war er am Ende doch kein »Chanakya«.

Wir dürfen allerdings das *Arthaśāstra* des Kauṭilya nicht einfach als gewissenloses Lehrbuch totalitärer Machenschaften abtun. Kauṭilya lehrt den Erfolg auf lange Sicht und meidet jede Va-banque-Politik. Er ist der Meisterintrigant des kalten Krieges, für den auch der Friede *(sandhi)* nur ein listiges Mittel der Politik ist, den insbesondere der Schwache schließen soll (bis er wieder stärker ist). Nichts geschehe blindwütig. Auch die heimtückischste Tat entspringt nicht despotischer Willkür, sondern kaltem Kalkül, das den Feind im Innern und Äußern (der Nachbarkönig ist der natürliche Feind) zu überlisten bemüht ist. Die Risiken eines Krieges soll der König nur eingehen, wenn alle anderen Mittel versagt haben. Dadurch daß Kauṭilya *artha* zum wichtigsten Lebensziel erklärt, kann der König auch Institutionen des *dharma*, Tempel und heilige Männer, für politische Zwecke verwenden und gegen politisch Mißliebige »die stille Strafgewalt« *(tūṣṇīṃdaṇḍa)* anwenden, diese also heimlich töten lassen oder in Verliesen verschwinden lassen.

Nur an einigen Stellen der indischen Literatur (aber nicht im *Arthaśāstra)* werden Giftmädchen genannt, die von Kindheit an mit Gift aufgeladen werden, so daß ihr Hautgewebe, Speichel, Atem und sogar Blick zur tödlichen Gefahr werden. »Auf diese Weise wird ein solches Giftmädchen *(viṣakanyā)* zu einer großen Gefahr für ihre Umgebung und zu einem wichtigen Faktor im Ränkespiel der Fürstenhöfe« (Kohl, S. 324). Im eingangs genannten Drama *Mudrārākṣasa* wird die listige Verwendung eines solchen Giftmädchens geschildert (Ruben, S. 18) – historische Belege finden sich aber keine.

Der Dharma als wichtigstes Lebensziel

Bis auf die genannten Ausnahmen im *Arthaśāstra* und *Kāmasūtra* hat jedoch die Befolgung des *dharma* oberste Priorität. Im weiten Sinne bezeichnet der *dharma* die sittliche Weltordnung der Hindu-Religion.

Im engeren Sinn bedeutet *dharma* »Recht und Sitte« (so der Titel des Standardwerkes von Julius Jolly). Ganz allgemein stärkt der *dharma* die Rechtssicherheit des einzelnen innerhalb der Kastenordnung, denn der Schutz der Untertanen wird als die Pflicht der Könige angesehen.

Die einschlägigen Sanskritwerke des *dharma*, die meist in

den Jahrhunderten um Chr. Geburt entstanden, verurteilen ähnlich wie unser Gesetzbuch die Anwendung von List, die den materiellen Schaden eines anderen verursacht. So macht sich zum Beispiel ein Verkäufer strafbar, »wenn er falsches Maß gebraucht, etwaige Mängel künstlich verdeckt, Öl, Salz und Getreide u. dgl. mit minderwertigen Artikeln aufmischt, Edelsteinen, Eisen usw. einen falschen Glanz verleiht, oder überhaupt den Wert seiner Waren in betrügerischer Weise zu erhöhen sucht, oder gar einen anderen Gegenstand als den anfänglich vorgezeigten dem Käufer aushändigt« (Jolly, S. 109).

Im autoritativsten Rechtsbuch der Hindus, dem des Manu VIII, 193 (1. Jahrhundert n. Chr.?), wird *upadhā* im Sinne von betrügerischem Mittel genannt, mit dem man das Eigentum eines anderen an sich bringt (wir wiesen bereits darauf hin, daß im *Arthaśāstra upadhā* eine listige Prüfung bedeutet). Manu VIII, 165 verwendet das Wort *yoga* im Sinne von betrügerischem Mittel, das der Kommentator Kullūka mit *chala* paraphrasiert. Im Rechtsbuch des Nārada (19,2) werden falsche Maße und Gewichte mit dem Ausdruck *kūṭa* bezeichnet.

Zu einer Kardinaltugend der Hindus entwickelte sich die *ahiṃsā* (»Gewaltlosigkeit«), die ein massives Gegengewicht gegen Gewalt als Mittel der Politik darstellt. In den religiösen Schriften der Hindus (und der Anhänger der anderen indischen Religionen) finden wir überdies viele Maximen, die einen hohen Stand des sittlichen Empfindens zeigen. Im Sanskritepos *Mahābhārata* lesen wir: *na tat parasya saṃdadhyāt pratikūlaṃ yad ātmanaḥ* »Man füge nicht einem anderen zu, was einem selbst zuwider ist« (V, 39, 57 und XIII, 114, 8).

Diese überaus einfache und überaus überzeugende Norm sittlichen Wohlverhaltens nennen wir die »goldene Regel«. Wir kennen sie als Sprichwort: »Was du nicht willst, daß man dir tu', das füg auch keinem andern zu«, und (positiv formuliert) als Bibelwort: »Alles nun, was ihr wollt, daß es euch die Menschen tun, das sollt auch ihr ihnen tun« (Matthäus 7, 12).

Im Sanskritepos *Mahābhārata* finden wir auch eine Stelle, die die Regeln der Kriegsführung festlegt. Im VI. Buch heißt es dort vor der großen Schlacht zweier Vetterngruppen und ihrer Hilfsvölker:

»Im regelrechten Kampf, der jetzt entbrannt ist, laßt uns kämpfen auch,
Allein auf ritterliche Art, wie es von altersher Gebrauch.
Wer nur mit Worten kämpft, der soll bekämpft nur werden mit dem Wort.
Und niemals darf man töten den, der aus dem Kampf gegangen fort.
Ein Reiter kämpft mit Reitern nur, Fußvolk mit Fußvolk, Elefant mit Elefant, im Wagenkampf hält Wagen gegen Wagen stand.
Es kämpft mit Kraft, wie er's vermag und angestrengt ein rechter Mann,
Nie greift er den erschöpften Feind, nie greift er ohne Anruf an.
Den, der in einem Zweikampf steht, der achtlos abgewandt sich hat,
Kein Schwert führt, keinen Panzer trägt, ihn töten wäre Freveltat« (VI, 1, 27–31, Übers. H. v. Glasenapp, S. 114).

Wie in der *Ilias* oder im *Nibelungenlied* kann man einen historischen Kern vermuten – vielleicht hat in der ersten Hälfte des 1. Jahrtausends v. Chr. auf dem Kurukṣetra (nördlich des heutigen Delhi) tatsächlich eine große Schlacht stattgefunden, die später phantasievoll geschildert wurde. Diese Schilderung bot dann Gelegenheiten zu späteren Einschüben wie der gerade zitierten »Landkriegsordnung«, die den Vorschriften der Haager Landkriegsordnung bereits sehr nahekommt. Die sich daran anschließende Beschreibung der Schlacht bietet allerdings ein ganz anderes Bild. Der Kampf entwickelt sich zu einem blutigen Gemetzel, in dem sich beide Seiten im Einsatz verbotener Mittel überbieten. Wir zeigen diese Eskalation an einem besonders ungewöhnlichen Fall arglistiger Täuschung:

Das *Droṇavadhaparvan* (das Buch von der Tötung Dronas = *Mahābhārata* VII, 155–165) schildert, wie der Held Arjuna gegen seinen Waffenlehrer Droṇa kämpft. Kṛṣṇa, eine Inkarnation des Gottes Viṣṇu, der Arjuna bereits in der *Bhagavadgītā* (»Der Gesang des Erhabenen«, 4./3. Jahrhundert v. Chr.?) zur Kastenpflicht des Kriegers ermahnt hat, springt ihm mit einer List bei. Droṇas Sohn heißt Aśvatthāman, nun tötet Arjunas Bruder Bhīma einen Elefanten dieses Namens und verkündet laut den Tod Aśvatthāmans. Yudhiṣṭhira bestätigt den Vorfall, wenn auch nur mit einer verklausulierten Wendung. Schließlich legt Droṇa wegen des vermeintlichen Tods seines Sohnes die Waffen nieder und wird als Wehrloser enthauptet. Die heimtückische Bluttat an dem 85jährigen Lehrer Droṇa, der der Brahmanenkaste angehört, ist ein verwerflicher Vorgang, der seine entsprechende Rache findet. Im X. Buch des *Mahābhārata* (*Sauptikaparvan,* »das Buch vom Überfall auf Schlafende«) beobachtet Aśvatthāman, der Sohn Droṇas, wie eine Eule bei Nacht schlafende Krähen in ihrem Nest tötet. Er will handeln wie die Eule, wird aber darauf hingewiesen, daß schlafende, wehrlose Männer nicht getötet werden dürfen. Aśvatthāman rechtfertigt sein Vorhaben mit den Schandtaten der Feinde, die ohne *dharma* sind und die Brücken abgebrochen haben. Er müsse die Vatermörder töten, auch wenn er als Wurm oder Falter wiedergeboren würde, und richtet unter den Eingeschlafenen ein furchtbares Blutbad an. Die Tötung des Elefanten, der so heißt wie Droṇas Sohn, zeigt übrigens, daß nicht jede List als erlaubt angesehen wurde. Die Wahrheit *(satya)* hat in Indien einen besonders hohen Stellenwert, und eine Lüge auszusprechen würde unabsehbare magische Folgen haben. Die Behauptung, Droṇas Sohn sei gefallen, wäre eine solche Lüge gewesen. Die List mit dem getöteten Elefanten desselben Namens ist indessen kein Verstoß gegen das Prinzip Wahrheit.

List des Mythos

Wir sahen, daß sich Kṛṣṇa, also eine Inkarnation des Gottes Viṣṇu (wörtlich: ein Avatāra, »Herabstieg« auf die Erde), in die im *Mahābhārata* geschilderte Schlacht einmischt. Auch auf kosmischer Ebene kommt es zu kriegerischen Auseinandersetzungen, die zwischen Göttern und Dämonen mit der ihnen eigenen Zauberkraft *(māyā)* geführt werden. Wir verdanken Heinrich Zimmers Buch *Maya – Der indische Mythos* eine geistvolle Darstellung dieser mythischen Vorgänge.

Hier verweisen wir nur auf den Avatāra Viṣṇus als Narashiṃha, »Löwenmann«. Der Dämon Goldgewand *(Hiraṇyakaśipu)* hatte so viel Askese angesammelt, daß Brahman ihm eine Wunschgabe freistellt. Er bedingt sich aus, daß nicht Götter, Dämonen oder Menschen ihn töten könnten und er weder bei Tag noch bei Nacht sterben könne. Der Wunsch wird ihm gewährt, aber der Dämon bedroht die Ordnung der Welt, und Viṣṇu muß listig als Löwenmann (weder als Tier noch Mensch) erscheinen und einen Weltuntergang inszenieren, um den Dämon überlisten und töten zu können. Auch die angesammelte Askese eines Büßers könnte den Göttern gefährlich werden. In einem solchen Falle schickte der Götterkönig Indra dem Büßer ein verführerisches Himmelsmädchen, das seine Glutgewalt zu schwächen vermag – in Hunderten von Jahren, die ihm wie ein Tag erscheinen.

Der Götterkönig Indra ist wie Zeus zu amourösen Eskapaden geneigt, so verführt er die Frau des Sehers Gautama, indem er dessen Gestalt annimmt, wie Zeus es tat, als er sich der Alkmene in Gestalt ihres Gatten Amphitryon näherte.

»Mahadöh, der Herr der Erde,
Kommt herab zum sechsten Mal [...]«

So beginnt Goethe seine indische Legende *Der Gott und die Bajadere.* In Sonnerats *Reise nach Ostindien und China,* Zürich 1783, hatte Goethe gelesen, daß der Götterkönig die Liebe eines Freudenmädchens testet, indem er sich am anderen Morgen totstellt. Als sie wie eine Satī (»gattentreue Frau«) ihm auf den Scheiterhaufen folgen will, nimmt der Gott sie mit in seinen Himmel. Goethes Gedicht hat übrigens Bert Brecht zu spöttischen Versen angeregt:

»O bittrer Argwohn unsrer Mahadöhs
Die Huren möchten in den Freudenhäusern
Wenn sie die vorgeschriebne Wonne äußern
Nicht ehrlich sein. Das wäre aber bös ...«

Es gibt auch den Fall, daß in einer westlichen Umsetzung eines indischen Stoffes sich listiges Verhalten findet, das im Original nicht vorhanden ist. Thomas Mann läßt in seiner indischen Legende *Die vertauschten Köpfe* durchblicken, daß es die jungverheiratete Inderin Sītā im Tempel der Kālī auf die Vertauschung der abgeschlagenen Köpfe mit unterbewußter List anlegte, denn so erhält sie zum geistvollen Kopf ihres Gatten den kraftvollen Leib des Freundes. Sie war nun durch dieses Freudsche Vertauschen »die begünstigtste Frau der Welt, denn sie war im Besitz eines Gemahls, der, wenn man so sagen darf, aus lauter Hauptsachen bestand.«

Beispiele aus der Geschichte

Wir fanden viele Belege für List in Lehrbüchern, Fabeln, Heldensagen und Mythen der Sanskritliteratur. Wie steht es aber mit der Historizität? Es ist eine alte Klage, daß die Inder wenig Sinn für Geschichtsschreibung gehabt hätten. Dennoch sind wir über den Verlauf der indischen Geschichte ausreichend informiert und könnten nachweisen, daß hier die List nicht seltener angewendet wurde als im Westen. Ich nenne nur die *Kaschmirchronik* (12. Jahrhundert), die wenigstens die neuere Geschichte Kaschmirs glaubwürdig schildert, oder die von J. Tod (1782–1835) aufgezeichneten *Annalen* Rajasthans. Ein embarras de richesse an Fallbeispielen bietet sich allein in diesen beiden Werken an. Wir müssen uns hier mit einigen anderen Fällen begnügen.

Wir alle sind Zeitzeugen des Attentats auf Indira Gandhi, 1984 begangen von ihrer Sikhwache, und des Anschlags auf ihren Sohn Rajiv 1991, ausgeführt von einer Frau, die in einem Blumenstrauß die Bombe versteckt hatte. Der Attentäter des Mahatma Gandhi hatte sein Opfer durch frommen Gruß in Sicherheit gewiegt. Hier sprechen wir von einem hinterlistigen, heimtückischen Vorgehen.

Es gibt aber auch historisch verbürgte List, die unsere volle Sympathie findet. Listige Flucht aus Gefangenschaft trifft meist auf unseren Beifall. Im Jahr 1666 wurden der Marathenführer Shivaji und dessen Sohn vom Mogulkaiser Aurangseb in die Mogulmetropole Agra eingeladen, aber entwürdigend behandelt und unter Hausarrest gestellt. Shivaji gibt vor, sich von einer Krankheit zu erholen, und schickt als Zeichen des Dankes allabendlich große Früchtekörbe an die Brahmanen. Als die Aufmerksamkeit der Wachen für diese Körbe erlischt, gelingt ihm und seinem Sohn die Flucht in zwei leeren Körben (Majumdar, S. 515 f.).

Wir wechseln die Szene. Während des Zweiten Weltkrieges befand sich in Dehra Dun das große Internierungslager der Briten für deutsche und österreichische Zivilisten, die sich bei Kriegsausbruch in Indien und Ceylon aufhielten. Als Stacheldraht-Reparaturgruppe verkleidet gelingt Heinrich Harrer und anderen die Flucht. Zwei von ihnen ziehen sich englische Offiziersuniformen an, die heimlich im Lager angefertigt worden waren. Harrer und andere werden als Inder geschminkt und tragen Turbane. »Dann passierten wir ohne mit der Wimper zu zucken die Wachen, die vor den Offizieren stramm salutierten und uns Kulis keines Blickes würdigten« (Harrer, S. 32).

Während Harrer und Aufschnaiter nach Tibet fliehen können, reisen die beiden anderen als englische Offiziere mit dem Zug nach Calcutta, wo sie im Saturday Club ihre Rolle erfolgreich weiterspielen. Bei dieser Flucht aus einem Internierungslager handelt es sich um westliche List auf indischem Boden, die im Rahmen der Genfer Konvention erlaubt war.

In Nepal hatten seit 1845 Angehörige der Rana-Familie als erbliche Premierminister regiert und die legitimen Könige als ihre Marionetten behandelt. Im Jahre 1950 versuchte König Tribhuwan (1906–72) mit indischer Hilfe die Macht zurückzugewinnen. Ein Briefwechsel mit Nehru kommt über den indischen Botschafter zustande. Das Code-Wort für Rana war »serpent«, für Nehru »doctor«. Als die königliche Familie einen vorgetäuschten Picknickausflug unternimmt, fahren ihre Autos an der indischen Botschaft vorbei, deren Tore sich für die Flüchtlinge öffnen. Truppen des nepalesischen Premierministers umzingeln die Botschaft, doch Indien erzwingt die Ausreise der königlichen Familie. Ein Aufstand in Nepal ermöglicht Tribhuwans Rückkehr, und seit 1951 regiert dank Tribhuwans List in Nepal wieder das Königshaus.

Im März 1959 erhält in Lhasa der Dalai Lama wiederholt die Aufforderung, ohne bewaffnete Begleitung zu einer Theateraufführung ins chinesische Lager zu kommen. Die Tibeter vermuten eine Falle, und die Lage wird brisant. Der Dalai Lama vertauscht sein Mönchsgewand mit der Soldatenuniform und flieht mit seinem Gefolge. Wie vor ihm der nepalesische König findet er in Nehru einen Freund, der ihn gastlich aufnimmt (Dalai Lama, S. 227ff.).

Ist Ost Ost und West West?

Ich sehe keinen diametralen Unterschied zwischen Indien und dem Westen. Auch in Indien ist nicht jede List erlaubt, aber auch in Indien ist jede List vorgekommen. Sanktionen gegenüber der Anwendung verbotener Mittel sind hier wie dort schwer durchsetzbar. Wem sage ich das? Sicher gibt es auch Unterschiede in der Listigkeit einzelner Völker – in Europa wie auf dem indischen Subkontinent, heißt es doch: »A Hindu is like everybody else, but even more so.« Dieses Bonmot läßt sich auf eine besondere Listigkeit der Hindus beziehen, sachlich richtig ist es nicht. Ethnische Pauschalurteile sind nicht wissenschaftlich beweisbar. Eher kann man feststellen, ob sie eine größere oder kleinere Akzeptanz finden und wer sie in Umlauf setzt.

Das *Kāmasūtra* bringt eine Geographie der Liebesgepflogenheiten in den einzelnen indischen Regionen. Auch für Europa gibt es Versuche einer erotischen Kartographie. An einer Geographie der List im Sinne einer Untersuchung regionaler Unterschiede in bezug auf die Listigkeit der Menschen hat sich aber noch nirgends jemand versucht.

In der Rechtsprechung finden wir erstaunliche Unterschiede im deutschsprachigen Raum, zumindest was die Terminologie betrifft. Was im österreichischen Zivilrecht als »List« justitiabel ist, heißt bei uns »Arglist« und in der Schweiz »absichtliche Täuschung«.

Außerhalb des justitiablen Raumes läßt sich aber feststellen, daß die meisten – und nicht nur die Politiker – lieber listig sein wollen als dumm und sich lieber einen Fuchs nennen lassen als ein Schaf.

Auch in Indien, so dürfen wir vermuten, wollen nur wenige weniger listig sein als die anderen, wobei auch dort die Ansichten stark auseinandergehen, welche List noch erlaubt ist. Vermutlich halten sich Bengalen für listiger als Marathen und umgekehrt. Freilich in einem Atlas festhalten lassen sich solche Differenzierungen nicht. Hier bin ich mit meinem Sanskrit am Ende.

Literatur

Arthaśāstra, s. Kangle, Meyer, Wilhelm.
Atharvaveda, s. Rückert, Witzel.
Bühler, Georg, *The Laws of Manu,* Oxford 1886 (Nachdruck Delhi 1964 u. ö.).
Dalai Lama, *Mein Leben und mein Volk,* München–Zürich 1962.

Falk, Harry, *Quellen des Pañcatantra,* Wiesbaden 1978 (= Freiburger Beiträge zur Indologie, 12).
Geib, Ruprecht, *Zur Frage nach der Urfassung des Pañcatantra,* Wiesbaden 1969 (= Freiburger Beiträge zur Indologie, 2).
von Glasenapp, Helmuth, *Die Literaturen Indiens,* Stuttgart 1961.
Harrer, Heinrich, *Sieben Jahre Tibet,* o. O. 1959.
Hertel, Johannes, *Tantrākhyāyika – Die älteste Fassung des Pañcatantra,* Leipzig 1909 (Nachdruck Darmstadt 1970).
Jolly, Julius, *Recht und Sitte,* Straßburg 1896.
Kāmandaka s. Wilhelm.
Kāmasūtra, s. Schmidt, Wilhelm.
Kane, P. V., *History of Dharmaśāstra,* Vol. I–V (7 Bde.), Poona 1968–77 (1. Aufl. Poona 1930–62).
Kangle, R. P., *The Kauṭilīya Arthaśāstra,* 3 Bde., Delhi 1986 (1. Aufl. Bombay 1960, 1963 u. 1965).
Kaschmirchronik s. Pandit.
Kohl, Josef Friedrich, *Ein Beitrag zum indischen Giftmädchenmotiv,* in: *Zeitschrift der Deutschen Morgenländischen Gesellschaft* 109, Wiesbaden 1959, S. 324–339.
Lariviere, Richard W., *The Nāradasmṛti,* 2 Teile, Philadelphia 1989.
Lingat, Robert, *Les sources du droit dans le système traditionel de l'Inde,* Paris 1967.
Mahābhārata s. Sukthankar.
Majumdar, R. C. u. a., *An Advanced History of India,* London 1965 (1. Aufl. 1946).
Manu s. Bühler.
Meyer, Johann Jakob, *Das altindische Buch vom Welt- und Staatsleben,* Leipzig 1926 (Nachdruck Graz 1977).
Nārada s. Lariviere.
Pañcatantra s. Falk, Geib, Hertel.
Pandit, R. S., *Kalhaṇa's Rājataraṅgiṇī. The Saga of the Kings of Kaśmīr,* New Delhi 1968 (1. Aufl. Allahabad 1935).
Ruben, Walter, *Der Sinn des Dramas »Das Siegel und Rākshasa« (Mudrārākshasa),* Berlin 1956.
Rückert, Friedrich, *Atharwaweda. Das Wissen von den Zaubersprüchen* (Hg. H. Kreyenborg), Darmstadt 1923.
Schmidt, Richard, *Das Kāmasūtram des Vātsyāyana,* 5. Aufl. Schmiden o. J. (1. Aufl. Leipzig 1897).
Ders., *Ein monströses Plagiat,* in: *Festschrift Moriz Winternitz,* Leipzig 1933, S. 66–72.
Stiller, Ludwig F., *Nepal – Growth of a Nation,* Kathmandu 1993.
Sukthankar, Vishnu S. u. a. (Hg.), *The Mahābhārata,* Vol. I–XIX (22 Bde.), Poona 1933–66 (Kritische Ausg.).
Tod, James *Annals and Antiquities of Rajasthan,* 3 Bde., London 1920 (Nachdruck Delhi 1987).

Wilhelm, Friedrich, *Die Beziehungen zwischen Kāmasūtra und Arthaśāstra,* in: *Zeitschrift der Deutschen Morgenländischen Gesellschaft* 116, Wiesbaden 1967, S. 291–310.
Ders., *Kāmandaka; Kauṭilya; Vātsyāyana,* in: *Kindlers Neues Literatur Lexikon,* Band 9 und 16, München 1990f. (mit Bibliogr.).
Ders., *Humor und Ironie im deutschen Indienbild (Heinrich Heine und andere),* in: *Berliner Indologische Studien* 11/12, 1998, S. 269–288.
Winternitz, Moriz, *Geschichte der indischen Literatur,* 3 Bde., Leipzig 1909–20 (Nachdruck Stuttgart 1968).
Witzel, Michael, *Atharvaveda,* in: *Kindlers Neues Literatur Lexikon,* Band 18, München 1992 (mit Bibliogr.).
Zimmer, Heinrich, *Maya – Der indische Mythos,* Frankfurt a. M. 1978 (1. Aufl. Stuttgart 1936).

Eberhard Schockenhoff
List und Lüge in der theologischen Tradition

Die Zusammenstellung der beiden Begriffe List und Lüge im Titel dieses Beitrags legt die Vermutung nahe, die moraltheologische Tradition kenne den Begriff der List ausschließlich in seiner engen Definition, verstanden als arglistige Täuschung, nicht dagegen in seinen weiteren Bedeutungsvarianten, zu denen – entsprechend der »weiten« Definition – vor allem Witz und Findigkeit, Mut zu ungewöhnlichen Vorgehensweisen, Bewunderung von Einfallsreichtum, Überraschung und Erstaunen gehören. Wer etwa das einflußreiche, in der katholischen Welt unseres Jahrhunderts weit verbreitete Handbuch des Moraltheologen Bernhard Häring, *Das Gesetz Christi,* aufschlägt, findet dort zwar keine formale Listdefinition, wohl aber die fraglos wiedergegebene Identifikation von List, Täuschung und Betrug auf der einen und Lauterkeit, Ehrlichkeit und wahrer Klugheit auf der anderen Seite. »Der Gegensatz zu dieser irdischen Schlauheit, deren Mittel Verstellung, List und Lüge sind, ist die Schlichtheit und Lauterkeit, die allen krummen Wegen abhold, auch in der Wahl der Mittel wahr und aufrichtig ist. Der Kluge ist in seinen Zielen und Wegen ehrlich.«[1] Die aufsteigende Trias Verstellung, List und Lüge steht dabei für die Schlauheit des irdischen Menschen, während die Kinder des Lichtes auch auf den dunklen Wegen dieser Welt aufrichtig, redlich und lauter bleiben. Dem bibelfesten Leser kommen allerdings hier schon Zweifel, ob die Anklänge an den neutestamentlichen Sprachgebrauch das Zeugnis der Schrift nicht etwas vorschnell und allzu einseitig in Anspruch nehmen. Stellt nicht das Lukasevangelium (16,8) die Klugheit dieser Welt den Kindern des Lichtes als Vorbild vor Augen, dem sie in der Verfolgung des Guten nacheifern sollen? Fordert nicht Matthäus dazu auf, klug wie die Schlangen und arglos wie die Tauben zu handeln? Ganz zu schweigen davon, daß die Bibel in beiden Testamenten von der trefflichen List heiliger

1 Bernhard Häring, *Das Gesetz Christi,* Freiburg 1963, Bd. 3, 43 f.

Frauen und Männer zu berichten weiß, ohne an ihrem Verhalten irgendwelchen Anstoß zu nehmen?

Der Überblick über die vielfältigen Stellungnahmen der theologischen Tradition wird zeigen, daß die These von der Vorherrschaft einer engen, negativ konnotierten Listdefinition nur als Tendenzanzeige gültig ist. Sie bedarf im Einzelfall erheblicher Modifikationen, um als Gesamtbild zutreffen zu können.

1. Die List als Sünde gegen die Klugheit

Die Einordnung in das klassische Tugendschema der aristotelisch-thomanischen Ethik bietet einen guten Leitfaden, um ein Verständnis dafür zu gewinnen, warum die List in der moraltheologischen Bewertung in die Nähe von Täuschung, Verstellung und Betrug geriet, ohne allerdings mit ihnen formell identifiziert zu werden. Im architektonischen Gesamtaufriß der *Summa theologiae* des Thomas von Aquin wird die List *(dolus)* zusammen mit der Klugheit des Fleisches *(prudentia carnis)*, der Verschlagenheit *(astutia)* und dem Betrug *(fraus)* unmittelbar als ein Widerspruch zur Klugheit diskutiert, der dieser gleichwohl äußerlich verwandt ist. Die sittlich verwerfliche Bewandtnis der List und ihr sündhafter Charakter ergeben sich jedoch in erster Linie aus ihrem Gegensatz zur Gerechtigkeit gegenüber dem Nächsten, unter deren Teiltugenden die Wahrhaftigkeit in Wort und Tat einen besonderen Rang einnimmt. Indem die List in diesen doppelten Kontext der Wahrheits- und Wahrhaftigkeitssemantik gestellt wird, ist eine entscheidende Weichenstellung bereits vorgenommen: Sie muß nun in allen ihren Erscheinungsformen als ein Verstoß gewertet werden, der sich entweder gegen die rechtverstandene Klugheit und damit gegen die Vernunftnatur des Handelnden selbst oder gegen die Gerechtigkeit und damit gegen den Wahrheitsanspruch des anderen richtet.

Die Möglichkeit zu einer positiven oder wenigstens neutralen Bewertung der List ergibt sich dann allenfalls aus dem abgestuften Verpflichtungsmodus der Wahrhaftigkeit: Anders als die Gerechtigkeit ist die Wahrheitspflicht kein *debitum legale* im strikten Sinn, keine Rechtspflicht, die wir jedermann in gleicher Weise schulden. Sie ist vielmehr moralische Pflicht, insofern nämlich jeder Mensch *ex honestate,* d.h. aufgrund menschlicher Ehrenhaftigkeit, dem anderen die Offenbarung und Mitteilung der Wahrheit schuldet.[2] Die Tugend der Wahrhaftigkeit unterscheidet sich von der bloßen Etikette und Höflichkeit dementsprechend dadurch, daß es in ihr nicht nur um die gefällige, verläßliche und reibungslos eingespielte Verwirklichung der Sozialnatur des Menschen, aristotelisch gesprochen: um eine reine Umgangstugend, sondern um die Möglichkeit geselligen Zusammenlebens überhaupt geht.

Wenn die List so von Anfang an in den Sog dessen gerät, was man das Pathos der Wahrhaftigkeit nennen könnte, so hat dies in der Einschätzung seinen Grund, daß die menschliche Gesellschaft ohne die gegenseitige Verpflichtung ihrer Mitglieder auf die Wahrheit und ohne die bis zum Erweis des Gegenteils beiderseitig unterstellte Glaubwürdigkeit des Wahrheitszeugnisses überhaupt nicht funktionieren könnte.[3] Dennoch gilt die im natürlichen Sprachzweck und in der Vernunftnatur des Redenden begründete Wahrheitspflicht nicht unterschiedslos gegenüber jedermann. Vielmehr bedarf auch die Wahrheitsmitteilung, um tugendhaft zu sein, der Ausbalancierung eines rechten Maßes zwischen einem Zuviel und einem Zuwenig – eine Festlegung, die gemäß dem aristotelischen Verständnis in allen Handlungen das Werk der Klugheit ist. Es ist daher immer und ausnahmslos verboten, einen anderen Menschen durch die Mitteilung des Falschen – sei es in sprachlichen oder nichtsprachlichen Zeichen[4] – zu täuschen, es kann aber sehr wohl erlaubt und unter Umständen sogar geboten sein, gegenüber zudringlich Fragenden die Wahrheit teilweise oder ganz zu verbergen. Dieses berechtigte Verbergen der Wahrheit nennt Thomas eine *dissimulatio,* wobei die Vorsilbe *dis-* den Unterschied zur moralisch verwerflichen *simulatio* oder *hypocrisis* als einer bewußten Verstellung im Sinne der äußeren Kundgabe eines Nichtwirklichen markiert.[5]

Diese Unterscheidungsformel, die ein teilweises Verbergen der Wahrheit, nicht aber die aktive Täuschung des anderen er-

2 Thomas von Aquin, *Summa theologiae,* II–II 109,3.
3 II–II 109,3 ad 1.
4 II–II 111,1.
5 II–II 110,3 ad 4; 111,1 ad 4; 111,2.

laubt, wird auch bei der Beurteilung der Kriegslist beibehalten. Es kann demnach auch im Krieg niemals gestattet sein, den Gegner durch Scheinabkommen, Vertragsbruch oder die Nichteinhaltung gegebener Zusagen in einen Hinterhalt zu locken, während es sehr wohl legitim und unter Umständen sogar geboten ist, sein Unwissen auszunützen und ihn durch ein Verbergen der eigenen Pläne in einen Hinterhalt laufen zu lassen.[6] Diese äußerst restriktive Zulassung militärischer List setzt voraus, daß auch die kriegerische Auseinandersetzung im gerechten Krieg noch dem Anspruch eines zu wahrenden bzw. wiederherzustellenden *ordo iustitiae* unterworfen ist. Die mittelalterliche *bellum-iustum*-Theorie versteht den Krieg als ein notwendiges Mittel zur Bestrafung der Schuldigen, die der legitime Fürst kraft der ihm aufgetragenen Sorge für das Wohl der *res publica* durchzuführen hat. Weil der in diesem Sinne gerechte Krieg sich von ungesetzlichem Aufruhr und Tumult dadurch unterscheidet, daß er der Sicherung des Friedens und damit der Mehrung des Guten dient, dürfen auch die in ihm angewandten Mittel diesem obersten Ziel nicht widersprechen.[7] Die militärische Strategie und Taktik des kriegführenden Fürsten muß die Transparenz der sittlichen Ordnung deshalb wenigstens insoweit widerspiegeln, als sie ihr nicht direkt zuwiderlaufen darf, wie es durch bewußte Irreführung, Rechtsbruch oder Vertragsuntreue der Fall wäre.

Das zurückhaltende Zugeständnis einer listigen Abwehr zudringlicher Fragen, die den legitimen Geheimhaltungsanspruch des Sprechenden verletzen, und das Verbergen militärischer Absichten im Krieg bleiben die einzigen Einschränkungen, die Thomas gegenüber der unbedingten Wahrhaftigkeitspflicht gelten läßt. Er kann sich eine Gesellschaftsordnung, die auf das augenzwinkernde Rechnen mit der List der anderen gegründet wäre, in der Menschen ihre Handlungsziele voreinander verbergen und ihren Worten einen unwirklichen Sinn beilegen, offenbar überhaupt nicht vorstellen. Es überrascht nicht, daß unter solchen sozialpsychologischen Prämissen die List als ausgesprochen bedrohliches Phänomen erscheinen muß. Ihr Charakter als erfindungsreiches Gesellschaftspiel,

6 II–II 40,3.
7 Vgl. II–II 40,1.

das auf einer anderen Grammatik sozialen Handelns beruht, kann überhaupt nicht in den Blick geraten, da sie von vornherein den Stempel des gemeinschaftswidrigen oder sogar gemeinschaftszerstörenden Verhaltens trägt.

Der letzte Grund, warum List und Lüge der moraltheologischen Tradition als verwerflich erscheinen, besteht aber nicht allein darin, daß sie den Menschen gemeinschaftsunfähig machen. List und Lüge verweisen vielmehr auf eine tieferliegende Verkehrung im Menschen, die als die eigentliche Substanz der Sünde in diesem Bereich anzusehen ist.[8] Thomas unterscheidet in der begriffsgerechten Definition des *mendaciums (Lüge)* drei Momente, deren zentrales Mittelstück auch für die Abgrenzung von *astutia, dolus* und *fraus* (Verschlagenheit – List – Betrug) gültig ist. Zur Lüge im Vollsinn gehören demnach erstens die materiale Falschheit des Aussageinhaltes *(falsitas materiale)*, zweitens das Bewußtsein des Sprechenden, etwas Falsches zu sagen, also die Diskrepanz von Denken und Sprechen *(falsitas formale)*, und drittens die im Hörer hervorgebrachte falsche Vorstellung *(falsitas effective)*.[9]

Auch Thomas greift also auf die beiden Definitionselemente Täuschungsabsicht und Unwahrheit der Aussage, bzw. falsche Zeichenkundgabe zurück, deren genaueres Verhältnis in der augustinischen Definition: »Lüge ist [nämlich] eine falsche, mit dem Willen zur Täuschung [vorgebrachte] Bezeichnung« *(mendacium est quippe falsa significatio cum voluntate fallendi)* noch ungeklärt geblieben war.[10] Gegenüber der augustinischen Behandlung der Wahrhaftigkeitsproblematik erscheint die Bedeutung der subjektiven Täuschungsabsicht bei Thomas aber eher zurückgenommen, denn die *cupiditas fallendi* zählt bei ihm nur noch zum letzten Abschluß der Lüge, aber nicht mehr zu ihrem artbestimmenden Wesen. Die Substanz der Lüge besteht nun vielmehr im Auseinanderfallen von Zeichen und Bezeichnetem, also in dem *duplex cor*, dem gespaltenen Herzen, das zur Unwahrheit menschlicher Rede in Form einer falschen Zeichenkundgabe nach außen führt.[11]

8 Vgl. II–II 110,3 ad 4.
9 Vgl. II–II 110,1.
10 Vgl. Augustinus, *Contra mendacium* XII, 26 (Corpus Scriptorum ecclesiasticorum 40, 446); (PL 40, 537).
11 Vgl. II–II 110,1 ad 3.

Folgerichtig gibt im Wortfeld von *dolus* nicht die Täuschungsabsicht, sondern der illusionäre Scheincharakter des Handlungsstrategems den Ausschlag: Verschlagenheit, List und Betrug kommen darin überein, daß der so Handelnde seine Ziele *non veris viis sed simulatis et apparentibus*, nicht auf wahren Wegen, sondern auf vorgespielten Scheinwegen verfolgt, wobei es gleichgültig ist, ob diese Vorspiegelung eines falschen Scheines um guter oder schlechter Ziele willen erfolgt.[12] Im einzelnen unterscheiden sich *astutia, dolus* und *fraus* nur dadurch, daß die *astutia* auf das listige Ersinnen, der *dolus* auf die Verwirklichung in Wort und Tat, der *fraus* dagegen ausschließlich auf die äußere Verwirklichung eines listigen Handlungsstrategems gerichtet sind. Das eigentliche Wesen der List, das ihren verschiedenen Erscheinungsformen gemeinsam ist, liegt jeweils in der Nichtübereinstimmung von Denken, Handeln und Sprechen mit dem inneren Bewußtsein des Menschen.[13] Ihre Verwerflichkeit gründet also nicht allein in der Absicht, den anderen böswillig zu täuschen (auch seine wohlmeinende Verführung zum Guten würde ja das Verwerflichkeitskriterium der List erfüllen), sondern in einem tiefersitzenden Defekt, nämlich dem gestörten Wirklichkeitsbezug, den der Handelnde in seinem Reden und Tun verrät. List und Lüge entfremden den Sprechenden seiner eigenen Vernunftnatur und verletzen zugleich die Forderung der Gerechtigkeit im Verhältnis zu den anderen. Sie untergraben so die Transparenz der sittlichen Ordnung nach beiden Seiten – aus der Richtung des Sprechenden wie im Blick auf den Adressaten, dem unsere Rede oder unser Handeln in Wort und Tat gelten soll.

2. Frommer Betrug und heilige List – Die antiaugustinische Unterströmung in der moraltheologischen Tradition

Neben dieser durch Augustinus und Thomas auf eine sehr restriktive Beurteilung der List festgelegten Generallinie, die sich mit geringfügigen Modifikationen bis in unsere Zeit hin-

12 Vgl. II–II 55,3.
13 Vgl. II–II 55,4–5.

ein durchhält, gibt es in allen Epochen eine antiaugustinische Gegenströmung, in der es zu einer überraschend unbefangenen oder sogar rückhaltlos positiven Bewertung der List kommen kann. Es handelt sich dabei zwar jeweils um Einzelstimmen, die in ihrer Zeit – man denke nur an die heftige Kontroverse zwischen Hieronymus und Augustinus im 5. oder an die Auseinandersetzungen um die *restrictio mentalis* im 17. Jahrhundert – keineswegs unumstritten blieben. Dennoch lassen sich diese von der Grundtendenz abweichenden Positionen nicht als gelegentliche voraugustinische Irritationen einzelner Kirchenväter oder als spätere Rückfälle hinter die bei Thomas erreichte Eindeutigkeit des sittlichen Urteils abtun, wie es einem lange Zeit vorherrschenden historiographischen Entwicklungsschema entsprach. Vielmehr sind die einzelnen Stellungnahmen jeweils daraufhin zu befragen, welche Antwort sie auf eine bestimmte, nur aus ihrem historischen Kontext heraus verständliche Konfliktsituation zu geben versuchen. Der gemeinsame Nenner, der es rechtfertigt, diese Antwortversuche zu einer »Unterströmung« zusammenzufassen, liegt dabei darin, daß sie die strikte Unterscheidung zwischen bewußter Täuschung und zugestandenem Zurückhalten der Wahrheit als zu starr empfinden und durch die Zulassung situationsadäquaterer Reaktionsweisen im Einzelfall ersetzen wollen.

In diesem Sinn sollen drei Positionen aus verschiedenen Epochen der Kirchengeschichte vorgestellt werden: aus dem frühen Christentum, fast zeitgleich mit Augustinus, eine Eulogie auf die »herrliche, schöne List« aus der Feder des Johannes Chrysostomus sowie die Überlegungen zur Korrektur einmal getroffener Entscheidungen in den Unterredungen des Johannes Cassian; aus der beginnenden Neuzeit die heftigen Auseinandersetzungen um die *locutio ambigua* und die *restrictio mentalis,* soweit sie im Werk des Alphons von Liguori einen Nachhall finden, und aus dem 20. Jahrhundert die Behandlung der Wahrheitsproblematik durch einige zeitgenössische Autoren.

1. Die Theorie über die Anwendung von List und Täuschung, die der Kirchenvater Johannes Chrysostomus (gest. 407) im ersten Buch seiner Schrift *Über das Priestertum* entwickelt, ist in mancherlei Hinsicht bemerkenswert. Sie nötigte die Herausgabe der *Bibliothek der Kirchenväter* zu dem in eine

Fußnote verpackten Eingeständnis, daß sie, obgleich in der patristischen Literatur keineswegs singulär, »in mancher Beziehung Bedenken [erregt] und sich mit der Pflicht unbedingter Wahrhaftigkeit kaum vereinbaren [läßt]«.[14] Noch bemerkenswerter ist, daß Chrysostomus sein Loblied auf die bewundernswerte List nicht, wie bereits vor ihm Hieronymus und viele andere Kirchenväter, zur Verteidigung der listig handelnden Frauen und Männer aus der Bibel, sondern zu seiner eigenen Rechtfertigung anstimmt. Der junge Rechtsanwalt und begabte Rhetor war selbst in eine Zwangslage geraten, aus der er sich nicht anders als durch die Anwendung einer List, die von einem seiner besten Freunde als heimtückische Falle empfunden wurde, zu befreien wußte. Beide waren der damaligen Praxis entsprechend per *acclamationem populi* zu Bischöfen gewählt worden und hatten sich gegenseitig ihr Wort verpfändet, die Bürde des Amtes gemeinsam zu tragen. Ob die Betonung der eigenen Unwürdigkeit auf seiten des Chrysostomus allein der üblichen rhetorischen Stilfigur oder auch aufrichtigem Empfinden entsprach, mag dahingestellt bleiben.[15] Jedenfalls erschien zum festgesetzten Zeitpunkt der Bischofskonsekration nur der ahnungslose Basilius. Chrysostomus dagegen hielt sich versteckt, um auf diese Weise dem Bischofsamt zu entkommen, sei dies aus Rücksicht auf seine Mutter, die bereits Witwe war, sei es, weil er sich zum damaligen Zeitpunkt noch nicht bereit fand, seine Karriere als Rechtsanwalt aufzugeben.

Auf die schweren Vorhaltungen, die Basilius ihm daraufhin gemacht haben muß, antwortet Chrysostomus in einem literarischen Zwiegespräch mit dem getäuschten Freund. Darin vertritt er die These, daß die Anwendung einer List zur Erreichung eines guten Zwecks und bei entsprechender Absicht durchaus lobenswert sein könne. Sind diese beiden Bedingungen – objektiv begründeter Zweck und gute subjektive Absicht – erfüllt, so verdiene eine listige Handlungsweise keineswegs, als Täuschung oder Betrug bezeichnet zu werden, denn, so führt Chrysostomus mit entwaffnender Offenheit aus: »Eine rechtzeitige und in der richtigen Absicht vorgebrachte

14 Bibliothek der Kirchenväter (BKV) 27, 111.
15 Vgl. dazu die Einführung von A.-M. Malingrey in der Ausgabe der *Sources chrétiennes* (hinfort: SChr) (Band 272, 19–22).

Täuschung (κέρδος) hat so großen Gewinn zur Folge, daß schon oftmals gar manche es büßen mußten, weil sie es an einem listigen Vorgehen (παρέρχεσθαι) fehlen ließen.«[16]

Die Geschichte kennt zahlreiche Beispiele von Feldherren, die Sieg und Ruhm allein aufgrund ihrer List erringen, wodurch sie die geschlagenen Feinde obendrein dem Spott der Nachwelt aussetzen. Auch die Ärzte verdanken bisweilen ihren Erfolg weniger der Heilkunst als vielmehr dem Geschick, mit dem sie die Gedanken ihrer Patienten von der Beschäftigung mit der Krankheit abzulenken verstehen. Schließlich versteigt sich Chrysostomus gar zu der Behauptung, daß List und kluge Berechnung nicht nur in manchen Grenzsituationen, sondern in allen Lebensbereichen das Verhalten der Menschen untereinander bestimmen. »Nicht nur im Kriege jedoch, auch in Friedenszeiten kann gar oft die Anwendung der List nicht umgangen werden, und dies wie bei den öffentlichen Angelegenheiten des Staates so im häuslichen Familienkreise. Der Mann bedient sich ihrer gegenüber der Frau, die Frau gegenüber dem Manne, der Vater gegenüber dem Sohne, der Freund gegenüber dem Freunde, ja sogar die Kinder gegenüber ihrem Vater.«[17]

Wenn die Anwendung von List und Tücke aber zu den Grundformen des sozialen Alltags gehört, die selbst das Verhalten der Ehepartner zueinander bestimmen, dann darf auch Basilius – so wird man die Argumentation des Chrysostomus zu seiner eigenen Entlastung verstehen müssen – die List seines Freundes nicht als einen böswilligen Vertrauensbruch werten. Die an sich völlig indifferente Anwendung einer listigen Handlungsweise, darin faßt Chrysostomus das Ergebnis seiner Verteidigungsrede zusammen, werde wie bei Esau, Abraham, Mose und dem Apostel Paulus auch in seinem Fall durch die gute Absicht und den erkennbaren Nutzen für die Kirche mehr als gerechtfertigt.

2. Nicht weniger pragmatisch klingen die Ratschläge, die der ägyptische Mönchsvater Josef in den Unterredungen des Johannes Cassian (gest. 430/35) zwei jungen Mönchen gibt, die sich vor Antritt ihrer Wüstenreise dem eigenen Abt gegenüber

16 *De sacerdotio* I, 6 (17–19): SChr 272, 90. Deutsche Übersetzung zit. nach BKV 27,111.

17 *De sacerdotio* I, 6 (50–55). Deutsche Übersetzung zit. nach BKV 27,112 f.

feierlich zur Rückkehr in ihr Heimatkloster verpflichtet hatten. Angesichts des größeren geistlichen Nutzens, den sie durch ein längeres Verweilen in der Einsamkeit der Wüste zu erlangen hoffen, stehen sie nun vor dem Dilemma, daß die Treue zu dem einmal gegebenen Versprechen sie am spirituellen Fortschritt hindern und die erzwungene Rückkehr in das syrische Klosterleben ihrem geistlichen Wachstum gar ein abruptes Ende bereiten könnte. Wer als Kenner monastischer Literatur nun erwartet, der erfahrene Seelenführer würde seinen jugendlichen Besuchern den Wert geistiger Disziplin, regelmäßiger Übung und beharrlicher Treue erläutern, muß zu seinem Erstaunen feststellen, daß der alte Mönchsvater den Mut zur Korrektur einer einmal getroffenen Entscheidung noch höher stellt. Josef entkräftet jeden der fingierten Einwände, die ihm die jungen Mönche entgegenhalten, und bestärkt sie in dem, was sie nur allzu gerne hören wollen: daß sie um des zu erwartenden geistlichen Wachstums willen den Schaden der Lüge oder eines nichterfüllten Versprechens *(mendacii vel non impletae promissionis dispendium)* auf sich nehmen sollten, da dieses einmalige Übel nicht andauere, während der entgangene geistige Gewinn ihnen für immer fehle.[18]

Dieser im Blick auf eine konkrete Wahl gegebene Ratschlag wird anschließend in eine allgemeine Theorie der geistlichen Entscheidungsfindung eingebettet. Johannes Cassian vertraut ganz auf das kluge Offenhalten verschiedener Optionen und warnt davor, sich den Weg zur größeren Vollkommenheit durch die voreilige Festlegung auf eine einzige Wahlmöglichkeit zu verbauen. Ausschlaggebend für die Bewertung einer neu ins Blickfeld tretenden Handlungsalternative erscheint vor allem, ob sie geeignet ist, unsere Absicht fester auf das Ziel des geistlichen Fortschritts hin zu richten. Erweist sich eine früher getroffene Festlegung dem als hinderlich, so kann ihre Korrektur nicht als Bruch eines Gelöbnisses oder als Verletzung eines Versprechens gelten.[19] Niemand ist nämlich an die »Fessel eines Versprechens« *(sacramenti vinculo)* gebunden, wenn dieses ihn daran hindert, das Ziel zu erreichen, um dessentwillen er es gegeben hat: seine eigene Vollkommenheit.

18 *Collatio* XVII, 8 – SChr 54,255.
19 *Collatio* XVII, 14 – SChr 54,259.

Solange dieses Ziel beibehalten wird, schadet die Zurücknahme eines unvorsichtigen Versprechens *(refragatio sponsionis incautae)* keineswegs.[20] Das Beispiel der Heiligen zeigt im Gegenteil – zuvor folgen wieder die bekannten Hinweise auf die Esau-Jakob-Geschichte, auf die List der Hure Rahab und auf das Beispiel des Apostels Paulus, der sich zum Schein als gesetzestreuer Jude ausgab (vgl. 1 Kor 9,20ff.; Apg 21) und seine Reisepläne geschickt zu verbergen wußte (vgl. 1 Kor 16, 5–7; 2 Kor 1, 15–16) –, daß eine frei angenommene List *(adfaectatia simulatio)* oftmals größeren Nutzen bringt als die angeborene Liebe zur Wahrheit *(ingenita veritas)*.[21] Ebenso beweist das anerkannte Stilmittel, dessen sich die alten Mönchsväter bedienten, um ihre eigenen Tugenden unter der Maske anderer zu verbergen, daß es besser sein kann, »unter der Deckfarbe einer solchen Figur zu lügen« *(rectius enim est sub talis figurae colore mentiri)*, als an einer »unvernünftigen Beobachtung der Wahrheit« *(observantia irrationabilis istius veritatis)* festzuhalten.[22]

Der Widerspruch zwischen Wahrheit und Lüge, der in der augustinischen Tradition mit dem kontradiktorischen Gegensatz zwischen Gut und Böse zusammenfällt, wird in dieser Theorie der geistlichen Entscheidungsfindung in einen erstaunlichen Pragmatismus aufgelöst. An die Stelle der moralischen Grunddifferenz, auf der die gesamte sittliche Ordnung beruht, tritt die Aufforderung zu einer stets neu zu leistenden Folgenabwägung, deren Ergebnis jederzeit wechseln kann. Konkret heißt dies: Wenn der Vorteil, der uns aus der Bekundung der Wahrheit erwachsen würde, die daraus entspringenden Nachteile nicht ausgleichen kann, ist eine »nützliche und heilsame Verstellung« *(utilis ac salubris hypocrisis)* als das bessere Mittel zur Erreichung unserer Handlungsziele gerechtfertigt.[23]

Nur für den Bereich der beiden biblischen Hauptgebote und die Treue zur monastischen Berufung möchte Johannes Cassian diese pragmatische Handlungsregel nicht gelten lassen. Was die Grundausrichtung des eigenen Lebensentwurfes an-

20 *Collatio* XVII, 14 – SChr 54,259.
21 *Collatio* XVII, 19 – SChr 54,262.
22 *Collatio* XVII, 24 – SChr 54,272.
23 *Collatio* XVII, 20 – SChr 54,266.

langt, so bleibt der einfache Christ oder der Mönch entsprechend dem Wort des Herrn »euer Ja sei ein Ja, euer Nein ein Nein« (Mt 5, 37) durch das Taufversprechen oder das *votum monasticum* gebunden.[24] Unterhalb dieser Schwelle, in allen übrigen der Verwirklichung der eigenen Lebenspläne dienenden Entscheidungen, ist das moralische Ungleichgewicht zwischen Wahrheit und Lüge, zwischen Berechenbarkeit und List dagegen aufgehoben. Die List wird nicht nur in Ausnahmesituationen zugestanden, sondern es ist nun generell zu prüfen, ob sie nicht die bessere Alternative zur Erreichung unserer Handlungsziele darstellt. Das Offenhalten verschiedener Vorgehensweisen, das je neue Sicheinstellen auf wechselnde Situationen und die mangelnde Vorhersehbarkeit unserer Entschlüsse werden hier ausgesprochen positiv beurteilt, während die Gegenbegriffe Wahrheit, Versprechen und Festlegung *(definitio)* für eine vorschnelle Einengung, mangelnde Flexibilität und ein eingeschränktes Reaktionsvermögen stehen. Kurz: Während eine unverhoffte List stets den Charme des Neuen auf ihrer Seite hat, wird die Wahrheitssemantik ganz entgegen dem vorherrschenden Grundzug der theologischen Tradition mit vorschneller Einengung der Handlungsmöglichkeiten und einer gegen die langfristigen Interessen des Handelnden gerichteten Korrekturunfähigkeit gleichgesetzt.

3. Das nächste Beispiel führt in großem zeitlichen Sprung in eine historische Epoche, der sich die Problematik von Wahrheit, List und Lüge in einem besonderen Kontext stellte. Die Diskussionen, die unter den katholischen Moraltheologen und Kirchenrechtlern des 17. Jahrhunderts um die *oratio mixta* und die *reservatio mentalis* geführt wurden, müssen vor dem Hintergrund der damaligen Gerichtspraxis und Strafverfolgung gewertet werden. Ein Angeklagter konnte gezwungen werden, entweder einen Reinigungseid abzulegen oder sich selbst geheimer Vergehen anzuklagen, über die keine Zeugenaussagen vorlagen. Ein Zeuge dagegen konnte zur Offenlegung dessen, was er als Geheimnis im Dienst als Beamter, Arzt oder Ratgeber erfahren hatte, gezwungen werden; ebenso mußte er über strafbare Handlungen von Blutsverwandten aussagen. Die Prozeßordnungen des frühneuzeitlichen Justizwesens sahen

24 *Collatio* XVII, 28–29 – SChr 54,281.

zudem die Anwendung der Folter als Mittel der Geständniserpressung sowie grausame Körperstrafen im Falle der Verurteilung vor. Dagegen kannten sie noch keinerlei Schutzvorkehrungen zugunsten der Angeklagten. Insbesondere gab es noch kein Äquivalent zu unserem heutigen Zeugnisverweigerungsrecht, so daß jedermann damit rechnen mußte, durch eine unbedachte Aussage, die er als Zeuge oder Angeklagter vor Gericht machte, einen anderen Menschen oder sich selbst in Lebensgefahr zu bringen. Die damals überall in Europa regional aufflackernden Hexenverfolgungen belegen zur Genüge, wie schnell Hunderte und Tausende unschuldiger Menschen unter dem Anschein eines ordentlichen Gerichtsverfahrens zu Tode kommen konnten.

Welcher Mittel darf sich ein Angeklagter oder vor Gericht zur Aussage gezwungener Zeuge in einer solchen Situation zur Bewahrung eines Geheimnisses oder zur Abwehr zudringlicher Fragen bedienen? Der *Catechismus Romanus* (1566) (III, 9) gestand mit den streng thomistischen Theologen nur Schweigen und Gottvertrauen zu und erinnerte im übrigen daran, daß der Christ im Ernstfall auch zum Martyrium für die Wahrheit bereit sein müsse. Andere Theologen gingen jedoch weiter und erlaubten neben der offenen Zurückweisung indiskreter Fragen auch die *locutio ambigua* (zweideutige Rede) und den geheimen Gedankenvorbehalt, mit dem eine Antwort versehen wird, um den Fragenden in die Irre zu führen. Die Anhänger der Mentalrestriktion bzw. Mentalreservation begründeten ihre Position durch eine Reihe sprachphilosophischer Annahmen, die das Konzept eines einzigen, der menschlichen Rede von Natur aus innewohnenden Sprachzweckes zu erweitern suchten. Dazu boten sich ihnen im wesentlichen zwei Wege an, indem sie entweder die inneren, zurückbehaltenen Gedanken des Sprechenden zur Wirklichkeit der Rede hinzuzählten oder dem Fragenden ein Recht auf die Wahrheit absprachen. Nach der Theorie der *oratio mixta* (gemischte [d. h. eine Beimischung von Lüge enthaltende] Rede) ergibt sich die Wahrheit menschlicher Rede aus ihrem hörbaren Teil und dem nur innerlich geformten Sprachlaut. Gemäß der auf den Völkerrechtler Hugo Grotius zurückgehenden Falsiloquium-Theorie ist die Falschaussage gegenüber einem unberechtigten Fragesteller als *locutio mere materialis* ([nicht als

Lüge gemeinte] reine Aussage) gerechtfertigt, da dieser kein Recht auf die Wahrheit hat und auch der Begriff der Lüge insofern gar nicht erfüllt ist.[25]

Die kasuistische Behandlung der *restrictio* bzw. *reservatio mentalis* im Werk des Alphons von Liguori (gest. 1787) ist insofern von besonderem Interesse, weil sie auf der Linie eines mittleren, gemäßigten *Probabilismus* das Weiterwirken dieser Theorie über ihre durch Innocenz XI. im Jahr 1679 erfolgte Verurteilung hinaus bezeugt.[26] Mit einer Reihe zeitgenössischer Autoren unterscheidet Alphons den inneren Gedankenvorbehalt von der reinen *Amphibolie*, die sich die Mehrsinnigkeit der menschlichen Sprache zunutze macht, um einen Fragesteller ohne materiale Falschaussage zu täuschen.[27] Die Theorie der Mentralreservation beruht dagegen auf dem Gedanken, daß der Redende einen Teil seiner Rede für sich zurückbehält, indem er einen inneren Vorbehalt anfügt, der für die Wahrheit seiner Aussage unerläßlich, aber dem Hörenden nicht ohne weiteres erkennbar ist. Als Beispiel wird regelmäßig die Aussage »nescio (ich weiß es nicht)« genannt, die mit dem gedanklichen Zusatz »pro te (für dich)« versehen wird. Bei hartnäckigem Nachfragen wird empfohlen, ausdrücklich eine begangene Tat in Abrede zu stellen, dabei jedoch an etwas anderes zu denken, das man tatsächlich nicht begangen hat. Nur die *reservatio pure mentalis,* bei der unser Gedankenvorbehalt nach außen in keiner Weise erkennbar ist, fällt Alphons zufolge unter die lehramtliche Verurteilung der Kirche. Dagegen bleibt eine *reservatio late (non pure) mentalis* (die [nicht reine] verborgene *Mentalreservation*) grundsätzlich statthaft und in vielen Fällen zum Schutz eines Geheimnisses sogar moralisch geboten.

Unter dem Begriff der zulässigen *reservatio* ist eine listige Verstellung zu verstehen, durch die der Fragende – notfalls auch unter Eid – in einer Weise getäuscht wird, die er bei genügender Geistesgegenwart, Aufmerksamkeit und Umsicht hätte

25 Vgl. dazu G. Müller, *Die Wahrhaftigkeitspflicht und die Problematik der Lüge*, Freiburg 1962, 191–203.

26 Vgl. dazu B. Nelson, *Der Ursprung der Moderne*, Frankfurt 1977, 165 ff. und L. Vereecke, *Da Guglielmo d'Ockham a sant'Alfonso di Liguori. Saggi di storia della teologia morale moderna 1300–1787*, Milano 1990, 715–742.

27 *Theologia moralis* I, Kap. II, dubium IV; Nr. 151; Ed. Gaudé 1945, I, 467.

durchschauen können. Dazu genügt es, daß der innere Gedankenvorbehalt des Redenden nicht gänzlich im geheimen verbleibt, sondern wenigstens grundsätzlich an irgendwelchen äußeren Anzeichen erkennbar sein könnte, auch wenn die List einer solchen Aussage natürlich darauf abzielt, den Fragesteller in die Irre zu führen. Strenggenommen, so rechtfertigt Alphons diese für einen treuen Thomas-Schüler immerhin erstaunliche Ansicht, täuschen auf diese Weise nicht wir den anderen, sondern wir lassen aus begründetem Anlaß nur zu, daß er sich selbst täuscht *(Ex iusta causa permittimus, ut ipse se decipiat).*[28] Ohne diesen Ausweg gäbe es überhaupt kein sicheres und legitimes Mittel zum Schutz von Geheimnissen mehr, was für die Aufrechterhaltung gelingender menschlicher Kommunikation auf Dauer nicht weniger schädlich als die Zulassung der Lüge sein müßte.[29] Alphons beruft sich zur Rechtfertigung seiner Ansicht dabei ausdrücklich auf das Argument der menschlichen Sozialnatur und des natürlichen Sprachzweckes, mit dem Thomas die ausnahmslose Verwerflichkeit der Lüge begründet hatte. Er versteht die begrenzte Zulassung der Mentalreservation also nicht als Abweichen von der Tradition, sondern als eine zeitgemäße Adaption der thomanischen These, wonach eine bewußte Falschaussage immer verboten, ein kluges Verbergen der Wahrheit jedoch unter Umständen moralisch gerechtfertigt sein kann.

Die kasuistische Beurteilung forensischer Einzelsituationen zeigt, daß Alphons dabei recht großzügig verfahren kann. Gegenüber einer zudringlich fragenden Privatperson oder einem seine Rechtsbefugnis überschreitenden Richter gesteht er die Falschaussage unter Meineid ohne weitere Bedingung zu. Selbst in einer durch die Rechtsordnung gedeckten gerichtlichen Befragung sieht er einen unter Mentalreservation erfolgten Meineid (das sog. *iuramentum dolosum*) als erlaubt an, sofern der Angeklagte dadurch schwerwiegenden Übeln wie der Todesstrafe, dem Kerker, der Verbannung oder der Konfiszierung seiner Güter entgehen kann. Zur Begründung heißt es lapidar: *lex humana non potest sub gravi obligare homines cum tanto onere* (das menschliche Gesetz darf dem Men-

28 Nr. 151; I. 468.
29 Vgl. Nr. 153; I. 470.

schen keine so schweren Lasten auferlegen).[30] Die Zulassung einer listigen Verstellung, die Zuhilfenahme einer mehrdeutigen Aussage oder die Zuflucht zu einem inneren Gedankenvorbehalt wollen also keineswegs einen grundsätzlichen Zweifel gegenüber dem Anspruch der Wahrheit bestärken oder einem generellen Laxismus Vorschub leisten, wie es Pascal seinen Gegnern später vorwerfen sollte. Die aus heutiger Sicht merkwürdigen Argumentationsfiguren, die zur Rechtfertigung der List aufgeboten wurden, müssen vielmehr als Ausdruck einer berechtigten Inschutznahme des einzelnen vor dem Zugriff absolutistischer Willkür durch die Staatsgewalt verstanden werden. Sie sind aus heutiger Sicht Vorläufer einer modernen Rechtskultur und stehen so für eine Humanisierungstendenz des Rechtes, nicht für eine grundsätzliche Skepsis gegenüber dem Anspruch der Wahrheit.

4. In unserem Jahrhundert stellt sich die Frage nach der moralischen Erlaubtheit von List und Lüge vor dem Hintergrund der nationalsozialistischen Zwangsherrschaft mit besonderer Schärfe. Kann die Verteidigung des Rechts gegenüber der Übermacht des Bösen eine Abweichung von der Wahrheit legitimieren? In seinem während des Dritten Reiches geschriebenen und zunächst nur in einigen maschinenschriftlichen Kopien in Umlauf gebrachten Büchlein *Seid klug wie die Schlangen und einfältig wie die Tauben* beschreibt der katholische Theologe Matthias Laros eine konkrete Situation, in die damals jeder unversehens geraten konnte. »Mein Freund ist von der Gestapo verhaftet und angeklagt, daß er ausländische Sender gehört habe. Ich werde als Zeuge vor Gericht geladen, weil von edlen Volksgenossen bei der Anzeige gemeldet worden war, daß ich während des Abhörens das Zimmer betreten habe und der Apparat kurz nachher abgestellt wurde, so daß ich Augen- und Ohrenzeuge der verbotenen Handlung sei. Das trifft zu, und ich müßte unter normalen Umständen, wenn die Frage berechtigt wäre, mit einem glatten Ja antworten. Die Folge wäre, daß der Freund, gegen alles natürliche Recht, mit jahrelangem Zuchthaus bestraft und schließlich in ein Konzentrationslager verschleppt würde. Ich kann, wie die Dinge liegen, keine ausweichende Antwort geben oder gar die Aus-

30 Vgl. Nr. 156; I, 471.

kunft verweigern, ohne daß beides als Bejahung aufgefaßt würde, und das Schicksal des Freundes wäre auch damit besiegelt.«[31]

Die Antwort ist für Laros wie auch für andere Theologen dieser Zeit (Max Pribilla, Arthur Vermeersch, Karl Hörmann) nicht fraglich: »Wir können uns nicht denken, daß Gott beleidigt oder mein Verhältnis zu ihm tangiert werde, wenn ich die Bösewichter durch falsche Auskunft irreführe. Ebensowenig ist es einsichtig, daß ich in meiner tiefsten Personenwürde dadurch verletzt würde, daß darin eine Selbstunterschreitung liege oder gar ein Zwiespalt in meine sittlich-religiöse Persönlichkeit komme. Im Gegenteil, ich fühle mich durch die Klugheit der Schlange den Bösewichtern überlegen und freue mich, dadurch dem Guten und dem Willen Gottes dienen zu können. Ich empfände auch keinerlei Beschämung, wenn das Gegenteil meiner Aussage aufgedeckt würde; denn ich habe von meinem guten Recht, dem Zugriff der Häscher mich zu entziehen, nach Möglichkeit Gebrauch gemacht und würde nur bedauern, daß es nicht gelungen ist, besser zu täuschen.«[32]

Unter den moraltheologischen Autoren der Gegenwart, die sich in ähnlicher Weise geäußert haben, finden sich verschiedene Begründungen für die Rechtfertigung der List, die sich allerdings nur in Nuancen unterscheiden.[33] Manche leiten das Recht zur listigen Täuschung der Gestapo aus einer Analogie zur legitimen Selbtverteidigung in Notwehrsituationen her, andere betonen den Gesamtkontext menschlicher Rede, die ihren wahren Sinn nicht allein aus dem gesprochenen Wortlaut erhält, sondern erst aus den konkreten Umständen – wir würden heute sagen: der gesamten Sprachhandlung –, unter denen ein Gespräch zustande kommt. Neben dem Materialobjekt, dem Widerspruch zwischen Denken und Sprechen, und dem Formalobjekt, der Absicht zu täuschen, rechnen sie eine dritte Bedingung zum Begriff der Lüge: die Verletzung des Rechtes auf Wahrheit. Wenn der Fragende kein Recht auf die Wahrheit hat, weil seine Frage nur dazu dient, Glaube und Vertrauen unter den Menschen zu zerstören, dann ist der Sinn der

31 Frankfurt 1951, 37.
32 A. a. O., 57.
33 Vgl. dazu G. Müller, *Die Wahrhaftigkeitspflicht und die Problematik der Lüge*, 217–229.

menschlichen Sprache bereits so tiefgreifend zerstört, daß die notwendigen Voraussetzungen zur Definition der Lüge gar nicht mehr gegeben sind. Der Fragende hat überhaupt kein Recht, daß ihm die Wahrheit gesagt wird, vielmehr verdient er die Täuschung, nicht nur um seiner selbst willen, sondern auch im Interesse der öffentlichen Ordnung, die auf die Glaubwürdigkeit der Menschen und die Verläßlichkeit ihrer Sprache gegründet ist. List und Täuschung können in solchen Grenzsituationen nicht nur moralisch hingenommen, sondern zum Schutz der sittlichen Ordnung und zur Vermeidung des Unrechtes sogar geboten sein. Kurz: »Brutaler Gewalt und rechtlosem Terror kann nur mit der überlegenen Klugheit der Schlangen begegnet werden, die im Notfall nicht nur sticht und einen bedrohlichen Schädling unschädlich macht, sondern ihn auch bewußt täuscht und irreführt.«[34]

3. Schlußbemerkung

Die dargestellten Beispiele aus verschiedenen Epochen der Kirchengeschichte zeigen, daß die theologische Tradition in solchen Grenzsituationen auch zu einer überraschend positiven Bewertung von List und Lüge fähig war. Am Ende verzichtet sie sogar auf alle Winkelzüge, die der Theorie von der *reservatio mentalis* im 17. Jahrhundert noch anhaften, und erklärt die bewußte Falschaussage und listige Täuschung zu einem legitimen Mittel der Geheimhaltung, sofern man sich selbst oder andere nur so vor Terror und Verfolgung bewahren kann. Allen diesen Beispielen ist jedoch gemeinsam, daß es sich jeweils um äußerste Notfälle handelt, in denen man sich nicht anders vor extremer Ungerechtigkeit schützen kann. Die sittliche Ordnung ist durch das bestehende Unrecht schon so tiefgreifend verletzt, daß die Zuflucht zu List und Lüge den Charakter der Notwehr annimmt, weil eine auf Wahrheit und Transparenz gegründete Kommunikation ohnehin nicht mehr möglich ist. Die Beschränkung auf solche Extremfälle, die man in Analogie zu einem juristischen Sprachgebrauch als eine Art übergesetzlicher Notstandssituation bezeichnen könnte,

34 M. Laros, a. a. O., 75; vgl. auch 58f.; 82.

macht aber auch deutlich, wo die Grenze einer positiven Bewertung von List und Lüge durch die theologische Tradition liegt.

In äußersten Grenzfällen zur Wahrung des Rechtes vorbehaltlos bejaht, in einer gewissen Grauzone des privaten Lebens nicht gänzlich verboten, sollen List und Lüge doch keineswegs die reguläre Alltagskommunikation der Menschen bestimmen. Als alternative Grammatik sozialen Handelns, die der Wahrheitspflicht gleichrangig zur Seite gestellt wäre und einen Umgang der Menschen miteinander begründete, in dem jeder von vornherein damit rechnet, durch das Raffinement des anderen getäuscht zu sein, wird die List gerade nicht ins Spiel gebracht. Vielmehr steht menschliche Kommunikation unter dem Anspruch der Wahrheit, dem sich alle Kommunikationsteilnehmer unterwerfen sollen. In den Rang einer Tugend, die der Wahrhaftigkeit gleichgestellt wäre, kann die List vor diesem Hintergrund nicht aufrücken.

Das widerspräche einem Grundzug der europäischen Metaphysik, für die Sein, Wirklichkeit, Transparenz und Wahrheit im letzten austauschbare Bestimmungen für das Sein im ganzen sind. Das widerspräche auch der optimistischen Annahme einer langen Tradition philosophischer Anthropologie, die von der Wahrheitsfähigkeit des menschlichen Geistes überzeugt ist und deshalb im Streben nach Wahrheit den letzten Sinn menschlicher Existenz erkennt. Während List und strategemisches Geschick im besten Fall individuelle Trefflichkeiten bezeichnen, die den einen auf Kosten der anderen auszeichnen mögen, stellt die Wahrheit ebenso wie die moralischen Ideale der Freiheit und Gerechtigkeit ein Gut dar, das wir nur gemeinsam besitzen können, indem wir es den anderen mitteilen. In der Suche nach Wahrheit erkennt die Theologie zusammen mit einer breiten Strömung philosophischen Denkens den eigentlichen Sinn menschlicher Existenz, in ihrem gemeinsamen Besitz die höchste Erfüllung des menschlichen Wesens: die Anschauung Gottes ist nichts anderes als ein Verkosten der göttlichen Wahrheit in Liebe und Freude. Diese spekulative Theologie der Wahrheit und ein ihr entspringendes Ethos der Wahrhaftigkeit setzen dem Versuch einer Aufwertung der List enge Grenzen, auch wenn diese in der moraltheologischen Tradition von einzelnen Autoren für bestimmte Ausnahmesituationen entsprechend der weiteren Definition ihres Begriffs als ethisch gerechtfertigt angesehen wird.

Die Tatsache dieser im ganzen eher reservierten Einstellung gegenüber der List, die sich bis in einzelne Strömungen der zeitgenössischen Moralphilosophie hinein verfolgen läßt[35], wirft natürlich die Frage auf, ob wir es hier mit einem Sonderweg des westlichen, unter dem Einfluß der griechischen Philosophie und des Christentums stehenden Kulturkreises zu tun haben. Die zahlreichen Hinweise auf eine viel unbefangenere Würdigung, ja sogar auf eine ausgesprochene Bewunderung der List in der chinesischen Ethik, die in den anderen Beiträgen dieses Bandes zusammengestellt sind, deuten in diese Richtung. Endgültig klären läßt sich eine solche Vermutung aber nur, wenn die soziale, politische und ethische Bewertung listigen Handelns in außereuropäischen Kulturen auch auf dem Hintergrund der jeweiligen Komplementär- oder Gegenbegriffe zu »List« und »Lüge« untersucht wird. Es wäre deshalb ein lohnendes Unterfangen, in den Märchen, Weisheitserzählungen und philosophischen Texten anderer Kulturen nach einen Äquivalent zu suchen, das der überragenden Bedeutung der Wahrhaftigkeitspflicht bei uns entspricht, und von dort aus nach der Stellung der List zu fragen.

35 Eine rein strategemische Durchsetzung der eigenen Handlungsziele ist etwa für die Diskursethik, dem derzeit einflußreichsten Paradigma der philosophischen Ethik, mit der Grundnorm vernunftgemäßen Argumentierens in einer offenen Kommunikationsgemeinschaft keineswegs vereinbar. Das Verbergen eigener Handlungsziele und der Einsatz von Überraschung, Manipulation und taktischer Berechnung bestimmen zwar faktisch den Umgang der Menschen untereinander, sie sollen jedoch, damit moralische Normen unter den Bedingungen vernünftiger Geltung anerkannt werden können, auf universale Transparenz und allgemeine Einsehbarkeit hin überstiegen werden.

Peter Walter

List in ungewohntem Gewande: »vafrities«

Dem erkenntnisleitenden Interesse dieses Bandes entsprechend geht es im folgenden nicht darum, der im »christlichen Abendland« weithin verbreiteten negativen Beurteilung der List ein weiteres Beispiel hinzuzufügen, sondern im Gegenteil darum, auf Ausnahmen von dieser Regel hinzuweisen. Angesichts der Freiheit, mit der sich viele Humanisten gegenüber der christlichen Tradition verhielten, mag es nicht verwundern, daß einzelne auch bei diesem Thema eine eigenständige Position bezogen.

Da die literarische Produktion der Humanisten geradezu als uferlos bezeichnet werden kann und erschließende Hilfsmittel kaum existieren, da auch diese Frage, soweit ich sehe, bislang noch nicht monographisch bearbeitet worden ist, muß ich mich auf einige Proben beschränken. Ich konzentriere mich hauptsächlich auf Erasmus von Rotterdam (1466/7–1536), der die List durchaus, wie ich vorab verraten möchte, positiv wertete, diese aber dann nicht als *astutia* oder *dolus*, sondern als *vafrities* bezeichnete.

1. »vafrities« bei Erasmus[1]

Das von Erasmus gebrauchte Wort »vafrities« gehört nicht zu den Wörtern, die man unbedingt im schulischen Lateinunterricht lernt. Als ich ihm bei meiner Erasmuslektüre zum ersten Mal begegnete, mußte ich das Wörterbuch zu Rate ziehen. Im Ausführlichen Handwörterbuch von Georges[2] fand ich, neben dem Adjektiv *vafer* und dem Adverb *vafre*, die Substantive *vaframentum* und *vafritia*, die Form *vafrities* fehlte, ihr Sinn war aber zu erschließen. Für alle diese Formen gibt Georges

1 Vgl. Chomarat (1981) S. 1117f. mit Anm. 279.

2 Georges (1972) Sp. 3349f. Die Etymologie dieses Wortes, dessen ursprüngliche Form wohl *vabrum* lautet, ist unsicher. Vgl. Walde-Hofmann Bd. 2 (^{3}1954) S. 724f.

die Übersetzung »pfiffig, verschmitzt« bzw. »Pfiffigkeit, Verschmitztheit« an.

Schauen wir uns nun etwas näher an, in welchen Zusammenhängen Erasmus dieses Wort verwendet. Er gebraucht *vafrities* zur Charakterisierung eines Verhaltens, das er allgemein als *accommodatio* bezeichnet.[3] Gemeint ist damit die Anpassung eines Redners oder Schriftstellers an die Fassungskraft seines Publikums. Bekannt ist die immer wieder zitierte Stelle aus dem ersten Korintherbrief, in der Paulus davon spricht, daß er »allen alles« geworden sei: »Da ich also von niemand abhängig war, habe ich mich für alle zum Sklaven gemacht, um möglichst viele zu gewinnen. Den Juden bin ich ein Jude geworden, um Juden zu gewinnen; denen, die unter dem Gesetz stehen, bin ich, obgleich ich nicht unter dem Gesetz stehe, einer unter dem Gesetz geworden, um die zu gewinnen, die unter dem Gesetz stehen. Den Gesetzlosen war ich sozusagen ein Gesetzloser – nicht als ein Gesetzloser vor Gott, sondern gebunden an das Gesetz Christi –, um die Gesetzlosen zu gewinnen. Den Schwachen wurde ich ein Schwacher, um die Schwachen zu gewinnen. Allen bin ich alles geworden, um auf jeden Fall einige zu retten. Alles aber tue ich um des Evangeliums willen, um an seiner Verheißung teilzuhaben« (1 Korinther 9, 19–23).

Für Erasmus kommt hier deutlich die Haltung der *accommodatio* zum Ausdruck. In seiner Paraphrase des Neuen Testamentes gibt er die Kernaussagen dieser Passage folgendermaßen wieder: »Deshalb habe ich mich den Juden angepaßt *(Judaeis memet accommodavi)*, indem ich bisweilen ein Gelübde ablegte, mir das Haupt scheren und [meinen Schüler] Timotheus beschneiden ließ, so als wäre ich ein Jude, obwohl ich wußte, daß das mosaische Gesetz aufgehoben ist, damit ich diejenigen, denen die Verehrung *(superstitio)* des überkommenen Gesetzes noch nicht ausgerissen werden konnte, durch meine Beobachtung des Gesetzes freundlich zu Christus hinziehe *(blande pellicerem ad Christum)* oder sie wenigstens nicht durch schwere Beleidigung von ihm abschrecke. [...] Denen gegenüber, die vom mosaischen Gesetz frei sind, habe ich mich bisweilen so verhalten, als ob ich selber durch kein Gesetz gebunden wäre,

3 Zur grundlegenden Rolle der Akkommodation bei Erasmus vgl. Walter (1991) S. 33–53.

obwohl ich vor Gott durchaus nicht gesetzlos bin, da ich dem Gesetz Christi unterworfen bin, das ich dem mosaischen weitaus vorziehe. Dennoch habe ich mich dem Anschein nach ihrer Fassungskraft und ihrem Gefühl angepaßt *(juxta speciem ad horum captum et affectum memet accommodavi):* etwa indem ich bei den Athenern nicht gehässig gegen ihre Götter gewettert habe, die sie mit großer Frömmigkeit *(superstitio)* verehren, sondern anläßlich der Inschrift eines Altares die Gelegenheit ergriff, auf Christus hinzuweisen. Bezüglich seiner habe ich zunächst meine Rede so abgestimmt *(temperavi sermonem)*, daß ich ihn als einen herausragenden und wegen seiner Wundertaten gleichsam unter die Götter erhobenen Menschen vorstellte und nicht als Gott-Menschen, weil ich sie für dieses Geheimnis noch nicht aufnahmefähig wußte. Ja, ich habe aus ihren Schriftstellern Zeugnisse angeführt und alles getan, um sie zu Christus zu locken. Nichts habe ich eigennützig getan und nichts leichtsinnigerweise *(vitio levitatis)*, sondern alles in dem Bemühen, das Evangelium auszubreiten.«[4]

Das Verhalten des Paulus, das Erasmus hier als Akkommodation beschrieben hat, faßt er in seiner Schrift *Ratio verae theologiae* (1520) mit dem Begriff *vafrities* zusammen: »Mit welcher Beweglichkeit handelt Paulus überall sozusagen wie ein Chamäleon und verwandelt sich in alles, um von überallher Christus Gewinn zu verschaffen.«[5] Bereits in der Antike galt das Chamäleon, wie Erasmus in dem Adagium *Chamaeleonte mutabilior* (Wandelbarer als ein Chamäleon) mit Berufung auf Aristoteles (384–322 v. Chr.) ausführt, als Verwandlungskünstler.[6] Als wenn es der Vergleiche noch nicht genug wären, nennt Erasmus den Apostel Paulus in demselben Werk einen Polypen.[7] Der Polyp ändert, wie Erasmus Plinius d. Ä. (23/24–79

4 LB Bd. 7, Sp. 890 A–C. Sofern nicht anders angegeben, stammen die Übersetzungen vom Verf.

5 »Quanta vafritie Paulus ubique chamaeleonta quempiam, ut ita loquar, agit et in omnia vertitur, ut undique lucri nonnihil addat Christo«: Holborn S. 223, Z. 33–36.

6 Vgl. ASD Bd. II-5, S. 241 f. Die im Jahre 1500 erstmals erschienene und später mehrmals erweiterte Sammlung von meist aus der Antike stammenden Sprichwörtern (Adagia) mit Erklärungen begründete den Ruf des Erasmus als Philologen.

7 »Fit Paulus omnia omnibus quendam, ut ita dicam, polypum agens«: Holborn S. 248, Z. 31.

n. Chr.) und Plutarch (um 45–125 n. Chr.) entnimmt, nicht nur seine Farbe, wenn er sich fürchtet, sondern gleicht sie auch dem jeweiligen Hintergrund an. So hat Erasmus bereits 1508 in dem Adagium *Polypi mentem obtine* (Mach's wie der Polyp) unter den Gestalten, auf die die sprichwörtliche Verwandlungsfähigkeit des Polypen zutrifft, neben dem wendigen Odysseus auch Paulus genannt, der »in heiliger Prahlerei sich gerühmt habe, diese fromme Schläue *(pia vafricie)* angewandt zu haben und allen alles geworden zu sein, um alle für Christus zu gewinnen«.[8]

In der Widmungsvorrede zu seiner 1519 erschienenen Paraphrase der beiden Korintherbriefe fügt Erasmus den aus dem Tierreich genommenen Metaphern des Chamäleon und des Polypen die Gestalten des griechischen Meergottes Proteus und des etruskischen Gottes Vertumnus hinzu, die wegen ihrer Verwandlungsfähigkeit in der Antike sprichwörtliche Bedeutung hatten, und nennt Paulus nicht nur *vafer,* sondern auch *lubricus* (glatt).[9]

Wie bereits in der oben zitierten Passage aus der Paraphrase des ersten Korintherbriefes deutlich geworden ist, bezieht Erasmus alle diese Bilder auf den Apostel, weil dieser »allen alles werden« wollte. Paradebeispiel dafür ist für Erasmus dessen Verhalten auf dem Areopag. Nach dem Zeugnis der Apostelgeschichte hat Paulus dort in seiner Predigt auf einen Altar Bezug genommen, der einem »unbekannten Gott« geweiht war, und versucht, den Athenern den Gott der Christen als den vorzustellen, den sie unbekannterweise verehren (vgl. Apostelgeschichte 17, 22–31). In der Anmerkung zur Stelle charakterisiert Erasmus dieses Vorgehen des Apostels als »pia vafrities«, da er, wie bereits Hieronymus (347/8–420) festgestellt habe, eine in Athen vorhandene Altarinschrift für seine Zwecke umgebogen habe. Eigentlich habe der *titulus* gelautet:

8 ASD Bd. II–1, S. 201, Z. 342–344. Vgl. auch Chomarat (1981) S. 929, Anm. 368.

9 »Cum Paulus noster vbique vafer sit ac lubricus, in his tamen duabus epistolis sic polypum ac chamaeleontem, sic Proteum ac Vertumnum quendam agit ...« (*Opus epistolarum* Nr. 916, Bd. 3, S. 490, Z. 364–369). In seiner Schrift *De Copia* breitet Erasmus den ganzen ihm bekannten Bilder- und Beispielschatz bezüglich der »inconstantia« aus. Vgl. ASD Bd. I-6, S. 265, Z. 721 – S. 269, Z. 864.

»Diis Asiae, et Europae, et Africae, Diis ignotis et peregrinis« (den Göttern Asiens, Europas und Afrikas, den unbekanten und umherwandernden Göttern), und Paulus habe daraus, unter Weglassung der übrigen Bezeichnungen sowie durch Veränderung des Numerus vom Plural in den Singular, einen »Deus ignotus« gemacht.[10]

In der für die zweite Auflage (1519) überarbeiteten Fassung nennt Erasmus dieses Vorgehen *civilitas* (höfisches bzw. höfliches Verhalten) und empfiehlt es denen, die nicht nur Heiden, sondern auch durch schlechte Erziehung heruntergekommene Fürsten zur Frömmigkeit hinführen wollen. Denn ihnen gegenüber richtet man durch Drohungen nichts aus, sondern verstockt sie eher, während es durch *dissimulatio* (geschicktes Verschleiern eines Vorhabens) gelingen kann, sie zu bessern. Wörtlich fügt er hinzu: »Vielleicht darf es nicht getadelt werden, wenn gute Männer sich an Königshöfen so verhalten, daß sie allmählich die Zuneigung der Fürsten gewinnen, vorausgesetzt, sie sind nicht Urheber öffentlicher Ungerechtigkeit, wenn sie auch zu einzelnem unfreiwillig ihre Zustimmung geben.«[11]

Die *vafrities* des Paulus besteht für Erasmus aber nicht nur darin, daß jener die genannte Inschrift für seine Zwecke zurechtbog (*detorquere*), sondern auch darin, daß er Zitate heidnischer Schriftsteller verwandte, um dadurch bei seinen Hörern und Lesern Eindruck zu machen.[12] In der gleichen Areopagrede habe Paulus ja auch ein Zitat aus den *Phainomena* des Aratos von Soloi (1. Hälfte des 3. Jahrhunderts v. Chr.) auf den christlichen Gott bezogen (vgl. Apostelgeschichte 17, 28), ähnlich wie er sich im Titusbrief auf Epimenides von Kreta (Ende des 7. Jahrhunderts v. Chr.) berief (vgl. Titus 1, 12). Für einen Humanisten, der die Schriften der Alten ebensowenig

10 Zur Schilderung des Hieronymus wie zu deren historischer Bewertung vgl. Norden (⁴1956) S. 117–124. Bereits in seiner satirischen Schrift *Laus stultitiae* hatte Erasmus in der überarbeiteten Fassung von 1514 diese Aussage des Hieronymus zitiert und damit einen Seitenhieb gegen die Theologen verbunden, die einzelne Worte aus ihrem Kontext reißen und für ihre Zwecke nutzbar machen, so daß sie um ihrer Schamlosigkeit willen häufig gar von den Juristen beneidet werden. Vgl. ASD Bd. IV–3, S. 183, Z. 998 – S. 184, Z. 9.

11 Vgl. LB Bd. 6, Sp. 501 E sowie Reeve (1990) S. 311. Zur »dissimulatio« aus rhetorischer Sicht vgl. Lausberg (³1990) S. 446–450.

12 Vgl. *Apologia ad Iacobum Fabrum:* LB Bd. 9, Sp. 51 A.

wie die Bibel als einen Steinbruch betrachtet, aus dem man beliebig Material herausholen kann, um es an anderer Stelle wiederzuverwenden, ist dies zunächst ein illegitimes Verfahren. Aber der gute Zweck, die Bekehrung gebildeter Griechen, scheint dieses Mittel zu rechtfertigen.

Als der einflußreiche Theologe der Sorbonne, Noël Beda (um 1470–1537), Erasmus wegen der Charakterisierung des Paulus mittels des Adjektivs *vafer* angreift, stellt Erasmus klar: Für Beda scheint es nur eine negative Bedeutung dieses Wortes zu geben; für ihn selber existiert auch eine positive, eben diejenige, welche er auf das Verhalten des Paulus bezieht. Er sieht darin nichts anderes als eine Befolgung der in den Evangelien gegebenen Aufforderung, klug zu sein wie die Schlangen (vgl. Matthäus 10, 16), und gibt Beda den Rat, sich mit Hieronymus zu streiten, von dem er, Erasmus, diese Einschätzung habe.[13] Nun ist freilich festzuhalten, daß Hieronymus Paulus zwar des unlauteren Zitierens zeiht, dies aber nicht als *(pia) vafritia* kennzeichnet.[14] Dies tut erst Erasmus. In der Auseinandersetzung mit Luther, der ihn selber »aalglatt« genannt hat, zieht er es vor, die Wendigkeit des Paulus, die er auch hier betont, nicht als *vafrities* zu bezeichnen, sondern spricht lieber von dessen *caritas* (Liebe): Paulus handelte »nicht aus hinterlistiger und gerissener List, sondern aus Liebe heraus, die mit allen Kräften danach strebte, die Menschen zum Heil zu führen«.[15]

2. Wortbedeutung im klassischen und nachklassischen Latein

Im klassischen Latein scheint das Wortfeld *vafer* hauptsächlich in einem negativen Sinn gebraucht worden zu sein. Cicero

13 Vgl. *Supputatio errorum N. Beddae:* LB Bd. 9, Sp. 679 E–F; Beda hatte seine Kritik an der Vorrede zur Paraphrase der beiden Korintherbriefe festgemacht (vgl. die in Anm. 9 zitierte Stelle). Bereits in seiner Frühschrift *Antibarbarorum liber* hat Erasmus Mt 10, 16 in diesem Sinn gedeutet. Vgl. ASD Bd. I–1, S. 87, Z. 4 f.; S. 118, Z. 19–21.

14 Vgl. *Patrologia Latina* Bd. 26, Sp. 605–610.

15 »Non malitiosa callidaque vafritie, sed humanae salutis avidissima caritate«: ›Hyperaspistes‹ II (LB Bd. 10, Sp. 1348 E). Luthers Äußerung über Erasmus findet sich in: *D. Martin Luthers Werke. Kritische Gesamtausgabe* (»Weimarer Ausgabe«). Tischreden Bd. 1, Weimar 1912, S. 55, Z. 32 f.

(106–43 v. Chr.) z. B. verbindet das Wort *vafer* häufig mit *veterator* (durchtrieben) oder *malitiosus* (hinterlistig), manchmal mit beiden.[16] In *De officiis* findet sich die folgende Klimax, die fast sämtliche Verschlagenheitstermini der lateinischen Sprache enthält und in *vafer* gipfelt: »non viri boni, versuti potius, obscuri, astuti, fallacis, malitiosi, callidi, veteratoris, vafri« (3,13,57). Auf deutsch könnte diese kaum adäquat wiederzugebende Aufzählung lauten: »...nicht eines guten Menschen, sondern vielmehr eines verschlagenen, undurchsichtigen, schlauen, betrügerischen, hinterlistigen, gerissenen, durchtriebenen, listigen...«

Bei Horaz (65–8 v. Chr.) begegnet einige Male das Adjektiv *vafer* im Sinne von »schlau, gerissen« (vgl. carm. 3,7,12; serm. 1,3,130; 2,3,21; 2,4,55; 2,5,24). Reizvoll ist die Kombination »ius vafrum« (serm. 2,2,131), zu übersetzen etwa mit »[das] Recht mit seinen Kniffen«.[17] Seneca († 65 n. Chr.) gebraucht das Wort im Zusammenhang seiner Ablehnung überflüssiger Studien. Wenn sich die entscheidenden Fragen von Leben und Tod stellen, hilft die als dialektische Gewandtheit verstandene *vafritia* nicht weiter.[18] Weitere Beispiele für diesen Gebrauch des Wortes *vafer* und seiner Derivate ließen sich mit nicht allzu großer Mühe beibringen. Erasmus ist die ambivalente Bedeutung, die diese Worte in der antiken Literatur weitgehend hatten, keineswegs entgangen. Dies zeigt sich etwa in der dem rhetorischen Problem der Amplifikation gewidmeten Schrift *De Copia*, in der Erasmus die aus der Antike bekannten Stereotypen vom listigen Hannibal bzw. Punier und vom listigen Odysseus aufgreift.[19]

Die christlichen Autoren, bei denen das Wortfeld selten be-

16 »Quia... non sunt in disputando vafri, non veteratores, non malitiosi« (*De republica* 3,16,26); »de homine minime vafro [i. e. Epikur] male existimant« (*De natura deorum* 1,85); »qui [i. e. Chrysippus] Stoicorum somniorum vaferrumus habetur interpres« (*De natura deorum* 1,39); »nihil sane vafre nec malitiose facere conatus est« (*In Verrem* 2, 132).

17 So die deutsche Übersetzung in: Horatius ([8]1979) S. 81.

18 »Non vacat mihi verba dubie cadentia consectari et vafritiam in illis meam experiri« (*Epistulae ad Lucilium* 49,7).

19 »Hannibale vafrior« (ASD Bd. I–6, S. 106, Z. 955 f. Vgl. Valerius Maximus VII, 3 externi 8: »Hannibalis vafri mores«); »Fingendus autem Poenus ›foedifragus‹, ›vafer‹, ›insolens‹...« (ebd. S. 208, Z. 314); »Vlyssem ›vafrum‹, ›mendacem‹...« (ebd. S. 210, Z. 348).

gegnet, haben eher die negative Bedeutung von den heidnischen Autoren übernommen: Bei Augustinus (354–430) etwa heißt es, daß jemand, der etwas aus List *(astu)* tut, als *vaferrimus* eingeschätzt wird.[20] Hieronymus gebraucht das Adjektiv in seinen Briefen, um damit spöttisches Reden bzw. einen auf den Märkten umherziehenden, Gerüchte ausstreuenden, rabulistischen und nur im Hinblick auf üble Nachrede einfallsreichen Mönch zu kennzeichnen.[21] Marius Mercator (1. Hälfte des 5. Jahrhunderts) verwendet das Substantiv in seiner Übersetzung von Predigten des Nestorius († 450/1) in der auch bei Erasmus begegnenden sprachlichen Form.[22] Im mitteralterlichen Latein werden Wortbildungen wie *vaframentum* und *vafritas* im Sinne von Kriegslist gebraucht.[23]

Eine eher positive Sicht der *vafritia* läßt sich unter den klassischen Autoren bei Valerius Maximus[24] erkennen, der damit, soweit ich sehe, relativ allein steht. Der zur Zeit des Kaisers Tiberius (42 v.–37 n. Chr., Kaiser seit 14 n. Chr.) bezeugte Autor hat in seiner unter dem Titel *Facta et dicta memorabilia* (Denkwürdige Taten und Worte) überlieferten Exempla-Sammlung den »Vafre dicta aut facta«[25] ein eigenes Kapitel

20 *Contra Iulianum opus imperfectum* 3, 145: *Corpus Scriptorum Ecclesiasticorum Latinorum* Bd. 85,1, S. 452, Z. 27.

21 *Epistulae* 38,5: »cavillentur vafriora licet« (*Corpus Scriptorum Ecclesiasticorum* Bd. 54, S. 293, Z. 4f.); *epistulae* 50,1: »circumforanum monachum rumigerulum, rabulam, uafrum tantum ad detrahendum« (ebd. S. 388, Z. 7–10). Erasmus geht in den Scholien seiner Ausgabe der Hieronymus-Briefe jeweils auf das zu seiner Zeit eher ungebräuchliche Wort ein und erklärt es: Im ersten Fall bezeichnet das Wort nach seiner Auffassung eher etwas Scherzhaftes als etwas beißend Verletzendes (»Vafriora: Idest, salsiora, magis quam mordacia«: Hieronymus [1516], Bd. 1, fol. 69r B); im zweiten Fall gebraucht Hieronymus dieses Wort für einen geschwätzigen und schlauen, im Beurteilen von Lastern naseweisen Menschen (»Vafrum uocat dicacem et argutum et in taxandis uitiis nasutum«: Hieronymus [1516] Bd. 3, fol. 52v C).

22 In einer Predigt heißt es über die letzte der Versuchungen Jesu durch den Teufel: »Ultimum numero, ejusmodi tamen ut inter caetera ob vafritiem primas facile ferat« (*Nestorii tractatus contra Pelagium: Patrologia Latina* Bd. 48, Sp. 210 C).

23 Vgl. Du Cange (1954) Bd. 8, S. 232.

24 Vgl. von Albrecht (1992) S. 852–859.

25 In der deutschen Übersetzung mit »Schlaue Worte oder Taten« (Valerius Maximus [1991] S. 203), in der italienischen mit »Parole dette o azioni compiute con furberia« (Valerio Massimo [1971] S. 549) wiedergegeben.

gewidmet (7,3). Es steht im siebten Buch zwischen den »Sapienter dicta aut facta« (7,2) und »Strategemata« (7,4) überschriebenen Kapiteln[26], die einen sinnvollen unmittelbaren Kontext ergeben, während das Buch insgesamt auf den ersten Blick eher zusammenhanglos zu sein scheint. Bei genauem Hinsehen kann man jedoch erkennen, daß es hier um die Wechselfälle des Lebens geht, um das Glück (7,1), um die Niederlage bei Wahlen (7,5), um extreme Notlagen (7,6). Die Kapitel 2–4, die von der *sapientia* (Weisheit), der *vafritia* (List) und den *strategemata* (Kriegslisten) handeln, »bringen Beispiele, wie der Mensch mittels seiner geistigen Fähigkeiten gelegentlich doch Auswege aus hoffnungslos scheinenden Situationen zu finden vermag... Sapientia, vafritia und die sich in den strategemata dokumentierende calliditas sind die Chancen des Menschen, seinem Glück etwas nachzuhelfen. Die ihnen gewidmeten Rubriken fügen sich damit genau passend dem Tenor des *Trostes* ein, der für dieses siebte Buch kennzeichnend ist«.[27] Nachdem er Weisheit *(sapientia)* bzw. Klugheit *(prudentia)* als eine Erscheinungsform des Glücks *(felicitas:* 7,1) vorgestellt hat, charakterisiert Valerius Maximus die im dritten Kapitel gesammelten Beispiele folgendermaßen: »Es gibt eine andere Kategorie von Taten und Worten, die etwas von der Weisheit abweicht und mit ›Schlauheit‹ bezeichnet wird: Sie gelangt nur, wenn sie zum Betrug greift, ans Ziel ihrer Wünsche und strebt eher auf verborgenen Pfaden als auf offenen Wegen nach Ruhm.«[28] *Vafritia* wird hier als mit der Weisheit verwandt gekennzeichnet *(proximo deflexu* [auf der nächsten Abbiegung][29]) und als Weg zur Erreichung eines gesetzten Zieles beschrieben, der bewußt eine Täuschung *(fallacia)* einsetzt und mehr auf dunklem Pfad als auf offener Straße zum Ziel gelangt. Dies entspricht etwa der engen *Duden*-Definition von List.

26 Die Überschriften stammen nicht von Valerius Maximus (vgl. von Albrecht [1992] S. 852), geben aber den Inhalt der jeweiligen Kapitel treffend wieder.
27 Honstetter (1977) S. 39f.
28 »Est aliud factorum dictorumque genus, a sapientia proximo deflexu ad vafritiae nomen progressum, quod, nisi fallacia vires adsumpsit, finem propositi non invenit laudemque occulto magis tramite quam aperta via petit« (7,3 initium). Deutsche Übersetzung: Valerius Maximus (1991) S. 203.
29 »Deflexus« (Abbiegung, Abweichung) muß keineswegs einen negativen Beigeschmack haben. Vgl. Georges (1972) Sp. 1976f.

Die folgenden zwanzig Beispiele – je zehn aus der römischen bzw. »ausländischen« Geschichte – zeigen nun aber, daß Valerius Maximus faktisch einen List-Begriff voraussetzt, der der weiten *Duden*-Definition entspricht; denn sie machen deutlich, daß das so gekennzeichnete Verhalten für Valerius nichts Negatives an sich hat, sondern wegen der dadurch erreichten Ziele durchaus positiv zu werten ist. So hat der Oberpriester des Diana-Tempels auf dem Aventin zwar ein *pium furtum* (frommer Betrug) vollbracht, als er den sabinischen Bauer zum rituellen Bad in den Tiber schickte und in der Zwischenzeit die von diesem mitgeführte überaus große und schöne Kuh opferte, an deren Opfer das Orakel die Zusage der Weltherrschaft für die Heimat des Opfernden geknüpft hatte; aber er hat dadurch für alle Zeiten Rom diesen Vorrang gesichert (7,3,1). *Vafre* – und das ist in diesem Fall wohl als geistesgegenwärtig zu verstehen – hat Iunius Brutus einen Sturz fingiert und die Erde geküßt, als das delphische Orakel dem den Vorrang in Rom versprach, der als erster von allen Anwesenden die Mutter küßt (7,3,2). Neben dem Adjektiv *vafer* (7,3,6; 7,3 ext. 8) und dem Substantiv *vaframentum* (7,3 ext. 2 u. 4 u. 7) gebraucht Valerius folgende Synonyme: *calliditas* (7,3,3; 7,3 ext. 1 u. 7) bzw. *callidus* (7,3 ext. 3 u. 6), *sagacitas* (7,3,3), *astutia* (7,3,8; 7,3 ext. 5 u. 7), *fallacia* (7,3,8). Er umschreibt den Vorgang auch mit *dissimulare* (7,3,7; 7,3 ext. 9) bzw. *simulatio* (7,3 ext. 10) und *deflectere* (7,3,7). Hier ist leider nicht der Ort, der Frage nachzugehen, inwieweit Valerius Maximus seine Sicht der Dinge den von ihm benutzten Quellen entnommen oder ob er sie eigenständig formuliert hat.

Im Anschluß an die *vafre dicta aut facta* führt Valerius Beispiele für *strategemata* an, die er als eine herausragende Untergruppe der Schlauheit klassifiziert, die von jedem Tadel weit entfernt sei *(pars calliditatis egregia et ab omni reprehensione remota)*. Da sich im Lateinischen kein adäquates Wort findet, gebraucht er für diese Gruppe das griechische *strategemata* (7,4 intr.).[30]

Literarisch hat Erasmus Valerius Maximus nicht besonders geschätzt. In seinem *Ciceronianus* schreibt er: »Er ist Cicero so

30 Erinnert sei in diesem Zusammenhang an das gleichnamige Werk des S. Iulius Frontinus, der 100 n. Chr. zum dritten Mal Konsul war. Zu ihm vgl. von Albrecht (1992) S. 986.

ähnlich wie ein Maultier einem Menschen. Man glaubt kaum, daß der Autor ein Mann aus Italien oder ein Zeitgenosse [Ciceros] gewesen ist, so verschieden ist die ganze Diktion. Man könnte ihn eher für einen Afrikaner halten und würde kaum ein gekünstelteres Lied finden.«[31] Als Lieferanten von *exempla* (Beispiele), der Valerius ja hauptsächlich sein wollte, hat Erasmus ihn hingegen oft benutzt.[32] Seinen Lesern rät er, diesen zu konsultieren, um sich das lästige Suchen zu ersparen.[33] Erasmus rennt mit diesem Rat offene Türen ein: Valerius Maximus war einer der beliebtesten Autoren der Frühdruckzeit.[34]

3. Ertrag für unsere Fragestellung

Nachdem wir bislang der Fährte des von Erasmus gebrauchten Wortes *vafrities* gefolgt sind, gilt es, noch einmal zu der bei ihm damit verbundenen Sachfrage zurückzukehren. Das Verhalten des Apostels Paulus, der allen alles werden wollte, war bereits in der alten Kirche nicht unumstritten. Genauer gesagt, man stritt sich um die rechte Bewertung dieser Maxime. Es gab im Grunde zwei unterschiedliche Deutungen, die sich idealtypisch im Streit des Augustinus mit Hieronymus über die Bewertung des Verhaltens des Paulus zeigen.[35] Hieronymus hatte im Gefolge des Origenes (185/6–253/4) die Maxime des Paulus und dessen entsprechendes Verhalten als *dispensatio*, zu über-

31 »Tam similis est Ciceroni, quam mulus homini, adeo vt vix credas vel Italum fuisse qui scripsit, vel hoc aetatis vixisse, tam diuersum est totum dictionis genus, Afrum quempiam esse dicas, nec vllum carmen laboratius«: ASD Bd. I–2, S. 657, Z. 25–28. Vgl. auch *De Copia* (ASD Bd. I–6, S. 46, Z. 383–385); Brief an Johann Choler (1525): *Opus epistolarum* Nr. 3032, Bd. 11, S. 178, Z. 243 f.

32 Vgl. *De ratione studii* (ASD Bd. I–2, S. 127, Z. 5 f.); *De Copia* (ASD Bd. I–6, S. 259, Z. 541–543); Vorwort zu *Apophthegmata* (1531): *Opus epistolarum* Nr. 2431, Bd. 9, S. 126, Z. 35–37.

33 »Citra vestigandi taedium«: *De conscribendis epistolis* (ASD Bd. I–2, S. 235, Z. 13).

34 Vgl. Flodr (1973) S. 306–308; VD 16 Bd. 21 (1994) S. 24–27.

35 Vgl. Hennings (1994) S. 248–263, der hier die kontroverse Beurteilung des Streites zwischen Petrus und Paulus (vgl. Gal 2, 11–14) durch Augustinus und Hieronymus darstellt, aus der sich auch die unterschiedliche Sicht des Verhaltens der beiden Apostel durch die genannten Kirchenväter entnehmen läßt. Vgl. dazu jetzt auch Fürst (1999).

setzen etwa »situationsentsprechendes Handeln«, gedeutet.[36] Paulus konnte, nachdem er einmal Christ geworden war, nur zum Schein wie ein Jude oder ein Heide handeln. Augustinus hingegen hat diese Bewertung verworfen: Wenn Paulus sich nur zum Schein so verhalten hätte, hätte er sich einer, wenn auch von seinem Diensteifer hervorgebrachten Lüge *(officiosum mendacium)* schuldig gemacht. Da das bei einem Apostel unmöglich ist, muß sein Verhalten anders interpretiert werden. Paulus hat nicht fingiert, sondern gehandelt wie ein Arzt, der mit seinen Patienten mitleidet und sich in sie hineinversetzt.[37] Während sich in der christlichen Tradition die Interpretation Augustins durchgesetzt hat[38], greift Erasmus, wie auch sonst oft, auf die von Origenes vertretene Auslegung zurück, die die Anpassungsfähigkeit des Apostels nicht moralisch wertet, sondern funktional betrachtet.[39]

Diese funktionale Sicht eignet auch Erasmus, wenn er das Verhalten des Paulus nach den Kriterien der Rhetorik beurteilt

36 Hieronymus schreibt an Augustinus: »Ego, immo alii ante me exposuerunt causam, quam putauerant, non officiosum mendacium defendentes, sicut tu scribis, sed docentes honestam dispensationem« (*Corpus Scriptorum Ecclesiasticorum Latinorum* Bd. 34, S. 300, Z. 12–15). Vgl. Hennings (1994) S. 253. Auch Johannes Chrysostomus (um 350–407), ein Zeitgenosse der beiden Kontrahenten Augustinus und Hieronymus, verteidigt in seiner Schrift über das Priestertum sein als List (»apate«) gegenüber einem Freund qualifiziertes Verhalten, indem er es als »oikonomia« (haushälterisch abwägendes Vorgehen), lateinisch »dispensatio«, rechtfertigt (*De sacerdotio* I,7: Sources Chrétiennes Bd. 272, S. 98, Z. 52). Erasmus hat 1525 die editio princeps dieses Werkes veranstaltet und Willibald Pirckheimer (1470–1530) gewidmet (vgl. *Opus epistolarum* Nr. 1558, Bd. 6, S. 44–52).

37 Hieronymus zitiert aus einem früheren Brief Augustins: Paulus habe gehandelt »... compassione misericordi, non simulatione fallaci. fit enim tanquam aegrotus, qui ministrat aegroto, non cum se febres habere mentitur, sed cum animo condolentis cogitat, quem ad modum sibi seruiri uellet, si ipse aegrotaret« (*Corpus Scriptorum Ecclesiasticorum Latinorum* 34, S. 301, Z. 10–14); »non scilicet mentientis astu, sed compatientis affectu« (ebd. S. 312, Z. 13 – S. 313, Z. 1; wiederholt S. 313, Z. 14 – S. 314, Z. 1). Johannes Chrysostomus stellt in seiner Verteidigung (vgl. die vorhergehende Anm.) gerade das listige Handeln der Ärzte heraus, die damit schon manches Leben gerettet hätten (*De sacerdotio* I,7: Sources Chrétiennes Bd. 272, S. 94, Z. 6 – S. 96, Z. 44).

38 Vgl. Schrage (1995) S. 350–352. Zu Augustinus vgl. außerdem La Bonnardière (1975).

39 Vgl. LB Bd. 6, Sp. 807 D–819 B (Anmerkung zu Galiläerbrief 2, 14). Zur Wertschätzung des Origenes durch Erasmus vgl. Godin (1982), der allerdings auf die hier besprochene Problematik, soweit ich sehe, nicht eingeht.

und ihm dabei hohes Lob zollt. Aufgabe des Redners ist es bekanntlich, sein Publikum zu überzeugen, indem er folgende Mittel einsetzt: *docere, delectare, movere.* Da das *docere,* das Erzählen oder Argumentieren, sehr bald Überdruß erregt, ist es notwendig, den Bericht bzw. das Argumentieren so zu würzen *(delectare),* daß die Menschen gerne zuhören, entscheidend aber ist es, die Zuhörer innerlich so zu ergreifen *(movere),* daß sie sich gewinnen lassen. Die richtige Mischung dieser Elemente, die sich nicht abstrakt bestimmen läßt, sondern von dem jeweiligen Pulbikum und von der zu behandelnden Sache abhängt, wird als *decorum* (angemessen) bzw. *aptum* (passend) bezeichnet.[40]

Paulus beherrscht in den Augen des Erasmus alle Stilmittel der Rhetorik, und er wendet sie *apte* an. In der bereits zitierten Widmungsepistel zu seiner Paraphrase der beiden Korintherbriefe führt Erasmus aus, wie er das versteht. Paulus wendet sich an die Korinther, die das Griechentum in besonderer Weise verkörpern, was in diesem Zusammenhang wohl bedeutet: die nur durch eine besondere rhetorische Leistung zu überzeugen sind. Paulus zieht alle Register: Er beschwört, bittet, droht; er macht sich gering oder streicht seine Stellung heraus; er lobt und tadelt; er fordert einiges offen, während er anderes eher insinuiert; er redet geradeheraus und ironisiert, u. a. m. Er scheint sich selber so unähnlich zu sein, daß er sich dennoch auf ganz besondere Weise ähnlich ist, so unbeständig, daß er wieder besonders beständig ist. Dies gründet darin, daß Paulus immer im Dienst Christi handelt und auf das Wohl der ihm anvertrauten Herde bedacht ist.[41] Indem er Paulus mit einem Fluß vergleicht, findet Erasmus zu besonders schönen Bildern: »Bei ihm herrscht solche Wendigkeit, daß man kaum denselben Menschen reden zu hören glaubt. Bald quillt er wie eine klare Quelle hervor, bald stürmt er wie ein gewaltiger Sturzbach dahin und reißt vieles mit; bald fließt er ruhig und sanft, bald breitet er sich wie in einen See ergossen aus; bald verbirgt er sich irgendwo und bricht an anderer Stelle unerwartet hervor; in wunderschönen Mäandern berührt er bald diese, bald jene Gestade; bisweilen entfernt er sich weit [von

40 Vgl. Lausberg (^{3}1990) S. 140–145.
41 Vgl. *Opus epistolarum* Nr. 916, Bd. 3, S. 490, Z. 364–388.

seinem ursprünglichen Bett] und kehrt in weitem Bogen zu sich zurück.«[42]

In bezug auf die bereits mehrfach genannte Areopagrede des Paulus führt Erasmus aus, daß der Apostel hier, indem er die ursprüngliche Inschrift in seinem Sinn und zu seinem Zweck verdrehte, ein in der griechischen Rhetorik als besonders elegant empfundenes Stilmittel einsetzte, nämlich etwas zu Tuendes als bereits geschehen vorzustellen.[43]

Wie ist dieses Verfahren zu bewerten? Für einen Redner ist es nicht nur legitim, sondern sogar notwendig, Kunstgriffe anzuwenden. Dies beinhaltet auch eine gewisse Freiheit im Umgang mit historischen Fakten. Bereits Cicero hat den Rednern zugestanden, bei der Darstellung von Geschehnissen zu lügen, um die Rede zuzuspitzen. Allerdings sollen sie sich dabei auf *mendaciuncula* (kleine Lügen) beschränken.[44] Auch Erasmus gesteht dem Redner gewisse Freiheiten zu, etwa, wenn dieser Personen Worte in den Mund legt, welche sie so nicht gesagt haben, wobei er sich freilich immer am *decorum* zu orientieren hat.[45] Erasmus stellt zumal dem christlichen Redner keineswegs einen Freibrief aus. Er hat sich über das rhetorische *decorum* hinaus an der Hl. Schrift und an der kirchlichen Lehre zu orientieren, kann aber innerhalb dieses Rahmens durchaus eine gewisse Gestaltungsfreiheit für sich in Anspruch nehmen. So kritisiert Erasmus willkürlichen Umgang mit aus ihrem Kontext gerissenen Zitaten, den er besonders bei Theologen

42 »Tanta vafrities est, non credas eundem hominem loqui. Nunc vt limpidus quidam fons sensim ebullit, mox torrentis in morem ingenti fragore deuoluitur, multa obiter secum rapiens; nunc placide leniterque fluit, nunc late velut in lacum diffusus expatiatur. Rursum alicubi se condit ac diuerso loco subitus emicat; cum visum est, miris maeandris nunc has nunc illas lambit ripas; aliquoties procul digressus reciprocato flexu in sese redit«: *Opus epistolarum* Nr. 916, Bd. 3, S. 491, Z. 393–399. Wenn Chomarat (1981) S. 930 meint, Paulus sei für Erasmus das Beispiel eines vollkommenen Redners, für den allerdings die »delectatio« keine Rolle spiele, scheint dies die Einschätzung des Erasmus doch nicht genau zu treffen. Ein Redner, der nicht auch »erfreuen« wollte, wäre für ihn kein guter.

43 Vgl. LB Bd. 10, Sp. 1437 C. Zum Hintergrund vgl. ASD Bd. V-5, S. 409f.

44 »Concessum est rhetoribus ementiri in historiis, ut aliquid dicere possint argutius« (*Brutus* 42); »sive habeas vere, quod narrare possis, quod tamen mendaciunculis aspergendum, sive fingas« (*De oratore* 2, 241).

45 Vgl. *De Copia:* ASD Bd. I–6, S. 211, Z. 384–407 (sermocinatio); S. 256, Z. 476 – S. 258, Z. 493 (de fictis narrationibus).

und Juristen feststellt.[46] Etwas anderes ist die publikumszugewandte Art, eine Rede vorzutragen, die alle rhetorischen Möglichkeiten ausschöpft. Die Wahl der rhetorischen Mittel hängt vom Publikum und vom Gegenstand der zu vermittelnden Sache sowie natürlich auch von der Kunstfertigkeit des Redners ab. Legitimiert wird das Vorgehen durch das Ziel, das hinsichtlich der geistlichen Beredsamkeit im ewigen Heil der Zuhörer besteht. Um sie dahin zu führen, darf der Prediger den Schatz der Rhetorik ausschöpfen. Solches Verhalten würde in den Augen des Erasmus nur desavouiert durch persönliches Gewinnstreben, Profilierungssucht, Neid usw. des Predigers. Diese Fehlhaltungen vertragen sich mit seiner Predigtaufgabe nicht, rhetorische Übertreibungen gegenüber einem wenig empfindsamen Publikum, sogar Grenzfälle wie das bei Paulus beobachtete Verfälschen von Zitaten aber wohl.[47]

Der Gegensatz zur Wahrheit besteht für Erasmus, wie Jacques Chomarat überzeugend herausgearbeitet hat, nicht in der Lüge, sondern in der Gewalt.[48] Für Erasmus hängt die ethische Beurteilung einer Handlung vielfach, wenn auch nicht ausschließlich, von den Umständen ab. Je nachdem kann dasselbe Handeln lobens- oder tadelnswert sein. Die Motive sind letztlich entscheidend dafür, ob ein flexibler Mensch als *inconstans* (unstet) oder als *omnium horarum homo* (ein an alle Zeitumstände anpassungsfähiger Mensch) einzuschätzen ist.[49] Wir können also feststellen, daß für das stark von der Rhetorik beeinflußte Menschenbild des Erasmus der für unterschiedliche Situationen und Begegnungen offene Mensch ein Ideal darstellt. Verkörpert ist dieses Ideal nicht nur in Paulus, der allen alles werden wollte und wurde, sondern auch in Jesus Christus. Selbst ihn nannte Erasmus wegen der *varietas* (Vielfalt) seines

46 Vgl. die in Anm. 10 zitierte Stelle aus *Laus stultitiae.*

47 Vgl. Chomarat (1981) S. 1116–1118. Vgl. die bei Anm. 4 zitierte Passage aus der Paraphrase des ersten Korintherbriefes, in der Erasmus den Apostel selber sprechen läßt: »Nichts habe ich eigennützig getan...«

48 Vgl. Chomarat (1981) S. 1118–1153.

49 Vgl. die langen Ausführungen in *De Copia* zum »vitium« der »inconstantia«, die schließlich in ein Lob des »omnium horarum homo« einmünden (ASD Bd. I–6, S. 265, Z. 721 – S. 269, Z. 864). Auch nach Johannes Chrysostomus sind die Motive entscheidend für die Beurteilung einer List. Vgl. *De sacerdotio* I,5 (Sources Chrétiennes Bd. 272, S. 88, Z. 1 – S. 90, Z. 30).

Lebens und seiner Lehre, zumindest an einer Stelle, einen Proteus.[50] Davor, auch ihn mit dem Adjektiv *vafer* zu versehen, schreckte er dann doch wohl zurück. Aber dies hinderte ihn nicht daran, auf vermeintliche Widersprüche im Reden und Verhalten Jesu zu verweisen, die sich durch die unterschiedlichen Situationen, in denen dieser seine Zuhörer gewinnen will, erklären lassen.[51] Unter den Zeitgenossen betrachtete Erasmus seinen Freund Thomas Morus (1478–1535) als herausragendes Beispiel jener idealen Anpassungsfähigkeit und bezeichnete ihn in der Widmungsepistel zum *Lob der Torheit* wegen seiner Freundlichkeit und seiner Umgangsweise als *omnium horarum homo.*[52]

Möglicherweise ist Erasmus bei dieser Sicht des Menschen beeinflußt durch Giovanni Pico della Mirandola (1463–1494), der in seiner Rede über die Würde des Menschen so etwas wie die Magna Charta des humanistischen Menschenbildes geschaffen hat. Während die übrigen Lebewesen durch ihre Natur festgelegt sind, ist der Mensch offen für unterschiedliche Verwirklichungsformen: »Im Menschen sind bei seiner Geburt von Gottvater vielerlei Samen und Keime für jede Lebensform angelegt; welche ein jeder hegt und pflegt, die werden heranwachsen und ihre Früchte in ihm tragen[53]«. Wegen dieser in ihm angelegten und zur Verwirklichung aufgegebenen Möglichkeiten nennt Pico den Menschen ein Chamäleon und verweist darauf, daß andere ihn »wegen dieser ständig wechselnden und sich selbst verwandelnden Natur« mit Proteus verglichen haben.[54]

Das Motiv der List, von dem in diesem Zusammenhang bei

50 *Ratio verae theologiae:* Holborn S. 214, Z. 31–33.

51 Vgl. ebd. S. 215. Vgl. dazu Walter (1991) S. 160–177.

52 Vgl. *Opus epistolarum* Nr. 222, Bd. 1, S. 460, Z. 18–21. Vgl. auch das entsprechende Stichwort in den *Adagia:* ASD Bd. II–1, S. 389, Z. 102 – S. 390, Z. 136.

53 Pico della Mirandola (1990) S. 7.

54 Ebd. Für den hier entwickelten Gedanken findet sich nicht nur, wie im Kommentar zur Stelle angegeben, eine Parallele bei dem Neuplatoniker Jamblichos (ca. 250 – ca. 330 n. Chr.) (vgl. ebd. S. 69f.), sondern auch bei Marsilio Ficino (1433–1499). Vgl. Kristeller (1972) S. 101. Weder dieser noch jener gebraucht allerdings die bei Pico begegnenden Vergleiche. Carolus Bovillus (1479–1567) wird den Menschen wegen dieser Offenheit einen Künstler nennen, der Treibarbeiten aus Metall herstellt (»toreutes«), bzw. einen Pantomimen. Vgl. Bovillus (^{5}1977) S. 340.

Pico nichts zu spüren ist, tritt gleichsam als anthropologische Konstante bei einem jüngeren Zeitgenossen des Erasmus in den Mittelpunkt, der diesem vieles verdankt, bei François Rabelais (1494–1553). Rabelais greift in seiner Pentalogie um Gargantua und Pantagruel, ob auch hier von Erasmus beeinflußt oder nicht, die Idee von der Vielgestaltigkeit und Offenheit des Menschen auf. Eine der Hauptpersonen trägt den beziehungsreichen Namen Panurge, der sich von dem griechischen Wort *panourgos* ableitet, was soviel bedeutet wie »der zu allem imstande ist«. Eindrucksvoll ist bereits die Einführung dieses Gesellen, der sich Pantagruel in zahlreichen wirklichen und erfundenen Sprachen vorstellt.[55] Ludwig Schrader hat nachgewiesen, daß Panurges Vorbild der griechische Gott Hermes bzw. Merkur ist, der *vafer Deus,* wie ihn Erasmus nennt.[56] Dabei greift Rabelais nicht nur auf das Bild dieses Gottes zurück, das in der klassischen Zeit vorherrschte, sondern auch auf die Sicht der nachklassischen Tradition. »Der Taugenichts Panurge ist ein Nachfahr des Hermes dolios [= listenreich], wobei dieses Epitheton für alle schelmischen Züge gelten soll. Dem gelehrten Panurge leiht der logios der euhemeristischen und allegorischen Tradition, der Meister des Wortes und Gründer der Wissenschaft, seine Züge. Hinter dem unheimlichen, gar gefährlichen Panurge steht der Hermes psychopompos, der Zauberer und Teufel, hinter dem Helfer und Beschützer Panurge der göttliche Begleiter der homerischen Epen, der Patron der Reisenden und Kaufleute, der Hermes philanthropos.«[57] Nach der Deutung Frank-Rutger Hausmanns darf man in Panurge, der »zentralen Gestalt des Werkes [...], den Menschen schlechthin sehen, in dem sich Gut und Böse die Waage halten, obwohl das Gute vielleicht ein wenig überwiegt.«[58]

Im Jahr der Erstausgabe des *Pantagruel*, 1532, erschien auch ein anderes Werk im Druck, das in seinem Genre, der politischen Literatur der frühen Neuzeit, nicht weniger epochemachend wirkte als der utopisch-komische Roman, *Il Principe* des Niccolò Machiavelli (1469–1527). Vor dem Hintergrund des

55 Vgl. Rabelais (1962) Bd. 1, S. 263–270.
56 *De Copia:* ASD Bd. I–6, S. 265, Z. 724.
57 Hausmann (1979) S. 117 im Anschluß an Schrader (1958). Die griechischen Worte sind im Orginal griechisch geschrieben.
58 Ebd.

bislang Erörterten erscheinen gerade die am meisten umstrittenen Passagen dieses Werkes, nämlich diejenigen, in denen es um die Frage des Machtgewinnes oder -erhaltes auch unter Anwendung amoralischer Methoden geht (Kap. 15–18), in einem etwas anderen Licht. Machiavelli erwägt Täuschung, Wortbruch und Grausamkeit nicht als Mittel zur Herbeiführung der Tyrannei, sondern zur Überwindung einer politischen Krise. Es kann Situationen geben, in denen derjenige, der sich ihre Änderung zutraut, auch diese Schritte gehen muß: »Daher muß er eine Gesinnung haben, aufgrund deren er bereit ist, sich nach dem Wind des Glücks und dem Wechsel der Umstände zu drehen [volgersi] und [...] vom Guten so lange nicht abzulassen, wie es möglich ist, aber sich zum Bösen zu wenden, sobald es nötig ist.«[59]

4. Zusammenfassung

Im Sprachgebrauch des Erasmus bedeutet das in der Antike, mit Ausnahme von Valerius Maximus, negativ gewertete Wortfeld *vafer* meist etwas Positives; er bezeichnet damit eine gewisse Wendigkeit des Redners bzw. Schriftstellers beim Eingehen auf unterschiedliche Hörer bzw. Leser und Situationen. Vor allem Paulus hat für Erasmus diese Fähigkeit in hohem Maße besessen und sich für die Verkündung des Evangeliums zunutze gemacht. List im Sinne der erasmischen *vafrities* ist weder als Tücke noch als Ausweg, sondern als situationsgerechtes, geistesgegenwärtiges Verhalten zu verstehen, das am ehesten den chinesischen Präsenz- und Ausmünzungsstrategemen entspricht. Derjenige, der andere für seine Überzeugung gewinnen möchte, hat nach Erasmus das Recht, sämtliche legitimen Mittel der Rhetorik einzusetzen. Die Legitimität richtet sich unter Voraussetzung der Wahrheit des zu vermittelnden Inhaltes nach den Regeln des rhetorischen *decorum.* Erasmus selber ist ein Beispiel für die Anwendung dieser Maxime zu seiner Zeit: In großer Wendigkeit und mit hoher Kunstfertigkeit hat er die unterschiedlichen *Genera literaria* mit ihren gestalterischen Möglichkeiten eingesetzt – von den eher traditionellen Gattungen wie Kommentar, Abhandlung und Predigt

59 Machiavelli (1986) S. 139. Vgl. auch Kersting (1988) S. 93–98.

bis hin zu parodistischen Formen wie der *Laus stultitae* –, um seinen Zeitgenossen das Evangelium neu zu erschließen. Gleichzeitig hat er in seinen literaturtheoretischen Schriften dieses Verfahren reflektiert und es anderen zu vermitteln versucht. Man mag es bedauern, daß Theologie und Verkündigung den Anregungen des Erasmus kaum gefolgt sind.

Literatur

Die Werke des Erasmus werden nach folgenden Ausgaben zitiert:

ASD: *Opera omnia Desiderii Erasmi Roterodami recognita et adnotatione critica instructa notisque illustrata,* Amsterdam–Oxford 1969ff.

Holborn: Desiderius Erasmus Roterodamus, *Ausgewählte Werke,* in Gemeinschaft mit Annemarie Holborn hg. von Hajo Holborn, München ²1964.

LB: *Desiderii Erasmi Roterodami Opera omnia emendatiora et auctiora,* hg. von Joannes Clericus, 10 Bde., Lugduni Batavorum 1703–1706; Nachdruck: Hildesheim 1961–1962.

Opus epistolarum: *Opus epistolarum Des. Erasmi Roterodami denuo recognitum et auctum,* hg. von Percy S. Allen u.a., 12 Bde., Oxonii 1906–1958.

Albrecht, Michael von, *Geschichte der römischen Literatur,* Bd. 2, Bern-München 1992.

Bovillus, Carolus, *Liber de Sapiente (1510/11),* hg. von Raymond Klibansky, in: Ernst Cassirer, *Individuum und Kosmos in der Philosophie der Renaissance,* Darmstadt ⁵1977, S. 299–412.

Chomarat, Jacques, *Grammaire et rhétorique chez Erasme,* Paris 1981.

Du Cange, Charles, *Glossarium mediae et infimae latinitatis,* 8 Bde., Nachdruck: Graz 1954.

Flodr, Miroslav, *Incunabula classicorum. Wiegendrucke der griechischen und römischen Literatur,* Amsterdam 1973.

Fürst, Alfons, *Augustius Briefwechsel mit Hieronymus,* Münster 1999.

Georges, Karl Ernst u. Heinrich Georges, *Ausführliches Lateinisch-Deutsches Handwörterbuch,* 2 Bde., Hannover ¹³1972.

Godin, André, *Erasme lecteur d'Origène,* Genève 1982.

Hausmann, Frank-Rutger, *François Rabelais,* Stuttgart 1979.

Hennings, Ralph, *Der Briefwechsel zwischen Augustinus und Hieronymus und ihr Streit um den Kanon des Alten Testaments und die Auslegung von Gal. 2, 11–14,* Leiden u.a. 1994.

Hieronymus Stridonensis, Eusebius, *Opera omnia* ... cum argumentis et scholiis Des[iderii] Erasmi Roterodami, 9 Bde., Basel 1516.
Honstetter, Robert, *Exemplum zwischen Rhetorik und Literatur. Zur gattungsgeschichtlichen Sonderstellung von Valerius Maximus und Augustinus*, Diss. phil. Konstanz 1977.
Q. Horatius Flaccus, *Sermones et epistolae*. Übersetzt und zusammen mit Hans Färber bearbeitet von Wilhelm Schöne, München [8]1979.
Kersting, Wolfgang, *Niccolò Machiavelli*, München 1988.
Kristeller, Paul Oskar, *Die Philosophie des Marsilio Ficino*, Frankfurt am Main 1972.
La Bonnardière, Anne Marie, *Le dol et le jeu d'après saint Augustin*, in: *Forma futuri. Studi in onore del Cardinale Michele Pellegrino*, Torino 1975, S. 868–883.
Lausberg, Heinrich, *Handbuch der literarischen Rhetorik. Eine Grundlegung der Literaturwissenschaft*, Stuttgart [3]1990.
Machiavelli, Niccolò, *II Principe (Der Fürst)*, übersetzt und hg. von Philipp Rippel, Stuttgart 1986.
Norden, Eduard, *Agnostos Theos. Untersuchungen zur Formengeschichte religiöser Rede*, Stuttgart [4]1956.
Pico della Mirandola, Giovanni, *De hominis dignitate (Über die Würde des Menschen)*. Übersetzt von Norbert Baumgarten, hg. und eingeleitet von August Buck, Hamburg 1990.
Rabelais, François, *Œuvres complètes*. Introduction, notes, bibliographie et relevé de variantes par Pierre Jourda, 2 Bde., Paris 1962.
Reeve, Anne u. Michael Screech (Hg.), *Erasmus' Annotations on the New Testament. Acts-Romans-I and II Corinthians. Facsimile of the Final Latin Text with All Earlier Variants*, Leiden u. a. 1990.
Schrader, Ludwig, *Panurge und Hermes. Zum Ursprung eines Charakters bei Rabelais*, Bonn 1958.
Schrage, Wolfgang, *Der erste Brief an die Korinther, 2. Teilband (1 Kor 6,12–11,16)*, Solothurn u. a. 1995.
Senger, Harro von, *Strategeme*, München 1995.
Valerio Massimo, *Detti e fatti memorabili*, a cura di Rino Faranda, Torino 1971.
Valerius Maximus, *Facta et dicta memorabilia (Denkwürdige Taten und Worte)*, Lateinisch/Deutsch, übersetzt u. hg. von Ursula Blank-Sangmeister, Stuttgart 1991.
VD 16: Verzeichnis der im deutschen Sprachbereich erschienenen Drucke des XVI. Jahrhunderts, hg. von der Bayerischen Staatsbibliothek in München in Verbindung mit der Herzog August Bibliothek in Wolfenbüttel, 1. Abteilung, Bd. 21, Stuttgart 1994.
Walde, A. u. J. B. Hofmann, *Lateinisches etymologisches Wörterbuch*, 2 Bde., Heidelberg [3]1938–1954.
Walter, Peter, *Theologie aus dem Geist der Rhetorik. Zur Schriftauslegung des Erasmus von Rotterdam*, Mainz 1991.

Paul Gerhard Schmidt
Seid klug wie die Schlangen: Strategeme im lateinischen Mittelalter

Der Fuchs gilt im Abendland traditionell als listiges und verschlagenes Tier, das mangelnde Körperkräfte durch Täuschung und Überlistung des Gegners zu kompensieren weiß; in Reineke Fuchs hat diese Gestalt ihre wichtigste literarische Prägung gefunden. Ich stelle eine weniger bekannte Erzählung dagegen, in deren Mittelpunkt gleichfalls ein Fuchs steht.

Die Szene spielt nicht am Hof, sondern in der freien Natur; eine Katze begrüßt devot den listenreichen Fuchs, der auf die höfliche Anrede unwirsch reagiert. Er tituliert sie als Narr, Hungerleider und Mäusejäger und examiniert sie sehr von oben herab: »Was hast du gelernt? Wieviel Künste verstehst du?« Die Katze räumt bescheiden ein, daß sie nur ein einziges Strategem kennt: »Wenn die Hunde hinter mir her sind, so kann ich auf einen Baum springen und mich retten.« »Ist das alles?« sagt der Fuchs, »ich bin Herr über 100 Künste und habe überdies noch einen Sack voll Listen. Du jammerst mich, komm mit mir, ich will dich lehren, wie man den Hunden entgeht.«

Es ist leicht erratbar, wie die Geschichte ausgeht. Beim Herannahen eines Jägers mit seinen Hunden rettet sich die Katze auf einen Baum und verspottet von oben den Fuchs, der schon von den Hunden gepackt ist, mit den Worten: »Bindet den Sack auf, Herr Fuchs, bindet den Sack auf.« Die Lehre ist klar: Selbst 100 Strategeme nützen dem nicht, der hoffärtig und verblendet ist. Die Brüder Grimm[1], die diese Fabel in ihre Kinder- und Hausmärchen aufnahmen, kannten sicher nicht den chinesischen Katalog der 36 Strategeme. Es war gewiß nicht ihre Absicht, ihn mit der Zahl Hundert zu übertrumpfen oder gar grundsätzlich die Anwendung von List und Kunstgriffen in Frage zu stellen. Die Geschichte, die sie erzählen, weist eine große abendländische Tradition auf. Viele, vielleicht die Mehr-

1 Kinder- und Hausmärchen der Brüder Grimm Nr. 75 (Der Fuchs und die Katze). Vgl. dazu J. Bolte/G. Polívka, *Anmerkungen zu den Kinder- und Hausmärchen der Brüder Grimm*, Leipzig 1915, Bd. 2, S. 119–121.

zahl der Grimmschen Märchen begegnen uns ja bereits in Texten, die in dem Millennium zwischen 500 und 1500 nach Christus in lateinischer Sprache aufgezeichnet wurden. Der mittellateinische Philologe steht einer kaum überschaubaren Menge von Märlein, Anekdoten und Exempeln gegenüber. Die oft nach Schlagworten geordneten, vielfach noch ungedruckten Sammlungen erbaulicher und unterhaltsamer Geschichten dienten als Repertorien für Kanzelredner, die ihre Predigten mit Beispielen auflockern und verdeutlichen wollten. Was für den antiken Redner die *Facta et dicta memorabilia* des Valerius Maximus waren, die übrigens auch im Mittelalter begeistert gelesen und oft benutzt wurden, das waren für den mittelalterlichen Prediger Sammlungen wie die *Gesta Romanorum (Taten der Römer)*, die *Summa praedicantium (Hauptwerk für Prediger)*, das *Speculum laicorum (Laienspiegel)*, der *Liber parabolarum* (*Buch der Gleichnisse und Fabeln)* oder der *Tractatus de diversis materiis praedicabilibus* (*Abhandlung über Predigtstoffe)*, um nur einige Beispiele zu nennen.[2] Diese Werke bunten Inhalts, vergnüglich zu lesen und oft geschliffen formuliert, berichten über Personen der Antike und des Mittelalters, die schlagfertig in einer bestimmten Situation antworteten, sich besonders tugendsam oder lasterhaft verhielten und in irgendeiner Beziehung als warnendes oder vorbildliches Beispiel herangezogen werden konnten. Von List ist in diesen Texten häufig die Rede. Die Geschichte vom Listensack des Fuchses etwa findet sich in den Werken Baldos, bei Bono Stoppani und Konrad von Halberstadt d. J., um nur einige Belege zu nennen.[3] Ich verzichte darauf, hier alle Quellennachweise dieser Fabel vorzuführen, erwähne aber noch, daß sie auf eine altgriechische Vorlage zurückgeht, die im Lauf der Spätantike in die lateinische Literatur übernommen wurde.[4]

2 Zu den genannten Werken vgl. J.-Th. Welter, *L'exemplum dans la littérature religieuse et didactique du moyen âge,* Paris 1927 (Reprint Genf 1973); ferner Cl. Bremond/J. Le Goff/J.-Cl. Schmitt, *L'Exemplum* (Typologie des sources du moyen âge occidental Bd. 40), Turnhout 1982.

3 Nachweise bieten G. Dicke/K. Grubmüller, *Die Fabeln des Mittelalters und der frühen Neuzeit. Ein Katalog der deutschen Versionen und ihrer lateinischen Entsprechungen* (Münstersche Mittelalter-Schriften Bd. 60), München 1970, S. 223–226.

4 K. Krohn, *Eine uralte griechische Tierfabel,* in: *Am Ur-Quell* 3, 1892, S. 177–181.

Die List spielt im lateinischen Mittelalter eine so selbstverständliche Rolle, daß sie fast nie diskutiert und thematisiert wird. Ihre Erfinder werden bewundert, ihre Anwender finden Zustimmung und Beifall – freilich immer unter der Voraussetzung, daß der listige Held nicht das allgemeine Rechtsgefühl verletzt.

List hat, das scheint eine anthropologische Konstante zu sein, alle Sympathien auf ihrer Seite, wenn sie als Korrektiv einer Ungerechtigkeit auftritt. Wenn ein von der Natur Benachteiligter, ein Kind, ein alter Mann, eine schwache Frau oder ein Kranker, durch List einen rücksichtslosen Starken mit kleinem Denkvermögen überwindet, sieht sich der Betrachter, Hörer oder Leser der Geschichte in seinem Glauben an eine ausgleichende Gerechtigkeit bestätigt. Schadenslist ist im Außenverhältnis fast stets erlaubt: Andersgläubige oder Kriegsgegner darf man selbstverständlich ohne Skrupel überwinden, sie mit neuen oder außergewöhnlichen Waffen wie einer Steinschleuder niederstrecken, ihre verwundbaren Stellen auskundschaften, ihnen verheimlichen, daß man ihre Sprache versteht, und ihnen Schaden mit Mitteln zufügen, die man im Binnenverhältnis nie anwenden dürfte, wenn man nicht riskieren wollte, aus dem Gruppenverband ausgestoßen zu werden. Kann man gar nachweisen, daß der Gegner als erster mit dem Einsatz von List begonnen hat, ist fast jede Gegenlist erlaubt.

Wenn die Griechen einen Abzug vortäuschen, aber den Trojanern ein Pferd voller Kämpfer zurücklassen, die nachts die sorglosen, vom Feiern trunkenen Trojanern hinmorden, dann wird den Überfallenen jedes Gegenmittel zugestanden. Als fliehende Trojaner von griechischen Kämpfern in der nächtlichen Stadt für Griechen gehalten werden, nutzen sie dieses Mißverständnis. Sie erschlagen die Feinde, wappnen sich mit deren Rüstungen und setzen als vermeintliche Griechen ihre Flucht fort: *dolus an virtus, quis in hoste requirat* (»Dem Feind gegenüber kommt es nicht darauf an, ob man List oder Waffen braucht«). In Schillers Übersetzung von Vergils Aeneis 2,386ff.[5]:

5 Vgl. *Goethes und Schillers Übertragungen antiker Dichtungen*, mit dem Urtext hg. von Horst Rüdiger, München 1944, S. 313.

»›Auf, Freunde!‹ ruft, erhitzt von diesen ersten Siegen,
Koröbus, voll von Mut.
›Es zeigt uns das Geschick
In diesem Zufall selbst den Weg zum Leben.
Vertauscht den Schild. Den griechischen Helm aufs Haupt!
List oder Kraft – was wäre Feinden nicht erlaubt?
Die Toten werden Waffen geben.‹«

Wer wollte diesen Trojanern die Berechtigung zum Tragen griechischer Waffen absprechen und sie für ihre Flucht in griechischer Verkleidung verurteilen? Hier konnte Vergil sogar den eher negativ konnotierten Ausdruck *dolus* (List) verwenden, der sonst in der Diskussion gemieden wird. In der Regel zieht man es vor, das Wortfeld List mit Worten wie *versutia* (Wendigkeit), *vafritia* (Gewitztheit), *prudentia* (Klugheit), *ingenium* (Einfallsgabe) oder *ars* (Kunstgriff) wiederzugeben. *Ars* ist der bevorzugte Ausdruck; nicht umsonst spricht der Fuchs bei Grimm von seinen 100 Künsten.

Artes sind lehrbar. Das Mittelalter kennt viele Handbücher, die versprechen, eine Kunst zu lehren. Da gibt es die *ars versificandi*, die *ars dictandi*, die *ars praedicandi* oder im Bereich der Lebensführung die Kunst des heilsamen Sterbens, die *ars bene moriendi.* Es gibt eine Anweisung, wie man richtig bettelt, die *ars mendicandi*, es gibt die Kunst zu schweigen, die *ars tacendi;* aber bisher bin ich nicht auf eine *ars decipiendi*, die Kunst des Täuschens, gestoßen.

Wie überlistet man seinen Gegner? Vereinzelte Hinweise findet man in den moralphilosophischen Traktaten, die von den vier Kardinaltugenden handeln. Die Klugheit, die *prudentia*, steigt jedoch in die Niederungen der praktischen Anwendung ihrer selbst nicht herab. Insofern ist diese reiche Literaturgattung für uns unergiebig. Auch die Ermahnungs- und Erziehungsschriften, in denen ein Vater seinem Sohn elementare Lebensregeln vermittelt, handeln zwar ausführlich vom guten Benehmen bei Tisch, von der Aufmerksamkeit, mit der man Personen von Rang behandeln soll; sie warnen etwa vor rothaarigen Menschen, vor der Ehe mit einer Frau aus einer anderen sozialen Schicht, und sie empfehlen die Überwindung der eigenen Affekte. Aber diese Texte, die doch Lebenserfahrungen und Lebensregeln an die nächste Generation weitergeben wollen, übergehen den uns interessierenden Themenkreis. Obwohl List und Gegenlist zum Alltag gehören und sich vor den Augen aller ereignen, werden sie nicht als eigene Disziplin oder im Rahmen des auf das Leben vorbereitenden Unterrichts gelehrt. Es existiert kein fester Kanon, vergleichbar den sieben Nobilitates, den Fertigkeiten, die man von einem jungen Adligen erwartet wie Reiten oder Schach spielen.

Einzig eine besondere Art von Listen zirkulierte in selbständigen Handbüchern. Diese Handbücher sind antiken Ursprungs, fanden aber große Verbreitung im Mittelalter. Ihre Verfasser sind Frontin und Vegetius, die antike Kriegslisten zusammenstellten; ihre Strategeme sind offenbar Herrschaftswissen gewesen. Frontin lehrt mit einer Vielzahl historischer Beispiele, wie man ein feindliches Heer und dessen Anführer über die Stärke und Bewegungen des eigenen Heeres täuscht, wie man angebliche Überläufer mit falschen Informationen ins feindliche Lager sendet, das Herannahen eines zweiten Heeres vortäuscht, einen Hinterhalt legt, Flüsse ableitet, das Trinkwasser der Gegner mit medizinischen Wirkstoffen behandelt, Brot unter die Feinde wirft, um Überfluß trotz eigener Hungersnot vorzutäuschen, wie man Belagerte aus ihren sicheren Positionen herauslockt und einen Rückzug vortäuscht.[6] Ein solches Werk gehört nicht in die Hände von Klerikern.

Ähnlich ist die *Epitoma rei militaris* des Vegetius angelegt, der sein im 4. nachchristlichen Jahrhundert entstandenes militärwissenschaftliches Werk dem Kaiser Theodosius widmete.[7] Frontin, aber vor allem Vegetius, sind jeweils in etwa 100 Handschriften, dazu in mehreren mittelalterlichen Übersetzungen auf uns gekommen. Vom 8. Jahrhundert an erfreut sich Vegetius großer Beliebtheit. Wie Christel Meier-Staubach gezeigt hat, lassen sich viele Vegetiushandschriften mit mittel-

6 Iulius Frontinus, *Strategemata*, rec. R. I. Ireland (Bibliotheca Teubneriana), Leipzig 1990. Frontin, *Kriegslisten*, lateinisch und deutsch von Gerhard Bendz, Berlin ²1978.

7 P. Flavii Vegeti Renati, *Epitoma rei militaris*, ed. A. Önnerfors (Bibliotheca Teubneriana), Stuttgart/Leipzig 1995; Ch. R. Schrader, *A Handlist of Extant Manuscripts containing the De re militari of Flavias Vegetias Renatus*, in: *Scriptorium* 33, 1979, S. 280–305; R. B. G. Mongeau, *The »De epitoma rei militaris« of Flavius Vegetius Renatus. A Bibliographical Report*, in: *Mittellateinisches Jahrbuch* 20, Stuttgart 1985, S. 314–322.

alterlichen Herrschern und ihren Bibliotheken in Verbindung bringen.[8] Karl der Große hat wahrscheinlich ein Manuskript des Vegetius besessen, Hrabanus Maurus exzerpierte bald nach 840 für Lothar II. Teile aus dem Werk, Frechulph von Lisieux kopierte und emendierte im selben Jahrzehnt für Karl den Kahlen den ganzen Vegetius. Ein aktueller Zeitbezug war zweifellos gegeben. Hrabanus verweist ausdrücklich auf die häufigen Barbareneinfälle seiner Zeit. Die antiken Strategeme sollten den karolingischen Herrschern das zur effizienten Landesverteidigung notwendige Wissen vermitteln und ihre Untertanen vor Schäden bewahren. Auch Adelige, wie Eberhard von Friaul, und einige Reichsklöster, wie Fulda, Murbach, die Reichenau und St. Gallen, besaßen in karolingischer Zeit Vegetiushandschriften. Über die Besitzer von Frontinhandschriften stehen ähnliche Untersuchungen noch aus, man geht aber sicher nicht fehl in der Annahme, daß auch Frontin am stärksten in Herrscherbibliotheken vertreten war. Vegetius und Frontin werden oft gemeinsam mit Traktaten überliefert, die dazu bestimmt waren, einen Fürsten in seine Aufgaben einzuführen, also mit Fürstenspiegeln. Das höfisch-ritterliche Milieu stand ja generell der List nicht ablehnend gegenüber.

Im folgenden will ich einige Stände des Mittelalters unter der Fragestellung mustern, ob sie von List Gebrauch machen und wie sie den Einsatz von List bewerten. Ich gehe von der Gliederung der Gesellschaft in drei Gruppen aus: Es ist das Bild von der Pyramide, die auf der arbeitenden Schicht ruht, auf den *Operatores.* Darüber finden wir die *Bellatores,* und über ihnen bilden die *Oratores,* d.h. der Klerus, die Spitze der Gesellschaft.

8 Vgl. Chr. Meier-Staubach, *Baumeister Europas? Die Rezeption antiker Zivilisationstechniken im Zeitalter Karls des Großen,* in: P.L. Bützer, M. Kerner und W. Oberschelp, *Karl der Große und sein Nachwirken – 1200 Jahre Kultur und Wissenschaft in Europa,* Turnhont 1997, S. 279–320. Ich danke Frau Meier-Staubach herzlich für die Einsichtnahme in ihr Druckmanuskript und den Hinweis auf die Arbeit von Foster Hallberg Sherwood, *Studies in Medieval Uses of Vegetius' Epitoma rei militaris,* Diss. phil. Los Angeles 1980. Ein neulateinischer Autor, Elias Reusner, ein Bruder des berühmten Nicolaus Reusner, hat 1597 eine Strategematopia publiziert, in der antike Strategeme zusammengestellt sind. Das Werk stand von 1623 bis 1948 auf dem Index librorum prohibitorum.

Darüber können wir uns nur die Heiligen und Gott im Himmel denken. Ich versage mir die Frage, ob Christus List angewendet hat, gebe aber zwei Punkte zu bedenken. Auf die Frage, ob man dem Kaiser Tribut zahlen müsse oder nicht, antwortete Christus mit einer Gegenfrage: »Wessen Bild ist auf der Münze?« Die Steinigung der Ehebrecherin verhindert Christus durch die Aufforderung »wer denn ohne Schuld sei, der möge als erster einen Stein werfen« – indem er sich bückte und im Sand schrieb, gab er den Anklägern die Gelegenheit, sich unbemerkt zu entfernen. Ich überschreite aber mit dieser Andeutung mein Gebiet. Mir geht es nur um die Darstellung und Bewertung von List in mittellateinischer Literatur.

Einheitlich für alle Stände gilt das göttliche Gebot: »Du sollst nicht stehlen.« Alle Stände des Mittelalters aber haben dieses Gebot mißachtet, wenn es galt, ein bestimmtes Objekt der Begierde zu erlangen. Ich meine die heilversprechenden und heilbringenden Reliquien von Heiligen. Um sie zu erlangen, schien jedes Mittel erlaubt: Gewalt, Diebstahl und List. Das *furtum sacrum,* der heilige Raub, war gleichsam ein sanktionierter Diebstahl. Da die Reliquien selbst die Kraft besessen hätten, sich zu wehren, erfolgte jede Ortsveränderung mit ihrem Einverständnis. Ein Reliquiendiebstahl oder eine Reliquienentführung konnte sogar ein verdienstvolles Werk sein, nämlich dann, wenn die verehrungswürdigen Gebeine eines Heiligen aus den Händen von Ungläubigen befreit und dadurch endlich als Objekte der ihnen zustehenden Verehrung zur Ehre der Altäre erhoben wurden. Reliquiendiebe mußten aber umsichtig zu Werk gehen. Selbst Nichtchristen wußten vom Wert ihres Besitzes. Als venezianische Kaufleute, wohl im frühen 9. Jahrhundert, die Gebeine des heiligen Markus in Alexandria an sich brachten und ihren kostbaren Schatz außer Landes bringen wollten, verfielen sie auf eine in der späteren Tradition sehr bewunderte List: Sie packten Schweinefleisch über die Reliquien des Evangelisten. Die Zöllner, die ihren Korb bei der Ausreise durchsuchen wollten, schrien entsetzt auf, als sie das in ihren Augen unreine Fleisch entdeckten, und

9 Vgl. P. J. Geary, *Furta sacra. Thefts of Relics in the Central Middle Ages,* Princeton 1978 ([3]1990), S. 187.

sie verzichteten auf die weitere Untersuchung. So gelangte St. Markus nach Venedig.[9]

Oft trieb der unstillbare Hunger nach Reliquien auch zur Beraubung christlicher Kultstätten. Ihre Hüter versuchten sich zu wehren, so gut sie es vermochten. In englischen Kirchen haben sich Überwachungssysteme erhalten, die die modernen Einwegspiegel oder Videokameras vorwegzunehmen scheinen. Von dem Raum, in dem die Reliquien aufgestellt sind, ist eine Kammer abgetrennt. Durch Sehschlitze in der Wand beobachten Kustoden, unbemerkt von den Gläubigen, die kostbaren Schätze ihrer Kirche, um gegebenenfalls sofort eingreifen zu können. Was aber, wenn ein frommer Besucher sich wie zum verehrenden Kuß über die Reliquien beugt, mit den Zähnen zupackt, eine Partikel abbeißt, sie unter der Zunge verbirgt und ohne Hast die Reliquienkapelle verläßt? Solche Listen sind von den erfolgreichen geistlichen Institutionen gern erzählt worden; zur *pia fraus* (frommer Betrug) gesellte sich auch ein wenig Schadenfreude.

Wie umgeht man das Gebot »Du sollst nicht lügen!«? Was macht ein Heiliger oder eine Heilige, die auf frischer Tat dabei ertappt werden, wie sie gegen das Gebot ihres Dienstherrn, Beichtvaters oder Ehemanns den Armen Speise bringen wollen? Sie beantworten die Frage, was sie dort verborgen davontragen, nicht wahrheitsgemäß. Gott selber aber deckt ihre Lüge; da die heilige Elisabeth vorgegeben hatte, nicht Brot, sondern Rosen zu tragen, findet der Nachsuchende Rosen – ganz ähnlich ist es bei der heiligen Verena und anderen Heiligen.

Wenn ein Bischof nach einem Streit mit dem König über die Rechte der Kirche das Land verläßt, sich verkleidet und als einfacher Reisender seines Weges zieht, dennoch erkannt und gefragt wird, ob er der Erzbischof von Canterbury sei, kann er das Dilemma nur mit einer listigen Gegenfrage lösen.

Thomas Becket sitzt auf einem ungesattelten Pferd ohne Zaumzeug. Man muß sich einen häßlichen, abgemagerten Klepper vorstellen, einen Gaul, den ganze Welten von den edlen Tieren trennen, auf denen der prunkliebende Erzbischof zu reiten pflegt. Als man ihn anhält und in ihm den gesuchten Flüchtling zu erkennen glaubt, zeigt er den Strick vor, der um den Hals der Mähre hängt, und fragt: »Reist der Erzbischof von Canterbury mit solch prunkvollem Zaumzeug?« Mit dieser doppeldeutigen Antwort darf er passieren; sein Biograph merkt zu dieser Szene an, der Erzbischof habe seine Identität nicht abgestritten.[10]

In manchen Epochen des Mittelalters drohte den Bischöfen der Verlust von Amt oder Leben, wenn sie bei einem Konflikt zwischen Landesherren und höchster geistlicher Autorität die falsche Position bezogen. Der Investiturstreit bietet viele Belege für schier ausweglose Situationen. Der Biograph des Bischofs Benno II. von Osnabrück hat zum Jahr 1080 eine sehr ausführliche Schilderung des Strategems gegeben, das es dem Bischof ermöglichte, sich einer offenen Stellungnahme zu entziehen.[11] Haß und Feindschaft zwischen Heinrich IV. und Papst Gregor VII. waren soweit gediehen,

»daß das Feuer der Wut und Erbitterung nur noch durch die Absetzung entweder des Königs oder des Papstes gelöscht werden konnte. Daher trat in Brixen eine große Zahl von Bischöfen zusammen, die auf seiten des Königs standen; mit dem Papst aber hatten sie sich verfeindet, da sie ihn als allzu unbesonnen bezeichneten, weil er sie des öfteren getadelt hatte. Als nun der König auf Rat und Anstiften dieser Bischöfe einen neuen Papst auf den Apostolischen Stuhl erheben wollte, da war auch Bischof Benno unter den Anwesenden, zwar gegen seinen Willen, aber doch mit jenem Auge der Klugheit *(oculus prudentiae)*, das er immer offenzuhalten pflegte. Er sah genau, daß man auf beiden Seiten mehr mit Haß als mit Vernunft vorging; zugleich aber hatte er den sehnlichen Wunsch, dem König immer treu, gegen den Papst aber nie ungehorsam zu sein *(regi semper fidelis, numquam autem papae inobediens)*. Schließlich konnte er auch nicht absehen, wie dieses gewagte Unternehmen [d. h. die Absetzung Gregors und die Wahl eines neuen Papstes] ausgehen würde. Daher begann er intensiv darüber nachzudenken, ob es nicht einen Ausweg gäbe, so daß er ohne Schaden an seiner alten Ehrenhaftigkeit von keiner Seite mit Grund beschuldigt werden könne.«

Bischof Benno bleibt nur eine Möglichkeit, am Sitzungstag,

10 Vgl. Thomas von Froidmont, *Die Vita des heiligen Thomas Becket, Erzbischof von Canterbury*, hg. u. übersetzt von P. G. Schmidt, Stuttgart 1991, Kap. XIV, S. 94f.

11 Vgl. *Vita Bennonis II. episcopi Osnabrugensis auctore Norberto abbate*, Cap. 18, in: *Lebensbeschreibungen einiger Bischöfe des 10.–12. Jahrhunderts*, übersetzt von Hatto Kallfelz (Freiherr-vom-Stein-Gedächtnisausgabe), Darmstadt 1973, S. 410–414.

d. h. am Tag der Entscheidung, dem Konflikt aus dem Weg zu gehen. Er muß unsichtbar werden, und das gelingt ihm auch. Man vermißt ihn während der Sitzung in der Kirche, sendet nach ihm, stellt in seiner Herberge alles auf den Kopf, schickt reitende Boten aus, denn Gerüchte wollen wissen, daß er geflohen sei. Das 36. chinesische Strategem empfiehlt ja für derartige Situationen, möglichst schnell davonzulaufen. Benno tut nichts dergleichen. Er bleibt während der ganzen Sitzung trotz fieberhafter Suche unsichtbar.

Als die Beschlüsse gefallen sind, an denen er nicht hatte mitwirken wollen, ist Benno plötzlich mitten unter den Sitzungsteilnehmern, ganz im Zentrum, nicht weit vom Altar der Kirche entfernt. Man staunt, wundert sich, bedrängt ihn mit Fragen. Seine Angabe, er habe die Kirche doch den ganzen Tag über nicht verlassen, stößt auf Unglauben. Er bietet sich an, mit einem Eid auf die Reliquien der Brixener Kirchenheiligen zu beschwören, daß er sich mitten unter den Bischöfen aufgehalten und dennoch keinen neuen Papst gewählt habe. Sein Verhältnis zum König bleibt ungetrübt, es gelingt ihm dank seiner Prudentia sogar, mit beiden Päpsten, dem alten und dem neu gewählten, in freundschaftlichen Beziehungen zu stehen. Der Biograph schließt seinen Bericht über die Episode mit einem Zitat des Apostels Paulus ab. In Römer 12, Vers 18 heißt es: »Soweit es euch möglich ist, haltet mit allen Menschen Frieden!«

Benno, mit dem Auge der Klugheit begabt, hatte die Decke, die über dem Brixener Altar lag, leicht verschoben, dabei festgestellt, daß der Altar innen hohl war; durch den engen Einstieg schlüpfte er hinein, zog die Decke über die Altaröffnung und verbrachte eng zusammengekauert den ganzen Tag unter Gebeten in diesem Versteck, das er erst verließ, als die Sitzung sich ihrem Ende näherte.

Nicht immer bietet sich ein solch geeignetes Latibulum (Versteck). In anderen Viten wird uns von Vorhängen und Fensternischen berichtet. Ein Becketbiograph hat aus der Tradition der eigenen Familie einen ähnlichen Fall berichtet. Als die Bürger von Beverley sich eidlich verpflichten mußten, dem geflohenen Erzbischof jede Unterstützung zu versagen, betrat sein Vater den Versammlungsraum, bückte sich und wechselte unauffällig von der Gruppe, die den Eid noch leisten mußte, zu jener Gruppe, die nach der Ablegung des Eides gerade den Versammlungsraum verließ.[12]

Ich bleibe bei den Klerikern, steige aber in der Hierarchie von den Bischöfen zu den Mönchen herab. Ihre Einflußmöglichkeiten im Bereich der Kirchen- und Reichspolitik sind vergleichsweise bescheiden. Aber Kleinigkeiten können die Lebensqualität in genau dem gleichen Ausmaß beeinträchtigen wie die weltbewegenden großen Konflikte. Wie kann man sich gegen einen Mitmönch wehren, der einem ständig nachspioniert und möglicherweise beim Prior oder Abt verleumdet? Das folgende Strategem, in St. Gallen ersonnen und ausgeführt, ist berühmt, so daß ich mich kurz fassen kann.[13] Wenn drei miteinander befreundete Mönche in aller Hergottsfrühe gemeinsam im Skriptorium arbeiten und dabei feststellen, daß draußen im dunklen Klostergarten ein Lauscher sein Ohr an das Fenster legt, verabredet man in lateinischer Sprache, die der Lauscher nicht versteht, einen Überraschungsangriff. Einer der Mönche wird sich nach draußen schleichen und mit einer Peitsche bewaffnet auf das Angriffssignal warten. Das besteht darin, daß einer der Mönche ruckartig das Skriptoriumsfenster öffnet und den Kopf des Lauschers fest packt; der andere draußen nutzt die Gelegenheit, erbarmungslos auf die Extremitäten des Wehrlosen einzuschlagen. Ein Schuldiger an dem Überfall läßt sich nicht ermitteln. Der Schläger draußen verschwindet im Dunkel der Nacht; der Mönch drinnen redet sich darauf heraus, daß er einen Teufel zu sehen glaubte.

Ich verzichte darauf, das Stichwort Teufel aufzugreifen. Geschichten vom Einfallsreichtum des Teufels gibt es im Mittelalter in unvorstellbarer Quantität. Da der Teufel sich als Kämpfer und Angreifer versteht, der tugendhafte Menschen zur Sünde verleiten will, ist sein Repertoire an Strategemen, an Verkleidungen und Täuschungsmanövern unerschöpflich. Hier hätte eine systematische Untersuchung von mittelalterlichen Strategemen einzusetzen; ich warne aber davor, sich in die Klauen des Teufels zu begeben. Das Material ist noch nicht ge-

12 Vgl. Thomas von Froidmont (s. Anm. 10) Kap. XIV, S. 108–110.

13 Ekkehard IV., *St. Gallener Klostergeschichten,* übersetzt von Hans F. Haefele (Freiherr-vom-Stein-Gedächtnisausgabe), Darmstadt 1980, Kap. 36, S. 80–85.

sichtet und erschlossen.[14] Ein Teilaspekt der Dämonologie ist etwas besser erforscht: der dumme Teufel, der Teufel, der das Opfer des Strategems wird und Anlaß zu Gelächter bietet, weil er einen für ihn ungünstigen Kontrakt geschlossen hat und um die Resultate seiner Arbeit gebracht wird.[15]

Ich bleibe bei den Ständen der Menschen. Die mittellateinischen Texte über die Kriegstaten Karls des Großen und seiner Palatine, besonders Rolands Kämpfe gegen heidnische Berserker, bieten reiches Anschauungsmaterial für Kriegslisten. Ich wende mich nur einem Text zu, der m. E. noch nicht die Beachtung gefunden hat, die er verdient. Es handelt sich um einen englischen Ritter aus der Zeit der Eroberung Englands durch die Normannen. Der Ritter Herward, in einigen Chroniken erwähnt, hat im Fenland einige Jahre nach 1066 einen begrenzten Partisanenkrieg gegen Wilhelm den Eroberer geführt. Was ihm an Gefolgsleuten und Mitteln abging, mußte er durch List und Klugheit ersetzen. Der mittellateinische Roman über ihn, die *Gesta Herwardi,* zeichnet ihn aus dem Abstand von vielleicht zwei Generationen nach den Ereignissen als angelsächsischen Freiheitskämpfer, der die Eroberer unablässig in Bedrängnis brachte. Als Töpfer verkleidet soll Herward den Hof Wilhelms aufgesucht haben, um die Pläne der Normannen auszukundschaften. Seine Pferde trugen die Hufeisen verkehrt herum, so daß man sich bei seiner Verfolgung immer weiter von ihm entfernte. Unvermutet tauchte er dort auf, wo man ihn am wenigsten erwartete. Die Gestalt des historischen Herwards hat wie ein Magnet solche Strategeme angezogen und auf seine Person vereinigt. Der Roman weiß zu berichten, daß viele zu Herward strömten, um bei ihm Ritterschaft und Kriegführung zu lernen. Selbst aus den Kreisen der Gegner, also von den normannischen Eroberern, hatten viele den Weg zu Herward gefunden, und keiner hätte den Ehrencodex gebrochen und ihm Schaden zugefügt. Im Reich der Fiktion sind viele Strategeme angesiedelt; ihre Bewertung ist stets positiv, da Herward Sympathieträger ist.[16]

14 Vgl. F. C. Tubach, *Index exemplorum. A Handbook of Medieval Religious Tales* (FF Communications No. 204), Helsinki 1969, S. 125–137.

15 Vgl. A. Wünsche, *Der Sagenkreis vom geprellten Teufel,* Leipzig und Wien 1905. Renate Zelger: *Teufelsverträge. Märchen, Sage, Schwank, Legende im Spiegel der Rechtsgeschichte,* Frankfurt a. M. 1996.

16 Vgl. *Repertorium Fontium Historiae Medii Aevi,* Vol. IV, Rom 1976, S. 733. Eine zweisprachige Ausgabe der *Gesta Herwardi* wird von mir vorbereitet.

In seiner *Disciplina clericalis* hat Petrus Alfonsi zahlreiche Exempla von listigen Frauen und trugreichen Männern zusammengestellt. Wie drei Reisende sich wechselseitig durch erfundene Traumvisionen zu überlisten suchen, ist nicht nur eine Betrugsgeschichte, sondern vor allem eine Standesauseinandersetzung zwischen den angeblich gewitzten Bürgern und einem vermeintlich wenig begabten Bauern.[17]

Schon in der Antike sammelte man Geschichten über erfindungsreiche Liebespaare und gehörnte Ehemänner. Apuleius erzählt z. B. im *Goldenen Esel* die Novelle vom *Galan im Faß:* Vor dem unvermutet heimkehrenden Mann versteckt eine Frau ihren Liebhaber in einem großen Faß und gibt ihn als Kaufinteressenten aus. Weil der Ehemann das Faß in gutem Zustand verkaufen will, steigt er nichtsahnend hinein und reinigt es nach den Anweisungen seiner Frau, die außerhalb des Fasses ihre durch die Heimkehr des Mannes unterbrochene Beschäftigung mit dem Geliebten fortsetzt. Giovanni Boccaccio hat diese Erzählung direkt aus Apuleius übernommen.

Auch die im *Goldenen Esel* erzählte List, mit der ein Galan seine unter dem Ehebett vergessenen Sandalen zu ungültigen Beweismitteln machte, hat seit der Antike viele Nacherzähler gefunden. Ehe der betrogene Ehemann Anklage erheben kann, wird sein Sklave als Dieb der Sandalen bezeichnet, die er dem Galan an einem öffentlichen Platz entwendet haben soll.[18]

Wie im Krieg ist auch in der Liebe jedes Mittel erlaubt. Die mittelalterlichen Liebeslehren empfehlen dem verliebten jungen Mann ausdrücklich, bei seiner Werbung auch zur List, ja sogar zur Gewalt zu greifen. Die im französischen Kulturkreis entstandenen lateinischen Komödien aus dem Ende des 12. Jahrhunderts bieten reiches Anschauungsmaterial für die geglückte Überlistung argwöhnischer Eltern, die die Tugend ihrer umschwärmten Töchter vor den Nachstellungen junger Männer schützen wollen. In der Komödie *Alda* des Wilhelm von Blois verkleidet sich der junge Pyrrhus als Frau, um den

17 Vgl. Petrus Alfonsi, *Disciplina clericalis,* hg. von A. Hilka u. W. Söderhjelm, Heidelberg 1911, Exemplum XIX, S. 29–30; Petrus Alfonsi, *Die Kunst, vernünftig zu leben.* Dargestellt und aus dem Lateinischen übertragen von E. Hermes, Zürich/Stuttgart 1970, S. 182–184.

18 Apuleius, *Metamorphosen oder Der goldene Esel.* Lat. u. deutsch von R. Helm, Berlin 1956, Buch IX, Kap. 5–7 (S. 250ff.) und Buch IX, Kap. 17–31 (S. 262ff.).

Vater der Angebeteten hinters Licht zu führen. Der Liebhaber wird unter dem Namen Pyrrha in das Haus der schönen Alda aufgenommen und gelangt bald ans Ziel seiner Wünsche.[19]

Ist ein Liebhaber selbst nicht listig und erfindungsreich, so wendet er sich an eine Kupplerin, der er reichen Lohn in Aussicht stellt, wenn sie ihm die Gunst einer unnahbaren Schönen gewinnt. In seiner *Disciplina clericalis,* der *Kunst, vernünftig zu leben,* hat Petrus Alfonsi zu Beginn des 12. Jahrhunderts orientalisches Erzählgut in die lateinische Literatur eingeführt; unter seinen Novellen über Weiberlist findet sich das Exempel »vom weinenden Hündlein«:[20] In der Abwesenheit ihres Ehemannes verliebt sich ein junger Mann in eine züchtige und schöne Frau, der er in vielen Briefen seine Liebesqualen schildert. Sie lehnt ihn ab, woraufhin er erkrankt. Eine wie eine Nonne gekleidete alte Frau erfragt die Ursache seiner Krankheit und ersinnt folgende List. Sie läßt ihre kleine Hündin zwei Tage hungern und gibt ihr am dritten Tag ein mit Senf bestrichenes Brot. Das ausgehungerte Tier verschlingt die scharfe Nahrung, woraufhin sich seine Augen mit Tränen füllen. Unter dem Vorwand, fromme Gespräche mit ihr führen zu wollen, besucht die Alte die junge Frau, die verwundert das weinende Hündlein bemerkt. Neugierig bedrängt sie die Alte mit Fragen nach der Ursache für das Verhalten des Tieres. Schließlich erklärt ihr die vorgeblich fromme Frau, daß dieses Hündlein ihre verwandelte Tochter sei, die die Liebesanträge eines jungen Mannes abgelehnt habe. Weil der glücklose Liebhaber daraufhin schwer erkrankte, sei ihre Tochter zur Strafe für die Sünde der Verweigerung in das Hündlein verwandelt worden. Die züchtige Schöne erkennt in den Worten der Alten ihre eigene Situation. Da sie sich einem Liebhaber verweigerte, der daraufhin krank wurde, befürchtet sie ein ähnliches Schicksal, den Verlust ihrer menschlichen Gestalt. Um ihr die Verwandlung in ein weinendes Hündlein zu ersparen, arrangiert die listenreiche Alte »aus Gottesliebe und zur Rettung meiner Seele ... und aus Mitleid« ein Stelldichein.

Nicht von ungefähr werden Frauen- und Teufelslist gern

19 Zu den sog. elegischen Komödien vgl. M. Manitius, *Geschichte der lateinischen Literatur des Mittelalters,* 3. Band, München 1931, S. 1015–1040.

20 Petrus Alfonsi, *Die Kunst, vernünftig zu leben* (s. Anm. 17), S. 165–167.

miteinander verglichen. Daß aber gegen Frauenlist kein Mittel hilft, hat Petrus Alfonsi an der anschließenden Geschichte vom Brunnen verdeutlicht:[21]

»Es war einmal ein Jüngling, der verwandte seine ganze Aufmerksamkeit, seinen ganzen Verstand und seine ganze Zeit darauf, jede mögliche weibliche List genau kennenzulernen. Erst nach diesem Studium wollte er heiraten. Zunächst schickte er sich an, jemandes Rat einzuholen. Zu diesem Zweck suchte er den weisesten Mann in der Gegend auf und fragte ihn, wie er die Frau, die er zu heiraten gedachte, hüten könne. Der weise Mann hörte ihn an und gab ihm den Rat, er solle ein Haus mit hohen Wänden aus Stein bauen, solle sein Weib da hineinsetzen, ihr ausreichend zu essen und nicht allzu luxuriöse Kleidung geben und solle das Haus so einrichten, daß es nur eine einzige Tür und nur ein einziges Fenster zum Hinausschauen habe, und zwar so hoch und so eng, daß niemand durch dieses Fenster hinein- oder hinausklettern könne. Als der Jüngling diesen Rat des weisen Mannes angehört hatte, ging er hin und handelte demgemäß. Morgens, wenn er das Haus verließ, verschloß er die Haustür. Ebenso machte er's, wenn er heimkehrte. Wenn er aber schlief, versteckte er den Hausschlüssel unter dem Kopfkissen. Das trieb er lange Zeit so. Eines schönen Tages, als der Mann zu Markte war, stieg die Frau, wie sie es gewöhnlich tat, auf ihren Fensterplatz und betrachtete aufmerksam das Gehen und Kommen der Leute. An diesem Tage nun erblickte sie, wie sie an ihrem Fenster stand, einen jungen Mann, der von Gestalt und Antlitz sehr schön war. Da sie ihn sah, entbrannte sie sogleich in Liebe zu ihm. Weil das Weib nun in den jungen Mann verliebt und auf die erwähnte Weise bewacht war, begann sie nachzudenken, durch welche List sie ein Stelldichein mit dem Geliebten herbeiführen könnte. Da sie voll Witz steckte und sehr listig war, dachte sie sich aus, ihrem Gatten, während er schlief, den Schlüssel wegzunehmen. So tat sie auch. Nun machte sie es zur Gewohnheit, ihrem Mann jeden Abend so viel Wein zu geben, bis er trunken war, damit sie sorglos zu ihrem Freund gehen und dort ihren Willen haben könne. Der Gatte aber, der durch die Ermahnungen des Weisen gelernt hatte, daß ein Weib nichts ohne Hintergedanken tue, begann zu überlegen, was sein Weib wohl damit bezwecke, daß sie ihm täglich soviel zu trinken gebe. Um das mit eigenen Augen festzustellen, stellte er sich betrunken. Sein Weib merkte es nicht, erhob sich nachts vom Lager, ging zur Haustür, die sie offenließ, und eilte zu ihrem Freund. Der Mann aber stand gemächlich in der Stille der Nacht auf, ging zur Haustür, die er offen fand, und schloß sie mit dem Riegel. Dann stieg er zum Fenster hinauf und stand dort, bis er sein Weib, die nur mit dem Hemd bekleidet war, zurückkehren sah.

21 Ich zitiere die Übersetzung von E. Hermes (s. Anm. 17), S. 168–170.

Wie sie sich dem Haus näherte, fand sie die Tür verschlossen. Daher bekam sie es mit der Angst, klopfte aber dennoch an die Tür. Der Mann hörte und sah seine Frau, stellte sich aber unwissend und fragte, wer da sei. Das Weib bat um Vergebung für ihre Schuld und versprach, nie wieder so etwas zu tun. Aber es nützte ihr nichts. Der Mann sagte vielmehr in seinem Zorn, er werde sie nicht einlassen, sondern ihren Eltern mitteilen, wer sie in Wirklichkeit sei. Das Weib jammerte immer lauter und sagte, wenn der Gatte ihr nicht die Tür öffne, werde sie in den Brunnen springen, der nahe beim Haus war, und so ihr Leben enden. Dann müsse er Freunden und Verwandten von ihrem Tod Rechenschaft ablegen. Doch der Mann schlug die Drohungen seines Weibes in den Wind und verwehrte ihr den Eintritt. Das Weib aber, voll List und Verschlagenheit, nahm einen Stein und warf ihn in den Brunnen, damit ihr Mann denken sollte, wenn er hörte, wie der Stein in den Brunnen fiel, sie selbst habe sich in den Brunnen gestürzt. Als das getan war, versteckte das Weib sich hinter dem Brunnen. Der Mann, einfältig und töricht, wie er war, stürzte, als er das Geräusch des Steines hörte, der in den Brunnen fiel, unverzüglich aus dem Haus und eilte zum Brunnen. Denn er war der festen Meinung, er habe sein Weib in den Brunnen fallen hören. Als das Weib aber sah, daß die Haustür nun offen sei, gab sie ihre Verschlagenheit nicht auf, sondern eilte ins Haus, verriegelte die Tür und stieg auf den Fensterplatz. Der Mann stellte nun fest, daß er getäuscht sei, und rief: Falsches Weib mit deiner Teufelslist! Laß mich doch hinein und glaube mir, daß ich dir alles verzeihen will, was du mir angetan hast! Das Weib aber beschimpfte ihn, verwehrte ihm auf jede Weise und mit allen Eiden den Eintritt ins Haus und rief: O du Heuchler! Wer du in Wirklichkeit bist und was du getan hast, will ich deinen Eltern sagen; daß du jeden Abend heimlich von mir gehst und das Bordell aufsuchst. Und das tat sie auch: Die Schwiegereltern hörten sie an, glaubten an die Wahrheit ihrer Worte und beschimpften den Mann. So kam das Weib durch ihre List ungeschoren davon und sammelte die Schande, die sie selbst verdient hatte, auf das Haupt ihres Mannes. Es hatte ihm gar nicht genützt, sondern nur geschadet, daß er sein Weib so bewacht hatte. Denn er mußte das größte Unglück tragen, welches darin bestand, daß die Leute glaubten, er habe die Schandtat, deren Opfer er war, selbst begangen. So mußte er, mancher Vorteile und Würden beraubt, in seiner Reputation geschädigt, wegen der bösen Zunge seiner Frau den Vorwurf der Unzucht hinnehmen.«

Thomas Zotz
Odysseus im Mittelalter? Zum Stellenwert von List und Listigkeit in der Kultur des Adels

Die *Gesta Roberti Wiscardi,* eine um 1100 in Reimen verfaßte Vita des normannischen Adligen Robert Guiskards aus der Feder Wilhelms von Apulien, erläutern den Beinamen des Titelhelden folgendermaßen[1]:

> Cognomen Guiscardus erat, quia calliditatis
> Non Cicero tantae fuit aut versutus Ulixes.

»Sein Beiname war Guiskard, weil von solcher Schlauheit weder Cicero noch der gewandte Odysseus gewesen ist.« Die Figur des Oysseus *polytropos* (vielgewandt) und *polymechanos* (erfindungsreich), wie sie Homer in seinen Epen gezeichnet hat, wird hier bemüht, um die Eigenart eines mittelalterlichen Adligen im Spiegel seines Beinamens auf den Punkt zu bringen. Der aus der Normandie stammende Robert, um 1025 als Sohn Tankreds von Hauteville geboren, tat sich gegen Mitte des 11. Jahrhunderts ebenso wie seine Brüder Wilhelm Eisenarm und Roger, der Vater des gleichnamigen späteren Königs von Sizilien, als militärischer Eroberer in Süditalien hervor.[2] Es gelang ihm in Kürze, Kalabrien zu unterwerfen, und nach dem Tod seines Bruders Humfred gewann er auch noch Apulien hinzu; für beide Gebiete investierte ihn Papst Nikolaus II. im Jahre 1059 als Herzog. Zusammen mit Roger eroberte Robert Guiskard in der Folgezeit fast ganz Sizilien; er starb 1085 bei einem geplanten Feldzug gegen Byzanz.

Soviel an wenigen Daten zu dieser faszinierenden Gestalt des hohen Mittelalters, die bald nach ihrem Tod in Wilhelm von

1 Wilhelm von Apulien, *Gesta Roberti Wiscardi,* hg. von R. Wilmans, in: *Monumenta Germaniae Historica* [im folgenden: MGH] Scriptores 9, Hannover 1851, Ndr. Stuttgart 1983, S. 256.

2 Vgl. R. Bünemann, *Robert Guiskard,* in: *Geschichte in Wissenschaft und Unterricht* 38, 1987, S. 627–644, und W. Jahn, *Untersuchungen zur normannischen Herrschaft in Süditalien (1040–1100),* Frankfurt am Main 1989.

Apulien ihren Biographen fand. Die Schlauheit, Listigkeit Roberts brachten – was im Mittelalter selten belegt ist – schon seine Zeitgenossen als dessen vordringliches, prägendes Charakteristikum im Beinamen zum Ausdruck. Das hierfür benutzte altfranzösische Wort *viscart* oder *guiscart* geht auf altnordisch *wiskr* »scharfsinnig« zurück.[3] Wenn wir nun hier, von der zeitgenössischen Erläuterung zum Beinamen Robert Guiskards ausgehend, nach Odysseus im Mittelalter fragen, so ist damit in erster Linie gemeint, inwiefern wir in den Zeugnissen über adlige List und Listigkeit im Mittelalter und in deren Einschätzung durch die Zeitgenossen vielleicht Ähnlichkeiten mit der Kunde von Odysseus und seinen Taten beobachten können und, eher sekundär, ob es damals eine unmittelbare Erinnerung an den homerischen Helden gab. Denn man kannte zwar im Mittelalter die *Ilias latina,* eine im 1. nachchristlichen Jahrhundert entstandene hexametrische Kurzfassung des griechischen Epos[4], während die Lektüre der *Odyssee* vor Dante nicht faßbar ist. Aber das mittelalterliche Odysseusbild stand in der Tradition der christlichen Umdeutung durch die Kirchenväter: Aus dem Helden, der sich an den Mastbaum fesseln ließ, um in seiner Erfahrungsneugier den betörenden Gesängen der Sirenen zu lauschen und doch ihren Verlockungen nicht zu erliegen, wurde das Vorbild des Christen, der, an den Mastbaum des Kreuzes gefesselt, allen Versuchungen dieser Welt widersteht.[5] So ist die dem 9. Jahrhundert entstammende bildliche Darstellung des gegen die Skylla kämpfenden Odysseus im Westwerk der Abteikirche von Corvey zu verstehen. Eine explizite Erinnerung an den listigen Odysseus begegnet im Mittelalter nur selten, so bei Wilhelm von Apulien und seinem Wort über Robert Guiskard, das sich darum hier als Eingangsexempel anbot.

3 W. Meyer-Lübke, *Romanisches Etymologisches Wörterbuch,* Heidelberg [3]1935, Ndr. 1972, S. 798 (Nr. 9558). Vgl. auch K. Baldinger, *Dictionnaire étymologique de l'ancien Français* G, Tübingen 1995, Sp. 1656ff. s. v. *guische.* Vgl. zur altnordischen Vorstellungswelt H. Klingenberg, *List als literarisches Motiv in germanischer Mythologie und Heldensage,* in diesem Band.

4 Vgl. E. Heyse, *Ilias latina,* in: *Lexikon des Mittelalters* 5, München–Zürich 1991, Sp. 379. Allgemein W. Kullmann, *Einige Bemerkungen zum Homerbild des Mittelalters,* in: *Litterae medii aevi. Festschrift für Johanne Autenrieth,* hg. von M. Borgolte und H. Spilling, Sigmaringen 1988, S. 1–15.

5 Hierzu und zum folgenden H. Claussen, *Karolingische Wandmalerei im Westwerk zu Corvey,* in: *Westfälische Zeitschrift* 113, 1963, S. 475–477.

Ergänzend ließe sich noch auf den um die Mitte des 10. Jahrhunderts schreibenden Liudprand von Cremona hinweisen, der in seinen Werken zweimal auf Odysseus anspielt und dabei das facettenreiche Bild von diesem Helden und, hiermit verbunden, von seiner Wesensart ergänzt.[6] So kommt Liudprand in seinem Geschichtswerk *Antapodosis* auf den adligen Ritter Amadeus zu sprechen, der an Schlauheit *(calliditas)* und Verwegenheit *(temeritas)* dem Odysseus nicht nachgestanden habe[7]: Als Pilger verkleidet, spionierte er für seinen Herrn Berengar die Fürsten Italiens aus, und nachdem seine Verkleidungslist ruchbar geworden war, schlüpfte er erfolgreich in die Rolle eines Krüppels, um bei der Armenspeisung die Meinung von Berengars Gegner Hugo zu erfahren. Weniger positiv erscheint die Referenzfigur Oysseus in dem an die Kaiser Otto I., Otto II. und an die Kaiserin Adelheid geschriebenen Bericht Liudprands von seiner Gesandtschaft an den Hof von Byzanz: Den dortigen Kaiser Nikephoros schildert er in seiner körperlichen wie mentalen Häßlichkeit; diese gipfelt für Liudprand darin, daß Nikephoros in Lüge und Falschheit ein (zweiter) Odysseus sei.[8] Die Ambivalenz in der Beurteilung von Odysseus' Gewandtheit wird hier sichtbar, deren positive bzw. negative Seite je nach Bedarf zur Verfügung stand.

Wenden wir uns noch einmal Robert Guiskard im Spiegel seines Biographen Wilhelm von Apulien zu. Dieser vergleicht seinen Helden und dessen *calliditas* nicht nur mit dem *versutus Odysseus,* sondern auch mit Cicero. Wie ist dies zu verstehen? Zweifellos als Anspielung auf die rhetorische Tugend des großen Römers, der dem Mittelalter als die »Personifikation der römischen Beredsamkeit«[9] galt. Hierzu gehörten schlaue Kunstgriffe *(machinationes)* und sogar kleine Lügen *(mendaciuncula)*[10], und

6 Vgl. dazu Kullmann, *Homerbild* (s. Anm. 4), der S. 7 bei Liudprand die »Beinahe-Berührung mit dem Homertext« feststellt.

7 Liudprand von Cremona, *Antapodosis* V/18, in: *Die Werke Liudprands von Cremona,* hg. von J. Becker (MGH Scriptores rer. Germ.), Hannover 1915, Ndr. 1993, S. 140 f.

8 Liudprand von Cremona, *Legatio ad imperatorem Constantinopolitanum Nicephorum Phocam,* cap. 3, in: *Die Werke Liudprands* (s. Anm. 7), S. 177.

9 W. Rüegg, *Cicero in Mittelalter und Humanismus,* in: *Lexikon des Mittelalters* 2, München–Zürich 1983, Sp. 2063–2071, Zitat Sp. 2063.

10 Vgl. dazu P. Walter, *List in ungewohntem Gewande: »vafrities«,* in diesem Band.

so lassen sich angesichts der zwei Bezugsgrößen in der Vorstellung Robert Guiskards durch Wilhelm von Apulien zwei Lebensbereiche ausmachen, in denen *calliditas* eine erfolgreiche Rolle spielen konnte: im Bereich des (militärischen) Handelns – hierfür steht die odysseische List des Trojanischen Pferdes – und im Bereich der sprachlichen Kommunikation – mit der Anspielung auf Ciceros Redekunst. Damit ist eine erste Großgliederung der Thematik erreicht, die Gegenstand dieses Beitrags sein soll.

Bisher war im Zusammenhang mit Robert Guiskard von List, lateinisch *dolus,* oder speziell Kriegslist, lateinisch *strategema,* nicht die Rede; Wilhelm von Apulien gebraucht das Wort *dolus* auch nicht, wenn er von Roberts Taten berichtet. Dies hängt vielleicht damit zusammen, daß *dolus* im prägnanten Sinn negativ besetzt war und böswillige Täuschung, Arglist bedeutete, wie rechtlich bindende Texte, etwa Eidesformeln, erkennen lassen: Als König Karl der Kahle nach einer Adelsrebellion seine Herrschaft neu zu stabilisieren suchte, leistete er auf der Versammlung in der Pfalz Quierzy im März 858 den Eid, daß er *absque ullo dolo ac damnatione vel deceptione,* ohne jede (Arg)list und Schädigung oder Täuschung jeden seiner Getreuen in seinem *honor* bewahren werde, wie er umgekehrt von diesen den Schwur abverlangte, dem Herrscher ohne jegliche *dolositas* ein treuer Helfer zu sein.[11] Die in römischer Tradition stehende mittelalterliche Arglistklausel enthielt mit Wörtern wie *fraus,* Betrug, Untreue, oder *malum ingenium,* schlechter Einfall, weitere den *dolus* diskreditierende Vorstellungen, so daß dieser Begriff sich offensichtlich nicht empfahl, wenn es um die rühmende Beschreibung listigen Verhaltens ging.

Wo Wilhelm von Apulien auf die Handlungen Roberts zu sprechen kommt, drückt er sich anders aus: Robert habe gleich gewertet, ob ihm ein Sieg mit einer *ars* oder mit *arma* gelang, denn, was die Gewalt *(violentia)* oft nicht erreichen kann, erreicht die *versutia mentis,* die Gewandtheit des Geistes.[12] *Ars,*

11 MGH *Capitularia regum Francorum* 2, hg. von A. Boretius und V. Krause, Hannover 1897, Ndr. 1984, Nr. 269, S. 296. Vgl. neuerdings zum Treueidformular im Frühmittelalter allgemein M. Becher, *Eid und Herrschaft. Untersuchungen zum Herrscherethos Karls des Großen,* Sigmaringen 1993, S. 88ff.

12 *Gesta Roberti* (s. Anm. 1), S. 259f.

die Kunst, das Wissen, der Kunstgriff, die List in der ursprünglichen alt- und mittelhochdeutschen Wortbedeutung[13], wird hier dem Einsatz der Waffen gegenübergestellt, und dem entspricht die Alternative Gewalt oder Wendigkeit des Geistes. Den *versutus Ulixes* kennen wir schon, und, um die Wirkung von Nuancen zu ermessen, braucht man nur einmal *versutus* verschieden zu übersetzen: zum einen als »gewandt« oder »wendig«, wobei das letztere schon leicht negative Züge enthält, zum anderen als »verschlagen, hinterlistig«.[14]

Ein letztes Mal soll hier die Vita Roberts als Fundgrube für das Thema List und Listigkeit in der mittelalterlichen Adelswelt dienen: Der byzantinische Kaiser Konstantin IX. Monomachos (1042–1055) wandte sich an den süditalienischen Langobarden Argyros; diesen hatten seine dortigen Landsleute ebenso wie die an den Küsten Süditaliens siedelnden Normannen in gemeinsamer Frontstellung gegen Byzanz im Jahre 1042 zum *princeps et dux Italiae* gewählt, doch war Argyros wenig später auf die Seite von Byzanz übergewechselt.[15] Der Kaiser wollte nun bei dem Langobarden, der die Normannen aufgrund seiner kurzfristigen Führungsposition gut kennen mußte, sondieren, wie er die Normannen vertreiben könne. Auf die Antwort hin, daß es ihm wohl nicht gelingen würde, sie mit Gewalt in die Flucht zu schlagen, sann er auf andere Mittel der Klugheit *(alii paratus consilii)*, weil er hoffte, die Normannen, die er stark in den Waffen kannte und nicht durch Waffengewalt besiegbar, durch Versprechungen täuschen zu können *(promissis fallere sperat)*. Die Parallele zu der oben zitierten Aussage Wilhelms über Robert Guiskard, der je nach Situation mit einer *ars* oder mit *arma* sein Ziel zu erreichen gesucht habe, ist offensichtlich.

Der byzantinische Kaiser hörte nun, daß das normannische Volk stets zur Habsucht neige. Mit der Aussicht auf den Erwerb großer Gold- und Silberschätze sollten die Normannen getäuscht und im Dienst des Imperiums von den Gebieten

13 *Althochdeutsches Glossenwörterbuch*, hg. von C. Wells, Heidelberg 1990, S. 380, M. Lexer, *Mittelhochdeutsches Wörterbuch* 1, Leipzig 1872, Sp. 1936.

14 Das althochdeutsche Wort *hintarlistig* ist in den frühmittelalterlichen Glossen als Gleichung zu *versutus* belegt. Vgl. G. Köbler, *Althochdeutsch-neuhochdeutsch-lateinisches Wörterbuch*, Gießen ³1991, S. 468.

15 *Gesta Roberti* (s. Anm. 1), S. 254. Zum historischen Hintergrund vgl. V. von Falkenhausen, *Argyros*, in: *Lexikon des Mittelalters* 1, München–Zürich 1980, Sp. 925.

Hesperiens, d. h. des Abendlandes, in den Osten weggelockt werden. Konstantin ließ auch verlauten, daß, falls sich die Normannen weigerten, übers Meer zu ziehen, diese Schätze anderen gegeben werden sollten, deren Feindseligkeit die Normannen damals bedrängte. Hiermit sind wohl die Langobarden Süditaliens gemeint, die der Kaiser gegen die Normannen auszuspielen versuchte. Argyros ging, wie befohlen, nach Apulien, rief im Namen des Kaisers die normannischen Grafen zusammen und übermittelte ihnen dessen Versprechen, große Geschenke zu machen, wenn sie unter Aufgabe von Latium *(dimisso Latio)* – also unter Aufgabe der dem Kaiser offenbar bekannten Pläne der Normannen, das nördlich an Apulien und Kampanien angrenzende Gebiet Italiens zu erobern – den Griechen zu Hilfe zögen, die in schwerem Kampf mit den Persern lagen. Unter Eid versprach Argyros, daß die Normannen vom Kaiser freudig aufgenommen und reichlich belohnt würden. Diese aber durchschauten den Plan: *Callida Graecorum promissio calliditatem non latuit gentis Latium superare volentis.* »Das listige Versprechen der Griechen blieb der Listigkeit des [normannischen] Volkes, das Latium erobern wollte, nicht verborgen.«

Hier zeigt sich ein Kommunikationsmuster besonderer Art: der Mechanismus, die wahre Absicht zu verbergen, nicht auszusprechen, und die Fähigkeit des Gegenübers, die verborgene eigentliche Absicht des anderen dank der eigenen Gewitztheit und geistigen Wendigkeit zu durchschauen. Dies scheint eine besondere und rühmenswerte Qualität gewesen zu sein: Die Schlauheit des anderen mit der eigenen Schlauheit zu konterkarieren. Auf diesen Aspekt wird noch zurückzukommen sein. Die listige Vorgehensweise Konstantins IX. gegenüber den Normannen läßt sich im übrigen auf einige Grundstrategeme[16] zurückführen: Wenn der Kaiser unter Ausnützung der, wie er hoffte, blind machenden Habsucht der Normannen diese in den Osten des Reiches lockte, um ihnen auf diese Weise die Rückkehr nach Italien zu versperren, so erinnert dies an das chinesische Strategem Nr. 28: »Auf das Dach locken, um dann die Leiter wegzuziehen.« Geschickt wollte Konstantin die Bereitschaft der Normannen, das Schatzangebot anzunehmen, dadurch verstärken, daß er andernfalls ihre Gegner zu berei-

16 Vgl. zur Typologie der Strategeme H. von Senger in diesem Band, S. 33 ff.

chern ankündigte. Dies erinnert an das Strategem Nr. 3: »Mit dem Messer eines anderen töten.«

Damit genug der Zitate aus den *Gesta Roberti Wiscardi.* Es war hier so ausführlich auf diesen Text einzugehen, da uns dieser Lobpreis eines notorisch listig-gewandten hochmittelalterlichen Adligen und, mit ihm verbunden, die Rühmung der *calliditas* des ganzen Volkes, dem er angehörte, willkommene Gelegenheit sein konnten, die Farben eines positiven Bildes von List und Listigkeit näher kennenzulernen. Es liegt auf der Hand und ist schon angesprochen worden, daß List und Listigkeit nicht immer und überall so bewertet wurden. Es hing ganz vom Standpunkt des Autors ab, wie er eine listige Begebenheit oder eine listige Persönlichkeit einstufte; die meisten Begriffe, die für die besagte Geisteshaltung und ihre Verwirklichung parat standen, wie etwa *astutia, versutia, calliditas,* waren positiv im Sinne von Gewitztheit, Gewandtheit oder negativ im Sinne von Verschlagenheit zu verwenden; die gewünschte Richtung des Verständnisses wurde durch ein den Begriff verdeutlichendes Beiwort gewiesen oder ergab sich aus dem Kontext. Das zeigt sich etwa an der von dem Dichter Hartmann von Aue um 1200 gebrauchten Wendung *schoener list,* womit er das human-taktvolle Verhalten seines Helden Erec umschreibt. So versucht dieser einen auf entehrende Weise verletzten Ritter zu trösten, indem er vortäuscht, selbst oft noch viel schlechter behandelt worden zu sein, oder er nimmt die Verantwortung für einen Zwischenfall auf sich, um mit dieser absichtlichen »Unwahrheit« seinen Freund Guivreiz von Schuldgefühlen zu befreien.[17] Der Weg zur *pia fraus* ist nicht weit.

Insofern kann man die handlungsleitende Wesensart der listigen Gewitztheit als Schwellenphänomen bezeichnen, das sich weder unter den *virtutes,* den Tugenden, noch unter den *vitia,* den Lastern, eindeutig fassen läßt. Angesichts dieser Am-

17 Vgl. A. T. Hatto, *Die Höflichkeit des Herzens in der Dichtung der mittelhochdeutschen Blütezeit,* in: *Strukturen und Interpretationen. Studien zur deutschen Philologie gewidmet Blanka Horacek zum 60. Geburtstag,* hg. von A. Ebenbauer, F. P. Knapp und P. Krämer, Wien–Stuttgart 1974, S. 85–101, hier S. 90 f., und M. H. Jones, *Schutzwaffen und Höfischheit. Zu den Kampfausgängen im »Erec« Hartmanns von Aue,* in: *Spannungen und Konflikte menschlichen Zusammenlebens in der deutschen Literatur des Mittelalters,* hg. von K. Gärtner, I. Kasten und F. Shaw, Tübingen 1996, S. 74–90, hier S. 86 f.

biguität drängt sich die Frage auf, wie der systematisierende Zugriff des philosophisch-theologischen Schrifttums des Mittelalters damit zurecht kam. Auf diese Quellengattung und die dortige Bewertung von List und Listigkeit wird am Ende dieses Beitrags ein Blick zu werfen sein. Doch zunächst erscheint es der wendigen Eigenart unseres Themas angemessen, an Hand weiterer Quellenpassagen listenreiche Situationen und ihren Widerhall bei den Zeitgenossen weiter zu verfolgen, wie wir dies mit der Vita Robert Guiskards schon begonnen haben.

Beispiele der List-Praxis und ihrer Rahmenbedingungen

Wie beim Stellenwert der kriegerischen Auseinandersetzung in der Welt des mittelalterlichen Adels nicht anders zu erwarten, spielte die zum Erfolg führende Täuschung des militärischen Gegners eine große Rolle und fand entsprechend Niederschlag in den Werken der erzählenden Zeitgenossen. So berichtet der Mönch Widukind von Corvey in seiner nach der Mitte des 10. Jahrhunderts geschriebenen *Sachsengeschichte*[18], daß König Konrad I. im Jahre 915 vor die Burg seines Gegners, des sächsischen Herzogs Heinrich (des späteren Königs Heinrichs I.), gezogen sei. Der König sandte an Heinrich Boten, die diesen zur freiwilligen Aufgabe veranlassen sollten mit dem Versprechen, daß der König ihm ein *amicus,* Freund, sein und ihn nicht als *hostis,* Gegner, erproben werde. In dieser Situation kam ein Thietmar aus dem östlichen Sachsen hinzu, ein *vir disciplinae militaris peritissimus, varius consilioque magnus, et qui calliditate ingenita multos mortales superaret,* »ein im Kriegswesen sehr erfahrener Mann, mannigfach begabt und groß im Rat und durch angeborene Schlauheit vielen Menschen überlegen«. Dieser fragte in Anwesenheit der königlichen Boten, wo er sein Heer lagern solle. Heinrich, der schon nahe daran war, sich den

18 Widukind von Corvey, *Res gestae Saxonicae* I/24, hg. von H.-E. Lohmann und P. Hirsch (MGH Scriptores rer. Germ.), Hannover ^{5}1935, Ndr. 1989, S. 36f. Dazu G. Althoff, *Gloria et nomen perpetuum. Wodurch wurde man im Mittelalter berühmt?,* in: *Person und Gemeinschaft im Mittelalter. Karl Schmid zum 65. Geburtstag,* hg. von G. Althoff, D. Geuenich, O. G. Oexle und J. Wollasch, Sigmaringen 1988, S. 297–313, hier S. 304.

Franken zu ergeben – er nahm das Angebot also als bare Münze –, schöpfte bei den Worten des Thietmar neue Hoffnung, da er glaubte, daß es so sei *(credens ita esse).* Aber – so Widukind – was Thietmar sprach, war erfunden; denn er war nur mit fünf Mann gekommen. Als sich der Herzog in Anwesenheit der königlichen Boten nach der Zahl der Heerhaufen erkundigte, antwortete jener: ungefähr dreißig. So kehrten die Gesandten *delusi,* getäuscht, zum König zurück; Thietmar hatte sein Spiel mit ihnen getrieben, und noch vor Tagesanbruch löste sich das Heer des Königs auf, der vor dem vermeintlich großen Heer des sächsischen Herzogs Angst hatte. Widukind findet für Thietmar Worte, die wir schon kennen: So wurde dieser durch seine *calliditas* Sieger über jene, die Herzog Heinrich selbst nicht mit dem Schwert überwinden konnte.

Während wir es hier mit einem verbalen Simulationsstrategem zu tun haben, das zum Abzug der Belagerer führte, zeigt ein anderes Beispiel, wie die nichtverbale Simulation zur Eroberung einer Burg führen konnte. Dazu lesen wir bei dem zu Beginn des 11. Jahrhunderts schreibenden Chronisten Thietmar von Merseburg folgendes[19]: Im Jahre 1002, als mit dem neu gewählten König Heinrich II. Herzog Hermann II. von Schwaben, gleichfalls Thronaspirant nach dem Tode Ottos III., in Fehde lag, hielten zwei Anhänger des neuen Königs, die Bischöfe von Straßburg und Basel, die *civitas munitissima,* die sehr feste Burg Breisach besetzt. Täglich ritten Leute von der Burgbesatzung bewaffnet aus, um Pferdefutter zu besorgen. Dies beobachteten die Freunde des Herzogs *caute,* vorsichtig – nicht »mit List«, wie die deutsche Übersetzung wiedergibt.[20] Die List kommt erst jetzt: Als die Furagiere sich ein wenig entfernt hatten, erschienen die Herzoglichen *simili habitu,* in ähnlichem Aufzug, mit beladenen Rossen singend vor der Burg, und die Wachen ließen sie *pro sociis,* als Freunde, herein. Da warfen sie ihre Lasten weg, gaben sich als Feinde zu erkennen und plünderten gründlich; kaum konnten die Bischöfe entkommen. Mit der gleichen List überwand nach dem Zeugnis

19 Thietmar von Merseburg, *Chronicon* V/21, hg. von R. Holtzmann (MGH Scriptores rer. Germ. Nova series 9), Berlin 1935, Ndr. 1996, S. 247. Vgl. dazu Althoff, *Gloria* (s. Anm. 18), S. 304.

20 Thietmar von Merseburg, *Chronik,* hg. und übers. von W. Trillmich, Darmstadt ^{7}1992, S. 217.

Helmolds von Bosau Heinrich der Löwe den Slawenfürsten Niklot, indem er Krieger als Knechte verkleidet zum Futterholen ausschickte, die unter ihren Kleidern bewaffnet waren und den sie überfallenden, aber auf die Situation nicht richtig eingestellten *(non advertens)* Niklot töteten.[21]

Hier war der Getäuschte nicht wachsam genug und fiel deshalb herein. Damit berühren wir den wichtigen Aspekt, ob und wie die Zielscheibe einer List reagiert und wie dies bewertet wurde. Immer wieder gilt den berichtenden Zeitgenossen als rühmenswert, wenn jemand die List eines anderen durchschaute oder gar mit einer Gegenlist konterkarierte – zum Schaden des ersten. Einige Beispiele: Nach dem schon erwähnten Widukind von Corvey[22] hörten die Slawen in den dreißiger Jahren des 10. Jahrhunderts nicht auf, das Land Sachsen zu verwüsten, und trachteten danach, den adligen Gero, welchen König Otto I. über sie gesetzt hatte, mit List zu töten. Er aber kam der List der Slawen, über die wir nichts Genaueres erfahren, mit List zuvor *(ipse dolum dolo preoccupans):* Während eines Gastmahls, das Gero offenbar zum Schein der friedlichen Versöhnung veranstaltet hatte, räumte er, wie Widukind rühmend hervorhebt, in einer Nacht etwa 30 Fürsten der Barbaren aus dem Weg, die von Wein und Schlaf trunken waren.

Ein ähnliches Verhalten berichtet der Chronist Otto von St. Blasien zu Beginn des 13. Jahrhunderts von der Auseinandersetzung Kaiser Heinrichs VI. mit sizilianischen Optimaten:[23] Diese hatten sich verschworen, den Kaiser durch eine List zu töten. Um dies zu bewerkstelligen, hatten sie sich und all das Ihrige seiner Gewalt anheimgegeben. Als Heinrich sie voller Vertrauen empfangen hatte, wäre der *augustus declinans,* der Kaiser in seiner Unaufmerksamkeit, kaum ihrer List und ihren Ränken entgangen. Doch als er schließlich der listigen Situation gewahr wurde, er also die vertrauenschaffende Selbstübergabe der Adligen als Mittel zu einem ganz anderen Zweck

21 Helmold von Bosau, *Chronica Slavorum,* cap. 88, hg. von B. Schmeidler (MGH Scriptores rer. Germ.), Hannover [3]1937, S. 171 f. Dazu Althoff, *Gloria* (Anm. 18), S. 304 Anm. 27.

22 Widukind, *Res gestae Saxonicae* II/20 (s. Anm. 18), S. 84.

23 Otto von St. Blasien, *Chronica,* cap. 39, hg. von A. Hofmeister (MGH Scriptores rer. Germ.), Hannover–Leipzig 1912, S. 60f.

durchschaute, beschloß er, *dolo dolum vincere,* die List durch eine List zu besiegen, obgleich es, so der Kommentar des Chronisten, schändlich sei, eine *perfidia* (heimtückische Treulosigkeit) durch *perfidia* zu rächen *(vindicare).* Mit starken Worten kritisiert der Berichterstatter das Konterverhalten Heinrichs VI. Hat sich die Einstellung zur Gegenlist gegenüber dem 10. Jahrhundert, der Zeit Widukinds, geändert? Wir haben das im Auge zu behalten und zu registrieren, daß Otto von St. Blasien *dolus* mit *perfidia,* also mit der schlimmen Verfehlung der Treulosigkeit, gleichsetzt. Kurzum: Die Verschwörer, die sich überhaupt nicht für entdeckt glaubten, kamen zum Kaiser. Er ließ sie alle in Ketten werfen und unter fürchterlichen Qualen zu Tode kommen, die Otto von St. Blasien dann im einzelnen schildert. Die Geschichte erscheint deshalb besonders aufschlußreich, weil hier zwei Seiten sich fast spielerisch gegenseitig zu überlisten suchten: einmal war die eine Seite vertrauensselig, das andere Mal die andere; es kam darauf an, wer im entscheidenden Moment den Durchblick hatte.

Zeigte sich Heinrich VI. hier zeitweise auf gefährliche Weise vertrauensselig, so haben sich im Jahre 1063 Heinrich IV. und sein Heer in der Auseinandersetzung mit den Ungarn offenbar die ganze Zeit über aufmerksam verhalten: Der ungarische Thronusurpator Bel ging gegenüber Heinrich IV. zum Schein darauf ein, den vertriebenen König Salomon auf Drängen der Deutschen wieder in das Land zu lassen und sich ihm zu unterwerfen. Um allen Verdacht zu nehmen, versprach Bel durch Gesandte gegenüber den Deutschen, daß er seinen Sohn als Geisel zu König Salomon schicken werde. Aber *dolus et fraus Ungarica* – wir registrieren die Nachbarschaft von List und Betrug wie in den Eidesformeln![24] – waren, wie die Altaicher Annalen berichten[25], den Unsrigen zur Genüge bekannt, und so wollte niemand den Worten Bels Glauben schenken. Obwohl die Gesandten ohne Frieden zu Bel zurückkehrten, hat dieser *ingenita sibi calliditate,* mit der ihm angeborenen Schlauheit, vorgetäuscht, daß er Frieden wolle, und erneut Gesandte geschickt, zugleich aber Engpässe befestigt, Burgen verstärkt und

24 Vgl. oben S. 215.
25 *Annales Altahenses maiores a. 1063,* hg. von W. von Giesebrecht und E. von Oefele (MGH Scriptores rer. Germ.), Hannover 1891, Ndr. 1997, S. 62f.

sich zum Kampf gerüstet. *Eius autem ars arte deludebatur, quia spes verbis ei dabatur, re autem vera bellum ingeri parabatur.* »Seine List wurde durch eine List vereitelt, weil ihm in Worten die Hoffnung auf Frieden gegeben wurde, in Wirklichkeit aber man sich vorbereitete, den Kampf ihm anzutragen.« Auch hier wieder ein Beispiel dafür, daß man aus Erfahrung gewitzt mit der List des Gegners rechnet, zum Schein auf sie eingeht, den Gegner also in Sicherheit wiegt und ihn schließlich mit einer Gegen-Ars verspottet, ein Moment, das in *deludere* gewiß mitschwingt. Wenn die Annalen dann nach ausführlicher Schilderung des Kriegsgeschehens resümieren, daß so mit Gottes Fürsicht das Volk der Ungarn und das ganze Land ohne Blutvergießen durch König Heinrich dem König Salomon restituiert worden seien, dann bleibt hier kein Zweifel daran, daß in den Augen des Berichterstatters, eines Mönchs im bayerischen Kloster Niederalteich, auch die dabei angewandte List, die darin bestand, daß man Friedensbereitschaft nur vortäuscht, ein guter Weg zum Erfolg war.

Es gibt aber auch andere Stimmen zum Auseinanderklaffen von Schein und Wirklichkeit, zum Problem des *duplex cor*, des doppelten Herzens, wie dies die Bischöfe des Frankenreiches in ihrem Bericht über die Buße Kaiser Ludwigs des Frommen 833 artikulierten:[26] Sie hätten den Kaiser ermahnt, daß nur eine *pura et simplex confessio*, ein lauteres und aufrichtiges Bekenntnis, einen wahren Sündennachlaß zur Folge habe. Offen müsse er seine Verirrungen gegen Gott bekennen, damit er nicht innerlich etwas verdecke und im Angesicht Gottes listig *(dolose)* handle, so wie er dies bekanntlich unlängst in einer vergleichbaren Bußsituation in der Pfalz Compiègne getan habe, damit er nicht jetzt wieder durch *simulatio* und *calliditas duplici corde* an Gott herantrete. Dies rufe nämlich eher den Zorn als die Vergebung der Sünden hervor, denn nach dem Zeugnis der Schrift (Job 36,13) *simulatores et callidi provocant iram Dei:* »Die Heuchler und Verschlagenen verursachen den Zorn Gottes.« So weit konnten im Mittelalter die Meinungen über *calliditas* und ihre Praktizierung auseinandergehen.

Im folgenden seien noch einige weitere Aspekte der List-Praxis im Mittelalter angesprochen, bevor dann ein *exemplum*

26 MGH *Capitularia* 2 (wie Anm. 11), Nr. 197, S. 53.

genauer vorgestellt wird. Eine List muß in einer genügend großen Zeitspanne vorbereitet werden, damit der zu Überlistende nicht Verdacht schöpft, sondern, wie vom Gegenspieler gewünscht, unaufmerksam ist. Dazu findet sich bei Richer von Reims in seinen um das Jahr 1000 geschriebenen *Historiae* ein schöner Fall:[27] Als Kaiser Otto II. und der spätere französische König Hugo Capet, damals noch Herzog von Franzien, in Rom 981 zusammentrafen, habe der Kaiser im Bestreben, sich Ruhm zu verschaffen, mit Absicht sein Schwert auf dem Faltstuhl im königlichen Gemach abgelegt, bevor er Hugo und einen Bischof als Dolmetscher zum Gespräch empfing. Nach Ausräumung aller Querelen habe man sich umarmt und über den Abschluß einer *amicitia,* eines Freundschaftsbündnisses, gesprochen, und als Otto beim Herausgehen sein auf dem Stuhl liegendes Schwert aufnehmen wollte, da habe sich der Herzog gebeugt, um es zu greifen und hinter dem Herrscher herzutragen.

Richer schreibt hier von Hugo: *paululum a se discedens,* »ein wenig von sich weggehend«. Man erinnert sich der Aussage Ottos von St. Blasien über Kaiser Heinrich VI., der *declinans* gewesen sei. In beiden Fällen geht es um zeitweilige Unaufmerksamkeit des zu Überlistenden, um die fehlende Geistesgegenwart. Richer gibt dann auch den Grund für Ottos Handlung (die er übrigens nicht als List bezeichnet) an: Das Schwert sei deshalb auf dem Stuhl zurückgelassen worden, damit, wenn der Herzog vor aller Augen das Schwert trüge (der Kaiser rechnete also nach der Demonstration von Eintracht und Freundschaft mit einer solchen Gefälligkeit des Herzogs), dieser damit anzeige, daß er es auch künftig tragen werde. Der Herzog wäre infolge seiner Unachtsamkeit durch diese Geste auf symbolische Weise zu einem Gefolgsmann des Kaisers geworden, und dieser hätte das Ziel, seinen Ruhm zu mehren, erreicht. Der begleitende Bischof aber erkannte geistesgegenwärtig die Gefährlichkeit der Situation, riß das Schwert aus Hugos Händen und trug es selbst Otto hinterher, als Mann der Kirche ohne Risiko. Der König bewunderte des Bischofs Klugheit

27 Richer von Reims, *Historiae* III/85, hg. von R. Latouche, Paris 1937, S. 108f. Dazu Althoff, *Gloria* (s. Anm. 18), S. 305 Anm. 32, und J.-Cl. Schmitt, *La raison des gestes dans l'Occident médiéval,* Paris 1990, S. x, dt. u. d. T.: *Die Logik der Gesten im europäischen Mittelalter,* Stuttgart 1992, S. 15f.

(prudentia) und schlaue Gewitztheit *(astutia)* gleichermaßen und besuchte ihn oft mit großem Lob. Hier scheiterte also die listige Absicht an der Geistesgegenwart der Gegenseite, in diesem Fall eines Begleiters des zu Überlistenden, der selbst nicht aufmerksam genug war.

Wenn wir Richers Darstellung dieser Situation mit Hilfe der Listentypologie analysieren, dann liegt hier der Fall eines Ausmünzungsstrategems vor.[28] Otto II. wollte eine günstige Situation geistesgegenwärtig ausnutzen, um, wie Richer schreibt, seinen Ruhm zu erhöhen. Er rechnete mit der Bereitschaft seines Gegenübers zu einem Freundschaftsdienst (dem Nachtragen des Schwertes), der vor aller Augen auch anders gedeutet, zugunsten des Kaisers ausgemünzt werden konnte. Otto bediente sich dabei keines Täuschungsmittels, sondern vertraute darauf, daß Hugo im Verlaufe des Gesprächs vergessen haben könnte, daß Otto das Schwert in einer bestimmten, für das Gegenüber vielleicht nachteiligen Absicht abgelegt habe. Die Bekundung von Friede und Freundschaft durch Gesten und Worte sollte noch dazu beitragen, Hugo von dem Gedanken abzulenken, alles zu vermeiden, was nach seiner Unterordnung unter den Kaiser aussieht. Das Strategem Ottos hätte Erfolg gehabt, wenn nicht ein unbeteiligter Dritter die kühle Geistesgegenwart (und Kenntnis der möglichen Konsequenzen der Schwertträgerschaft) besessen hätte, die Hugo Capet fehlte.

Ferner kam es darauf an, die Zielscheibe der List dadurch zu präparieren, daß man auf die Vorlieben und Wünsche des Gegners zum Schein einging. Dies war schon oben am Versuch des oströmischen Kaisers, die Normannen listig aus Italien wegzulocken, zu beobachten.[29] Der Kaiser setzte bei der notorischen Habsucht der Normannen an; diese ließen sich allerdings durch sein einschlägiges Angebot nicht blenden. Anders der Fall bei der Eroberung der toskanischen Stadt Luni im 9. Jahrhundert durch die Wikinger, die Luni für Rom hielten. Das schildert uns Dudo von Saint-Quentin, der zu Beginn des 11. Jahrhunderts ein Werk über die Sitten und Taten der ersten Herzöge der Normandie geschrieben

28 Dazu H. von Senger in diesem Band, S. 34.
29 Vgl. S. 216.

hat.[30] Bei der hier angewandten Kriegslist fühlt man sich übrigens in der Sache durchaus an die odysseische List des Trojanischen Pferdes erinnert: Der Anführer der belagernden Wikinger, Hasting, faßte ein *dolosum consilium nefandissimae fraudis*, einen listigen Plan verruchtesten Betruges. Er ließ dem Grafen und dem Bischof von Luni melden, daß sie aus Dänemark vertrieben seien, dorthin aber wieder zurückkehren wollten. Durch die vielen Strapazen seien sie so erschöpft, daß sie überhaupt nicht die Absicht und Kraft hätten, die Stadt zu verwüsten. Hasting selbst sei schwach und krank geworden und begehre nun die Taufe. Wie man sich denken kann, entsprachen Bischof und Graf diesem Wunsch mit größter Freude. Nicht lange danach hallte durch das Lager der Wikinger vor der Stadt die Klage um den verstorbenen Hasting, und Gesandte überbrachten dessen letzten Wunsch, in der Kirche der Stadt beigesetzt zu werden. Auch dem stimmten Bischof und Graf, *tali sophismate decepti*, durch einen solchen listigen Einfall getäuscht, zu. Der quicklebendige Hasting aber besprach mit seinen Leuten, daß sie, mit Waffen unter den Kleidern, ihn als Toten auf der Bahre zur Kirche geleiten sollten. Nach der feierlichen Messe sprang Hasting von der Bahre, zückte das Schwert und drang auf den daneben stehenden Bischof ein, der das Meßbuch in der Hand hielt. *Tunc paganorum rabies trucidat Christianos inermes.* »Dann morden die rasenden Heiden die waffenlosen Christen.« Um zu resümieren: Die Christen waren angesichts ihres vermeintlichen neuen Mitbruders leichtgläubig, ließen es an Klugheit bei der Abwehr von Ränken und Hinterlist fehlen. Dies ist übrigens kein Einzelfall; es gibt eine Reihe von Belegen solcher Vertrauensseligkeit im Zeichen der Taufe, die dem listigen Gegenüber nur recht sein konnte.[31]

Wir haben uns – um eine kurze Zwischenbilanz zu ziehen – bislang mit listigem Verhalten von Adligen vor allem in krie-

30 Dudo von St. Quentin, *De moribus et actis primorum Normanniae ducum libri tres*, in: Migne, *Patrologia Latina* 141, Paris 1880, Sp. 623 f. Dazu Althoff, *Gloria* (s. Anm. 18), S. 303. Zu einer weiteren Version der Geschichte vgl. *The Gesta Normannorum Ducum of William of Jumièges, Orderic Vitalis and Robert of Torigni* 1, hg. und übers. von E. M. C. van Houts, Oxford 1992, S. 22ff.

31 Vgl. A. Angenendt, *Kaiserherrschaft und Königstaufe*, Berlin 1984, S. 265 ff.

gerischen Situationen und dessen, wie zu erwarten, nicht einmütiger Einschätzung durch die Zeitgenossen beschäftigt. Man könnte formulieren: Wo ein Erfolg nicht mit Waffengewalt zu erreichen ist, darf der (Aus- oder Um-)Weg der List beschritten werden. Aber es läßt sich die Anwendung von List auch in zahlreichen anderen mittelalterlichen Lebensbereichen beobachten. Werfen wir hierauf einen Blick und achten auf die handelnden Personen. Es versteht sich, daß der König, da selbst Adliger, listig zu Werke ging, und dies können wir das ganze Mittelalter hindurch registrieren. Das fängt mit dem Merowinger Chlodwig (482–511) an, der für die listige Beseitigung konkurrierender Könige in der Anfangszeit seiner Herrschaft bekannt ist.[32] Gregor von Tours berichtet in seinen im ausgehenden 6. Jahrhundert geschriebenen *Historiae* von einem solchen Vorgehen, ohne daß in diesem Fall explizit von Chlodwigs List und Listigkeit die Rede wäre.[33] Chlodwig schickte heimlich zu Chloderich, dem Sohn des fränkischen Königs Sigibert (von Köln), und stellte ihm in Aussicht, daß nach dem Tod seines alten und verkrüppelten Vaters ihm mit Chlodwigs Freundschaft auch das väterliche Reich zufallen werde. Begehrlich geworden, ließ der Sohn den Vater töten. Gregor kommentiert schon an dieser Stelle, daß durch Gottes Gerechtigkeit der Sohn selbst in die Grube fiel, die er seinem Vater gegraben hatte. Denn nachdem er den Tod seines Vaters Chlodwig gemeldet und ihm Gaben aus dem Schatz seines Vaters versprochen hatte, schickte Chlodwig seine Leute, um sich den Schatz zeigen zu lassen. Der Sohn holte den Kasten, in den sein Vater die Goldstücke gelegt hatte. Da forderten die Leute Chlodwigs ihn auf, doch die Hand bis auf den Boden des Kastens zu strecken, um alles zu finden. In diesem Augenblick hieb ihm einer die Axt in den Schädel.

Chlodwig aber kam nun und berief alles Volk Sigiberts und präsentierte ihm eine erfundene Geschichte, wie es zu dem doppelten Todesfall gekommen sei, an dem er, Chlodwig, kei-

32 Zu Chlodwig vgl. E. Ewig, *Die Merowinger und das Frankenreich,* Stuttgart 1988, S. 18ff., und jüngst M. Rouche, *Clovis,* Paris 1996.

33 Gregor von Tours, *Historiae* II/40, hg. von B. Krusch und W. Levison (MGH Scriptores rer. Merov. 1,1), Hannover 1951, Ndr. 1992, S. 89ff. Dazu eindringlich A. Borst, *Lebensformen im Mittelalter,* Frankfurt am Main–Berlin 1973, S. 229ff.

nen Anteil habe: Chloderich, der Sohn seines – des Chlodwigs – Verwandten (Sigibert), habe nach der Herrschaft seines Vaters getrachtet und ihn glauben gemacht, daß Chlodwig ihn töten wolle. Als Sigibert deshalb durch den Bukonischen Wald floh, schickte Chloderich ihm Mörder nach und ließ ihn töten. Darauf wurde er selbst, während er seines Vaters Schätze öffnete, von irgendeinem Mann erschlagen. Soweit Chlodwigs Rede. Seinem Rat, sich nun ihm anzuvertrauen, folgten alle gern. Danach kommentiert Gregor ein zweites Mal: Gott warf Tag für Tag Chlodwigs Feinde diesem zu Boden und vermehrte sein Reich dafür, daß er rechten Herzens vor ihm wandelte und ihm Wohlgefälliges tat. Chlodwig als König, der Gottes Ordnung verwirklicht! Daß er dabei listig vorgegangen ist, die Konkurrenten – mit etwas Nachhilfe – sich selbst hat liquidieren lassen und dann noch seine Hände in Unschuld gewaschen hat, das wird für Gregor durch Chlodwigs christliches Königtum, seine Stellvertreterschaft Gottes auf Erden, aufgewogen. Vielleicht vermeidet er deshalb, in diesem Zusammenhang von List zu sprechen.[34] Aber auch bei den Franken, in deren Augen der aus Angst fliehende Vater ebenso untauglich war wie der Sohn, der unbesonnen die Hand in die Truhe steckte, muß Chlodwig als der durch den Erfolg Taugliche Anerkennung gefunden haben.

Im 11. Jahrhundert rühmt der St. Galler Mönch und Geschichtenschreiber Ekkehard IV. den König Konrad von Burgund (937–993) ob dessen *nobilis astucia,* edler Schlauheit, mit der er die Sarazenen und Ungarn gegeneinander gehetzt und sich hat niedermetzeln lassen, indem er jeder Seite die Hilfe gegen die andere anbot und bei treuem Verhalten Landgewinn in Aussicht stellte.[35] Von einem *pulcher dolus,* einer schönen List, spricht Gunther, der Dichter des 1186/87 abgeschlossenen Werkes *Ligurinus,* im Zusammenhang mit einer Burgeroberung durch das Heer Kaiser Friedrichs I. (1152–1190) in Italien[36]; in dieser Dichtung hat das Wort *dolus* übrigens Hoch-

34 Im Rahmen zweier anderer Handlungen Chlodwigs gegen seine Verwandten gebraucht Gregor durchaus das Wort *dolus. Historiae* (s. Anm. 33), II/41, S. 91; II/42, S. 93.

35 Ekkehard IV., *St. Galler Klostergeschichten,* cap. 65, hg. und übers. von H. H. Haefele, Darmstadt 1980, S. 138 ff.

36 Gunther der Dichter, *Ligurinus,* hg. von E. Assmann (MGH Scriptores rer. Germ.), Hannover 1987, S. 230 (Buch 2, Vers 663). Zur Abfassungszeit vgl. ebenda, S. 64 ff.

konjunktur.[37] Am merkwürdigsten erscheint aber, um ein letztes Beispiel aus dem Bereich des Königtums zu nennen, das auf Rudolf von Habsburg bezogene Kapitel in der Chronik des Matthias von Neuenburg aus der ersten Hälfte des 14. Jahrhunderts *De maximo dolo et fraude, quod rex Rudolfus unquam fecit*[38] (»Über die größte List und den größten Betrug, den König Rudolf je getan hat«). Es geht in dieser Geschichte[39] um die Tötung des mächtigen ungarischen Grafen Ywan.[40] Die List und der Betrug bestanden darin, daß der König den Grafen mit friedfertigen Worten nach Wien geladen hat und zum Erweis der Ywan gewährten Sicherheit aus dem königlichen Becher trinken, nach Tisch ihn aber festnehmen und im Eis einbrechen und so ertrinken ließ.

An anderer Stelle in der Chronik des Matthias, aber auch schon bei dem etwas früheren Ellenhard erscheint König Rudolf als listiger Richter, der einen betrügerischen Bürger von Erfurt bzw. von Nürnberg entlarvt.[41] Dies gelang Rudolf, weil der Gegenspieler die *sagacitas regis,* die königliche Schlauheit, nicht beachtete: Als der König in Erfurt weilte, wandte sich an ihn ein auswärtiger Kaufmann mit der Klage, daß er einem Bürger der Stadt eine gewisse Summe Silber zur Aufbewahrung übergeben habe, daß dieser aber nun abstreite, ihn zu kennen. Auch gegenüber dem König wiederholte der Bürger seinen Standpunkt. Rudolf ging nun, um die Wahrheit ans Licht zu bringen, so vor, daß er den Bürger ansprach, wie sehr ihm dessen kostbare Mütze gefalle. Dieser, die königliche Gewitztheit nicht erwägend, fühlte sich geschmeichelt und überließ die Mütze dem Herrscher. Rudolf aber schickte, während er den Bürger bei sich behielt, seine Diener mit der Mütze zur Ehefrau des Bürgers und erklärte ihr, sie solle ihrem Mann jenes Silber schicken, das der Kaufmann in ihrem Haus hinterlegt habe. Die Mütze des Gatten aber sollte als Wahrzeichen

37 Vgl. Ligurinus (s. Anm. 36), *Wortregister,* S. 533.

38 Matthias von Neuenburg, *Chronica,* cap. 21, hg. von A. Hofmeister (MGH Scriptores rer. Germ. Nova series 4), Berlin ²1955, Ndr. 1984, S. 34.

39 Vgl. W. Treichler, *Mittelalterliche Erzählungen und Anekdoten um Rudolf von Habsburg,* Bern–Frankfurt 1971, S. 81 (Nr. 31).

40 Den historischen Kern bildet die Person des Grafen Johann von Güssing, der im Jahre 1276 in eine große Rebellion gegen Rudolf verwickelt war. Vgl. O. Redlich, *Rudolf von Habsburg,* Innsbruck 1903, Ndr. Aalen 1965, S. 307f.

41 Vgl. Treichler (s. Anm. 39), S. 114f. (Nr. 50).

dienen. Ohne Zögern rückte die Frau das deponierte Silber heraus, und der Erfurter Bürger wurde so vor dem König seiner Falschaussage überführt.

Neben dem Herrscher verstand sich auch der hohe Klerus auf List und Listigkeit, stammte er doch weitgehend aus adligem Milieu. Wenn Biographen von Bischöfen betonen, daß ihr Held kein *duplex cor,* kein doppeltes Herz, und keine *labia dolosa,* keine listigen Lippen, hatte, dann war das Fehlen von Doppelzüngigkeit und Hinterhältigkeit in diesen Kreisen offenbar nicht selbstverständlich, wie das noch zu besprechende Beispiel Erzbischof Hattos von Mainz zeigt. Erwähnt sei nur, daß das gegenseitige Überlisten geradezu zur spielerischen Beschäftigung von Prälaten werden konnte. Der schon zitierte Ekkehard IV. von St. Gallen berichtet von ebendiesem Erzbischof Hatto von Mainz und Bischof Salomo III. von Konstanz (um 900), daß sie, die beide sehr gewitzt *(acutissimi)* waren, eine merkwürdige Vereinbarung getroffen hätten, nämlich es darauf anzulegen, den anderen listig *(per astuciam)* in Wort und Tat zu täuschen. Der Chronist erwähnt dies aber, um zwei Listen der beiden zu schildern[42], die dann doch zur Trübung des freundschaftlichen Verhältnisses beitrugen, so daß sie sich schließlich gegenseitig verpflichteten, daß ferner keiner den anderen täusche, weder im Ernst noch im Scherz. Das Listen-Spiel war offenbar doch nicht so leicht zu spielen!

Kommen wir nun in der Reihe der Exempla zu einem Fall von List, der sowohl die Zeitgenossen des 10. Jahrhunderts (Liutprand von Cremona, Widukind von Corvey) als auch die Späteren (Otto von Freising, Annalista Saxo im 12. Jahrhundert) immer wieder irritiert und zu Stellungnahmen herausgefordert hat. Dies gibt uns Gelegenheit, eine List-Story im Wandel der Zeit zu verfolgen. Hauptakteur ist der eben erwähnte Hatto von Mainz, Ratgeber des letzten ostfränkischen Königs Ludwig des Kindes zu Beginn des 10. Jahrhunderts. Damals richtete die Babenberger Fehde über viele Jahre großen Schaden im Reich an, und König Ludwig war sich inzwischen im klaren, daß er die kühne Stärke des in der Fehde maßgeblichen

42 Ekkehard, *Klostergeschichten,* cap. 22f. (s. Anm. 35), S. 56ff. Vgl. zum Inhalt Althoff, Gloria (s. Anm. 18), S. 305.

Grafen Adalbert nur durch eine *tergiversatio*, eine List, besiegen würde. Als er Hatto um Rat fragte, sagte dieser, *ut erat versutiae pollens*, listig, wie er war: »Ich werde es einrichten, daß er zu dir kommt; sorge du dafür, daß er nicht zurückkehrt.« Hatto suchte Adalbert auf und wollte ihm weismachen, daß er eigentlich in des Königs Gunst stehe, und bot an, ihn zur Versöhnung an den Königshof zu begleiten.

Zur Sicherheit leistete Hatto Adalbert den Eid, daß er ihn ebenso unverletzt, wie er mit ihm die Burg verläßt, dorthin zurückkehren lassen werde. Adalbert ließ sich mit diesen honigsüßen Reden beträufeln, ja täuschen und nahm den Eid von Hatto an. Zur Bestätigung des gestifteten Vertrauens lud Adalbert den Bischof zum gemeinsamen Mahl ein, doch Hatto weigerte sich zu essen, eingedenk des listigen Planes, den er bald ins Werk setzen wollte. Sie brechen auf, doch kurz darauf besinnt sich Hatto des langen Weges und würde nun doch gern, dem Rate Adalberts folgend, etwas essen. Dieser fühlt sich offensichtlich geschmeichelt, daß der Bischof doch noch auf seine Einladung zurückkommt, und fordert zur Umkehr auf, damit Hatto etwas esse und sein Körper nicht wegen des Fastens schwach werde; mit der kirchlichen Lebensform konnte er vermutlich ohnehin nicht viel anfangen. Gesagt, getan! Nach dem zweiten Aufbruch am Königshof angelangt, wurde Adalbert gefangengenommen und wegen des Schadens, den er im Reich angerichtet hat, als Hochverräter vor Gericht gestellt und zum Tode verurteilt. An der Stätte seiner Hinrichtung begegnete Adalbert Erzbischof Hatto und warf ihm vor, meineidig geworden zu sein. Doch Hatto klärte ihn auf: Er habe ihn, wie gelobt, unverletzt zur Burg zurückgeführt, wie er ihn herausgeführt hatte. Wenn Adalbert klagte, daß er den *dolus* Hattos zu spät erkannt habe, so muß man leider sagen: Er hat die List überhaupt nicht erkannt, sie ist ihm von Hatto erst vor Augen geführt worden. Soweit der Inhalt dieser Listgeschichte nach der Darstellung des um 950 schreibenden Liudprand von Cremona.[43]

Während sich dieser Autor im Urteil zurückhält, äußert Widukind von Corvey wenig später bei der Wiedergabe desselben Ereignisses seine Meinung:[44] Was gebe es Schändliche-

43 Liudprand von Cremona, *Antapodosis* II/8 (s. Anm. 7), S. 39f.
44 Widukind von Corvey, *Res gestae Saxonicae* I/22 (s. Anm. 18), S. 30ff.

res als *perfidia*, Treulosigkeit? Und doch, so Widukind weiter, wurde durch die Hinrichtung des einen das Leben vieler Menschen erhalten. Und was war besser als dieser Rat, durch den die Zwietracht beigelegt und der Friede restituiert wurde? Widukind läßt die Frage im Raum stehen, gibt letztlich keine einheitliche Bewertung. Man spürt, wie irritiert, umgetrieben er ist. Persönlicher Treubruch versus Leistung für das Gemeinwohl.

Blicken wir nun auf die Verarbeitung dieser resonanzreichen Geschichte in der Chronik Ottos von Freising um die Mitte des 12. Jahrhunderts:[45] Der König griff zu einer List, als er sah, daß er mit seinen (militärischen) Kräften nichts ausrichten konnte. Davon liest man, so Otto, nicht nur in den *gesta regum*, den Taten der Könige (damit ist die Sachsengeschichte Widukinds von Corvey gemeint), sondern hört man auch *ex vulgari traditione in compitis et curiis hactenus auditur*, aufgrund der Überlieferung im Volk an Wegkreuzungen und an den Höfen. Schon bei der Wiedergabe der Geschichte flicht Otto eine Erläuterung ein: *Ille* (d. h. Adalbert) *simplices aures more antiquorum primorum habens dolumque minime persentiens gratanter eum ad prandendum in castro, unde digressi fuerant, reduxit.* »Adalbert, der nach Art der früheren Großen einfache Ohren hatte und nicht im mindesten an eine List dachte, begleitete ihn bereitwillig zum Frühstück in die Burg, aus der sie gekommen waren, zurück.« Und am Schluß urteilt Otto: *Iudicent de hoc sacerdotis facto alii quod velint et tamquam pro regni utilitate commissum tueantur: ego omnino nullius emolumenti gratia non solum quemlibet Christianum fraude circumvenire, sed etiam in corde et corde in causa capitali loqui non debuisse arbitror episcopum.* »Mögen andere über dieses Verhalten eines Priesters denken, was sie wollen, und es als zum Wohl des Reiches geschehen rechtfertigen. Ich bin der Ansicht, daß um keines Vorteils willen der Bischof irgendeinen Christen betrügerisch umgarnen und schon gar nicht doppelzüngig reden darf, wo es um Tod und Leben geht.«

Anders als Widukind urteilt Otto eindeutig und rigoros:

45 Otto von Freising, *Chronica sive Historia de duabus civitatibus* VI/15, hg. von A. Hofmeister (MGH Scriptores rer. Germ.), Hannover 1912, Ndr. 1984, S. XXff.

Hier wird nicht mehr gegeneinander abgewogen und die Sache unentschieden gelassen. So listig handelt ein Bischof einem Christen gegenüber unter keinen Umständen, wenn das Leben eines Menschen auf dem Spiel steht. Nach dieser Auffassung hat der (Aus-)Weg zum Erfolg unverrückbare Barrieren. Es ist von Betrug die Rede und von jener Doppelzüngigkeit, auf die wir schon mehrfach gestoßen sind. Adalbert erhob Hatto gegenüber den Vorwurf des Treubruchs. Der Bischof wand sich mit dem Hinweis heraus, daß das Geschehen mit dem Wortlaut seines Eides ja übereingestimmt habe. Damit ist ein thematisches Feld angesprochen, der »vergiftete Eid«, das hier nur kurz zu streifen ist.[46] Es gab manche Wege, einen Eid auf listige Weise unwirksam zu machen: so indem man eine doppelsinnige Eidesformel gebrauchte – man schwört etwa, auf fremdem Boden, aber mit eigener Erde in den Schuhen, daß man auf eigenem Grund stehe – oder indem man das Eidesritual heimlich formal abänderte. Dagegen sollte die Selbstverpflichtung *sine dolo et fraude* Sicherheit gewähren, die bereits erwähnt wurde.[47] In unserem Fall hätten wir es mit einer doppelsinnigen Eidesformel zu tun bzw. genauer mit einer hinterlistigen Erfüllung der Eidespflicht, vorbei an dem konsensualen Verständnis dessen, worum es in der Situation eigentlich geht. Adalbert hatte für den rückblickenden Otto von Freising »einfache Ohren«, kein geschärftes Sensorium *(acutus)* für die möglichen Ränke der Welt. Das legten andere als mangelnde Klugheit oder Gewitztheit aus. So sehr war die Einschätzung von List und Listigkeit eine Perspektivenfrage. Sobald seit dem 12./13. Jahrhundert im theologischen Diskurs die *intentio* verstärkt zählte, war die formale Übereinstimmung von geäußertem Wort, vermittelt durch die *labia dolosa* (listigen Lippen), und Geschehensablauf nicht mehr ausreichend für die Korrektheit des Verhaltens.

Wir können dies auch an einem bekannten vergifteten, »gelüppten« Eid im *Tristan*-Roman und dessen Einschätzung durch den Autor Gottfried von Straßburg zu Beginn des 13. Jahrhunderts beobachten: Isolde bestand die Probe in dem

46 Vgl. dazu ausführlich H. Hattenhauer, *Der gefälschte Eid*, in: *Fälschungen im Mittelalter 2: Gefälschte Rechtstexte. Der bestrafte Fälscher* (MGH Schriften 33,2), Hannover 1988, S. 661–689.

47 Vgl. oben S. 215.

wegen des Vorwurfs des Ehebruchs geforderten Gottesurteil, weil sie trügerisch ihren Eid so formulierte und durch einen Handlungsablauf vorbereitete, daß der Eid »stimmte«. Auf dem Weg zur Gottesgerichtsstätte läßt sie sich von dem als Wallfahrer verkleideten Tristan tragen, der absichtlich zu Fall kommt und der Königin im Arm liegt. Sie schwört dann die von ihr vorgeschlagene und von ihrem Ehemann König Marke gebilligte Eidesformel, daß sie in ihrem Leben nur in den Armen Markes und des Wallfahrers gelegen habe, und das Gottesurteil geht, da der Eidestext im Sinne einer formalen Übereinstimmung von Wort und Sache wahr gewesen ist, zu Isoldes Gunsten aus. Gottfried von Straßburg reflektiert dies kritisch und weiß doch keinen Ausweg »angesichts dieser Unterworfenheit des allmächtigen Christusgottes unter die Manipulationen der Menschen«.[48]

Aspekte von List und Listigkeit im theoretischen Schrifttum

Nach den zahlreichen Beispielen und listigen Handlungsabläufen, die ein plastisches Bild von der List-Kultur des mittelalterlichen Adels vermitteln können, soll jetzt noch der systematisierende Zugriff der hochscholastischen Theologie angesprochen werden. Thomas von Aquin soll hier nur am Rande erwähnt werden, da über ihn Eberhard Schockenhoff ausführlich handelt.[49] Es ist kurz zu erinnern: Die List wird in einem engen Sinn verstanden und mit Täuschung gleichgesetzt. Obwohl der Klugheit verwandt, steht die List im Widerspruch zu dieser, da sie gegen die Gerechtigkeit gegenüber dem Nächsten verstößt, »unter deren Teiltugenden die Wahrhaftigkeit in Wort und Tat einen besonderen Rang einnimmt«.[50] Thomas differenziert dann aber: Während die Täuschung eines anderen durch die Mitteilung von Falschem verboten ist, kann es erlaubt, sogar mitunter sogar geboten sein, die Wahrheit teil-

48 Hattenhauer, *Der gefälschte Eid* (s. Anm. 46), S. 671. Alle nötigen Nachweise hier S. 667ff.

49 Vgl. E. Schockenhoff, *List und Lüge in der theologischen Tradition*, in diesem Band.

50 Schockenhoff, *List und Lüge* (s. Anm. 49), S. 157.

weise oder ganz zu verbergen. Dies sei dann eine *dissimulatio,* Verschleierung, statt der verwerflichen *simulatio,* der Vortäuschung falscher Tatsachen. Zur berechtigten *dissimulatio* zählt auch die Kriegslist (Verbergen der eigenen Pläne, Ausnützung des Unwissens des Gegners[51]). Für unseren Zusammenhang ist wichtig, daß es bei Thomas gleichgültig erscheint, ob die Vorspiegelung falschen Scheins um guter oder schlechter Ziele willen erfolgt. Die List wird hier nicht als Mittel zum (guten) Zweck akzeptiert, sondern als grundsätzlicher Defekt des animal sociale betrachtet; man erinnert sich an die eindeutige Bewertung, die bereits ein Jahrhundert früher Otto von Freising in der Hatto-Adalbert-Geschichte abgegeben hat.

Neben dieser auf die Begriffe *astutia* (Schlauheit), *dolus* (List) und *fraus* (Betrug) bezogenen rigorosen Sicht, die aber auch zeigt, wie schwierig die Kategorisierung eines sozialen Verhaltensmusters wie der List ist, verdient Beachtung, wie sich Thomas' Lehrer Albertus Magnus zu dieser Thematik geäußert hat. In seinem Werk *De Bono,* »Über das Gute«, während seiner Pariser Zeit (zu Beginn der vierziger Jahre des 13. Jahrhunderts) in Auseinandersetzung mit Aristoteles geschrieben, behandelt er im vierten Traktat über die *prudentia,* die Klugheit, die *partes quas enumerat Macrobius,* die Teile, die Macrobius aufzählt.[52] Über die hier behandelten Teile *ratio, intellectus, circumspectio, providentia, docilitas, cautio* hinaus bezieht Albert unter Hinweis auf den Anfang der Proverbia dann *quaedam alia* ein, *quae veniunt cum prudentia,* nämlich *eruditio, astutia, scientia et gubernatio.* Hier interessiert natürlich besonders, was er über die *astutia,* die Schlauheit, sagt. Er zitiert den Sprichwörterkommentar des Basilius: *Astutia... est omnium operum artiumque peritia.* »Schlauheit ist die Erfahrung in allen Mitteln und Künsten.« Und weiter: *Astutiam docet proverbialis sermo laudabilem, quae in omnibus vitae negotiis adversum nequitiae dolos scutum quoddam debeat esse simplicibus.* »Der Sprichwörterkommentar lehrt die Schlauheit als lobenswert, die den schlichten Menschen in allen Geschäf-

51 Dies ist allerdings strenggenommen keine *dissimulatio,* sondern reines Ausmünzen.

52 Albertus Magnus, *De Bono,* hg. von H. Kühle, C. Feckes, B. Geyer und W. Kübel (Alberti Magni Opera omnia 28), Münster 1951, S. 254ff. Gemeint ist der Macrobius-Kommentar zum *Somnium Scipionis.*

ten des Lebens eine Art Schild gegen die Listen der Nichtsnutzigkeit sein soll.« Die Schlauheit als Schutzschild gegen die Arglisten der Umwelt! Von einer solchen Bewertung war es nicht weit zum Gegenstrategem, das sich in den oben angeführten Exempla vielfach hat beobachten lassen.

Schließlich fügt Albert noch etwas über die *calliditas* hinzu, die weder Cicero (was nicht zutrifft) noch Macrobius noch der Verfasser des Sprichwörterkommentars des Macrobius behandeln würden:[53] *Et tamen calliditas dicit habitum ordinatum ad prudentiam; callens enim ingenio callidus videtur appellari.* »Und doch besagt Schlauheit eine Eigenschaft, die zur Klugheit hin ausgerichtet ist. Wer nämlich in seiner Erfindungsgabe erfahren ist, scheint gewitzt zu heißen.« Also scheine es, daß die *partes prudentiae* von diesen drei *auctores* unzureichend behandelt werden.

Es verdient Beachtung, daß Albert hier die *calliditas* selbständig unter der Rubrik Klugheit als Kardinaltugend einführt. In seiner abschließenden Stellungnahme, der Solutio, nimmt er seinen gegen die drei Autoritäten erhobenen Vorwurf allerdings wieder zurück:[54] *Dicendum quod calliditas sonat in malum. Est enim calliditas proprie subtilitas inveniendi deceptiones et nocumenta et ideo inter species bonorum habituum non ponitur nec a sanctis nec a philosophis.* »Es ist zu sagen, daß die Schlauheit zum Schlechten hin klingt. Sie ist nämlich eigentlich der Scharfsinn, Täuschung und Schaden zu erfinden, und wird deshalb weder von den Heiligen noch von den Philosophen unter die Arten der guten Eigenschaften gerechnet.« Zumindest kurzfristig hatte die *calliditas,* in der m. E. der Schlüssel zum Verständnis der Bewertung von List und Listigkeit im Mittelalter zu sehen ist, die Chance, in einen Traktat *De Bono* aufgenommen zu werden. Offensichtlich war Albert diese Eigenschaft geläufig, hielt er – anders als Thomas – sie zumindest für in diesem Rahmen behandlungswürdig.

Es hat sich gezeigt, daß die List und die sie umgebenden Eigenschaften wie *astutia, calliditas, versutia* in einem moralischen System nicht eindeutig kategorisierbar waren; auch Albert äußert sich ja letztlich vorsichtig: *sonat in malum.* Von daher ist es verständlich, daß man all dies in den Fürstenspiegeln

53 Albertus, *De Bono* (s. Anm. 52), S. 255.
54 Albertus, *De Bono* (s. Anm. 52), S. 257.

des Mittelalters, jenen Anweisungen zur rechten Herrschaftsausübung, denn auch vergeblich sucht.[55] So behandelt Aegidius Romanus in seinem für den französischen König Philipp den Schönen um 1280 geschriebenen Werk *De regimine principum* (»Über das Regiment der Fürsten«) zwar ausführlich die Kriegführung[56], sagt aber kein Wort zu den Kriegslisten oder überhaupt zur Täuschung des Gegners. Anders Machiavelli in seinen zu Beginn des 16. Jahrhunderts verfaßten *Discorsi*[57]: In der Kriegführung sind List und Betrug rühmlich, wie das Beispiel von Hannibal (Scheinflucht mit dem Ziel, das römische Heer zu umzingeln) zeigt. Allerdings nimmt Machiavelli ausdrücklich den Wort- und Vertragsbruch aus. Demgegenüber entwirft er im *Principe* im Kapitel 18 »Quomodo fides a principibus sit servanda« (»Wie von den Fürsten die Treue zu halten ist«) ein erheblich pragmatischeres, von einem pessimistischen oder jedenfalls realistischen Menschenbild gespeistes Programm[58]: Jeder sehe ein, wie löblich es an einem Fürsten sei, die Treue zu halten und ohne *astuzia* (Verschlagenheit) auszukommen. Doch die Erfahrung seiner Zeit zeige ein anderes Bild. Der Fürst muß zugleich Löwe und Fuchs, stark und listig, sein; so ist er ein *signor prudente,* ein kluger Herr. Wären alle Menschen gut, so wäre dieser Rat nichts wert. Da sie aber nicht viel taugen und ihr Wort gegen den Fürsten brechen, braucht dieser es auch nicht zu halten.

Es ist zu bezweifeln, daß diese Pragmatik erst mit dem Anbruch der Neuzeit Einzug gehalten hat. Sie galt vermutlich schon das ganze Mittelalter über, nur daß niemand dies so deutlich und in Abkehr von überkommenen Moralvorstellungen zum Ausdruck gebracht hat. Doch das Thema der *virtù* (Tugend) und der *ragione* (Raison) bei Machiavelli soll hier nicht weiter verfolgt werden.

55 Zu dieser Literaturgattung vgl. den Sammelartikel *Fürstenspiegel,* in: *Lexikon des Mittelalters* 4, 1989, Sp. 1040–1058.

56 Aegidius Romanus, *De regimine principum* III/3, Rom 1556, Ndr. Frankfurt/Main 1968, S. 328 ff.

57 N. Machiavelli, *Politische Betrachtungen über die alte und die italienische Geschichte* III/40, hg. von F. von Broniokowski und E. Paul, Köln und Opladen 1965, S. 331.

58 N. Machiavelli, *Il Principe,* cap. 18, hg. von F. Chabod und L. Firpo, Turin 1974, S. 84 ff., dt. Ausgabe von R. Zorn, Stuttgart 1978, S. 71 ff.

Es ist wohl deutlich geworden, daß wir listigem Verhalten und listiger Einstellung im Mittelalter auf Schritt und Tritt begegnen. Zwei Leitfragen schienen mir angesichts der Belegfülle von Interesse: Wie ging man listigerweise vor, welche Handlungsabläufe lassen sich beobachten, und wie wurde solches Verhalten in den verschiedenen Lebensbereichen bewertet, vor allem von seiten der kirchlichen oder klösterlichen Autoren, die bis ins hohe Mittelalter hinein als ausschließliche Träger der Schriftlichkeit die mittelalterliche Vorstellungswelt uns Heutigen vermitteln. Kriegslisten, Strategeme aller Art, standen in der adligen Kultur in gutem Ruf, da die Suche nach einem ungewöhnlichen Weg zum Erfolg, seine Findung und Praktizierung akzeptiert wurden, ja als rühmenswert galten. So hat Gerd Althoff in seinem Beitrag zum Thema *Gloria et nomen perpetuum. Wodurch wurde man im Mittelalter berühmt?* zu Recht vornehmlich Listgeschichten ausgewertet.[59] Ruhm erwarb man sich auch durch das Konterstrategem, das sozusagen unter dem Aspekt Ab- oder Notwehr moralisch gerechtfertigt war. Hier scheint mir ebenfalls das Tor für eine allgemeinere, kirchliche Kreise einbeziehende Akzeptanz von Listigkeit, Schlauheit, *astutia,* offen gewesen zu sein. Es kam darauf an, wachsam, aufmerksam, durch Erfahrung gewitzt zu sein, um nicht den Fallstricken der Umwelt ausgeliefert zu sein. Gegensätzliches Verhalten versehen die Autoren, wie es scheint, mit leichtem Tadel. *Calliditas* heißt das Zauberwort, die *iustitia,* die Gerechtigkeit, als soziale Kardinaltugend spielte aber dabei keine Rolle, wie schon Cicero in *De officiis* wußte (I,63): *Scientia quae est remota ab iustitia, calliditas potius quam sapientia est appellata.* »Ein Wissen, das von der Gerechtigkeit entfernt ist, heißt eher Gewitztheit als Weisheit.« *Callere* bedeutet eine (durch Arbeit oder Schläge) gehärtete Haut haben und dann: durch Erfahrung gewitzt sein.

Die Ambiguität des Phänomens List und Listigkeit in der mittelalterlichen Wertewelt spiegelt sich nicht zuletzt in der Unsicherheit, die die Forschung in der Beurteilung an den Tag legt. Arno Borst, der für meine Begriffe das Beste zum Thema

59 Althoff, *Gloria* (s. Anm. 18), S. 304ff.

geschrieben hat, ordnet die List in seinen *Lebensformen des Mittelalters* in die Rubrik »Mensch und Gemeinschaft« ein, handelt von ihr als alltäglicher Umgangsform.[60] Anders Heinrich Fichtenau in seinem Buch *Lebensordnungen des 10. Jahrhunderts.*[61] Schon dadurch, daß er die »Lebensformen« durch »Lebensordnungen« ersetzt, legt er sein Kategorialsystem fest, und so thematisiert er die List im Abschnitt »Confusio II: Lüge und Betrug«[62] und wird damit diesem Phänomen und seiner Vielgestaltigkeit und »Wendigkeit« nicht ganz gerecht. Die Zeitgenossen wie Widukind von Corvey in seiner Ratlosigkeit angesichts von Hattos Vorgehensweise taten sich da schwerer – mit Recht, wie ich meine.

Bezogen auf die Generallinie dieses Bandes ließe sich abschließend feststellen, daß in der mittelalterlichen Adelskultur gewiß eher der weite als der enge, auf Täuschung reduzierte Listbegriff gegolten hat. Das zeigt sich an dem breiten Spektrum der Wörter und Ausdrücke, die für die Mittel und Eigenschaften verwandt wurden, mit deren Hilfe man eine schwierige Situation zum eigenen Vorteil meisterte. Vor allem die geistesgegenwärtige Ausnutzung von Möglichkeiten, die der Gegenspieler nicht einkalkuliert hat, galt den Erzählern als Klugheit: In diesem Sinne konnte dann auch die *calliditas* eingeordnet werden, um deren Verständnis und Bewertung ein Albertus Magnus rang. So spricht die vielfältige Überlieferung zur Geschichte der Welfen hier von der *calliditas,* dort von der *groten clocheit* (großen Klugheit) des Welfen Heinrich, der das ihm vom Kaiser gegebene Versprechen, so viele Landgüter zu Lehen zu erhalten, wie er mit seinem Pfluge während der Mittagszeit zu umfahren vermag, dahingehend ausmünzte, daß er dem Pflug Rennpferde vorspannte und damit ein erheblich größeres Gebiet absteckte, als der Herrscher sich vorgestellt hatte.[63] Wenn die vergleichbare geistesgegenwärtige Reaktion

60 Borst, *Lebensformen* (s. Anm. 33).

61 H. Fichtenau, *Lebensordnungen des 10. Jahrhunderts,* Stuttgart 1984.

62 Fichtenau, *Lebensordnungen* (s. Anm. 61), S. 527ff.

63 Vgl. *Annalista Saxo a. 1126,* in: MGH Scriptores 6, Hannover 1844, Ndr. 1980, S. 764, Anhang IV der *Sächsischen Weltchronik,* in: *Historia Welforum,* hg. und übers. von E. König, Stuttgart 1938, Ndr. Sigmaringen 1978, S. 82f. Zum Hintergrund vgl. K. Schmid, *Welfisches Selbstverständnis,* in: Ders., *Gebetsgedenken und adliges Selbstverständnis im Mittelalter. Ausgewählte Beiträge,* Sigmaringen 1983, S. 424–453.

der Weiber in der im Jahre 1140 von Konrad III. eroberten Burg Weinsberg, welche auf das Wort des Königs hin, sie dürften alles mitnehmen, was sie tragen könnten, ihre Ehemänner schulterten, in der zeitgenössischen Chronistik als *subdolositas*, als Hinterlistigkeit, bezeichnet wird[64], so zeigt sich einmal mehr, wie sehr die mittelalterliche Beurteilung ungewöhnlichen menschlichen Verhaltens eine Frage der Perspektive war.

64 *Annales Patherbrunnenses* a. 1140, hg. von P. Scheffer-Boichorst, Innsbruck 1870, S. 168 f. Vgl. W. Bernhardi, *Konrad III.*, Berlin ²1975, S. 192.

Ulrich Rebstock
Die Rolle der »Kniffe« *(ḥiyal)* in der islamischen Rechtsentwicklung

Eine List – sei sie eine Täuschung oder eine geschickte Problemlösung – läßt sich wohl deshalb so schlecht definieren und abgrenzen, weil sie kein so rechtes Gegenstück hat. Etwas Krummes ist ihr eigen, ein Umgehen der Norm und in beiden Fällen auch ein Vertrauensmangel in geradlinige, offene Durchsetzbarkeit.[1] Als Tugend läßt sie sich deshalb nur unter Vorbehalt vermarkten. Überdies braucht eine List auch einen Überlisteten – sei er eine Person oder ein Sachverhalt. Sie kann ja nur unter der Voraussetzung zum Zug kommen, daß das Opfer der List sie selbst – willentlich oder nicht – provoziert und deshalb irgendwie auch Mitschuld hat an seiner eigenen Überlistung. Wer Listen propagiert, ist demnach ein desillusionierter, rücksichtsloser Misanthrop, so könnte man überspitzt schließen.

Damit möchte ich auf das Unbehagen hinweisen, das sich mit List verbindet – nicht nur im europäischen, sondern ganz besonders im islamischen Kulturkreis. Einer der jüngsten arabischen Bearbeiter der juristischen Kniffe oder Listen (*ḥiyal*, sing. *ḥīla)*, Muḥammad b. Ibrāhīm, hat 1983 versucht, diesem Unbehagen in der Gegenüberstellung zweier arabischer Sprichwörter Ausdruck zu verleihen. Das eine ist ebenso hehr wie nichtssagend: *al-ḥīla fī tark al-ḥiyal*, die List besteht darin, auf sie zu verzichten. Das andere Sprichwort läßt am ersten nichts Gutes mehr: *min al-ḥazm sū' aẓ-ẓann bi n-nās*, die Schlechtigkeit der Menschen erfordert kluges Bedenken.[2] Während das erste Sprichwort den Erfolg geradlinigen Handelns suggeriert, entwirft das zweite eine Gegenstrategie, die die Negation der ersten voraussetzt. Die misanthropische Sicht

1 Auf diesen Aspekt macht G. Balandier aufmerksam, in: *La Ruse*, Paris 1971, S. 25.

2 *al-Ḥiyal al-fiqhīya fil-mu'āmalāt al-mālīya*, Kairo 1983, S. 3–4. Wie der Titel besagt, untersucht der Autor speziell den Legalitätsspielraum von finanziellen und fiskalischen Kniffen im islamischen Recht.

des Sprechers läßt ihm nur den einen Ausweg, die Schlechtigkeit des Menschen durch kluge Handlungsstrategie auszutarieren.

Damit ergibt sich geradezu eine Metapher für ein hervorstechendes Dilemma der islamischen Ethik. Es gründet auf der von den späteren Generationen als ideal empfundenen Lebensweise der ersten Generationen von Muslimen und der Pflicht, ihr nachzueifern – und auf der anderen Seite auf der Notwendigkeit, die davon abweichenden, enttäuschenden Alltagserfahrungen zu bewältigen, ohne das Leitbild der Altvorderen aus den Augen zu verlieren.[3]

Doch ist Vorsicht geboten bei solch allgemeinen Interpretationen. Über das ganze Mittelalter hinweg haftete dem Propheten Muḥammad im Abendland das Stigma des listigen Impostor, des Betrügers, an. Voltaire hat das in seiner Tragödie *Fanatisme, ou Mahomet le prophète* in dem Muḥammad in den Mund gelegen Vers zusammengefaßt: »Mon empire est détruit, si l'homme est reconnu.«[4] Das ist langerprobte Polemik, die einen vertrauten Unterton hat. Und sie beruht auf Ignoranz. Denn das Dilemma von Ideal und Wirklichkeit, aus dem Voltaire kurzerhand seinen Strick drehte, war den Muslimen von Anfang an bewußt und Bestandteil ihrer religiösen Kultur. Sie diskutierten und schrieben darüber und suchten nach Auswegen.

Ein Indiz dafür ist die Literatur zum Phänomen der List. Es ist ein umfassendes Genre, das sehr früh schon entstand, periodisch blühte und im 15. Jahrhundert schließlich verschwand. Die verschiedensten Varianten listenhaften Vorgehens werden dort behandelt.

Das Spektrum reicht von der zwischenmenschlichen Beziehung – dem Bereich des profanen Rechts – über die politische

3 J. Duvignaud *(La Ruse,* S. 15) möchte die List ganz allgemein als lebendige Verwirklichung utopischen Denkens verstehen. Für den islamischen Kontext hat G. Bergsträsser schon 1928 vermutet, daß der positive Wert des »juristischen Kniffes« *(ḥīla)* in seiner Vermittlerrolle zwischen Utopie und Wirklichkeit steckt, s. G. Bergsträsser, *Grundzüge des islamischen Rechts,* bearbeitet von J. Schacht, Berlin u. Leipzig 1935, S. 127.

4 Dazu N. Daniel, *Islam and the West. The Making of an Image.* Edinburgh [4]1980, S. 289. Balandier, *La Ruse* (s. Anm. 1, 27) sieht in der List ein Merkmal der arabischen politischen Theorie, in welcher Machiavelli auf anachronistische Weise vorweggenommen sei.

List des Staatsmanns[5] bis in den Bereich der Mathematik und der Kriegstechnik[6] hinein. In einem Buch aus dem 12. Jahrhundert sind sogar unter dem Titel *Pneumatische Listen (ḥiyal rūḥānīya)* Bauanleitungen für wassergetriebene Singvögel und elefantengetriebene Uhren beschrieben.[7] Ein anderes umfangreiches Werk aus dem ausgehenden 13. Jahrhundert ist als eine Chronik der List konzipiert, die sich von Adam und Eva bis zum Auftraggeber des Autors erstreckt.[8] Und wieder ein Jahrhundert später wird in der Nähe von Damaskus ein Buch geschrieben, das heute wohl Gefahr liefe, der emanzipatorischen Zensur zum Opfer zu fallen. Es trägt den vielversprechenden Titel: *Die Aufdeckung der Geheimnisse derer, die mit Täuschungen und Bluffs arbeiten*, und enthält eine Anthologie der weiblichen Raffinesse.[9]

Das Wort »List« (ar. *ḥīla*) spielt in diesen verschiedenen literarischen Kontexten eine jeweils ganz spezifische Rolle. Es ist einfach ein Fachterminus. Und als solcher hat er auch außer- und vorislamische Vorbilder. Das älteste Textzeugnis dafür ist das *Kitāb fī ḥīlat al-bar'*, »Das Buch über das Heilverfahren.« Ein Bagdader Gelehrter übersetzte es um 820 aus der griechischen Vorlage, einem Galenschen Kommentar zu Erasistratos, in der einfach μέθοδος, also Verfahren, Methode steht.[10] Diese Art von Erbschaft war und blieb unbedenklich. Die islamische

5 In *Kitāb Luṭf at-tadbīr* (Das Buch über die Eleganz des Pläneschmiedens) von M. b. ʿAbdallāh al-Iskāfī (gest. 421h [»h« von *hiğra* = Auszug des Propheten aus Mekka im Jahre d. H. 621]/1030), Beirut 1979, sind die militärischen und politischen Listen Alexanders d. Gr. und der Perserkönige jenen der arabischen Helden und islamischen Anführer vorangestellt.

6 Zu *ḥiyal ḥarbīya*, Kriegslisten und -techniken, s. beispielsweise al-Iskāfī, *Luṭf*, Kap. 2, 7 und 31; von al-Harawī (gest. 611h/1214), der bei der Einnahme von Akkon mitkämpfte, sind unter diesem und ähnlichen Titeln die Eindrücke der Kreuzzüge verarbeitet, s. H. Ritter, in: *Der Islam* 18 (1929), S. 144–5.

7 Dieses Werk von Ibn al-Ğazarī (gest. 602h/1205) liegt in zahlreichen arabischen und englischen Bearbeitungen vor.

8 *Raqā'iq al-ḥilal fī daqā'iq al-ḥiyal*, übersetzt von René R. Khawam, *Le Livre des Ruses. La Stratégie Politique des Arabes*, Paris 1976. Auf Arabisch vom Übersetzer herausgegeben unter dem Titel: *as-Siyāsa wa l-ḥīla ʿinda l-ʿarab*, London 1988.

9 *Kašf asrār al-muḥtālīn wa-nawāmis* [sic] *al-ḫayyālīn*, übersetzt von René R. Khawam unter dem Titel: *Les Ruses des Femmes*, Paris 1994, zum Autor dort S. 12.

10 F. Sezgin, *Geschichte des arabischen Schrifttums* (= *GAS*) III, S. 53, 96.

Kultur hat sie – wie so vieles andere auch – aufgegriffen und kultiviert. Es gibt jedoch eine kennzeichnende Ausnahme, in welcher *ḥīla* auf originär islamische Weise besetzt wird: die List als Umgehung einer rechtlichen Vorschrift. Der Zufall will es, daß gerade diese Verhaltenskategorie – wie wir sehen werden – aus innerislamischen Gründen zu einem Problem wird und etymologisch belastet ist. Nur ein einziger griechischer (und später lateinischer) Begriff ist ins islamische Recht gedrungen: *tadlīs,* Betrug. Dahinter verbirgt sich δόλος, der homerische Begriff für die List des Odysseus. Im römischen-byzantinischen Landrecht in Syrien, wo die Araber ihn kennenlernten, stand er für den betrügerischen Verkauf. Der Begriff wurde aber rasch domestiziert, d. h., er verlor seine rechtsspezifische Bedeutung und wurde dafür benützt, um Erfinder von prophetischen Überlieferungen zu entlarven.

Das Begriffsfeld der List, das von der *Duden*-Definition über die absichtliche Täuschung bis zum Betrug reicht, wurde dagegen von einer altarabischen Wurzel abgedeckt: *ḥīla,* ursp. Veränderung, Wandlung, mit der Konnotation, eine Sache oder Lage durch Umgehung, durch Ausweichen zu verändern.[11] Das gezielte Umsetzen *(taḥauwul)* kann durch weises, aber auch durch frevelhaftes Verhalten erreicht werden. Sehr viel anschaulicher und auch positiver beschreibt der nordafrikanische Philologe Ibn Manẓūr (gest. 711h/1311) die *ḥīla* in seinem Standardlexikon der klassischen arabischen Sprache, *Lisān al-ʿarab*. Die List verlangt Geschicklichkeit, Scharfblick und die Fähigkeit, präzise zu handeln. »Listig wie ein Wolf« *(ḏiʾb)* lautet ein Vergleich; ein anderer, der der Vielfalt der Handlungsmöglichkeiten gilt: »bunt wie ein Farbenvogel *(Abū Barāqīš)*«; und ein dritter, der die Wandlungsfähigkeit betont: »unberechenbar wie ein Taubenhals«.[12] Ibn Manẓūr rundet seine Einschätzung damit ab, daß er einen Vers des Philologen al-Kisāʾī (gest. 189h/805)[13] zitiert, in dem demjenigen, der sich nicht der *ḥīla* bediene, Einfallslosigkeit bescheinigt wird.

11 E. W. Lane, *An Arabic-English Lexicon,* London 1863, s. v. Dagegen H. Wehr, *Arabisches Wörterbuch für die Schriftsprache der Gegenwart,* Göttingen ³1958, s. v.: List, Kniff, Täuschung.

12 Der Taubenhals ist Metapher für *Abū Qalamān,* einen besonderen Stoff mit changierendem Farbmuster.

13 *GAS* II, S. 613.

Seine endgültigen Konturen bekommt das Begriffsfeld dort, wo es normiert, wo es gesellschaftlicher Wertung unterzogen werden muß: im Bereich des Rechts. Die Unbedenklichkeit des technischen Tricks, der Staatsmannskunst, der Heilbehandlung und selbst der weiblichen List, mit der sich die islamische Kultur von anderen nicht unterscheidet, hat als problematisches Gegenstück die Grauzone zwischen Gesetzestreue und strafbarem Handeln. Die Listen, mit denen wir uns in diesem Beitrag beschäftigen, gehören in diesen Bereich. Es ist der einzige, der auch das Attribut islamisch verdient. Und es ist auch der einzige der Listenliteratur, in dem von Anfang an heftig gestritten und bis heute sensibel reagiert wird. Es ist bemerkenswert, daß er in den islamischen Ländern erst vor vier, fünf Jahrzehnten zum Gegenstand von Untersuchungen wurde.

Das erste mir bekannte Buch dieses Genres stammt von dem Gelehrten der Azhar-Universität in Kairo, ʿAbdassalām aḏ-Ḏihnī, und wurde 1946 unter dem Titel *Das Buch über die verbotenen und die rechtmäßigen Listen* in Kairo veröffentlicht. Bis heute sind nur wenige Arbeiten hinzugekommen. Und alle enthalten an irgendeiner Stelle im Vorwort den mühsamen Versuch des Autors, zu erklären, warum er sich auf dieses heikle Thema eingelassen hat. Ich möchte versuchen, darauf eine Antwort zu geben und zugleich eine Erklärung zu suchen für das gespannte Verhältnis, in welches die List gegenüber der *šarīʿa*, dem offenbarten Gesetz, geriet.

Wie würden Sie entscheiden: Nach dem islamischen Gesetz wird der Mörder getötet, wenn die Inhaber des Blutrechts (das *qiṣāṣ* oder *jus talionis),* die Erben des Ermordeten, es verlangen. Nun tötet ein Mann seine Schwiegermutter. Die hat keine Anverwandten, die die Talion fordern könnten, außer ihrer Tochter, der Gattin ihres Mörders. Der Mann wendet nun eine List an *(ḥīla)* und tötet auch noch seine Gattin, von der er ein Kind hat. Die Forderung nach der Blutrache geht nun – im Erbgang – auf ihr Kind über. Da aber ein Kind nicht fordern kann, seinen eigenen Vater zu töten, bleiben beide Morde ungesühnt.

Dieser merkwürdige Fall stammt aus dem *Buch über die Rechtskniffe (Kitāb al-ḥīyal fī l-fiqh),* das der Jurist Abū Ḥātim al-Qazwīnī um das Jahr 1000 verfaßt hat.[14] Die Fallbegrün-

14 Mit Übersetzung und Anmerkungen versehen herausgegeben von J. Schacht, Hannover 1924, S. 12/ar. [= arabisch] S. 4.

dung hat in den Gebieten, in denen die Rechtsschule des Autors, die Šāfi'īya, sich durchgesetzt hat, in Ägypten, Oman und Ostafrika, bis ins 20. Jahrhundert Gültigkeit behalten. Der Fall und das Buch, in dem er neben 240 anderen steht, gehören zu einem Genre der islamischen Rechtsliteratur, das um das Jahr 800 herum erstmals belegt ist. Es ist die Zeit, in der die ersten systematischen Versuche unternommen werden, ein islamisches Recht zu konzipieren.

Das islamische Recht ist von Juristen und Richtern gemacht. Aber es ist göttlichen Ursprungs. Der Standpunkt des Betrachters entscheidet, ob es sich bei diesem göttlichen Ursprung um eine Behauptung oder um eine Feststellung handelt. Das islamische Recht entstand in einem langwierigen Prozeß des Transports von Buchstaben, Wörtern und Sätzen aus dem Reich ihrer sprachlichen Bedeutungen in den offenbarten Quellen des Koran und der Sunna – d. h. der zuerst mündlich überlieferten und dann schriftlich fixierten Praxis des Propheten Muḥammad und der seiner Anhänger – in das Reich der Rechtswirklichkeit. Nun benötigen Transporte Wege, und die können in die Irre führen. Die frühe islamische Rechtsgeschichte ist zerfurcht von Wegen, die Wegweiser in die verschiedenen Richtungen säumen. Betrachtet man sich diesen Schilderwald aber etwas genauer, wird man zwei Arten von Wegweisern erkennen: eine Art, die den kürzesten Weg zwischen dem göttlichen Wort und seiner rechtlichen Bedeutung weist; deshalb heißt der Wegweiser auch *dalīl,* Lotse, der – im übertragenen Sinn – zum Hinweis oder, noch genauer, zum Beweis der Rechtsgültigkeit einer Textstelle aus Koran oder Sunna wird. Aus dem, was der Prophet getan oder gesagt hat, entsteht dem Muslim ein idealiter vollkommenes, mit fortschreitender Zeit aber immer lückenhafteres Vorbild. Um die Art des *dalīl* (pl. *adilla*) herum gruppieren sich zahlreiche Techniken, die in der wörtlichen Auslegung der unveränderlichen und ewigen Quellentexte die einzige Gewähr bieten, das Ziel zu erreichen, und das besteht in der Einrichtung und Bewahrung des Rechtslebens der Muslime nach dem unverfälschten Wunsch des einen Schöpfergottes und der Botschaft seiner Propheten. Die andere Art von Wegweisern leitet immer dort in eine andere Richtung, wo der, der Rechtleitung bei den *adilla,* den Beweisen sucht, diese in den offenbarten Texten einfach nicht findet und sich auf seinen religiösen Instinkt verlassen muß, um zwischen »Richtigem« und »Falschem« zu unterscheiden. Diese Art von Wegweiser setzt auf die topographische Kenntnis des Suchenden und seine Fähigkeit, den Weg durch die Quellen auch über Umwege wie Taxierung, Überlegung und Vergleich zu erschließen. Auf diesen Schildern stehen solche technischen Schlüsselbegriffe wie *iǧtihād* (individuelle Bemühung um Rechtsfindung), *ray'* (persönliche Rechtsmeinung) oder *qiyās* (Analogieschluß).

Über drei Jahrhunderte hat diese Wegsuche gedauert. Die ersten Rechtskompendien, die zu Beginn des 10. Jahrhunderts unserer Zeitrechnung entstanden und eine gewisse Verbindlichkeit für sich reklamieren konnten, tragen die unverkennbaren Spuren dieser beiden Hauptrouten. Aus wenig mehr als 250 definitiven Rechtsaussagen der absolut verbindlichen, offenbarten Rechtsquelle, des Koran, waren Regelwerke geschaffen worden, die auf ganz verschiedene Weise jedem einzelnen Muslim und jeder Muslimin in jeder Lebenslage, sei es noch im Diesseits oder schon im Jenseits, einen genauen rechtlichen Verhaltensrahmen vorgaben. Ohne Scharfsinn ging das nicht. Deshalb nannte man die Leute, die sich damit beschäftigten, die *fuqahā'*, die sich um Einsicht bemühen, und ihr Arbeitsgebiet, den *fiqh*, das islamische Recht. Natürlich benötigten auch die schriftgläubigen *ahl ad-dalīl*, die »Leute des Beweises«, Scharfsinn. Aber sie setzten ihn bei ihrer unermüdlichen Fleißarbeit ein, auch noch den letzten Überlieferungsbeleg (ar. *ḥadīṯ*) aus der Umgebung des Propheten Muḥammad, der als Wegweiser dienen könnte, hervorzustöbern. Die anderen, die *fuqahā'*, setzten über die »Beweise« hinaus zusätzlich auf ihren spekulativen Scharfsinn. Das brachte beiden die unscharfen und oft polemisch gebrauchten Bezeichnungen »Traditionalisten« bzw. »Rationalisten« ein. Polemik gegen die Rationalisten kam vor allem dort ins Spiel, wo diese ihren Scharfsinn dafür gebrauchten, Lücken oder Widersprüche in den Rechtsvorschriften aufzudecken. Ganz unprätentiös betrachtet, erfüllen diese zwar nichts anderes als den göttlichen Auftrag, wie er in dem Koranvers 45:18 erteilt ist: »Hierauf haben wir dich in der Angelegenheit [d. h. dem Islam] auf ein Gesetz *(šarī'a)* festgelegt; folge nun ihm, und nicht den persönlichen Neigungen derer, die kein Wissen haben.« Aus der

Sicht der Traditionalisten aber strickten sie dabei das Netz des Gesetzes nicht mit göttlichem Faden enger, sondern knüpften Fallstricke für die Gläubigen aus Lust an der List oder verführt vom Abglanz niederer menschlicher Triebe. Unser spektakulärer Mord scheint dies zu bestätigen. Er gehört zu den Fällen, die als verboten eingestuft *(ḥarām)*, trotzdem aber rechtsgültig *(ṣaḥīḥ)* sind. Solche muß der Rechtsgelehrte der Allgemeinheit verschweigen, seinen Kollegen jedoch mitteilen, damit diese sie in das Recht eingliedern und erkennen können, wenn andere damit argumentieren.

Doch ist der Fall weder typisch noch repräsentativ für die *ḥiyal.* Typisch ist er deshalb nicht, weil er aus einem der letzten Bücher seines Genres stammt und dazu aus der Feder eines Mannes, der durch die reale Absurdität seiner Fallbeispiele und die Artistik ihrer Konstruktionen zeigt, daß er keine ernstzunehmende rechtsschöpfende Anstrengung mehr unternimmt. So verrät al-Qazwīnī z. B. – unter der Kategorie der als erlaubt eingestuften Kniffe *(ḥalāl),* das sind die, die allgemein mitteilungspflichtig sind –, wie es jemand erreicht, daß er nicht dazu imstande ist, sich von seiner Gattin zu scheiden, indem er ihr schwört: »Sooft ich mich von dir scheide, bist du vorher schon dreimal geschieden.«[15] Oder er verrät einer Frau, deren Gatte ihr schwört: »Wenn du mir nicht das Gewicht dieses Kamels angibst, bist du dreimal geschieden!«, wie sie den Unhold übertölpeln kann. Sie soll nämlich das Kamel in einen schwimmenden Kahn laden, die Wasserlinie am Kahn markieren, das Kamel durch so viel Steine ersetzen, daß die Eintauchgrenze erreicht wird, und die Steine dann wägen.[16] Das hat – auch bei längerem Betrachten – weder etwas mit Nachhilfe in Physik noch mit Eheberatung zu tun. Die Scheidung unter einer (scheinbar) unerfüllbaren Bedingung *(mustaḥīl)* soll hier zurückgewiesen werden. Der Gatte wird zudem durch eine Gegenlist übertölpelt.

15 Qazwīnī, *Ḥiyal* (s. Anm. 14), S. 14/ar. 6–7. Nach dem islamischen Gesetz ist eine einmalige oder zweimalige Scheidung widerruflich *(raǧʿī).* Erst eine dreimal ausgesprochene, bestimmte Scheidungsformel macht die Scheidung unumkehrbar *(bāyin).* Hier soll Logik der Gattin die Gewähr bieten, auf keinen Fall geschieden werden zu können: Eine endgültig Geschiedene kann ja gar nicht mehr geschieden werden!

16 Qazwīnī, *Ḥiyal* (s. Anm. 14), S. 16/ar. 9.

Ebenso ist der als mißbilligt *(makrūh)* eingestufte Kniff, den Qazwīnī anführt – das ist der, dessen Weitergabe mißbilligt wird –, zwar zeitlos, aber durchsichtig und unrealistisch: Gesetzt den Fall, ein Tag fehlt daran, daß jemand ein Vermögen ein Jahr lang zum Eigentum gehabt hat, und damit zur *zakāt*, zur gesetzlichen Almosensteuer, veranschlagt würde, und er schenkt es seinem kleinen Sohn und fordert es am nächsten Tag zurück, dann braucht er keine Steuern zu bezahlen.[17]

Repräsentativ ist unser Mordfall insofern nicht, als die Masse des frühen, originären *ḥiyal*-Materials aus ganz anderem Stoff ist. An vorderster Stelle stehen dabei das Ritualrecht, z. B. Unklarheiten beim Gebet oder bei der Wallfahrt, das Familienrecht, und dort vor allem das Eherecht, und das Vertrags- und Handelsrecht mit all seinen Klauseln und Varianten.

Wenn unser Doppelmordfall also weder typisch noch repräsentativ für die Bedeutung der Rechtskniffe ist, so steht er dennoch als späte Symbolfigur vor den Reihen der Gegner dieser Technik der Rechtsfindung. Ein inquisitorischer Gelehrter des angehenden 13. Jahrhunderts, Zainaddīn al-Ǧaubarī aus Syrien, brachte seine Empörung über ihre Apologeten so zum Ausdruck: »Sie kennen sich in Schlauheit *(ḥiḏq)*, Listen *(ḥiyal)* und Betrug *(makr)* wie keine anderen aus; sie sind die Kundigsten in Rechtsdingen und die Schlechtesten in den wahren Dingen des Rechts; äußerlich halten sie sich an die Grenzen des Rechts, gemessen an dem wahren Inhalt aber gebärden sie sich mit sāsānidischer [d. h. persischer] Schläue.«[18] Bei einem frühen und ernstzunehmenden Gegner der »Leute der Kniffe« *(ahl al- ḥiyal)* hat die Kritik dagegen noch einen anderen Ton. Der Autor einer der bedeutendsten, aber auch umstrittensten islamischen Überlieferungssammlungen, al-Buḫārī (gest. 870 in Samarqand), beginnt sein Kapitel über die Kniffe mit dem lapidaren Satz: »Über das *Unterlassen* der Kniffe: Wahrlich, jedem Mensch gebührt das, was er in seinen Eiden und anderswo intendiert« – und unterlegt dies dann mit einer Sunna des Propheten: »Oh, Leute, Taten entstehen durch Absichten; wer den Auszug *(hiǧra)* zu Gott und seinem Propheten vollzog, der beabsichtigte auch, ihn zu Gott und seinem Propheten zu voll-

17 Qazwīnī, *Ḥiyal* (s. Anm. 14), S. 13/ar. 5.
18 Zitiert in J. Schacht, *Die arabische* ḥiyal-*Literatur. Ein Beitrag zur Erforschung der islāmischen Rechtspraxis*, in: *Der Islam* 15 (1926), S. 227.

ziehen; und wer die Welt wählte oder eine Frau, die er dann heiratete, dem wurde sie auch zuteil; seine Wahl ist dort, wohin er sich wendet.«[19] Das ist ein Plädoyer für Geradlinigkeit und gegen doppelzüngige Umwege bei der Erreichung gesteckter Ziele.

Doch al-Buḫārī's *ḥiyal*-Kapitel ist knapp gehalten und in sichtbar polemischer Absicht geschrieben. Bei der kritischen Besprechung der Heiratskniffe etwa[20] wendet er sich gegen die Praxis angehender Ehemänner, ihre Schwester dem Bruder ihrer Angebeteten zur Ehe zu geben, um damit das Brautgeld zu sparen. Denn durch ihre Verschwägerung wandert das Geld des einen in die Tasche des anderen und umgekehrt. Dieser Frauentausch *(ṣiġār)* hat jedoch eine lange, bis in die vorislamische Zeit reichende Tradition und ist keinesfalls Bestandteil der Kniffe-Literatur. Auffallend ist, daß das Gros von al-Buḫārī's Anti-*ḥiyal*-Argumenten – alle Argumente sind Überlieferungen *(aḥādīṯ)* – direkt oder indirekt von einem der bedeutendsten Vertreter der »Traditionalisten« stammt: von Mālik b. Anas, dem 179h/795 in Medina verstorbenen Gründer der nach ihm benannten Mālikīya-Rechtsschule, die sich seit dem 9. Jahrhundert über ganz Nordafrika und Spanien ausbreitete. Mālik und seine Anhänger saßen im Ḥiǧāz, im nordwestlichen Arabien, und profilierten sich dort als die Hüter der lokalen prophetischen Tradition. In den räumlich und auch heilsgeschichtlich weit entfernten neuen islamischen Reichsprovinzen im Irak und Westiran machten sich dagegen Rechtsexperten einen Namen, die neue Methoden und Wege der Rechtsfindung einschlugen. Abgenabelt vom ehemaligen Lebensbereich des Propheten, wo die Traditionalisten aus der lokalen Überlieferung unentwegt neue *adilla* produzierten, um aus dem prophetischen Vorbild Rechtsgewißheit zu gewinnen, mußten sie sich auf individuelles Räsonieren, spekulative Überlegung und abstraktives Denken verlassen. In den Augen der Traditionalisten waren das aber samt und sonders Irrwege. Sie reagierten mit Empörung, aber auch mit Spott auf diese irakischen Gedankenakrobaten: Wenn jemand mit einem toten Huhn Sodomie getrieben hat und dieses darauf noch ein

19 al-Buḫārī, *Ṣaḥīḥ* I–VIII, Beirut 1981, VIII, S. 59/13 ff.
20 *Ṣaḥīḥ* VIII, S. 61/4 ff.

Ei legt, aus dem dann ein Küken schlüpft – darf man das essen?[21]

In ebendiesem rechtlichen Konkurrenzmilieu ist die *ḥiyal*-Kasuistik als irakische Spezialität entstanden. Der erste Jurist, dem ein Werk dazu zugeschrieben wird, war Abū Yūsuf, der Oberqāḍī des Kalifen Hārūn ar-Rašīd (regierte 170h/786 bis 193h/809). Es ist verloren. Was darin stand, ist größtenteils erschließbar aus den Bearbeitungen und eigenständigen *ḥiyal*-Werken seiner Schulkollegen.[22] Wie es auf einige seiner Zeitgenossen wirkte, hören wir von demjenigen, der den Buchtitel erstmals erwähnte: Ǧāḥiẓ, Sohn eines baṣrischen Negers (gest. 101jährig 254h/868) und wohl schillerndster Kopf der frühislamischen Literatenszene. Seine Bemerkung zu den *ḥiyal* Abū Yūsufs ist keineswegs schmeichelhaft. Er macht sich in einer obszönen Anekdote über den vielgerühmten Scharfsinn des Oberrichters lustig.[23]

Neben Empörung und Spott gehört auch diese augenzwinkernde Kritik von nun an zur innerislamischen Resonanz auf die *ḥiyal*. Abū Yūsuf hatte jedoch einen Kommilitonen, einen gewissen M. b. al-Ḥasan aš-Šaibānī (geb. 132h/749, gest. 189h/805)[24], der in der ʿabbāsidischen Residenzstadt Bagdad einer neuen und dort von nun an dominierenden Rechtsschule Konturen und Einfluß verlieh: der Lehre seines Meisters Abū Ḥanīfa, kurz: der Ḥanafīya.[25] Von aš-Šaibānī und seinem Stammesgenossen und Schüler al-H̱aṣṣāf (gest. 261h/874 in Baġdād)[26] stammen die beiden ältesten erhaltenen *ḥiyal*-Werke. Joseph Schacht, der Nestor der deutschsprachigen islamischen Rechtskunde, hat sie bereits vor 60 Jahren ediert.[27] Stil und Stoff beider Werke sind sich sehr ähnlich. In Šaibānī's Buch

21 J. van Ess, *Theologie und Gesellschaft im 2. und 3. Jh. H.*, I–V, Berlin 1990–5, I, S. 190.

22 *Das kitāb al-maḫāriǧ fil-ḥijal des Muḥammad ibn al-Ḥasan aš-Šaibānī.* In zwei Rezensionen herausgegeben von Joseph Schacht, Leipzig 1939, S. 52ff.

23 al-Ǧaḥiẓ, *Kitāb al-ḥayawān*, I–VIII, Beirut 1992, III, S. 11/7f.

24 *GAS* I, S. 421f.

25 Zu Abū Ḥanīfa (geb. um 80h/699, gest. 150h/767), dem Begründer der *ḥanafitischen* Rechtsschule, s. *GAS* I, S. 409f.

26 *GAS* I, S. 436f.

27 Vor dem oben erwähnten *ḥiyal*-Werk des Šaibānī gab Schacht das *Kitāb al-ḥi̯al u̯al-maḫāriǧ* des *Abū Bakr Aḥmad ... al-Ḫaṣṣāf* als Dissertation an der Universität Hannover 1923 heraus.

sind 752 hypothetische Fälle aus 25 Rechtsgebieten zusammengestellt, in Haṣṣāf's 825 Fälle, hier aber in 62 Paragraphen unterteilt. Die Fragestellung folgt dem Muster: »Was ist deine Ansicht zu einem Fall, in dem...?« Schacht hat an anderer Stelle[28] auch schon eine inhaltliche Zusammenfassung und Charakterisierung der von ihm bearbeiteten *ḥiyal*-Literatur versucht. Er unterschied vier Motive: Sie diente

- der Erleichterung der Befolgung von Vorschriften,
- der Einschränkung der Fälle offener Gesetzesüberschreitung,
- der Verhinderung der Gefahr sündhaften Vergehens
- und zur Herstellung der Billigkeit der Beziehungen.

Bei den meisten Fällen sind diese Motive ineinander verwoben. Ich möchte drei Beispiele herausgreifen, die das auf ganz typische Weise zeigen und zugleich auf tiefergehende Motivationen verweisen. Gemeinsam ist diesen Fällen, daß sie keine literarischen Eintagsfliegen waren. Sie wurden – wie Dutzende anderer *ḥiyal*-Fälle auch – in das umfassende ḥanafitische Rechtskompendium eingearbeitet, das der gelehrte Jurist as-Sarahsī (gest. um 483h/1090) Mitte des 11. Jahrhunderts verfaßte und das bis heute den ḥanafitischen Juristen als Leitfaden dient.

1. (Haṣṣāf § 22/1) Ein Mann mit Kapital möchte mit einem anderen Geschäftsmann eine sog. »stille Gesellschaft« *(muḍāraba)* eingehen. Er möchte sich aber gegen etwaige Verluste absichern und seinen Partner mithaftbar machen. »›Was ist die *ḥīla* dazu?‹, fragt unser Autor. ›Der Kapitaleigner soll‹, so lautet die Antwort, ›das Kapital dem Geschäftspartner leihen, bis auf einen Dirham. Mit diesem einen Dirham soll er mit ihm eine offene Handelsgesellschaft *(šarika)* eingehen. Die Gewinnverteilung erfolgt dann weiterhin hälftig oder nach Absprache. Das ist erlaubt.‹« Mit diesem knappen Hinweis auf die legale Kombination einer offenen mit einer stillen Gesellschaft umschifft Haṣṣāf eine der schärfsten Klippen des islamischen Handelsrechts. Eine stille Gesellschaft ist nämlich nur eine Gesellschaft in bezug auf den Gewinn. Verluste trägt der Kapitaleigner. Die offene Gesellschaft dagegen dehnt die volle gegen-

28 *Der Islam* 15 (1926), S. 230f. Eine allgemeinere Funktionsbeschreibung der *ḥiyal* findet sich in Schachts *An Introduction to Islamic Law*, Oxford 1964, S. 78–82.

seitige Vollmacht und Haftung für Gewinn und Verlust auf das gesamte Vermögen aus. Der Kapitaleigner erwirbt sich also gegenüber der reinen *muḍāraba*-Gesellschaft größere Geschäftssicherheit *und* behält die Möglichkeit der Absprache auf Gewinnbeteiligung bei. Diese Gewinnabsprache aber war – neben dem Scheinkauf – die wichtigste Form der Umgehung des Zinsverbotes.

2. Der zweite Fall ähnelt stark dem weiter oben erwähnten *makrūh*-Fall, dem mißbilligten Kniff des Steuerhinterziehers: Ein Mann besitzt 100 *Dirham*. Einen Tag vor Ablauf des Steuerjahres verschenkt er einen Dirham als Almosen. Mit diesem einen *Dirham* setzt er sein Vermögen unter die Mindestgrenze zur Entrichtung der gesetzlichen Almosen- *(zakāt-)* Steuer.

Der Kommentar Saraḫsī's zu diesem Fall[29] zeigt, daß diese Form der Steuerumgehung selbst innerhalb seiner eigenen Rechtsschule umstritten war. Schließlich gehört die *zakāt*-Abgabe zu den elementaren Glaubenspflichten des Muslim. Dennoch, so bekräftigt der Jurist, bedient sich der Mann weder unlauterer Mittel noch handelt er sündhaft. Denn mit der *ṣadaqa*, dem frommen Almosen, kommt er ja einer zusätzlichen religiösen Verpflichtung nach – ganz im Unterschied zu dem gewitzten Vater, der aus reinem Eigennutz sein Vermögen kurzfristig seinem unmündigen Sohn übereignet, diesen dann aber sogleich wieder enteignet. Jener Mann aber wendet mit diesem legalen Kniff Schaden von sich ab und, ebenso wichtig, schädigt damit keinen Dritten.

Die Funktion dieser Art von Kniffen bekommt hier eine ganz eigentümliche Qualität. Das Gesetz setzt sich scheinbar selbst außer Kraft. Scheinbar deshalb, weil die Rechtsgültigkeit einer solchen Handlung ja nicht aufgehoben wird. Ihre normative Gültigkeit wird aber relativiert durch die Abwägung mehrerer Vorschriften. Dadurch entsteht ein Legalitätsspielraum, der Bereich des: »Du darfst gerade noch ...« Aber auch der muß natürlich durch die offenbarten Quellen sanktioniert werden. Ganz allgemein hat man dazu auf den Koranvers 2:185 zurückgegriffen: »Gott möchte es euch einfach machen, nicht

29 as-Saraḫsī, *Kitāb al-Mabsūṭ* I–XXX, Dār al-Ma'rifa, Beirut o. J., XXX, S. 240/16ff. Die Edition dieses *ḥīla*-Kapitels von Saraḫsī ist in J. Schachts Edition der *ḥiyal* von Šaibānī in den Anhang aufgenommen, s. dort S. 131/12f. ar.

schwer.« *(yurīdu llāh bikum al-yusr wa-lā yurīdu bikum al-yus')* Für eine spezielle Berechtigung soll das Prophetenwort *(ḥadīt)* sorgen: »*lā ḍarar wa-lā ḍirār,* was in elliptischer Kürze besagt, daß die Pflichterfüllung des Gläubigen nicht zur Schädigung der eigenen oder fremder Interessen führen darf. Gerade im Umkreis dieser Art von Kniffen werden solche Rechtsgrundsätze immer wieder bemüht. Die spezielle Kasuistik der *ḥīla* zwingt dazu, von konkreten, aber lückenhaften oder nicht eindeutigen Vorschriften in den Rechtsquellen auf von ihnen abgeleitete allgemeine Maßgaben zurückzuweichen. Durch die spekulative Auslotung der Grenzen des Legalitätsspielraums mit Hilfe einer *ḥīla* wird ein doppelter Zweck erfüllt: Die Lücken der positiven Satzungen werden gefüllt, und es wird für die Grauzonen justitiablen Handelns ein Rechtsempfinden kultiviert, das durch die bloße Abfrage der Gebote und Verbote geradezu blockiert wäre.

3. Das dritte Beispiel macht das noch deutlicher. Es stammt aus dem Bereich des Eherechts, das wegen des intimen und auch emotionalen Charakters seiner Fallprobleme nicht ohne Grund zu einer Domäne der *ḥiyal* wurde. Ich versuche, den Falltext wörtlich wiederzugeben:

(H̱aṣṣāf § 49/1) »Was hältst du von dem Fall, in dem ein Mann seiner Frau sagt: ›Du bist dreimal [d. h. endgültig] von mir geschieden, wenn ich mit dir schlafe!‹ – Die Antwort ist: ›Wenn er mit ihr schläft, tritt für ihn die dreimalige Scheidung ein, und die Frau ist ihm so lange nicht erlaubt, bis sie einen anderen Mann heiratet.[30] Wenn er sie aber [nach der Scheidung] vier Monate verläßt [das ist die vorgeschriebene Wartezeit *('idda)* zur Wiederverheiratung] und [während dieser Zeit] nicht mit ihr schläft, dann ist sie auch von ihm geschieden.[31] – Was aber, wenn sie nun ihre Wartezeit *('idda)* vollendet hat, er sie auf unzulässige Weise [d. h. z. B. ohne gültige Zeugen] wieder heiratet und danach mit ihr schläft? – Ich lehne den Ehevollzug nach ungültiger Heirat ab; wenn er dennoch mit ihr schläft, dann tritt nicht *die* Scheidung ein, die er [zu Beginn] geschworen hat, sondern nur die, die durch die Trennung entsteht; er hat aber seinen Schwur insofern ge-

30 Nach einer »endgültigen« Scheidung ist die Wiederverheiratung mit der geschiedenen Gattin nur möglich, wenn diese nach der Scheidung eine rechtsgültige Ehe mit einem anderen Ehegatten eingegangen und von diesem wieder geschieden ist.

31 Bei ein- oder zweimaliger Scheidung erfüllt dieser Tatbestand der viermonatigen Enthaltung die Umwandlung in eine endgültige Scheidung.

brochen, als er mit ihr in einem Zustand geschlafen hat, in dem die Scheidung nur deshalb nicht eintreten konnte [weil die Ehe durch die Wartefrist ausgesetzt war]. – Was aber, wenn er sie, nachdem er mit ihr geschlafen hat, auf gültige Weise heiratet? – Dann ist sie wieder seine Frau und im Zustand der einmaligen Scheidung. – Was obliegt ihm dann, wenn er wieder mit ihr schlafen möchte? – Mindestens das, was ihr als Brautpreis festgesetzt worden ist. – Was hältst du von dieser Art des Beischlafs? – Er ist verboten, zieht jedoch keine Strafe nach sich, wegen der Zweifel, die dabei im Spiel sind. Wenn sie jedoch dabei von ihm schwanger wird und ein Kind gebärt, so gehört es zu seinem Geschlecht und ist sein Kind.«

Die Konstruktion dieses Falles fügt noch eine weitere Facette zu den islamischen Rechtskniffen – die Anpassung des Rechts an die Vielfalt des Lebensalltags. Ausgangspunkt ist eine unbestrittene Vorschrift aus Koran oder Sunna. Sie scheint den Fall klären zu können. Nun wird mit hinzugefügten Aspekten die Gültigkeitsgrenze der Vorschrift geprüft – im obigen Fall sind das die im Koran (2:226–233) besprochenen Scheidungsvorschriften. Meist sind diese Aspekte ganz praktischer Natur und historisch plausibel. Nicht immer folgt aber daraus, daß sie auch Einblick in die Verhaltensgewohnheiten der frühislamischen Gesellschaft geben. Denn eine *ḥīla* ist weder ein Rechtsprotokoll noch ein *fatwā*, ein Rechtsgutachten, welche von juristischen Experten schon im ersten islamischen Jahrhundert auf konkrete Anfragen erteilt wurden. Sie ist kein Instrument der Rechtsprechung, sondern der Rechtsfindung. In ihr steckt viel theoretische Arbeit. Sie versucht, die Grenzen der Legalität abzustecken, und landet deshalb fast notwendig in der Grauzone des Gesetzes. In einem Rechtssystem, in welchem eine Vorschrift erst durch ihren göttlichen Ursprung Legitimität gewinnt, war das ein heikles Geschäft. Die Offenbarung war ja zwingend vollständig und endgültig. Wer aber vermochte sie den Menschen so verständlich zu machen, daß sie sich auch danach richten konnten? Die reale Welt war zwar gesichert durch die vom Konsens der Muslime *(iğmā')* eingesetzten und respektierten Funktionäre, durch die Richter, Muftīs und anderen Kontrollbeamten. Aus der Sicht des einzelnen war es aber dann, wenn sein Fall vor diesen landete, zu spät. Wie sollte er ein Rechtsbewußtsein entwickeln, solange ihm die Grenze zum sündhaften Handeln unbekannt war? In diese strukturelle Lücke paßt der pädagogische Charakter der *ḥiyal*-Literatur. Einer der letzten einschlägigen Autoren, unser ḥanafitischer Jurist as-Saraẖsī, formulierte den Anspruch der Lehre der Kniffe Mitte des 11. Jahrhunderts so:

»Wer die Vorschriften des Rechts genau betrachtet, wird feststellen, daß alle Beziehungen der Menschen untereinander nach Art der *ḥiyal* beschaffen sind. Wenn etwa einer eine Frau liebt und sich fragt [,wie er sie bekommt,] dann sagt er doch eigentlich: ›Worin besteht der Kniff, sie zu bekommen?‹ Man sagt ihm dann: ›Heirate sie einfach!‹ Und wenn er ein Sklavenmädchen begehrt und sich fragt, worin besteht der Kniff, daß ich sie bekomme, dann sagt man ihm: ›Kaufe sie doch!‹ Und wenn ihm die Gesellschaft seiner Frau mißhagt und er sich fragt, worin besteht der Kniff, sie loszuwerden, dann sagt man ihm: ›Scheide dich doch von ihr!‹ Und wenn er es bereut, sie geschieden zu haben, und sich nach dem Kniff dazu fragt [sie wiederzubekommen], dann sagt man ihm: ›Heirate sie doch wieder!‹ Und wenn er sie dreimal geschieden hat, sie aber ihr schlechtes Benehmen bereut und beide nach einem Kniff suchen, dann sagt man den beiden, sie soll sich doch mit einem Mann zwischenverheiraten und der soll die Ehe mit ihr vollziehen. Wer die Kniffe *(ḥiyal)* bei den Vorschriften ablehnt, lehnt also in Wirklichkeit die Vorschriften selbst ab. Ihr Resultat, den Menschen vom Verbotenen freizumachen und zum Erlaubten zu führen, ist gutzuheißen. Verabscheuenswert dagegen ist, das Recht eines Menschen mit Tricks zu verwirken, Falsches zu verwischen oder Recht in Zweifel zu ziehen.«[32]

as-Saraẖsī argumentiert nicht ohne Grund mit dialektischem Geschick. Der Vorwurf der Anleitung zum Betrug steht im Raum. Betrügerische Irreleitung aber gehört zu einem negativ besetzten moralischen Paradigma, das das Zentrum der religiösen Wertvorstellungen bildet. »Der Rechtleitende« ist im Arabischen zugleich Gottesname wie Epitheton des Erlösers, ebenso wie »der Irreleitende« für den Versucher und Vorboten des Weltenendes steht. In dem Begriff *ḥaqq* fallen gar alle Konstituenten des positiven Paradigmas zusammen: der Name Gottes, die Wahrheit und das Recht. So nimmt es nicht wunder, daß die *ḥiyal*-Autoren große Mühe darauf verwandten, ihre »Listen« vom Betrug abzusetzen. Zwei Gruppen von Argumenten tauchen immer wieder auf. Die erste gründet in der Josefssure 12:76, die die Genesis-Geschichte 44 von Josef

32 *Mabsūṭ* XXX, S. 210/1ff.; J. Schacht, Šaibānī (s. Anm. 22), S. 88/7f. ar.

und der Rettung seines jüngsten Bruders vor der Sklaverei aufgreift. »*Kidnā li-Yūsuf*« (wir haben eine List für Josef angewandt) heißt es im Koranvers. Josef, der seinem jüngsten Bruder den Pokal ins Gepäck hatte schmuggeln und ihn als Dieb entlarven lassen, täuschte mit der angedrohten Versklavung des Diebes diese Strafe nur vor, um seine Brüder, seinen Vater Jakob und seine Mutter zur Erfüllung seiner Traumprophezeiung nach Ägypten zu führen. Nach geltendem ägyptischem Recht, das Josef als Beamter des Pharao schließlich vertrat, konnte er nämlich seinen eigenen Bruder gar nicht versklaven.

Im Spektrum dieser Listenqualität liegen die hybriden Formen der List, in denen technische Fertigkeit, Bauernschläue, militärische Feldherrnkunst und staatsmännische Klugheit literarisch kultiviert werden. Die Bücher, die zu diesen Themen ab dem 10. Jahrhundert geschrieben werden, können zwar alle auch das Titelelement *ḥiyal* enthalten; aber ihr Inhalt ist moralisch unbedenklich und an Idealtypen wie Archimedes, dem verschmitzten Baṣārhändler, Alexander dem Großen oder den sāsānidischen H̱osraws orientiert.[33]

Die andere Gruppe basiert auf Koranvers 38:44, der auf Hiob 2 zurückgeht und Hiob einen Ausweg zeigt, wie er seinen Schwur, seiner Frau 100 Schläge zu verabreichen, auf mildeste Weise umgehen kann. Hiob vollzog nämlich die Strafe nicht mit einem derben Stock, sondern mit einem Büschel grüner Zweige und entzog sich deshalb – nach Meinung der islamischen Korankommentatoren – dem Vorwurf des Schwurbruchs. »*Wa-lā taḥnaṯ*« heißt es deshalb gleich darauf im Vers, »und werde nicht eidbrüchig«!

Der Eid *(al-yamīn)*[34], der Eidbruch *(al-ḥinṯ)* und die Sünde *(al-iṯm)* bzw. das Unrecht *(aẓ-ẓulm)*, das sind die Schlüsselbegriffe der juristischen *ḥiyal*. Da die *šarī'a* neben dem Zeugen nur den Schwur als weiteres Beweismittel akzeptiert, behandeln die *ḥiyal* damit den sensiblen Dreh- und Angelpunkt des islamischen Rechtssystems. Betrachtet man die Fälle aus dieser Perspektive etwas genauer, dann entdeckt man hinter der Kasuistik schemenhaft eine systematische Darstellung der

33 Eine ganze Sammlung von Beispielen ist dazu bei al-Iskāfī, *Luṭf*, zu finden.
34 Im Terminus *yamīn* fallen Eid und Schwur zusammen. Nur im islamischen Prozeßrecht wird streng zwischen Eid und Schwur unterschieden.

Grenze zwischen Schwur und Eidbruch und zwischen Wahrheit *(ḥaqq)* und Lüge *(kiḏb)*. Um den *ḥiyal* überhaupt eine Legitimation zu verschaffen, rekurriert as-Saraḫsī auf vertrauenswürdige Überlieferungen. Der Sohn des zweiten Kalifen, ʿAbdallāh b. ʿUmar (gest. 132h/750), soll gesagt haben: »Jemand, der bei Gott lügt, ist mir lieber als der, der bei irgendjemand anderem die Wahrheit spricht«; und »Die Lüge ist in drei Fällen erlaubt: bei der Versöhnung zwischen Streitenden, gegenüber der eigenen Frau und im Krieg.«[35] Auf den Gewährsmann der ḥanafitischen Überlieferung im Irak, Ibrāhīm an-Naḫaʿī (gest. 96h/715), führt er die grundlegende Differenz zwischen Einhaltung und Bruch des Schwurs auf die Unterscheidung zwischen Inhalt und Absicht zurück: Die rechtliche Verbindlichkeit des Schwurs hängt von der Absicht dessen ab, der ihn verlangt. Dem ungerecht Behandelten erlaubt es der Schwur, Unrecht von sich abzuweisen; deshalb ist nicht der Inhalt seines Schwurs, der ja in der Regel von dem gefordert wird, der ihn ungerecht behandelt, verbindlich, sondern seine Absicht beim Ablegen des Schwurs; so ist der Mann aus Bagdad nicht an sein Wort gebunden, dem seine Frau vor seinem Aufbruch nach Kufa das Zugeständnis abringt, jedes Sklavenmädchen, das er auf seiner Reise kaufen sollte, sogleich wieder freizulassen. Er antwortete ihr zwar mit einem »Ja«!, ar. *naʿam*, meinte damit aber das Homonym ›*naʿam*‹ (Weidevieh), etwa das Vieh des Stammes der Taġlib.[36] Der baṣrische Dichter Ibn Duraid (gest. 321h/937)[37] hat sogar ein Buch, das *K. al-Malāḥin*, über solche »Sprachkniffe« geschrieben. Nicht nur gezielt eingesetzte Homonyme, auch unbeabsichtigte Abweichungen vom Schwurtext durch Sprachfehler können die Ungültigkeit des Schwurs herbeiführen.

Andererseits soll das Gesetz denjenigen, der Unrecht verübt, zwingen, Unrecht zukünftig zu vermeiden und das Recht demjenigen zukommen zu lassen, der im Recht ist; deshalb ist dessen Interpretation des Schwurs verbindlich. Wenn etwa Diebe bei einem Mann eindringen, seine Habe rauben und ihn

35 *Mabsūṭ* XXX, S. 215/f., 211/15f.; J. Schacht (s. Anm. 22), *Šaibānī*. S. 95/20f. ar., 91/1f. ar.
36 J. Schacht, *Šaibānī* (s. Anm. 22), S. 44/1f ar.
37 *GAS* II, 520; C. Brockelmann, *Geschichte der arabischen Litteratur* I, S. 112f, 114: XI.

schwören lassen, daß er niemandem davon berichtet, so ist er nicht an seinen Schwur gebunden.[38]

In endlosen Variationen werden so Schwurverbindlichkeit und Wahrheitspflicht eingeengt und auf spekulative Weise definiert. Aber weder wahllos noch unbeteiligt. Die *ḥiyal*-Fälle sind notwendig parteiisch. Wie beim *muḍāraba*-Gesellschaftsfall oder beim gebrochenen Keuschheitsschwur des Gatten dominiert auch in dieser Fallgruppe die Perspektive des Bürgers, der ein natürliches Interesse an der Ausdehnung seines Legalitätsspielraumes hat. Wenn eine andere Perspektive gewählt ist, dann ist es selten die der Rechtsaufsicht, wie z. B. des Qāḍī's, sondern meist die den handelnden Personen übergeordnete der Bewahrung der Rechtgläubigkeit. Und diese wurde nicht von Juristen entschieden, sondern im Kräftespiel der mehr oder weniger organisierten dogmatischen Glaubensrichtungen. Deshalb ereilte das gerade erst entstehende Genre der *ḥiyal*-Literatur mit dem Erstarren der innerislamischen Fronten gegen Ende des 11. Jahrhunderts auch ein ganz gewöhnliches Schicksal. Es kam unter die Räder der konservativen Reaktion. Einflußreiche Gelehrte, wie al-Ġazzāli (gest. 505h/1111) oder Ibn Qaiyim al-Ǧauzīya (gest. 751h/1350), verwarfen die juristische Kniff-Strategie rundweg oder schränkten sie stark ein.[39] Die Argumente waren dabei äußerlich rechtstheoretischer Natur. Man verwarf die Kniffe-Kasuistik, weil sie angeblich das Prinzip der Analogie verletzte.

In literaturgeschichtlicher Hinsicht sind die *ḥiyal* darum nicht mehr als eine Episode unter anderen. Für die islamische Rechtsgeschichte sind sie aber bemerkenswert und von nachhaltiger Bedeutung. Bemerkenswert deshalb, weil in ihnen, wie nirgendwo anders in der islamischen Rechtsliteratur, aus der Sicht des rechtssuchenden Einzelnen und zu seinem Wohle das offenbarte göttliche Recht interpretiert wird. Auf der Suche nach den Billigkeitsgrenzen wurde unter Zurückstellung der religiösen Wertigkeit einer Handlung ihre objektive Gültigkeit abgesteckt. Die Rechtsgültigkeit des abscheulichen Doppelmords an Schwiegermutter und Frau gibt ein bizarres Beispiel

38 J. Schacht, *Šaibānī* (s. Anm. 22), S. 43/20f ar.

39 Aziz al-Azmeh, *Islamic Legal Theory and the Appropriation of Reality,* in: *Islamic Law. Social and Historical Contexts,* London 1988, S. 259; J. Schacht, *Die arabische* ḥijal-*Literatur* (s. Anm. 18), S. 225–6.

ab für die Auswirkungen der *ḥiyal*-Kasuistik. Für die traditionellen Normsetzer des islamischen Rechts klang das nach listiger Umgehung oder gar tückischer Verführung der Muslime. In unserer Welt voller Steuerberater oder Rechtsanwälte hat das längst seinen koscheren Platz. Gerade durch die Verteufelung überlebten die Kniffe aber auch ihr literarisches Genre. Immer wieder werden sie ins Feindbild hineinprojiziert. Noch der moderne Reformer Rašīd Riḍā (1865–1935) setzte sie in einer postum publizierten Fatwā-Sammlung Zaubertricks, *siḥr*, gleich.[40] Dennoch ging der Geist, in dem sie konzipiert waren, nicht völlig unter. Er findet sich im späteren kanonisierten Recht wieder. Er läßt sich herauslesen aus den juristischen Motti der orthodoxen Rechtslehre, wie etwa der Priorität des »öffentlichen Wohls«, *maṣlaḥa*, bei Rechtsunsicherheit, oder dem Motto »was nicht verboten ist, ist erlaubt«. Ihre buchstäbliche Spur ist jedoch kaum mehr erkennbar. Die *ḥīla* hatten längst eine zu pejorative Beurteilung, als daß man sie einfach hätte zitieren können. Aber es lassen sich auffällige Parallelen aufdecken. Wie etwa in dem šīʿītischen Rechtskompendium *Furūʿ al-Kāfī*[41] aus dem 10. Jahrhundert, wo der Autor verrät, wie sich ein Gatte mit einem Schlag von zwei Frauen scheiden lassen kann. Noch lebendiger wird die Erinnerung an die Kniffe in den späteren Fatwā-Sammlungen. In einer kürzlich zusammengestellten Auswahl von Rechtsgutachten[42] dreier şeyhülislams, den Muftis von Istanbul, aus dem 17. und 18. Jahrhundert, ist nicht nur eine *ḥīla* von Šaibānī – allerdings anonym – zitiert; es lassen sich gut weitere 10 % des gesamten Materials mit Fällen aus den Werken, mit denen wir uns beschäftigten, identifizieren. Die Moral der List ist wohl nicht totzukriegen. Eine Prognose wage ich nicht. Vor kurzem wurde in Ägypten der angesehene kritische Philosoph Naṣr Abū Zaid aus religiösen Gründen exkommuniziert. Sein verbriefter Unglauben *(takfīr)* erlaubte der Justiz in korrekter Anwendung der *šarīʿa,* seine Ehe zu annullieren, die Zwangsscheidung von seiner Frau. Bei Ḫaṣṣāf liest sich dieser Fall noch

40 *Fatāwā al-Imām M. Rašīd Riḍā* (Ed. Ṣalāḥaddīn Munağğid) V, Beirut 1971, S. 1702.

41 (Ed. M. Ğarrār al-Faqīh) I–IX, Beirut 1992, VI, S. 75.

42 C. Imber, *›Involuntary‹ Annulment of Marriage and its Solutions in Ottoman Law,* unveröffentlichtes Paper.

auf listige Weise seitenverkehrt: Wenn eine Frau sich von ihrem Gatten scheiden lassen will und sie keine Möglichkeit dazu sieht, kann sie vom Islam abfallen und dann gleich wieder bereuen. Ihre Ehe ist dann annulliert, ihr Seelenheil aber wiederhergestellt. Tempora mutantur.

Erläuterungen

ḥiyal = Kniffe
al-Ḥīla fī tark al-ḥiyal: Die List besteht darin, auf sie zu verzichten.
min al-ḥazm sūʾ a-ẓann bi n-nās: Die Schlechtigkeit der Menschen erfordert kluges Bedenken.
ḥiyal rūḥānīya = ›pneumatische Listen‹
Kitāb fī ḥīlat al-barʾ: Das Buch über das Heilverfahren.
tadlīs = Betrug; ← ›δόλος‹
›*qiṣāṣ*‹ = Blutsrecht *(jus talionis)*
Kitāb fī ḥiyal fī l-fiqh: Das Buch über die Rechtskniffe. Von Abū Ḥātim al-Qazwīnī (um 1000) verfaßt.
Sunna ≈ Praxis des Propheten Muḥammad und seiner Anhänger
dalīl, adilla = Lotse, Beweis
iǧtihād = individuelle Bemühung um Rechtsfindung
rayʾ = persönliche Rechtsmeinung
qiyās = Analogie
fuqahāʾ = die sich um Einsicht bemühen
fiqh = ›islamisches Recht‹
ḥarām = verboten
ḥalāl = erlaubt
makrūh = mißbilligt
zakāt = gesetzliche Almosensteuer
makr = Betrug
ṣiġār = Frauentausch
Mālikīya-Rechtsschule
Ḥiǧāz = n.-w. Arabien
Abū Yūsuf, um 795, Oberqāḍī des Kalifen Hārūn ar-Rašīd
M. b. al-Ḥasan aš-Šaibānī (gest. 805)
Ḥanafīya-Rechtsschule
al-Ḫaṣṣāf (gest. 874)
as-Saraḫsī (gest. um 1090)
muḍāraba = ›stille‹ Gesellschaft
šarika = offene Handelsgesellschaft
zakāt-Steuer

ṣadaqa = fromme Spende
'idda = vorgeschriebene Wartezeit
fatwā = Rechtsgutachten
iǧmā' = Konsens der Muslime
ḥaqq = Name Gottes, Wahrheit, Recht
yamīn = Schwur
ḥinṯ = Eidbruch
al-iṯm = Sünde
aẓ-ẓulm = Unrecht
na'am = Ja, Vieh
al-Ġazzāli = (gest. 1111)
Ibn Qaiyim al-Ǧauzīya (st. 1350)
siḥr = Zaubertrick
maṣlaḥa = öffentliches Wohl
takfīr = Erklärung auf Unglauben

Claudio Soliva
Juristen – Christen – Listen

»Es heisst ein Volk zu teutsch Juristen, wie seind mir das so seltsam Christen.«[1] Dieser Ausgangspunkt nachfolgender Betrachtungen läßt in Verbindung mit der für selbige gewählten Überschrift wohl gleich den Grund solcher Überlegungen erahnen: Wie steht es denn eigentlich mit der christlichen Grundhaltung dieses »Juristenvolkes«, welches oft nicht nur die einfachen, rechtsuchenden Laien, sondern nicht selten auch die rechterkennenden Instanzen über klare Sachverhalte und/oder richtige Anwendung des Rechts hinwegzutäuschen versucht? Wer solche Aussagen formuliert, hat offensichtlich das Bild unwürdiger Vertreter dieses Standes vor Augen, die als vielfach üble Ränkeschmiede mit ihren Kunstgriffen, Kniffen, Winkelzügen oder gar Lügen, mit einer geradezu unheimlichen Rabulistik und Spitzfindigkeit, das ganze Recht in sein Gegenteil verkehren wollen. Dieses negative Cliché von »Advokaten und Prokuratoren«[2] – auf diese Sparten im Berufsfeld des Juristenstandes wird dabei vornehmlich abgehoben – prägt das seit dem 16. Jahrhundert weitverbreitete, früher allgemeine Sprichwort: »Juristen böse Christen.«[3]

Damit ist einleitend schon ein Zweifaches festgestellt:
a) Mit dem Begriff des Juristen wird vielfach der Begriff der Listen gleichsam mitgedacht; diese werden bei einer gewissen Sichtweise geradezu dem Arbeitsinstrumentarium des Standes zugerechnet.[4]

1 Stintzing (1880) S. 73 Anm. 1.
2 Laufs (1973) S. 47.
3 Stintzing (1875) S. 5–9; *Sprichwörterlexikon* (1987) II, Sp. 1081–1083.
4 Vgl. den wohl nur den älteren Vertretern des Standes bekannten Vers, der anwaltliche Tätigkeit geradezu mit List gleichsetzt:
»Der Jurist
ist ein Christ,
durch dessen List
ein jeglicher Zwist
innert kürzester Frist
beendet ist.«
Leider konnten dazu keine schriftlichen Belegstellen gefunden werden.

b) Gleichzeitig aber wird die List – wohl mehr gefühlsmäßig als reflektiert – unter dem Gesichtspunkt christlicher Ethik als zumindest fragwürdig, wenn nicht gar als amoralisch gewertet.

Die Berechtigung beider Annahmen wird wenigstens ansatzweise zu überprüfen sein.

I.

Wenn Stintzing mit Bezug auf das Sprichwort »Juristen böse Christen« annimmt, »daß der verführerische Reim bei seiner Entstehung mitgewirkt hat«[5], so mag dies wohl auch für den Titel meines Vortrages gelten – dies sei nicht in Abrede gestellt. Immerhin aber ist der zusätzliche Reim – »Listen« – schon durch das Generalthema dieses Bandes vorgegeben; darüber hinaus jedoch bietet er noch eine knappe Begründung für das schlimme Sprichwort, wie sie besonders in dessen Entstehungszeit immer wieder vorgetragen wurde.

Wir blenden zurück in das 15. und 16. Jahrhundert, also in eine Epoche, welche – die in der allgemeinen Geschichtsschreibung stark hervorgehobene Zeitwende um 1500 überbrückend – geradezu als *Reformepoche* bezeichnet werden kann und den Übergang vom ausgehenden Mittelalter zur Neuzeit umfaßt. Es ist hier nur anzumerken, daß in dieser Zeit alles in Bewegung gerät, gewaltige Umgestaltungen des geistigen, des gesellschaftlichen und des politischen Lebens sich ankündigen und, z. T. schon früher einsetzend, je nach Raum und Zeit in verschiedener Weise sich auch vollziehen. In unserem Zusammenhang machen schon die Stichworte Renaissance und Humanismus uns aufmerksam einerseits auf die Ausbildung der Territorialherrschaft, auf die humanistische Erneuerung der Rechtswissenschaft im sog. »Mos Gallicus« (ein neues wissenschaftliches Programm, welches, der mittelalterlichen Jurisprudenz des sog. »Mos Italicus« gegenübergestellt, vor allem nach einer Neubesinnung auf Methode und System verlangte), auf die Reformkonzilien im Zusammenhang mit den Bestrebungen zur Reichsreform, auf Land- und Stadtrechtsreformationen sowie auf die z. T. durch diese Vor-

5 Stintzing (1875) S. 5.

gänge mitbedingte Entstehung eines profanen Juristenstandes, andererseits auf die religiöse Neubesinnung, welche im westlich gelegenen England und im östlichen Böhmen (die personengeschichtlichen Zusammenhänge zwischen den Entwicklungen in England und Böhmen sind unübersehbar) früher einsetzt und schließlich in die Reformation und Gegenreformation des 16. Jahrhunderts ausmündet.

Besonders in Freiburg ist bei dieser Gelegenheit die Referenz an Ulrich Zasius (1461–1535) und seine Schule angebracht. Aus der nächsten und mit vielfachen Beziehungen verbundenen Nachbarschaft wären zu nennen Bonifacius Amerbach (1495–1562), des Zasius Schüler und Hausgenoß in Freiburg, nachmals Professor und fünfmaliger Rektor der Universität Basel, oder aus Straßburg Sebastian Brant (1457–1521), vor seiner Rückkehr 1499 in seine Heimatstadt ebenfalls Professor in Basel (beispielhaft drei aus einer Vielzahl herausragender Gestalten). Vor allem in seinem berühmten *Narrenschiff*[6] kritisiert Brant die Mißstände in der Rechtspflege, und in Kap. 71 stellt er die Prozessiersucht als Versuch dar, der Justitia die Augen zu verbinden (auch eine List). Der zu diesen Ausführungen gehörende Holzschnitt zeigt eine Justitiafigur, welcher die in den Illustrationen des Buches immer wiederkehrende Narrengestalt die Augen verbindet. Es handelt sich hier um eine der frühesten, wenn nicht gar um die erste Darstellung der Justitia mit einer Augenbinde. (An diesem Beispiel ist dies sicher negativ zu deuten: So ist die Justitia blind! Andere Darstellungen gestatten eine positive Deutung: Sie schaut nicht auf rechtlich irrelevante Unterschiede. Mit ambivalentem Sinngehalt ist sie etwa gezeichnet mit einer über den

6 Erste Auflage 1494; von mir benützte Ausgabe Frankfurt a. M. 1566. Interessant ist die Tatsache, daß Brant die Prozessiersucht nicht etwa nur den Parteien, sondern vor allem deren Advokaten anlastet, denen er gewinnsüchtige Motive unterstellt:
»Und auss eim sechle wirt ein sach,
Und auss eim ruenzle wirt ein Bach.
Man muess jetzt koestlich Redner dingen,
Und sie von ferren Landen bringen.
Das sie die sachen wol verkluegen,
Und mit geschwetz ein Richter betriegen.
So muss mann denn viel tag anstellen,
Damit der tag sold mag anschwellen...« (S. 91)
Zu Brant vgl. Kleinheyer/Schröder (1989) S. 50–52.

Arm gelegten oder einer, zwar umgelegten, aber durchsichtigen Augenbinde.

Dieses Beispiel leitet über zur zeitgenössischen, nicht immer leicht verständlichen Kritik an Juristen und Rechtspflege. Nicht immer leicht verständlich deshalb, weil doch sehr viele Persönlichkeiten des Standes den Beweis dafür liefern, daß die Epoche eine wirkliche Elite an großen Rechtslehrern, die vielfach auch bedeutende Praktiker waren, aufzuweisen hat. Wie kann es da so schlecht um die Rechtspflege bestellt sein, mag man sich zunächst fragen. Nun sind es gerade die bedeutendsten Juristen dieser Epoche, welche den schärfsten Tadel üben. Neben Brant sind es Zasius (1461–1535), Sichardt (1499–1552), Apel (1486–1536), sind es aber auch Melanchthon (1497–1560) und Hutten (1488–1532).[7] Die Gelehrten wettern begreiflicherweise gegen die Halb- oder gar Ungelehrten, die Laien aber gegen diese und auch gegen die Gelehrten des Standes, der ihnen die Ordnung wie das Ordnungsdenken – früher durchaus eine Domäne auch des verständigen Laien – durch zunehmende Verwissenschaftlichung, die sich zudem unter Rezeption des römischen und römisch-kanonischen Rechtes vollzieht, recht eigentlich »entfremdet«. Im Bauernkrieg werden gar die Abschaffung des gelehrten Rechts ganz allgemein und die Entfernung der studierten Juristen aus der Rechtspflege verlangt, worin sich ganz offensichtlich auch soziale Forderungen, verbunden mit einem Mißtrauen gegen weltliches und kirchliches Recht sowie gegen deren Vertreter äußern. Aber auch aus kirchlichen Kreisen meldet sich Kritik, von alt- wie von neugläubiger Seite her. Die Glaubensreformation mußte früher oder später die Geltung des kanonischen Rechtes, welche bis anhin von absolut allgemeiner Bedeutung gewesen war, in Frage stellen und provozierte damit schwere Auseinandersetzungen auch mit Juristen, die sonst der neuen Lehre gegenüber durchaus positiv eingestellt waren.

Ganz unabhängig von ihrer Einstellung zur religiösen Neubesinnung hatten viele Mühe mit einer neuen Rechtskultur, welche sich zunehmend, wenn zunächst noch nicht von den *glaubensmäßigen Grundlagen*, so doch deutlich erkennbar

7 Stintzing (1880) S. 71–75.

von der *kirchlichen Gebundenheit* entfernte. Die Säkularisation der rechtlichen Ordnung kündigte sich an und wurde von Theologen und Laien den Juristen zur Last gelegt. Wieweit ist eine solche Jurisprudenz noch mit dem Christentum vereinbar? Sie hat sich von demselben emanzipiert und lehrt ja doch nur, wie man sein eigenes Recht mit Hilfe hoch zu bezahlender Spezialisten verfolgen könne und solle, während nach Jesu Wort in der Bergpredigt und Paulus' Ausführungen im ersten Korintherbrief der Christ das Seine nicht suchen, mit dem Bruder nicht streiten und ganz allgemein sich der Nachsicht gegenüber seinem Nächsten befleißigen solle.

Unter solch verschiedenen, aber letztlich konvergierenden kritischen Ansätzen wird die Qualifikation der Juristen als »böse Christen« zumindest verständlich. Sie erscheint vielleicht sogar als nachvollziehbar mit Bezug auf die Halb- oder gar Ungelehrten, welche in dieser Zeit sicher die große Masse ausmachen, mit relativ bescheidener Vorbildung die Universitäten beziehen und diese dann mit lückenhaften, vielfach sehr bescheidenen Kenntnissen des Rechts bald wieder verlassen. Sie fanden damals in den zur Staatlichkeit drängenden kleineren Territorien und unbedeutenderen Städten zumeist ein z. T. anspruchsvolles Wirkungsfeld, das vielleicht ihrer Herkunft, aber nicht immer ihren Kenntnissen angemessen war. »Endlich«, so meint Wieacker[8], »zeitigt ein Zeitalter der ständischen Umschichtung und Auflösung wie dieses auch ein ›juristisches Proletariat‹ – so wie schon seit dem Hochmittelalter das intellektuelle Proletariat der Artistenfakultäten einen Bodensatz verkommenen Scholarentums stellte.«

Für die Vertreter eines solchen Bildungsstandes mittlerer und tiefer Stufe gab es schon damals ganz spezifische Literaturgattungen. Für unsere Betrachtung sind die Anleitungen zur Abfassung von Schriftsätzen etwelcher Art wie zur Technik der Behandlung und Austragung von Streitigkeiten von Bedeutung. Sie dienen einem praktischen, zumeist durchaus vertretbaren Anliegen nach Erleichterung der täglichen Routinearbeit und rechtlicher Absicherung; indessen können sie auch ganz anderen Zwecken dienstbar gemacht werden.

8 Wieacker (1967) S. 160.

II.

In einer gewissen Grenzzone liegen die in der hier angesprochenen Epoche aufkommenden »Tractatus cautelarum« oder »de cautelis«, die einzeln oder auch in Sammlungen zusammengefaßt erscheinen, etwa ein einzelnes Gebiet (z. B. das Erbrecht), mehrere oder gar alle Materien des Rechts betreffen. Die Bezeichnung leitet sich ab von *cavere* = »für jemandes Vorteil sorgen, einen Vorteil verschaffen, sich vorsehen« – daher *cautela* = »Vorsicht«, ähnlich wie *cautio* = »Sicherheitsleistung«. Es geht um die Gestaltung gesicherter Rechtshandlungen, was in den Anfängen jeglicher Rechtskultur wohl die Primäraufgabe der Rechtskundigen darstellt. Mit fortschreitender Entwicklung tritt diese *Kautelarjurisprudenz* im Arbeitsfeld der eigentlichen Juristen eher in den Hintergrund und wird einer nicht im gleichen Maße gebildeten Schicht im Recht erfahrener Berater und dann vor allem den Schreibern überlassen. Zu beachten ist, daß mit dieser Tätigkeit schon immer ein doppelter Zweck verfolgt wurde: Einerseits ging es darum, Formeln und Formulare zu entwerfen, Muster für Vertragsklauseln oder ganze Verträge und andere Rechtsgeschäfte zu schaffen, um mittels solcher alle Möglichkeiten und Fährnisse berücksichtigender ausgefeilter Formulare späteren Rechtshandlungen vorzuarbeiten und diese möglichst anfechtungssicher zu gestalten (daher auch der Name); andererseits konnten auf diese Weise aber auch Möglichkeiten aufgezeigt werden, durch geschicktes Vorgehen bzw. Formulieren die Formstrenge des Rechts zu mildern, ja dieses gegebenenfalls auch einmal weiterzubilden oder – in listiger Weise – gar auszuschalten oder zu umgehen. Seit dem Hochmittelalter ist die Pflege der Kautelarjurisprudenz wesentlicher Bestandteil der »Ars notaria« (Notariatskunst). Dem Begriffe nach auch in Fachkreisen hierzulande zwar keineswegs mehr allgemein bekannt, existiert die Kautelarjurisprudenz der Sache nach selbstverständlich weiterhin; sie wird mit ihren vielgestaltigen Erzeugnissen von Laien wie auch von Juristen rege in Anspruch genommen und hat im Zeitalter der Informatik vermehrte Bedeutung erhalten.[9]

9 In Österreich scheint indessen der Begriff noch durchaus geläufig zu sein und meint dort »die notarielle Kunst im besten Sinne, die noch kaum ent-

Um wieder bei schon genannten Namen und auch wieder bei Freiburg anzuknüpfen, sei zunächst auf den Schüler von Zasius und Amerbach, Johann Fichard (1512–1581), hingewiesen, der wegen seiner gesetzesredaktorischen Tätigkeit von Zeitgenossen als »Solon und Lykurg« Frankfurts gepriesen wird.[10] In seiner Person sind Rechtswissenschaft und Rechtspraxis in ähnlicher Weise wie bei seinen großen Lehrern verbunden. Sein Sohn, Raimund Pius Fichard (1540–1584), hat 1575 in Frankfurt einen *Tractatus Cautelarum* (Traktat über Kautelen) herausgegeben, welcher zur Hauptsache eine Sammlung von Kautelen früherer Autoren darstellt und nicht zuletzt deshalb von einiger Bedeutung auch in unserem Zusammenhang ist, weil der Vater zu dieser Edition ein Vorwort »De recto atque vero cautelarum usu« (Über den richtigen und wahren Gebrauch der Kautelen) verfaßt und dabei nicht verschwiegen hat, daß manche »in fraudem legis« (in der Absicht listiger Umgehung des Gesetzes) formuliert worden seien. Es sei indessen nützlich, auch die fragwürdigen Kautelen anzuführen, denn es handle sich ja immer darum, sie als solche zu erkennen, um ihnen dann entsprechend begegnen zu können. Diese fragwürdigen Kautelen segeln bemerkenswerterweise unter der Bezeichnung *Cautelae Caepollae,* weil sich in der ersten größeren Kautelensammlung des bedeutenden Vertreters des sog. »Mos Italicus«, Bartholomäus Caepolla († 1477 in Padua)[11], durch das ganze Werk hindurch listige bis arglistige Kautelen finden. Von diesen sei hier eine kleine Auswahl zu verschiedenen Problemen geboten.

1. Gar ein zweifaches Strategem enthält schon die »secunda cautela« seiner Sammlung: »Cautela liberandi aliquem a morte iuste condemnatum.« Es geht hier also um die Möglichkeit, einen zu Recht zum Tode Verurteilten in rechtlich vertretbarer Weise vor dem Vollzug der Strafe und damit vor dem Tode zu retten. Bemerkenswert ist immerhin, daß der Jurist Rechtsbehelfe wie etwa Aufschub, Begnadigung oder Revision des Verfahrens nicht einmal erwähnt. Dafür beschreibt er eingehend,

wickelte Wissenschaft einwandfreier privatrechtlicher Urkundengestaltung«; so in HRG 1 (1971) Sp. 602 f.

10 Stintzing (1880) S. 586–599; Kleinheyer/Schröder (1989) mit Anführung neuerer Lit. S. 89–92.

11 Savigny (1961) VI., S. 320–323; Stintzing (1880) S. 534–536, 596.

wie solchem Vorhaben dann Erfolg beschieden sein könne, wenn dafür gesorgt werde, daß der Zug zur Richtstätte den Weg eines höheren geistlichen Würdenträgers kreuze. Dieser könne nämlich durch eine einfache Formhandlung (symbolhaftes Umhüllen mit dem Mantel oder allenfalls Auflegen der Kopfbedeckung[12]) den Verurteilten seinen weltlichen Richtern entziehen. Caepolla unterläßt nicht, für seine wie auch für anderslautende Ansichten eine Reihe von Belegen aus der Kommentatorenliteratur mit großen Namen wie Baldus (Baldus de Ubaldis 1327–1400) und de Castro (Paulus de Castro † 1441) anzuführen. Er verzichtet indessen auf Ausführungen zum Problem, mit welchen Mitteln diese lebensrettende Begegnung herbeigeführt werden könne. Das Ganze schließt mit dem Hinweis, daß der Richter, der solches listigerweise vermeiden will, immerhin die Möglichkeit einer »ungefährlichen« Routenwahl für den letzten Gang des armen Sünders besitze.

2. Mit der »Cautela IX« empfiehlt unser Meister dem, der das weltliche Gericht zu fürchten hat, den Eintritt in den Stand der Kleriker; dann nämlich ist er der weltlichen Instanz entzogen.

3. In der »Cautela VIII« wird dem, der eine Todesstrafe oder deren Vollzug zu befürchten hat, der Rat erteilt: »fingat se furiosum vel amentem« (er soll sich als wahnsinnig oder geistesgestört ausgeben bzw. aufspielen), weil er in einem solchen Zustand nicht bestraft werden könne, selbst wenn er das Delikt vor Eintritt seiner Unzurechnungsfähigkeit begangen habe. Caepolla ist zwar *zeitlich* mehr als ein halbes Jahrtausend, mit diesem Ratschlag aber *sachlich* kaum sehr weit von heutigen Praktiken entfernt.

4. In der »Cautela XXV« wird ein juristisch etwas komplizierterer Sachverhalt in geradezu raffinierter Form abgehandelt. Es geht um das Problem der Rückforderung einer gestohlenen oder geraubten Sache gegenüber einem späteren Drittbesitzer, was vor allem beim Marktkauf seit dem Mittelalter eine stets aktuelle und immer wieder neu diskutierte Thematik darstellt. Caepolla hält zunächst als Prinzip fest: Eine gestohlene oder geraubte Sache muß dem Eigentümer zurück-

12 Bei Caepolla ist der mittellateinische Begriff »cappa« verwendet, der »Mantel, Oberkleid« oder auch nur »Kapuze« bedeutet. Für weitere Verwendung dieses Kleidungsstückes bei rechtlich bedeutsamen Formhandlungen vgl. Müller (1972) S. 17–33.

gegeben werden, ohne daß dieser einem allfälligen Käufer derselben den Kaufpreis zu ersetzen hat. Dann stellt er die Frage, auf welche Weise sich ein Käufer dieser für ihn doch recht ungünstigen Rechtspflicht entziehen könne. Die Antwort: Der Käufer muß die denkbarerweise von einem Unberechtigten ihm angebotene Sache mit der Klausel kaufen, daß er sie (gewissermaßen in auftragsloser Geschäftsführung) für den an ihr Berechtigten erwerbe und jederzeit bereit sei, sie diesem gegen Bezahlung des erlegten Preises und der bis zur Rückgabe zu berechnenden Zinsen zu erstatten. So wäre der Handel für den Käufer mehr oder weniger risikofrei, denn im Falle der Rückforderung müßte er durch den Eigentümer schadlos gehalten werden.

5. »Cautela LIX« soll Unverheiratete vor der Bestrafung wegen einfacher Unzucht retten. Caepolla rät ihnen zu diesem Zweck unverhohlen zum Meineid: Falls ihnen wirklich an der Straflosigkeit liege und sie eine Ehe in Betracht ziehen können, sollen sie doch einfach schwören, daß sie sich vor dem Beischlaf heimlich die Ehe versprochen hätten. Dann nämlich würden sie vor dem kanonischen Recht als – wenn auch in »clandestiner« (heimlicher) Ehe – gültig verheiratet gelten, und von Unzucht könne dann keinesfalls mehr die Rede sein.[13]

6. Aus einer anderen Kautelensammlung[14] stammt folgender Rat zum gleichen Bereich. Wenn ein Mann angehalten wird, das Mädchen, mit dem er Unzucht getrieben hat, zu heiraten, so möge er der Erklärung vor Priester und Zeugen, daß er dieses Mädchen zur Frau nehme, beifügen: Aber, wenn sie es dann mit einem anderen treibt, will ich das Recht haben, eine andere zu nehmen. Er hat dann »Glück« und das Mädchen Pech, wenn der Priester und die Zeugen die Feinheiten des kanonischen Rechts nicht kennen; denn dann gelingt sein »Ausmünzungsstrategem« (von Senger), weil ein Eheschluß mit solcher Bedingung ganz einfach ungültig ist. Zwar ist es nicht so, daß der familienrechtliche Vertrag der Ehe im kanonischen Recht generell bedingungsfeindlich ausgestaltet war, sondern es handelt

13 *Consensus facit matrimonium;* die Spendung des Ehesakramentes erfolgt durch das Jawort der Partner (nicht etwa durch den Priester). Aus dieser Auffassung erwuchs bis zum tridentinischen Konzil (1545–1563) und z. T. darüber hinaus das Problem der clandestinen (heimlichen) Ehen.

14 Stintzing (1880) S. 535.

sich in diesem Falle um eine konkrete Bedingung, welche dem Wesen der Ehe zuwiderläuft und daher deren Gültigkeit hindert.[15]

Mit diesem halben Dutzend Beispielen mag es hier sein Bewenden haben. Sie dürften genügen, um die in unserem Zusammenhang interessierende Seite dieser Literaturgattung der damaligen Zeit zu verdeutlichen. Zwar finden wir nirgendwo, auch nicht in Ansätzen, eine eigentliche Strategemtheorie; und auch einen Strategemkatalog müßte man sich in mühsamer Kleinarbeit selbst konstruieren, da die listigen Kautelen aus Hunderten herauszusuchen und als solche zu erweisen wären. Da sie zudem in der damals üblichen wissenschaftlichen Manier unter Berufung auf Autoritäten und mit Anführung divergierender Meinungen dargestellt sind, wären auch diese Verweise noch zu überprüfen – ein zeitraubendes und schwieriges Unterfangen, dessen Resultat den Aufwand kaum lohnen würde.

Deutlich erkennbar ist indessen anhand dieser Literaturgattung die Tatsache, daß bedeutende Vertreter der Jurisprudenz dieser Epoche die zu ihrer Zeit praktizierten Listen sehr wohl kannten und nicht etwa durchweg ablehnten, sondern mitunter mit nicht sehr überzeugender Begründung munter weiter überlieferten.

III.

Von den dargestellten sechs Kautelen können wir die ersten 4 unter dem Gesichtspunkt der christlichen Ethik vielleicht als gerade noch akzeptabel erklären. Bedenken erregt vor allem das letzte Beispiel, in welchem das auf ein Eheversprechen vertrauende Mädchen durch die bedingt abzugebende Erklärung des Mannes allenfalls in ihren berechtigten Erwartungen getäuscht werden soll: Der Konsens ist unbeachtlich, die Ehe mithin schlicht nicht existent. Da ist nicht einfach nur List, sondern böse Arglist im Spiel.

15 C 7 X de Cond. IV, 5 (*Corpus Iuris Canonici,* 2. Teil [Decret. Gregor IX], Liber IV, Tit. V, Cap. VII); unzutreffend hier Stintzing (1880) S. 535.

Abzulehnen ist sicherlich auch die Empfehlung zum Meineid im vorletzten Beispiel, obwohl dieser niemandem schadet und, wenn keine rechtsgültige Ehe, so vielleicht doch eine Putativehe zustande bringt, welche durch nachfolgenden Konsens und Vollzug allenfalls validiert werden könnte. Aber trotzdem: Es bleibt das Delikt des »Periuriums« (des Meineides), das zumindest im kanonischen Recht der Zeit auch ohne Bezug auf verletzte Rechte Dritter geahndet wurde.

Eines ist indessen hier anzumerken. Ein in heutiger Sichtweise vielfach leichtfertiger Umgang mit dem Eid war gewiß auch die Folge der Tatsache, daß von diesem Mittel, mit dem oft Unbeweisbares als »bewiesen« deklariert wurde, überaus häufig Gebrauch zu machen war. Zuzeiten kann man geradezu von einem Zwang zum Eid sprechen. Dies führte im Volksglauben, in Verbindung mit dem strengen Festhalten an Form und Wort, zur Vorstellung, daß mit unmerkbar veränderter Form, mit zweideutigen Worten oder Sätzen sowie mittels Mentalreservation (innerem Vorbehalt) – einem eigentlichen Listen-Instrumentarium – ein Eid geleistet werden könne, auch wenn die Aussage in Tat und Wahrheit nicht zutrifft.[16]

16 Bekannte Beispiele dafür etwa: Der Bauer, der anläßlich eines Lokaltermins auf dem umstrittenen Grundstück schwört, daß er auf seinem eigenen Grund und Boden stehe, nachdem er zuvor das Fußbett seiner Schuhe mit Erde eines ihm wirklich gehörenden Ackers belegt hat. – Ähnlich Till Eugenspiegel in Historie 26, der trotz Landesverweisung in einem Karren voll Erde provokativ vor die Burg des Herzogs von Lüneburg kutschiert und erklärt: »Genädiger Herr, ich bin nit in Euwerm Land, ich setz in meinem Land, das ich gekoufft hab für einen SchillingPfenning. Und koufft das umb einen Buren, der sagt mir, es wär sein Erbteil«; Bote (1981) S. 80–82. – Von gleicher Art ist der Schwur in einer weit verbreiteten Legende: Der nicht zahlungswillige Schuldner füllt seinen hohlen Spazierstock mit Goldstücken und gibt ihn seinem Gläubiger zu halten, während er einen heiligen Eid schwört, daß er diesem mehr gegeben, als er ihm je schuldig gewesen sei; Heinerth (1939) S. 30. – Nicht anders ist auch der Schwur von Isolde vor dem Gottesurteil des Eisenprobe (Gehen mit glühendem Eisen in der Hand) gegenüber ihrem König und Gatten Mark: Ich habe nie in eines anderen Mannes Armen noch an eines andern Mannes Seite gelegen, als bei meinem Gatten Mark und in den Armen und an der Seite des erbarmungswürdigen Pilgers, welcher [alle haben es gesehen] mich vorher vom Boot zum Ufer trug und dort mit mir und an meiner Seite zu Boden stürzte. Das ist formell die Wahrheit [wenn auch irreführend], denn außer dem König und außer Tristan [hier in der Verkleidung als Pilger] lag niemand je an ihrer Seite noch sie in andern Armen. Sie bestand denn auch das Gottesurteil unverletzt. – Zum Scheineid und zum listigen Eid vergl. Künssberg (1936) A. 19f., S. 74.

Allgemein sind solche Ansichten in der beginnenden Neuzeit immer mehr in den Bereich von Sagen, Legenden und Fabeln übergegangen. Immerhin aber ist festzustellen, daß das vorstehend angeführte Listen-Instrumentarium in der älteren Moraltheologie, mit Nachwirkungen bis in unser Jahrhundert, z. T. eine erstaunliche Rechtfertigung erfahren hat.[17] Sind es mithin nicht nur die Juristen, sondern auch andere »seltsam Christen«, welche die Anwendung solcher Strategemata mit zu vertreten haben, so setzen doch die Ausgestaltung der rechtlichen Ordnung und die Rechtspraxis unverkennbar wesentliche Bedingungen für das Phänomen der List im Recht. Ganz offensichtlich führen z. B. strengere Regeln und größere Regelungsdichte erfahrungsgemäß zu größerem Einsatz von Listen.[18]

Damit sind wir an einem entscheidenden Punkt unserer Betrachtung angelangt. Das Problem der Listenanwendung ist im rechtlichen Bereich potentiell immer mitgegeben[19], weil die List zum Recht und damit tatsächlich (Bejahung der in der Einleitung zuerst genannten Annahme) auch zum Arbeitsinstrumentarium der Juristen gehört, was natürlich längst nicht heißt, daß sie immer zur Anwendung gelangen muß. Die Feststellung scheint zulässig, daß die Juristen aller Zeiten – und nicht nur sie – sich dieser Tatsache durchaus bewußt waren, das Problem indessen bis auf wenige Ansätze in unseren Breitengraden nie thematisiert haben. So hat die Kautelarjurisprudenz das, was in den vorausgehenden Ausführungen als Beispiele juristischer Listen zitiert wurde, selbst nicht als »List« bezeichnet. Man wagt nicht, von »List« zu sprechen, weil man diese

17 Als ein Vertreter der so argumentierenden jesuitischen Moraltheologie, deren Werke auf unsere Frage zu untersuchen sich lohnen würde, sei hier Alfons von Liguori (1696–1787) genannt.

18 Für das jüdische Recht trifft diese Feststellung Nowack (1926) schon in der Einleitung seiner Schrift. Eine Untersuchung der Traktate »Shabbat« und »Erubin« in der 2. Ordnung der Mischna auf Listprobleme würde mit Sicherheit Ergebnisse zeitigen.

19 Die Listanwendung kann schon einsetzen bei der Formulierung des rechtsgeschäftlichen Willens, z. B. mittels unklarer oder mehrdeutiger Worte; sie tritt vielfach auf bei der Auslegung, die durchaus auch einmal »Überlistung des Erklärenden« (auch etwa eines Gesetzgebers) sein kann; sie realisiert sich in aller Regel in der Auseinandersetzung bei Verhandlungen und vor allem im streitigen Verfahren. (Was beim Duell die Finten, sind in der rechtlichen Auseinandersetzung die Listen.)

stets mit »dolus« (Arglist) identifiziert, und dies ist nicht nur in der juristischen, sondern auch in der allgemeinen lateinischen Terminologie in aller Regel ein negativ besetzter Begriff. Eine Ausnahme davon findet sich nur im 2. Teil des *Corpus Iuris Civilis* von Justinian, im dritten Titel des 4. Buches (D 4, 3, 1, 3), »De dolo malo« (Von der Arglist). Hier wird festgestellt, daß die »veteres« (die Alten) dem »dolus malus« einen »dolus bonus«, also eine vertretbare »gute List«, gegenüberstellten, welche als Ausdruck besonderer Gewandtheit verstanden wurde (s. hierzu Antonio Carcaterra: *Dolus bonus/dolus malus: esegesi di D. 4. 3. 1. 2–3*, Neapel 1970). Dieser Begriff und somit auch die Gegenüberstellung gingen indes, soweit wir sehen können, verloren, und es blieb bis heute beim attributlosen »dolus« mit negativer Konnotation. Auch »Strategem« oder »Strategemata« finden keine Verwendung, wenn man von der Schrift *Juristisches Vade Mecum für lustige Leute* (1789/91) und von des Nichtjuristen Arthur Schopenhauers Ausführungen über die *Eristische Dialektik oder die Kunst, Recht zu behalten* (1851) absieht.[20] Vielleicht lassen sich dafür vor allem zwei wesentliche Gründe namhaft machen:

1. *Dudens* weite Definition der List bezeichnet diese als »Mittel, mit dessen Hilfe man etwas zu erreichen sucht, was man auf normalem Wege nicht erreichen könnte«. Die List entspricht gemäß dieser Definition nicht dem üblichen, durch Konventionen geprägten Vorgehen. Da setzt nun gleich die ablehnende Haltung – vorab der Juristen – ein. Zunächst hat doch der »normale Weg«, das Gegenstück zur List, die Akzeptanz für sich. List ist ein Störfaktor im sonst voraussehbaren und berechenbaren Ablauf der Geschehnisse, geeignet, Unordnung in eine geordnete Welt zu bringen, also keineswegs etwas, womit sich der Jurist gemeinhin zu beschäftigen wünscht. Sein nicht selten beinahe »professionelles Vorurteil« gegenüber der List

20 Thematisiert wurde das Problem, soweit wir sehen, bislang nur von Ott (1995), welcher nach einem ersten Aufsatz in der *Schweizerischen Juristenzeitung* 1989 sein Buch hierzu nun schon in 2. Auflage herausgebracht hat. Bezeichnenderweise vermeidet auch er das Wort »List«; sein zentraler Begriff ist der des »Kunstgriffes«, was wohl in Anlehnung an Schopenhauer erfolgt. Dieser verwendet den Begriff »Stratagemata«, erstellt dann aber eine Liste von 38 »Kunstgriffen«. – Das »Juristische *Vade Mecum*« (den Hinweis auf dieses Werk verdanke ich Herrn von Senger) bringt alle Fallbeispiele unter den Überschriften »Stratageme« und »Juristische Stratageme«.

liegt in deren Wesen begründet. Zwar mag er durchaus auch einmal schmunzelnd eine List zur Kenntnis nehmen, gar selbst einmal eine List anwenden; in aller Regel aber bewertet er sie negativ, zumeist als Täuschung oder Arglist. Sich offen zur List als Mittel zur Erreichung seiner Ziele zu bekennen, dürfte ihm schwerfallen.[21] Die notwendigerweise fehlende Transparenz sowie das Aufmerksamkeits- und Kenntnisstandsgefälle zwischen Listanwender und Listbetroffenem (Harro von Senger) sind sicher mitbegründend für diese Einstellung.

2. Bei dieser Sichtweise spielt auch die Relation zwischen Mittel und Zweck eine nicht zu unterschätzende Rolle. Vielfach gehen wir ohne übertriebenen Denkeinsatz von der These aus, daß die Maxime, wonach der Zweck die Mittel heilige, *absolut* inakzeptabel sei. Gibt es tatsächlich das *an sich gute* und das *an sich schlechte* Mittel? Ich denke, nein!

Von den mehr anekdotenhaft berichteten Listfällen aus dem Rechtsleben sind es vor allem die Listen einfallsreicher Richter, die wir mit wohl nur wenigen Ausnahmen doch allesamt im Hinblick auf das erreichte, von uns akzeptierte Resultat in positivem Sinne würdigen.

– Der Richter, der mittels einer List dem Täter ein Indiz für dessen Tätereigenschaft entlockt, hat unseren Beifall. Es geht um einen Streit zwischen Kameltreiber und Kaufmann, die beide behaupten, Kaufmann und somit Eigentümer der Waren

21 Vielleicht liegt darin der Grund, daß Otts Schrift bis dato in keiner schweizerischen juristischen Zeitschrift besprochen worden ist, obwohl es sich dabei um *die* wesentliche Auseinandersetzung mit einem offenkundigen Problem handelt und auch er die Listanwendung unter klar formulierte Vorbehalte stellt (S. 16). Auch in Werken der schweizerischen juristischen Literatur, in denen von der behandelten Materie her ein Hinweis auf diese Arbeit zu erwarten wäre, ist nichts zu finden; eine lobenswerte Ausnahme sei immerhin erwähnt: Hans Ulrich Walder-Richli, *Zivilprozeßrecht,* 4. Aufl., Zürich 1996, bringt in § 43 (Schlußbemerkungen) einen entsprechenden Hinweis. – Und schließlich sei noch auf das Referat von Michael Pfeiffer, *Der Rechtsanwalt in der heutigen Gesellschaft,* hingewiesen (gehalten am Schweiz. Juristentag vom 7./8. 6. 1996 in Lausanne), dem eine umfassende Bibliographie auf 12 Seiten mit über 300 Titeln beigegeben wurde, die aber ebenfalls das Werk von Ott außer acht läßt *(Zeitschrift für Schweizerisches Recht,* NF 115, 1996, S. 253–393). Auch Dominique Dreyer, *L'avocat dans la société actuelle* (französische Berichterstattung zum Thema am Juristentag), bringt Ott weder im Text noch in der Bibliographie *(Zeitschrift für Schweiz. Recht,* NF 115 (1996), S. 395–519).

zu sein. Der Richter hört sich beide an und entläßt sie mit dem Bescheid, daß er die Sache erst noch überlegen müsse. Im letzten Moment aber ruft er mit befehlsgewohnter Stimme: »He, Kameltreiber!« Der an einen solchen Zuruf gewöhnte Kameltreiber wendet sich sofort um, indes der Kaufmann weitergeht. Nun ist schon klar, wer Kameltreiber und wer Kaufmann und somit Eigentümer der umstrittenen Waren ist.[22]

– Von Kaiser Claudius berichtet folgende Legende: Ein junger Mann klagt vor Gericht gegen seine leibliche Mutter, die ihn verleugnet, auf Anerkennung. Die zweifelhafte Sache wird vor Claudius gebracht, welcher der Frau kurzerhand gebietet, den Kläger zu heiraten. Diese List führt aus begreiflichen Gründen zum Eingeständnis der Mutterschaft.[23]

– Auch das in verschiedenen Variationen abgehandelte Thema von Salomons Richterspruch im Streit zweier Dirnen um »ihr« Kind[24] gehört hierher. Indem Salomon in listiger Absicht erklärt, das Kind zufolge der unlösbaren Beweislage mit dem Schwert teilen zu lassen und jeder der beiden Ansprecherinnen hälftig zuzuweisen, erreicht er sein Ziel: Die Frau, die sich mit diesem Vorgehen einverstanden erklärt, kann nicht die Mutter des Kindes sein.

Allzu leicht werden diese und ähnliche Beispiele dem Begriff der *»Kadi-Justiz«* zugeordnet – nicht selten zu Unrecht. Kadi-Justiz ist *Willkür-Justiz,* und davon kann in solchen Listerzählungen längst nicht immer gesprochen werden. In den angeführten und im nachfolgenden Beispiel wird unter Einsatz von List die richtige, der rechtlichen Ordnung durchaus gemäße Entscheidung gefunden – die List dient hier der Rechtsverwirklichung.[25]

Man wird kaum Anstand daran nehmen, diese Listen unter moralischen und rechtlichen Gesichtspunkten als zulässig und somit positiv zu werten, obwohl nicht zu verkennen ist, daß in zwei Fällen eine gewisse psychische Pression zur Erkenntnis der Wahrheit führt. Auch in unseren frühneuzeitlichen Kaute-

22 *Juristisches Vade Mecum* II (1791) S. 78f.
23 *Juristisches Vade Mecum* I (1789) S. 25.
24 Altes Testament 1. Kön. 3,16.
25 Hierin liegt der große Unterschied zwischen der alttestamentlichen Schilderung von Salomons Richterspruch und der Behandlung des Themas in Brechts *Kreidekreis.*

len läßt sich unterscheiden zwischen den Listen, die niemandem schaden, aber einem armen Sünder hilfreich sind, und den Listen, durch die jemand zu Schaden kommt oder die eine als Unrecht oder Sünde zu qualifizierende Handlung implizieren – also zwischen guten und schlechten Listen. Wer diese Feststellung nicht, aber das eine und andere durch Einsatz der List erreichte Resultat akzeptiert, anerkennt damit für sich die Geltung der Maxime »Der Zweck heiligt die Mittel«, auch wenn er sich dazu nicht bekennen möchte. So oder so: Er mag sich als Jurist und Christ die Legende vom hl. Ivo, des Schutzpatrones unseres Standes, zu Gemüte führen, der nicht verschmäht haben soll, mit List zu arbeiten. Vor ihm klagt der Reiche auf Schadenersatz gegen den Armen, weil dieser tagtäglich die köstlichen Düfte der herrschaftlichen Küche des Klägers einatme und genieße, ohne dafür auch nur einen Sou zu bezahlen. Bemerkenswerterweise entschied Ivo, der Anspruch des Reichen sei begründet. Dann nahm er ein Geldstück, ließ es klingen und sagte zum reichen Kläger: »Der Klang der Münze sei dir Ersatz für deinen Bratenduft.«[26]

Wir haben unsere Betrachtungen mit einem Sprichwort begonnen, zu dessen Gestaltung gleich wie bei der Wahl des hier behandelten Themas die Freude am Reim eine gewisse Rolle gespielt hat – wir wollen sie mit einem stabgereimten Sprichwort schließen: »List wird gern Lust.«[27] Das soll sie durchaus auch. Wir müssen zwingend von der *generell* negativen Wertung der List abkommen. Das ist auch der Grundtenor der durch Herrn Harro von Senger angeregten Schrift eines praktischen Zürcher Theologen über den »Listigen Jesus«, deren Autor u. a. darauf hinweist, daß nicht wenige Leute und vor allem auch Kinder vielfach Freude an der List haben. Dies geht auch aus den Sprichwörtern über bzw. zur List deutlich hervor. Das führt zur hier nicht zu beantwortenden Frage, ob das Unwerturteil über die List wirklich dem Denken der Allge-

26 Heinerth (1939) S. 79. Es sei nicht verschwiegen, daß Rudolf von Jhering dem hl. Ivo wohl keine gute Zensur gegeben hätte, weil er erst den (unsinnigen) Anspruch des Reichen auf Schadenersatz gutgeheißen und dann diesen mit einer List illusorisch gemacht hatte; vgl. von Jherings Ausführungen zum Shylock-Vertrag in Shakespeares *Kaufmann von Venedig* (Jhering o. J.) S. 10 f. und 81 f.

27 *Sprichwörterlexikon* 3 (1987) Sp. 199 Nr. 31.

meinheit entspricht, wie wir gerne annehmen; gewisse Zweifel scheinen angebracht. Wenn es sich als hilfreich erweist, wegen der allenfalls negativen Besetzung des Begriffes auf »Strategem« bzw. »Strategemata« auszuweichen, sollte man dies tun und auch in unseren Breitengraden eine entsprechende Theorie entwickeln. Sie könnte auch den Juristen helfen, den Einsatz ihrer Mittel in rechtlichen Auseinandersetzungen noch besser zu reflektieren. Listen können m. E. durchaus eingesetzt werden – ihr Einsatz ist aber dem Gebot der Fairneß unterzuordnen, oder, wie der Theologe Mauch sagt: »Die Wahrheit ist zu ergänzen durch die List – aber ›gepaart mit Herz‹.«[28]

Literatur

Hermann Bote, *Ein kurtzweilig Lesen von Dil Ulenspiegel*, hg. von Wolfgang Lindow, Stuttgart 1981, Nachdruck der 2. Aufl.

Bartholomaeus Caepolla, *Tractatus cautelarum*, 1490

Antonio Cavcaterra. *Dolus bonus/dolus malus: esegesi di D. 4.3.1.2–3*, Neapel 1970.

Corpus Iuris Canonici Academicum in suos tomos distributum, usuique moderno accommodatum, auctore Ch. H. Freiesleben, Prag, Altenburg und Leipzig 1728

Handwörterbuch zur deutschen Rechtsgeschichte (HRG), hg. von Adalbert Erler und Ekkehard Kaufmann, Berlin 1971 ff.

Hans Christoph Heinerth, *Die Heiligen und das Recht*, Freiburg i. Br. 1939

Rudolf von Jhering, *Der Kampf ums Recht*, hg. von Rudolf Huch, Leipzig o. J. (Reclam)

Juristisches Vade Mecum für lustige Leute I./II., Frankfurt und Leipzig 1789/1791

Gerd Kleinheyer/Jan Schröder, *Deutsche Juristen aus 5 Jahrhunderten*, 3. Aufl. Bonn/Bochum 1989

Eberhard Frhr. von Künssberg, *Rechtliche Volkskunde*, Halle/Saale 1936

Adolf Laufs, *Rechtsentwicklung in Deutschland*, Berlin 1973 (in 4. Aufl. 1991)

Ulrich Mauch, *Der listige Jesus*, Zürich 1992

Walter Müller, *Ein Auflassungs- und Investitursymbol des Klosters St. Gallen: Die schwarze Kappe*, Zürich 1972

28 Mauch (1992) S. 48.

Wilhelm Novack, *Erubin* (Vermischungen), Gießen 1926
Edward E. Ott, *Dialektische Argumentationsweisen und Kunstgriffe im Rechtsstreit*, in: *Schweizerische Juristen-Zeitung* 85 (1989), S. 293–300
Edward E. Ott, *Juristische Dialektik. 50 dialektische Argumentationsweisen und Kunstgriffe, um bei rechtlichen Auseinandersetzungen Recht zu behalten*, 2. Aufl., Basel und Frankfurt a.M. 1995 (Besprechung der 1. Aufl. in *Rabels Zeitschrift für ausländisches und internationales Privatrecht* 56 (1992), S. 326f.)
Friedrich Carl von Savigny, *Geschichte des römischen Rechts im Mittelalter*, fotomech. Nachdruck der 4. Aufl., Bad Homburg 1961
Arthur Schopenhauer, *Eristische Dialektik oder die Kunst, Recht zu behalten in 38 Kunstgriffen dargestellt*, Zürich 1983
Deutsches Sprichwörterlexikon, hg. von Karl Friedrich W. Wander, fotomech. Nachdruck der Ausgabe Leipzig 1867, Augsburg 1987
Roderich Stintzing, *Geschichte der deutschen Rechtswissenschaft*, 1. Abt., München und Leipzig 1880
Roderich Stintzing, *Das Sprichwort »Juristen böse Christen« in seinen geschichtlichen Bedeutungen*, Rektoratsrede, Bonn 1875
Alessandro Traversi, *La défense pénale: Techniques de l'argumentation et de l'art oratoire*, Brüssel 1996
Franz Wieacker, *Privatrechtsgeschichte der Neuzeit*, 2. Aufl., Göttingen 1967

Heinz Klingenberg
List als literarisches Motiv in germanischer Mythologie und Heldensage

Eine übergreifende, zudem begriffsgeschichtlich orientierte Untersuchung zu »List« in germanischer Mythologie und Heldensage ist mir nicht bekannt. Ist »List« eine Unbekannte, weil die germanische Altertumskunde und Altskandinavistik an einem Phänomen vorbeigesehen, es darum noch nicht erforscht hat? Oder ist die Begrifflichkeit »List« in älterer germ. Mentalitätsgeschichte noch eine Unbekannte, noch unerheblich, noch nicht emanzipiert von heutigen Kontrastbegriffen wie »Trug, Tücke, Arglist«, noch nicht emanzipiert von Vorgehensweisen zuzuordnen den seit alters etablierten Sinnbereichen des Dolosen (wenn ich mit Blick auf lat. *dolus,* griech. δόλος so sagen darf) und/oder des »Wissens, Kennens und Könnens, der Fertigkeiten, Geschicklichkeiten«?

Eine Annäherung an das Phänomen »List« bedarf einer Definition. Nach neuer Duden-Definition (1994:2137) scheint neudeutsch *List* eine ältere Konnotation »andere täuschend« preiszugeben und bereit, sich als wertneutraler »List«-Begriff zu emanzipieren – eine letzte und zukunftsoffene Etappe nach sehr langer Wort- und Begriffsgeschichte. Warum erst eine neuzeitliche wertfreie Verselbständigung? Zum weiteren: Dürfen wir Textzeugnisse vergangener Zeiten mit einer neuzeitlichen, nun emanzipierten Begrifflichkeit besetzen, die als älteres *listi-* usw. (wie auch lat. *ars,* griech. τέχνη u. a. m.) einst einen sehr viel komplexeren Bedeutungsraum abdeckte? Und wie verhält es sich mit Texten, die einschlägige lexikalische Repräsentanten gar nicht explizieren, sondern – in der Überlieferung germ. Mythologie und Heldensage eine überwiegende Mehrzahl – nur situativ Vorgehens- oder Verhaltensweisen thematisieren, die wir, ausgestattet mit unseren neuzeitlichen Begriffen, als »List« und »Listigsein« interpretieren könnten?

Eine Annäherung an das Phänomen »List« bedarf über wort-, begriffs-, problemgeschichtliche Erwägungen hinaus einer plausiblen Wesensbeschreibung, die diese von anderen Möglichkeiten menschlichen Sichbehauptens abhebt:

- »List« ist eine unkonventionelle Vorgehensweise;
- ist verbunden mit einem unterschiedlichen Kenntnisstand zwischen Anwender und Betroffenem;
- bedarf, um Vereitelung auszuschließen, der Geheimhaltung.

In Annäherung an das Phänomen »List« in germanischer Mythologie und Heldensage scheint mir geboten, auch die ethische Bewertung als Merkmal einer Wesensbeschreibung einzuholen. Aufgrund der von mir ausgewerteten Textzeugnisse stelle ich folgendes Merkmal zur Diskussion: »List« war nach übergeordnetem Wertedenken akzeptabel oder noch oder gerade noch tolerierbar – im Abstand zur gleichfalls extraordinären Vorgehensweise der »üblen Täuschung (Arglist, Tücke)«.

Eine Annäherung an das Phänomen »List« in vergangenen Zeiten der Germanen – das als letzte einleitende Bemerkung – ist belastet durch eine sehr lückenhafte Textüberlieferung, die in Skandinavien erst mit *ritöld* (Schreibezeit) im 12. Jahrhundert einsetzte und nun erst Bedinungen der Möglichkeit gab, auch seit alters mündlich tradierte Mythologie und Heldendichtung zu verschriftlichen.

Hauptquellen – insgesamt nicht frei von der Patina einer hochmittelalterlichen, christlichen Zeit – sind:

(1) Skaldische Dichtung Norwegens, dann Islands vom 9. bis 13. Jh.; zunächst fortlebend in mündlicher Tradition, verschriftlicht erst im christlichen 13. Jh.;
(2) eddische Götter- und Heldenlieder, die Mehrzahl gebucht im Liederbuch *Edda,* altisländischer Kodex des 13. Jh.;
(3) Prosa-Edda des Snorri Sturluson aus den 1220er Jahren, im ersten Teil *Gylfaginning* eine *summa mythologiae.*

Drei *list*-Belege in Snorris Mythographie *(Gylfaginning)*

Snorris Wortgebrauch verdeutlicht, daß der Bedeutungsraum von altnordisch *list* Fem. (ein Wort, das der eddischen Dichtung fremd ist) nicht dem von neudeutsch *List* entspricht. Zwei

Belege in fast synonymen Wortpaaren *list ok kunnáttu* und *list ok kunnandi* (das Endglied zu altnord. *kunna* »kennen, können«) weisen eindeutig in den Sinnbereich des »Könnens«, ein verbleibender Beleg, zum dritten ein sich interpretierendes Wortpaar *með list ok vél,* meint »mit (magischer) Kunstfertigkeit und (handwerklichem) Geschick«.

Gylfaginning cap. 13: Götter errichteten zwischen Menschen- und Götterwelt eine Brücke Bifröst – den Menschen sichtbar als Regenbogen –, sie ist dreifarbig, stabil »und mit mehr (Kunst)Fertigkeit und Können gemacht als andere handwerkliche Arbeit« (*Ok ger með list ok kunnáttu meiri en aðrar smíðir* Edda Snorra Sturlusonar I 60).

Gylfaginning cap. 46: Utgarða-Loki, König im Riesenland, fragt seine Gäste, Gott Thor und Begleiter, nach ihren »Fertigkeiten« *(íþróttir);* wörtliche Rede: »Keiner soll hier bei uns sein, der nicht irgendeine Fertigkeit oder ein Können besser als die meisten kann« *(engi skal her vera með oss sáer eigi kunni nokkorskonar list eða kunnandi umfram flesta menn* SnE I 152). Im agonalen Messen ihrer körperlichen Fertigkeiten (Wettessen, Wettlaufen usw.) unterliegen Thor und Begleiter in Wettkämpfen, die sich im nachhinein – Ende dieser fiktionalen Mythenerzählung Snorris – als zaubrische Täuschungsmanöver der Gegenpartei entpuppen (verbalisiert mit *sjónhverfingar* »Augenverblendungen« und *vélar* »Täuschungen«).

Gylfaginning cap. 34: Auch die Mythenerzählung von der Fesselung des Fenriswolfes gilt als Beispiel für individuelles Erzählen Snorris, der ältere Mythenreste mit dem Märchenmotiv der unscheinbaren, aber zwingenden Fessel im Erzählmuster eines Dreischrittes zu einem jungen Mythenmärchen verbindet. Jung ist demnach auch das magisch eingebettete Täuschungsmanöver dieser Erzählung, mit dem sich die Götter aus einer für sie bedrohlichen Situation befreien können und das im höheren Sinn der Ordostabilisierung dient.

Götter wissen vermöge ihrer Sehergabe, daß ihnen vom Lokisohn Fenrisúlfr, der bei ihnen aufwächst und täglich größer wird, größtes Unheil erwachsen wird. Deshalb beschließen sie seine Fesselung. Aber der Wolf, verlockt zur Kraftprobe, zerreißt die mit handwerklichem Können geschmiedete Fessel Lœðingr, zum zweiten die doppelt so starke Fessel Drómi. Da schickt Allvater-Odin einen Boten nach Schwarzalbenheim, und Zwerge verfertigen mit Zauberkunst die scheinbar schwache Fessel Gleipnir aus irrealen Bestandteilen (aus dem Geräusch einer Katze, dem Bart einer Frau usw.). Der Wolf, von den Göttern zum dritten zu einer Kraftprobe aufgefordert, ist angesichts der Unscheinbarkeit der Fessel, glatt und weich wie Seidenband, mißtrauisch, will sich nicht fesseln lassen, wäre diese Fessel »mit (magischer) Kunstfertigkeit und (handwerklichem) Geschick gemacht« *(með list ok vél,* wörtliche Rede). Die Götter reagieren mit dem Hinweis, daß jener ein dünnes Seidenband doch wohl mit Leichtigkeit zerreißen werde (Dissimulationsstrategem). Daraufhin verlangt der weiterhin mißtrauische Wolf, der sich andererseits nicht Feigheit von den Göttern vorwerfen lassen will, daß einer von ihnen zudem die Hand in seinen Rachen lege als Pfand dafür, daß alles »ohne Falsch/Trug« getan werde *(sé falslaust gert* SnE I 112 – Sehweise des Antagonisten, der nun mögliche Trugabsichten der Götter verbalisiert). Als der Wolf in seiner Fessel strampelt, lachen alle Götter – nur Týr nicht; der büßte seine Hand ein.

Lexikalische Repräsentanten des Altnordischen

Ich beschränke mich auf usuelle, vernachlässige okkasionelle lexikalische Repräsentanten im interessierenden Sinnbereich des Dolosen.

Folgende Bedeutungsangaben nach einschlägigen altnordischen Wörterbüchern: *bragð* »schnelle Bewegung« (zu *bregða* Vb.), auch »Mittel und Wege, etwas zu erreichen, Ausweg«, auch (meist Plur.) »Zauberkunst, Kunstgriff, listiger Anschlag« (vgl. dt. *Tücke* zu mhd. *tuc* »schnelle Bewegung«) – *flærð* »Falschheit, Betrug, Hinterlist« (zu *flár* »schlau, hinterlistig«) – *ginning* »Täuschung, Betrug, Betörung« (zu *ginna* »bezaubern, täuschen«) – *krókr* »Haken, Biegung« auch »Kniff, List« – *prettr* »Trick, List, Betrug« – *slœgð* »Schlauheit, Verschlagenheit, List, Kniff« (zu *slœgr* »schlau«) – *sveip-vísi* »Hinterlist« (zu *sveipa* »eine schnelle Bewegung machen«) u. a. m.

List Fem.

Ob altnordisch *list* ein Lehnwort aus dem Westgermanischen sein könnte, ist kontrovers und wegen der sonst gemeingermanischen Verbreitung zweifelhaft. Fremdeinfluß verrät jedenfalls die Sonderbedeutung »feines, höfisches Benehmen« *(með list ok kurteisi).* Altnordische Wörterbücher (vgl. Fritzner, Ordbog 1883–96: 2, 534f.) paraphrasieren:

1) »Geschicklichkeit, (Kunst)Fertigkeit, Gewandtheit, Klugheit« – 2) »Kunst, Wissenschaft« (z. B. *máls-list* »Rhetorik«) – 3) konkret »klug erdachte, kunstfertig ausgeführte Gerätschaft« (ich erinnere an die Fessel Gleipnir). Ersichtlich verbleibt altnordisch *list* näher an ursprünglicher Begrifflichkeit abseits des Dolosen. Altnordisch *lista-maðr* ist ein »Mann, der

sich auf irgendwelche Künste versteht«, die Adjektiva *listugr, listuligr* meinen »geschickt«.

Die heute gebräuchliche Bedeutung des Wortes *List* ist Ergebnis einer Bedeutungsverengung. In altdeutscher Zeit ist der Bedeutungsraum des *ti*-Abstraktums sehr viel weiter (Scheidweiler 1941: 62–87). Noch mittelhochdeutsch *list* – darin vergleichbar dem jüngeren Abstraktum mittelhochdeutsch *kunst* – umfaßt seiner etymologischen Herkunft entsprechend (Verbalwurzel *lis/lais* »wissen« [fortlebend in dt. *lehren, lernen*]) (α) den weiten Sinnbereich des Wissens und seiner Anwendung: Kennen und Können, Weisheit, Klugheit, geistiges aber auch handwerkliches, künstlerisches Können, auch ritterlich-höfische Fertigkeiten u. a. m. (β) magische Kunst, Kenner- und Könnerschaft (mittelhochdeutsch *zouber-list* neben *zouber-kunst*) – umfaßt zum dritten (γ) den Sinnbereich des Dolosen (so schon bibelgot. *lists,* 1 Beleg, Übersetzung von griech. μεϑ-οδεία), perjorativ von den »listigen Anschlägen des Teufels«, *Epheser* 6, 11).

Tál Fem., *tæla* Vb.

Ehrwürdig aufgrund bedeutungsnaher, etymologisch verwandter indogermanischer Abstrakta ist germanisch *tēlō* spätgermanisch *tālu* (eine Dehnstufe zur indogermanischen Wurzel *del-* »es worauf abgesehen haben, worauf zielen« – teils »feindlich nachstellen«; dazu mit Abtönung indogermanisch *dol-* in griechisch δόλος, lateinisch *dolus* [Pokorny 1959: I, 193]). Der negative Aspekt der bösen Absicht/des Betruges in lateinisch *dolus* eignet auch dem nur nord- und westgermanisch bezeugten Abstraktum altnordischen *tál,* zu paraphrasieren als »betrügerischer Versuch, jemanden zu hintergehen«. Dazu stellen sich mit modifizierter Bedeutung altenglisch *tǽl* »Beschuldigung, Verleumdung« und lautverschobenes althochdeutsches *zāla* »Nachstellung, Bedrängnis«. Im Nordischen ist der Sinnbereich des Dolosen stabilisiert durch phraseologische Wendungen (*draga einnhvern á tálar* »jemanden hintergehen, betrügen«) und durch das abgeleitete Verbum *tæla* »betrügen, überlisten«.

Vél Fem., *véla* Vb.

Die Appellativa sind nur im Norden der Germania heimisch resp. nur im Nordgermanischen, da für altengl. *wīl* skandinavische Herkunft anzunehmen ist. Weit verbreitet dagegen ist der wohl dazugehörige Name eines berühmten Sagenhelden, des kunstfertigen Meisterschmiedes Wieland (altenglisch *Wélund*, altfriesisch *Wēland*, althochdeutsch *Wialant*, altnordisch *Vǫlundr*), der sich durch sein handwerkliches Können behauptet. Altnordisch *vél* und zugehöriges Verbum haben eine zentrale Position im interessierenden Wortfeld; Wörterbücher paraphrasieren 1) »Kunst, Kunstfertigkeit, handwerkliches Geschick«, 2) konkret »(kunstfertige) Arbeit, Vorrichtung« und 3) »List, Täuschung – Arglist, hinterhältiger Anschlag«. Wie alt resp. ob die Bedeutungen des Dolosen erst Ergebnis eines Bedeutungswandels sein könnten, ist frag-*würdig* (von urnord. Textzeugnissen des 6./7. Jh. werde ich noch sprechen). Für eine mögliche Bedeutungsänderung des Verbums *véla* ist jedenfalls zu bedenken, daß ein homonymes *véla* »sich beschäftigen, sich befassen mit« existiert.

Das Miteinander beider Verba erlaubt auch Rückschlüsse auf die Wortgeschichte des Substantivums *vél* dergestalt, daß »ein Beschäftigtsein mit etwas« ein mehr oder minder kunstvolles *Fertigen eines Gerätes* und konkret ein »kunstfertiges Gerät« sein könnte (ich verweise auf mittelschwedisch *väl* »kunstfertige Arbeit«, neunorwegisch *vél* »Gerät zum Fischfang«, neuisländisch *vél* »Maschine, Motor«, umgangssprachlich »Flugzeug« – neben *vélar* Plur. »List, Hinterlist«). Ein *kunstfertiges Gerät* konnte des weiteren als *Mittel der Überlistung* begriffen werden, was den Weg öffnet zu den abstrakten Bedeutungen »List, Täuschung, Trug« o. ä. Theoretische Überlegungen (Krause 1971:67) lassen sich durch den Kontext eines Textzeugnisses stützen.

Semantik ist aus jeweiligem Kontext zu erschließen: altnordisch *vél*

Snorris Mythenerzählung von der Fesselung Lokis (1220er Jahre) ist ein weiteres Beispiel seines jungen, novellistischen Erzählens aufgrund älterer Mythenreste.

Gylfaginning cap. 50 (Edda Snorra Sturlusonar I 180ff.): Rachedurstige Götter wollten sich Lokis bemächtigen, den sie zu Recht verantwortlich machten für den Tod des jungen Göttersohnes Baldr. Loki aber entzog sich der drohenden Rache, flüchtete sich auf einen Berg, von wo aus er in alle Himmelsrichtungen sehen konnte, verwandelte sich tagsüber oft in einen Lachs und verbarg sich in einem Wasserfall, sann darüber nach, welche *vél* (ein erster Beleg, nach deutschen Übersetzungen: »welche List« [Häny 1990:111]) die rachedurstigen Götter erdenken könnten, um ihn zu fangen. Er nahm einen Flachsfaden, knotete ihn zu Maschen, so wie man fortan Netze macht. Als aber die Götter nahten, warf Loki seine Erfindung ins Feuer und sprang als Lachs ins Wasser. Doch Kvasir, der allerklügste bei den Göttern, sah die Asche im Feuer und erkannte, daß dieses eine *vél* »eine Vorrichtung zum Fischefangen« gewesen sei (ein zweiter *vél*-Beleg). Ausgang der snorrischen Mythenerzählung: Götter fertigten nun ein Fischnetz nach den Spuren, die sie in der Asche sahen, fingen Loki und bestraften ihn mit grausamer Fesselung; und so liegt er in Fesseln bis zu den Ragnarök.

Situativ enthält Snorris Erzählung ein komplexes Gefüge »listiger Vorgehensweisen« (Strategeme). Anwender ist Loki (Fluchtstrategeme), der sich zum weiteren in Lachsgestalt verbirgt (Dissimulationsstrategem), dann seine eigene Situation strategemisch analysiert, sich in die Lage seiner Gegenspieler versetzt, an Stelle der Götter seinerseits (einem Kulturheros nahe) eine *vél* »Vorrichtung zum Fischfang« ersinnt, eine ungewöhnliche Vorgehensweise, um den Verursacher der Baldrtragödie zu fangen und zu bestrafen. Aber Loki – Pointe der snorrischen Erzählung – wird Opfer seiner eigenen Erfindung, seiner *vél*, die er nicht sorgfältig genug geheimgehalten hat. Spuren eines Fischnetzes in der Asche bieten den Göttern die Möglichkeit, Lokis Informationstorheit (unbedachte Vermittlung einer unbekannten Wirklichkeit) im Dienst ihrer gerechten Rache und Bestrafung auszumünzen.

Schlußfolgerungen:

1) Semantik ist aus jeweiligen Kontexten zu erschließen. Ein zweiter erhellt einen ersten konkreten *vél*-Beleg: Loki in Gestalt eines Lachses sann nicht darüber nach, welche »List«, sondern welche »Vorrichtung zum Fischfang« die Götter erdenken könnten.

2) Zwei *vél*-Belege (Konkreta) erlauben Durchblick auf eine mögliche Wortgeschichte, die ein *kunstfertiges Gerät* als *Mittel der Überlistung* begreifen ließ, woraus sich die abstrakten Bedeutungen *vél* »List, Täuschung, Trug« o.ä. entfalten konnten;

3) »List«-Strategeme in altnord. Textzeugnissen bedürfen nicht notwendig der Verbalisierung durch lexikalische Repräsentanten aus dem Sinnbereich der Dolosen. Implizite Strategeme scheinen bei weitem zu überwiegen.

Altnord. *vél* in Textzeugnissen des 6./7. Jh.s.

Runenschrift ist die älteste Buchstabenschrift der Germanen, und Runeninschriften sind unsere ältesten autochthonen Textzeugnisse. In unserem Zusammenhang interessieren drei Runeninschriften aus dem 6./7. Jh. mit *wīl-/wēl-*Belegen (zur Erhellung der Wechselformen vgl. Krause 1971:67), die noch nicht das weite Bedeutungsspektrum von altnord. *vél* bezeugen, sondern auf einen Bedeutungskern »Kunst, Kennen und Können« – hier magisch eingerüstet – zu vereinigen sind.

Brakteat von Väsby (6. Jh. n. Chr.)
Nordische Goldbrakteaten (lat. *bractea*), bezeugt seit dem 5. Jh., sind einseitig gestempelte Hängeschmuckscheiben resp. Amulette, zunächst Nachbildungen römischer Goldmedaillons, deren Ikonographie (Kaiserbild usw.) bald ersetzt wurde durch heimische mythologische Darstellungen oder magische Handlungen. Eine Minderzahl trägt Runeninschriften magischen Charakters.

Das Runenwerk auf dem Brakteaten von Väsby, gefunden in Schonen (Schweden), bezeugt vier Worte in alliterierender, metrisch locker gebundener urnordischer Sprache, zu lesen und zu übersetzen als:

uuigaR eêrilaR »der Geweihte (?), der Eril«
fahidu uuīlald »ich schrieb das Kunstwerk«.

Eril ist die häufigste Selbstbezeichnung des eingeweihten Runenmeisters in urnord. Runeninschriften, und Runenschreiben und -lesen in dieser Zeit noch eine esoterische Kunst, wenigen Eingeweihten vorbehalten. *uuīlald*, Objekt zu *fahidu* »ich schrieb«, wird sich also auf das magische Runenwerk beziehen, hier begriffen als »Kunstwerk«. Damit weist das interessierende Grundwort der Ableitung *uuīl-ald* (mit Suffix *-ald* zur Bildung von Konkreten) in den Sinnbereich der (hier magischen) Kenner- und Könnerschaft, was anschließen läßt an altnord. *vél* »handwerkliche Geschicklichkeit, Kunstfertigkeit« (vor den weiteren Bedeutungen im Sinnbereich des Dolosen). Ob in *uuīlald* »Trug/Tücke« konnotiert sein könnte, läßt sich nicht entscheiden, da wir nicht wissen, ob der Zweck dieser Amulettinschrift freundliche oder feindliche Absicht gewesen war. Auf Runen*kunst* läßt die individuelle Leistung des Runenmeisters durchblicken, der die Anlaute der drei Hauptworte verdoppelte (doppelte *u*-Rune statt einfacher *w*-Rune zweimal und einmal doppeltes *e*). Eine auffällige Orthographie als Ventil heimlicher *Berechnung* (ausgeklügelter *Kunst*) erzielte die zusätzliche Wirkung der magischen *Dreizehn* (Klingenberg 1973:147f.): Syntagma *uuigaR eerilaR* = 13 Runen; Syntagma *fahidu uuīlald* »ich schrieb das Kunstwerk« = 13 Runen zum zweiten.

Amulett von Lindholm (6. Jh.)

Was der Eril von Väsby als Ergebnis seines magischen Tuns verschriftlichte *(fahidu uuīlald)*, drückt der Eril von Lindholm mit seinem sprechenden Beinamen *wīl-agaR* aus: *ek erilaR* »ich, der Eril (der eingeweihte Runenmeister)« *sa wilagaR hateka* »... heiße *Listig*« (so W. Krause in maßgebender deutscher Ausgabe der Runeninschriften im älteren Futhark 1966:70). Berechtigt wäre eine Paraphrasierung »heiße *der Kunstfertige, kundig des Runenzaubers*«. Magische Kunstfertigkeit beweist der Eril von Lindholm mit einer fortsetzenden Folge von Begriffsrunen und einem schließenden Formelwort *alu* (Klingenberg 1973:146f.). Ob der Runenzauber auf der Amulettinschrift aus Tierhorn, Fund aus dem Lindholmer Moor in Schonen, in freundlicher oder feindlicher Absicht irgendeiner Person gelten sollte, läßt sich nicht sagen.

Steininschrift von Björketorp (7. Jh.)

Ein gewaltiges Steindreieck erhebt sich noch heute in freier Landschaft Südschwedens an ursprünglich kultischer Stätte, ein 4 m hoher Runenstein in nach Norden gewandter Spitze des Dreiecks und 2 runenlose Steine. Der aktuelle Inschriftteil des Blekinger Runensteins verkündet *uþArAbA-sbA* »Schadensprophezeiung«. Dem folgt ein doppeltes Formular (belegt auch auf dem etwa 50 km Luftlinie entfernten Runenstein von Stentofta), eine a) hochstilisierte Runenschreibformel *hAidRruno ronu fAlAhAk hAiderA ginArunAR* »Die Reihe der Glanzrunen verbarg ich hier, zaubermächtige Runen« und b) eine Fluchformel gegen potentielle Denkmalschänder:

ArAgeu hAerAmAlAusR uti AR welAdAude sAR þAt bArutR

»Wer dieses bricht« (soll heißen: dieses Denkmal zerstört, ein*bricht* in den heiligen Frieden einer gehegten Kultstätte) *uti AR* »der ist draußen« (kann heißen: außerhalb der Kultstätte, in profaner Welt) »ruhelos durch Argheit« (altnord. *ergi* hier in ursprünglicher Bedeutung »perverses Gebaren, Homosexualität«) – »ist draußen einer, der einen Tod durch *vél* haben wird« (scil. der potentielle Denkmalschänder, der von *vél* Betroffene). Hier interessiert das Bahuvrihi-Kompositum *weladAude:* statt »einen *tückischen* Tod habend« (so Krause 1966:217) läßt sich nach Maßgabe von altnord. *vél* paraphrasieren: »wird einen Tod durch *Kunst(fertigkeit)* der magischen Runenritzung resp. ihres Runenmeisters haben«.

Mythologische Textzeugnisse: Täuschungsstrategeme und Magie

Ritöld »Schreibezeit« samt Aufzeichnung muttersprachlichen Schrifttums in Lateinschrift auf Pergament beginnt in Skandinavien erst im 12. Jh., zunächst in Norwegen und auf Island, und damit die Möglichkeit, auch Götter- und Heldensage zu verschriftlichen, die in z. T. jahrhundertelanger mündlicher Tradition überleben konnte. Mit folgenden Textzeugnissen verbleibe ich im Bereich der magisch eingebetteten Täuschungsstrategeme. Magie scheint eine dominante Rolle in der einschlägigen Überlieferung zu spielen. Und wiederum ist zu konstatieren: *Implizite* Strategeme überwiegen.

Ein Besucher Kopenhagens wird auf seinem Weg zur Kleinen Meerjungfrau und Langen Linie am Gefjunbrunnen vorbeikommen, dem steingehauenen Mythos von der Entstehung der Insel Seeland.

Bragi Boddason, der erste mit Namen bekannte norwegische Skalde (9. Jh.), bezeugt uns den Mythos im abbreviierenden Stil skaldischer Dichtungsart: *Gefjon dró frá Gylfa...* »Gefjun zog Dänemarks Vermehrung fort von Gylfi, so daß es von den Zugtieren dampfte; Ochsen trugen vier Häupter und acht Stirngestirne (Augen), als sie vor der losgepflügten, weiten Grasinsel gingen«.

In Bragis Dichtung aus heidnischer Zeit walten noch Götter, bei Snorri im 13. Jh., der Bragis Strophe zitiert und mit durcherzählender Prosa begleitet, aber agieren irdische Menschen. Nach euhemeristischer Grundkonzeption ist Gefjun nun entmythologisiert als historisierte Wandergefährtin Odins auf seinem Wanderzug nach Schweden um die Zeitenwende.

Gylfaginning cap. 1 (Edda Snorra Sturlusonar I 30): In Schweden herrschte König Gylfi, der Gefjun in Gestalt einer fahrenden Frau als Lohn für ihre Unterhaltung Ackerland in seinem Reich schenkte, so viel, wie vier Ochsen während eines vollen Tages pflügen könnten. Darauf holte sich Gefjun aus Riesenheim im Norden vier Ochsen, ihre eigenen Söhne mit einem Riesen, und spannte sie vor einen Pflug, der so tief einschnitt, daß sich ein Landstrich löste, den die Ochsen übers Meer nach Westen zogen, wo Gefjun das Land festmachte und Seeland nannte. Zurück in Schweden aber blieb ein See, der jetzt Mälarsee heißt.

Ein Seitenblick auf ein vergleichbares Landnahmemotiv der Dido-Sage verdeutlicht Abstand (der Mentalitätsgeschichte?):

Dido vergrößerte das ochsenhautkleine Landstück, das ihr die Einwohner von Libyen schenken wollten, indem sie die Ochsenhaut in kleine Streifen schnitt, damit ein größeres Landstück einhegte, auf dem sie Byrsa, die Burg von Karthago, baute. In antiker Didosage begegnet *säkularisierte* »List« (Ausmünzungsstrategem), in germ. Gefjunsage aber dasselbe Strategem *magisch eingerüstet* (implizit, nicht verbalisiert).

Der Übertölpelte ist der schwedische Vorzeitkönig Gylfi, von dem Snorri in Fortsetzung seiner Rahmenerzählung *Gylfaginning* berichtet – und nun ist verbalisiert: *ginning Gylfa* »Betörung, Täuschung, Trug Gylfis«. Eingewanderte irdische Asienmänner trojanischer Provenienz täuschen Gylfi mit zauberischen Augenverblendungen *(sjónhverfingar)*, betören ihn zum Glauben, daß sie die Götter ihrer mitgebrachten Mythologie seien; Rollen- und Namentrug vorgeblicher Götter ist das Rahmenziel dieser von mittelalterlichen Denkformen geprägten Rahmenerzählung.

Sparsam sind Textzeugnisse aus germanischer Mythologie, die über situatives, strategemisch analysierbares Geschehen hinaus auch Verbalisierung durch lexikalische Repräsentanten aus dem Sinnbereich des Dolosen bieten.

Loki ist die schillerndste, moralisch anfälligste Gestalt des nordgerm. Götterolymps, von Anfängen her den Göttern nahe verbunden, in weiterer Biographie ein Outsider der göttlichen Gruppenexistenz und letztlich Feind der Götter, Ragnarökdämon. Loki ist charakterisierbar durch impulsive, unbesonnene, aufrührerische Intelligenz, Unbeständigkeit, Verschlagenheit, ist Unheilstifter, doch nie verlegen, Auswege zu finden. Neuzeitliche Religionsgeschichte klassifiziert ihn als trickster. Eine negative Charakteristik bietet uns Snorri im Rahmen seiner Edda (1220er Jahre).

Gylfaginning cap. 33 (Edda Snorra Sturlusonar I 104): »Auch der wird zu den Asen (Göttern) gezählt, den einige den Verleumder der Götter und Urheber falschen/hinterlistigen Verhaltens *(flærð)* und Schande aller Götter und Menschen nennen; er wird Loki genannt... Loki ist schmuck, schön von Aussehen, aber böse, was den Charakter anbelangt, und sehr unbeständig im Verhalten. Anderen hatte er *die* Klugheit voraus, die *slægð* »Schlauheit/Verschlagenheit« heißt, und hatte listige/arglistige Mittel für alles *(vælar til allra luta)*. Loki brachte die Götter fortwährend in Schwierigkeiten, und oft befreite er sie mit List/Arglist *(með vælræðum)*.

Deutsche Übertragungen dieser Textpassage (Lorenz 1984: 396) übersetzen altnord. *slœgð* (eigentlich »Klugheit«), *vél* und *vél-ræði* nebeneinander mit »Arglist« und »List«. Snorris moralisch abwertende, eindeutig negative (mittelaltergemäße) Charakteristik verwehrt doch wohl, hier die neudeutsche Begrifflichkeit »List« zu strapazieren, die harmlosere Schwester der »Arglist«.

Loki scheint auch nach Snorris Charakteristik wie geschaffen, Akteur großer Täuschungsmanöver im mythischen Einst gewesen zu sein. Situatives, magisch eingebettetes Truggeschehen thematisiert die Mythenerzählung von Loki und dem Riesenbaumeister.

Gylfaginning cap. 42 (Edda Snorra Sturlusonar I 132ff.): Götter wollen sich in Urzeiten eine feste Burg bauen. Ein Handwerker dient sich ihnen an, den Burgbau innerhalb einer Jahresfrist mit Hilfe seines Hengstes Svaðilfari fertig zu stellen, verlangt aber als Lohn Sonne, Mond und die schöne Freyja, Göttin der Liebe und Fruchtbarkeit. Als die Burg fast vollendet ist, geraten die Götter in Panik, verdrängen, daß sie ihre schwierige Lage selbst verschuldet haben, geben Loki die Schuld daran, auf die ordodestabilisierenden Lohnforderungen des Baumeisters eingegangen zu sein, drohen Loki mit dem Tod, wenn er nicht einen Ausweg fände. Loki, der (wohl vorausplanend) den Göttern geraten hatte (*en því réð* Edda Snorra Sturlusonar I 134), dem Baumeister die Mithilfe eines Hengstes zu gestatten, weiß einen Ausweg. In letzten Tagen vor Fertigstellung des Burgbaus innerhalb der vereinbarten Frist springt eine Stute aus dem Wald und wiehert laut. Der Hengst des Baumeisters wird brünstig, läuft zur Stute und mit ihr in den Wald. Als der Baumeister merkt, daß er den Burgbau nicht fristgerecht beenden kann, gerät er in Riesenwut, doch die Götter, die nun erkennen, daß sie es mit einem Bergriesen zu tun haben, rufen Thor, der mit seinem Hammer den Schädel des Riesenbaumeisters zermalmt.

Loki aber hatte solche Begegnung mit dem Hengst, daß er später ein Fohlen gebar mit acht Füßen, das beste Pferd bei Göttern und Menschen, den schnellfüßigen Sleipnir des Göttervaters Odin.

Lokis extraordinäres Vorgehen, seine Verwandlung in eine Stute, ist zwar im übergeordneten Sinn der Ordostabilisierung dienlich (Sonne, Mond und Freyja verbleiben am rechtmäßigen Ort), doch mit der neudeutschen Begrifflichkeit »List« dürfen wir dieses Vorgehen nicht besetzen. Ein Strategem (Ausmünzungsstrategem) frei von übler »Täuschung, Arglist« resp. tolerierbar nach damaligem Wertedenken wäre zu konstatieren, hätte Loki den Hengst des Riesen mit irgendeiner Stute abgelenkt, um die Fertigstellung des Burgbaus zu vereiteln. Lokis magischer, anrüchiger Gestaltenwandel aber – Pointe der snorrischen Erzählung – war nach germ.-heidnischen und auch christlich-mittelalterlichen Wertevorstellungen *nicht* akzeptabel – war »*Arg*-list« in ursprünglicher Bedeutung: altnord. *argr* »schlimm, feige«, eigentlich »weibisch, pervers, homosexuell«.

Daß die Germanen »Feiglinge, Weichlinge und Unzüchtige« im Moor versenkten, bucht Tacitus *Germania* cap. 12 (98 n. Chr.) und paraphrasiert mit *ignavi et imbelles et corpores infames* den ursprünglichen Bedeutungsraum von germ. *arg*-. Altnord. Gesetzesbücher bestimmen, daß der, den man *argr* nennt, den Schmähenden stehenden Fußes erschlagen durfte, ohne dafür Buße zahlen zu müssen. Passive männliche Homosexualität ist die denkbar ärgste Schmähung, ist Stereotyp in der Textsorte »Schmährede« und immer wiederkehrendes Motiv in altnord. Dichtung und Prosa, häufig im Bild einer Stute, die es in mehr oder minder drastischer Ausführung mit einem Hengst treibt. *Args aðal* »Art des Perversen« ist ein fester Mythenzug in den Überlieferungen von Loki. Im eddischen Götterlied *Lokasenna* 23 wird Loki von Odin geschmäht: »... acht Winter weiltest du unterhalb der Erde, warst milchgebende Kuh, warst Frau und hast dort Kinder geboren, und das, meine ich, ist *args aðal*«. »Art des Perversen« ist auch Lokis konträrsexuelle Vorgehensweise in der referierten Riesenbaumeistersage (die ein wertneutrales Strategem überwölbt: Ausmünzung einer Schwachstelle des Riesen, um dessen Kraftpotential zu schwächen).

Nibelungensage: Täuschungsstrategeme (± Magie)

Truggeschehen beschattet den berühmtesten Helden der germanischen Heldensage, in deutscher Nibelungendichtung Siegfried, in nordischer Sigurðr Fáfnisbani »Sigurd, der Töter des Drachen Fáfnir« genannt. Raumgreifendes, steigerungsfähiges Truggeschehen führt im mhd. *Nibelungenlied* (um 1200) zu seinem Tod; Hauptakteur ist Hagen, *der vil ungetriuwe man* (Str. 911). Der Nibelungendichter häuft moralisch abwertende Beurteilung, durchbricht damit gattungstypische Neutralität.

Mit trügerisch inszenierter Kriegserklärung der Sachsen und Dänen kann Hagen Kriemhild täuschen, so daß sie ihm das Geheimnis der Verwundbarkeit Siegfrieds entdeckt; trügerisch inszeniert Hagen eine

Pirschjagd, bei der auf sein Anstiften Getränke fehlen, dann einen Wettlauf der Durstigen zur abseits des Gefolges liegenden Quelle; heimtückisch durchbohrt Hagen hinterrücks den sich zur Quelle beugenden Siegfried mit dessen eigenem Speer.

Truggeschehen, das zur Ermordung Sigurds führt, wird in nordischer Nibelungendichtung von einer hier eifersüchtigen Brynhild inszeniert. Lüge ist ihre dem Gemahl Gunnar offenbarte Verleumdung, daß Sigurd, seinerzeit Gunnars stellvertretender Werbungshelfer bei ihrer Brautwerbung, kein keusches Beilager gehalten habe.

Ich folge dem Anfang von *Brot*, dem Fragment eines alten Sigurdliedes im Liederbuch Edda (Neckel-Kuhn 1983:198–201). Högni zum Bruder Gunnar, direkte Rede: »Warum willst du dem kühnen Helden das Leben rauben?«. Darauf Gunnar, Str. 2: »Mir hat Sigurd Eide geschworen, Eide geschworen – alle gebrochen; da täuschte/betrog er mich *(vélti hann mic)*, wo er hätte sein sollen der, auf dessen Eide man voll vertrauen kann«. Darauf wieder Högni, Str. 3: »Dich hat Brynhild haßvoll aufgehetzt, Böses zu tun, Leid zu bereiten. Sie mißgönnt Guðrún (ihrer Schwägerin) die Ehe (mit Sigurd)...«

Brynhilds Trug ist komplex und in vorliegender Lieddichtung trotz epischer Kleinform nachdrücklich herausgewölbt. Nächtens entdeckt Brynhild dem ungeliebten Gemahl die weitergehenden Absichten ihres katastrophalen Täuschungsmanövers, nämlich die Vernichtung Gunnars und der Seinen. Nun enthüllt sie die Wahrheit: Das Beilager des Werbungshelfers Sigurd *war* keusch; *er* hat seine Eide gehalten – *ihr* aber seid eidbrüchig gegen euren Blutsbruder Sigurd geworden, und Eidbruch wird den Untergang eures Geschlechts nach sich ziehen (*Brot* 16–19, Schlußstrophe).

Sigurd = Siegfried, der berühmteste Held der germ. Heldensage, ist nicht nur das Opfer von Trug, sondern auch einer, der Trug anwendet. Trugvoll ist seine Werbung um Brynhild, in nordischer Nibelungendichtung magisch eingerüstet durch Gestaltentausch: Nicht Gunnar vermag, den hohen Flammenwall um Brynhild zu durchreiten, sondern sein Blutsbruder, Schwager und Werbungshelfer Sigurd, der Gunnars Gestalt und Gebärden annimmt, zur Geworbenen vordringt, mit ihr nach einer Scheinverlobung stellvertretend Beilager hält, sein blankes Schwert zwischen sich und Brynhild legt.

Ich folge der Eddadichtung *Grípisspá* (Neckel-Kuhn 1983: 164–172), die gattungstypische Neutralität germ. Heldenepik aufzugeben bereit ist und über bloß situatives Truggeschehen hinaus Fehlverhalten bei

Werbung um Brynhild mit einer Fülle lexikalischer Repräsentanten wertend verbalisiert: *svík* »Täuschung/Betrug« (*Grp.* 33), *flá-ræði* »tückischer Anschlag« (*Grp.* 38), vornehmlich *vél* samt Verbum *véla* (6 Belege).

»Weissagung des Grípir« ist ein Übersichtslied über tradierte Biographie Sigurds, das man zur jüngsten Schicht eddischer Heldenlieder zählt (13. Jh.). Jung-Sigurd kommt zum Oheim mütterlicherseits (fiktive Rahmengestalt) und verlangt Weissagung darüber, wie sich sein Leben gestalten werde. Grípir bietet Übersicht, zählt künftige Großtaten hier: Vaterrache, Drachentötung, Horterwerb, Erweckung einer Jungfrau. Dann gerät Grípir ins Stocken, gibt vor, nicht weiter in die Zukunft voraussehen zu können (Dissimulation). Eine planvolle, strophenlange Retardation bereitet den Höhepunkt der Dichtung vor. Erst als Jung-Sigurd wegzureiten droht, (Informationsstrategem, begleitet von Simulation), setzt Grípir seine *spá* fort mit Vorausblick auf das Truggeschehen bei Werbung um Brynhild, denn dieser Trug ist der einzige Schatten, der auf das strahlende Heldenleben Sigurds fallen wird. Wunschdenken ist Sigurds Reaktion: »Würde ich doch nicht Betrug anwenden« (*Vilda ek eigi vélom beita* Str. 40). *Vél* ist ein Leitmotiv in dieser Dichtung und wertet Werbung um Brynhild pejorativ als »Trug, üble Täuschung, Arglist«; die nhd. Begrifflichkeit »List« würde profiliertes Truggeschehen verharmlosen.

Treibende Hintergrundgestalt des Truggeschehens – eine Entlastung zugunsten unseres Helden – ist eine zaubermächtige Mutter Gunnars, die Jung-Sigurd mit ihrer Tochter verheiraten und dem künftigen Schwiegersohn einen magischen Vergessenheitstrank kredenzen wird, so daß er seine Vorverlobung mit Brynhild vergessen und bereit sein kann, zusammen mit Gunnar trugvoll um Brynhild zu werben. Zaubrisch eingerüsteter Trug der Schwiegermutter (*dregr hon vél* Str. 33; *þik mun Grímhildr gǫrva véla* Str. 35) zeitigt Brautwerbungstrug Sigurds (dreimal verbalisiert mit *vél* Str. 40,46,49), zeitigt dann Reaktion der getäuschen, eifersüchtigen Brynhild, die sich *vélar* »Hinterlisten« ausdenken wird, um sich zu rächen (*fiðr vélar sér at hefndom* Str. 45). Hinterlistige Rache Brynhilds thematisiert das oben referierte Liedfragment *Brot.*

Problemträchtiges Truggeschehen bei Werbung um Brünhild mit sittlichem Fehlverhalten der Werber eignet auch der deutschen Nibelungendichtung, zeitigt im *Nibelungenlied* anschließenden Königinnenzank, Ermordung Siegfrieds und zuletzt Burgundenuntergang mit entgrenzender Rache Kriemhilds für Mord an Siegfried, der mehr als 10 000 zum Opfer fallen. Im Abstand zur epischen Kleinform germanischer Heldenlieddichtung entfaltet sich in epischer Großform dreifaches

Truggeschehen, herausgewölbt als Initialschuld, die katastrophale Folgeerscheinungen nach sich zieht.

Standestrug: Siegfried, König wie Gunther und ihm ebenbürtig, verleugnet seinen Stand, verlangt von seinen Begleitern nach Isenstein, daß sie alle mit einem Mund sprächen: *Gunther sî mîn herre, und ich sî sîn man* (Str. 386). Trügerisch inszenierter Standestrug (visuelle Täuschung Brünhilds durch Zaum- und Steigbügeldienst, dann explizite Lüge) zeitigt Königinnenzank (Brünhild hält Siegfried für einen unfreien Königsmann Gunthers) und hat Siegfrieds Ermordung zur Folge.

Auf Standestrug folgt magisch eingebetteter *Kampfspieltrug.* Vorausplanend führt Siegfried seinen Alberich abgewonnenen Tarnmantel mit, der ihn unsichtbar machen und ihm zusätzliche Körperkraft von zwölf Männern verleihen wird, um an Stelle eines nur scheinbar agierenden Gunthers Brünhild zu bezwingen.

Auf Kampfspieltrug folgt *Hochzeitsnachttrug:* Brünhild, irritiert durch eine ihrer Meinung nach unstandesgemäße Heirat ihrer Schwägerin Kriemhild mit Siegfried (sein Lohn für Dienste beim Werbungstrug), verweigert sich Gunther in der Hochzeitsnacht, bezwingt ihn mit ungebrochener jungfräulicher Kraft und hängt ihn für die weitere Nacht an einen Nagel (das drastische Bild eines schwachen Königs, der mit seiner Werbung zu hoch gegriffen hatte). Siegfried bietet dem Freund seine Hilfe an, kommt in nächster Nacht heimlich im Tarnmantel, bezwingt Brünhild, nimmt ihr den Gürtel und damit ihre jungfräuliche Kraft. Brünhild, wiederum getäuscht/betrogen, aber im Glauben, Gunther habe sie bezwungen, kann diesem nun gestehen: *ich hân daz wol erfunden, daz du kanst vrouwen meister sîn* (Str. 678).

Repräsentative Textzeugnisse der Nibelungensage thematisieren und problematisieren *üble Täuschung/Trug/Arglist,* nicht tolerierbar nach Wertevorstellungen der Rezipienten. In diese Richtung weisen zum weiteren *Nibelungenlied* Teil II und *Atlakviða,* die zur ältesten Schicht der Heldenlieder im Liederbuch *Edda* gehört.

Was *Nibelungenlied* in epischer Großform darstellt, bietet *Atlakiða* in liedhafter Kürze mit einem hortgierigen Atli Etzel, verheiratet mit Guðrún (Kriemhilt), die ihre Brüder am zweiten Gemahl Atli rächt (so die nordische, die ältere Version des Burgundenuntergangs – die deutsche Version: Kriemhild, verheiratet mit Etzel, rächt sich an ihren Brüdern und Hagen für die Ermordung Siegfrieds).

Ein ältestes Zeugnis der deutschen Version, zugleich Durchblick auf verlorene Vorstufen des *Nibelungenliedes* samt Wertung bietet uns

Saxo Grammaticus in seinem Bericht zum Jahr 1131 (*Gesta Danorum* XIII.6.7 [lrik/Ræder 1931:35]). Magnus, Sohn des Königs Niels (1104–34), bestellt seinen Vetter Herzog Knud Lavard, den anderen Thronprätendenten, zu einer geheimen Zusammenkunft in einen Wald. Ein sächsischer Sänger, durch Eid gebunden, Magnus' Pläne geheim zu halten, will Knud auf verhüllte Weise (List) vor drohender Arglist warnen, trägt ihm das Lied »Von der *sehr bekannten Treulosigkeit* Grimilds gegen ihre Brüder« vor *(notissimam Grimildæ contra fratres perfidiam).* Doch Knud versteht den versteckten Hinweis auf ein Exemplum *berüchtigter Tücke (famosæ fraudis)* nicht, bleibt arglos auch, als ihm der Sänger zur weiteren Warnung den Harnisch unter seinen Kleidern zeigt. Auf der Zusammenkunft mit Magnus wird Knud meuchlerisch erschlagen – und Bürgerkrieg erschüttert Dänemark.

Saxo Grammaticus (12./13. Jh.), *homo litteratus* auf der Höhe lateinischer Schriftlichkeit, bietet literarisch stilisierte Erzählung mit implizitem Listgeschehen (zum Aufkommen des literarischen Motivs »List« siehe unten), das Trug (verbalisiert) überwölbt. Hochberühmtes Truggeschehen in deutscher Nibelungendichtung – Wertung fehlt nicht – soll vor aktuellem Truggeschehen und Verwandtenmord warnen. Der Sänger versucht, unbekannte Wirklichkeit zu vermitteln (Vortrag von trugvoller Nib.dichtung als Informationsstrategem), doch seine List (zu Wesensmerkmalen einleitend) bleibt ohne Erfolg. Unterschiedlicher Kenntnisstand zwischen Sänger und seinem Adressaten und geheimer Charakter seiner ungewöhnlichen Vorgehensweise bleiben erhalten.

Atlakviða (Neckel-Kuhn 1983:240–7): Högni ist heroisch gefallen, sein Bruder Gunnar liegt in der Schlangengrube; Atli – betrogen um den Nibelungenhort – kehrt vom Mordgeschehen zurück zur Gemahlin, die ihn trügerisch empfängt und bewirtet mit Leckerbissen zum Bier *(ǫlkrásir),* dann dem Gesättigten ihren heimtückischen Trug entdeckt, Str. 36: »Mit Honig hast du die leichenblutigen Herzen deiner Söhne gekaut, kannst Leichenfleisch von Menschen verdauen, (geg)essen als Leckerbissen zum Bier«. Um der Sippenrache für ihre Brüder willen war diese Mutter bereit, die gemeinsamen, von Atli geliebten Kinder Erp und Eitil zu opfern. Wie könnte Rache arglistiger, heimtückischer Trug grausamer und frevelhafter sein?

Steigerungsfähige Arglist bezeugt die anschließend im Liederbuch gebuchte jüngere Doublette *Atlamál* (Neckel-Kuhn 1983:248–61), übersteigert drastisch: Eigenhändig durchschnitt die Mutter beiden Söhnen, die in ihren Schoß geflüchtet waren, die Kehle, mißbrauchte ihre Schädel als Bierschalen, würzte den Trank mit der Söhne Blut, briet ihre Herzen am Bratspieß, reichte sie als Kalbfleisch dem Gemahl, der mit Backenzähnen eifrig kaute. Arglosigkeit Atlis und Arglistigkeit Guðrúns sind in dieser jüngeren Doublette (12. Jh.) eindringlich expliziert, Str. 74: »Übergroß war die Arglosigkeit (eigtl. seichter Sinn), da wo der Herrscher traute, offenkundig war die Tücke, hätte er darauf geachtet. Verschlossen war Guðrún, konnte anders reden als sie dachte, stellte sich heiter, spielte mit zwei Schilden (ein Doppelspiel).« Arglistigkeit erfährt hier eine Definition, die in drei Punkten der ihrer harmloseren Schwester »List« entspricht: extraordinäre *und* heimliche *und* auf unterschiedlichem Kenntnisstand von Anwender und Betroffenem basierende Vorgehensweise. Ein weiteres Definitionsmerkmal aber unterscheidet von unserer Begrifflichkeit »List«: Guðrúns »Arglist« ist normverletzend, ist nicht akzeptabel nach Wertevorstellungen der Rezipienten.

Etablierte Verhaltensweisen des Sichbehauptens

Eine dem »listenreichen Odysseus« vergleichbare Gestalt in germ. Überlieferung weiß ich nicht zu nennen. Ob sich ein Abstand germanischer Mentalitätsgeschichte kenntlich verwirklicht, bleibe noch offen. Üble, pejorativ zu bewertende Täuschungsmanöver, begreifbar als »Arglist/Trug«, beschatten oder können Götter, Heldinnen und Helden, Protagonisten und Gegenspieler beschatten.

Altdeutsches *Hildebrandslied* (einzig erhaltener Gattungsvertreter des germanischen Heldenlieds auf dem Boden Deutschlands, verschriftlicht um 830) – Schmähung des jungen Hadubrand Vers 39ff., der im anderen Vorkämpfer zwischen zwei Heeren seinen Vater nicht erkennen kann: »alter, unmäßig schlauer Hunne... auf die Weise alt geworden, daß du immer Arglist *(inwit)* im Schilde führtest« (Invektive: nur darum alt geworden, weil lebenslang ein unehrlicher Kämpfer [Klingenberg 1993:421 f.]).

Damit kontrastiert ein positives, vorbildliches Heldenbild, auch in germanischer Überlieferung geprägt von *sapientia et fortitudo.* Ein Held behauptet sich mit *manvit* »Manneskiugheit«.

Jung-Sigurd, in seiner Jugendlichkeit prädestiniert, einseitig *Mannesmut* zu vertreten, muß *Weisheit, Lebensklugheit* lernen, thematisiert in den eddischen Heldenliedern *Reginsmál, Fáfnismál.* Sigrdrífomál mit Gattungsgrenzen überschreitender Anlehnung an Spruchweisheit.

Hamðismál (Neckel-Kuhn 1983:269–74), letztes Heldenlied des Liederbuches *Edda,* Rachefabel von zwei Brüdern, die ausziehen, ihre

Schwester am Schwager Ermanarich – Jǫmunrekr zu rächen, der Svanhildr von Pferden hatte zertreten lassen, bringen es am Liedschluß sentenzhaft auf den Punkt, Sǫrli zum anderen Bruder: »Tapferkeit hast du, Hamðir, wenn du (doch) Weisheit hättest – Großes fehlt jedem Mann, wenn es Mannesklugheit ist« (*mikils er á mann hvern vant, er manvitz er Hm.* 27).

»Mannesklugheit« – nun abseits der heroisch stilisierenden, pathetisch herauswölbenden Heldendichtung – ist eine Botschaft im »Alten Sittengedicht« der eddischen *Hávamál* (Neckel-Kuhn 1983:17–29), das in eine Alltagswelt und Alltagsethik einblicken läßt.

Háv. 6: »einen zuverlässigeren Freund als großes *manvit* empfängt ein Mann nie«. Doppelspruch *Háv.* 10f.: »eine bessere Bürde als großes *manvit* trägt der Mann nicht auf seinem Weg« (schlechteste Wegzehrung auf seinem Lebensweg aber ist übermäßiges Biertrinken).

Täuschungsstrategeme stellt die Spruchdichtung der *Hávamál*, die der Lebensbewältigung dienen soll, also Normverhalten spiegelt, nur ausnahmsweise bereit, wo sie reziprokes Trugverhalten gegen falsche Freunde lehrt. Blicken wir mit dem Doppelspruch *Hávamál* 45f., gebucht im 13. Jh., zurück auf eine ältere Alltagsethik mit einem tolerierbaren Täuschungsstrategem im Sonderfall? Reziprokes Trugverhalten gegen falsche Freunde lehren auch die *Disticha Catonis*, eine fälschlich dem älteren Cato zugeschriebene spätrömische Spruchsammlung in Hexametern (4. Jh.), dann eines der beliebtesten Schulbücher des europäischen Mittelalters, dienlich dem Lateinunterricht und der sittlichen Unterweisung der Schüler. Eine der ältesten muttersprachlichen Übertragungen sind die altisländischen *Hugsvinnsmál* »Spruchreden des Gescheiten« (12. Jh.). Ein Vergleich erlaubt die Annahme, daß *Havamál* 45f. unter Eindruck gattungsverwandter Fremdstoffüberlieferung steht: gleichlaufende Spruchdichtung gegen falsche Freunde, vergleichbar im begründenden Sachverhalt und in der Verhaltensvorschrift, reziprokes Trugverhalten jeweils am Strophenschluß zugespitzt zur einprägsamen rhetorischen Figur.

Hávamál 45: »hast du einen anderen (Freund), dem du mißtraust, willst du dennoch von ihm Gutes erreichen: Schön sollst du mit ihm reden, aber falsch denken und Unzuverlässigkeit mit Lug vergelten«

(og gialda lausung við lygi). Hávamál 46 – mit Bezug auf einen falschen Freund: »anlachen sollst du ihn und anders reden als du denkst und ihm mit gleicher Münze heimzahlen« (*glíc scolo giǫld giǫfom* »Lohn soll gleich sein den Gaben«).

Disticha Catonis I, 26 (Boas 1952:63): »Wer mit Worten den treuen Freund heuchelt und es nicht von Herzen ist – auch du mache es ähnlich: So wird Betrug durch Trug getäuscht« *(sic ars deluditur arte).*

Hugsvinnsmál 42 (Jónsson 1912/15:B II 192): »Dem Wort eines falschen Mannes brauchst du nicht zu trauen, wenn er auch schön spricht, setze schöne (gleisnerische) Worte dagegen: So vergelte Gleiches mit Gleichem!« *(gjalt svá líku líkt).*

Vom Aufkommen des literarischen Motivs »List« (ein Ausblick)

Verhaltens-resp. Vorgehensweisen eines Sich-Behauptens durch *manvit* »Mannesklugheit«, durch *Geistesgegenwart, Wissen und seine Anwendung* (auch handwerkliche, künstlerische *Fertigkeit:* z.B. Wieland, der sagenberühmte Meisterschmied), durch *magische Kunst, Kenner- und Könnerschaft* oder durch *böswillige Täuschung*, Trug, *Arglist* dürfen wir auch den alten Germanen zusprechen. Aber ist das, was wir mit unserem Wort »List« begreifen (Begleitvorstellungen: »heimlich«, »andere täuschend«, aber positiv konnotiert, nicht »arglistig«) eine Universale der Menschheitsgeschichte? Oder ist diese Begrifflichkeit einzuordnen in jeweilige Zivilisationsprozesse, die »List« in germ. Mentalitätsgeschichte erst aufkeimen ließ zwischen seit alters etablierten Sinnbereichen des (α) Wissens und seiner Anwendung, des (β) Magischen und (γ) Dolosen (dazu und zur Wortgeschichte von *List*, altnord. *list, tál, vél* einleitend). Ausblickend möchte ich versuchen, abstrakter Fragestellung wenigstens einige konkrete Anschaulichkeit zu geben mit Hinweisen auf Entwicklungsprozesse der Literaturgeschichte. Und ich meine, diese Fragestellung berechtigt zu weitergehender »List«-Forschung.

Der Durchbruch der weltlichen Literatur erfolgt in Deutschland im 12. Jh. und führt in stürmischer Entwicklung rasch zu Gipfelleistungen gegen die Wende vom 12. zum 13. Jh. Aufmerksamkeit in unserem Zusammenhang gebührt dem Aufkommen neuer Erzählstoffe, anhand derer gezeigt wird, wie sich ein Mensch durch *List* behaupten kann; Aufmerksamkeit gebührt dem Raumgreifen der überaus beliebten, vielgestaltigen Brautwerbungsthematik, die über Gattungsgrenzen der Spielmannepik hinaus (*König Rother*, 12. Jh.) in Unterhaltungsliteratur wuchert, in Hoch- und Problemliteratur fruchtbar wird (Gottfrieds *Tristan*, *Nib.lied*, *Kudrun* usw.). Schier unerschöpflich scheint die Phantasie der Dichter, in einem konfliktreichen Spannungsfeld zwischen Werber resp. Werbungshelfer und geworbener Frau (mit oder ohne werbungsfeindlichen Brautvater) Schwierigkeiten aufzutürmen und variationsreich zu bewältigen durch Täuschungsmanöver – sei es böser Trug (ich erinnere an den dreifachen Werbungstrug des *Nibelungenlieds* mit seinen katastrophalen Folgeerscheinungen) oder harmlosere Werbungs*list*.

Antwort auf das Nib.lied ist nach heutiger Forschung der andere große Heldenroman des deutschen Mittelalters *Kudrun* (um 1230/40) mit der neuen Botschaft: Versöhnung (statt entgrenzender Rache). Harmloseres *List*geschehen bei Werbung um Hilde ermöglicht letztendlich Versöhnung zwischen Brautvater und den Seinen und der Partei der Brautentführer. Listen sind raumgreifend inszeniert als 1) Kaufmanns-, 2) Kriegs- und 3) Exulantenlist (5. aventiure – mit der List, sich als Vertriebene auszugeben, wahren diese Brautwerber ihren sozialen Stand: ein Gegenbild zum Standestrug Siegfrieds bei Werbung um Brünhild), 4) listige Verstellung des erprobten Kriegers Wate beim Kampfspiel (Str. 357–70: ein Kontrastbild zum Kampfspieltrug Siegfrieds), 5) listiges Vorgehen des Sängers Hôrant, der in zentraler Kemenatenszene seinen Werbungsauftrag erfolgreich plazieren kann (6. aventiure), 6) Entführungslist (7. aventiure).

Böswilliger *Trug* dagegen beschattet die germ. Hildesage bis zur Umformung durch den Kudrundichter: Hilde hintertreibt Versöhnungsdenken ihres Entführers, hetzt ihren Vater auf zum Kampf, der mit dem Tod des Brautvaters und Entführers dunkel endet (so noch Snorri im Verband seiner Edda [Edda Snorra Sturlusonar I 432 ff.]).

Schauen wir abschließend noch einmal nach Altisland. Schreibezeit beginnt dort mit Phasenverschiebung erst im 12. Jh., führt aber in vergleichbar stürmischer Entwicklung zu Höhepunkten weltlicher Literatur in 1. Hälfte des 13. Jh. Und auch in Liederedda (mündlich tradierte, nun verschriftlichte Götter- und Heldenlieder samt Um- und Neudichtungen), auch in nun entstehenden Gattungen altnord. Prosaschrifttums wird die abendländische Brautwerbungsthematik fruchtbar und die

Phantasie ihrer Autoren, Hemmnisse im Spannungsfeld zwischen Werber und umworbener Frau aufzutürmen und variationsreich – *listen*reich – zu bewältigen mit Witz, Findigkeit, mit ungewöhnlichen Vorgehensweisen. Aus einer Fülle wähle ich Textzeugnisse, die das Aufkommen der »List« als literarisches Motiv bei mittelalterlicher Rezeption germanischer Mythologie und Heldensage belegen.

Im Rahmen seiner Edda (1220er Jahre) bereichert Snorri den zunächst referierten Mythos vom Totschlag des Riesen þiazi durch die Götter mit novellistischem Erzählen von der Gattenwahl der þiazitochter Skaði (SnE I 212ff.). Vaterrache führt die kriegerisch gerüstete Skaði nach Götterheim, wo ihr die Götter als Buße Gattenwahl anbieten (Sondertypus einer Werbung seitens der Frau). Bedingung ist, daß sich Skaði ihren Mann nach den Beinen wählen muß, ohne mehr zu sehen (Typus einer »schwierigen Werbung« mit Aufgaben, die zu bewältigen sind). Skaði wählt ausnehmend schöne Männerbeine und glaubt, den schönen, jungen Göttersohn Baldr gewählt zu haben – aber es ist Njörð. Als zweite Aufgabe in »schwieriger Werbung« folgt, nun eine Bedingung Skaðis, daß die Götter sie zum Lachen bringen müssen, was sie für unmöglich hält. Aber Loki weiß einen Ausweg, bewältigt die Schwierigkeit, bindet die Enden einer Schnur um den Bart einer Ziege und sich um den Hodensack. Nicht das jämmerliche Geschrei beim Hin- und Herziehen bringt Skaði schon zum Lachen, sondern erst das daraus resultierende Schauspiel, das die Heimlichkeit der vorausgeplanten List Lokis offenbar werden läßt (Ausmünzung biologischer Gegebenheiten): Skaði lacht auf, als sich Loki nun in ihren Schoß fallen läßt – wohl mit erigiertem Glied (*þá lét Loki fallast í kné Skaða, ok ðá hló hon* SnE I 214). Lachen der Skaði in derber Zote (nach dem erotischen Ambiente der nackten Männerbeine, ohne mehr zu sehen) signalisiert: Listgeschehen ohne Böswilligkeit in literarisch stilisierter Erzählung.

Lachen kann signalisieren: »List«-Geschehen, tolerierbar nach herrschenden Wertevorstellungen. Des Lachens seiner Rezipienten im 13. Jh. konnte sich der listige Dichter gewiß sein.

Boas, Marcus. 1952. Disticha Catonis. Recensuit et apparatu critico instruxit. Amsterdam, North-Holland Publ.Comp.
Duden. Das große Wörterbuch der deutschen Sprache. 2. Auflage 1994. Duden-Verlag, Mannheim–Leipzig–Wien–Zürich.
Fritzner, Johan. 1954 (1883–96). Ordbog over Det gamle norske Sprog. Nytt uforandret opptrykk av 2. utgave (1883–1896). Oslo, Tryggve Juul Møller Forlag.
Gylfag(inning) s. SnE.
Häny, Arthur. 1990. Snorri Sturluson. Prosa-Edda. Altisländische Göttergeschichten. Zürich, Manesse Verlag.
Jónsson, Finnur. 1912–15. Den Norsk-Islandske Skjaldedigtningen. København, Rosenkilde og Bagger.
Klingenberg, Heinz. 1973. Runenschrift – Schriftdenken – Runeninschriften. Heidelberg, Carl Winter Universitätsverlag.
– 1993. Braht und Brant. Zum althochdeutschen Hildebrandlied. In: Comparative-Historical Linguistics. Indo-European and Finno-Ugric, hg. v. B. Brogyanyi u. R. Lipp (Current Issues in Linguistic Theory 97). J. Benjamins. 407–467.
Krause, Wolfgang. 1966. Die Runeninschriften im älteren Futhark. Mit Beiträgen von Herbert Jankuhn. Göttingen, Vandenhoeck u. Ruprecht.
– 1971. Die Sprache der urnordischen Runeninschriften. Heidelberg Carl Winter Universitätsverlag.
Lorenz, Gottfried. 1984. Snorri Sturluson, Gylfaginning. Texte, Übersetzung, Kommentar (Texte zur Forschung Bd. 48). Darmstadt, Wissenschaftliche Buchgesellschaft.
Neckel-Kuhn. 1983. Edda. Die Lieder des Codex Regius nebst verwandten Denkmälern, hg. von Gustav Neckel, 5. verbesserte Auflage von Hans Kuhn. Heidelberg, Carl Winter Universitätsverlag.
Olrik, Jørgen und Hans Ræder, Hgg. 1931. Saxonis gesta Danorum. 2 Bde. København, Munksgaard.
Pokorny, Julius. 1959. Indogermanische etymologisches Wörterbuch. Francke Verlag Bern u. München.
Scheidweiler, Felix. 1941. Kunst und List. In: Zeitschrift für deutsches Altertum 78, 62–87.
SnE – Edda Snorra Sturlusonar, hg. von Jón Sigurðsson et al. 1966. Reproductio phototypica editionis 1848–87. Osnabrück, Otto Zeller.

Alexander Schwarz
Reineke Fuchs, Till Eulenspiegel und das Problem der List in Deutschland

Die Ergebnisse meiner sprachwissenschaftlichen Untersuchung zum Problem der List bei Till Eulenspiegel und Reineke Fuchs lassen sich unter der kurzen Formel *listig und lustig*[1] zusammenfassen. Humor ist bekanntlich, wenn man trotzdem lacht. Der extremste Humor ist demzufolge der Galgenhumor, den ich hier ganz wörtlich verstanden haben will, wie beispielsweise im Witz von dem Mann, der an einem Montag hingerichtet werden soll und bei dieser Gelegenheit bemerkt: »Die Woche fängt ja gut an«. Ein anderer bittet den Henker um Eile, da er zum Mittagessen zu Hause erwartet werde. Diese Mahnung erweckt so starke Zweifel an seiner geistigen Gesundheit, daß man ihn wegen Unzurechnungsfähigkeit laufen läßt. Auch Reineke Fuchs und Till Eulenspiegel stehen je einmal unter dem Galgen – und zwar in der Buchmitte und nicht etwa am Ende, die Sache geht also auch für sie gut aus.

Reineke, oder wenn ich mich im folgenden nicht auf Goethe, sondern auf die niederdeutsche Fassung von 1498 stützen will, Reynke de vos, wird wegen einer ganzen Serie von Hühnermorden und anderer Untaten zum Strick verurteilt. Seine öffentliche Beichte, die ihm als Galgenfrist zugestanden wird, kippt um in die Geschichte einer Verschwörung gegen den König, an der unter anderem Reynkes Hauptfeinde, Brun der Bär und Isegrimm der Wolf, beteiligt gewesen seien. Mehr als diese Anklagen interessiert das Löwenpaar freilich der Hinweis Reynkes auf einen riesigen Goldschatz, mit dem Söldner hätten angeworben werden sollen und den er, Reynke, versteckt habe. So habe er den Anschlag verhindert. Der Tausch Gold gegen Leben ist dann rasch beschlossene Sache – und natürlich nur deswegen listig und lustig, weil es weder den Schatz noch die Verschwörung gibt.

Eulenspiegel, oder Ulenspiegel, wie er in der niederdeut-

1 Meienberg (1986) S. 208.

schen Namensform in den Drucken von 1510 und folgende heißt, kommt in Lübeck wegen Weindiebstahls unter den Galgen. Es gelingt ihm nicht bloß, einen letzten Wunsch äußern zu dürfen, sondern auch, dem Lübecker Rat die Zusicherung zu entlocken, daß ihm dieser Wunsch auch erfüllt werde. Und der lautet so:

»Ihr eerlichen Herrn von Lübeck, so Ihr mir gelobt haben, so bit ich Euch darum und ist mein Bit: Wann ich nun gehangen bin, daz dann der Weinzäpffer [der Eulenspiegel angezeigt hat] wöll kummen all Morgen, 3 Tag lang, der Schenck zu dem ersten, der Greibenschinder [der Henker] darnach und mich küssen mit dem Mund nüchtern in den Arss.«

Angeekelt läßt der Rat ihn laufen, um ihm diesen ehrenrührigen Wunsch nicht erfüllen zu müssen.

Galgenhumor, eine unerwartete Äußerung angesichts des Todes, das ist lustig. Lustig heißt nun nicht etwa: nicht ernst zu nehmen. Lustig sind vielmehr gerade Texte oder Situationen, die mit einem großen emotionalen Aufwand verbunden zu sein scheinen, den wir uns dann aber plötzlich ersparen dürfen. Eine Hinrichtung erweckt Mitleid mit dem Opfer und Abscheu entweder vor dem Ereignis oder vor den Taten des Verbrechers sowie Angst vor dem eigenen Tod – wenn aber der Todeskandidat selbst die Hinrichtung nicht ernst nimmt, dann sind auch wir dessen enthoben.

Listig ist hingegen ein Verhalten unter dem Galgen nur dann, wenn es über den Lacherfolg hinaus auch den Erfolg hat, den Tod abzuwenden. Der Todeskandidat mit seinem Mittagessen wäre nur dann listig, wenn er seine Naivität gespielt hätte und gar nicht wirklich unzurechnungsfähig wäre. Reynke und Ulenspiegel sind listig, weil sie das Unabwendbare abzuwenden versuchen, und weil sie dabei Erfolg haben.

Versuchen wir, präziser zu werden, und gehen wir dabei von der Duden-Definition von List aus. Danach ist sie ein Mittel, »mit dessen Hilfe man (andere täuschend) etw. zu erreichen sucht, was man auf normalem Wege nicht erreichen könnte«. Um die Brauchbarkeit dieser Definition zu testen, möchte ich sie auf die Galgengeschichten von Reynke und Ulenspiegel anwenden. Die List als Mittel, das paßt. Auch die festgestellte Unabwendbarkeit finde ich in der Formulierung wieder, »was man auf normalem Wege nicht erreichen könnte«.

Auch das Element der Täuschung bereitet wenig Kopfzerbrechen. Reynke täuscht schließlich einen nonexistenten Schatz vor und Ulenspiegel gleich zweierlei, nämlich zuerst, daß er sich an die Konventionen möglicher Vergünstigungen für Todeskandidaten halten werde, und dann einen Wunsch, den er bei genauem Hinsehen gar nicht erfüllt bekommen möchte.

Die Duden-Definition ruft aber auch nach Ergänzungen. Erstens läßt sich am Gegenbeispiel des unzurechnungsfähigen Galgenvogels zeigen, daß es sich bei einer List um ein *bewußtes* Mittel handeln muß. Eine zweite Präzisierung der List-Definition des Duden drängt sich auf, wenn wir Reineke und Eulenspiegel mit anderen Stars, etwa mit Faust, Melusine, Wilhelm Tell oder den Nibelungen vergleichen. Sie alle greifen bewußt zu *spezifischen* Mitteln, um etwas zu erreichen, was auf normalem Wege nicht zu haben ist. Faust beschafft sich über den Teufel Wissen; Melusine versucht, ihre eigenen magischen Fähigkeiten einzusetzen, um genau diese Fähigkeiten loszuwerden und sterben zu dürfen; Tell rettet sein Kind und sein Land durch eine Art Mehrkampfweltrekord mit Schießen, Rudern, Weitsprung und Laufen. Siegfried schließlich besorgt via Tarnmantel dem Gunther die Brunhild und damit sich selbst die Kriemhild, während Hagen sich von Kriemhild Siegfrieds verwundbare Stelle markieren läßt, um ihn zu töten. Und sie alle täuschen: Faust betrügt im Prosaroman von 1587 sich selbst und bei Goethe Gretchen; Melusine täuscht ihren Mann, Siegfried die Brunhild, und Wilhelm Tell belügt Gessler. Die genannten Figuren entsprechen also alle der List-Definition des Duden. Kann man sie aber deswegen listig nennen? Bei Faust, Melusine, Siegfried und Tell ist das zweifellos nicht der Fall. Ihre Mittel, Magie oder Geschicklichkeit, sind nicht jenes Mittel der List, das wir alle kennen und das der Duden vielleicht gerade deswegen zu nennen vergessen hat: List ist ein Mittel des Verstandes.

Ich definiere List also als *das bewußte Verstandesmittel, mit dessen Hilfe man (andere täuschend) etwas zu erreichen sucht, was man auf normalem Wege nicht erreichen könnte.*

Die ausdrückliche Nennung des Verstandes in der Listdefinition ist mir auch deshalb wichtig, weil sie es erlaubt, List zu kategorisieren und Listenlisten anzulegen. Wertvoll waren mir dabei die Ideen des Schweizer Theologen Ulrich Mauch, der von Sengers chinesische Geschichten mit Geschichten über Jesus verglichen hat. Mauch stellt die List mit ihrem »Vertrauen auf die Unübersichtlichkeit der Welt«[2] gegen das Streben nach Ordnung, Übersichtlichkeit und Reduktion von Komplexität, das der westlichen Logik eigne. Logik klärt die Verhältnisse, indem sie deren Komplexität reduziert. List trübt die Verhältnisse, indem sie deren Komplexität erhöht (Vergleiche Strategem Nr. 20, »Das Wasser trüben, um die Fische zu ergreifen«). Die List kommt dabei als zweites, als eine Art Parasit, ins Spiel, denn sie kann nur gelingen, wenn die Logik schon gearbeitet – und zwar schlecht gearbeitet und bei ihrer Reduktion etwas übersehen hat. Weil Logik mit vereinfachenden Modellen auf die Verhältnisse reagiert, wird sie hilflos, wenn die Verhältnisse plötzlich Seiten offenbaren, die in dem Modell nicht vorgesehen sind. – Genau nach diesem Muster funktioniert Komik: Die erwartbare Logik der Ereignisse wird in allen Witzen durch das unterlaufen, was Jerry Palmer in seinem gleichnamigen Buch über das Komische *The logic of the absurd* genannt hat. Wahrscheinlich ist unser Lachen immerhin ein Signal dafür, daß wir unsere momentane Hilflosigkeit überwunden und zu einer zweiten Lesart des komischen Textes gefunden haben, die dann der Logik des Absurden gehorcht.

Das grundlegende logische Modell hat folgende Struktur: Mittels einer Regel R wird ein Kausalbogen zwischen einem Ausgangszustand A und einem Zielzustand Z gespannt. Aus A und Z läßt sich R durch Induktion gewinnen, aus A und R läßt sich Z durch Deduktion gewinnen, und aus Z lassen sich als höchste Kunst sowohl R als auch A durch Abduktion gewinnen – der unübertreffliche Meister auf diesem Gebiet heißt Sherlock Holmes. List tritt nun potentiell dann in Aktion, wenn in einem Ausgangszustand A gemäß R ein erfreuliches Z nicht zu haben ist. Reynke und Ulenspiegel befinden sich im Moment im Ausgangszustand A, zum Tode verurteilt worden zu sein. R besagt in beiden Geschichten, daß Todesurteile zu vollstrecken sind und auf Gnade nicht zu hoffen ist. Das sieht nicht gut aus, was Z betrifft – es sei denn, das logische Modell ließe sich mit List zerstören. Die Charakterisierung und Klas-

2 Mauch (1992) S. 61.

sifizierung solcher Zerstörungen scheint mir die Aufgabe und die Methode der Listanalyse zu sein. Im folgenden will ich eine vergleichende Listanalyse der Galgenvögel Reynke und Ulenspiegel versuchen.

Zunächst Reynke. Eigentlich müßte er als überführter Mörder (A) gemäß geltendem Recht (R) hingerichtet werden (Z). Noch völlig im legalen und logischen Rahmen von R wird ihm erlaubt, öffentlich zu beichten. Mit seiner erstunkenen und erlogenen Schatzgeschichte bringt Reynke nun sprachhandelnd ein zweites A, nennen wir es A2, ins Spiel. A2, der Schatz, schaltet R, das Recht, aus und ersetzt es durch R2, die Gier des Königspaares nach dem Gold. Z2 bedeutet als abgewendete Hinrichtung, also als ein -Z, die Freiheit des Fuchses; daß es für das Königspaar aber keineswegs den erhofften Gewinn des Schatzes bedeutet, macht durch das Element der Täuschung die Sache erst listig und lustig.

Charakteristisch für Reynke ist im ganzen Buch, daß er mit Lügengebilden die Ausgangssituation verdoppelt, worauf die Gegenspieler in ihrer Freß- und Raffgier, kurz: in ihrer Tierhaftigkeit, die erste Ausgangssituation und damit die dazugehörige Zielsituation vergessen. Am Hoftag des Löwen wird der abwesende Fuchs von allen Seiten der schlimmsten Verbrechen angeklagt. Der Bär bekommt den Auftrag, den Fuchs vor Gericht zu zitieren. Er vergißt diesen Auftrag ebenso, sobald Reynke von Honig spricht, wie der Löwe den Prozeß vergißt, sobald Reynke vom Schatz spricht. Reynke führt den Bären zu einem gespaltenen Baumstamm und behauptet, er sei voll Honig. Als Brun den Kopf in die Spalte steckt, zieht Reynke den Keil heraus.

Weil er die tierischen Regeln kennt, die das Handeln seiner Widersacher steuern, sobald eine Ausgangssituation ihre Freß- oder Raffgier provoziert, kann er entsprechende Ausgangssituationen mit seinen Worten erzeugen. List ist also keineswegs Unkenntnis von Logik, sondern im Gegenteil ein höheres Bewußtsein ihrer Wirkungsweise, als es die Unlistigen besitzen. Wenn von Senger dem Abendland Listenblindheit vorwirft, so wirft er ihm zugleich Logikblindheit vor, jedenfalls aber eine sehr beschränkte Logiksicht.

Ähnlich logikblind wie der Bär ist der Kater Hinze, der zweite Bote. Ihn lockt Reynke mit der Aussicht auf eine

Scheune voller Mäuse in eine am Eingang plazierte Falle. Erst Grimbert, der Dachs, bringt dann seinen Freund zum Hof, wo er verurteilt wird und mit seiner Schatzgeschichte freikommt. Als sein Betrug offenbar wird, muß er sich einem zweiten Prozeß stellen. Dieser zwingt ihn, seine Strategeme zu wechseln. Die Ankläger sind zunächst kleine Tiere, und so erklärt er sich zum gerichtlichen Zweikampf bereit, operiert also wie später Ulenspiegel auf der Ebene der Spielregeln. Das wird ihm freilich zum Verhängnis, da ihn der große Wolf seinerseits zu einem Zweikampf herausfordert. Schweren Herzens stellt er sich dem ungleichen Kampf – und gewinnt ihn durch einen Regelverstoß, nämlich durch einen Griff unter die berühmte Gürtellinie. Da Reynke zwar gewiß nicht besser, wohl aber erfolgreicher ist als die anderen Tiere, ernennt ihn der König mit einer gewissen Berechtigung zum Kanzler des Tierreiches.

Gemäß meiner Klassifikation ist Reynke primär ein Spezialist der Listgruppe A, Manipulation des Ausgangszustands im logischen Modell der Gegenspieler. Im jüngeren zweiten Teil des Textes entwickelt er sich zum Listengeneralisten.

Wir können Reynkes Handeln natürlich auch anhand der Liste der 36 chinesischen Strategeme einordnen. Reynkes Lieblingsstrategem ist zweifellos Nummer 7, »Aus einem Nichts etwas erzeugen« – sei dies nun der Goldschatz, der Baum voll Honig, die Scheune voller Mäuse oder auch eine Stute, die angeblich bereit ist, dem hungrigen Wolf ihr Füllen zu verkaufen. Der Preis sei, so der Fuchs, an ihrem Hinterhuf notiert, den der Wolf, als er sich informieren will, ins Gesicht geschlagen bekommt. Strategem Nummer 3, »Mit dem Messer eines anderen töten«, spielt also auch eine Rolle. Es ist der Löwe, der den Fuchs freispricht und dafür den Bären und den Wolf verhaften läßt; es sind die Bauern, die den eingeklemmten Bären verhauen, es ist die Pfarrersfamilie, die auf den Kater losgeht, und es ist die Stute, die dem Wolf eins auf den Schädel gibt. Der Fuchs legt den kräftigeren und mächtigeren Henkern bloß ihre und seine Opfer hin. Der Aufforderung zum Zweikampf entspricht Strategem Nr. 15, »Den Tiger vom Berg in die Ebene locken«. Als Reynke vom letzten verbliebenen Ankläger, dem Wolf Isegrimm, selbst in die Ebene gelockt worden ist, kontert er mit dem Griff unter die Gürtellinie und damit mit dem Stoß ins Leere, Strategem Nr. 2, »Wei belagern, um Zhao zu retten«.

Ulenspiegel geht unter dem Lübecker Galgen ganz anders vor als Reynke. Dabei ist die Ausgangssituation A dieselbe, und das Recht R ist ein ähnliches wie in Reynkes Prozeß. Der entscheidende Unterschied liegt aber darin, daß Ulenspiegel mit seinem Sprachhandeln A völlig unangetastet läßt, dafür aber R verdoppelt. R, das ist das Prozeßrecht, das gewisse Vergünstigungen vorsieht; R2, das ist die explizite und durch Handschlag bekräftigte Abmachung zwischen Ulenspiegel und dem Rat, daß dieser ihm eine Bitte gewährt. Was Ulenspiegel verschleiert, ist die Unverträglichkeit von R und R2. Wortreich führt er zwar aus, »darumb er nit bitten wolt«, um welche allzu großen Vergünstigungen, wie etwa Leib und Leben oder Geld und Gut, er nicht bitten wolle. Worüber er aber nicht spricht, das ist die vom Rat stillschweigend vorausgesetzte Ehrenhaftigkeit seiner Bitte, gegen die er jetzt verstößt. Da sie nur stillschweigend vorausgesetzt ist, wogegen die Abmachung zwischen Ulenspiegel und dem Rat eine ausdrückliche ist, verhindert der Widerspruch von R, wonach einem Hinzurichtenden vom Rat keine ehrenrührige Bitte gewährt werden darf, und von R2, wonach der Rat sein Versprechen halten muß, die weitere Anwendung von R und damit das vorgesehene Z der Urteilsvollstreckung. Dem Rat bleibt nicht viel anderes übrig, als das ganze Verfahren abzubrechen und Till laufenzulassen – womit wir auch hier bei einem Z2 im Sinne eines -Z angelangt sind.

Ganz ähnlich sieht es im Eulenspiegelbuch von 1510 aus. Man denke nur an die berühmten Eulen und Meerkatzen. Eulenspiegel hatte sich als Bäckergeselle dingen lassen, und als er das erste Mal allein backen muß, fragt er den Meister, was er denn backen solle. Der sagt, sei es ironisch, sei es als Fluch über die dumme Frage, etwas von Eulen und Meerkatzen. Die Logik des Bäckermeisters sieht vor, daß das Backfachwissen R vom Ausgangszustand A, *Till bäckt,* zum Zielzustand Z, *Die Backstube ist voll Broten und Brötchen,* führen wird; Tills List besteht auch hier wieder darin, daß er R außer Kraft setzt und durch ein R2 ersetzt, *Dem Auftrag des Bäckers ist unbedingt Folge zu leisten.* Folge ist ein Z2: *Die Backstube ist voller Eulen und Meerkatzen.*

Ich behaupte also, daß die Ersetzung von R durch ein R2 Ulenspiegels List charakterisiert, daß er im Gegensatz zu

Reynke, für den Listgruppe A typisch war, Listgruppe R vertritt. Wenn Reynke im jüngeren Teil der Geschichte auch R2 benützt, dann sind das bestehende R2, während Ulenspiegel neue R2 kreiert, gegen die seine Gegenspieler keinen Einwand finden, wie der Rat von Lübeck, oder wie beim Braunschweiger Bäcker.

Die Folge von R2 ist im Ulenspiegelbuch die Ersetzung von Z durch ein Z2, in Lübeck durch den Freispruch und in Braunschweig durch Teigtiere. Dabei ist Z2 für Ulenspiegels Gegenspieler schlechter als Z, ja meistens sogar ein Schaden, also schlechter als A. Die letzte Pointe der 19. Historie liegt darin, daß der Bäcker bloß meint: er hätte Z2, also die Backtiere, anstelle von Z akzeptieren sollen und hätte dann das gute Geschäft selbst gemacht, das Ulenspiegel am Nikolaustag mit seinen Teigtieren für sich verbuchen kann. Daß der Bäcker dazu nicht imstande war, mag mit eine Folge von Ulenspiegels Art von List sein: Die Ersetzung von R durch R2 stellt das Weltbild der Gegenspieler in Frage und wirkt so extrem verunsichernd. Der Versuch, mit R Komplexität zu reduzieren, erscheint den Gegenspielern als gescheitert, sobald sie überraschend mit R2 konfrontiert werden. Ähnlich geht es auch dem Publikum, dessen Erwartungen Mal für Mal ins Leere laufen, weil Ulenspiegel auch die Leseregeln aus den Angeln hebt.

Die anderen diskutierten Ulenspiegel-Episoden hätte ich durchaus auch mit Hilfe der 36 Strategeme beschreiben können. In Lübeck unter dem Galgen spielt wohl Strategem Nr. 28, »Auf das Dach locken, um dann die Leiter wegzuziehen«. Ulenspiegel bestätigt den Rat von Lübeck in seiner Autorität, indem er dessen Spiel mitmacht und sich die neue Abmachung sogar formell beglaubigen läßt. Erst als er seine Bitte äußert, steht der Rat ohne Leiter in der Luft.

Besonders schlagend funktioniert die Strategem-Analyse bei den Eulen und Meerkatzen, die in allen Einzelschritten dem 30. Strategem entsprechen, »Die Rolle des Gastes in die des Gastgebers umkehren«. Ein neueres Strategembuch, das in Singapur erschienen ist, nennt folgende fünf Schritte dieses Strategems: »Eins: Sei ein Gast; zwei: Ergreife eine Gelegenheit; drei: Habe etwas zu sagen; vier: Sichere deine Macht; fünf: Vollziehe die Machtübernahme«.[3] Jeder dieser fünf Schritte läßt sich in der

3 Wang (1992) S. 201.

Eulengeschichte wiederfinden. Ein Gast wird Eulenspiegel, wenn er mit dem Bäckermeister mitgeht. Eine Gelegenheit bietet sich, als der Meister ihm alleine zu backen befiehlt. Etwas zu sagen hat er, wenn er in der Nacht Eulen und Meerkatzen bäckt. Seine Macht sichert er, wenn er sich am Morgen rechtfertigt, er hab ja nur getan, was der Meister ihm aufgetragen habe. Die Machtübernahme schließlich findet, zumindest für die Dauer der einen Historie, statt, wenn Eulenspiegel die Backwaren verkauft und dem Meister die Kunden wegschnappt. Der Nachteil der Beschreibung mit Hilfe der Strategeme-Liste besteht darin, daß sie nicht erlaubt, die Eigenart einer listigen Figur scharf zu charakterisieren und von der einer anderen abzuheben. Einen Vorteil der Strategeme-Liste gegenüber meinem Logiksabotagemodell werde ich dagegen am Schluß ansprechen.

Vorher ist noch auf die wissenschaftliche und populäre Ulenspiegel- und Reynkerezeption einzugehen. Sie illustriert das, was ich im Vortragstitel als »das Problem der List in Deutschland« charakterisiert habe.

Nehmen wir etwa die Zeichnung, auf der der große norddeutsche Graphiker und Zeitkritiker A. Paul Weber 1935 unsere beiden Figuren friedlich unter einer Weide zusammengebracht hat. Die Zeichnung trägt den Titel *Die Geduldigen.* Hier geht es sicher nicht um List – oder wenn schon, dann gegen die List, die ja hier und jetzt etwas zu verändern sucht, während die beiden Geduldigen im Bild abwarten, bis die Welt sich von selbst verändert. Thema der Zeichnung sind eher die Guten und die Schlechten. Eulenspiegel und Reynke sind für Weber anders als die anderen, und weil der Pessimist zumindest 1935 die anderen Menschen schlecht findet, sind sie gut, und das heißt schon in Sebastian Brants *Narrenschiff* geduldig, nicht hektisch, wie etwa die Modenarren:

»Vor einer Mode die andre weicht,
Das zeigt, wie unser Sinn ist leicht
Und wandelbar zu aller Schande
Und wieviel Neuerung ist im Lande«.[4]

Weber folgt also Brant in seiner Gesellschaftskritik, nicht aber in seiner Narrenauffassung. Sein Eulenspiegel trägt zwar ein

4 Brant (1854) Kap. 4.

Narrengewand wie auf den Brantschen Holzschnitten, aber er verkörpert gerade die Rolle, die Brant anpreist und den Narren abspricht. Doch für Webers Paar gibt es auch ein närrisches Vorbild. Lesen wir, was Barbara Könneker über den Narren bei Shakespeare geschrieben hat:

Er »ist der hintergründig schwermütige Spötter, der sich selbst heraushält aus dem Sog des irdischen Geschehens, aber eben deshalb einen um so schärferen Blick hat für den Zwang der Verstrickung, dem alle Menschen unterworfen sind in einer Welt, in der jedes Lebewesen dem stärksten Antrieb seiner Natur folgt und in der die dadurch entfesselten Leidenschaften in einem ständigen, erbitterten Kampf miteinander liegen. Seine Schwermut rührt daher, daß er diese Welt durchschaut wie sie ist, ohne sie ändern zu können.«[5]

Erasmus von Rotterdam spricht in seinem *Lob der Torheit* von 1509 der Narrheit diesen scharfen Blick ab und kehrt zu Brants aktivistischen Narren zurück – allerdings unter positiven Vorzeichen: Vernunft mache schwermütig, und Narrheit mache gerade deshalb allein das Leben erträglich. Die Textstelle, in der Erasmus Vernunft und Torheit mit den beiden Geschlechtern gleichsetzt, wage ich hier nur deswegen zu zitieren, weil sie der Torheit selbst in den Mund gelegt ist, also zum einen einer Frau und zum anderen einem Wesen, das man nur mit einem Schuß Ironie ernst nehmen wird:

»Der Mann, der für staatliche Aufgaben bestimmt ist, mußte natürlich mit einem Quentchen mehr an Vernunft besprengt werden … Wie bei allem anderen zog er mich auch hier zu Rate, und ich beriet ihn nach meiner Weise: Er solle sich ein Weib nehmen, jenes ebenso dumme und läppische wie ergötzliche und reizvolle Wesen. Mit seiner Torheit sollte es in häuslicher Gemeinschaft die finstere Würde des männlichen Geistes würzen und versüßen.«[6]

Die Rezeptionsgeschichte närrischer Figuren in Deutschland läßt sich als Streit zwischen der schwermütigen Narrheit Shakespeares und der die Schwermut bekämpfenden Narrheit von Erasmus lesen. Eulenspiegel ist beispielsweise auf dem Denkmal in seinem Heimatort Kneitlingen ein Weiser wie bei Shakespeare oder A. Paul Weber. In Erich Kästners Jugendbuch hingegen ist er ein sorgloser Spaßmacher, an dem auch

5 Könneker (1966) S. 374.
6 Erasmus (1973) S. 21.

Erasmus seine Freude gehabt hätte. Als Sozialrevolutionär, bürgerlicher Freiheitsheld, Anarchist, Aufklärer, Krimineller, Asozialer und als in der Analphase steckengebliebener Kindsmann hat er auch schon herhalten müssen, bloß den Begriff List habe ich beim Durchblättern der Sekundärliteratur über Eulenspiegel so gut wie nie gefunden. Es scheint also tatsächlich ein Problem zu geben mit der List in Deutschland, wenn Eulenspiegel – und vor allem Eulenspiegel als Identifikationsfigur – alles sein darf außer listig.

Eine Ausnahme darf angesichts der riesigen Forschungsliteratur nicht fehlen: Georg Bollenbeck spricht in seiner Habilitationsschrift von Tills »listige(r) Lebenssicherung«.[7] Nach Bollenbeck wäre es Ulenspiegels Ziel, möglichst ohne Arbeit zu überleben. Es mag als kleinlich erscheinen, wenn ich gerade im Interesse der List diese Interpretation mit einem Fragezeichen versehe. Hermann Botes *Ulenspiegel* erzählt die Geschichte – oder präziser: die Geschichten – Ulenspiegels ohne längeren Kommentar. Diese Unbestimmtheit erklärt das Phänomen der vielen einander widersprechenden Deutungen. Auf der anderen Seite aber ist der Text nicht so beliebig, daß einzelne Deutungen sich nicht widerlegen ließen. Bote bezeichnet in der Vorrede seine Titelfigur als *behend listig und durchtrieben.* Die Listigkeit ist also nach Auffassung des Bearbeiters – und es gibt keinen Grund, an seinen Worten zu zweifeln – die hervorstechende Eigenschaft Ulenspiegels, wobei sie übrigens negativ bewertet wird. Den Zweck seines Buches sieht Bote darin, *ein fröhlich Gemüt zu machen in bösen Zeiten.* Dies also auch noch unser lustig. Mit alledem ließe sich Bollenbecks Interpretation der List als Existenzsicherung ohne Arbeit noch verbinden. Erstens sind nun aber textintern eine ganze Reihe von Ulenspiegels Streichen mit einem Aufwand verbunden, der durchaus den Charakter von Arbeit annimmt. Als Beispiel sei nur die 71. Historie erwähnt, in der Ulenspiegel im Winter 12 blinden Bettlern begegnet und ihnen Geld verspricht, damit sie sich im Wirtshaus aufwärmen und verpflegen können. Jeder meint, ein anderer habe das Geld bekommen. Ulenspiegel richtet es so ein, daß er im Wirtshaus ist, sobald der Wirt gemerkt haben muß, daß seine Gäste nicht zahlen können. Er verspricht

7 Bollenbeck (1985) S. 73.

dem Wirt, einen Bürgen zu stellen, und bittet den Pfarrer des Ortes, er möge zum Wirtshaus kommen, weil der Wirt vom Teufel besessen sei. Er geht dann noch einmal mit der Wirtsfrau zum Pfarrer, der dieser bestätigt, daß er bald zu Hilfe kommen werde. Als der Wirt dann vom Pfarrer das Geld verlangt, sieht dieser im Geldwunsch das Wirken des bösen Geistes. Resultat ist eine allgemeine Schlägerei, die Ulenspiegel, der inzwischen weitergezogen ist, einen unverhältnismäßigen planerischen Aufwand gekostet hat. Gerechtfertigt ist dieser Aufwand nur dann, wenn wir als treibendes Motiv Ulenspiegels weniger einen materiellen Vorteil als vielmehr die Freude an der List selbst annehmen.

Zweitens zeigt textextern der Blick in die Sozialgeschichte der frühen Neuzeit, daß es zwar sowohl herumziehende Handwerksgesellen als auch herumziehende Gauner und Bettler gegeben hat[8], nicht aber die seltsame Mischung aus beidem, die Ulenspiegel hier repräsentiert. Das heißt natürlich nicht, daß eine solche Zwitterfigur nicht erfunden werden könnte, es heißt aber, daß sie zu irrelevant wäre, um das oben beschriebene Lachen auslösen zu können. – Meine eigene Deutung sieht Ulenspiegel vielmehr als sozial nicht identifizierbare Figur, deren seltsame Taufe und Beerdigung und deren fehlende Sexualität Hinweise dafür sind, daß Bote die Figur als bloß poetisches Mittel verstanden haben will, mit dem er seinen Aggressionen gegen die Gesellschaft – die von Papst, Königen, Kurfürsten, Ratsherren über Kaufleute, Handwerksmeister, Wirte und Bauern bis hin zu echten Gesellen, Hofnarren, Henkern, Räubern und Bettlern reicht – freien Lauf läßt. Wir haben schließlich gesehen, daß List ein *Mittel* ist. Listig als entscheidendes Merkmal der Figur Eulenspiegel impliziert für mich, daß bei dieser Figur die Mittel wichtiger oder zumindest auffälliger sind als die Ziele. Bollenbecks Versuch, einen durchgehenden Zweck der List Ulenspiegels zu benennen, relativiert die Bedeutung des Mittels also. Gerade weil Aufwand und Ertrag oft in keinem Verhältnis stehen, ist Ulenspiegels List so augenscheinlich. Gerade weil umgekehrt etwa die Listen, mit denen Tristan und Isolde ihre Liebe gleichzeitig zu ermöglichen und zu verbergen suchen, so ganz diesem Ziel unter-

8 Isenmann (1988) S. 102 ff. und 321 ff.

worfen sind, eignen sie sich zwar als Schutzheilige einer kompromißlosen Liebe, nicht aber als Schutzheilige der List.

Reineke Fuchs spielt als Symbolfigur oder Schutzheiliger in Deutschland eine geringere Rolle. Sein Wirkungsfeld ist das Waasland im Norden Flanderns. Ein *Het land van Reynaert* betitelter Reiseführer nimmt sich vor, »auf kreative Weise die mittelalterliche Erzählung via Reynaert-Route wieder zum Leben zu erwecken«.[9] Daß es auch hier weniger um die Figur als vielmehr um den Text und um den Stolz auf den Text geht, wird an den auffälligsten Signalen auf der Reynaert-Route deutlich, an den Reynaert-Bänken, in deren Rückenlehnen die jeweiligen Verse zum Ort geschnitzt sind. Orts- und Flurnamen des Waaslandes sind Teil der Weltliteratur, das ist die stolze Botschaft der Bänke. In dieselbe Kerbe schlagen Dirk Stuer und Daniel Ditmer, die das Musical *Dear Fox* geschrieben haben: »Warum wir in die Vergangenheit zurückgreifen, ins Mittelalter? Weil wir eine reiche Vergangenheit besitzen.«

Ähnlich hat sich Goethe weniger für den Fuchs und seine Deutung als für die Konfiguration viehischer Tiere aus dem Mittelalter erwärmt, die ihn aufs heftigste an seine eigene Zeit erinnerte. Man wird die Hexameterform gleichzeitig als Mittel der Reästhetisierung wie auch als Mittel der Distanzierung von den Ereignissen und Figuren lesen dürfen.[10] Wenn Reineke aber etwas verkörpert, dann sicher die List. Birgit Kehne hat unlängst auf die angeborenen auslösenden Mechanismen verwiesen, gemäß denen Häschen Pflegeverhalten und Ratten Abwehrgefühle auslösen.[11] Gemäß dieser Theorie würden die spitze Schnauze und die schräggestellten Augen des Fuchses automatisch und kulturüberschreitend das Signal der Schlauheit und Listigkeit auslösen. Fuchs und Mensch sind Nahrungskonkurrenten. Dies mag einerseits die Gleichsetzung von List und Bosheit in zoologischen Traktaten seit Aristoteles erklären. Andererseits erklärt es, weshalb Füchse – oder in Nordamerika Kojoten – zwar die Erzählungen einer Kultur bereichern, darin aber kaum als Helden- und Identifikationsfiguren fungieren. Reinekes Heldenrolle in der Radierung von Weber ist der Ausnahmefall. Der Normalfall besteht beim

9 van Daele (1991) S. 9.
10 Burke (1981) S. 286.
11 Kehne (1992) S. 29.

Fuchs darin, ihn als Figur nicht furchtbar ernst zu nehmen. Als Rolf Kauka in den frühen fünfziger Jahren aus ideologischen wie ökonomischen Gründen der Mickymaus im Bereich der Kindercomics etwas Deutsches entgegensetzen wollte, kam er zuerst auf die Idee, Till Eulenspiegel als Zeitschriftenname und -figur zu benützen, um dann rasch auf Reineke umzuschwenken, den er in Anlehnung an Max und Moritz verdoppelte. So waren Fix und Foxi geboren, die weder intellektuell noch ethisch besonders auffällig sind.

Gerade im niederdeutschen *Reynke de vos* von 1498 finden wir nun aber etwas, was weder die älteren niederländischen Fassungen noch Goethe oder Kauka anzubieten haben: einen Prosakommentar zum Reimgedicht, der Nutzanwendungen aus der Geschichte zu ziehen sucht. Damit wird das Buch nicht bloß »sehr vergnüglich zu lesen und zu hören«, sondern es »ist auch voll von Weisheit und guten Exempeln und Lehren«.[12] Als Lehre wird etwa eine negative Listtheorie angeboten, die also zeigt, wie man sich vor solchen Füchsen in acht nehmen kann.

Einmal wird generell auf den Umstand der List hingewiesen und empfohlen, »daß ein jeder klug und vorsichtig sein und sich fleißig vor der bösen List der Schlechten hüten soll«.[13] Die Listigen sind die Schlechten, ja allegorisch gesprochen ist der Fuchs sogar »der Teufel, der böse Geist, weil er sehr listig und behende ist«. Seine List besteht nun spezifisch in der Versuchung.[14] Der Löwe war der pekuniären Versuchung nicht gewachsen, der Bär und der Kater waren der Freßsucht nicht gewachsen.

Entscheidend zu den Hemmungen, List in deutscher Literatur zum Thema zu machen, hat zweifellos die geläufige Gleichsetzung von List und Tücke beigetragen. Ist List immer böse? Ist List immer Arglist? Die alten Fuchs- und Eulenspiegeltexte weisen in diese Richtung. Dem Lübecker Übersetzer ist der skrupellose Aufsteiger Reynke unsympathisch, und der Braunschweiger Sammler der Ulenspiegel-Geschichten bedient sich gerade einer möglichst abwegigen Figur, um die Niederlagen der Gegenspieler um so schmerzlicher und lächerli-

12 Reynaert (1983) S. 5.
13 Reynaert (1983) S. 79.
14 Reynaert (1983) S. 57.

cher werden zu lassen. Doch von den Werturteilen der frühneuzeitlichen Bearbeiter sollte man sich nicht beirren lassen. Der Reynke-Bearbeiter verteufelt die List zwar, verdankt ihr jedoch seine Geschichten, während der Ulenspiegel-Bearbeiter sie gar als sein eigenes Verfahren benützt, um die Angehörigen aller Stände durch den Kakao zu ziehen. Ist fiktionale Literatur nicht generell definierbar als *creatio ex nihilo*, also als Strategem Nr. 7, »Aus einem Nichts etwas erzeugen«?[15]

Wichtiger noch: Die Tehnik der List ist von ethischen Urteilen nicht betroffen. Sehen wir uns noch einmal die Definition an: List ist das bewußte Verstandesmittel, mit dessen Hilfe man (andere täuschend) etwas zu erreichen sucht, was man auf normalem Wege nicht erreichen könnte.

Was man auf normalem Wege nicht erreichen könnte – darin ist eine Notsituation angesprochen, die List in besonderer Weise zu einem Verfahren von unten werden läßt: Wer klein ist, muß schlau sein. Ich möchte sogar behaupten, daß moralische Urteile – List ist Arglist – nicht immer frei von Machtansprüchen sind. Die Macht zu entscheiden, was gut ist und was böse, als Nietzsches berühmtes *Herrenrecht, Namen zu geben,* mag manchmal sogar mit dem Interesse einhergehen, die Machtverhältnisse und damit die eigene Macht zu schützen, indem man jede Umkehrung – die anders als listig nicht zu haben ist – als böse definiert. Ich möchte an dieser Stelle auf Peter Sloterdijks *Kritik der zynischen Vernunft* und sein Lob des Kynismus verweisen, der von unten her die Seriosität derer oben ebenso sabotiert, wie die List die Logik derer oben sabotiert. In Sloterdijks Panoptikum der Kyniker findet sich neben Diogenes und François Villon auch unser Eulenspiegel.[16]

Wenn nun kynisches Auslachen mit Sloterdijk die philosophisch richtige aufklärerische Antwort auf den Zynismus der Herrschenden und damit den herrschenden Zynismus ist, und wenn wir unsere Arbeit an den Universitäten als Beitrag zum Projekt der Aufklärung verstehen, so ist die von Harro von Senger geforderte Listtheorie durchaus legitimiert. Nur fürchte ich, daß ebenso deutlich geworden ist, daß wir in Forschung und Lehre auch immer wieder mit komplexitätsverrin-

15 Vgl. gerade zu unserer Epoche Schröder (1985) S. 46.
16 Sloterdijk (1983) S. 284.

gernden Modellen arbeiten müssen. Ist nun List die punktuelle Zerstörung von Logik, so hinkt im besten Fall die Methode den einzelnen Fällen von List hinterher, das heißt, sie beschreibt diese Fälle, ohne sie vorhersehen und vorhersagen zu können oder zu wollen. Im schlimmsten Fall aber haben wir es mit einem unvereinbaren Gegensatz des Gegenstandes List und der Methode Logik zu tun. Wir müßten uns dann freilich fragen, ob wir nicht zu sehr am Klären hängen und zu wenig an einer fröhlichen und listigen Wissenschaft des Verwirrens und der Skepsis gegenüber raschen Kompromissen.

Listtheorie ist über solchen Lustgewinn hinaus im Interesse der Aufklärung und Emanzipation nötig. Sie sollte sich, meiner Meinung nach, aber darauf beschränken, Listerzählungen zu sammeln und gegebenenfalls zu klassifizieren. Und sie wird sich immer wieder von neuen Listen überraschen lassen. Und das scheint mir nicht nur Nachteile zu haben: Damit List die Waffe der Kleinen bleiben kann, muß sie zwar in Form von Beispielen als Hoffnung für die einen und Drohung an die Adresse der anderen tradiert werden, darf aber gar nicht für potentielle Anwender lernbar oder für potentielle Opfer vorhersehbar werden. Deswegen sind die 36 Strategeme in ihrer Unübersichtlichkeit möglicherweise das listigere Verfahren der Tradierung des Wissens um List und Listen als unser Modell der zerstörten Logik.

Im Lichte des von mir präsentierten Materials zur List in Deutschland aber halte ich eine eingehendere Beschäftigung mit der List für wichtig, weil ich glaube, daß ein Interesse bestanden hat und wohl noch besteht, die Tradierung der lustigen List zu stören, indem beispielsweise Eulenspiegel als alles mögliche hingestellt wird, bloß nicht als listig. Um dagegen anzukämpfen, habe ich darzulegen versucht, daß eine in diesen Breitengraden populäre Figur wie Eulenspiegel nicht bloß alles mögliche ist, sondern ein ernstzunehmender Kandidat für die Stelle eines Patrons der List in Deutschland.

Bollenbeck, Georg, *Till Eulenspiegel*, Stuttgart 1985.
(Bote, Hermann.) *Ein kurtzweilig Lesen von Dil Ulenspiegel*, hg. Wolfgang Lindow, Stuttgart 1978 (= Reclams Universal-Bibliothek 1687).
Brant, Sebastian, *Das Narrenschiff*, hg. Friedrich Zarncke, Leipzig 1854.
Erasmus von Rotterdam, *Das Lob der Torheit*, hg. Anton J. Gail, Stuttgart 1973 (= Reclams Universal-Bibliothek 1907/08).
Isenmann, Eberhard, *Die deutsche Stadt im Spätmittelalter*, Stuttgart 1988.
Kehne, Birgit, *Formen und Funktionen der Anthropomorphisierung in Reineke-Fuchs-Dichtungen*, Bern 1992.
Könneker, Barbara, *Wesen und Wandel der Narrenidee im Zeitalter des Humanismus*, Wiesbaden 1966.
Mauch, Ulrich, *Der listige Jesus*, Zürich 1992.
Meienberg, Nikolaus, *Heimsuchungen*, Zürich 1986.
Palmer, Jerry, *The Logic of the Absurd*, London 1987.
Reynaerts Historie – Reynke de vos, hg. Jan Goossens, Darmstadt 1983.
Schröder, Gerhart, *Logos und List. Zur Entwicklung der Ästhetik in der frühen Neuzeit*, Königstein 1985.
Schwarz, Alexander, *Ulenspiegel und Reynke – ein Vergleich ihres sprachlichen Handelns*, in: *Hermen Bote*, Wolfenbütteler Forschungen 37, 1987, S. 219–228.
von Senger, Harro, *Strategeme*, Bern 1992.
Sloterdijk, Peter, *Kritik der zynischen Vernunft*, Frankfurt 1983.
van Daele, Rik/Ryssen, Marcel/Heyse, Herman, *Het land van Reynaert*, Löwen 1991.
Wang, Xuanming, *Thirty-six stratagems*, Singapur 1992.

Hugo Steger
List – ein kommunikativer Hochseilakt zwischen Natur und Kultur

Otmar Werner,
dem alten, listigen Freund
zum Gedenken

1. Wo selbst etwas List im Spiele ist

Ein guter Lehrer gibt ein Problem vor und läßt seine Schüler arbeiten, um es zu lösen. Hat er gute Schüler, ist er selbst vom bloßen Zuhören am Ende wieder gescheiter als seine Schüler. Das ist ein altes, komplexes Lehrer-Strategem, bei dem zunächst ein Informationsstrategem (3)[1] angewandt wird: »Eine unbekannte Wirklichkeit soll ermittelt werden«. Der Lehrer gewinnt dabei am meisten, die Mitwirkenden auch noch viel. Der Lehrer verbindet dies weiter mit dem Ausmünzungsstrategem (4): Er ›nützt eine günstige Wirklichkeit/Konstellation (– daß er nämlich so gescheite Schüler hat –) geistesgegenwärtig aus‹. Der Lehrer gewinnt auch viel Ehre hinzu. Von einem guten Didaktiker muß sodann ein Dissimilationsstrategem (2) angewandt werden, damit die Schüler ernsthaft arbeiten: Er ›entzieht ihnen (teilweise) den Blick auf die tatsächlich vorhandene Wirklichkeit‹, nämlich daß er schon fast alles weiß. Wenn man zynisch wäre, ließe sich noch sagen: Der Lehrer wendet auch noch ein Fluchtstrategem (5) an: ›Er entzieht sich der prektären Wirklichkeit‹, daß man immerzu zu wenig weiß.

Bei diesem uns wohlbekannten Lehrerverhalten handelt es sich um eine häufige Art der *List*, dem hybriden Motivationstyp, der verschiedene Motivationskategorien kombiniert und den es hier aus sprachwissenschaftlicher Sicht näher zu beleuchten gilt.

1 Die Bezeichnung und Numerierung bezieht sich auf die Klassifikation der Listarten bei von Senger (1995:7). Herrn von Senger danke ich für Rat; Harald Baßler und Ulrich Gesing für die sehr hilfreiche Mitwirkung bei der Literaturbeschaffung und Redaktion, Katrin Kröll für wichtige Kritik.

2. Auch die Deutschen sprachen früher viel von *Strategemen*, ehe sie zu *List* übergingen

Behandeln wir also das, was uns aufgegeben ist: zunächst die Ausdrücke *Strategem* und *List* im Deutschen.

Nach von Senger (1996:18) »[...] scheint das Wort ›Strategem‹ in der englischen Sprache viel häufiger vorzukommen als im Deutschen«; ebenso komme ›Strategem‹ auch im Französischen vor. Das ist richtig, weil Strategem dort ein Wort normaler Standardsprache ist, wie schon kleine Wörterbücher des Italienischen, Spanischen, Rumänischen und Portugiesischen (Portugal und Brasilien) zeigen. Alle diese Sprachen besitzen Strategem in der Bedeutung »Kriegslist« und »›private‹ List« als Lehnwort aus dem Griechischen/Lateinischen, und jeder durchschnittlich Gebildete kennt es und verwendet es in vielen Situationen. Den Angaben von Sengers entnehme ich, daß die den Strategembegriff ausdrückenden vier Schriftzeichen der chinesischen Standardsprache (von Senger, 1996:20) einen ähnlichen Hof von situationsbedingten bewertenden Konnotationen und weiteren ihnen nahestehenden Begriffszeichen besitzen wie die europäischen Sprachen.[2]

Das Wort *Strategem* ist aber auch im Deutschen vom 16. bis Ende des 18. Jh.s reich bezeugt und zweifelsohne ein Wort der werdenden lebenspraktischen deutschen Standardsprache gewesen. Es ist in zahlreichen zeitgenössischen Lexika gebucht und bezeichnet auch hier die »Kriegslist« wie die »List im täglichen Kleinkrieg« z. B. der Ehe. Das Nebeneinander von *Strategem* und *List* sei am Eintrag im *Philosophischen Lexicon* von Johann Georg Walch (1775:2292) demonstriert, und ich denke, die Art, wie List dort anekdotisch dargestellt wird, steht der chinesischen Strategemliteratur sehr nahe:

»[List,]
[...] eine Geschicklichkeit, wohlausgesuchte Mittel zu Erreichung eines Zwecks auszuführen. Ist es ein guter Endzweck, so heißt es *Klugheit*; ist es ein böser, so wird es *Arglist* genennet. Auch könnte man *Schlau* und Listig noch unterscheiden. Indem das Wort: Schlau einen hohen Grad der List auszudrücken scheint. Denn man pflegt oft im gemeinen Leben von einem Menschen zu sagen, er sey ein *schlauer Fuchs*«.

2 Vgl. auch *Das neue Chinesisch-Deutsche Wörterbuch (1985).*

Ich verweise an dieser Stelle auf den alemannischen Physiologus des 11. Jh.s Er erzählte von dem Fuchs schon, »daß er ein listig Wesen sei ganz und gar«. Wenn er Hunger hat und nichts zu fressen findet, sucht er sich einen warmen Fleck und legt sich auf den Rücken, rollt die Augen und hält die Luft an, so daß die Vögel glauben, er sei tot. Wenn sie sich dann auf ihn setzen, um von ihm zu fressen, springt er auf, packt sie und frißt sie. Die Interpretation erfolgt, natürlich mittelaltergerecht aufgrund des mehrfachen Schriftsinns: »So ist auch der Teufel arglistig ganz und gar samt seinen Werken« (Seel 1960:16).

Walch (1775) setzt seinen Artikel zu *List* mit »[List im Kriege,]« fort:

»[...] Dahin gehöret die Verstellung und die *Kriegs-Stratagemata*, wenn man dem Feind einen blauen Dunst vor die Augen macht, um über solchen einen Vortheil zu erhalten. Man weiß viele Beyspiele aus der neuesten und aus der ältern Geschichte von solchen Kriegslisten, welche erwünschte Wirkung gethan haben. Sie sind dem Völkerrecht gemäß, weil ein Feind das Recht hat alle Mittel anzuwenden seinem Feinde zu schaden. Als bey der Belagerung von Metz im Jahr 1552 der Commendant in der größten Dränge sich befand, spielte er dem Kaiser Carln V. geschickt einen Brief in die Hände, der an seinen Herrn, den König in Frankreich geschrieben war, worinne er ihm einen falschen Bericht von seinem Zustande gab, und meldete, daß er in keiner Unruhe mehr sey, seitdem der Feind von einer Seite den Angriff gethan habe, auf welcher die Festungswerke besonders stark wären. Dieser Kunstgriff betrog die Belagerer, daß sie ihre Batterien gegen eine Seite richteten, welche weit stärker war als die erste. Der Commendant machte hierdurch die Belagerung schwerer und gewann Zeit, nützliche Gegenanstalten zu treffen.« (Walch 1775:2292 – Hervorhebung H. S.)

Nach einer weiteren Anekdote folgt der Hinweis auf Strategemsammlungen:

»Mehrere lesenswürdige Beyspiele findet man in dem Dictionnaire d'Anecdotes welches zu Paris 1767 herausgekommen, und auch in das Deutsche übersetzt worden ist. *Frontin,* ein römischer Hauptmann [...] hat vier Bücher von den Kriegslisten der Alten hinterlassen.« (Walch 1775:2293)

Im Zuge des Sprachpurismus wurde der Ausdruck *Strategem* im Deutschen schrittweise ganz aufgegeben. Er war am Ende des 18. Jh.s (verstärkt) in die Diskussion um das deutsche

›Reinheitsgebot‹ der Sprache gekommen, wie wir aus Johann Friedrich August Kinderlings Buch *Über die Reinigkeit der deutschen Sprache und die Beförderungsmittel derselben, mit einer Musterung der fremden Wörter und anderen Wörterverzeichnissen* (1795) entnehmen können, wo seine Ersetzung diskutiert wird (vgl. Kinderling 1795:208).

Strategem ist deshalb im Gegensatz zum Englischen und allen romanischen Sprachen heute kein ›lebendiger‹ Gebrauchsausdruck der deutschen Gegenwartssprache mehr. In ihr ist es durch den Ausdruck *List* ersetzt worden. *Strategem* erscheint im Deutschen deshalb nur in Wörterbüchern, die auf die ganze Tiefe der Sprachgeschichte ausgerichtet sind, wie z. B. das Grimmsche Wörterbuch (vgl. DWB X, 933 f.). Konsequenterweise erhielt es im vielbändigen Deutschen Fremdwörterbuch von Hans Schulz (Schulz, 1913–1988), das nur noch ins Deutsche integrierte, lebende Fremdwörter enthält, keinen Platz mehr.

3. Wie man *List* im Deutschen versteht

Man kann ein gewisses Verständnis für die Bedeutung eines Begriffs erreichen, indem man eine Sammlung von Wörtern anlegt, die inhaltlich (und auch manchmal formal) als zu ihm gehörig verstanden werden. Dieses Verstehen und Zusammenordnen von Wortschatz und Satzbedeutungen beruht auf einer muttersprachlichen ›Kompetenz‹, die eine Sprachbevölkerung besitzt. Mit dieser im Sozialisationsprozeß erworbenen Urteilsfähigkeit kann man auch die äußeren Grenzen eines Begriffes aufspüren.

Listwörter (als Ausdruck kommunikativer Verhaltensweisen) entwickelten und entwickeln sich in einem breiten Spektrum von lebensweltlichen Bereichen:

a. *Jagd, Tierfang:* auf den Leim gehen, Lockvogel, Fallgrube, Fallstrick, eine Falle stellen, in der Schlinge sitzen, vielleicht auch Schlich (von ›schleichen‹) (vgl. Kluge [20]1967:657);

b. *Krieg, Kampf:* Tücke[3], einen Streich[4] spielen, Handstreich, Hinterhalt, Tarnfarbe;

3 Von ›Tuck‹ (= Schlag), FDWB XI, 1516.
4 In der Bedeutung Schlag, Hieb, DWB X, 1153.

c. *Rechtspraxis:* Winkelzüge, Fangfrage;
d. *Verkaufspraxis:* Schleichwerbung;
e. *Politik:* Stimmenfang;
f. *Sport, Kampfsport:* Finte, eine Schwalbe machen[5];
g. *Spiel:* Kniff (vom Einkneifen der Spielkarten), Trick (lat. tricali ›Winkelzüge machen‹)[6];
h. *Kunst, Theater, Schausteller:* Kunstgriff, Gaukelbild, Possenspiel, Hokuspokus, Taschenspiel, Vorspiegelung[7], blauen Dunst vormachen[8], jemanden zum Narren halten.

Ordnet man den Wortschatz Berufen zu, so wird durch die Verknüpfung mit bestimmten kommunikativen und handlungsmäßigen Verhaltensweisen von Rechtsanwälten, Gauklern, Zauberern, Kartenspielern, Künstlern/Schauspielern und Vogelfängern sichtbar, daß bei einem Teil ihrer Mitglieder oder ihrer Handlungen eine Verbindung zwischen Naturhandeln und Listhandeln unterstellt wird.

Mit Wörtern wie *Strategie* und *Taktik* kommen wir in den militärischen Zusammenhang. Kriegslisten haben in der Geschichte spätestens seit dem indischen Altertum (8. Jh. v. Chr. oder früher) eine Art völkerrechtlicher Begrenzung unzulässiger Listen (»Perfidieverbote«) erfahren (vgl. Adam 1992: 42 ff.).[9]

Die Freude an eigenen und freundlichen (!) Listen, die überlegenen Intellekt und schlaue Durchtriebenheit zeigen, kennzeichnen austauschbare Teilbedeutungen der Listwörter, denn andererseits geht der Ärger über das Hereinfallen ebenfalls als emotionale, soziale oder moralisch deutende Komponente in die Bedeutung ein. ›Konnotate‹/Teilbedeutungen des Wortes sind offene Stellen im Bedeutungshaushalt eines alltäglichen Begriffes, die je nach Bedarf gefüllt werden.

5 Im Fußball ein Foul vortäuschen.
6 Nach Kluge (^{22}1989:740) entsteht aus volkslat. *triccare* frz. tricher (beim Spiel betrügen), das als Spielerausdruck im 19. Jh. aus England nach Deutschland kam.
7 DWB XII, 1606 ff. von repraesentatio.
8 DWB II, 1562: im 16. Jh. ›blauer Dunst‹ = Gauklerdunst, viel später in den militärischen Bereich übernommen.
9 Neben der Sondereinstellung zum Krieg unter allen Völkern wird besonders eine solche Maßnahme allgemein zu einer positiven Bewertung des guten bzw. notwendigen Krieges beigetragen haben (vgl. Adam 1992:18 ff.)

Das Phänomen List war in seinem sachlichen Kern und Zweck immer schwer zu fassen. Das scheinbar rational Unerklärliche/Undurchschaubare von Listen wird im christlichen Abendland – teilweise unter Fortführung älterer Traditionen – mit dem Zauber des *bösen* Teufels und seiner irdischen ›Angestellten‹ verbunden. Teufels*list*, Zauber*tricks*, Blendwerk werden so dem Göttlichen und dessen *guten* Wundern gegenübergestellt. Gott braucht in Wundern keine Tricks zu machen.[10] Da er die von ihm den Menschen gegebenen/zugebilligten Möglichkeiten jederzeit selbst überschreiten kann, ergibt sich hier kulturell die Einordnung der List in die von Gott ›zugelassene‹ Antiwelt des Antichrist, des teuflischen Gegenspielers.

Es ist sowohl für die Ursprünglichkeit des Phänomens wie für die sprachgeschichtlich eingelagerten Interpretationen interessant, daß das älteste auf uns gekommene Wort des Listbegriffes seit dem Gotischen des 4. Jhs. zum verbalen Stamm *lais- ›wissen‹ gehört, das selbst wieder auf ›Geschicklichkeit‹ zurückführt (vgl. Kluge [23]1995:522). Eine recht spekulative Erweiterung des Bedeutungsfeldes hat die Germanistik der 30er und 40er Jahre hervorgebracht, wenn sie Vorschläge von Jost Trier, Scheidweiler und anderen zusammenfassend in der 20. Auflage des Klugeschen (von W. Mitzka betreuten) *Etymologischen Wörterbuches der Deutschen Sprache* schreibt: Das Listwort »umfaßt urspr. die Technik des Kriegs (Kriegslist), das Schmiedehandwerk und den kultisch-magischen Bereich, der vom Christentum zu verbotenem Zauber gedrückt wurde. Daher ging List vielfach in bösen Sinn über, während die neu einströmende Gedankenwelt zu *Kunst* (s[iehe]) d[ort])[11], *Weisheit, Wissenschaft* griff« (Kluge [20]1967:433). Der Herausgeber der 23. Auflage desselben Wörterbuches (1995), Elmar Seebold, sieht diese Erklärung nicht gut genug gesichert und erwähnt sie nur durch eine Literaturangabe und fügt hinzu: »Das Wort bedeutet ursprünglich ›Geschicklichkeit‹.«

10 Dies wurde zum Zentralthema der theologischen und dämonologischen Schriften des 16. Jh.s.

11 Bis zum 17. Jh. ist Kunst ein ambivalenter Begriff, der sowohl auf das Können/die Geschicklichkeit als auch auf Fiktion/Unwahres abhebt; vgl. dazu auch die ausführliche Begriffsgeschichte im *Historischen Wörterbuch der Philosophie*, Bd. 4, Sp. 1357–1449.

Unbestreitbar wird sein, daß die unsichere Abgrenzung von List gegenüber vielleicht benachbarten Phänomen wie z. B. Betrug oder Heuchelei erkennbar ist (vgl. von Senger 1995 sowie in diesem Band). Mein Vorschlag ist daher, zunächst einmal unser (naives) Verständnis zu verallgemeinern, daß *List anwenden*, *listig sein* und ihnen zuzuordnende andere Wörter und Wendungen Hinweise darauf enthalten, daß Listhandeln einen besonderen *Kommunikationstyp* darstellt:

Er tritt neben einen Kommunikationstyp (I), der gekennzeichnet ist durch eine unverschlüsselte und ausreichend vollständige Übermittlung einer Nachricht in einer dem Kommunikationspartner voll verständlichen Sprache oder in entsprechend deutbaren Zeichen (›wahre Aussage‹). Da sie unter dem Gesichtspunkt rationaler und effektiver Kommunikation und gleichzeitig unter kulturellen und ethischen Gesichtspunkten der (westlichen) Welt hoch bewertet wird, gilt sie als ›normal‹, bringt gewisse Vorteile, kann aber lebenspraktisch im Erfolg hinter anderen Kommunikationstypen (II und III) zurückbleiben.

Kommunikationstyp II stellt das bewußt irreführende (eventuell verschlüsselte und ggf. unvollständige) Nachrichtengeben an (einen) Partner dar (›Unwahrheit‹, ›Lüge‹). Vorteil soll durch Lüge verschafft werden. Es tritt dabei aber meßbarer Streß durch Anstrengung/Umsicht und Gewissen auf.

Im III. Typ, dem Listhandeln, können sich Elemente der beiden anderen Typen vereinigen. Ein Vorteil soll durch geschickte Täuschung oder/und überlegene Analysestärke, Geschicklichkeit und Reaktionsschnelligkeit bei der Ausnutzung von gegebenen Situationen ermöglicht werden.

Das Problem liegt nun darin, daß die Typen II und teilweise III aufgrund der abendländischen Norm- und Gemeinschaftsideale im sozialen Verhalten als gesellschafts- und individuen*feindlich* bewertet und dem allein als positiv und gemeinschaftsfördernd betrachteten Typ I, also dem Wahrhandeln, gegenübergestellt werden.

Offenkundig ist demgegenüber auch, daß Listhandeln im Geltungsbereich der deutschen Sprache (und vieler anderer Sprachen) tatsächlich eine erhebliche Rolle spielt. Davon zeugt schon die Vielzahl der Ausdrucksvarianten.

4. Historische Bedingungen und Reflexionen über *List* im Deutschen

Ein anderes Problem ist freilich, daß eine linguistische und psychologische Aufarbeitung des Listphänomens durch Materialansammlung und theoretische Reflexion für das Deutsche nicht konsequent betrieben wurde. Sie schloß sich daher lange an antike Quellen und insbesondere an den Listenkatalog des Frontinus (ca. 100 n. Chr.)[12] an.

Für das Mittelalter ist vor allem für den deutschsprachigen Raum darauf hinzuweisen, daß es eine hohe Zahl von Handschriften (nämlich 83 bekannte) (vgl. Frontin 1978:11 ff.) der Strategemata des Frontin gibt; ferner, daß ca. 1487, also bald nach der Erfindung des Buchdrucks, die erste gedruckte Fassung (mit zahlreichen nachfolgenden Ausgaben) erschien (vgl. Frontin 1978:9). Aber auch dann brach die Überlieferung nicht ab:

Das in einer gespaltenen Glaubenswelt vielfach durch Kriege bestimmte historische Klima brachte einen Schwerpunkt des strategemischen Interesses im 16. und 17. Jh. So verwundert es nicht, daß zahlreiche Übersetzungen in die europäischen Sprachen, das Italienische, Französische, Spanische, Englische und auch das Deutsche (1532 in Mainz) zu einem neuen Höhepunkt der Frontin-Rezeption führen. Aber auch die indirekte Überlieferung des Werkes war ziemlich groß und setzte früh ein z. B. bei Paulus Diaconus (8. Jh.) und später bei John of Salisbury (12. Jh.) in seinem Fürstenspiegel »Policraticus« und vielen weiteren Fürstenspiegeln. Vieles dürfte noch verborgen sein (vgl. Frontin 1978:9f.)

Nach einer Umorientierung des strategischen Denkens – wieder durch völlig veränderte technische und historische Verhältnisse – kam im 18./19. Jh. eine eigenständige, wissenschaftliche Reflexion über Liststrategien im Krieg, in den Generalstäben sowie für die Partei- und Geheimdienststrategien in Gang.

Im zivilen Bereich war die Ausgrenzung des Phänomens List aus ethischen Gründen für die Reflexion hinderlich.

12 Vgl. Frontin (1978:1, 3f.)

5. Zur Semantik von *List* im Deutschen: *List* und die Semantik der Alltagswelt

Werfen wir nun einen Blick auf die Grundlagen der Sprache, in denen Listhandeln dargestellt wird. Wir haben bisher in Listzusammenhängen immer einen Semantiktyp angetroffen, der aus dem lebenspraktischen Sprechen kommt und dessen grundsätzliches Kennzeichen und vorrangige Leistung es ist, daß Denotate, denen ich hier die Leistung von objektiven ›Nachrichten‹ zuordnen will, und Konnotate, die die Leistung von wertenden und Gefühle auslösenden ›Kommentaren‹ erbringen, in *einem* Wortzeichen (bzw. *einem* Satzzeichen) zusammenwirken. Es handelt sich um den wichtigsten und universellen Semantiktyp, der das praktische Überleben sehr gut sichert, weil er mit der Nachricht über die Sache zeitgleich auch die (historisch gespeicherten) Analysen, Einschätzungen und aktuelle Bewertungen, Gefühle und Ängste mitliefert. So kann eine hohe Reaktionsgeschwindigkeit in allen Lebenslagen erreicht werden.

6. Die Semantik der *List* in der Literatur des Mittelalters und der Neuzeit

Listhandeln spielt nicht nur in der alltäglichen Lebenspraxis, sondern besonders auch in der fiktionalen Literatur aller Zeiten eine große Rolle, wobei der gleiche Semantiktyp wie in der Alltagskommunikation benutzt und poetisch verdichtet wird. Über die ›Mimesis‹-Vorstellung der älteren literaturtheoretischen Konzepte hinaus, die der Literatur (theoretisch) nur die Nachahmung der Schöpfung zubilligte, geht es bei dieser Semantik – jedenfalls in der Neuzeit – um die synthetische, kreative Konstruktion einer ›poetisch‹-fiktionalen sprachlichen Kontrastwelt zur empirischen Welt.

Sie wird deshalb nun als »mögliche Welt« imaginiert und erscheint als Vorstellung von einer besseren Gegenwartswelt, Zukunftswelt oder Utopiewelt.

Notwendig gehen dabei bereits erzeugte ›Weltbilder‹, Erfahrungen, Deutungen und Wunschvorstellungen einer Wirklichkeit in die poetischen Welten ein. Aber sie sollen fiktional umgebaut, neu errichtet, umgedeutet und jedenfalls neu bewertet werden, um die eigentliche wirkmächtige ›Mission‹ von Poesie spürbar zu machen. Die überaus zahlreichen Listhandlungen in der fiktionalen Literatur sind somit kein Abbild empirischer Listwirklichkeit, sondern deren poetische Umdeutung und Umwertung unter Wunsch- oder Angstgesichtspunkten. Jeder Kriminalfilm, jede Science-fiction-Darstellung, jeder Western- oder Historienfilm kann Vorbilder und Normen oder Gegennormen des Listverhaltens schaffen und begründen, wenn er dies ästhetisch überzeugend evoziert oder montiert.

Im folgenden kann ich nur knapp über das Vorkommen und den Sinn von Listen in der älteren deutschen Literatur referieren. Das Problem ist hier wenig behandelt.

Über die in diesem Band schon vorgestellten Beispiele des Eulenspiegel und des Reineke Fuchs hinaus ist die mittelalterliche Literatur besonders reich an Listhandlungen und Listdarstellungen, und – der Funktion von fiktionaler Literatur entsprechend – auch reich an Interpretationen des Listphänomens. Um hier wenigstens ansatzweise die geschichtliche Rolle der Listproblematik vom 11. bis 14. Jh. vorstellen zu können, gehe ich auf eine Dissertation zurück, die mein Schüler Hartmut Semmler (1991) vorgelegt hat.

Semmler kommt zusammenfassend zu einer Reihe von Klassen listiger Täuschungsintentionen/-motivationen (vgl. Semmler 1991:53f.), die mit denen unseres Homo strategemicus von Senger großteils korrespondieren. Er beobachtet danach die notwendigen Bedingungen für den Erfolg von List (vgl. Semmler 1991:54).

Seit dem Hochmittelalter bahnt sich eine Verschiebung des Listhandelns von den ›Großen der Welt‹ zu den ›Unteren‹ an: etwa bei Marcolphus (und im Tierepos bei Reinhard, der sich mit dem starken Löwen anlegt). Die Weiterführung dieser Linie führt dann zu Steinhövels Diener Esopus und schließlich zum Eulenspiegel. Später wird Listhandeln in religiöser Unterweisung mit deutlich unterhaltender Intention in der Exempel- und Facetienliteratur und in der Mären- und Schwankdichtung wichtig: z. B. bei dem in Thann/Elsaß 1522 gestorbenen Autor Joh. Pauli.

Die neuzeitliche Literatur zeigt in ihrer erzählenden Form

ganze Gattungsstränge mit Listanwendungen und verschiedensten Interpretationen. Sicher ragt als längststrangige darunter die Gattung der sog. pikaresken Literatur hervor. Hier wird ein Gegenentwurf (und gleichzeitig eine Analogie) zum weitergeführten Ritterroman hergestellt, wobei das Listhandeln von den Großen der Welt zu den ›Unteren‹, zu Landstreichern, einfachen Soldaten bis Hochstaplern verlagert wird. Der im 16. Jh. in Spanien entstandene Lazarillo de Tormes (1554) und seine Nachfolger waren in ganz Europa erfolgreich. Dieser Strang wird in Deutschland noch lateinisch, etwa bei Albertinus (1616), angefangen und deutsch mit Grimmelshausens Simpliciaden über viele Zwischenstationen bis hin zu Thomas Manns Roman *Felix Krull* und anderen fortgeführt. Das große Beispiel aus dem Tschechischen ist natürlich Hašeks Geschichte vom braven Soldaten Schwejk.

Einzelne – auch jedem bekannte – Werke ordnen sich in die Strategemthematik ein, etwa das Lalebuch von 1598 in Straßburg, aus dem die Schildbürgergeschichte hervorging. Sind sie am Ende wirklich töricht, oder führen sie (listig) ihre Narrheit aus, um ihre Weisheit zu verbergen, bis ihnen die Narretei zur zweiten Natur geworden ist?

7. *List* in Realgeschichte, poetischer ›Geschichte‹ und ein Blick auf die Religionen

Auch Geschichtsschreibung erscheint in vielen Kulturen und besonders dann, wenn es um Persönlichkeits- oder Ereignisgeschichte, um Biographisches und Anekdotisches geht, als ein Amalgam von Wirklichkeiten, die auf empirischen Beobachtungen beruhen, vermischt mit fiktional-phantastischen und anekdotischen Listelementen. Nicht umsonst gilt der Ausdruck *Geschichte* für ›(fiktionale) Prosaerzählung‹ *und* ›(wahren) Geschichtsbericht‹. In ihm können, wie in der (fiktionalen) Literatur auch, Ineinanderblendungen von verschiedenen Personen und Vorkommnissen, zeitliche Zusammen- und Auseinanderrückungen u. a. auftreten und Personen und Ereignisse ›verdichtet‹ werden. Sie lassen exemplarische Beispiele listiger, überlegener Könige (wie z. B. Friedrichs II. Anweisung »niedriger hängen!« zu einem den König angreifenden Plakat [vgl. Hoffmann (1986:199]) oder teuflischer Herrscher hervortreten. Auch die listig aufbegehrenden kleinen Leute (Die Frauen von Weinsberg!) werden positiv oder negativ bewertet. Sie werden zu historischen Zeitbildern oder Gegenentwürfen. Es wird bewundernswertes oder kritikwürdiges Listhandeln unter verschiedensten Strategemtypen dargestellt. Wahrheit und Listfiktion können dabei mit dem aus der allgemeinen Sprache abgeleiteten Untertyp der Literatursprache so verwoben werden, wie dies dem erzählenden Geschichtsbild der älteren Geschichtsschreibung entsprach.

In den Listgeschichten unseres Homo strategemicus (vgl. von Senger 1996) finden sich dementsprechend viele solche Amalgame der chinesischen und der Weltgeschichte und der fiktionalen Literatur neben Alltagsgeschichte mit Listhandlungen verbunden.

Es ist daran zu erinnern, daß auch die Religionen und Ideologien den hier zuletzt skizzierten Semantiktyp benützen. Da gerade die Konnotationen die emotionale Aufschließung und Aufgeschlossenheit gegen nichtempirische Erfahrungen befördern, bewirken sie eine Spannung zwischen scheinbar ›wunderbaren‹ Ereignissen, die durch Listen zustande kommen, und ›echen‹ Wundern. Beides wird mit denselben Sprachmitteln dargestellt.

Um das Religiöse, Numinose, Mythische des Wunders nun aber im christlichen Weltbild von dem durch List zustande gekommenen bloß Ungewöhnlichen und auch vom Teuflischen zu trennen, wird das gute »Heilige«, z. B. im Christentum, über dogmatisch definierte Denotate rationalisierend eingegrenzt. Damit wird gleichzeitig die Welt des bösen Zaubers, des Teufels, der Dämonen als listverbundene Gegenwelt konstituiert.

Zusammenfassend gilt: Durch fiktionale Literatur, realistische Geschichtsschreibung sowie Religionen und Ideologien wissen wir, wie sich fiktional entworfene Menschen (und Tiere und Phantasmen) *listig* verhalten können und wie wir das einschätzen sollen. Dabei treten in der modernen Welt je nach historischen, ideologischen, religiösen und sittlichen Normen unterschiedliche Bewertungen von List hervor.

8. *List* in der Semantik der deutschen Fachsprachen

In der europäisch geprägten Wissenschaftstradition hat sich, mit der Scholastik beginnend, im Laufe der Neuzeit ein zweiter Semantiktyp herausgebildet, der unter alleiniger Konzentration auf die rationale Aussage alle konnotativen Wertungen und situativen Merkmale, also die Kommentarseite, die in die lebenspraktische Sprache bereits eingelagert ist, möglichst zu tilgen oder wenigstens zu neutralisieren trachtet. Nachricht und Kommentar werden getrennt; die Reaktionszeit, die zum planmäßigen Nachdenken und rationalen Bewerten benutzt werden kann, wird dadurch erheblich erhöht. Die Reaktion muß mehr auf eigene Schlüsse und Bewertungen gestützt werden, was zumal spontanen Reaktionen entgegenwirken kann und soll. Lebenswichtige Schutzaktionen könnten dadurch freilich auch stark behindert werden, wenn es auf schnelle Reaktionen ankäme. So entsteht ein von vornherein *listfeindlicher Semantiktyp*. Er ist zentral in den Fachsprachen und wird zur Formulierung institutioneller, technischer und wissenschaftlicher Texte benutzt. Er ist maßgeblich für die Strategiedokumente von öffentlichen und privaten Institutionen im Rechtsstaat zur Organisation von Staat, Verwaltung und Wirtschaft. Infolgedessen dient er auch für die Erprobung, Dokumentierung und theoretische Bewertung von Listen und kann nur in bestimmten Fällen listfähig gemacht werden. Auch unsere Auseinandersetzung um das Listproblem muß ihn benutzen, und so wäre, wie von Herrn von Senger vorgeschlagen, fachsprachlich gefaßtes ›Strategem‹ – sorgfältig und wissenschaftlich bestimmt – als Fachterminus ganz richtig.

Besonders zu betrachten im Zusammenhang mit diesem Sprachtyp ist das Listhandeln im Zuge von Verbrechenstatbeständen im Sinne des Strafrechts sowie von institutionellen Geheimhaltungs-, Abwehr- und Aufdeckungsinstrumenten.[13]

Die zugängliche Forschung und die Zusammenstellung von institutionell verwendeter *List* sind hier im deutschen und im internationalen Recht und in der Polizei- und Geheimdienststrategie in letzter Zeit auf verschiedene Weise vorangekom-

13 S. a. unten den Zusammenhang mit dem Staatssicherheitsdienst der ehemaligen DDR.

men. In der bereits erwähnten Arbeit von Stephan Adam (1992) kann man über die ältere Geschichte der Perfidieverbote – gesetzliche Regelungen, die unfaire Listen im Krieg verhindern sollen – interessante Aufschlüsse bekommen. Leider gibt es darin nur ein Kapitel über Indien und keines über China und Ostasien.

Für die rechtssprachlichen Fragen, die das Listproblem im deutschen Strafrecht aufwirft, ist eine neuere Arbeit von Ralf Krack (1994) über List als Straftatbestandsmerkmal wichtig.

Das Listproblem im strafrechtlichen Sinn wird in Deutschland seit einer Reichsgerichtsentscheidung von 1888 ziemlich einheitlich bewertet und entschieden. Krack (1994) zeigt nun mit scharfsinniger Argumentation, warum der zur Zeit benutzte strafrechtliche Listbegriff unangemessen ist. Im Kern seiner Kritik steht dabei, daß gemeinsprachliche und fachsprachliche Begriffsbildungen vermischt werden. Er fordert deswegen einen neu und angemessen rechtssprachlich formulierten Listbegriff und macht Vorschläge dafür.

Im Bereich des Staatssicherheitsdienstes der ehemaligen DDR haben wir nun Zugang zu sonst gewöhnlich streng geheimen Strategiedokumenten. Wir können an einem interessanten Fall studieren, wie der historisch vorgegebene alltagssprachliche Listbegriff im Zusammenhang mit dem Begriff ›Menschenhandel‹ rechtssprachlich manipuliert ist: Im Strafgesetzbuch der Bundesrepublik Deutschland erscheint im Kontext des Strafrechtsbegriffs ›Menschenhandel‹ (und ähnlicher Begriffe wie ›Menschenraub‹, ›Verschleppung‹) siebenmal das Wort *List*. Der §181 (Menschenhandel) des StGB lautet:

»Wer einen anderen
1. mit Gewalt, durch *Drohung* und einem empfindlichen Übel oder durch *List* dazu bringt, daß er der Prostitution nachgeht, oder
2. anwirbt oder *wider seinen Willen* durch *List*, Drohung oder *Gewalt* entführt, […]

wird mit einer Freiheitsstrafe von einem Jahr bis zu zehn Jahren, in minder schweren Fällen mit Freiheitsstrafe von drei Monaten bis zu fünf Jahren bestraft.« (StGB [20]1981:121 – Hervorhebungen H. S.)

Wichtig ist es dabei, immer zu beachten, daß die Rechtsauslegung und -sprechung prinzipiell auf ein genaues, ›wörtliches‹ Textverständnis zurückgehen soll und nicht den ›Sinn‹ der Rechtssetzung heranziehen darf. (Dies ist eine kluge Regelung!)

Menschenhandel ist damit nach deutschem Recht von seinem Kern her eine *gegen* den Willen einer Person erfolgte Verbringung an einen anderen Ort durch bezahlte kriminelle Kräfte (z. B. eine Bande), um diese Person, z. B. eine Prostituierte, ausbeuten zu können. Die *unfreiwillige Verschleppung*, u. a. durch List, stellt den Straftatbestand dar.

Das 1957 neu verkündete Strafgesetzbuch der untergegangenen DDR hatte eine völlige Umkehrung in der Definition von Menschenhandel in Verbindung mit dem Bandenterminus vorgenommen, indem hier die Hilfe bei der *freiwilligen Verbringung* einer Person in ein anderes Land, z. B. bei der Flucht in die BRD, als ›Menschenhandel‹ bezeichnet und bestraft würde. Dabei kommt auch wieder der Begriff der ›List‹, diesmal in der Formulierung ›konspirative Maßnahme‹, ins Spiel. Ich zitiere dabei aus dem institutionensprachlich formulierten Wörterbuch der Staatssicherheit (›Stasi-Wörterbuch‹) (Der Bundesbeauftragte ²1993) in der letzten Auflage von 1985. Mit diesem als »Geheime Verschlußsache« gekennzeichneten Dokument (vgl. Der Bundesbeauftragte ²1993:VI, 1, 130) gewinnen wir ein für die Listproblematik besonders wertvolles Forschungsmittel, weil das institutionell geplante Listverhalten bzw. Listabwehrverhalten einer Geheimdienstbehörde beschrieben wird. Dabei erscheint der Terminus List selbst nur ein- bis zweimal erläuternd in Klammern, ist also selbst kein Geheimdiensttterminus.

»*Menschenhändlerbande, kriminelle*
von imperialistischen Geheimdiensten oder anderen feindlichen Organisationen, Einrichtungen und Kräften organisierte Zusammenschlüsse von Personen, deren arbeitsteiliges und abgestimmtes Zusammenwirken ausschließlich oder vorwiegend darauf gerichtet ist, den staatsfeindlichen → Menschenhandel und andere Feindhandlungen gegen die DDR und damit häufig verbunden aus allgemein kriminellen Motiven und Absichten einen kriminellen Gelderwerb zu betreiben. […] Sie wenden in ihrer feindlichen Tätigkeit konspirative Mittel und Methoden an (Decknamen, Verbindungswesen).«
(Der Bundesbeauftragte ²1993:251)

Die verwendete Bezeichnung ›*konspirative Mittel*‹ war im fachsprachlichen Gebrauch der DDR das institutionensprachliche Pendant zu *List*. Ich gebe deshalb noch den Text zu ›politisch-operative Konspiration‹ wieder:

»Grundprinzip der politisch-operativen Arbeit, das die Überlegenheit gegenüber dem subversiven feindlichen Vorgehen und die sicherheitspolitische Wirksamkeit der Tätigkeit des MfS [Ministerium für Staatssicherheit – H. S.] mit gewährleistet.
Die K[onspiration – H. S.] ist gekennzeichnet durch
- den Einsatz geheimer, dem Feind und der Öffentlichkeit gegenüber verborgener Kräfte, Mittel und Methoden,
- die Tarnung der politisch-operativen Pläne, Absichten und Maßnahmen,
- aktives und offensives Handeln zur Überraschung, Täuschung, Ablenkung, Desinformierung des Feindes.

Die K. begründet sich auf die revolutionären Kampferfahrungen der internationalen Arbeiterbewegung in der Auseinandersetzung mit dem bürgerlichen Macht- und Unterdrückungsapparat. Sie ist immer eingeordnet in den Kampf um die Macht oder zur Sicherung der politischen Macht der Arbeiterklasse und niemals unabhängig von dieser politischen Zielfunktion zu beurteilen oder zu nutzen. [...].«
(Der Bundesbeauftragte ²1993:219f.)

9. List als besonderer Typ (sprachlichen) Handelns

Wie aus dem bisher Vorgeführten immer wieder klar wurde, wissen wir über den Kern/die Grundlagen des Phänomens List und insbesondere über den kommunikativen Grundzweck von Listhandeln beim Menschen (und ggf. beim Tier) wenig. Die sich selbst interpretierenden Leistungen von Ausdrücken lebenspraktischer Alltagssprachen bleiben dazu in der Regel so karg, weil in ihnen das von allen gewußte ›Selbstverständliche‹ nicht beschrieben werden muß. Lexikalisierung z. B. im Wort ›List‹ genügt bei einer Sache, für die jeder Kompetenz hat (auch wenn er sie nicht beschreiben kann). Und von der ›Nicht-List‹ unterscheidende Sprachzeichen, an denen man wenigstens Symptome für Intentionen, die Listen zugrunde liegen, ablesen könnte, gibt es (wie beim Lügen) auch nicht. Allgemein konsensfähig ist bisher nur die Aussage, daß mit dem Begriff ›List‹ und durch sein Wortfeld ein besonderer Typ von (vor allem sprachlichem) Handeln sichtbar wird, bei dem die eigentliche Funktion, deren ›Sitz im Leben‹ nicht eindeutig erkennbar ist. Das ergibt sich daraus, daß tatsächliches Listhandeln außerordentlich häufig ist und wir positive oder negative ethisch-normative Bewertungen mit ihm verbunden finden. Außer bei der

Anwendung von Scherz-Listen ist aber der materielle und immaterielle Schaden, den der einzelne und die Gesellschaft durch listiges Handeln eines anderen erfahren können, groß und steht in den meisten Fällen nicht im Einklang mit der gesellschaftlichen Bewertung.

Die immer wieder auftauchende Formel, List sei bestimmt durch Abweichungen vom normalen Sprechen, Verhalten und Handeln, leistet wenig, weil unklar bleibt, was dabei ›normal‹ heißen soll, selbst unter der Annahme, damit sei aufrichtiges, wahrhaftes Handeln gemeint. Es ist gerade unter dem Gesichtspunkt, daß Sprache ein sozial verabredetes Zeichensystem und deshalb gemeinschaftsfördernd sei, immer schwer gewesen, diese Aussage zu konkretisieren. Da wir in den Wörtern unserer Normalsprache nur auf naive (alltagssprachliche) Theorien und Metaphoriken zum Problem List treffen, bleibt der Erklärungswert von Sprache hier an sich beschränkt. Da die Normalsprache zusätzlich im Listbereich spekulativ durch normativ-philosophische Reflexion und religiöse bzw. ideologische Normsetzungen ergänzt wird, ohne daß man »objektive« Erkenntnisse gewinnt, ist ein Zugang zum Listproblem durch vorhandene theoretische Weltbilder eher weiter verbaut.

So muß ein eigentlicher wissenschaftlicher Zugang auch für den Sprachwissenschaftler und wahrscheinlich für die anderen Wissenschaften erst gesucht und gefunden werden.

10. Natur und Kultur und die *List*

In der neueren Evolutionsforschung sind in den letzten Jahrzehnten Einsichten zum Problem von Kommunikation und Sprache erarbeitet worden, die besonders für unsere Frage nach der *Grund*lage von Listverhalten Bedeutung haben. Ich kann dazu die sehr nützliche Einführung von Klaus Bayer (1994) heranziehen, der den Forschungsstand der letzten Jahre übersichtlich und geschickt darlegt.

Seit Darwin wurden Kommunikationsvorgänge unter der theoretischen Annahme behandelt, daß evolutionäre Entwicklungen in der Natur als Selektion von ganzen *Arten* gegenüber anderen *Arten* vor sich gehen. Daraus ließ sich die Annahme herleiten, »die Individuen einer Art säßen sozusagen im gleichen Boot und seien deshalb grundsätzlich auf wechselseitige Zusammenarbeit zum Wohle ihrer Art bedacht« (Bayer 1994:86). Innerartliche Täuschung konnte deswegen auch unter Biologen für *un*normal gelten. Man konnte also annehmen, die artspezifische ›Solidarität‹ und der Altruismus seien biologisch fixiert, so daß Ausleseverfahren einer Art nur als Abgrenzung von einer anderen Art stattfindet. So mußte das häufige Vorkommen von Täuschung und List, das man unter den Menschen beobachtete, ebenso wie auch Lüge und Betrug als eine besondere Form im *menschlichen* Ausleseprozeß betrachtet werden, an der die Tiergesellschaften keinen Anteil hatten.

Nun ist aber mehr und mehr klargeworden – und das ist eine tiefgreifende Revision einer Grundannahme der Evolutionsforschung –, daß sich die natürliche Auslese ausschließlich zwischen *Individuen* abspielt. Sie beruht offenbar allein auf der Konkurrenz der Gene, so daß in Wirklichkeit nicht Arten, sondern »*Individuen* einer Art miteinander in Konkurrenz stehen« (Bayer 1994:86; vgl. auch Dawkins/Krebs 1981:223).

Nun richtete man den Blick auch stärker auf das häufige Vorkommen von Täuschung und List in der Natur (s. auch die Beiträge von Buggle und Sitte über das Täuschungsverhalten von Tieren in diesem Band). So war es zwingend, daß bei dem neuen Evolutionsmodell, das Auslese zwischen Individuen in den Mittelpunkt stellt, der Kommunikationsbegriff gründlich revidiert werden mußte. Dawkins und Krebs (1981) haben im Tierversuch gezeigt, daß man einen allgemeineren Kommunikationsbegriff als den bisherigen braucht, der festlegt, daß Kommunikation dann vorliegt, »wenn ein Sender ein Verhalten an den Tag legt, das vom Empfänger wahrgenommen werden kann und geeignet ist, dessen Verhalten zum Vorteil des Senders zu verändern« (Bayer 1994:86). Damit gewinnt man eine Möglichkeit, Listhandeln, das zur erfolgreichen Selektion für den Listhandelnden beiträgt, für Tiere *und* Menschen auf dem gleichen evolutionären Hintergrund zu erklären. Das bedeutet, daß »Kommunikation nicht immer kooperativ und informativ sein muß – jedenfalls nicht in dem Sinne, daß der Sender vom Empfänger etwas Neues und Zutreffendes erfährt« (Bayer 1994:88; vgl. auch Dennett 1994:257). Die evolutionäre Entwicklung geschieht vielmehr häufig durch innerartliche

Täuschung, wenn das für das Überleben des einzelnen nützlich ist. Ein Blick in die neueste Literatur zeigt klar, »daß die Grenzen zwischen Information und Täuschung quer zu den Grenzen zwischen den Arten verlaufen« (Bayer 1994:88). Inzwischen weiß man so auch, daß »im Tierreich keineswegs nur Räuber und Beute einander durch Tarnung und Mimkry [Täuschung – H. S.] hinters Licht führen« (Bayer 1994:88), sondern daß dies auch unter Artgenossen gilt. Damit ist aber Manipulation, und das heißt Liststrategie, die zunächst Individuen ›Vorteile‹ verschafft, der kommunikative Normalfall. Evolutionsgeschichtlich betrachtet ist dementsprechend Listhandeln kein abnormes Verhalten und kein abnormer Gebrauch von Sprache. Es ist vielmehr eine in der Natur häufig vorkommende und auch von uns weiterbenutzte Handlungsform, durch die sich Individuen mit Hilfe verschiedener Mittel wie Farben, Haltungen, Bewegungen und anderer kommunikativer Signale listig verstellen, tarnen und täuschen, um Überlebensvorteile zu gewinnen.[14] Wenn in der Kommunikation dagegen zum Vorteil *aller* Beteiligten, also der ganzen Gesellschaft, Informationen ausgetauscht werden, handelt es sich um *Sonder*fälle, die einer besonderen Erklärung bedürfen. Bei dieser Erklärung muß man sehen, daß sich kooperative Kommunikation nach einem Mechanismus entwickelt hat, den die Psychologen ›reziproken Altruismus‹ genannt haben. Aber auch hier muß sich Altruismus lohnen! Auch dies ist an Tierbeobachtungen zweifelsfrei nachgewiesen und darf im Grundmuster auf den Menschen übertragen werden (vgl. Bayer 1994:87).

Kooperation und Täuschung hängen eng zusammen: Gäbe es nicht Signale, deren Befolgung auch für den Empfänger vorteilhaft ist, so würden sich Signalbefolger evolutionär gar nicht entwickeln. Ist eine Tendenz der Signalbefolgung aber erst einmal entstanden, kann sie von Tier und Mensch listig ausgenutzt werden, wie die Photuris versicolor-Weibchen und Photinus-Leuchtkäfermännchen bei Sitte (s. seinen Beitrag in diesem Band) zeigen. Herr Sitte führt ein anderes Beispiel aus dem

14 Dennett (1994:244 ff.) beschreibt diese Handlungsform als »einen guten Trick«, der dem damit Ausgestatteten die bessere Adaption an die Lebensumwelt ermöglicht. Jene Exemplare einer Population, die ebenfalls mit solch einem Trick ausgestattet sind, werden gegenüber denjenigen, die ihn nicht haben, einen Überlebensvorteil haben.

Tierreich an, das das Wechselspiel von Kooperation und Täuschung unter Benutzung von kommunikativen Mitteln verdeutlicht (und auch für das menschliche Verhalten gültig ist): Sittes Affenhorde hat ein kommunikatives Warnsystem zum Schutz der Gruppe entwickelt, in der jeweils das Tier, das eine Gefahr bemerkt, ein Signal (Warnruf) sendet, auf das die Empfänger (alle anderen Tiere der Affenhorde) mit Aufmerksamkeit oder Flucht reagieren. Dieses Modell ist an und für sich vorteilhaft, sowohl für einzelne Individuen wie auch für die Gruppe und – in evolutionärer Hinsicht – auch für die Art. Es bietet sich allerdings auch – als ›List‹ angewendet – für die betrügerischen Machenschaften einzelner Individuen geradezu an. In Sittes Beispiel kann nämlich so ein einzelner Affe die Konditionierung der anderen Gruppenmitglieder auf die Befolgung von Signalen zweckentfremdet ausnützen – nicht zum Schutz der Gruppe, sondern zum eigenen Vorteil. Der Warnruf *täuscht* eine Gefahr vor und lockt die Horde von einer Beute fort, auf die der listige Affe ein Auge geworfen hat. In diesem Falle bleibt der listige Mißbrauch so lange ohne zerstörerische Auswirkung auf das Kommunikationssystem, solange er nicht von der Gesellschaft (der Affenhorde) entdeckt wird und die Warnfunktion des Signals weiterhin gewahrt bleibt.

So entsteht nun die Skala kommunikativer Handlungskategorien[15]

1. ›normal‹/›wahr‹/›ehrlich‹/›gut‹,
2. ›listig‹,
3. ›vom Normalfall abweichend‹/›unehrlich‹, ›böse‹,

die von der Natur im evolutionären Prozeß nicht vorgesehen sind, sondern vom Menschen als kulturelle Kategorien entwickelt wurden.

Unter den aus dieser Skalierung hervorgegangenen Handlungskategorien sehen viele – zumindest in der westlichen Welt – einzig die Wahrheitsmaxime unbeschränkt als »gut« anzuwenden und einzuhalten an.

Mit der Anwendung der Wahrheitsmaxime in der Praxis hapert es allerdings noch sehr, z. B. bei Täuschungsstrategemen wie ›Steuerhinterziehung‹, ›Wahlversprechen‹ und ganz zu

15 Vgl. dazu auch die oben beschriebenen drei Kommunikationstypen, s. S. 327.

schweigen von ›Eheversprechen‹, bei denen nicht die soziale Ehrlichkeitsmaxime, sondern die individuellen und politischen Vorteilsstrategeme ›Egoismus‹ und ›Naturtrieb‹/›Temperament‹ vorherrschen.

An dieser Stelle setzen weitere evolutionäre ›Errungenschaften‹ an: Es sind ja Lernen und Überlieferungsfähigkeit ebenfalls evolutionäre Erfindungen. Neuronale Netze bei sehr komplexen Individuen haben Bauteile, die in der Neurowissenschaft ›Schwellenelemente‹ heißen, ausgebildet, mit denen im Organismus unter dem Einfluß von Erfahrungen ›Spielräume‹ z. B. für kulturelle Verhaltensmuster eröffnet werden. Erst durch diese Plastizität des Gehirns wird es dem Organismus möglich, mit nichtstereotypen Umwelten zurechtzukommen und zu lernen (vgl. Dennett 1994:241 ff.).

Biogenetisches oder tradigenetisches Prinzip treten von da an zusammen auf und werden Konkurrenten, nachdem kulturelle Verhaltensmuster entstanden waren und auch stabilisiert werden konnten. Bewußtes und teilweise selbstbestimmtes sprachliches Wahrhandeln unterscheidet sich nun vom natürlichen, d. h. stets opportunistischen Sprachverhalten. Je prinzipieller das Bekenntnis zum rationalen Wahrhandeln wird, das ja in unserer Welt ein sehr erfolgreiches ›Modell‹ darstellt (vgl. dazu Bayer 1994:29 ff.), um so größer wird nun freilich auch das damit entstandene ›Trilemma‹.[16]

Wir haben allen Grund zur Annahme, daß hier der kulturelle Aufbau von Werten und partieller Entscheidungsfähigkeit, -freiheit, in bezug auf Gut und Böse anzusetzen ist. Sie sind die Grundlage für den erweiterten Kommunikationsbegriff des Menschen, der Wertentscheidungen beinhaltet.

Die so in uns aufgebauten und von uns mehr und mehr gesteuerten kulturell entwickelten Handlungswerte ›böse‹ und ›gut‹, die gleichzeitig überwiegend Wunschvorstellungen bleiben (und so entsteht dieses ›Trilemma‹), stehen nun offenkundig in Auseinandersetzung mit den evolutionär vorgegebenen manipulativen Mechanismen, die beim Auslesewettbewerb immer noch als notwendig erscheinen. So wird sichtbar, wie kulturelles Wahrhandeln gegen das auch immer noch stärker ›natürliche‹ Vorteilshandeln als Listhandeln und Lügenhan-

16 S. unten.

deln antritt. Die menschliche Kultur bedient sich zwar teilweise auch des Listhandelns: die Dienststrategeme (List wird im Dienst einer ›höheren Sache‹ angewandt[17]) zeigen aber auch die Grenzen. Da Listhandeln u. a. wegen größerer Unbestimmtheit in der Bedeutung der damit verbundenen Vorgänge in der Mitte zwischen Wahrhandeln und Lügenhandeln angesiedelt werden kann, ist List ein Ausweg zwischen kulturell gestützter Wahrheit und dem evolutionär gleichberechtigten Imperativ ›Lüge, wo für dich nötig!‹. Von da her kann List auch konflikthemmend und ausgleichend wirken. In seiner eher vermittelnden Stellung zwischen Wahrhandeln und Betrugshandeln kann Listhandeln sogar sozialverträglicher sein als die beiden anderen.

Nun wird es erheblich auf die Stärke und Überzeugungskraft ankommen, mit denen sich in den verschiedenen Kulturen der Welt Idealnormen für die Privilegierung des Wahrhandelns durchsetzen und wie gut Listhandeln und Wahrhandeln miteinander »auskommen«. Denn die Ausprägung, Tiefe, Verbindlichkeit und Toleranz des ethischen Wahrhandelns in den verschiedenen Kulturen gegenüber dem Listhandeln bestimmen ganz deutlich die ›Zulassung‹ opportunistischer und eben auch nützlicher Listhandlungsweisen. Eine genauere kontrastive Analyse könnte möglicherweise Unterschiede in den individuellen und sozialen Leistungen zwischen z. B. chinesischem und europäischem Listhandeln zeigen. Es ist bei dem Stand unserer Einsicht nicht sinnvoll daran zu denken, daß der Konkurrenzkampf zwischen biogenetischem und tradigenetischem Prinzip zu Gunsten einer Seite – sei es die Natur, sei es allein die Kultur – entschieden werden wird. So wird es darauf ankommen, einen Ausgleich zu finden, der das Individuum einer Gruppe und die ganze Kulturgesellschaft, auf die wir unabdingbar angewiesen sind, wenn auch nicht in eine harmonische, so doch verträgliche Beziehung bringt. Das heißt: in Gang halten der evolutionären Prozesse und gleichzeitig vernünftige/einsichtige Steigerung der Sittlichkeit *ohne kategorische Imperative.*

17 S. oben.

Adam, Stephan (1992): *Kriegslisten und Perfidieverbot in der Geschichte des Kriegsaktionenrechts vor Abschluß der Haager Landkriegsordnung von 1899* (= Europäische Hochschulschriften: Reihe 2, Rechtswissenschaft; 1221). Frankfurt a.M./Berlin/Bern/New York/Paris/Wien.

Bayer, Klaus (1994): *Evolution – Kultur – Sprache: eine Einführung* (= Bochumer Beiträge zur Semiotik; 42). Bochum.

Der Bundesbeauftragte für die Unterlagen des Staatsicherheitsdienstes der ehemaligen Deutschen Demokratischen Republik (Hg.) ([2]1993): *Das Wörterbuch der Staatssicherheit. Definitionen des MfS zur »politisch-operativen Arbeit«* (= Reihe A; Nr. 1/93). Berlin.

Das neue Chinesisch-Deutsche Wörterbuch (1985). Beijing.

Dawkins, Richard/Krebs, John R. (1981): *Signale der Tiere: Information oder Manipulation?* In: Krebs, John R./Davies, Nicholas B. (Hg.): *Öko-Ethologie*. Berlin/Hamburg. S. 222–242.

Dennett, Daniel C. (1994): *Philosophie des menschlichen Bewußtseins.* Hamburg.

Deutsches Wörterbuch [DWB] von Jacob und Wilhelm Grimm (1854ff.). Leipzig.

Frontin ([2]1978): *Kriegslisten.* Lateinisch und Deutsch von Gerhard Bendz (= Schriften und Quellen der alten Welt; 10). Berlin.

Heckhausen, Heinz ([2]1989): *Motivation und Handeln.* Berlin/Heidelberg.

Historisches Wörterbuch der Philosophie (1971 ff.), hrsg. von Joachim Ritter und Karlfried Gründer. Basel.

Hofmann, Winfried (1986): *»Flegels haben Wir genug im lande«. Friedrich der Große in Zeugnissen, Berichten und Anekdoten.* Frankfurt/M.

Kinderling, Johann Friedrich August (1795): *Über die Reinigkeit der deutschen Sprache und die Beförderungsmittel derselben, mit einer Musterung der fremden Wörter und anderen Wörterverzeichnissen.* Berlin. [= Fotomechanischer Neudruck der Originalausgabe). Leipzig 1977].

Kluge, Friedrich ([20]1967): *Etymologisches Wörterbuch der deutschen Sprache.* Bearbeitet von Walther Mitzka. Berlin.

Kluge, Friedrich ([23]1995): *Etymologisches Wörterbuch der deutschen Sprache.* Bearbeitet von Elmar Seebold. Berlin/New York.

Krack, Ralf (1994): *List als Straftatbestandsmerkmal. Zugleich ein Beitrag zu Täuschung und Irrtum beim Betrug* (= Schriften zum Strafrecht und Strafprozeßrecht; 12). Frankfurt a.M./Berlin/Bern/New York/Paris/Wien.

Schulz, Hans (1913–1988): *Deutsches Fremdwörterbuch.* Begonnen von Hans Schulz, fortgeführt von Otto Basler, weitergeführt im

Institut für deutsche Sprache. Bd. 1–7 (Straßburg/)Berlin/New York.
Seel, Otto (1960): *Der Physiologus.* Übertragen und erläutert von Otto Seel. Zürich.
Semmler, Hartmut (1991): *Listmotive in der mittelhochdeutschen Epik: Zum Wandel ethischer Normen im Spiegel der Literatur* (= Philologische Studien und Quellen; 122). Berlin.
Senger, Harro von (²1995): *Die List im chinesischen und im abendländischen Denken. Zur allgemeinen Einführung* (zur Ringvorlesung: *List: Tücke oder Ausweg? Eine Unbekannte in der westlichen Wissenschaft*). Freiburg. Unveröffentlichtes Papier. Überarbeitete Fassung: s. in diesem Band, S. 9ff.
Senger, Harro von (³1996): *Strategeme. Lebens- und Überlebenslisten aus drei Jahrtausenden. Der erste Band der berühmten 36 Strategeme der Chinesen – lange als Geheimwissen gehütet, erstmals im Westen vorgestellt.* Bern/München/Wien.
Strafgesetzbuch (²⁰1981): *mit Einführungsgesetz, Betäubungsmittelgesetz* [...] (= Beck-Texte im dtv). München.
Walch, Johann Georg (⁴1775): *Philosophisches Lexicon* [...] 2 Teile. Leipzig.

Herbert Pilch
Listige Rede: Was man sagt und doch nicht sagt

Die sprachlichen Strukuren erlauben es dem geschickten Sprecher, »listig«[1] zu reden, z. B. seinen Hörer zu einem Trugschluß zu verleiten, ohne daß man ihm dafür die Verantwortung anhängen kann. Oder etwas so zu sagen, daß der Hörer es versteht, und doch braucht er sich nicht nachweisen zu lassen, daß er es gesagt hat – selbst dann nicht, wenn alles genau auf Tonband aufgenommen ist. Er kann es auch so sagen, daß der Hörer es falsch versteht, und doch hat er »nur die lautere Wahrheit« gesagt. Sprache dient nämlich nicht nur dazu, Sachverhalte und Gedanken darzustellen, sondern ebenso auch dazu, Gedanken zu verhüllen und Scheinwelten vorzuspiegeln.

Zunächst eine Eingangsüberlegung: Die Sprachen bilden die Welt nicht unmittelbar ab, sondern sie kategorisieren, und zwar jede in ihrer Weise. Dazu ein Beispiel: Gesetzt den Fall, ich war mit einer Freundin unterwegs und sage bei der deutschen Vernehmung, es sei »ein Freund« gewesen, so habe ich gelogen und kann gegebenenfalls wegen Meineides verurteilt werden. Bei der englischen Vernehmung kann ich dagegen sagen, es sei *a friend* gewesen, und habe die Wahrheit gesagt. Das deutsche Wort *Freund* bezeichnet im Singular eine Person männlichen Geschlechts (im Plural kann ich von »unseren französischen Freunden« sprechen und Personen beiderlei Geschlechts meinen). Das englische Wort *friend* läßt dagegen das Geschlecht offen. Ich kann es angeben (z. B. mit *boy friend*, *girl friend*), brauche es aber nicht.

1 Ich setze die deutschen Wörter *List* und *listig* in Anführungszeichen, um mich nicht darauf festzulegen, ob sie jeweils »richtig« gebraucht sind. Wir könnten sie m. E. so gebrauchen, lassen aber mögliche Meinungsverschiedenheiten darüber offen. Erst unten in Abschnitt 3 suche ich die Bedeutungen des deutschen Wortes *List* analytisch zu bestimmen.

1. Lexikologische Voraussetzungen listiger Rede

1.1. Konnotationen

Was ist der Unterschied zwischen dem *Freiheitskämpfer* und dem *Terroristen?* Wer von den *irischen Terroristen* spricht, gibt zu verstehen, daß er ihre Tätigkeit mißbilligt. Wer von den *irischen Freiheitskämpfern* spricht, bekundet seine Sympathie für sie. Bezeichnet wird beidemal derselbe Personenkreis, nur wird er so oder so bewertet. Mit anderen Worten: Die beiden Wörter haben die gleiche »Sachbedeutung« (technisch DENOTATION, verbinden sich aber mit verschiedener »Meinung des Sprechers« über die bezeichnete Sache (technisch KONNOTATION). Der *Freiheitskämpfer* wird nicht deswegen zum *Terroristen,* weil er sein Denken und Handeln ändert, sondern weil die Wortwahl ein anderes Urteil über ihn beinhaltet.

Auch in unserer täglichen Rede ist die Konnotation allgegenwärtig. Beim Kaffeekränzchen, dessen Teilnehmerinnen wir bewundern, sitzen *Damen*. Halten wir nichts von ihnen, so sind es *Weiber*. Der Professor, der uns imponiert, *lehrt* im Hörsaal, der andere *schwafelt* oder *labert*. Den im Rahmen seiner Verhältnisse lebenden Haushalter nennen wir *sparsam,* wenn wir mit ihm einverstanden sind, sonst heißt er *geizig*.

Das Wörtchen *ist* bzw. *sind,* das wir in solchen kategorischen Aussagen verwenden (»es *sind* nicht Freiheitskämpfer, sondern Terroristen«), verleitet leicht zu dem Trugschluß, *Freiheitskämpfer* seien essentiell etwas anderes als *Terroristen.* In Wirklichkeit aber nennen wir den gleichen Personenkreis so oder so (gleiche DENOTATIONSKLASSE) – je nachdem, wie wir ihn im einzelnen einschätzen. Unser Urteil mag gut oder schlecht begründet sein – darüber sagt die sprachliche Kategorisierung nichts aus.

Philosophisch gesprochen: das Wort ist keine Eigenschaft (philosophisch: kein PRÄDIKAT) der bezeichneten Sache. Zum Beispiel nenne ich das gleiche Tier auf deutsch *Hund* oder *Köter,* auf französisch *chien*, auf russisch *sobáka*. Es »ist« weder ein *Hund* noch ein *Köter* noch ein *chien* noch eine *sobáka*, sondern wir *nennen* es KONVENTIONELL (d. h. gewohnheitsmäßig) so oder anders je nach Sprache und erwünschter Konnotation. Dazu ein alter Linguistenwitz, der in vielen Varianten bei uns umläuft: Ein deutscher Bildungspolitiker kehrt von einem seiner Blitzbesuche aus Amerika zurück und wundert sich, daß man dort auch die Universitäten *schools* nennt (*go to school* schließt dort auch ›studieren‹ ein, *Law School* heißt die juristische Fakultät usw.): »Dabei *sind* es doch keine Schulen, sondern Universitäten«.

1.2. Strukturen des Wortschatzes

Am romantischen Titisee empfiehlt sich das »Hotel Maritim«, aber gehört zu *maritimer* Tätigkeit nicht das Meer? Oder sollte der Titisee dem Meer gleichwertig sein? Der *Rheinische Merkur* prüft zu Martin Luthers 450. Todestag die *»Effizienz* der evangelischen Kirche«[2] – so als sei die Kirche ein Geschäftsunternehmen.

Technisch sprechen wir von BEDEUTUNGSKONGRUENZ oder lexikalischer SOLIDARITÄT zwischen dem Wort *maritim* und dem *Meer*, dem Wort *Effizienz* und einem *Wirtschaftsunternehmen* usw. und sagen, das Wort *maritim* »impliziere« das Meer, das deutsche Wort *Effizienz* »impliziere« ein Wirtschaftsunternehmen (anders als seine Vorlage, das englische Wort *efficiency*). Ein Schulbeispiel für diese Bedeutungsrelation sind die Wörter *Knochen* und *Gräte*. Die *Gräte* impliziert den Fisch, der *Knochen* ein anderes Wirbeltier. Das ist eine spezifisch deutschsprachige Kategorisierung. Im Englischen bezeichnet dagegen das Wort *bone* die Knochen bzw. Gräten aller Wirbeltiere.

Nun ist der Sprecher frei. Er kann reden, wie er will. Er ist auch frei, sich über linguistische Strukturen hinwegzusetzen. Vor einigen Jahren skandierten z. B. politische Demonstranten in Berlin gegen den damaligen Oberbürgermeister Schütz:

> »Brecht dem Schütz die Gräten,
> Alle Macht den Räten.«

Es geht hier nicht darum, ob diese Ausdrucksweise »richtig« oder »falsch« ist, »gutes Deutsch« oder »schlechtes Deutsch« – es geht darum, daß die Sprecher (das sind wir alle) sich über linguistische Strukturen hinwegsetzen, wenn sie es wollen. Im

2 16.2.1996, S. 1a.

vorliegenden Beispiel schafft die gewählte Ausdrucksweise »listig« eine Nebenbedeutung (technisch INNUENDO, s. u. 2.2): ›Den OB schätzen wir nicht höher als einen Fisch, und er verdient es, ebenso umgebracht zu werden wie ein Fisch am Angelhaken.‹ Zur Verantwortung ziehen kann man die Demonstranten dafür nicht; denn sie haben es nicht ausdrücklich gesagt. Sie können sich (fluchtstrategemisch) damit rechtfertigen, die Formulierung sei »doch nur des Reims wegen« gewählt worden, und das mag im Einzelfall sogar stimmen. Das Innuendo ändert sich dadurch nicht.

Wenn »Terroristen« (bzw. »Freiheitskämpfer«) damit drohen, ihre Opfer *hinzurichten*, so münzen sie »listig« die Bedeutungskongruenz zwischen *hinrichten* und der *Justiz* als öffentlicher Gewalt aus, ja sie hängen sich das Mäntelchen der Legalität um. Diese (simulationsstrategemische) Etikettierungslist trägt Früchte, wenn die Medien diesen Sprachgebrauch übernehmen und ihrerseits im vorliegenden Zusammenhang von *Hinrichtung* statt *Mord* sprechen und damit Verbrecher zu Sachwaltern der Justiz hochstilisieren.

Als der britische Finanzminister Sir Stafford Cripps im Jahre 1950 das englische Pfund abwertete, hielten ihm die Journalisten vor, er habe doch immer die bevorstehende Abwertung dementiert. Er entgegnete: »Es handelte sich nicht um eine Abwertung, sondern um eine Neubewertung *(not devaluation, but revaluation)*«. So spielte er »listig« mit der Bedeutungsrelation zwischen *revaluation* ›Neubewertunng nach oben oder nach unten‹ und *devaluation* ›Neubewertung nach unten‹. Es hat *revaluation* die umfassendere Bedeutung (technisch HYPERONYM), *devaluation* die engere Bedeutung (technisch HYPONYM); denn jede *devaluation* ist auch eine *revaluation*, aber nicht umgekehrt. Sir Stafford Cripps behandelte die beiden Wörter dagegen als einander ausschließende Gegensätze (technisch ANTONYME), wie z. B. dt. *Abwertung* und *Aufwertung*, indem er sagte: ›Nicht so, sondern so‹. Das ist eine übliche, »fluchtstrategemische Etikettierungslist«. Die Journalisten erlagen ihr. Verdutzt gaben sie sich mit seiner Antwort zufrieden.

Mit einer ebenso »listig«, ad hoc gesetzten Antonymie zog Franz Josef Strauß seinerzeit in den Wahlkampf: »Freiheit oder Sozialismus«. Diese Formulierung setzt stillschweigend voraus, *Freiheit* sei die Alternative zum *Sozialismus*, die SPD wolle uns also die Freiheit rauben. Es gehört zu den verbreiteten rhetorischen »Listen«, daß man das zu Beweisende stillschweigend voraussetzt. Die Rhetorik nennt es PETITIO PRINCIPII. Damit entzieht man dem Diskussionsgegner von vornherein die Möglichkeit zur Gegenrede. Das geschieht mit falschen Alternativen am einfachsten.

Betrachten wir das Wort *Schuhmacher*. Es ist ebenso gebildet wie *Steuerzahler, Lohnempfänger, Linksabbieger, Türhüter, Liedermacher* usw. und bedeutet insofern »jemanden, der Schuhe macht«. Diese Bedeutung ist bestimmt vom Wortableitungsschema (technisch MORPHOLOGISCHES PARADIGMA, s. u. 3.3), zu dem das Wort *Schuhmacher* gehört, und heißt deshalb dessen PARADIGMATISCHE Bedeutung.

Steuern zahlen → *Steuerzahler,*
Lohn empfangen → *Lohnempfänger,*
links abbiegen → *Linksabbieger,*
Tür hüten → *Türhüter,*
Lieder machen → *Liedermacher,*
Schuhe machen → *Schuhmacher.*

Konventionell erwarten wir vom Schuhmacher aber nicht, daß er Schuhe macht, sondern daß er sie repariert – ebensowenig wie wir vom *Buchhalter* erwarten, daß er Bücher hält, vom *Buchmacher*, daß er Bücher macht.

Nun kann ich paradigmatische und konventionelle Bedeutung »listig« gegeneinander ausspielen. Betrachten wir z. B. die von Kernkraftgegnern verwendete Parole *Atomkraft ist todsicher.* Jeder des Deutschen Kundige versteht die gemeinte Warnung: ›Atomkraft bringt den sicheren Tod‹. Aber sagen tut sie es nicht; denn *todsicher* bedeutet paradigmatisch ›ganz sicher‹ und gerade nicht ›den sicheren Tod bringend‹. Das Wort gehört nämlich zu einem Paradigma deutscher INTENSIVKOMPOSITA, deren erstes Element seine Einzelbedeutung verliert und lediglich dem zweitem Element die Bedeutung ›in hohem Maße‹ hinzufügt. Ein *Mordskerl* ist kein ›Kerl, der mordet‹, sondern ›in hohem Maße ein Kerl‹ (positive Konnotation). Wer ein *Schweinegeld* verdient, verdient viel Geld, aber im allgemeinen nicht mit Schweinezucht. Wer *stinknormal* ist, ist ›in hohem Maße normal‹, stinkt aber deswegen nicht. Die genannte Parole spielt »listig« die paradigmatische Bedeutung des Intensivkompositums *todsicher* ›ganz sicher‹ aus gegen die isolierte Bedeutung ihres ersten Elementes *Tod.*

1.3. Bedeutungsunschärfe

Was bedeutet das deutsche Wort *Ziegenkäse?* Gewiß ›Käse aus Ziegenmilch‹. »Listige« Hersteller deuten das so, daß der Käse »unter anderem« aus Ziegenmilch stamme. Ein hohes Gericht hat, wie mir ein Fachmann erzählt, befunden, daß *Ziegenkäse* mindestens zu 40% aus Ziegenmilch hergestellt sein müsse. Erst unterhalb dieser Grenze führe die Bezeichnung den Käufer irre. Unbeschadet der Weisheit des Gerichts stoßen wir hier auf die grundsätzliche UNSCHÄRFE der sprachlichen Bedeutung. Die zugehörigen Denotationsklassen lassen sich häufig nicht sauber gegeneinander abgrenzen. Besagt die (zeigende) Aussage: »Das ist Ziegenkäse« nur ›das, worauf ich zeige, enthält *unter anderem* Ziegenkäse‹, oder ›es besteht zu 100 % aus Ziegenkäse‹? Der nicht vorgewarnte Hörer nimmt letzteres (als Trugschluß) an, aber der Sprecher hat es nicht expressis verbis gesagt. Das Gericht setzt die Grenze bei 40%, aber linguistisch motiviert ist auch diese »saubere Grenze« nicht.

Im vorliegenden Band ist immer wieder von der »Duden-Definition« des Wortes *List* die Rede. Gemeint ist damit unscharf die vom Duden mit einer Umschreibung (technisch PARAPHRASE) angegebene Wortbedeutung.[3] Mit solchen Umschreibungen arbeiten wir gern im einsprachigen Wörterbuch, z. B. *Schiff* ›schwimmendes Fahrzeug‹, *Löwe* ›Großkatze aus Afrika‹. Mit DEFINITIONEN im strengen Sinne haben sie wenig zu tun. Definitionen im strengen Sinne richten sich auf Begriffsfelder, nicht auf Wörter. Wortbedeutungen kann ich linguistisch analaysieren (wie unten in Abschnitt 3), aber nicht (im strengen Sinne) definieren. In einer Definition wären z. B. keine Termini zugelassen, die ihrerseits der Klärung bedürfen (wie *normal*), und schon gar nicht reicht eine »Teilparaphrase« aus wie *Schiff* ›schwimmendes Fahrzeug‹, denn nicht jedes schwimmende Fahrzeug ist ein Schiff, z. B. nicht das Luftkissenboot oder das Wasserflugzeug.

3 Neben der Paraphrase bietet das *exemplum* eine weitere Möglichkeit, Wortbedeutungen zu beschreiben. Diese Möglichkeit wählt Harro von Senger für seine *Strategeme.*

Unscharfer Wortgebrauch ruft immer wieder den Streit um »das richtige Wort« wach (*le mot juste* der französischen Klassizisten). Jemand, der in England gegen die Abschiebehaft für Asylanten protestierte, ereiferte sich darüber, *detention centre* sei das falsche Wort für die Institution, in der sie festgehalten werden; denn »it IS a prison«. Aber wer kennt schon so genau den Unterschied zwischen einem *prison* und einem *detention centre?* Das andere Wort impliziert nicht notwendigerweise eine andere Sache (wie es der Protestierende »listig« voraussetzt). In der Regel kann ich die gleiche Sache auf vielerlei verschiedene Weise bezeichnen. Technisch sprechen wir von *prison* als dem KERNWORT für die Institution, von *jail, penitentiary, lockup, detention centre* usw. als TRABANTENWÖRTERN. Die Trabantenwörter sind »farbiger«, d.h. reicher an Konnotationen, ohne daß diese sich immer genau festlegen ließen. Ähnlich fungiert im Deutschen *Gefängnis* als Kernwort, *Knast, Zuchthaus, Kerker, Vollzugsanstalt, Kittchen, Loch, Hotel Schwarzer Adler* usw. als Trabantenwörter.

Selbst die größten Dichter arbeiten mit der unscharfen Bedeutung. In Schillers *Bürgschaft* soll Damokles gekreuzigt werden, benutzt aber statt *kreuzigen* unscharf das Wort *erwürgen* als Hyperonym in der Bedeutung ›hinrichten‹: »Mich, Henker, ruft er, erwürget«. Goethe läßt des Kaisers Kanzler von den »Heiligen und den Rittern« sprechen, meint aber mit den *Heiligen* in unscharfem Sinne nicht Heilige, sondern die hohe Geistlichkeit:

> »... Kaisers alten Landen
> Sind zwei Geschlechter nur erstanden,
> Sie stützen würdig seinen Thron:
> Die Heiligen sind es und die Ritter;
> Sie stehen jedem Ungewitter
> Und nehmen Kirch und Staat zum Lohn«
> (*Faust II,* 1. Akt).

Wir alle befürworten den genauen Wortgebrauch. In Prüfungsarbeiten bemängeln wir den unscharfen Gebrauch. Trotzdem ist er allgegenwärtig – sei es aus Nachlässigkeit, sei es aus poetischer Freiheit, aus Unkenntnis, als Verkäufertrick, als politische Propaganda, »des Reims wegen« usw., und er läßt sich auch »listig« ausnutzen, um etwas zu sagen, was man nicht gesagt haben will.

»Nur der Teufel will die Schwarzwaldautobahn«. Ein Schild mit dieser Aufschrift zierte vor einigen Jahren den Fahrbahnrand an der Straße zwischen Titisee und Hinterzarten. Nun bedeutet das deutsche Wort *Teufel* zweierlei: (i) ›Chef der Hölle‹, (ii) ›Name des derzeitigen Ministerpräsidenten von Baden-Württemberg‹. Die Mehrfachbedeutung (technisch POLYSEMIE) macht sich das Schild »listig« zunutze, indem es uns zu verstehen gibt, daß beide die Autobahn wollen, es sich also um einen »teuflischen Plan« handle. Im Falle einer Klage können die Beklagten (fluchtstrategemisch) geltend machen, daß der Herr Ministerpräsident sich doch für die Autobahn ausgesprochen habe, sie also die lautere Wahrheit behaupteten. Eventuelle Nebenbedeutungen seien »rein zufällig und unbeabsichtigt«. Die abendländische Rhetorik kategorisiert das »Spiel mit Mehrfachbedeutungen« als AEQUIVOCATIO.

Das Spiel mit Mehrfachbedeutungen ist uralt. Odysseus antwortet dem Zyklopen, der ihn nach seinem Namen fragt, dissimulationsstrategemisch, er heiße *Niemand* (Οὖτις ἐμοί γ'ὄνομα, Od. IX, 366). Als er ihm später das Auge aussticht, ruft der Zyklop seine Brüder zu Hilfe. Auf die Frage, wer ihn bedränge, antwortet er: »Niemand«. Sie ziehen beruhigt von dannen – der typische, durch *aequivocatio* zustande kommende Trugschluß.

Die Mehrfachbedeutung, bei der es sich um mehrere, wohl UNTERSCHEIDBARE Bedeutungen handelt (z. B. des Wortes *Teufel*), ist dabei etwas anderes als die Bedeutungsunschärfe, bei der wir gerade nicht genau festlegen können, welcher im Einzelfall vorliegende Sachverhalt mit welchem Wort bezeichnet wird oder werden sollte. Kann *List* z. B. auch vorliegen, ohne daß sie dem Überlisteten zum Nachteil gereicht, sondern sogar zum Vorteil (s. u. 3.2)?[4] Darf Milch, die seit vier Tagen im Plastikbeutel lagert, als *Frischmilch* verkauft werden (wie ein Schweizer Gericht neulich befunden hat)? »Ist« sie noch frisch, oder »ist« sie es nicht? Das läßt sich an der Wortwahl nicht ablesen.

4 Vgl. die beiden Erzählungen über Gattenbelehrung durch vorgetäuschten Mord bei Harro von Senger, *Strategeme*, Sonderausgabe Bern ^{3}1996: Scherz, S. 120–127.

Der Lexikograph muß stets damit rechnen, daß das einzelne Wort bei einheitlicher Bedeutung viele verschiedene Dinge bezeichnen kann, z. B. das Wort *Birne* viele verschiedene Birnen (große und kleine, saure und süße usw.) Keine Birne ist je gleich der anderen. Das ist die dem jeweiligen Wort zugeordnete DENOTATIONSKLASSE. Daraus folgen nicht ebenso viele verschiedene Bedeutungen des Wortes *Birne*. Zwei weitere, unterscheidbare Bedeutungen hat das Wort *Birne* dagegen zur Bezeichnung der ›elektrischen Birne‹ und des ›menschlichen Kopfes‹ (mit negativer Konnotation). Wer ein Wörterbuch benutzt, kann nicht erwarten, daß es die Elemente der zugehörigen Denotationsklassen einzeln aufzählt; denn sonst würde kein Wörterbuch je fertig werden. Er erwartet aber mit Recht, daß es die UNTERSCHEIDBAREN Bedeutungen angibt. Dazu gehören unterscheidbare DENOTATIONES genauso wie unterscheidbare CONNOTATIONES. Zum Beispiel hat das deutsche Wort *Fräulein* positive Konnotation, z. B.

»Mein schönes Fräulein, darf ich wagen,
Meinen Arm und Geleit Ihr anzutragen?« (Goethe, Faust I)

Es hat negative Konnotation bei den Verfechtern der »political correctness« – zwei wohl unterscheidbare Bedeutungen bei gleicher Denotation ›unverheiratete, weibliche Person gehobenen Standes‹.

Als formale Bedingung für Mehrfachbedeutung (statt sachlicher Verschiedenheit der bezeichneten Dinge) gilt das Fehlen eines gemeinsamen, unmittelbaren Hyperonyms (s. o. 1.2).[5] Zum Beispiel bilden mein linker Fuß und mein rechter Fuß nicht zwei verschiedene Bedeutungen des Wortes *Fuß*, denn beides sind *Füße*. »Ich habe zwei Füße« ist eine sachliche (keine groteske) Aussage. Dagegen ordnen wir den *Fuß* ›Versfuß‹ und den *Fuß* ›menschlichen Fuß‹ zwei unterscheidbaren Bedeutungen zu: »Sowohl Menschen als auch Verse haben Füße« wäre drollig-grotesk, nicht sachlich.

Immer wieder wird die Mehrfachbedeutung beklagt und beredt die eine, »allein richtige« Wortbedeutung dargelegt, z. B.

5 Sándor Hervey, *Axiomatic Semantics*, Edinburgh 1982: Scottish University Press, S. 70. Die Wörterbücher verfahren bei der Unterscheidung polysemer Bedeutungen im allgemeinen wenig konsequent.

für das Wort *Tragik*, für das Wort *Demokratie*, für das Wort *List*. Die Mehrfachbedeutung des Wortes *List* nehmen die üblichen »Begriffsdefinitionen« (s. u. 3.1) z. B. gar nicht zur Kenntnis. Aber die Mehrfachbedeutung ist in wirklichen Sprachen eine allgegenwärtige Tatsache. Die Vorstellung, jedes Wort sollte genau eine (nicht mehrere) Bedeutungen haben, ist schlicht unrealistisch.

1.5. Fachsprachen

Als Sprecher steht es mir selbstverständlich frei, ein Wort *ad hoc* auf eine von mir gewählte Sache festzulegen. Dazu bestimme ich einen Begriff bzw. ein Begriffssystem und ordne dann den Elementen meines Systems sprachlich Bezeichnungen zu. So arbeiten (im Idealfall) die sog. FACHSPRACHEN, d. h. Fachterminologien (technisch NOMENKLATUREN), z. B. die *Wende* und die *Halse* des Seglers.[6] Der Seemann lernt die so bezeichneten Manöver in der Praxis mit den zugehörigen Fachwörtern. Sie der Landratte durch Paraphrase zu erklären wäre ein hoffnungsloses Unterfangen. Ob diese Wörter im Deutschen auch noch andere Bedeutungen haben (wie z. B. *Wende*, aber nicht *Halse*), spielt für die Brauchbarkeit der »Fachsprache« keine Rolle. Ein juristischer Fachartikel spricht z. B. von der »etwas listigen Weise«, in der ein Gericht sein Urteil formuliert, meint es aber eher scherzhaft (s. u. 2.3) als im juristischen Sinne des Wortes *List*.[7] Ergo: Auch Fachtexte spielen mit der Mehrfachbedeutung ihres eigenen Fachwortschatzes! Und warum auch nicht?

Nun läßt die beste Fachterminologie bei ihrer Zupassung auf unsere empirische Welt weite Spielräume offen. Ist eine vorliegende Tat juristisch als *Mord* oder *Totschlag* anzusehen? Handelte der Täter aus *Fahrlässigkeit* oder aus *Arglist?* Darum streiten im Einzelfall – trotz juristischer »Fachsprache« – hochgelehrte Strafrechtler. Ist die Antwort des chinesischen

6 Das Element *-sprache* wird im Kompositum *Fachsprache* unscharf gebraucht. »Fachsprachen« sind nicht *Sprachen* wie Englisch oder Deutsch, sondern lediglich Terminologien, und zwar jeweils in bestimmten Sprachen. Die deutsche »Seemannssprache« ist z. B. deutsch, die französische »Seemannssprache« französisch usw.

7 *Forschung und Lehre: Mitteilungen des Deutschen Hochschulverbandes* Bonn 11 (1994), S. 486.

Ministerpräsidenten an unseren Minister Töpfer[8] als *listig* oder als *schlagfertig* zu kategorisieren? Beinhaltet *List* notwendigerweise Täuschung oder kann sie auch täuschungsfrei sein? Darüber gehen die Meinungen der Listforscher auseinander. Sind Serbisch und Kroatisch *die gleiche Sprache* oder *zwei verschiedene Sprachen*? Darüber gibt es unter Sprachwissenschaftlern nicht nur die »politisch korrekte« Meinung, und letztere ist heute anders als noch vor zehn Jahren.

Wir tun gut daran, von einer Fachsprache« nicht mehr zu erwarten, als sie leisten kann. Sie benennt (im Idealfall) vorgegebene Begriffe. Der Student des Faches übt es im Studium, den Begriffen empirische Tatbestände zuzuordnen. Aber im Leben ist kein gegebener Tatbestand je genau gleich einem anderen, und es gibt darüber hinaus verschiedene Arten, empirische Tatbestände zu erheben. Die Fachterminologie des Seemanns ist deswegen besser brauchbar als viele andere, weil sie sich unmittelbar an der Erfahrung bewähren muß. Wir Akademiker riskieren für uns selbst wenig, wenn wir falsch kategorisieren. Der Seemann, der es täte (der z. B. *Brandung* mit *Seegang* verwechselte), käme sehr schnell mit seinem Schiff zu Schaden. Er setzt seine berufliche Existenz und sein Leben aufs Spiel.

Dem Laien kann ich »listig« etwas vorflunkern, indem ich Fachtermini in ihrer fachsprachlichen Bedeutung gebrauche, jener sie aber in ihrer allgemeinsprachlichen Bedeutung versteht. Unter einem *Privat*mann versteht der Laie z. B. einen Mann aus Fleisch und Blut. Eine *Privat*bank gehört einem *Privat*mann[9] – im Gegensatz zu anonymen Aktiengesellschaften wie der Deutschen Bank. In der Fachsprache des Juristen sind jedoch auch letztere *privat* (im Gegensatz zu *staatlich*). Wenn heute in unserer Öffentlichkeit davon die Rede ist, Bahn und Post zu *privatisieren*, so bedeutet das stets im fachsprachlichen Sinne ›aus Staatseigentum in das Eigentum eines unpersönlichen Geschäftsunternehmens überführen‹, nicht, wie der Laie es versteht, ›in das Eigentum einer Person aus Fleisch und Blut überführen‹. Eine »listige« Art, die Öffentlichkeit (die nicht nur aus Juristen besteht) durch die Wortwahl zu täuschen?

8 s. von Senger in der Einleitung zum vorliegenden Band.
9 Zum Beispiel in der Berichterstattung über den Prozeß um die Freiburger »Privatbank J. A. Krebs« und ihren Inhaber, den »Privatbankier« Walter Krämer (*Badische Zeitung* 18. 2. 1997, S. 11b).

2. Literarisches Spiel mit der List

2.1. Textinterpretation

Am Westende des Schluchsees steht ein Schild *Fischaufzucht Angeln verboten.* Soll es bedeuten, ›Angeln verboten wegen Fischaufzucht‹, oder ›Fischaufzucht und Angeln sind verboten‹? Um das zu entscheiden, genügt es nicht, die Wortbedeutungen zu kennen. Wir müssen den Text DEUTEN, d. h. verstehen, was sachlich gemeint ist. Und die Meinungen darüber gehen oft auseinander, nicht nur bei der Auslegung von Gesetzen und literarischen Kunstwerken, sondern auch in alltäglichen (schriftlichen und mündlichen) Texten. Einen Text verstehen heißt ihn INTERPRETIEREN (und umgekehrt).[10]

»So jemand zu mir kommet und hasset nicht seinen Vater, Mutter, Weib, Kinder, Brüder, Schwestern – der kann nicht mein Jünger sein« (Lukas 14,26). Was ist damit gemeint? Viele Exegeten beruhigen uns, das Wort *hasset* (gr. μισεῖ) bedeute hier nur ›liebt weniger innig‹. Aber wenn Christus »nur das« gemeint hätte, hätte er es dann so mißverständlich brutal gesagt? Ich weiß nicht, wie ich den Text verstehen soll. Es gibt auch die gewollte Unverständlichkeit (technisch OBSCURITAS), z. B. in der modernen (und auch in der mittelalterlichen) Lyrik. Oder in der Steuererklärung. Dort verstehe ich nichts außer der vorgedruckten Strafandrohung für falsche Angaben. Dabei »verstehe« ich jedes Wort und jede Satzkonstruktion, nur nicht den Text. Unterschreiben kann ich nur im Vertrauen auf meinen Steuerberater. Steckt dahinter eine »List« des Finanzamts?

2.2. Textformulierung

Wie schon oben in der Einleitung erwähnt, kann ich den Text »listig« so formulieren, daß der Leser ihn mißversteht. Die Logiker haben in diesem Zusammenhang Listen typischer Fehlschlüsse zusammengestellt.[11] Uns bewegt dabei jedoch nicht

10 Das schließt nicht aus, daß ein gegebener Text auch falsch oder gar nicht verstanden bzw. interpretiert wird.

11 Kenneth Pike et al., *Rhetoric: Discovery and Change*, New York 1970: Hartcourt, Brace & World, S. 258–272 [dort wird eine Darstellung von Irving M. Copi nachgedruckt].

der logische, sondern der literarische Aspekt der Fehlinterpretation, wie sie als konstitutives Element z. B. im Witz und in der Kinderliteratur erscheint. Ein Beispiel: In dem englischen Kinderbuch »Alice in Wonderland« fragt Humpty-Dumpty (in der deutschen Übersetzung ›Goggelmoggel‹[12]) die kleine Alice: »Was hast du gesagt, wie alt du bist?« Alice meint, er frage nach ihrem Alter, und sagt: »7½ Jahre«. »Falsch«, weist Humpty-Dumpty sie zurecht, »du hast bisher über dein Alter überhaupt nicht gesprochen«. Mit dieser ungewöhnlichen Interpretation seiner Frage will er »listig« seine Autorität als allwissender Textinterpret herausstreichen; denn er beansprucht ausdrücklich, alle Texte deuten zu können, auch die noch nicht geschriebenen.

Berichtet wird[13] vom ersten Offizier eines Schiffes, der häufig über den Durst trank – bis der Kapitän eines Tages ins Logbuch eintrug: »Erster Offizier heute betrunken«. Als der Betroffene die Eintragung am nächsten Tag las, mußte er Sanktionen seitens der Reederei und des Seeamtes befürchten. Er baute dagegen mit einer »List« vor. Seinerseits trug er ins Logbuch ein: »Kapitän heute nüchtern«. Das war die lautere Wahrheit, aber welchen Trugschluß legte sie nahe? Die Einschränkung *heute* ließ glauben, an allen anderen Tagen habe das Antonym von *nüchtern* gegolten.

Umgekehrt kann ich so formulieren, daß der Leser es richtig versteht, ich es aber nicht gesagt habe. Zum Beispiel als Frage statt als Behauptung: »Herr X fügt unserer Partei schweren Schaden zu. Ist er ein eingeschleuster Agent?« Wir sprechen dabei von einer RHETORISCHEN FRAGE (auf die die Antwort sich von selbst versteht). Herr X kann mich nicht wegen übler Nachrede belangen; denn ich habe »nur gefragt«. Oder ich sage dasselbe mit einem *wenn*-Satz: »Wenn Herr X ein eingeschleuster Agent wäre (was ich für ausgeschlossen halte), dann würde er sich so verhalten, wie er es jetzt tut.« Wir sprechen in letzterem Fall von einer nicht gegebenen Voraussetzung (technisch CONDITIO IRREALIS: »wenn… wäre«). Die Existenz der Voraussetzung habe ich mit der in Klammern gesetzten Aussage scheinbar eindeutig, in Wirklichkeit aber iro-

12 Vgl. Günter Eigler im vorliegenden Bande.
13 Pike et al., op. cit. S. 266f.

nisch (s. u. 2.3) ausgeschlossen, aber wer kann mir die Ironie nachweisen?

Es soll Ehepartner geben, die zueinander von *meinen Kindern* sprechen, wenn letztere sich gut benehmen. Andernfalls sind es *deine Kinder.* Hier werden Vorwürfe erhoben, wenn auch nicht deutlich ausgesprochen. Die Rhetorik spricht vom INNUENDO (zu lat. *innuere* ›zunicken‹), d. h. man gibt (möglicherweise durch Zunicken) etwas zu verstehen, ohne es offen zu sagen. Das gewählte Possessivpronomen legt es nahe, daß der jeweils andere Ehepartner seiner Verantwortung nicht gerecht werde, z. B.: »Was *deine* Kinder wieder angestellt haben!« (Innuendo: ›Warum hast du dich nicht besser um sie gekümmert?‹), aber: »*Meine* Kinder bringen nur gute Zensuren nach Hause« (Innuendo: ›Ich kümmere mich um sie‹).

Schließlich kann ich meinen Text, wenn ich will, sogar (flucht- und gegebenenfalls simulations- oder dissimulationsstrategemisch) so formulieren, daß er nichts bedeutet. Das ist die Kunst jener Redner, die viel reden und nichts sagen – Minister im Interview, gemeinsame Verlautbarungen nach internationalen Gipfeltreffen sowie die zugehörigen Kommentare der Medien, um nur wenige, geläufige Beispiele zu nennen. Mir liegt eine Wahlbroschüre der FDP vor, die verkündet: »Der Staat muß schlanker werden, damit der Standort stärker wird. Die Schulden müssen abgebaut werden, damit die Zukunft nicht verbaut wird. Die Steuern müssen runter, damit es mit der Beschäftigung aufwärts geht. Das Land muß in die Zukunft investieren – sonst hat es keine.« Wer von uns würde so hehre Ziele nicht bejahen? Aber die (in fluchtstrategemischer Weise jede Festlegung auf ein bestimmtes Handeln vermeidende) Formulierung verspricht nichts. Wenn unsere regierenden Politiker erklären, daß sie die Kernkraft »verantworten« wollen, so sagen sie nichts darüber, wie sie diese »Verantwortung« im Ernstfall wahrnehmen könnten. Der »listensensible« Staatsbürger weiß, daß sie es nicht könnten, selbst wenn sie es wollten. Im Klartext: ›Wir hoffen, daß nichts passiert.‹ Das hoffen wir alle, aber ist das »Verantwortung«? Das Wort klingt in jedem Falle gut. Es verbreitet den Schein »verantwortungsbewußter« Politiker.

Daß ich über eine »Wirklichkeit« spreche, braucht nämlich nicht zu bedeuten, daß diese »Wirklichkeit« auch existiert. Ich kann mit Worten »listig« eine Scheinwelt ausbreiten, die es nicht gibt. Gibt es z. B. den *Teufel* in der ersten Bedeutung des Wortes ›Chef der Hölle‹ wirklich? Als Sprachforscher brauche ich die Frage nicht zu beantworten. Dafür sind andere Fakultäten zuständig. Die Bedeutung des Wortes *Teufel* hängt jedenfalls nicht davon ab, ob es ihn »wirklich gibt«. Schon die Aussage: »Es gibt keinen Teufel« setzt nämlich voraus, daß wir verstehen, von wem wir reden. Ebenso wie das Wort keine Eigenschaft der bezeichneten Sache ist (s. o. 1.1), gilt umgekehrt, daß das Wort »kein Existenzpostulat« enthält, d. h., es impliziert nicht die Existenz der bezeichneten Sache.

In der Logik gilt der Widerspruch als Unsinn. Sprachlich hindert mich nichts daran, »Unsinn« zu reden, z. B. vom *runden Quadrat* oder vom *weißen Raben* zu sprechen oder davon, daß man »etwas sagt und gleichzeitig nicht sagt« (wie in vorliegender Abhandlung). Mit solchen Widersprüchen (technisch OXYMORA) kann ich wahre Welten oder auch Scheinwelten ausbreiten. Der *weiße Rabe* bedeutet z. B. im Deutschen geläufig ›einen guten Menschen in einer Menge von schlechten‹. Das französische Sprichwort *c'est le provisoire qui dure* ›Provisorien sind dauerhaft‹ widerspricht sich selbst und erweist sich doch in unserer empirischen Welt immer wieder als wahr.

Ich kann etwa »listig« das eine empfehlen und auch das Gegenteil davon. Den Kritiker, dem das eine mißfällt, mache ich darauf aufmerksam, daß ich (an anderer Stelle) doch gerade das Gegenteil sage. Ein Leitartikel über deutsche Energiepolitik[14] fordert z. B. gleichzeitig den Ausstieg aus der Kernenergie (für deren Gegner) und die Entwicklung neuer Druckwasserreaktoren (für ihre Befürworter). Der Artikel führt weiter aus, zu den beiden genannten Forderungen gebe es »keine realistische Alternative, es sei denn, man liebäugelt insgeheim damit, die radioaktive Hinterlassenschaft irgendwo in den Weiten Sibiriens zu verbuddeln«. Der hier »listig« behauptete Zusammenhang zwischen den beiden widersprüchlichen Forderungen und der Endlagerung in Sibirien bleibt mir veborgen. Wie dem auch sei – dem Gegner eine schlechte Alternative zu unterstellen, ist eine wohlbekannte rhetorische »List«. Wer z. B. nicht

14 *Süddeutsche Zeitung*, 3. 1. 1996, S. 4.

beim »Friedensmarsch« mitläuft, will »offensichtlich« den Krieg. Wer Bedenken gegen das neue Straßenbauprojekt anmeldet, will die Arbeitslosigkeit usw.

2.3. Ironie und Scherz

Mit der »listig« mißverständlichen Formulierung spielen wir, indem wir das Gegenteil dessen sagen, was wir meinen. Zum Beispiel sagt mir meine Frau, wenn ich bei Tisch wenig esse: »Du hast heute einen Riesenappetit«. Technisch nennen wir dieses Spiel IRONIE. Ironisch sagen wir *schöne Bescherung,* meinen aber das Gegenteil. In letzterem Wort ist die Denotation ›Austeilung von Geschenken‹ jedoch schon verblaßt, und die Ironie wird kaum noch wahrgenommen. Wenn ich auswärts spreche und der Vorsitzende mir am Ende für meinen »glänzenden Vortrag« oder dgl. dankt, so bin ich nie sicher, ob er es ernst oder (in dissimulationsstrategemischer Absicht) ironisch meint. Aber gern lasse ich mich zu dem Trugschluß verleiten, er meine das Kompliment ernst.

In England pflegt man eine Kultur der Ironie, mit der man sein Gegenüber ausschimpft und dabei (dissimulationsstrategemisch) ausgesucht höflich bleibt. Zum Beispiel bedeutet *aren't YOU clever* im Klartext: ›Sie Dummkopf!‹. Die vernichtendste Abfuhr lautet *I beg to differ* ›ich bitte darum, anderer Meinung sein zu dürfen‹.

Umgekehrt spielen wir mit abwertenden Konnotationen, die nicht ernst gemeint sind. Scherzhaft nennt eine Motorradwerkstatt in Ebnet bei Freiburg i. Br. sich »der Motorradfritze«. Ebenso scherzhaft spreche ich von meinem Auto als *Karre,* meinem Fernsehgerät als *Flimmerkiste,* schelte mein Kind als *Räuber, Racker* oder *Terroristen.* Mit solchen ironisch gemeinten Scherzen spielt *par excellence* der moderne Autoaufkleber, z. B. »Hupen zwecklos – ich bin Ostfriese« (in Deutschland wir über die Ostfriesen verbreitet als Tölpel gewitzelt), oder: »Ich bin ebenso blau wie mein Auto« (auf einem blaulackierten Auto).

Offensichtlich falsche semantische Kongruenzen können vom Hörer als »listig« gedeutet werden, vom Sprecher aber als scherzhafte Groteske gemeint sein. Auch mit der Mehrfachbedeutung kann ich scherzen. Zum Beispiel erzähle ich gern, daß ich im Jahre 1954 mit meinem Fahrrad in 1 ½ Stunden von Rom nach Wien gefahren sei. Die Geschichte stimmt sogar – es war im Staate New York, Entfernung zwischen den dortigen Städten dieses Namens etwa 30 km.

Einem rhetorischen Angriff nehme ich die Spitze, indem ich ihn »listig« als Scherz deute. Der als Hitzkopf verschriene sozialistische Minister Aneirin Bevan schmähte einmal seine konservativen Gegner als »niedriger als Ungeziefer« *(lower than vermin).* Letztere machten daraus einen Scherz und zitierten bei jedem passenden Anlaß genüßlich die ihnen widerfahrene Schmähung: »Wir halten Aneirin Bevan unsererseits nicht für Ungeziefer, sondern für unseren armen, verirrten Bruder« – mit dem »listigen« Innuendo (s. o. 2.2), er selbst sei »Ungeziefer«. Sie hatten die Lacher auf ihrer Seite.

2.4. *Satire*

Umgekehrt verfahren wir in der SATIRE. Wir nehmen einen positiv gemeinten Text und interpretieren ihn »listig« um. Ein englisches Handbuch für Segler[15] interpretiert satirisch die »listige« Reklame der Schiffsmakler, die gebrauchte (und manchmal schlecht unterhaltene) Boote zum Verkauf anbieten, z. B.:

Text: »Unsere Firma ist seit vielen Jahren aktiv auf dem Markt. Wir bieten ein vom Marineministerium gebautes Schiff an, das i. J. 1980 für höchste Ansprüche modernisiert worden ist.« Satirische Lesart: ›Wir bieten an im Auftrag des staatlichen Konkursverwalters. Für welchen Krieg das Schiff vom Marineministerium in Auftrag gegeben wurde, ist nicht mehr zu ermitteln.‹ Das Inserat will selbstverständlich Käufer anlocken (s. u. 4.4), schließt aber die satirische Interpretation seinem Wortlaut nach nicht aus. Selbst wenn sie zuträfe, hätte der Makler nicht gelogen, sondern »die lautere Wahrheit« gesagt. Was er (dissimulationsstrategemisch) verschwieg, legt die Satire offen.

Bei der kürzlichen Krise um die britische Rindfleischausfuhr sorgte sich die dortige Öffentlichkeit nicht um die Gesundheit der Rinderherden, sondern ausschließlich um die

15 Lucas, Bill and Andrew Spedding, *Sod's Law of the Sea*, London 1977: Stanford Maritime, S. 105 f.

Frage, wie das Vertrauen des Verbrauchers zurückzugewinnen sei (»how to restore consumer confidence«). Satirische Lesart: ›Wir sind beim Lügen ertappt worden. Wie können wir in Zukunft geschickter lügen?‹

Die Satire bringt verborgene Textbedeutungen an den Tag – sei es, daß der Verfasser sie gar nicht im Sinne hatte, sie verbergen wollte oder sie einfach nicht bemerkt hat. Der Satiriker aber entdeckt sie im Text, ohne deshalb den Text zu fälschen. Zum Beispiel sagt die satirische Grabinschrift »Hier ruht X. Er hatte Vorfahrt« die lautere Wahrheit. Aber als Innuendo (s. o. 2.2) bringt sie »listig« die Sturheit des Umgekommenen an den Tag, der »unter Einsatz seines Lebens den Verkehrsvorschriften Geltung verschaffte«.

2.5. *Concetto*

Das Spiel mit dem »listig« herbeigeführten, aber scherzhaft gemeinten Trugschluß[16] kennen wir aus der italienischen Renaissanceliteratur als *concetto,* aus der englischen als *conceit,* 400 Jahre früher aus der walisischen Dichtung als *dyfalu.* Das walisische Publikum erwartet vom vortragenden Dichter geistreiche, witzige Formulierungen. Das Sterbegedicht des Walisers Meilyr Brydydd (Anfang 12. Jh.) richtet sich z. B. auf der einen Textebene an Gott mit der Bitte um Vergebung und Erlösung. Auf einer zweiten Textebene malt der Sterbende seinem menschlichen Publikum aus, wie er Gott »überlisten« will. Er bittet darum, auf *Ynys Enlli,* der klassischen Insel der Einsiedler im Nordwesten von Wales, beerdigt zu werden. Dort sind 20 000 Heilige begraben. Wenn sie alle auferstehen, will der (sündige) Meilyr sich (ausmünzungsstrategemisch) unter sie mischen und sich mit ihrer freundlichen Hilfe unauffällig in den Himmel schmuggeln:

»Pryd y bo kyfnod yn kyuodi
Y ssawl yssy met armaa ui.
As bwyf yn adef yn arhos y llef,
Y lloc a ache aches wrthi,

16 Hugo Friedrich spricht vom »urbanen Trugschluß«, *Epochen der italienischen Lyrik,* Frankfurt am Main 1964: Klostermann, S. 643.

Ac yssi ditrif   didreul ebri,
Ac am y mynwent   mynwes heli;
Ynys Veir uirein,   ynys glan y glein,
    Gwrthrych dadwyrein   ys kein yndi.

Krist croes darogan   a'm gwyr a'm gwarchan
  Rac uffern affan, wahan westi.
Kreawdyr a'm crewys   a'm kynnwys i
Ym plith plwyf gwirin   gwerin Enllii.«

›Wenn die Zeit kommt, daß wir auferstehen –
Die im Grabe sind, helfen mir
Der ich es bekennen möge, der Stimme [Gottes] harren
An der Stätte, wo die Flut plätschert.

Auch wenn sie öde ist, so ist ihr Ruhm unvergänglich –
Den Friedhof dort umarmt die salzige Flut.
Insel der edlen Maria, reine Insel der Reinen,
Anwartschaft der Auferstehung, erhaben ist es dort.

Christus vom Kreuz der Verheißung kennt mich und schützt mich
Vor der qualvollen Hölle, jenem alleinstehenden Gästehaus.
Der Schöpfer schuf mich und erhält mich
Inmitten der wahrhaftigen Gemeinde der Inselbewohner von Enlli.‹

Selbstverständlich ist dieser »listige« Plan nicht ernst gemeint. Scherzhaft tut das lyrische *ich* so, als gebe es sich dem Trugschluß hin, seine List werde Gott verborgen bleiben, und erheitert damit sein menschliches Publikum.

3. Das deutsche Wort *List*

3.1. Lexikologische Analyse

Wir haben davon gesprochen, wie wir »listig« mit Sprachen und Texten umgehen. Welches Verständnis des deutschen Wortes *List* liegt unseren Ausführungen zugrunde? Zur Anwort legen wir eine Bedeutungsanalyse des deutschen Wortes *List* vor. Die Bedeutungsanalyse kommt nicht durch Induktion von einer Belegsammlung aus zustande (das wäre schon zeitlich so aufwendig, daß kein Lexikon je fertig werden würde), sondern sie geht von der »Tatsache« aus, »daß wir in der alltäglichen

Kommunikation kein Problem mit den Wörtern *List, Listen, listig* haben – wir gebrauchen sie, werden verstanden und verstehen sie«[17], und formuliert eine Hypothese über die Wortbedeutungen. Die Hypothese muß sich an der Belegsammlung bestätigen und kann durch neue Belege geschwächt werden (z. B. durch die zahlreichen Belege in vorliegendem Band). Hier nenne ich ausdrücklich über 50 bestätigende Belege. Darüber hinaus liefert der vorliegende Band jede Menge von weiteren Belegen, die (soweit ich sehe) sich ausnahmslos von den Bedeutungen her interpretieren lassen, die wir dem deutschen Wort *List* zuschreiben.

Die Bedeutungsanalyse schließt u. a. auch die Konnotationen ein. Nähme sie nur die Denotationen zur Kenntnis, so hätten die Wörter *Freiheitskämpfer* und *Terrorist* »die gleiche Bedeutung« (s. o. 1.1). Das wäre für die Lexikographie unbefriedigend. Wir wollen nämlich nicht vorgegebene Denotationsklassen bestimmen (das tun andere Fachwissenschaftler), sondern lexikalische Bedeutungen.

Die Bedeutungsanalyse ist – wie jede linguistische Analyse – grundsätzlich am tatsächlichen Sprachgebrauch widerlegbar. Sie ist aber nicht widerlegbar durch *auctoritates*, nicht z. B. durch die *auctoritas* angesehener Wörterbücher. Sie ist auch nicht widerlegbar durch Volksbefragungen (wie z. B. jene Studentenbefragung, über die Franz Buggle im vorliegenden Band berichtet). Wohl können Wörterbücher und Umfragen Material und Anregungen zur Bedeutungsanalyse liefern, aber vornehmen und am Sprachgebrauch überprüfen muß ich sie als Sprachforscher selbst. Was der einzelne über seinen Sprachgebrauch bei Befragungen aussagt, braucht nämlich nicht mit seinem tatsächlichen Sprachgebrauch übereinzustimmen. Das weiß der empirisch arbeitende Linguist aus vielfältiger Erfahrung. Welcher Deutsche könnte z. B. angeben, ob er die Wörter *bombensicher* ›sicher vor Bomben‹ und das Intensivkompositum *bombensicher* ›ganz sicher‹ verschieden ausspricht? Die meisten ahnen nicht, daß sie die Wörter verschieden aussprechen (und bestreiten es sogar), aber sie tun es. Selbst der Lexikograph ist gegen Irrtum nicht gefeit. Viele Analysen der deutschen Wortbedeutung verbinden z. B. *List* einseitig mit

17 Gunther Eigler im vorliegenden Band.

›Hinterlist‹ und ›Täuschung‹ und übersehen die Mehrfachbedeutung des Wortes mit seinen unterschiedlichen Konnotationen. Wir finden z. B. die Umschreibungen (s. o. 1.3):

›schlau, hinterlistig ausgeklügelter Plan‹[18]
›Mittel, mit dessen Hilfe man (andere täuschend) etwas zu erreichen sucht, was man auf normalem Wege nicht erreichen könnte‹[19]
›geschickt ausgeklügelter Plan, mit dem durch Täuschung eines anderen ein bestimmtes Ziel erreicht werden soll‹[20]
›schlauheit, das hinterhaltige rechnen zugunsten eines eigenen vortheils‹[21]
›eine außergewöhnliche Methode, um Probleme in einer prekären Situation durch unauffällige Lenkung [...] zu lösen‹[22]
›hinterhältige Schlauheit ... die ... den anderen schädigt‹[23]
›das geflissentliche und schlaue Verbergen der verfolgten Absicht‹[24]

Die Kategorien der Bedeutungsanalyse setzt der Lexikologe wiederum aufgrund vielfältiger Erfahrung. Die (in den vorliegenden »Definitionen« ausschließlich verwendete) Paraphrase kann annähernde Hinweise enthalten, reicht aber nicht. Auch arbeitet die Paraphrase häufig mit Wörtern, die selbst der Klärung bedürfen wie »auf *normalem* Wege«, »eine *außergewöhnliche* Methode«, ja sie »definiert« *List* mit »hinterlistig« – im Klartext: »*List* ist *List*«.

Über die Paraphrase hinaus zielt die Bedeutungsanalyse auf die WORTFELDRELATIONEN. Das ist der Oberbegriff für alle jene lexikologischen Kategorien, die wir bisher schon in vorliegender Abhandlung eingeführt haben. Das einzelne Wort existiert nämlich nicht für sich, sondern ist immer Teil des WORTSCHATZES einer bestimmten Sprache. Die Bedeutung des

18 Duden, *Wörterbuch der deutschen Sprache* Bd. 4 s. v. *List*, Mannheim 1978: Bibliographisches Institut.
19 Duden, *Großes Wörterbuch der deutschen Sprache* Bd. 5 s. v. *List*, Mannheim ²1994: Duden Verlag.
20 Brockhaus-Wahrig, *Deutsches Wörterbuch* Bd. 4 s. v. *List*, Wiesbaden 1982: Brockhaus.
21 Jacob und Wilhelm Grimm, *Deutsches Wörterbuch* Bd. 6 s. v. *List 6*, Leipzig 1880: Hirzel.
22 Xuewu Gu im vorliegenden Band.
23 Fritz Stier-Somlo und Alexander Elster, *Handwörterbuch der Rechtswissenschaft* I, Berlin und Leipzig 1926: de Gruyter, s. v. *Arglist*.
24 Gerhard Köbler, *Juristisches Wörterbuch*, München ⁷1995: Vahlen, s. v. *List*; ebenso Gerhard Köbler und Heidrun Pehl, *Deutsch-deutsches Rechtswörterbuch*, München 1991: Beck, s. v. *List*.

deutschen Wortes *warm* ist z. B. nur bestimmbar in Relation zu seinem Antonym *kalt.* Sie ist nicht bestimmbar durch Angabe einer Bandbreite von Temperaturen in Celsius (der skeptische Leser möge letzteres versuchen).

Es geht bei der lexikologischen Bedeutungsanalyse nur im Falle von Nomenklaturen (s. o. 1.5) um die Festlegung einer bestimmten Sache (bzw. eines bestimmten Begriffs) als »Wortbedeutung«. Im allgemeinen geht es um die Einordnung in die einschlägigen Wortfeldrelationen. Wir vermerken z. B., daß *Kater* nicht nur das Antonym zu *Katze* ist, sondern auch das in seiner Bedeutung ›männliches Tier‹ MARKIERTE Antonym, d. h. es bedeutet speziell ›nicht weibliches Tier‹. Das Wort *Katze* hat dagegen mindestens zwei Bedeutungen. Es bedeutet markiert ›nicht männliches Tier‹ (z. B. *das ist kein Kater, sondern eine Katze*), unmarkiert ›die Tiergattung‹ ohne Angabe des Geschlechts (z. B. *eine Katze überfahren*). Die Katze sachlich als Tiergattung zu bestimmen, ist Sache des Zoologen, nicht des Linguisten. Ebenso nebensächlich für die Bedeutungsanalyse ist die Frage, ob es vielleicht auch geschlechtslose Katzen gibt. Die Bedeutungen der Wörter *Kater* und *Katze* sagen darüber nichts aus. Das Wörterbuch ist keine Enzyklopädie!

In diesem Sinne zielt vorliegende Analyse auf das Wort *List,* aber nicht auf den Begriff: »List und Listen sind nicht primär sprachliche Phänomene, sondern Formen des Handelns«, wie Gunther Eigler ausführt[25], sie lassen sich als solche folglich nicht durch eine isolierte ›Definition‹ bestimmen, sondern nur im Rahmen einer Theorie menschlichen Handelns. Letztere fällt ebensowenig in den Zuständigkeitsbereich des Linguisten wie die Zoologie der Katze.

Die Bedeutungsanalyse möge also nicht mißverstanden werden als Begriffsdefinition: Es steht jedem von uns frei, einen Begriff *List* zu setzen und so zu definieren, wie er ihn für seine Arbeit braucht (wie es eine Reihe von Autoren in vorliegendem Band tun). Ein Wort ist, wie wir oben gesehen haben, kein Prädikat der bezeichneten Sache. Deshalb steht es grundsätzlich in meinem Ermessen, jeden beliebigen, von mir gesetzten Begriff mit der Bezeichnung *List* zu belegen und das Wort so

25 Im vorliegenden Band.

und nicht anders als Fachausdruck (s. o. 1.5) zu gebrauchen. Ebenso steht es jedem von uns frei, über mehrere derartige Definitionen zu berichten, sagen wir in Form einer »Geschichte des Listbegriffs«. Selbstverständlich ist die Begriffsdefinition nicht an sprachlichem Material überprüfbar; denn sie zielt auf eine außersprachliche Abstraktion, nicht auf das vorgegebene Wort einer bestimmten Sprache.

Aus praktischen Erwägungen wird, wer einen von ihm gesetzten Begriff *List* nennt, nicht zu radikal von der lexikalischen Bedeutung des deutschen Wortes abweichen wollen. Davon legt vorliegender Band beredt Zeugnis ab. Damit verstrickt der Betreffende sich jedoch letztlich in eine unausweichliche Antinomie: Er will eine einzige Definition seines Begriffes. Ein sprachliches Wort hat jedoch grundsätzlich mehrere, wohl unterscheidbare Bedeutungen (s. o. 1.4). Er will eine eindeutige, scharf abgrenzende Definition. Ein gegebenes Wort wird jedoch häufig unscharf verwendet (s. o. 1.3). Er will eine sachliche Definition. Ein gegebenes Wort hat jedoch Konnotationen (s. o. 1.1) vielfältiger Art. Er will das »Wesen der List« bestimmen. Aber das Wort »ist« nicht die essentielle Eigenschaft einer Sache (s. o. 1.1). Wir halten es deshalb für richtig, die verschiedenen Ziele von Begriffsdefinitionen und lexikologischer Analyse sorgfältig auseinanderzuhalten, statt sie miteinander zu vermengen. Sonst schaffen wir nicht Klarheit, sondern unnötige Verwirrung.

Wir haben das deutsche Wort *List* im Auge bzw. das Wort *List* in den germanischen Sprachen, nicht das lateinische Wort *dolus* bzw. *vafrities*[26] oder das chinesische Wort jì 計, das Harro von Senger konnotationsfreier mit *Strategem* übersetzt.[27] Seine chinesischen Beispielgeschichten könnten wir, soweit ich sehe, im heutigen Deutsch alle als *listig* bezeichnen – sei es in der einen, sei es in der anderen oder der dritten Bedeutung.

26 Vgl. Peter Walter im vorliegenden Band.
27 Op. cit. (Anm. 4) S. 18–21.

3.2. Dreifache Bedeutung

Ich unterscheide drei Bedeutungen des Wortes *List,* die ich mit Paraphrasen annähernd angebe:

(i) ›zielstrebige, wohlüberlegte, vom Gegenüber nicht erwartete Vorgehensweise‹, – positive Konnotation;

(ii) ›zielstrebige, wohlüberlegte, vom Gegenüber nicht erwartete Vorgehensweise‹, – negative Konnotation;

(iii) ›überlegenes Wissen und Können, Geschick‹, positive Konnotation.

Beginnen wir mit der Analyse der Bedeutungskongruenzen: Das Wort *List* impliziert (in den Bedeutungen [i] und [ii]) mindestens zwei handelnd Beteiligte – einer *überlistet* bzw. möchte überlisten, der andere *wird überlistet* bzw. soll überlistet werden. Wenn die List gelingt, erreicht der Überlistende, was er will, und der Überlistete hat, was er nicht wollte – nicht unbedingt zu seinem eigenen Nachteil (s. o. Anm. 4). Damit unterscheidet sich *List* von *Methode.* Auch *Methode* beinhaltet eine ›zielstrebige, wohlüberlegte Vorgehensweise‹, bedarf aber nicht unbedingt zweier Beteiligter, sondern kommt auch mit nur einem aus, z. B. dem Wissenschaftler, der mit einer *Methode* an einer Fragestellung arbeitet, oder einem Hamlet, der (nach Meinung des ihn beobachtenden Polonius) ›mit Methode‹ verrückt spielt (»though this be madenss, yet there is method in't«, Shakespeare, *Hamlet* II,2,208). Und selbst bei zwei Beteiligten braucht derjenige, auf den die *Methode* angewendet wird, nicht wie bei der *List* zu bekommen, was er nicht wollte, z. B. die Schulklasse, auf die der Lehrer eine didaktische Methode anwendet. Die Bedeutungen der beiden Wörter *List* und *Methode* sind also nicht ANTONYM, sondern sie überschneiden sich. Sie sind, wenn man so will, (teilweise) SYNONYM.

Mit von Sengers Strategembegriff teilt das deutsche Wort *List* das Zusammenspiel von yīn ›im Schatten‹ und yáng ›von der Sonne beleuchtet‹[28]. Der Überlistende plant in einer Weise,

28 Die beiden chinesischen Wörter sind das grundsätzliche Antonymenpaar der klassischen chinesischen Kosmogonie und subsumieren die gegensätzlichen Kräfte und Substanzen wie *negativ* ≠ *positiv*, *kalt* ≠ *warm*, *naß* ≠ *trocken*, weich ≠ *hart*, *schüchtern* ≠ *kühn*, *Erde* ≠ *Himmel*, *Ruhe* ≠ *Bewegung*, *Tod* ≠ *Leben*, *Frau* ≠ *Mann.* Beide Antonyme zusammen wirken als die schöpferischen Kräfte von Natur und Geschichte (Quelle: *Bol'šoj kitajsko-russkij slovar'*, 4 Bde, Moskau 1983/84:Verlag Nauka, Zeichen Nrr. 7433, 15079), und beide zusammen gehören auch zur List (von Senger, op. cit. S. 23).

die vor dem Blick des zu Überlistenden verborgen (›im Schatten‹) bleiben soll. Bemerken soll er die List (wenn überhaupt) frühestens dann, wenn es für eine Abwehrreaktion zu spät ist, d. h., wenn er bereits überlistet worden ist. Erst dann darf die List für ihn sichtbar werden (›ins Licht treten‹).

Weiter steht das Wort *List* in Bedeutung (i), wie wir unten sehen werden, in Kongruenz zu bestimmten literarischen Gattungen, vor allem der Tierfabel (aber nicht dem Schwank oder der Komödie), und zu bestimmten Sachbereichen wie der Kriegsführung, der Liebschaft, der Strafverfolgung, der Außenpolitik (aber in Bedeutung (ii) zur Innenpolitik) – ohne daß diese Liste der Kongruenzen vollständig wäre. Friedrich Wilhelm übersetzt das englische Sprichwort *all is fair in love and war* zutreffend ›in der Liebe und im Krieg ist jede *List* erlaubt‹.[29] Das Sprichwort nennt zwei der auch von uns genannten Kongruenzbereiche.

Welches sind die Wortfeldrelationen? *List* ist ›eine besondere Vorgehensweise‹. Das Wort *Vorgehensweise* ist also ein HYPERONYM (s. o. 1.2) zu *List.* Als *Vorgehensweise* unterscheidet sich *List* (in Bedeutung [i] und [ii]) von *Offenheit:* »Listen sind verborgene, sich verbergende Umwege...«[30] Wer *listig* vorgeht, geht nicht *offen* vor und umgekehrt. *Offenheit* sehe ich deshalb als das Antonym zu *List* an – unbeschadet der Freiheit des Sprechers, auch das Wort *List* unscharf zu gebrauchen.

List unterscheidet sich (in Bedeutung [i]) durch seine positive Konnotation von *Arglist* und *Tücke.* Der *Listige* (in Bedeutung [i]) hat den Beifall, die Lacher auf seiner Seite. Er ist »listig und lustig«[31].

Der *Listige* (in Bedeutung [ii]) ist dagegen ein »gefährlicher Kunde«, vor dem man sich hütet. Zur List (in allen drei Bedeutungen) gehören immer auch Intelligenz und Vorausdenken.

Das Adjektiv *listig* in Bedeutung (i) steht als Trabantenwort in einem Wortfeld mit *klug* als Kernwort. Weitere Trabantenwörter sind *klüglich, schlau, verschlagen, raffiniert,* vgl. »Rei-

29 Friedrich Wilhelm im vorliegenden Band.
30 Ute Guzzoni im vorliegenden Band.
31 A. Schwarz im vorliegenden Band.

neke ist *verschlagen* genug, auch den zu *überlisten*, der sich der *Klügste* zu sein dünkt«.[32]

Listig in Bedeutung (ii) steht als Trabantenwort in einem Wortfeld mit *hinterlistig* als Kernwort, *tückisch, hinterhältig, arglistig, gemein, verlogen* usw. als weiteren Trabantenwörtern, vgl. »der *listige* Räuber« [d. h. der Fuchs], ...»er hatte einmal gehört, daß den Pfaffen nicht zu trauen sei, weil sie gar *arglistig* wären«[33], »daß Reinhard ein *listiger* Geselle sei«[34], »Reineke fährt fort zu *lügen*«[35].

Die zugehörigen Substantive *Klugheit, Schläue* usw. bilden untereinander keinen Kreis von Trabantenwörtern; denn *List* als ›Vorgehensweise‹ ist ein Modus des Handelns, *Klugheit* usw. dagegen – ebenso wie *List* in Bedeutung (iii) – eine Eigenschaft bzw. Fähigkeit. *List* in Bedeutung (iii) ist (wie das unten 3.4 angeführte Zitat aus der altenglischen Genesis 239 zeigt) benachbart dem altenglischen Wort *lār* ›Lehre, Kenntnis‹.

Belegen wir unsere Analyse des Wortes *List* an einigen Beispielen bzw. *exempla* (s. u. Anm. 46). Als Verkörperung der *List* gilt allgemein der Fuchs der europäischen Tierfabel (ähnlich der Schakal der indischen Tierfabel[36]). Wir denken dabei z. B. an den Fuchs der Äsopschen Fabel, der den Wolf in einen Fleischkeller lockt. Der Wolf frißt sich so voll, daß er durch das enge Kellerfenster nicht mehr hinauskommt und sich jämmerlich verprügeln lassen muß. An dieser Stelle zeigt sich, daß selbst die vielbemühte »Duden-Definition« es offenläßt, was sie mit *normal* meint: ›Mittel, etwas zu erreichen, was man auf normalem Wege nicht erreichen kann‹. Könnte es vielleicht *normal* sein, daß der Fuchs weiter vorausdenkt als der Wolf? Zumindest innerhalb der Gattung Tierfabel würde ich das Vorgehen des Fuchses für ›seiner Natur entsprechend‹ und insofern durchaus für *normal* halten. Außerhalb der Tiefabel aber wäre die List des Fuches weder normal noch unnormal, sondern schlicht unrealistisch.

32 *Reineke Fuchs am Ende des philosophischen Jahrhunderts,* Heidelberg 1980: Winter [Faksimile einer in Itzehoe und Crempe 1797 erschienenen Prosafassung], S. 59.
33 Ebd., S. 66.
34 Ebd., S. 51.
35 Ebd., S. 121.
36 Vgl. Friedrich Wilhelm im vorliegenden Band.

Wie das Beispiel zeigt, beinhaltet *List* (entgegen den Angaben zahlreicher Wörterbücher, s. o. 3.1) nicht notwendigerweise Täuschung – ebensowenig wie die chinesischen Präsenzstrategeme, die auf rasche, geistesgegenwärtige Reaktion zielen.[37] Der Fuchs hat den überlisteten Wolf zwar nicht gewarnt, er nutzt aber schadenfroh dessen mangelnde Voraussicht aus. Dagegen täuscht der *listenreiche* Odysseus den Zyklopen, indem er ihm einen falschen Namen nennt (s. o. 1.4). Der ungerechte Haushalter (Lukas 16,1–9) begeht sogar »listig« Urkundenfälschung und Unterschlagung. Christus spendet ihm trotzdem Beifall.[38] Ihm imponiert sein »listiges« Vorgehen (vermutlich nimmt Christus finanzielle Delikte weniger ernst als unsere heutige, von der Buchführung besessene Gesellschaft[39]):

»Und der Herr lobte den ungerechten Haushalter, daß er *klüglich* gehandelt hatte; denn die Kinder dieser Welt sind untereinander *klüger* als die Kinder des Lichts.« (Lk. 16,8).

List beinhaltet auch nicht notwendigerweise, daß der Überlistende einen ihm nicht zustehenden Vorteil gewinnt. Bertolt Brecht spricht z. B. von der *List* (mit positiver Konnotation), die erforderlich sei, um »die Wahrheit zu verbreiten«, ohne dabei »vom Feind entdeckt« zu werden.[40]

Zur *List* in diesem Sinne gehört auch die (in der chinesischen Tradition besonders hervorgehobene)[41] Kriegslist und die List in der Außenpolitik – etwa das hinhaltende Verhandeln im Licht der Öffentlichkeit, während im verborgenen die Tatsachen geschaffen werden. Oder der Listige setzt die Streitfrage, über die verhandelt werden soll (z. B. die Zugehörigkeit Nordirlands zu Großbritannien oder Irland), als bereits im eigenen Sinne gelöst voraus und verhandelt lediglich noch über die Modalitäten (wie bei den derzeitigen Verhandlungsangeboten um die »irische Frage«). Läßt der zu Überlistende sich darauf nicht

37 Von Senger in der Einleitung zum vorliegenden Band.
38 S. hierzu von Senger, op. cit. S. 399ff.
39 Martin Luther erklärt am Rande: »Trew sein in dem Mammon / ist sein göttlich brauchen / zu des Nehesten nutz« – ›treu sein im Mammon, das bedeutet den Mammon gottwohlgefällig einsetzen zum Nutzen seines Nächsten‹.
40 *Ein Lesebuch für unsere Zeit*, Berlin und Weimar 1987, S. 452–459: Aufbau Verlag. Für den Hinweis darauf danke ich Harro von Senger.
41 von Senger, op. cit. S. 29ff.

ein, so »verweigert er sich dem Frieden«. Zwar ist die gleiche Vorgehensweise auch in der Innenpolitik gang und gäbe – etwa bei der Durchsetzung von Großprojekten, die man zunächst klein verpackt oder als deren »edlen Zweck« man die Arbeitsbeschaffung, die Entlastung der Anwohner vom Verkehrslärm, das Exportgeschäft, die Befriedigung des »exponentiell steigenden« Energiebedarfs usw. ausgibt. Oder bei der Beseitigung von politischen Rivalen (nicht nur in totalitären Regimen, wie es Xuewu Gu schildert).[42] Aber im innenpolitischen Bereich gilt die *List* bei uns als anstößig und wird der Bedeutung (ii) zugeordnet. Sie wird dann mit den zugehörigen Trabantenwörtern *Intrige, Lüge, Hinterlist* usw. bezeichnet, und kein Verantwortlicher würde nachträglich seiner innenpolitischen »List« wegen öffentlich gerühmt werden wollen.

Mit der *List* in Bedeutung (i) arbeiten außer der Fabel auch weitere europäische Literaturgattungen wie der spätmittelalterliche Schwank und die neuzeitliche Komödie – nur spricht der Literaturwissenschaftler dort von *Intrige* (mit positiver Konnotation, speziell von der *Intrigenkomödie*), nicht von *List.* Zum Beispiel gewinnt die Tochter »listig« die Zustimmung ihres (geizigen) Vaters zur Heirat, indem sie seine Schatulle versteckt (Molière, *L'avare*). Die junge Helene »überlistet« den Bertram (der sie zunächst abweist), indem sie sich als Prostituierte verkleidet und damit Gelegenheit erhält, ihm den Ring vom Finger zu ziehen und ein Kind von ihm zur Welt zu bringen (Shakespeare, *All's well that ends well*). Als Beispiel für sein Strategem Nr. 7 *aus einem Nichts etwas erzeugen* analysiert von Senger die »Intrige« der Molière-Komödie »Monsieur de Pourceaugnac«.[43]

Die Bedeutung (ii) von *List* gilt fachsprachlich sowohl im Strafrecht als auch im bürgerlichen Recht.[44] In der Gemeinsprache ist diese Bedeutung heute eher literarisch und altertümlich, auch wenn die Wörterbücher nach wie vor darauf fixiert sind. Zahlreiche Belege finden sich in der älteren Literatur, z. B. »da lächelt der König mit arger List« (Schiller, *Bürgschaft*), »groß Macht und viel List sein [d. h. des Teufels] grausam Rü-

42 Im vorliegenden Band.
43 Op. cit. S. 127–129.
44 Stier-Somlo und Elster (s. Anm. 23), s. v. *Arglist.*

stung ist« (Luther, *Ein feste Burg*), »wir meiden schandbare Heimlichkeit und gehen nicht mit List um« (2. Korinther 4,2). Der deutsche Übersetzer der Rossini-Oper *Der Barbier von Sevilla* legt dem liebestollen Alten die Worte in den Mund, das von ihm begehrte Mädchen sei nicht in der Lage, »mich mit *List* zu hintergehen« (it. *mi corbellar,* I Nr. 8 Aria). Hermann Bote spricht i.J. 1510 von Eulenspiegel negativ als *listig.*[45]

Die Redewendung *mit List und Tücke* überlebt mit der alten Bedeutung, wird aber heute vor allem scherzhaft gebraucht (s.o. 2.3). Zum Beispiel erklärte unser Chemielehrer in der Schule, daß ein Thermometer »mit List und Tücke« so mit Alkohol gefüllt werde, daß keine Luftblasen übrig bleiben. Im *Barbier von Sevilla* soll der Rivale des Liebhabers »mit List und Tücke« verleumdet werden (it. *con buona grazia,* scherzhaft-ironisch, I Nr. 5 letztes Rezitativ). Bei scherzhaftem Gebrauch geht Bedeutung [ii] in Bedeutung [i] über.

Der Unterschied zwischen der ersten und der zweiten Bedeutung liegt in der Konnotation und den Kongruenzen, nicht in der Denotation. Der *Listige* und der *Arglistige* mögen in gleicher Weise denken und handeln. Dem einen klatschen wir Beifall, den anderen strafen wir mit Verachtung. Ob wir dazu genügend gute Gründe haben, ist für die Bedeutung der beiden Wörter belanglos. Die »listigen« Verleumdungen und Denunziationen, von denen Harro von Senger aus der chinesischen Kulturrevolution berichtet[46], würde ich der Bedeutung (ii) zuordnen, der Mao-Bewunderer aber wohl der Bedeutung (i).

Gewiß würde kein Abendländer sich gern nachsagen lassen, er sei »von Natur aus« listig; denn das Wort *List* steht nur in Bedeutung (ii) (nicht aber in Bedeutung [i]) in Kongruenz zur menschlichen Veranlagung, hätte also in dieser Verbindung eine negative Konnotation. Die *List* bewundern wir in der Literatur – auch dann, wenn wir selbst autobiographische Geschichten erzählen. Würde sich doch niemand von uns davor scheuen, von seinem »listigen Verhalten« zu berichten, solange er des Beifalls sicher ist. Wer erzählt heute z.B. nicht gerne Geschichten davon, wie er die Gestapo oder die Stasi einst überlistete? Oder den Zollbeamten bei der Einreise, den Polizisten

45 A. Schwarz im vorliegenden Band.
46 Op. cit. S. 132–136.

bei der Verkehrskontrolle, den Prüfer im Examen? Wir bewerten das Wort *List* im heutigen Deutsch positiv, solange wir unseren Spaß daran haben – ohne daß wir deswegen den Überlisteten, z.B. den Wachtmeister oder den Prüfer, negativ beurteilen müßten.

In Bedeutung (iii) ist *List* antonym zu *Gewalt* bzw. *Kraft* in der Bedeutung ›Körperkraft‹. Diese Bedeutung beinhaltet nicht notwendigerweise einen Gegenspieler. Sie ist gemeingermanisch, im Deutschen (und in den anderen germanischen Sprachen) heute aber ausgestorben. Mir liegt ein mittelenglischer Beleg vom Ende des 12. Jahrhunderts vor. Das Wort *List* ist dort antonym zu *strength.* Es richtet sich auf Merlins (Merlin ist der Zauberer der Arthursage) Kenntnis der weißen Magie. Ein Gegenspieler ist nicht beteiligt:

»hit wes ȝare iqueðen
þat betere is liste   þene ufel strenðe
for mid liste me mai ihalden   þat strengðe ne mai iwalden«[47]

›Es ist ein alter Spruch,
daß List besser ist als rohe Kraft;
denn mit List kann man halten, was Kraft nicht beherrschen kann.‹

Im vorliegenden Textzusammenhang holt Merlin mit Hilfe weißer Magie heilkräftige Megalithen aus Irland nach Stonehenge (wo sie heute noch bewundert werden). In den deutschen Sprichwörtern: »List geht über Gewalt« und »Was Gewalt nicht vermag, das steckt List in den Sack«[48] ist die gleiche Bedeutung enthalten. Wieder in gleichen Sinne gebraucht der Löwe das Wort im mittelniederländischen *Vos Reynaerde*[49], als er dem Kater seine *lust* ›Geschick‹ bescheinigt:

»Hets menich die met *luste* kan
Dat werken ende met goeden rade
Dat hi met crachte niet ne dade« (1034–1036).

47 Layamons *Brut* 8589-91. Das gleiche Sprichwort zitiert Giraldus Cambrensis, *Itinerarium Kambriae et Descriptio Kambriae,* ed. James F. Dimock, London 1868: Longmans, S. 88.
48 Zitiert von Senger, op. cit. S. 34.
49 Ed. P. de Keyser, Antwerpen 1948.

›So mancher kann mit List und Wohlberatenheit
Etwas bewirken, was er mit roher Kraft niemals schaffte.‹

Auch Goethe gebraucht *List* an der entsprechenden Stelle der Handlung offenbar in der gleichen, alten Bedeutung:

»man findet
Manchen kleinen Mann vol *List* und Weisheit, die manchem
Großen fremd ist« (*Reineke Fuchs* II, 294–296).

Vermutlich im gleichen Sinne spricht Friedrich Hegel von der »*List* der Vernunft«.[50]

3.3. Morphologie

Morphologisch ist *List* als deverbatives *abstractum* eine gemeingermanische Ableitung vom starken Verbum *lais* ›ich weiß‹ (belegt im Gotischen) mit Suffix *-t*, Nullstufenvokalismus, femininem Genus und abstrakter Bedeutung. Mit *e*-stufigem Vokalismus lebt der gleiche Stamm fort in dt. *Gleis*, mit *o*-stufigem in dt. *lehren*. Vom gleichen morphologischen Paradigma überleben im Deutschen heute unter anderem:

schreiben → *Schrift*,
fliehen → *Flucht*,
ziehen → *Zucht*,
sehen → *Sicht*.

3.4. Bedeutungsgeschichte

Die Bedeutungsentwicklung möchten wir so rekonstruieren, daß neben die älteste Bedeutung ›überlegenes Wissen und Können‹ noch in gemeingermanischer Zeit (Anfang des 1. Jahrtausends n. Chr.) eine zweite tritt, die eine ›auf geistige Überlegenheit gestütze Handlungsweise‹ und eine negative Konnotation beinhaltet. In der altenglischen Dichtung (ab 7. Jahrhundert) überwiegt noch die ursprüngliche Bedeutung, z. B. wenn Adam und Eva Gott für die *listas* ›Kenntnisse‹ danken, die er sie lehrt: »and sǣdon ealles þanc *lista* and þara lāra«

50 Ute Guzzoni im vorliegenden Band.

(Genesis 239)[51] ›und sagten für alles Dank, für die Listen und Lehren‹. Aber die zweite Bedeutung kommt auch schon vor, z. B. verführt die Schlange Eva »mit Lügen und Listen«:

»Lǣdde hie swā mid ligenum and mit *listum* spēon
idese on unriht« (Genesis 588 f.).

›verführte sie mit Lügen und verlockte mit Listen
Das Weib zum Unrecht‹.

Auch der mittelniederländische »Vos Reynaerde« (14. Jahrhundert) benutzt das Wort in diesen beiden Bedeutungen, aber noch nicht in der Bedeutung (i).

Erst in neuerer Zeit tritt im Deutschen, Niederländischen und den festlandskandinavischen Sprachen (aber nicht im Englischen) die dritte (zunächst im Scherz entstandene) Bedeutung hinzu, bei der die Konnotation ins Positive umschlägt – vermutlich unter Einfluß von Goethes *Reineke Fuchs*. Stolberg[52] und Johann Heinrich Voss[53] übersetzen πολυμήχαν' Ὀδυσσεύς zumeist als den ›erfindungsreichen Odysseus‹ (Ilias 8. Gesang, Z. 93 passim; Odyssee 10. Gesang, Z. 456 passim). Mit *List* im Sinne von ›Arglist‹ übersetzen sie gr. δόλος, als es um einen schmutzigen Trick im Kampfspiel zwischen Odysseus und Aias geht.[54] Im gleichen Zusammenhang übersetzt Stolberg gr. κέρδεα εἰδώς (Ilias 23. Gesang, Z. 709) mit ›reich an mancherlei Listen‹ (*Ilias* 23. Gesang, Z. 700). Nur an zwei Stellen taucht bei Stolberg schon der *listenreiche Odysseus* mit positiver Konnotation auf.[55]

Goethe gebraucht das Wort *List* in allen drei Bedeutungen. Heute gebrauchen wir es überwiegend in der modernen Bedeutung (i). Reineke Fuchs »legte sich [sc. dem Fuhrmann] *li-*

51 Die altenglischen Texte zitieren wir nach der Ausgabe von G. Ph. Krapp und E. K. van Dobbie, *The Anglo-Saxon Poetic Records,* 6 Bde, New York 1931–54: Columbia University Press (Zeilenzählung).

52 *Ilias,* Amberg [1]1780: Johann Georg Koch.

53 *Odyssee,* [1]1781, [5]1821, weitere Neuauflage Berlin 1879: Gustav Hempel.

54 *Ilias,* 23. Gesang, Z. 725; bei Stolberg 23. Gesang, Z. 715. Stolbergs Zeilenzählung stimmt nicht mit der kritischen Ausgabe des griechischen Textes überein (Homeri Opera, ed. D. B. Munro und Thomas W. Allen, Oxford [3]1920: Clarendon Press).

55 *Ilias,* 4. Gesang, Z. 317; 23. Gesang, Z. 745, beide Male als Glosse zu gr. πολύμητις, im griechischen Text 4. Gesang, Z. 329; 23. Gesang, Z. 755.

stig gerade für tot in den Weg«, so schildert es der Dachs, sein Verteidiger, mit positiver Konnotation (Goethe, *Reineke Fuchs* 1. Gesang, Z. 104, ähnlich 3. Gesang, Z. 212). Reinekes Ankläger zeihen ihn der *Ränke* und der *Hinterlist* (ib. Z. 237, 241), sie warnen vor »dem *listigen* Frevler« und seinen »Listen« in Bedeutung (ii) – mit negativer Konnotation (ib. 1. Gesang, Z. 271, 278; 3. Gesang, Z. 212).

Der *listige* Fuchs, der auf gewagte Weise den raffgierigen Fuhrmann überspielt, imponiert uns. Der Kaiser und seine Höflinge, die sich von ›den beiden *listigen* Betrügern‹ (dän. *begge de listige Bedragere*)[56] vorgaukeln lassen, sie webten dem Kaiser neue Kleider, machen sich vor dem Leser lächerlich. Der Rabe, dem der Fuchs den Käse abgaunert, ist an seinem Schicksal selber schuld – so unser (gut oder schlecht begründetes) Urteil: »Reineke ist [...] der sympathische Taugenichts des Tierepos [...] er ist geistreich, hat Humor, auch Galgenhumor und hat deshalb die Lacher und die Optimisten unter den Zuschauern auf seiner Seite«.[57] Die »Lebens- und Überlebenslisten aus drei Jahrtausenden«, die uns Harro von Senger auf seinem Titelblatt ankündigt, locken den Leser mit der Aussicht, daß er sich daran freuen und daraus lernen kann. Die hohe Auflage spricht für sich.

4. Abwehr gegen Überlistung

4.1. Linguistische Analyse

Wie schütze ich mich davor, der listigen Rede zum Opfer zu fallen? Indem ich die List durchschaue, und zwar so rechtzeitig, daß ich sie noch abwehren kann. Das ist die einfache, für Listen aller Art geltende Antwort. Bei sprachlicher List muß ich »die wahre Bedeutung« der Rede, die der Listige vor mir verbirgt, erkennen, um mich nicht zu jenen Meinungen bzw. Handlungen verleiten lassen, zu denen der Listige mich überreden will. Wenn mir das gelingt, wird es eine »mißglückte

56 H. C. Andersen, *Samlede Eventyr og Historier* I, S. 107, Kopenhagen 1961: Hans Reitzel.
57 de Keyser, op. cit. S. 5 [Original niederländisch].

List«, bei der das, was (nach listiger Absicht) *yīn* bleiben sollte, zu früh *yáng* wird. Wir besprechen dazu im vorliegenden Abschnitt eine Reihe von Beispielen aus der täglichen Erfahrung.

Eine Art, Listen *expressis verbis* zu entlarven, ist die Satire. Sie dreht dem listigen Redner ihrerseits das Wort im Munde um, ja sie wehrt sich mit Gegenlist, indem sie Absichten erkennt, die der Listige vielleicht gar nicht hatte, und ihn damit bloßstellt. Aber auch ohne es ausdrücklich zu sagen oder es gar gerichtsnotorisch beweisen zu müssen, durchschaue ich listige Rede mit Hilfe der linguistischen Analyse mit ihren Kategorien *Konnotation, Antonymie, Bedeutungsunschärfe, Polysemie* usw., wie wir sie oben dargelegt haben. Diese Analyse fußt auf der Tradition der abendländischen *grammatica* und *rhetorica,* die bis zum Anfang des 19. Jahrhunderts zu unserem allgemeinen Schulwissen gehörte und die Heinrich Lausberg neuerdings zusammenfassend dargestellt hat.[58] Unter dem Einfluß romantischer Vorstellungen von Aufrichtigkeit und Spontaneität verwarf die herrschende Pädagogik diese abendländische Bildungstradition und schuf damit jene Blindheit gegenüber rhetorischen Listen, die von Senger beklagt[59]:

> »Und wenns euch Ernst ist, was zu sagen,
> Ists nötig, Worten nachzujagen?«
> (Goethe, *Faust* I,1)

Inzwischen ist die Rhetorik unter Etiketten wie *public relations* und *effective communication* wieder auferstanden.

Gewiß ließe sich jede sprachliche List im Einzelfall auch in die 36 chinesischen Strategeme einordnen. Die chinesische (und neuerdings aufgrund der Übersetzung von Sengers auch die abendländische) Leserschaft studiert sie unter anderem, um sie abzuwehren. Aber der chinesische Listenkatalog zielt (mit Ausnahme des Etikettierungsstrategems) nicht speziell auf sprachliche List. Auch fehlt ihm die innere Geschlossenheit, die wir Abendländer von einem Denksystem erwarten. Zum Beispiel ließe sich der Katalog beliebig erweitern, ohne daß Vollständigkeit in Sicht käme.

58 *Handbuch der literarischen Rhetorik,* München 1960: Hueber [nur für Fachleute].

59 *Weisheit und List, Swissair Gazette,* Zürich, Oktober 1993, S. 51.

Eine Vorüberlegung zur Abwehr listiger Rede:

Zur *List* gehören mindestens zwei Beteiligte (s. o. 3.2). Im Falle der sprachlichen List verfolgt der Sprecher verborgene Absichten (z. B. Schmähung des Soldatenstandes), ohne daß sie ihm nachgewiesen werden können. Dazu nutzt er die Vielschichtigkeit der Beziehungen zwischen Sprache und Welt. In diesem Sinne führt er *listige* Rede, z. B. »Soldaten sind (potentielle) Mörder«. Damit will er den Hörer zum Trugschluß verleiten, alle Soldaten seien Verbrecher, ohne daß er ihn tatsächlich ausgesprochen hat.

Aber muß der Hörer sich unbedingt zum Trugschluß verleiten lassen? Zur Abwehr sollte er die Rede nicht nur als DARSTELLUNG, d. h. als Aussage über die Welt verstehen (technisch LOCUTIO), sondern auch bedenken, welches Denken und Handeln ihm die Rede nahelegt (Rede als APPELL bzw. PERLOCUTIO) und welche verborgene Absicht der Sprecher mit seiner Rede verfolgen mag (Rede als ABSICHT, mit HINTERSINN bzw. ILLOCUTIO).[60] Einschlägige Hinweise darauf liefern u. a. die Konnotationen (s. o. 1.1) des in der Rede verwandten Wortschatzes.

Der (muttersprachliche) Hörer kennt und versteht die Konnotationen. Er versteht z. B. sehr wohl, daß *Freiheitskämpfer* gute, *Terroristen* böse Menschen sein sollen, daß *Sparsamkeit* als Tugend, *Geiz* als Laster gemeint ist. Er bewertet die *List* positiv in der Tierfabel und wo er sonst daran Spaß hat, negativ, wenn es damit ernst wird. Der mit sprachlichen Mitteln Überlistete übernimmt gedankenlos das in der Konnotation enthaltene Urteil. Er versäumt es, von der Konnotation auf die verborgene Absicht des Sprechers rückzuschließen. Er behandelt das Wort als Prädikat des bezeichneten Objekts (s. o. 1.1).

Der listensensible Hörer versteht die Konnotationen, die *perlucotiones* und die *illocutiones* unmittelbar, ohne daß er sich der analytischen Schritte bewußt wird. Vor allem braucht er im

60 Die Begriffe *Absicht, Darstellung, Appell* gehen (mit *Ausdruck* statt *Absicht*) auf Karl Bühlers »Organonmodell« zurück (*Sprachtheorie* S. 24–33, Jena 1934: Gustav Fischer), ihre Entsprechungen *illocutio, locutio, perlocutio* auf die *Pragmatik* von Austin-Searle (vgl. Sándor Hervey, *Semiotic Perspectives,* London 1982, S. 102 f.: Allen & Unwin).

täglichen Leben seine Interpretation von Hintersinn und Appellfunktion nicht gerichtsnotorisch zu beweisen, sondern er handelt viel einfacher – er läßt sich nicht überlisten. Er denkt z.B. nach über Hintersinn und Appellfunktion jenes Tucholsky-Zitates. Zitiert derjenige, der es in den Mund nimmt, Tucholsky, weil er sich für deutsche Literatur begeistert? Er mag als Sachaussage (ausmünzungsstrategemisch) behaupten, Soldaten seien Mörder im gleichen Sinne wie wir alle es sind – auch wenn wir nur eine Mücke »ermordet« hätten. So verstanden, enthielte das Sprüchlein eine bloße Binsenweisheit. Aber wer erwartet schon von seinem Gesprächspartner, daß er ihn mit Binsenweisheiten unterhält? Der Hörer wird deshalb eine andere Deutung suchen – der Ausspruch legt ihm nahe, Soldaten *eo ipso* für berufsmäßige Verbrecher zu halten; denn das deutsche Wort *Verbrecher* ist Hyperonym zum Wort *Mörder.* Der listenblinde Hörer mag das glauben. Der listenkundige Hörer durchschaut die zugrundeliegende *äquivocatio* (s. o. 1.4), die Gleichsetzung der scharfen, strafrechtlichen und der soeben genannten, unscharfen Bedeutung. Auch wer nicht über den einschlägigen Begriffsapparat verfügt, kann den Hintersinn des Sprechers durchschauen, wenn er will.

Bei dem »listigen« Redner zu protestieren, ist im allgemeinen sinnlos. Moniert man den unscharfen Wortgebrauch, so heißt man »Wortklauber« o. dgl. (man beachte die negative Konnotation). Weist man auf die internen Widersprüche hin, so weicht der Gegenspieler in jene unverbindliche Scheinwelt der schönen Sprüche aus: Man müsse Ökologie und Ökonomie doch gegeneinander abwägen, für die Umwelt sei schließlich kein Preis zu hoch, freie Fahrt für freie Bürger, die Kernkraft sei unverzichtbar, Zwischenlagerung »sei« nicht Endlagerung u. dgl. Man kann sich nur das Seine denken: »Während man *listige* Redner kaum in die Enge wird treiben können, ist es gleichwohl wertvoll, die Opfer listiger Rede, also das breite Publikum, über die Techniken der listigen Rede aufzuklären«.[61]

61 von Senger, persönliche Mitteilung.

4.3. *Politische Rhetorik*

Neulich hörte ich auf einer Wahlveranstaltung zwei hochrangige CDU-Politiker in einem für sie sicheren Wahlkreis. Nach allen gültigen Spielregeln ist die *illocutio* der dort gehaltenen Reden der Gewinn von Wählerstimmen (das gilt selbstverständlich für alle Parteien, nicht nur für die CDU). Nach wenigen Minuten war mir auch die Appellfunktion klar, nämlich: ›Geht zur Wahl, sonst kommt die rot-grüne Koalition‹. Sollten die Wähler die Mehrheit der CDU für sicher halten, so könnten nämlich zu viele von ihnen aus Trägheit der Wahl fernbleiben. Daher malten die beiden Redner das rot-grüne Schreckgespenst in krassen Farben an die Wand. Die unausgesprochene, dem Publikum simulationsstrategemisch nahegelegte Alternative: ›Entweder absolute CDU-Mehrheit oder Zusammenbruch von Staat und Gesellschaft‹. Auf die (wenig aussagekräftige) *locutio* über die politischen Pläne der CDU kam es gar nicht mehr an.

Nicht nur Spötter behaupten, die beste Bestätigung politisch brisanter Neuigkeiten sei das amtliche Dementi. Aus naheliegenden Gründen kann kein Finanzminister die Abwertung der Landeswährung im voraus bekannt geben, sondern er muß sie bis zum letzten Augenblick dementieren. Das Dementi appelliert an das Publikum, es möge die *locutio* bestimmter umlaufender Gerüchte nicht glauben. Der listenkundige Staatsbürger schließt auf die dahinter stehende Absicht: ›Wir werden abwerten, aber wir wollen, daß ihr es nicht glaubt‹. Er weiß, daß kein verantwortungsvoller Minister alles ausplaudern darf, was er von den Regierungsgeschäften weiß.

Politik zielt nicht auf einen vorhandenen Zustand, sondern auf die erwünschte (bzw. gegen die unerwünschte) Veränderung des jeweiligen Zustandes (z. B. auf Neuordnung des Steuerwesens). Eine gängige rhetorische »List« stellt nun den erwünschten Zustand als bereits bestehend dar. Die Parole »Deutschland ist (k)ein Einwanderungsland« sieht z. B. sprachlich aus wie die Beschreibung eines Istzustandes, aber verbirgt dahinter den Appell nach einem zu schaffenden Zustand. Wäre nämlich nur der Istzustand (ohne seine Veränderung) gemeint, so wäre die Aussage keine politische Aussage. Gleichzeitig gibt man den eigenen Wunsch »listig« als den Willen übermenschlicher, deterministischer Mächte aus, denen sich zu widersetzen vergeblich wäre (so die Appellfunktion). Wie wir in den 70er Jahren immer wieder hörten, »wächst der Energiebedarf exponentiell« (wer das verordnet, wurde nicht gesagt). »Globalisierung als Schicksal« (so eine neuerliche Zeitungsüberschrift). Deshalb, so heißt es, müßten wir die steigende Arbeitslosigkeit als unser Schicksal in Kauf nehmen.

Seit einiger Zeit pflegen unsere (nicht nur deutsche) Minister die Menschenrechte in China anzumahnen. Sie tun so, als sei dies der angestrebte Zweck *(perlocutio)*. Selbstverständlich wissen aber die verantwortlichen abendländischen Politiker, daß derartige Mahnungen keine kommunistische Regierung beeindrucken.[62] Und sie haben gewiß nicht die Zeit, Reden vor tauben Ohren zu halten. An wen also richtet sich verborgen ihr Appell? Vermutlich doch an das Publikum des Heimatlandes! Und welchen Schluß legt der Appell dem einheimischen Publikum nahe? ›Unsere Minister treten selbstlos für edle Zwecke ein!‹ Man überlege sich, für welche Zuhörer sie sprechen! Vielleicht für Chinesen?

4.4. Reklame

Die gleichbleibende *illocutio* aller Reklame versteht sich von selbst: ›Wir wollen verkaufen‹. Die ebenso gleichförmige *perlocutio* lautet: ›Kaufen Sie!‹ Wer sich das klarmacht, wird sich von der farbenfreudig schillernden *locutio* kaum mehr überlisten lassen, gleichgültig wie schöne Sprüche und Bilder sie aufbietet. Er wird vor allem auf jene wohlklingenden Worte achten, die eine unverbindliche Scheinwelt ausbreiten, z. B. jene »biologischen« Produkte bzw. »Naturprodukte« wie Milch und Wein, die gewiß letztlich aus der Natur stammen. Wie stark sie aber mit Chemie und Gentechnik behandelt sind, erfährt der Käufer nicht. Mit Skepsis wird er jene »Umweltfreundlichkeit« zur Kenntnis nehmen, mit der sich zahlreiche Industriezweige und Ölgesellschaften in ganzseitigen Zeitungsinseraten zu empfehlen pflegen. Sie tun es gewiß nicht

62 »In China wird die abendländische Menschenrechtsrhetorik vielfach strategemisch interpretiert (Strategem 8): Europäer und Nordamerikaner tun so, als interessierten sie die Menschenrechte in China; in Wirklichkeit wollen sie aber nur das Regime destabilisieren« (Mitteilung von Senger).

ohne Hintersinn. Den Linguisten reizt die Analyse der in der *locutio* aufgebotenen List. Der Nichtfachmann braucht nur Absicht und Appell zu verstehen. Der Rest ist Scheinwelt.

Im vergangenen Jahr erhielt ich von einer amerikanischen Organisation mit einem gelehrt klingenden Namen eine Reihe von immer schmeichelhafteren Briefen mit einem Angebot, mir immer schönere Ehrentitel zu verleihen – die (kleingedruckten) Kosten für die allfälligen Urkunden wurden immer höher (bis zu $ 900) – eine listige Art, dem Opfer das Geld aus der Tasche zu ziehen. Nach angelsächsischem Recht ist sie völlig legal; denn für mein Geld wird mir »ein Gegenwert« (engl. *a consideration*) geboten, im vorliegenden Falle ein bunt bedrucktes Stück Papier. Auf die Verhältnismäßigkeit des Gegenwertes kommt es im angelsächsischen Recht nicht an. Die *consideration* hat auch dann Rechtskraft, wenn sie ironisch gemeint ist. Das gehört zur englischen Ironiekultur. Ist die List schwer zu durchschauen? Wie der Fuchs gegenüber dem Raben, setzt der Listige auf die Eitelkeit des ausersehenen Opfers: »Apprenez que tout flatteur vit au dépens de celui qui l'écoute«.[63]

4.5. Kindliches Redeverständnis

Es überrascht immer wieder, wie sicher Kinder jenseits von aller *locutio* die *illocutio* und *perlocutio* begreifen, z. B. wenn ich sie als *Räuber* anrede (s. o. 2.3). Das gilt zwar nicht in typisch »erwachsenen« Bereichen wie Propaganda und Reklame, aber im Leben in der Familie und in der Schule. Bei H. C. Andersen durchschaut die Scheinwelt von des Kaisers neuen Kleidern als einziger »ein kleines Kind«.[64] Das ist kein Zufall. Günter Eigler macht im vorliegenden Band darauf aufmerksam, mit welchem Vergnügen Kinder die »Listen« Hänsels und der Gretel gegenüber der Hexe aufnehmen: »Kinder aller Zeiten haben Spaß an listenreichem Geschehen.«

Dazu einige erlebte Beispiele: Meine sechsjährige Schwester wurde von einem Freund meines Vaters einmal als »Marjellchen« angesprochen. Das Wort hatte bei uns Kindern eine ne-

63 Lafontaine, *Le corbeau et le renard.*
64 Op. cit. I, S. 109.

gative Konnotation. Als großer Bruder hielt ich sie meiner Schwester schadenfroh vor. Sie sagte ungerührt: »Das hat er doch gar nicht so gemeint«. Sie durchschaute ohne Mühe die Redeabsicht und meine List. In Nordamerika nahmen wir unsere beiden Kinder des öfteren zur Aufführung von Shakespeare-Komödien mit, und ich las zur Vorbereitung mit ihnen den Text. Wenn ich die Intrige auf meine philologische Weise erklären wollte, unterbrach mich unsere zehnjährige Tochter: »Ach, Papi, wir verstehen schon. Du brauchst nichts zu erklären.« Bei der Aufführung merkte ich, daß sie tatsächlich auf ihre Weise verstand – sie lachte an der richtigen Stelle.

Aber sollten nicht Erwachsene, weil sie erfahrener und intelligenter sind, Listen eher durchschauen als Kinder? Erinnern wir uns daran: In jenen literarischen Gattungen, in denen das deutsche Wort *List* seine »lustige« Konnotation gewonnen hat, ist der Überlistete in der Regel nicht dumm, sondern er ist geblendet von Begierde oder Schmeichelei und vergißt darüber jedwede Voraussicht. Zum Beispiel hätten die Trojaner auf Laokoon hören können, aber sie versprachen sich Schätze vom hölzernen Pferd (*Aeneis,* 2. Gesang, Z. 40–56, 199–291, vgl. das Strategem Nr. 17.38: »das Trojanische Pferd«).[65] Der Bär ist so gierig auf den Honig, daß er alle Vorsicht fahren und sich von Reineke im gespaltenen Baum einklemmen läßt: »Und so hielt der Neffe mit *List* den Oheim gefangen« (*Reineke Fuchs* 2,105). Und fallen wir nicht heute genauso töricht auf die Listen der Werbung, der Wahlversprechen, der Propaganda (auf neudeutsch *public relations*) herein, weil wir gierig nach etwas greifen, was uns scheinbar billig und adrett angeboten wird?

Ja, Verleumdungskampagnen, in denen plötzlich und wie auf Verabredung aus allen Medien gegen eine öffentlich bekannte Person (zu Recht oder zu Unrecht) gehetzt wird, bis der Betroffene zurücktritt, sind in unserer Demokratie in den letzten zwanzig Jahren geradezu zur Regel geworden. Im »Barbiere di Siviglia« schildert der Musiklehrer Basilio in einer die Verleumdung verulkenden Arie (also *List* in Bedeutung [i]), wie er den Rivalen seines Auftraggebers »listig« zur Strecke zu bringen gedenkt: Leise anfangen, immer lauter schreien, bis die »öffentliche Meinung« einhellig auf das Opfer einschlägt:

65 von Senger, *Strategeme,* S. 391 f.

»E il meschino calluniato
Auvilito, calpestato
Sotto il publico flagello
Per gran sorte va a crepar« (I Nr. 6 Aria).

›Und der arme Verleumdete,
Erniedrigte, Getretene,
Stürzt unter der öffentlichen Züchtigung
Tragisch ins Verderben‹.

Daran hat sich in den letzten 200 Jahren wenig geändert. Wie es ein zeitgenössischer Beobachter formuliert:

»Das *agenda-setting,* die Thematisierung von Ereignissen, die erst durch die Behandlung in den Medien zu solchen werden, ist der größte Machtfaktor journalistischer Türhüter. Umgekehrt bedeutet das: Was ›weggedrückt‹ ist, findet nicht statt. Es steht nicht auf der Tagesordnung öffentlicher Diskussionen.«[66] Um mit von Senger zu sprechen: »Aus einem Etwas ein Nichts machen.«[67]

Dagegen kann sich der einzelne in unserer Welt, dem der Apparat der »öffentlichen Meinung« nicht zur Verfügung steht, kaum wehren. Alle Gerichtsinstanzen mögen ihn freisprechen – die Öffentlichkeit nimmt es nicht mehr zur Kenntnis. Wir sollten listensensibler werden, z. B. durch das Studium des chinesischen Katalogs der 36 Strategeme, wie Harro von Senger richtig sagt, und »die Griechen fürchten, auch wenn sie Geschenke bringen« (Aeneis, 2. Gesang, Z. 49).

66 Manfred Zach, *Die manipulierte Öffentlichkeit,* Asendorf 1995: MUT, S. 19.
67 Umkehrung des Strategems Nr. 7.

Ute Guzzoni
Das Philosophieren und die List

Die Überlegungen, die ich hier zum Thema »Das Philosophieren und die List« vorstellen will, spiegeln eher meine Auseinandersetzung mit diesem Problem wider, als daß ich bestimmte Thesen mitzuteilen hätte. Die Frage nach einem möglichen Verhältnis von Philosophieren und listigem Verhalten zwang mich einerseits zu einer Auseinandersetzung mit meiner spontanen Überzeugung, daß beides nichts miteinander zu tun haben, andererseits verleitete sie mich dazu, einer gewissen Verlockung nachzugeben und zu versuchen, das scheinbar Unvereinbare doch in ein produktives Verhältnis zueinander zu bringen. Im folgenden möchte ich kurz umreißen, was ich – innerhalb des deutschen Sprachgebrauchs – für die wesentlichen Züge der List und des listigen Verhaltens halte, genauer, welche Züge mich hier vor allem interessieren:

Das listige Verhalten ist ein zumeist wohlüberlegter, aber verborgen gehaltener Umweg, den man einschlägt, um etwas zu erreichen, das auf gewöhnlichem, »normalem« Wege nicht erreichbar scheint. Häufig werden dabei das Verhalten und Reagieren dessen, der oder das da überlistet werden soll, von vornherein in das Vorgehen mit einkalkuliert. Die List hat ihren Platz in der kommunikativen Praxis, sie ist eine bestimme Weise des Sichverhaltens, zu jemandem, zu etwas oder zu sich selbst. Demgegenüber scheint die Theorie, zumal die »reine Theorie« der Philosophie, weder in ihrem eigenen Vorgehen noch auch in den ihr eigentümlichen Gegenständen einen Raum für listiges Verhalten zu lassen. Sie erhebt, ihrem traditionellen Selbstverständnis nach, den Anspruch, im unmittelbaren Blick auf die Sache zu sagen, was und wie das, was ist, ist. Wo sollte da eine List zur Anwendung kommen?

Natürlich kann die Philosophie – wie andere Wissenschaften – die List zu ihrem Thema machen. Sie kann dann etwa fragen, was – in Abgrenzung gegen andere Vorgehensweisen – ein listiges Verhalten ist, wie es sich auf das Zusammenleben von Menschen auswirkt, ob und wann es im Zusammenhang einer bestimmten ethischen Theorie moralisch erlaubt ist, Listen anzuwenden. Solche Untersuchungen würden in den Bereich dessen gehören, was man »praktische Philosophie« zu nennen pflegt. In der theoretischen Philosophie ist nur sehr vereinzelt von der List die Rede. Im ersten Teil meines Beitrages stelle ich zwei Beispiele solcher philosophischer List-Gedanken vor.

Es gibt allerdings auch so etwas wie ein listiges Philosophieren selbst. Die Frage nach ihm gehört in den Bereich einer philosophischen Praxis im wörtlichen Sinne, d. h. des philosophischen Vorgehens selbst und seiner Methode und Didaktik. Im zweiten Teil werde ich mich einem Beispiel philosophischen Denkens und Sprechens zuwenden, das ich für ausgesprochen listig halte.

Um Überlegungen darüber anstellen zu können, ob die Philosophie heute zu einer neuen Einstellung gegenüber einem – nicht mehr lediglich methodisch oder didaktisch zu nennenden – listigen Verhalten kommen könnte, habe ich mich, drittens, gefragt, *warum* das Philosophieren der abendländischen Tradition der List im wesentlichen fremd gegenüberstand und, wie ich denke, stehen mußte. Daran anschließend war dann, im vierten und letzten Teil, zu fragen, inwieweit eine kritische Haltung gegenüber bestimmten Grundzügen jener Tradition und die Bemühung um ein verändertes Denken vielleicht auch der List ein neues Verständnis entgegenzubringen vermag.

I

Bei meinem Blick auf die philosophische Tradition beschränke ich mich auf zwei Texte, in denen etwas ausführlicher über »List« gesprochen wird; das ganze Unfeld – Reflexionen etwa zu Lüge und Täuschung – lasse ich beiseite. Auch in den behandelten beiden Fällen geht es nicht eigentlich um Gedanken über das Wesen der List selbst, sondern um die Erläuterung von bestimmten anderen Phänomenen mit Hilfe des Begriffs der List.

Fragt man nach der List in der Philosophie, so fällt einem sogleich Hegels Rede von der »List der Vernunft« ein. Genauer begegnet die List bei Hegel in zwei Zusammenhängen. In beiden geht es nicht darum, einem oder mehreren Menschen gegenüber eine List anzuwenden, um sie zu irgend etwas zu verleiten oder um sie zu besiegen. Hegel folgt mit seinem Gebrauch des Wortes »List« vielmehr unausdrücklich dem alten sprachlichen Bezug der List zur Kunst im weitesten Sinne, zur »techne«. Wir haben früher gehört, daß Kunst und List in vielen Sprachen eine ursprüngliche Verwandtschaft zeigen, daß techne im Griechischen, z. B. bei Hesiod, häufig mit »List« übersetzt wurde. Die techne, die Bearbeitung eines Naturstoffs, kann wohl darum zur List werden, weil sie aus diesem Stoff kunstfertig etwas macht, wozu er aus ihm selbst nicht geworden wäre.

Hegel spricht von der List im Zusammenhang der Werkzeuge benutzenden *Arbeit.* Das arbeitende Subjekt richtet sich sowohl auf das Ding der äußerlichen Natur, das bearbeitet und damit angeeignet werden soll, wie auf ein zweites Objekt, das Mittel oder Werkzeug, durch das es sich auf jenes erste Objekt bezieht. Es schiebt, so sagt Hegel, zwischen sich und das erstrebte Objekt ein anderes Objekt ein – und eben darin besteht seine *List.* Es stellt »ein Objekt als Mittel hinaus, läßt dasselbe statt seiner sich äußerlich abarbeiten, gibt es der Aufreibung Preis und erhält sich hinter ihm gegen die mechanische Gewalt«.[1]

Und ähnlich an anderer Stelle: »Ich habe die *List* zwischen mich und die äußere Dingheit hineingestellt, mich zu schonen und meine Bestimmtheit damit zu bedecken und es sich abnutzen zu lassen.«[2] Dabei sind im Zusammenhang der Arbeit genauer zwei Stufen des listigen Gebrauchs von Dingen möglich: Zunächst bin ich noch unmittelbar selbst tätig; ich versuche zwar z. B. nicht mehr, den Nagel mit der Kraft meiner Faust einzuschlagen, sondern verwende einen Hammer, den ich aber noch selbst schwingen muß. Die zweite Stufe besteht dann darin, daß »die eigne Tätigkeit der Natur, Elastizität der Uhrfeder, Wasser, Wind angewendet wird, um in ihrem sinnlichen Dasein etwas ganz Anderes zu tun, als sie tun wollten, [daß] ihr blindes Tun zu einem zweckmäßigen gemacht wird, zum Gegenteil ihrer selbst: vernünftiges Verhalten der Natur [...] Hier tritt der Trieb ganz aus der Arbeit zurück. Er läßt die

1 *Wissenschaft der Logik,* 2. Teil, Leipzig 1951, S. 398.
2 *Jenaer Realphilosophie,* Hamburg 1967, S. 198.

Natur sich abreiben, sieht ruhig zu und regiert nur mit leichter Mühe das Ganze: *List.*«[3] Die Naturkräfte tun etwas anderes, als was sie tun »wollten«, d. h. was sie von sich aus, natürlicherweise getan hätten, aber sie tun es doch gerade auf ihre eigene Weise, auf Grund dessen, was sie, wiederum natürlicherweise, als sie selbst sind. Eine List, die das Mittel in dem Sinne manipulieren würde, daß es etwas anderes täte als das, was ihm offenbar gemäß ist, wäre eine »niederträchtige« List.

Der Listige, der zusehend und mit leichter Hand regierend die Naturkräfte für sich arbeiten läßt, braucht sich dabei nicht zu verstecken. Er läßt die blinde Naturmacht in deren eigener Weise tätig sein, er nötigt die anderen, »zu sein, wie sie an und für sich sind«. Indem der in dieser Weise listig Handelnde bewirkt, »daß das Andre in seinem Tun sich selbst verkehrt«, geht er ganz offen vor, fast möchte man sagen: mit triumphierender Ehrlichkeit: »Das offenste Handeln ist die größte List«, sagt Hegel[4]. »Mit dem Messer eines anderen töten« – das geschieht hier in der Weise, daß man ganz offen einen Mechanismus in Gang setzt, bei dem das Messer des anderen zugleich in dessen eigenem Interesse wirkt.

Weitgehend entsprechend verhält es sich in dem anderen Zusammenhang, in dem Hegel von List spricht, bei der berühmten »List der Vernunft«. Hegel sagt, daß Gott, die Idee, die Vernunft »die Menschen mit ihren besonderen Leidenschaften und Interessen gewähren« läßt; sie kämpfen sich aneinander ab und zerstören sich gegenseitig. »Das ist die *List der Vernunft* zu nennen, daß sie die Leidenschaften für sich wirken läßt [...] Die Idee bezahlt den Tribut des Daseins und der Vergänglichkeit nicht aus sich, sondern aus den Leidenschaften der Individuen.«[5] Die Individuen sind, indem sie ihre eigenen Zwecke – nicht nur zu verfolgen meinen, sondern tatsächlich verfolgen, Werkzeuge einer höheren Vernunft. Eben darin werden sei »aufgeopfert und preisgegeben«.

Bis zu einem gewissen Grad kann Hegels List, wie angedeutet, als Anwendung des 3. Strategems, »Mit dem Messer eines anderen töten«, verstanden werden. Die Grenze dieser Zu-

3 A. a. O., S. 198 f.
4 A. a. O., S. 199.
5 *Vorlesungen über die Philosophie der Geschichte,* Werke Bd. 12, Frankfurt/Main 1970, S. 49.

schreibung scheint mir darin zu liegen, daß es bei Hegel nicht um ein Töten (im weitesten Sinne) zu tun ist; das listige Handeln der Vernunft ist gerade ein wesentliches Hervorbringen, nämlich das Geschehen und Wirken der Weltgeschichte selbst. Dagegen ist in keinem der Beispiele, die von Senger zur Illustration dieses Strategems anführt[6], das Moment der Arbeit und des Zustandebringens leitend; immer geht es darum, einen Feind zur Strecke zu bringen oder eine widrige Situation zu überwinden.

Vielleicht könnte man die Differenz auch daran festmachen, daß es sich in den beiden Versionen der Hegleschen List letztlich um *natürliche* Mittel handelt. Es findet im Grunde keine Vertauschung der handelnden Subjekte statt, wie es der Fall ist, wenn der eine den anderen für sich töten läßt, sondern die List besteht bei Hegel darin, daß das Natürliche – die natürlichen Materialien und Kräfte oder die natürlichen Leidenschaften und Begierden der Individuen – für die Zwecke des Allgemeinen verwandt und letztlich geopfert wird, womit eine Nähe zum 11. Strategem gegeben wäre, auf das wir etwas später stoßen werden.

Ich möchte noch anmerken, daß m. E. auch Hegels List, wie jede List, von einem bestimmten Verdecktsein oder einer Verborgenheit Gebrauch macht, trotz seiner Behauptung einer äußersten Offenheit der List. Der Weltgeist versteckt sich natürlich nicht, und ebensowenig leugnet der Betreiber eines Kraftwerks, daß er die Wasserkraft für sich arbeiten läßt. Beide können offen handeln, weil sie sich der eigenen Natur des benutzten Mittels bedienen, es also nicht eigentlich *über*listen, im Sinne von »übertölpeln«. Das Natürlich glaubt, seine eigenen Interessen zu verfolgen – und tut das ja auch –, und *täuscht sich* doch zugleich über den Sinn seines Tuns, weil es die spezifischen Absichten der Idee nicht kennt. Die List der Vernunft funktioniert gerade dadurch, daß dem Endlichen das Unendliche *verborgen* bleibt. Anderenfalls handelte es sich nicht um eine List, das Endliche wäre dann entweder nur gehorsam, oder es erlitte Gewalt.

Mein zweites Beispiel betrifft nicht mehr die arbeitend-praktische und die weltgeschichtliche List der Vernunft, son-

6 Harro von Senger, *Strategeme,* 3. Auflage der Sonderausgabe, München 1996, S. 62 ff.

dern die aufgeklärte List des Verstandes, von der Horkheimer und Adorno in der »Dialektik der Aufklärung« schreiben. Die These, daß die Aufklärung ein dialektischer Prozeß ist, besagt, daß Aufklärung oder Geist einerseits und Mythos oder Natur andererseits strenggenommen nur scheinbar einen Gegensatz bilden, daß sie in Wahrheit vielmehr so zu denken sind, daß der Mythos als solcher bereits und immer wieder neu auch einen Aufklärungscharakter hat und daß die Aufklärung immer noch und immer wieder neu mythische Züge aufweist. Diese Dialektik zeigt sich auch und gerade bei dem Prozeß, in dem sich – nach Adorno und Horkheimer – das menschliche Selbst und Selbstbewußtsein aus dem ursprünglichen Naturzusammenhang herauszuarbeiten und zu befreien versuchte. Ein großer Teil des »Dialektik der Aufklärung« genannten Buches – und insbesondere das Kapitel über Odysseus – ist der Aufgabe gewidmet, den Kampf zu verdeutlichen, den das rationale Ich um seiner Selbsterhaltung willen gegen die Naturmächte und -kräfte führen mußte.

»Die Abenteuer, die Odysseus besteht, sind allesamt gefahrvolle Lockungen, die das Selbst aus der Bahn seiner Logik herausziehen.«[7] Die Logik des Selbst ist die Logik seiner Selbsterhaltung, seiner Erhaltung als eines rationalen Selbst; das Naturhafte und Animalische, seine Triebe, Reize und Verlockungen versuchen das Selbst aus der Bahn dieser Logik zu werfen, es in die Natur zurückzulocken. Allein durch *List* vermag das Selbst die lockenden Abenteuer zu bestehen, und zwar genauer durch die List, »sich wegzuwerfen, um sich zu behalten«, sich – ein Stück weit – zu opfern, um schließlich doch den Sieg davonzutragen. Odysseus unterwirft sich scheinbar den Gesetzen und Forderungen der Naturgottheiten, die sich seinem Weg zu Heimat entgegenstellen, aber nur, um am Ende gerade durch diese kluge Anpassung zu triumphieren. »Das Schema der odysseischen List ist Naturbeherrschung durch solche Angleichung.«[8] Und: »Durch Kalkulation des einen Einsatzes bewirkt er die Negation der Macht, an welche der Einsatz geschieht.«[9] Das rational dargebrachte Opfer betrügt – und besiegt damit – die Macht, der geopfert wird.

7 *Dialektik der Aufklärung*, Frankfurt/Main 1969, S. 53.
8 A. a. O., S. 64.
9 A. a. O., S. 57.

Bei der Suche nach einem Strategem, das der in diesem Sinne verstandenen odysseischen Selbsterhaltungslist, »sich wegzuwerfen, um sich zu behalten«, entspricht, bin ich zunächst auf das Strategem 16, »Will man etwas fangen, muß man es zunächst loslassen«, gestoßen. Das, was da gefangen werden soll, wäre nichts anderes als das zu bewahrende eigene Selbst. Oder man könnte auch an das 1. Strategem denken, »Den Kaiser täuschen und das Meer überqueren«. Die Natur wird durch Angleichung an sie getäuscht, damit das Selbst sich in ihr und gegen sie erhalten kann. Am ehesten aber wäre wohl die Variante d) des 11. Strategems, »Der Pflaumenbaum verdorrt anstelle des Pfirsichbaums«, heranzuziehen. Sie lautet: »Ein kleines Opfer bringen, um etwas Wertvolleres zu gewinnen.«

Allerdings – das Opfer, das Odysseus nach der Meinung von Adorno und Horkheimer bringt, ist im Grunde kein *kleines* Opfer. Es würde sich zwar um ein sinnloses Opfer und eine unsinnige List handeln, wenn es dabei nicht um den Gewinn eines relativ Größeren zu tun wäre. Aber andererseits liegt die *Dialektik* von Selbst und Natur gerade darin, daß zwischen ihnen ein Gleichgewicht des Wertes oder der Bedeutung besteht. Das, was Odysseus aufgibt, indem er sich dem Zwang der Heimkehr und ihrer Rationalität unterstellt, ist nur nach der Logik ebendieser Rationalität selbst weniger als das, was er gewinnt. Seine List fordert das Opfer der eigenen Naturhaftigkeit, die »Verleugnung der Natur im Menschen [...] um der Herrschaft über die außermenschliche Natur und über andere Menschen willen«.[10] Indem er sein Selbst erhält, verrät er es zugleich, nämlich in dessen natürlicher Lebendigkeit. Horkheimer und Adorno sprechen von Odysseus als dem »Selbst, das immerzu sich bezwingt und darüber das Leben versäumt, das es rettet und bloß noch als Irrfahrt erinnert.«[11]

II

Was hieße es, wenn Philosophen selbst listig wären? Wem gegenüber würden sie ihre Listen anwenden, wen versuchten

10 A. a. O., S. 61.
11 A. a. O., S. 62 f.

sie zu überlisten? Wohl niemand anderen als uns, ihre Hörer bzw. Leser. Der »normale« Weg des Überzeugens besteht gewöhnlich in einer Folge von logischen Schritten, von Argumenten und Ableitungen, denen der Zuhörer auf Grund seines eigenen rationalen Vermögens zu folgen vermag. Da jedoch, wo es Denkwiderstände oder Mißtrauen, Voruteile oder Zweifel zu überwinden gilt, kann der Sprechende oder Schreibende den anderen auch listig an der Hand nehmen und ihn einen mehr oder weniger verschlungenen Weg führen, der ihn, ohne daß er es so richtig merkt, zu der gewünschten Einsicht führt.

Ein ausgezeichnetes Beispiel für solch listiges Überzeugen scheint mir die Gesprächstechnik des Sokrates zu sein. Der Dialog *Hippias Maior* z. B. zeigt ihn in einem Streitgespräch mit dem Sophisten und Redekünstler Hippias. Ich führe ihn als Beispiel an, weil hier nicht allein Sokrates' Argumentationsweise listig ist, sondern weil es auch inhaltlich u. a. um die List, nämlich um Odysseus' Listigsein geht. Sokrates gelingt es in diesem Gespräch, sein Gegenüber dazu zu bringen, daß er einsieht und zugibt, daß jemand, der vorsätzlich das Schlechte tut, besser ist als der, der unbeabsichtigt schlecht handelt – was für beide Gesprächspartner im Grunde unannehmbar ist. Der listige Odysseus muß am Ende gegenüber Achilles als der Bessere von beiden erscheinen, weil er mit Absicht, Achilles aber unabsichtlich, sozusagen naiv, gelogen hat. Damit verkehrt Sokrates ironisch die ursprünglich vorgebrachte Behauptung, daß Homer Achilles als den Besten, Odysseus im Gegensatz dazu als vielgewandt und listig dargestellt habe, in ihr Gegenteil.

Die Argumentation brauche ich hier nicht im einzelnen vorzuführen; es käme bei einer Nachzeichnung vor allem darauf an, Schritt für Schritt die unscheinbaren Wendungen des Gesprächs herauszustellen, an denen Sokrates den Hippias, ohne daß dieser es merkt, in eine Richtung zwingt, die schließlich zu der absurden Schlußfolgerung führen muß. Platon geht es nicht um eine Erörterung der List als solcher, eher um ein Exempel für die Schwierigkeit und Problematik des Begriffs des Gutseins. Zugleich gelingt es ihm dabei, den Überlegenheitsanspruch der vorgeblich so weisen Sophisten ad absurdum zu führen; am Ende merkt Sokrates ironisch an, daß nicht nur er selbst, was nicht weiter verwunderlich wäre, in dieser Frage unsicher sei, sondern unglücklicherweise seien auch »die Weisen« ins Schwanken geraten.

Raffiniert und vergnüglich zugleich ist dieses kleine Gespräch darum, weil Sokrates selbst auf eine »vielgewandte«, »listige« und »erfindungsreiche« Weise – um drei Ausdrücke zu gebrauchen, die er selbst für Odysseus verwendet – seinen Gegner zu der Scheinannahme führt, der Listige sei besser als der Gute, insofern er seine List und Tücke mit Absicht, Klugheit und Befähigung ins Werk setze. Fast scheinheilig betont Sokrates seine eigene Naivität und Unwissenheit, die sich allein vom Verstehenwollen treiben lasse, während es für den Leser nur allzu ersichtlich ist, wie genüßlich er seinen Gesprächspartner vor einem diesen an sich bewundernden Publikum vorführt.

Wie hier, so hat die sokratische Methode auch sonst häufig den Charakter der Überlistung des Gesprächspartners, der in kleinen, in ihrer Endabsicht nicht durchschaubaren Schritten dazu gebracht wird, etwas zuzugeben oder sogar einzusehen, was ihm zuvor völlig fernlag, oder auch das Gegenteil seiner vormaligen Überzeugung nicht nur erkennen, sondern sogar selbst deduzieren zu müssen. Sokrates' Gesprächspartner können dadurch – je nach ihrer mehr oder weniger vorhandenen Lernbereitschaft – verärgert, zur Einsicht gebracht oder in eine heilsame Verwirrung und ein Verwundern gestürzt werden, ein Verwundern oder Erstaunen, das dann, wie Sokrates im »Theaitetos« sagt, geradezu den Anfang des eigentlichen Philosophierens bedeuten kann.[12]

Sucht man in der Aufzählung der 36 Strategeme nach einer Umschreibung für die sokratische Vorgehensweise, so wird man auf vielfache Weise fündig: »Aus einem Nichts etwas erzeugen«, »Hinter dem Lächeln den Dolch verbergen«, »Mit leichter Hand das Schaf wegführen«, »Den Tiger vom Berg in die Ebene locken«, »Will man etwas fangen, muß man es zunächst loslassen«, »Einen Backstein hinwerfen, um einen Jadestein zu erlangen«, »Die Zikade wirft ihre goldglänzende Haut ab«, »Das Brennholz unter dem Kessel eines anderen wegnehmen«, »Die Balken stehlen und gegen morsche Stützen austauschen«, »Dürre Bäume mit künstlichen Blüten schmük-

12 *Theaitetos*, 155cf.

ken« – ich denke, für alle diese und noch mehr Arten von Listen könnte man in Sokrates' Vorgehen Beispiele finden. Häufig sind es Sprachlisten, die er anwendet, d. h. er führt ein Wort oder eine Redeweise in einem bestimmten Sinne ein, um dann, nachdem ihm die entsprechende Aussage zugestanden wurde, den Wortgebrauch unbemerkt zu verändern, so daß dieselbe Aussage widersprüchlich oder unsinnig wird oder einen ganz neuen Sinn gewinnt.

Was bei der sokratischen Methode offen zutage liegt, ließe sich vermutlich auch in manch anderer philosophischer Vorgehensweise auffinden. Wie steht es zum Beispiel mit dem Zweifel des Descartes? Hat er einen Backstein hingeworfen, um einen Jadestein zu erlangen? Hat er mit seiner scheinbaren Radikalität am Ende sogar sich selbst – und nicht nur seine Leser – überlistet? Ist vielleicht, um noch einen Schritt weiter zu gehen, das ganze rationale Argumentieren der abendländischen Philosophie – insbesondere der scholastischen wie zu Teilen der neuzeitlichen – eine ihren Urhebern selbst unbewußte List, die Endlichkeit des menschlichen Verstehens und Erfahrens zu überspielen – dürre Bäume mit künstlichen Blüten zu schmücken? Und wäre umgekehrt Nietzsches poetische und aphoristische Sprechweise u. a. als der listige Versuch anzusehen, seine Leser in eine Metaphysikkritik hineinzuziehen, zu der sie auf andere Weise nicht zu überzeugen gewesen wären, zumindest nicht, ohne ihrerseits metaphysikkritische Fragen an ihn selbst zu stellen? Und die kritische Theorie, verbirgt sie nicht meist listig die positiven Züge des Zusammenlebens mit anderen und anderem, um ihre Kritik radikaler, »kritischer« erscheinen zu lassen?

Hegels Dialektik würde ich dagegen nicht als listig bezeichnen. Es geht ihr nicht darum, die anderen, das natürliche Bewußtsein z. B., zu überlisten, vielmehr will sie diesem gerade eine nachvollziehbare, einsichtige Leiter reichen, damit es von sich aus den Standpunkt des höchsten Wissens erreichen kann, – ganz im Gegenteil zu Strategem 28: »Auf das Dack locken, um dann die Leiter wegzuziehen«. Das Vernehmen der Wahrheit geht bei Hegel, auch wo es einen langen und durch die schmerzhafteste Negation hindurchführenden Weg zurücklegen muß, auf einer geraden und eindeutigen, weder verborgenen noch sich verbergenden Straße. Damit aber bin ich bei meinem nächsten Schritt, bei der Frage, warum die traditionelle abendländische Philosophie – abgesehen von einer listigen Rhetorik – nicht so sehr »listenblind«, sondern, so meine ich wenigstens, geradezu »listenfeindlich« eingestellt war – und sein mußte.

III

Daß die abendländische Philosophie sich fast keine Gedanken über das List-Phänomen gemacht hat, ist kein zufälliges Versehen. Was aber hat sie genauer *gegen* die List?

Eine Bemerkung sei hier vorausgeschickt. Bei der Mehrzahl der 36 Strategeme – und überhaupt bei vielen Listen, die uns begegnen – handelt es sich um Mittel, einen Feind zu unterwerfen, mindestens einen Vorteil über einen anderen zu erlangen. Die 36 Strategeme sind zunächst einmal Kriegslisten. Für unsere Kultur war aber die Frage, wie man seine *jeweiligen* Feinde *besiegt,* von geringerer Bedeutung als die, wie man *allgemein* die Natur und den anderen *beherrscht;* insofern könnte man sagen, daß das Grundproblem, das die spezifische List-Bedeutung in der chinesischen Kultur hervorgebracht hat, für unsere Kultur nicht in derselben Weise besteht.

In vielen praktischen Situationen kann es natürlich nützlich sein, zu wissen bzw. zu durchschauen, welchen listigen Weg der Widersacher wählt oder wie man sich selbst listig durchsetzen kann. Aber soweit ist das kein philosophisches Problem. (Übrigens würden wir dabei heute, da uns eine kriegerische Sprache und der dahinterstehende Geist suspekt geworden sind – und hoffentlich bleiben –, den militärischen Charakter des Wissens über die Listen wohl abstreifen wollen, was zweifellos möglich ist.)

Die Frage, um die es mir hier zu tun ist, liegt jedoch auf einer anderen Ebene, auf der es ebenfalls um eine, und zwar wesentlich wichtigere Differenz zwischen abendländischem und chinesischem Denken geht. Von Senger hat in seinem Aufsatz über den *Gedanken der Umwandlung als Fundament der chinesischen Kunst der List*[13] ausführlich gezeigt, daß und wie die

13 *The Idea of Change as a Fundament of the Chinese Art of Cunning,* in: *Notions et Perceptions du Changement en Chine, Mémoires de l'Institut des hautes études chinoises,* Vol. XXXVI, Paris 1994, S. 23 ff.

Ausarbeitung der 36 Strategeme in engem Zusammenhang mit dem *Buch der Wandlungen* und mit dessen Lehre von dem Verhältnis von Ying und Yang steht. Die folgenden Ausführungen über den Zusammenhang zwischen der abendländlischen Geringschätzung der List und der Konzeption eines reinen, an ihm selbst unveränderlichen Seins und der ihm entsprechenden reinen Vernunft implizieren, ohne das auszuführen, den entscheidenden Gegensatz zwischen diesem Ansatz und jener alten chinesischen Weisheit.

Von Senger schreibt in dem dieser Vortragsreihe zugrundeliegenden Text, daß die »beinahe totale westliche Unkenntnis über die List« darauf zurückzuführen sei, »daß ›schon die alten Griechen‹ die List aus bisher ungeklärten Gründen nie zum Gegenstand theoretischer Erörterung erhoben haben und die geistige westliche Zivilisation in dieser Hinsicht durch das altgriechische – sowie übrigens auch altrömische – Erbe gleichsam eine bleibende Nullprägung erfahren habe«. Ich möchte zeigen, inwiefern die Philosophie der Griechen und der darauf folgenden Tradition auf Grund ihrer denkerischen Grundentscheidungen gar keine andere Stellung zur List hätte einnehmen können.

Die Frage einer grundsätzlichen philosophischen Bewertung oder besser Einschätzung der List kann in zwei Richtungen verfolgt werden. Zum einen geht es der abendländischen Philosophie fast seit ihren Anfängen um so etwas wie die reine Wahrheit, das wahre Sein; die diesem entsprechende Vernunft ist ein seinerseits reines Sehen, für das Listen, die immer einen Umweg- und Vieldeutigkeitscharakter haben, prinzipiell nicht in Frage kommen. Zum anderen ist jene reine Wahrheit streng von der Praxis getrennt, die ihr gegenüber entschieden abgewertet wird, im Gegensatz zur Einschätzung der Praxis im chinesischen Denken. Listiges Verhalten ist jedoch ein Verhalten der Praxis, des Ausseins auf Ziele und des Handelns um des Erreichens von Zielen willen.

Listen sind verborgene, sich verbergende Umwege zu einem Ziel, das auf direktem Weg nicht oder nur schwer zu erreichen wäre. Wer eine List anwendet, der weiß, wohin er gehen, wo er ankommen will, doch das Ziel, das er im Auge hat, ist ihm zunächst verstellt oder verwehrt. Daß sich ihm da etwas in den Weg stellt, kann z. B. daher rühren, daß sein Ziel auch einen anderen Menschen betrifft, der seinen Wünschen und Absichten andere entgegenstellt. Oder es gibt natürliche Hindernisse – seiner Umgebung oder in ihm selbst –, die seinem Vorhaben zuwider sind. Man wendet Listen gewöhnlich nicht nur aus Freude an der List an (obgleich die oftmals eine große Rolle spielt), sondern weil man anders, auf dem schon so oft genannten »normalen« Weg, nicht ans Ziel zu kommen glaubt. Insofern ist sie immer eine Art Umweg oder Ausweg, sie hat ein Moment des Dennoch an sich, gewissermaßen des zweiten Versuchs.

Oftmals erscheint der listige Weg als Alternative zur Gewalt. Auch Hegels »List der Vernunft« bedeutet ausdrücklich einen Verzicht auf Gewalt: Der Weltgeist unterwirft und gebraucht die Individuen nicht einfach gewaltsam zu seinen Zwecken, sondern er läßt ihnen ihre Freiheit, um sich gleichwohl durch sie hindurch durchzusetzen. Ebenso ist die List der Aufklärung ein Weg, sich dem anderen anzugleichen, statt es gewaltsam zu unterwerfen – allerdings auch, statt sich von ihm gewaltsam unterwerfen zu lassen.

Beide aber, List und Gewalt, sind *nicht* die genuinen Wege der *Vernunft,* wenn wir Vernunft im strengen Sinne nehmen. Die Vernunft, das reine Vernehmen, bedarf keines wie auch immer gearteten zweiten Weges oder Umweges. Als reines Vernehmen hat sie ihr zu Vernehmendes unmittelbar vor sich. Das Licht der Vernunft leuchtet, indem es ihren Gegenstand unmittelbar beleuchtet und so den vernünftig Denkenden erleuchtet. Solange dieser nur auf die Sache in ihrer Wesentlichkeit hinblickt, kann er gar nicht fehlgehen, braucht er weder List noch Gewalt. Im Gegensatz zur praktischen Vernunft oder Klugheit, die es mit dem zu tun hat, »was auch anders sein kann«, also mit dem Mannigfaltigen und Veränderlichen, dem Sinnlichen, richtet sich die reine Vernunft auf das Seiende in seiner Notwendigkeit und Allgemeinheit, von dem Parmenides gesagt hat, »wie es ist, so ist es und kann es unmöglich nicht sein.«

Seit Parmenides steht – oder stand – das Denken unter dem Anspruch, *die* Wahrheit zu sagen – später dann: die Wahrheiten. Es geht nicht lediglich darum, die Wirklichkeit, in der Menschen leben, zu beschreiben, und auch nicht nur darum, sich selbst und andere über sich und die Welt zu verständigen, sondern das Ziel ist, die umfassende, »objektive« Wahrheit über das, was ist, herauszustellen und von ihr her tendenziell alles Seiende zu erklären und zu begründen. Im ostasiatischen Denken dagegen ist es vornehmlich darum zu tun, den jeweiligen Menschen selbst zur Erfahrung des Seins, zur Erleuchtung zu führen, weswegen auch der Weg des Schülers zum Meister und umgekehrt eine so große Rolle spielt. Die mannigfaltigen Geschichten, Kôans usw. können auch als Listen angesehen werden, den Schüler zur Einsicht bzw. Erfahrung zu bringen. Nach abendländischem Selbstverständnis bedarf es dessen nicht.

Die *Vernunft,* der nous, ist dasjenige im Menschen, was es vermag, das reine, unveränderliche und einheitliche Sein so unmittelbar zu *vernehmen* und sich im Augenblick des Vernehmens dem Vernommenen so völlig zu überlassen, daß es von ihm im Grunde gar nicht mehr zu unterscheiden ist. Das Licht der sich unverhüllt, unverborgen zeigenden Wahrheit ist von dem Licht der sie aufnehmenden Vernunft nicht mehr zu unterscheiden. Weg und Ziel fallen im letzten zusammen; indem das Denken das Wahre »berührt« (wie Aristoteles sagt), wird es selbst zum Ort der Wahrheit. Die Konzeption eines listigen Weges, der als solcher von Zweideutigkeiten, Unsicherheiten, Verborgenheiten Gebrauch macht, ist ihr von vornherein verschlossen; und eine Gleichsetzung von Weisheit und List steht für sie schon gar nicht zur Debatte. In diesem Sinne sagt auch Platon in der Politeia, daß zwar für die Menschen in einigen Fällen die Unwahrheit nützlich sein könne, etwa gegen Feinde, oder wenn man jemand damit helfen wolle oder in der Dichtung – daß sie aber für die Götter nicht in Frage komme, denn der Gott ist »einfach und wahr in Wort und Tat und verwandelt sich weder selbst, noch hintergeht er andere«.[14]

Ein reines und wahres Wissen kann allerdings – angesichts der Endlichkeit unserer Welt – nur gedacht werden, wenn ihm ein gewissermaßen unreines, Sein und Nichtsein oder auch Sein und Werden in sich vereinendes Wesen an die Seite gestellt wird, das weite Feld des vermittelnden, räsonierenden Verstandes, das die parmenideische doxa (das Vermeinen der Sterblichen) wie die aristotelische dianoeia (den urteilenden Verstand im Unterschied zum nous, zur reinen Vernunft), die cartesische

14 *Politeia,* 382e.

cogitatio (das Vorstellen) wie den Hegelschen dialektischen Verstand umfaßt, dem aber auch der praktische Verstand, die phronesis, sowie die techne und das technische Wissen verwandt sind. Der Verstand vermag, als endlicher, die Wahrheit nicht in ihrer reinen Unmittelbarkeit ins Auge zu fassen. Er muß sich ihr auf gebrochenen, indirekten Wegen nähern. Auch dafür bedarf es jedoch der Vernunft, der er zum einen die unhintergehbaren Anfänge und Gründe seines Tuns, also die Prinzipien und Kategorien entnimmt wie zum anderen die unaufhebbaren Gesetzmäßigkeiten und Regeln, denen er sich unterwerfen muß, wenn er zu wahren Aussagen auch über das nicht an ihm selbst wahre, weil endliche Seiende gelangen will.

In der *Praxis* jedoch hilft der Rückgriff auf bleibende Wahrheiten zumeist wenig. Soll sich die Wirklichkeit den menschlichen Absichten und Zwecken fügen, wollen oder müssen wir sie verändern, so bedarf es zwar auch hier einer Kenntnis der Natur und der Gesetzmäßigkeiten dieser Wirklichkeit. Vor allem aber der Wege und Mittel, die geeignet sind, die eigenen Absichten den Tendenzen oder auch der Trägheit der Sache gegenüber durchzusetzen. Auf Grund der objektiven Gegebenheiten und Widerstände kann das Ziel oftmals nur entweder durch physischen Zwang oder durch List und Verstellung erreicht werden. Insbesondere wenn es sich bei dem Entgegenstehenden um andere Menschen handelt, die ihrerseits eigene Antriebe, Interessen usw. haben. Da greift man häufig zum Schein, zur listigen Verstellung und Maskierung. Um es mit den zweifellos einseitigen Worten von Nietzsche zu sagen: »Der Intellect, als ein Mittel zur Erhaltung des Individuums, entfaltet seine Hauptkräfte in der Verstellung; [...] Im Menschen kommt diese Verstellungskunst auf ihren Gipfel: hier ist die Täuschung, das Schmeicheln, Lügen und Trügen, das Hinter-dem-Rücken-Reden, das Repräsentiren, das im erborgten Glanze Leben, das Maskirtsein, die verhüllende Convention, das Bühnenspiel vor anderen und vor sich selbst, kurz das fortwährende Herumflattern um die *eine* Flamme Eitelkeit so sehr die Regel und das Gesetz, dass fast nichts unbegreiflicher ist, als wie unter den Menschen ein ehrlicher und reiner Trieb zur Wahrheit aufkommen konnte.«[15]

15 *Über Wahrheit und Lüge im außermoralischen Sinne,* Werke Bd. X, Leipzig 1903, S. 190f.

»Ein ehrlicher und reiner Trieb zur Wahrheit« – ich denke, mit ihm bzw. mit seiner Voraussetzung als Kriterium des menschlichen Selbstverständnisses steht und fällt die abendländische Einstellung zur List. Solange die reine und allgemeine Wahrheit das höchste Ziel des Denkens war und solange im Hinblick auf dieses Ziel sowohl Vernunft und Verstand – der gerade, unmittelbare und der vermittelte, hin und her gehende Weg – wie auch der theoretische und der praktische Verstand grundsätzlich voneinander unterschieden und jeweils das zweite gegenüber dem ersten abgewertet werden mußten, so lange konnte die List nur als ein *Ausweg*, als ein Weg zweiter Güte, letztlich als ein schlechter Weg angesehen werden.

Unser tatsächliches Leben geht jedoch ständig auch verschlungene und dunkle, rätselhafte Wege und ist ständig auch durch Listen mitbestimmt. Im Denken und Handeln suchen wir nach Wegen, die sehr oft Umwege und Auswege sind. Müßte unser Selbst- und Weltverständnis die List also nicht in anderer Weise mit einbeziehen, als das vernunftbestimmte Selbstverständnis der Tradition das gekonnt hat? Wenn wir vieldeutige Wege gehen, kreuz und quer und hin und her, dann auch mehr oder weniger listige, schlaue, raffinierte, geheimnisvolle; z. B. solche, mit denen wir Fakten zu schaffen suchen, an denen wir selbst und andere nicht mehr vorbeisehen können, indem wir also uns selbst oder andere bewußt und spielerisch überlisten. Warum verstehen wir uns als Menschen nicht in einer Weise, die unserem tatsächlichen, endlichen Sein entspricht?

Die Frage wäre also, wie weit wir uns von dem Licht- und Wahrheitsparadigma der Tradition lösen können und wollen. Wir leben heute vielfältig mit moralischen Ansprüchen, die sich von jenem Wahrheitsparadigma herleiten, und d. h. in einer Welt, in der der Gebrauch von bestimmten Listen von vornherein als Heucheln und Scheinheiligkeit beurteilt wird. Wenn wir das Verhalten eines anderen listig als Faktor in unsere Pläne und unsere diesbezüglichen Strategien einsetzen, so wird das Manipulation oder Instrumentalisierung genannt. Oder: offen und geradeheraus zu sprechen und zu handeln – dazu gibt es für uns im theoretischen Normalfall keine Alternative, dennoch verhalten wir uns sehr oft anders. Ist das so, weil wir schwach sind, oder sind unsere moralischen Ansprüche in bestimmten Hinsichten falsch und im Ergebnis verlogen? Und wenn sich das so verhielte, liegt das dann vielleicht zumindest mit daran, daß wir uns noch von einem Vernunftparadigma leiten lassen, das immer schon irreal war, es aber vor allem heute geworden ist, da wir eigentlich eingesehen haben, daß die Licht- und Wahrheitsmetaphysik nicht mehr haltbar ist? Brauchen wir also einen neuen, spielerischen Umgang u. a. auch mit der Klugheit und dem Wissen? (Was kein Plädoyer für Lüge und Betrug ist.)

Diese Fragen wollte ich hier nur kurz – und sicher angreifbar – aufwerfen. Angesichts der Tatsache, daß es einen entscheidenden Grundzug unserer Kultur gibt, der nicht nur »listenblind«, sondern zumindest »listenskeptisch«, im Grunde aber »listenfeindlich« ist, müssen wir uns doch der Frage stellen, ob wir dieser Einschätzung letztlich zustimmen und nur ein bißchen wider den Stachel löcken, oder ob wir ernsthaft über eine Umwertung und Neueinschätzung nachdenken wollen. In dem letzten Abschnitt meiner Überlegungen möchte ich einige Aspekte eines anderen Blicks auf die List andeuten.

IV

Entsprechend den beiden Hinsichten der Geringschätzung der List im abendländischen Denken geht auch eine Neueinschätzung in zwei Richtungen. Zum einen überzeugt die fraglose Voraussetzung einer reinen Vernunft nicht mehr und ebensowenig das sich von jener herleitende Selbstverständnis des Menschen als eines primär durch seine Rationalität bestimmten Lebewesens. Wir haben uns vielmehr der Tatsache zu stellen, daß die Wege des Denkens, Erfahrens und Verstehens, auf denen uns etwas begegnet und auf denen wir uns dem Begegnenden nähern, vielgestaltig und krumm sind; mit Vergnügen, Phantasie und Findigkeit suchen wir dann Umwege und Auswege, um uns zunächst nicht Sichtbares vor Augen zu führen und auf zunächst nicht Hörbares aufzumerken. Wir versuchen zu lernen, auch unseren leibhaften Urteilen und Erfahrungen zu trauen. Inall dem ist viel listenreiches Vorgehen und Ausprobieren. Gewollte Vielfalt und als fruchtbar akzeptierte

Mehrdeutigkeit im Denken und Handeln treten an die Stelle des einen Königswegs der Vernunft.

Zum anderen stellt sich die Anwendung von Listen anders dar, wenn – zusammen mit der strikten Unterscheidung von Aktivität und Passivität – auch die Trennung von Theorie und Praxis fragwürdig ist. Diesen Aspekt, der in verschiedenen Richtungen des zeitgenössischen Denkens entwickelt wurde und auf den ich in anderen Zusammenhängen[16] eingegangen bin, kann ich aus Zeitgründen nur streifen. Ich will hier dagegen vor allem versuchen, das listige Verhalten dadurch zu verdeutlichen, daß ich es gegen eine *rein rationale Haltung* abgrenze, womit auch sein Verhältnis zur Unwissenheit, zur Verborgenheit und zur Dunkelheit angesprochen ist, von denen sich die ratio freizuhalten sucht.

Die Unterscheidung von Wissen und Nichtwissen ist keine eindeutige. Die Dunkelheiten, Verdeckungen, Lücken und Ungewißheiten, und damit überhaupt das Nichtwissen, spielen im Denken eine andere, »konstruktivere« Rolle, als die Rationalität es sich vorstellen kann. Von daher gewinnt auch die List, die in einer merkwürdigen Zweideutigkeit zwischen Wissen und Nichtwissen ihren Ort hat, einen neuen Sinn. Der listige Weg verläuft über lange Strecken im dunkeln, schon, weil es ihm ja darauf ankommt, jemand oder etwas zu überlisten und also von diesem – und sei das auch er selbst – nicht ertappt zu werden. Zudem ist die unmittelbare Hinsicht oder Bezugnahme auf das Ende oftmals verstellt oder in Dunkel gehüllt; die Umwege und Nebenwege, Auswege und Schleichwege, die da aufgespürt werden, führen den, der, mit den Worten von Nietzsches Zarathustra gesagt, »mit listigen Segeln sich in unerforschte Meere einschiffte«[17], »rätsel-froh«[18] durch den weiten Raum zwischen Sicherheit und Unsicherheit, Helligkeit und Finsternis, Wissen und Unwissenheit, Ernsthaftigkeit und Spiel.

Eine Absetzung des Listigseins gegenüber der Rationalität mag zunächst verwunderlich erscheinen, weil es zum Ausden-

16 Vgl. z. B. *Das Denken der Gelassenheit und der Bezug des Seins zum Menschenwesen,* in: *Wege im Denken,* Freiburg/München 1990, S. 201 ff. sowie *Über Natur,* Freiburg/München 1995, u. a. S. 249 f.

17 *Also sprach Zarathustra. Ein Buch für Alle und Keinen,* Werke Bd. VI, Leipzig 1904, S. 234.

18 Vgl. ib.

ken und Anwenden von Listen zweifellos einer Intelligenz und Klugheit bedarf. Aber das Listigsein nimmt eine Zwischenstellung zwischen Intellektualität und Naivität ein. Listig verhalten sich oftmals gerade die Unwissenden und Einfältigen; für sie gibt es Rätsel und Geheimnisse, die man nicht sogleich aufzulösen, mit denen man vielmehr – listig – umzugehen trachtet. Narren, Toren und Kinder können durchaus auf eine verschmitzte Weise listig sein, auch wenn ihre Art von Klugheit nicht der vernünftigen, rationalen Klugheit der erwachsenen und sogenannten ernsthaften Menschen entspricht. Auch der im Grunde eher einfältige Fuchs im »Kleinen Prinzen« ist ein richtiger, also listiger Fuchs; und überhaupt ist diese Geschichte, wenn man genauer hinsieht, voll von kleinen, zuweilen gütigen Listigkeiten.

Wird unter einem listigen nicht mehr primär ein rationales Verhalten verstanden, so kann es vielmehr einen augenzwinkernden, spielerischen, zuweilen witzigen Charakter haben. Es ist dann ein Verhalten, das seine Ziele und Intentionen nicht wie eine Fahne vor sich her trägt, sich vielmehr mit einer gewissen Schläue, aber auch Unbekümmertheit, sogar Großzügigkeit auf den Weg macht. Das vielfältige Fallen auslegt, aber so, daß es das derart Gefangene je nachdem mit heiterem Vergnügen auch wieder freilassen kann. Ein Denken, das Hintergedanken ausspinnt, die es sodann auch freimütig zur Schau stellen kann. Das nicht allein die Anderen, sondern ebensosehr sich selbst zu überlisten trachtet, indem es sich Wegen nähert, die ihm nicht nahelagen, und Wege einschlägt, die ihm unzugänglich schienen. Der in diesem Sinne listige Umgang ist vorab ein spielerischer Umgang mit sich selbst. Sich selbst lockt und reizt und versucht er, um erst dann auch die anderen mit einzubeziehen in dieses Spiel.

Dabei ist es nicht erst der gewählte Weg, sondern schon die Art der Zielsetzung, worin sich der Listige vom Rationalen unterscheidet. Sein Verhalten ist nicht primär von Zweckrationalität bestimmt. Auch er blickt auf sein Ziel; aber er pflegt einen eher unernsten, ausprobierenden, beweglichen Umgang mit dem, was er sich jeweils vornimmt.

Es erscheint als eine Eigenart gerde des rationalen Weges, daß er sich auf die Gegebenheiten der jeweiligen Situation einzustellen und ihre Möglichkeiten auszuschöpfen vermag. Aber dabei unterwirft er die Situation seinen Absichten und Zwecken, eben darin besteht seine spezifische Klugheit. Der rationale Weg – das, was wir als »methodisches Vorgehen« anzusehen pflegen – ist insofern letztlich ein *gerader* Weg. Nicht nur steht am Anfang das Ende im Blick dessen, der den Weg einschlägt, sondern dieser Weg ist durchgängig von der unmittelbaren Bezugnahme auf das Ende, d. h. auf das Ziel geleitet.

Der in unserem Sinne Listige dagegen begibt sich *in die Situation,* läßt sich auf sie ein und hört auf die Möglichkeiten, die sie ihm vorgibt. Damit kommt auch die genannte Aufhebung der strikten Unterscheidung von Aktivität und Passivität ins Spiel. Das rationale Verhalten versteht sich aktiv, bestimmend. Der Listige dagegen läßt sich zugleich von der Sachlage, der Situation oder von seinem Gegenüber bestimmen, entnimmt ihnen seine Orientierung, und kann von da aus dann auch seinerseits auf jene einwirken. Im listigen Verhalten entwickelt sich ein Wechselspiel, in dem der eine und der oder das andere sich aneinander und miteinander entwickeln und verändern. Die von Adorno so genannte »Kommunikation des Unterschiedenen« wäre in diesem Sinne ein spielerisch-listiges Verhalten der miteinander Sprechenden und Handelnden.

Indem der Listige sein Gehen nicht geradlinig auf sein Ziel ausrichtet, sucht er sich einen Weg, der über andere Strecken als die unmittelbar vor ihm liegenden führt, er geht verborgene Umwege und umschifft damit insgeheim Hindernisse, die sich dem geraden Vorgehen in den Weg legen. Mit jener unseligen Erfindung unserer Zeit, die sich »Sachzwang« nennt, kann man zuweilen gar nicht anders sinnvoll umgehen, als daß man sie listig unterläuft. Oft wird die List so tun, als verfolge sie eine gerade, eindeutige Bahn und habe keine Hintergedanken. So tut etwa auch die Kritik, vor allem die sogenannte immanente Kritik, die wohl immer ein listiges Verhalten ist, so, als gehe sie mit ihrem Gegenüber mit, ließe sich auf seinen Weg ein, bis plötzlich von ihrem Mitgehen her ein ganz neues Licht auf seine Intentionen und deren Umsetzungen fällt, so daß sichtbar wird, daß jener Weg in ein Zwielicht geraten ist und nicht hält, was er versprach, daß er unsicher geworden ist.

Der spielerisch-listige Weg täuscht also zuweilen Ernsthaftigkeit vor, wiederum: er geht scheinbar willig mit, und führt doch in eine Aporie, eine Frage, eine Unmöglichkeit oder eine

Aufforderung. Vielleicht zeigt sich, daß der Weg, statt zu Ende zu sein, hier erst anfängt, oder daß man springen muß. Heideggers »Holzwege« sind listige Wege, sie enden plötzlich in einem Unbegangenen.

Diese List ist also auch keine Klugheit vom Typ der odysseischen, zweckrationalen Klugheit. Es kann ihr auch nicht darum gehen, irgend etwas oder irgendwen in dem Sinne zu überlisten, daß es oder er schlau in eine Richtung gezwungen wird, die ihm eigentlich zuwider ist. Ein Denken, das – mit einem Schlagwort gesagt – den Herrschaftscharakter der instrumentellen Vernunft aufgeben will, kann nicht beabsichtigen, sein Gegenüber hinterlistig hinters Licht zu führen. Insofern braucht sich dieses dann auch nicht mehr durch die List bloß benutzt oder gar betrogen zu fühlen.

Es könnte nämlich – und damit komme ich zu meiner letzten, bewußt keinen Schlußstrich ziehenden Überlegung zu einer anderen Einschätzung der List – es könnte nämlich für diese Einschätzung nicht zuletzt darauf ankommen, auch die Gegenperspektive, die Perspektive des Überlisteten also, in die Betrachtung einzubeziehen. Welche Arten von Listen kann man dem anderen zumuten – welche kann umgekehrt der Überlistete dem, der die List anwendet, zugeben, wann wird er sich dagegen durch eine List in unerträglicher Weise manipuliert oder hintergangen fühlen? Kann er sich dann der List des anderen anvertrauen, wenn er diesem überhaupt ein Vertrauen – wie man sagt – »entgegenbringt«? Vielleicht bemerkt er dann irgendwann, daß ihm eine Rolle zu spielen aufgegeben wurde, von der er zwar vorher nichts wußte, die seinem Tun und Sichverhalten aber im nachhinein ein neues, anderes Gewicht, eine neue Bedeutungsebene hinzufügt, es gewissermaßen uminterpretiert, ohne es deswegen negieren zu müssen.

Nietzsche läßt Zarathustra einmal sagen, »dass gut Schenken eine *Kunst* ist und die letzte listigste Meister-Kunst der Güte«.[19] Und an anderer Stelle heißt es: »Es sind nicht die schlimmsten Dinge, deren man sich am schlimmsten schämt: es ist nicht nur Arglist hinter einer Maske, – es gibt so viele Güte in der List. Ich könnte mir denken, daß ein Mensch, der etwas Kostbares und Verletzliches zu bergen hätte, grob und rund

19 A. a. O., S. 391.

wie ein grünes altes schwerbeschlagenes Weinfaß durch's Leben rollte: die Feinheit seiner Scham will es so.«[20]

Das Schenken als listige Kunst der Güte und überhaupt: »Güte in der List«? Das klingt befremdlich. Aber auch hier ist von einem sich verbergenden Sonderweg, einem Umweg die Rede. Er verbirgt sich, eben weil er ein Weg der Güte, des Sichhinneigens ist. Eine Maske, eine Verstellung auch hier, aber gerade weil sie sich, verschämt, öffnen will, weil sie dem anderen – oder auch sich selbst (»Und wahrlich, das ist kein Gebot für Heute und Morgen, sich lieben *lernen*. Vielmehr ist von allen Künsten diese die feinste, listigste, letzte und geduldamste.«[21]) – unter der Hand zugeneigt sein will. Daß einer etwas Schönes mit jemandem vorhat, das kann durchaus listig eingefädelt und ausgeführt werden und kann gerade durch diese listige Weise des Vorgehens eine Lust und ein Genuß sein – für den Nehmenden wie für den Gebenden, für den auf diese Weise »Überlisteten« wir für den Listigen selbst.

20 *Jenseits von Gut und Böse, Werke* Bd. VII, Leipzig 1903, S. 60f.
21 *Also sprach Zarathustra*, S. 283.

Gunther Eigler
Handeln auf zwei Ebenen

Ich möchte von meiner individuellen Erfahrung ausgehen und in persönlichen Reflexionen versuchen, mir Klarheit darüber zu verschaffen, warum ich eine wissenschaftliche Beschäftigung mit dem Phänomen »List« als schwierig empfand. Meines Erachtens wurden zwei Problembereiche behandelt, die sich nur partiell decken:

Zum einen wurde vom Handeln von Menschen gesprochen. Handeln war das Thema, nicht Erkennen, Wissen, Wissenschaft: wie Menschen miteinader umgehen, ein Problem, das systematisch von der Philosophie her, der Anthroprologie, der Psychologie, der Soziologie und einer Reihe anderer Disziplinen angegangen werden kann.

Zum anderen wurde versucht, ein umgangssprachlich verwendetes Wort – das Wort, das der Vortragsreihe das Thema gab – durch Definition festzustellen, also auf einen denotativen Kernbereich festzulegen und alle Konnotationen aufgrund der jeweiligen historischen Kontexte möglichst zu eliminieren.

Was den zweiten Problemkreis, die Feststellung eines Begriffs, betrifft, möchte ich vorschlagen, in Anbetracht der historischen Überlagerungen, den damit verbundenen kulturspezifischen Interpretationen und Wertungen und der sich daraus ergebenden Unfähigkeit, das Wort auf eine Bedeutung bzw. einen Bedeutungskomplex festzulegen, den gordischen Knoten zu zerschlagen und gemäß Strategem 16 zu verfahren: »Will man etwas fangen, muß man es zunächst loslassen.«[1]

Ich tue das guten Gewissens. Wittgenstein sagte in den *Philosophischen Untersuchungen:* »Was bezeichnen nun die Wörter dieser Sprache? – Was sie bezeichnen, wie soll ich das zeigen, es sei denn in der Art des Gebrauchs?«[2]

Um die Argumentation in Gang zu bringen, gehe ich von Norman, einem vehementen Vorkämpfer für Cognitive

1 von Senger ([9]1992) S. 293.
2 Wittgenstein (1960) S. 264.

Science, der Erforschung von menschlicher und künstlicher Intelligenz, aus, der zu einem der schärfsten Kritiker der Rückübertragung von Systemvorstellungen des Computers auf die menschliche Informationsverarbeitung und einer entsprechenden Modellierung des Menschen als reines kognitives System wurde. Für Norman ist der Mensch ein Organismus, dem es um das Überleben geht, und alle kognitiven Mechanismen – wie Wahrnehmen, Denken, Entscheiden – werden im Dienst des Überlebens mobilisiert: zur Interpretation der Situation (was ist los?), zur Suche nach Lösungswegen: »... möglicherweise ist das ›Kognitive System‹ nicht die Spitze des menschlichen Lebens. Es ist zwar angenehm zu meinen, daß der entscheidende Punkt das ›Kognitive System‹ ist, mit einem dienenden regulatorischen System, das beides erhält, den Körper und das ›Kognitive System‹. Diese selbstgefällige Betrachtungsweise ist besonders Intellektuellen lieb, aber sie stimmt nicht. [...] Brachte die Evolution etwa die höheren kognitiven Systeme hervor, um Professoren die Möglichkeit zu geben, zu existieren, zu publizieren, Konferenzen abzuhalten?«[3] Für Norman hat das kognitive System zunächst und primär dienende Funktion: es leistet die kognitive Orientierung des organismisch-regulativen Systems, das ständig über unsere emotionale Befindlichkeit präsent ist und Handlungsbedarf signalisiert. Das schließt nicht aus, daß sich das kognitive System bei fortgeschrittener evolutionärer Entwicklung auch eigene Ziele setzen und verfolgen kann (wie Wissenschaft, Kunst, Literatur, Philosophie), aber – auch hier wird Norman sehr deutlich – »[...] nur im nachhinein, gleichsam aufgepfropft auf die Handlungen, die das Leben erhalten.«[4]

Eine einfache Vorstellung. Dem Menschen als Organismus geht es um Erhaltung, dem dient das kognitive System, wenigstens primär. Daß Norman die Vermitteltheit des Lebens in entwickelten Gesellschaften bekannt ist, muß wohl nicht erwähnt werden; aber das ändert nichts an dem Grundmuster. Handeln um der Selbsterhaltung willen? Eine solche Vorstellung erscheint uns primitiv; wir denken gern etwas besser von uns. Nun könnte man darauf hinweisen, daß Selbsterhal-

3 Norman (1980) S. 11.
4 Norman (1980) S. 11.

tung seit der Stoa ein philosophisches Problem ist, das immer wieder aufgegriffen wurde. Aber lassen wir die ganzen philosophischen und religiösen Bildungssedimente beiseite, die in solchen Diskussionen virulent zu werden pflegen, und formulieren eine gleichermaßen einfache Gegenthese: Wir handeln jeweils gemäß den geltenden gesellschaftlich-kulturellen Normen.

Was zunächst so schön wie These und Gegenthese aussieht, erweist sich bei näherer Betrachtung als die beiden Seiten ein und derselben Medaille: Denn was leisten besagte Handlungsnormen? Sie stellen jeweils historische Versuche der normativen Kanalisierung der Selbsterhaltung dar.

Was immer für Ziele wir verfolgen, wir handeln – im Rahmen dieser Konzeption – um der Selbsterhaltung willen, und dieses Handeln wird interpretiert und kanalisiert durch die jeweils herrschenden gesellschaftlich-kulturellen Normen. Selbst abgehobene Geister kommen nicht umhin, sich daran zu orientieren, wenn sie nicht aus der jeweiligen Gesellschaft herausfallen wollen. Besagte gesellschaftlich-kulturelle Normen leisten sehr viel für die Menschen: Sie interpretieren einerseits das Selbst, machen es so zu einem durch und durch historischen Selbst, und zeigen über Bewertungen mögliche Wege des Sicherhaltens des Selbst auf. Die Ausrichtung auf Selbsterhaltung ist universal; sie ist der Zweck, um den es immer ging, geht und gehen wird, bei allen Menschen aller Zeiten und Kulturen. Das Verständnis aber, was Selbsterhaltung ist, d. h. das Verständnis des Selbst und seines Handlungsraumes, ist historisch variabel, interpretiert durch die jeweils herrschenden gesellschaftlich-kulturellen Normen.

Beim Handeln sind jeweils Ziele im Spiel, nämlich aus der Perspektive dessen, der mit dem Handeln etwas erreichen will. Zugleich sind andere betroffen: Handeln vollzieht sich im sozialen Raum, und das bringt bisweilen Probleme mit sich. Verdeutlicht an Strategem 1: »Den Kaiser täuschen und das Meer überqueren.«[5]

Der Kaiser ist mit Heer und Generälen unterwegs, um ein fremdes Reich jenseits des Meeres zu erobern. Am Meer angekommen, bekommt er Angst, d. h. ist unfähig zu zielgerichte-

5 von Senger ([9]1992) S. 37ff.

tem Handeln. Anders die Generäle: Sie halten an dem Ziel fest, nur können sie es in Anbetracht der Verfassung des Kaisers nicht direkt angehen. Sie müssen zunächst ein gleichsam vorgeschaltetes Ziel bewältigen, die Barriere (die Angst des Kaisers) ausschalten bzw. umgehen, um das eigentliche Ziel des Kaisers und auch von ihnen angehen zu können: die Eroberung des fremden Reiches. Sie bewältigen das Vorabziel, indem sie den Kaiser auf ein als Landhaus am Ufer verkleidetes Schiff einladen lassen, das dann zunächst unbemerkt in See sticht.

Wenn wir handeln, wollen wir etwas, verfolgen wir Ziele, die ihren Sinn von dem Zweck des Handelns erhalten. Im Handeln sind wir aber immer sozial verflochten: andere sind betroffen, haben auch Ziele bzw. entwickeln anhand erkennbarer Ziele/Intentionen ihrerseits ein Ziel/ihre Intention – wieder am Beispiel des Kaisers angesichts der drohenden Überfahrt verdeutlicht: nein! das will ich nicht! so nicht!

Was tun in einer solchen Situation? Was zu tun ist, haben wir so gut gelernt, daß es uns in den meisten Fällen gar nicht bewußt wird: Als Erwachsene handeln wir nicht einfach, unsere Ziele und Intentionen verfolgend – wir handeln immer, die bekannten bzw. vermuteten Ziele anderer berücksichtigend. Diese Fähigkeit, sich in andere zu versetzen, ihre Ziele zu erspüren und die Situation aus ihrer Perspektive zu sehen, wird in der Psychologie seit Piaget[6] intensiv untersucht. Sie wird als Soziale Kognition bezeichnet. Soziale Kognition ist nicht einfach angeboren, sie wir in der Entwicklung schrittweise aufgebaut:[7]

Niveau 0
Kinder unterscheiden nicht die eigene Perspektive und die des anderen.

Niveau 1
Kinder erkennen, daß andere eine Handlung/Situation anders sehen als sie selbst.
= differenzierte Perspektive

Niveau 2
Heranwachsende können ihr Handeln aus der Perspektive des anderen betrachten.
= reziproke Perspektive

6 Piaget/Inhelder (1972) S. 120ff.
7 Selman (1982) S. 385.

Niveau 3

Heranwachsende können die Perspektive eines Dritten übernehmen und die Perspektiven der beiden Partner koordinieren.
= Perspektive der dritten Person

Niveau 4

Zwischenmenschliche Beziehungen werden als Netzwerke begriffen, gebildet durch die unterschiedlichen Perspektiven in einer Bezugsgruppe; gesellschaftliche Normen werden als Regulative dieser Sozialbeziehungen gesehen und unter dem Gesichtspunkt der Perspektivenhaftigkeit reflektiert.

Soziale Kognition ist eine große Errungenschaft in unserer Individualgenese und eine entscheidende Bedingung des Erwachsenenhandelns: Ich organisiere mein Handeln unter Berücksichtigung der Ziele anderer im Rahmen gesellschaftlicher Normen. Das kann man so perfektionieren, daß man beim Planen seines Handelns schon die möglichen Einwände anderer, ihre Gegenzüge (in der Sprache des Schachspiels) berücksichtigt und von vornherein zu neutralisieren versucht.

Faktisch handle ich ständig auf zwei Ebenen:

der Ebene meiner Ziele und Intentionen;
der Ebene meines Gegenüber, meiner Gegenüber, und ihrer vermeintlichen Ziele und Intentionen, und
versuche die Ebenen zu vermitteln, möglichst so, daß meine Intentionen im großen und ganzen realisiert werden.

Andererseits scheint meine Handlungsintention in eigenartiger Weise gebrochen. Nicht nur, daß ich in meinem Handeln mein Gegenüber und seine Intentionen berücksichtige, ich tue dies auch noch im Rahmen der gesellschaftlich-kulturellen Normen.

Handeln unter Berücksichtigung der Perspektive anderer, eingebettet in ein gesellschaftliches Normensystem, weist eine große Spannbreite auf:

- Man erzwingt das Erreichen seiner Ziele mit Gewalt. Das setzt voraus, daß man glaubt, die Ziele der anderen beiseite schieben zu können, ohne selbst Schaden zu erfahren, etwa durch Kollision mit Normen, die mit Sanktionen belegt sind.
- Man setzt Macht zum Erreichen seiner Ziele ein, namentlich institutionelle Macht.
- Man droht, um seine Ziele durchzusetzen, mit Repressalien, und wenn auch nur in der äußerst subtilen Form des Liebesentzugs.

Das sind Beispiele für Formen direkter Einflußnahme auf andere, um eigene Ziele zu erreichen, Formen wenig reflektierten, eher spontanen und häufig fast automatisierten Handelns.

Am anderen Ende der Skala finden sich Formen eher indirekter Einflußnahme auf andere. Und nun werden die Dinge komplizierter: Ich will etwas, habe ein Ziel, das zu realisieren an sich schon für mich schwierig ist, ein Problem darstellt, und dann kommt noch der andere, der sich in den Weg stellt: eine scheinbar unüberwindbare Barriere. Wie kann ich diese beseitigen oder gegebenenfalls umgehen? Der Handelnde, der etwas Bestimmtes vorhatte und sich darauf konzentrierte, findet sich also auf einer zweiten Ebene in einem zweiten Problemraum wieder: Wie mit dem anderen umgehen, der sich in den Weg stellt, wie ihn beeinflussen, zumindest seinen Einfluß neutralisieren?

Problemlösen ist auf zwei Ebenen gefordert, der Ebene des sachlichen Problems und der Ebene des Problems anderer – wie bringt man beides zusammen? – Ich greife im folgenden kurz auf Gedanken der Problemlösetheorie zurück, um dann zu dem zu klärenden Problem des Handelns auf zwei Ebenen zurückzukehren.

Wie wird man im Rahmen dieser Theorie allgemein mit einem Problem fertig? Dörner[8] unterscheidet eine Reihe von Problemtypen, indem er von der Art der Barriere ausgeht, die sich dem betreffenden Menschen in den Weg stellt: Man plant eine Reise, Ausgangspunkt und Ziel sind klar, die im einzelnen auszuführenden Handlungen auch. Die Barriere besteht darin, die Reihenfolge der Handlungen zu arrangieren: Zugverbindungen, Orte, Übernachtungen, Termine, d. h. man muß die Handlungen in einer zweckmäßigen Abfolge zwischen Ausgangspunkt und Ziel ordnen, man muß sie zwischenschalten – Dörner spricht dementsprechend von Interpolationsproblemen. Anders ist die Situation bei Syntheseproblemen, das sind Probleme, bei denen man die Lösung gleichsam erfinden muß. Auch hier ist das Ziel klar, es fehlen aber wichtige Teilhandlungen: Sie sind zu entwickeln, zu synthetisieren, sei es im Alltag, sei es beim wissenschaftlichen Arbeiten. Beim Synthetisie-

8 Dörner (1976) S. 10ff.

ren neuer Handlungen, neuer Operationen, kann das Denken in Analogien eine große Hilfe sein. Dörner[9] berichtet von Kekulé, er sei bei der Betrachtung eines Kaminfeuers zur Vorstellung der ringförmigen Kopplung der Kohlenstoffatome im Benzolmolekül gelangt: Funken, im Bogen geschleudert, hatten das Bild einer sich in den Schwanz beißenden Schlange erzeugt. Oder von Mendelejew, er sei zur Vorstellung des Periodensystems der Elemente durch die Ordnung der Karten im Kartenspiel angeregt worden. Solche Modelle erlauben, über Analogiebildungen bisher sich der Strukturierung widersetzende Gedankenmassen zu ordnen.

Mit dem Synthetisieren einer neuen Handlung, einer neuen Operation, ist das anstehende Problem in der Regel noch nicht gelöst, aber häufig in ein einfacher zu handhabendes Interpolationsproblem transponiert. Dieses kann im Rückgriff auf sog. Problemlösestrategien angegangen werden: Man kann vorwärtsplanen, vom Ziel her rückwärtsplanen, Zwischenziele entwerfen usw., auch wenn man zwischenzeitlich in das Versuchs- und Irrtumsverhaltensmuster zurückfällt.

Nach Dörner verfügen wir über eine Reihe solcher Suchverfahren, die uns beim Suchen nach der Lösung eines Problems helfen können. Sie sind weder bereichsspezifisch noch algorithmisch, geben also nicht die Schrittfolge im einzelnen vor, sondern geben beim Problemlösen nur formal eine Orientierung: Was ist das Ziel? Was die Ausgangsposition? Was könnte der nächste Schritt sein? Was – vom Ende her gedacht – der letzte, der vorletzte Schritt? Zwischenziel erreicht? Schließlich: Ziel erreicht?

Vor diesem Hintergrund wende ich mich nun China zu – mit allen Vorbehalten in Anbetracht meines europäisch orientierten kognitiven Apparates, um dann nach Europa zurückzukehren. Bei den Strategemen dürfte es sich um hochgeneralisierte Vorstellungen handeln, die in bestimmten Problemsituationen – wenn sich nämlich andere den eigenen Intentionen entgegenstellen – helfen können.

Strategeme schreiben nicht vor, was im einzelnen zu tun bzw. zu versuchen ist – sie haben keinen algorithmischen Charakter. Strategeme leiten das Problemlösen auch nicht in Form

9 Dörner (1976) S. 81 f.

von Suchverfahren. Aber so wie beim Lösen synthetischer Probleme Modelle hilfreich sein können, auf die man sich über Analogien beziehen kann, so können Strategeme das Handeln in bestimmten Situationen orientieren, nämlich dann, wenn andere den eigenen Intentionen im Weg stehen.

Strategeme wären also Hilfen beim Problemlösen im zwischenmenschlichen, im sozialen Bereich, nicht aber beim Lösen von Sachproblemen:

Ebene 1 Man verfolgt ein Ziel, eine Intention

Ebene 2 Andere stellen sich in den Weg: die Barriere

Strategeme bzw. ihre Anwendung über Analogiebildungen ermöglichen eine Bearbeitung der Problemlage, indem sie Ebene 2 – den widerspenstigen anderen – gewissermaßen neutralisieren.

Exemplifiziert an Strategem 1: »Den Kaiser täuschen und das Meer überqueren.« Was ist die Botschaft? Die Barriere zu umgehen, nämlich den sich in den Weg stellenden anderen.

Strategem 16: »Will man etwas fangen, muß man es zunächst loslassen.« Was ist hier die Botschaft? Nicht festbeißen! Bogen schlagen! Zweiter Anlauf.

Strategem 15: »Den Tiger vom Berg in die Ebene locken.« Botschaft? So kommt man an ihn nicht heran – runter auf mein Niveau!

Strategem 3: »Mit dem Messer eines anderen töten.« Botschaft? Wer könnte ihn aus dem Weg schaffen – humaner: seinen für das eigene Anliegen negativen Einfluß neutralisieren.

Strategeme ermöglichen eine kognitive Orientierung des Handlungssystems. Mit der Anwendung eines Strategems ist die eigene Intention zwar noch nicht realisiert, ist weder der andere aus dem Weg geräumt noch das sachliche Problem gelöst. Doch die Anwendung eines Strategems hat gleichsam auf eine Spur gesetzt, hat die Situation vorstrukturiert.

Wieder konkret an Strategem Nr. 1: Die Einsicht, daß man – will man seine Intention realisieren – den Kaiser neutralisieren muß, löst das Problemknäuel noch nicht – im konkreten Fall bleibt, 1. das Umgehen des Kaisers auch zu arrangieren, ein höchst mühsames Unternehmen, ein Syntheseproblem, das ganz konkret zu lösen ist. Danach bleibt 2. noch das eigentliche Problem zu bewältigen: die Überfahrt, ein Interpolationsproblem auf der anderen Ebene.

Es ist also zweierlei:
– die Anwendung eines Strategems – die Vor-Strukturierung der Situation und
– die Lösung des Problems, hier des ineinander verschachtelten Synthese- und Interpolationsproblems.

Um meine bisherigen Überlegungen noch einmal im Hinblick auf den Gebrauch der Begriffe »Strategem« und »List« zusammenzufassen: Ich rate dringend ab, Strategeme mit List oder gar Tücke, wie wir sie heute verstehen und gebrauchen, in Zusammenhang zu bringen – auch daß ahd. »lis« mal etwas mit Wissen zu tun hatte, ermöglicht heute keine Kommunikation mehr.

Wenn ich abrate, Strategeme mit List/Listen in Zusammenhang zu bringen, so kann ich mich auf von Senger, *Strategeme*[10] beziehen: »Ich ziehe den Ausdruck ›Strategem‹ [...] dem Wort ›List‹ vor. Denn dem Wort ›Strategem‹ haftet nicht der etwas anrüchige Charakter des Wortes ›List‹ an [...].«

Was – davon unabhängig – List/Listen betrifft, so scheint unsere Kultur dem geballten Eindruck der 18 bzw. 36 Strategeme auf den ersten Blick nichts Vergleichbares und Gleichwertiges entgegensetzen zu können. Ich denke, man kann das im Blick auf die Vortragsreihe mittlerweile differenzieren:

– wenn wir uns auf das Wort List einlassen, so hat jeder von uns ein Reservoir von Beispielen zur Hand – als Zeitgenosse; wir verfügen sogar über entsprechende Redewendungen: hinters Licht führen, Sand in die Augen streuen...

– weiter: in den anderen Beiträgen sind Beispiele in großer Zahl aus anderen Zeiten und Kulturen ausgebreitet worden: Orient und Antike, germanische Frühzeit und Mittelalter, frühe und fortgeschrittene Neuzeit;

– und schließlich haben wir Listen in literarischer Brechung, Überformung. Märchen dürften die wohl wirkungsvollste Gattung sein. Kinder aller Zeiten haben Spaß an listenreichem Geschehen; unsere Kinder haben Spaß an »Hänsel und Gretel« (»streck deine Finger heraus, damit ich sehen kann, ob du fett bist«, und Hänsel streckt der Hexe ein Knöchlein hinaus; »kriech hinein, ob recht angeheizt ist«, und Gretel antwortet: »ich weiß nicht, wie ich hineinkomme.«) bis hin – ganz modern

10 von Senger (⁹1992) S. 21.

– zum ›Eisbären und Schneehasen‹[11], wo der kleine Schneehase seinem großen Freund durch kluges Handeln aus der Patsche hilft.

Diese Freude am Durchkommen, am Sich-aus-der-Affäre-Ziehen und an der Art, wie das geschieht, steht in einem sonderbaren, m. E. aber durchaus bedenkenswerten Kontrast zu den gegenwärtig vorherrschenden Normen: kooperieren, Konflikte offen im Gespräch austragen. Was uns allerdings in Sachen List/Listen fehlt, ist Forschung, ja überhaupt jegliche systematische Annäherung. Dies gilt auch für die Erziehungswissenschaft, wenn auch eine kleinere Ausnahme hier vermerkt werden soll: Der *Emile* ist durchsetzt von Listen. Der Mensch entwickelt sich, weil gut aus der Hand Gottes, keineswegs aus sich selbst nach einem immanenten Gesetz. Und der Erzieher handelt keineswegs nach dem Muster der negativen Erziehung (alles fernhalten), sondern schafft herausfordernde Situationen, mit denen Emile fertig werden muß: Emile »muß« sich verirren, um in dieser sorgfältig arrangierten Lernsituation zu lernen, wie man sich in der Natur orientiert, oder: Emile, der am Vortag jemandem etwas zerstörte, findet am nächsten Morgen sein Gärtchen zertrampelt, wieder eine sorgfältig arrangierte Lernsituation, in der zu lernen ist, das Eigentum anderer zu achten.

Dieses und das Aufzählen weiterer Beispiele ändern nichts an der Tatsache, daß das Phänomen selbst in der Erziehungswissenschaft nicht thematisiert wurde.

Wir verfügen über keine Forschung zu Listen, über keine Systematik, über keine Klassifikation, noch nicht einmal über eine deskriptive Aufstellung. Dies als Mangel zu empfinden, ist typisch europäisch: Wir stellen mit Mißbehagen fest, daß europäisches Denken ganz offensichtlich irgendeinen Bereich noch nicht durchdrungen hat, und sich zugleich beschämt im Blick auf die 36 Strategeme der Chinesen.

Aber was sind diese Strategeme eigentlich? Eine Sammlung von 36 Redewendungen, exemplifiziert in z. T. märchenhaften Geschichten. Zum Problem für uns hat sie von Senger[12] gemacht, indem er gemäß Strategem 7 »Aus einem Nichts etwas erzeugen« die 36 Strategeme insofern europäisierte, als er ihnen

11 de Beer (1992).
12 Vgl. von Senger (^{8}1992) S. 28.

eine europäische Denkstruktur aufprägte, nämlich die unvermittelt nebeneinander stehenden chinesischen Strategeme in einer für unser Denken typischen Weise kategorisierte und gemäß dem Abstraktheitsgrad gruppierte:

Strategeme der/s		
– Verschleierung		
– Vorspiegelung	Simulations-	
– Beutegewinns	Dissimilations-	Täuschungs-
– Einkreisung	Informations-	Präsenz-
– Vorhandgewinnung	Ausmünzungs-	Mischstrategeme
– Verlockung	Fluchtstrategeme	
– Flucht		

Kategorisierung und Gruppierung im Anschluß an von Senger

Zugegeben: selbst so etwas Vorläufiges – eine einfache Gruppierung mit 7,5 bzw. 3 Kategorien – haben wir in dem zur Diskussion stehenden Bereich noch nicht einmal. Aber was bedeutet das? Offensichtlich, daß bestimmte Formen des Umgangs mit dem anderen (»listiges Handeln«) – zwar zu allen Zeiten bekannt und geradezu selbstverständlich waren, wenn auch jeweils unterschiedlich bewertet – in unserer europäischen Forschungstradition jedoch nicht thematisiert wurden. Diese Feststellungen führen zu zwei Fragen: Wäre es nicht sinnvoll, den handelnden Umgang mit dem anderen stärker als bisher zu thematisieren? Warum hat diese Form des handelnden Umgangs mit dem anderen in der europäischen Tradition nur wenig Beachtung gefunden?

Hinsichtlich der ersten Frage könnte man von der Tatsache ausgehen, daß wir in der alltäglichen Kommunikation kein Problem mit den Wörtern List/Listen/listig haben – wir gebrauchen sie, werden verstanden und verstehen sie. Probleme ergeben sich, wenn wir definieren sollen, was »List« ist: Auf der Ebene der Zeitgenossen, wegen der unterschiedlichen Ausprägung der Konnotationen, auf der historischen Ebene, wegen der unterschiedlichen historischen Kontexte. Das alles ist nicht überraschend: ein Begriff läßt sich nicht ad hoc definieren, sondern nur in einem System. Das wäre im gegebenen Fall das menschliche Handeln, und deshalb wurde eingangs eine einfache Vorstellung vom Handeln entwickelt: Menschen handeln um der Selbsterhaltung willen unter den jeweils herrschenden historischen gesellschaftlich-kulturellen Normen. Auf einen solchen bzw. einen elaborierteren Rahmen wären m. E. in Zukunft alle weiteren Überlegungen zu beziehen, wobei dem Attribut »historisch« besondere Bedeutung zukommt: hier fänden die Listen ihren Platz: als Handlungsformen in dem jeweiligen historischen Normenkontext.

Will man solche Fragen ernsthaft angehen, muß man sich überlegen, ob man das nicht zweckmäßigerweise im Rahmen einer umfassenderen Forschungskonzeption tut, wie sie sich zur Zeit als Historische Anthropologie abzuzeichnen beginnt.[13] Historische Anthropologie sieht ihr Anliegen darin, den Menschen in seinen Bezügen zu den historisch geltenden gesellschaftlich-kulturellen Normen zu untersuchen.

Eine Orientierung an dem Versuch »Historische Anthropologie« hätte den Vorteil, daß aufgrund der Zusammenarbeit mit der Biologie Aspekte der evolutionären Entwicklung und Phylogenese einbezogen werden könnten. Über die methodischen Schwierigkeiten sollte man sich nicht täuschen: das Ausgangsmaterial ist vorwiegend sprachlich; linguistische Analyse liegt nahe, wird aber nicht zureichen: List und Listen sind nicht primär sprachliche Phänomene, sondern Formen des Handelns, des Umgangs mit anderen – das und das Denken, das hinter dem Handeln steht, gilt es zu erforschen.

Fragen wie die aufgeworfenen lassen sich m. E. nur in der Verschränkung unterschiedlicher Analyseebenen bearbeiten – in unserem Fall

– in gegenwartsbezogenen Analysen
– in korrespondierenden historischen Analysen
– in korrespondierenden kulturvergleichenden Analysen
– im Durchstoßen der kulturbedingten Erscheinungen auf die tragenden – schlagwortartig – evolutionären Mechanismen.

Strategeme, das ist China – List und Listen, das ist Europa. Die typisch europäische Form des Umgangs mit dem schwierigen anderen tritt am klarsten in unserer rhetorischen Tradition hervor. Rhetorik ist nicht diese oder jene rhetorische Technik, Rhetorik ist ein durchgängig geordnetes Verfahren

13 Ein Studiengang »Historische Anthropologie« besteht an der Universität Freiburg seit dem Wintersemester 95/96.

zur systematischen, vorbereiteten Einflußnahme auf andere, den »anderen«.

Barthes charakterisiert die europäische Rhetorik folgendermaßen:

»Wenn man die Unterteilungen der alten Rhetorik übereinanderlegt, so erhält man eine kanonische Distribution der verschiedenen Teile der techne, ein Netz, einen Baum oder eher eine stufenförmig herabsteigende Liane, die entweder übergreifende Elemente unterteilt oder verstreute Teile zusammenfaßt. Dieses Netz ist eine Montage. Man denkt an die Strumpfmaschine von Diderot: ›Man kann sie als einen einzigen Gedankengang ansehen, dessen Konklusion die Herstellung der Ware ist...‹ Bei der Maschine von Diderot werden vorn Textilien eingespeist und am Ende kommen Strümpfe heraus. Der rhetorischen Maschine werden einer angeborenen Aphasie kaum entwachsene Gedankengänge im Rohzustand eingegeben [...]; am Ende findet man einen kompletten, strukturierten, für die Überredung [pour la persuasion] gerüsteten Diskurs.«[14]

Die Verarbeitung wird jeweils von Fragen geleitet: Welche Redegattung liegt vor? Wenn es sich um eine Gerichtsrede handelt: Wie ist eine solche Rede aufgebaut? Worin bestehen die Aufgaben des Redners? Darauf antwortet Cicero:

»So konzentriert sich die ganze Redekunst auf drei Faktoren, die der Überzeugung dienen [ad persuadendum, d. h. der Herstellung der Überzeugung beim Hörer]:

- den Beweis der Wahrheit dessen, was wir vertreten,
- den Gewinn der Sympathie unseres Publikums und
- der Beeinflussung seiner Gefühle [animos] im Sinne dessen, was der Fall erfordert.«[15]

Die Argumente sind ein Schlüssel zu jeder wirkungsvollen Rede – zu finden, ist Aufgabe der inventio:

»So dürfen wir uns sie auch nicht jedesmal, wenn eine Sache zu behandeln ist, immer von neuem auf spezielle Argumente für diesen Fall besinnen, sondern müssen bestimmte Grundgedanken [certos locos] zur Verfügung haben, die so wie die Buchstaben zum Schreiben eines Wortes sogleich für die Behandlung des Falles zur Verfügung stehen.«[16].

Das sind die berühmten topoi/loci, situationsbezogene

14 Barthes (1988) S. 52.
15 Cicero ([2]1976) 2,115.
16 Cicero ([2]1976) 2,130.

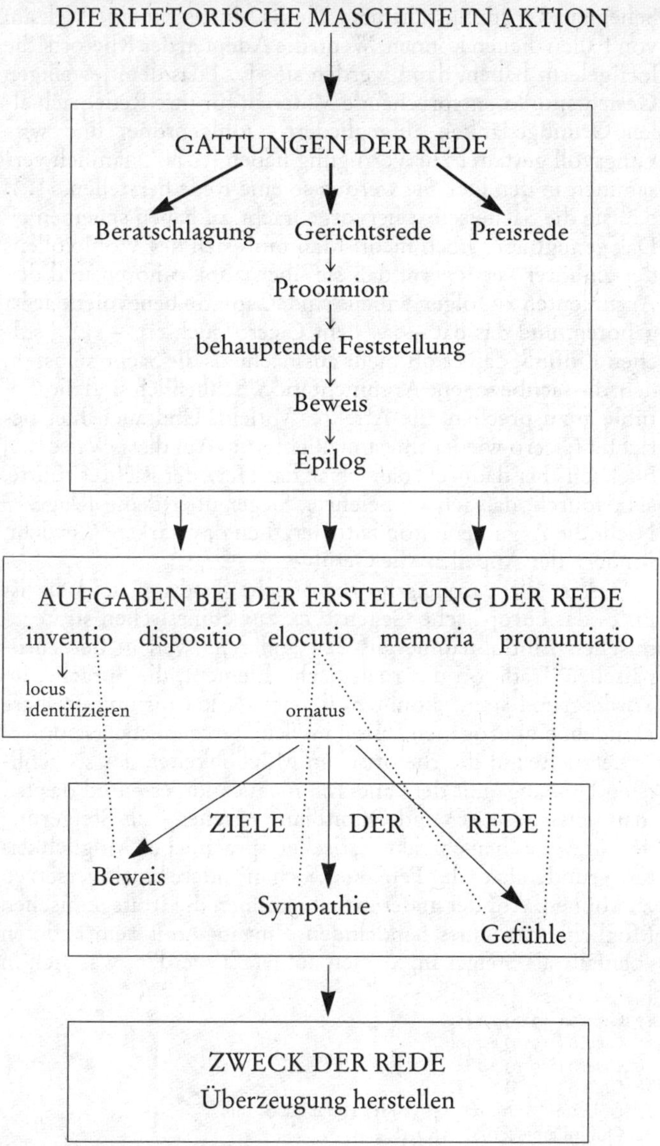
DIE RHETORISCHE MASCHINE IN AKTION
GATTUNGEN DER REDE
Beratschlagung
Gerichtsrede
Preisrede
Prooimion
behauptende Feststellung
Beweis
Epilog
AUFGABEN BEI DER ERSTELLUNG DER REDE
inventio
dispositio
elocutio
memoria
pronuntiatio
locus identifizieren
ornatus
ZIELE DER REDE
Beweis
Sympathie
Gefühle
ZWECK DER REDE
Überzeugung herstellen

Schemata, Ordnungsschemata, die als Muster für eine Vielzahl von Fällen dienen können. Wenn die Adepten der Rhetorik die loci gelernt haben, dann werden sie »[…] das dem jeweiligen Gesichtspunkt entsprechende Material, für ihre Rede nach allen Grundgedanken aufgegliedert, wohlgeordnet und wirkungsvoll gestaltet zur Verfügung haben […]«[17], nämlich versammelt in den loci. Sie werden so eine Rede herstellen, »[…] daß sie die Sache selbst hervorgebracht zu haben scheinen«.[18] Das genügt aber noch nicht: Man muß sich des Wohlwollens der Zuhörer versichern, daß sie überhaupt zuhören und den Argumenten zu folgen willens sind. Captatio benevolentiae ist geboten, und das hat – das sieht Cicero nüchtern – »[…] solchen Einfluß, daß es oft mehr ausmacht als die Sache selbst«[19], d. h. die sachbezogene Argumentation. Schließlich sind die Gefühle anzusprechen, die Affekte, Mitleid. Und auch hier berichtet Cicero wiederum ganz nüchtern: »Auf diese Weise […] blieb ich eher dadurch, daß ich an das Herz der Richter rührte, als dadurch, daß ich sie belehrte, Sieger über deine Klage.«[20] Nicht die Argumentation hatte letztlich das stärkste Gewicht, sondern der Appell an die Gefühle.

Das ist die europäische rhetorische Tradtion, und sie ist m. E. das europäische Gegenstück zur chinesischen strategemischen Einflußnahme auf den anderen. Weil in der europäischen Tradition das rhetorische Element, die Sprache, im Vordergrund stand, könnten die viel stärker ins unmittelbare Handeln einbezogenen Listen im Schatten geblieben sein.

Letzlich sind die rhetorischen Möglichkeiten des sprachlichen Umgangs mit dem anderen nichts anderes – und das hat man seit Isokrates[21] und Quintilian[22] gesehen – als Steigerung der für Menschen charakteristischen sprachlichen Möglichkeiten, gründend auf der Fähigkeit, sich in andere hineinversetzen zu können. Auf der anderen Seite können die strategemischen Möglichkeiten eines handelnden Umgangs mit dem anderen ebenfalls als Steigerung dessen aufgefaßt werden, was sich in

17 Cicero (^{2}1976) 2,145.
18 Cicero (^{2}1976) 2,146.
19 Cicero (^{2}1976) 2,184.
20 Cicero (^{2}1976) 2,201.
21 Isokrates, *Antidonis* 257 (1991) Tome III, S. 166.
22 Quintilianus (^{2}1988) 1,12,18.

der Entwicklung der Sozialen Kognition anbahnt, das Sich-hineinversetzen in den anderen und das Handeln unter Berücksichtigung des anderen und seiner Intentionen.

Literatur

Barthes, Roland: *Das semiologische Abenteuer.* Frankfurt, 1988.

de Beer, Hans. *Der kleine Eisbär und der Angsthase.* Gossau, Zürich, Hamburg, 1992.

Cicero. *De oratore/Über den Redner.* Lateinisch-Deutsch, übersetzt und herausgegeben von Harald Delius. Stuttgart, ^{2}1976.

Der Reden-Berater. Handbuch für erfolgreiche Reden im Betrieb, in der Öffentlichkeit und im Privatleben. [Loseblattzeitschrift] Hg.: Norman Rentrop. Bonn, 1988 ff.

Dörner, Dietrich. *Problemlösen als Informationsverarbeitung.* Stuttgart, 1976.

Isokrate. *Discours.* Tome III. Paris, 1991.

Kalivoda, Gregor/Robling, Franz Hubert. *Überzeugen nicht Überreden – Die hohe Kunst der Rhetorik.* In: *Forschungsmitteilungen der DFG* 3/88.

Kunze, Konrad. *Himmel in Stein. Das Freiburger Münster. Vom Sinn mittelalterlicher Kirchbauten.* Freiburg, ^{9}1995. S. 92 ff.

Ludwig, Otto. *Der Schulaufsatz – Seine Geschichte in Deutschland.* Berlin, 1988.

Norman, Donald A. *Twelve Issues for Cognitive Science.* In: *Cognitive Science* 4 (1980). S. 1–32.

Piaget, Jean/Inhelder, Bärbel. *Die Psychologie des Kindes.* Olten, Freiburg, 1972. (französische Originalfassung 1966)

Psychobiologie. Grundlagen des Verhaltens. Hg.: Klaus Immelmann et al. Stuttgart, Weinheim, 1988.

Quintilianus. *Ausbildung des Redners.* (Übersetzt und herausgegeben von Helmut Rahn), Darmstadt, ^{2}1988.

Selman, Robert L. et al. *Entwicklung der Fähigkeit zur Selbstreflexion bei Kindern.* In: Edelstein, Wolfgang/Keller, Monika (Hg.). *Perspektivität und Interpretation.* Frankfurt, 1982. S. 375–421.

von Senger, Harro. *Strategeme. Der erste Band der berühmten 36 Strategeme der Chinesen – lange als Geheimnis gehütet, erstmals im Westen vorgestellt.* Bern, München, Wien, ^{9}1992.

Ulsamer, Bertold. *Exzellente Kommunikation mit NLP: Erfolgsfaktoren des neuro-linguistischen Programmierens für Führungskräfte.* Bremen, ^{2}1993.

Wittgenstein, Ludwig. *Philosophische Untersuchungen.* In: Schriften. Frankfurt, 1960.

Xuewu Gu
List und Politik

A. List, Politik und Politikwissenschaft

Der amerikanische Politikwissenschaftler Hans Morgenthau schreibt in seinem Buch *Macht und Frieden*: Politik ist ein Kampf um die Macht.[1] Wenn diese Definition stimmt, dann muß es eine Reihe von Methoden geben, um politische Macht zu erwerben und zu erhalten. Dazu gehören »normale« Methoden wie demokratische Wahlen und der Einsatz von nackter Gewalt, aber auch unorthodoxe, unnormale Methoden in Gestalt der Listanwendung.

Während die zwei Begriffe Demokratie und Gewalt bei der Forschung und Theoriebildung der Politikwissenschaft eine zentrale Rolle spielen, hat »List« als Forschungsthema bislang bei den Politologen kaum Interesse gefunden. Es ist erstaunlich festzustellen, daß der Ansatz »List und Politik« in allen drei Teilgebieten der Politikwissenschaft – Politischer Ideengeschichte, Vergleichender Regierungslehre und Internationaler Politik – kaum zu erkennen ist. Ideengeschichtlich kennen wir zwar Han Fei (280–233 v. u. Z.) und Machiavelli (1469–1527) als politische Denker, die im Rahmen ihres realistischen Denkens die Funktion der Listanwendung für die Erhaltung der politischen Macht erkannten. Aber eine systematische »Listforschung« haben sie nicht betrieben. Herr von Senger hat recht, wenn er darauf hinweist, »daß Machiavelli keine Theorie der List [entwickelt] und nicht einmal ansatzweise versucht hat, verschiedene Arten von Listen systematisch voneinander zu unterscheiden oder gar einen Katalog von Listen zusammenzustellen«. Bei Machiavelli gehe es in erster Linie um die Entlassung der Politik aus der Ethik, nicht um die systematische Erforschung von Listen.[2]

Auch Han Fei, in dessen legistischer Theorie die Lehre der Herrschaftskunst einen zentralen Platz einnimmt, spricht nur

1 Morgenthau (1963), S. 69 ff.
2 von Senger (1995) S. 12

am Rande seiner Herrschaftslehre vom »listigen Handeln« des Herrschers. Nach seiner Theorie kann ein Herrscher nur erfolgreich regieren, wenn er versteht, geschickt mit Machtpositionen (shi), Gesetzen (fa) und Herrschaftskunst (shu) umzugehen. Dabei sah Han Fei die Beziehungen zwischen dem Herrscher und seinen Ministern grundsätzlich als ein Spannungsverhältnis an, und in der Machtkonzentration bei den Ministern erkannte er die gefährlichste Bedrohung für den Herrscher. Um die Entstehung einer solchen Machtkonzentration zu verhindern, muß der Herrscher, so Han Fei, die Herrschaftskunst beherrschen und diese geschickt anwenden. Der Herrscher muß beispielsweise seinen Ministern gegenüber immer seine Absichten im dunkeln lassen, seine Gefühle verbergen und seiner Umgebung mißtrauen.[3] Obwohl er bei der Erörterung der Herrschaftskunst das Element des strategemischen Handelns berührte, unternahm Han Fei nicht den Versuch, eine »Strategemelehre« zu entwickeln. Seine Behandlung von Beziehungen zwischen der Strategemanwendung und der Machterhaltung war unsystematisch und strukturlos.

Nur wenn man List und Lüge synonym setzen will, kann man den Ansatz »List und Politik« in der Vergleichenden Regierungslehre als Teilbereich der Politikwissenschaft entdecken. Die Vergleichende Regierungslehre unterscheidet typologisch zwischen demokratischen, autoritären und totalitären Regierungssystemen. Demokratie, so viele Politologen, regiere mit der Vernunft, Autoritarismus mit der Gewalt und Totalitarismus mit der Lüge. Das permanente Lügen und Betrügen wird in der Totalitarismusforschung als ein Hauptinstrument zur Erhaltung des totalitären Regimes angesehen.[4] Doch die wissenschaftliche Auseinandersetzung der Totalitarismustheoretiker mit den Lügen stellt keine »Listforschung« dar. Zum einen scheint es mir sehr problematisch, List mit Lüge gleichzusetzen. Zum anderen ist die Totalitarismustheorie nicht daran interessiert, eine »Lehre von den Lügen« zu entwickeln. Vielmehr bemüht sie sich darum, die Bedingungen für die Entstehung des Totalitarismus zu erklären. Dabei wird das Phänomen der »permanenten Lüge« als Ergebnis einer tiefgreifenden,

3 Vlg. Sa (1989) S. 121 ff.; Moritz (1990) S. 218 ff.
4 Vgl. Giovanni Sartori (1992) S. 195 ff.; Arendt (1955), Friedrich (1957), Linz (1975)

totalen und monopolistischen Durchdringung des menschlichen Denkens durch die offizielle Ideologie definiert. Der Frage, welche Strukturen und Arten die »permanente Lüge« aufweist, wird jedoch nicht systematisch und differenziert nachgegangen.

Auch im Teilbereich der Internationalen Politik ist das Thema »List« unerforscht geblieben. Wir kennen zwar die Bemühungen, in Anlehnung an die Spieltheorie Formen und Muster der Austragung von internationalen Konflikten zu entwickeln.[5] Aber ob man die spieltheoretische Forschung als »Listforschung« bezeichnen kann, ist sehr fraglich. Sicherlich ist es erlaubt, die Listanwendung als ein »Spiel« zu betrachten, weil es sich sowohl bei der Listanwendung als auch beim Spiel im Sinne der Spieltheorie um Interessenkonflikte handelt, deren Ausgang ausschließlich vom Verhalten der Beteiligten abhängt. Jedoch gibt es einen fundamentalen Unterschied zwischen dem Spiel im Sinne der Spieltheorie und der Listanwendung, von der wir sprechen: Im Zusammenhang mit der Spieltheorie handelt es sich um ein offenes Spiel, während das Spiel bei der Listanwendung ein verdecktes ist. Das Spiel im Sinne der Spieltheorie setzt voraus, daß die Spieler und Gegenspieler gleichzeitig im Bewußtsein der relevanten Gegebenheiten ins Spiel eintreten und ihr Verhalten nach festen Spielregeln bestimmen. Hingegen versucht der Listanwender, seine wahre Absicht gegenüber den Listbetroffenen so lang wie möglich zu verbergen und bei diesen keinen Argwohn hinsichtlich seiner listigen Vorgehensweise aufkommen zu lassen. In diesem Sinne weist von Senger darauf hin: »List verträgt in bezug auf ihren Charakter als List keine Transparenz, sie gelingt in der Regel nur durch den unmittelbaren Vollzug«[6] unter Geheimhaltung. Der Charakter des Spiels im Sinne der Spieltheorie als ein offenes und damit transparentes Spiel hindert uns daran, die spieltheoretischen Untersuchungen im Bereich der internationalen Politik in die »Listforschung« einzuordnen. Die listige Vorgehensweise in internationalen Konflikten bedarf also nach wie vor einer gründlichen Untersuchung.

Für den niedrigen Entwicklungsstand der Listforschung in

5 Vgl. Rapoport (1975), Zürn (1992)
6 von Senger (1995) S. 3 f.

der Politikwissenschaft könnten verschiedene Faktoren verantwortlich sein. Der wichtigste Grund scheint mir jedoch darin zu liegen, daß List – wie von Senger nachgewiesen hat – im Westen allgemein als etwas Negatives, Schlechtes und Unmoralisches angesehen wird und die sich normativ verpflichtet fühlende Politikwissenschaft sich von ihr distanzieren will. Das Selbstverständnis vieler Politikwissenschaftler als Intellektuelle in öffentlicher Verantwortung scheint sie daran gehindert zu haben, ihre Forschung dem Thema »List« zu widmen. Vielmehr neigen sie dazu, gesellschaftliche, politische und internationale Probleme zu konstatieren und Strategien für die Lösung der aufgeworfenen Fragen zu entwickeln. In einem solchen an Normen gebundenen Denkmuster hat die als »Tücke« gebrandmarkte List natürlich keinen Platz.

In der Tat ist List – oder besser: Strategem – ein neutrales und wertfreies Phänomen. Durch strategemisches Handeln kann man sowohl ein positives Ziel erreichen, als auch Schaden für die Menschen verursachen. In diesem Sinne schreiben Xue Peiyu und Che Mingzheng in ihrem 1995 in Taiwan erschienenen Buch *Listanwendung und Listabwehr:* »Die List als solche kennt keinen Unterschied zwischen dem Schönen und Häßlichen sowie zwischen dem Guten und Bösen, weil sie nur ein Mittel und Instrument darstellt.«[7] Die *Duden*-Definition, »List ist ein Mittel, mit dessen Hilfe man etwas zu erreichen sucht, was man auf normalem Wege nicht erreichen könnte«, charakterisiert die List zwar zutreffend als eine außergewöhnliche Vorgehensweise zur Problemlösung. Sie ist aber meines Erachtens nicht scharf genug, um die listige Vorgehensweise, die auf dem rationalen Denken und der exakten Kalkulation beruht, von anderen ungewöhnlichen Vorgehensweisen (wie irrationalem Verhalten, blinder Wagnis und extremer Maßnahme) zu unterscheiden. Daher bedarf die *Duden*-Definition einer Ergänzung und Präzisierung. Nach meiner Definition ist List eine außergewöhnliche Methode, um Probleme in einer prekären Situation durch unauffällige Lenkung des gegnerischen Denkens und Verhaltens zu lösen. Zu den Wesensmerkmalen einer List gehören die Unauffälligkeit der Lenkung des Listbetroffenen und die Geheimhaltung der Ziel-

7 Xue (1995) S. 2

setzung des Listanwenders. Im folgenden werde ich versuchen, diese Eigenschaften der List durch eine Analyse der Listanwendung im Bereich der Politik zu verdeutlichen. Die Analyse bezieht sich auf Mao Zedong und sein strategemisches Handeln zu Beginn der wohl allen bekannten Kulturrevolution in China.

B. List und Machtkampf am Beispiel von Maos Kulturrevolution

Der Führer der chinesischen Revolution, Mao Zedong, war ein Meister der Listanwendung in der Politik. Niemand kann mit Sicherheit sagen, wie viele Male es Mao unter Listanwendung geschafft hat, politische Feinde irrezuführen und zu einer falschen Beurteilung der Lage zu verleiten, innerparteiliche Gegenspieler auszuschalten oder internationale Akteure zu täuschen. Seine Täuschungsmanöver zu Beginn der Kulturrevolution sind nur ein Beispiel für seine Bevorzugung der Listanwendung im politischen Kampf und seinen Instinkt für den logischen Zusammenhang zwischen List und Macht.

Die sogenannte Kulturrevolution war in der Tat ein Machtkampf, und zwar zwischen Mao Zedong, seinerzeit Vorsitzender des Zentralkomitees der Kommunistischen Partei Chinas (KPCh), und Liu Shaoqi, seinerzeit Staatspräsident der Volksrepublik China. Dieser Machtkampf trug deswegen den Namen »Kulturrevolution«, weil Mao seinen vernichtenden Kampf gegen Liu zuerst auf dem Gebiet der Kultur startete. Von Anbeginn an wollte Mao Liu politisch entmachten, aber er vermied den Begriff »Politische Revolution«, um Liu und seine Anhänger zu täuschen. Die Verwendung des Begriffs »Kulturrevolution« verbarg seine wirkliche Absicht und führte seine Gegenspieler zu einer Fehlbeurteilung über Umfang und Ziel der »Kulturrevolution«. In völliger Unklarheit über Maos Intention konnte Liu keine entsprechenden Gegenstrategien entwickeln. Seine Anhänger wurden von Mao nach und nach ausgeschaltet und er selbst Stück für Stück entmachtet. Infolge der Manipulationen Maos wurde Liu aus der Partei »für immer« ausgeschlossen. Mit dem demütigenden Titel »Verräter (pantu), heimlicher Kollaborateur (neijian) und

Streikbrecher (gongzei)« starb er am 12. November 1969 in einem Geheimgefängnis in Kaifeng, Provinz Henan.

Vor dem Ausbruch der Kulturrevolution waren Mao und Liu über 20 Jahre lang das Tandem der Parteiführung gewesen. Liu respektierte Maos absolute Spitzenposition in der Partei, und Mao betraute Liu mit der Geschäftsführung des Partei- und Staatsbetriebes. Mao bestimmte Liu sogar zu seinem Nachfolger. In der Tat erwies sich Liu beim Aufbau der chinesischen Wirtschaft nach 1949 als ein tüchtiger und pragmatischer Staatsmann. Das Scheitern des »Großen Sprunges« und der »Volkskommunenbewegung« – beide von Mao im Jahre 1958 eingeleitet – erweckte bei vielen Parteikadern Zweifel an Maos Fähigkeit zum ökonomischen Aufbau. Mao mußte 1959 vom Amt des Staatspräsidenten zurücktreten und diesen Posten an Liu abgeben. Liu Shaoqis erfolgreiche Beseitigung der katastrophalen Konsequenzen der maoistischen radikalen Bewegungen bestätigte die Richtigkeit seiner realistischen und pragmatischen Politik. Die Volkswirtschaft erholte sich und begann ab 1963 wieder zu wachsen. In den Augen vieler Parteikader erwies sich der Vorsitzende Liu (die Chinesen nennen ihren Staatspräsidenten »guojia zhuxi«, also Vorsitzenden des Staates) als führungsfähiger als der Vorsitzende Mao.

Mao fühlte seine Machtposition von Lius aufsteigender Popularität und Autorität bedroht. Er hatte eine tiefe Abneigung gegen Lius Betonung der kollektiven Führung der Partei. Lius Äußerungen gegen den Personenkult erweckten in Mao den Verdacht, Liu könnte ihn nach seinem Tod so behandeln wie Chruschtschow Stalin behandelt hatte. Er entschied, Liu fallenzulassen. Marschall Lin Biao sollte anstelle von Liu Shaoqi der zweite Mann der Partei und der Republik werden. Auf einem Empfang von Rotgardisten aus Guangzhou deutete Ministerpräsident Zhou Enlai am 14. November 1967 die Entscheidung von Mao an: »Es war nicht so, daß der Vorsitzende Mao Liu Shaoqi nicht schon vorher kritisiert hätte. Eine seiner stärksten Kritiken an Liu Shaoqi übte der Vorsitzende Mao während der ›Vier-Prüfungs-Bewegung‹ (Si Qing Yundong) zwischen 1964 und 1965. Zu jener Zeit war der Vorsitzende Mao bereits von Liu Shaoqi enttäuscht. Trotz der über 20 Jahre währenden Förderung durch den Vorsitzenden Mao hat sich Liu nicht zu etablieren vermocht. Und gerade während dieser

Zeit war unser stellvertretender Führer, Genosse Lin Biao, Hoffnungsträger für uns alle geworden...«[8]

Mao entschied nicht nur, Liu zu entmachten, sondern auch, ihn auf eine ungewöhnliche Art und Weise zu entmachten. Mao war sich der Schwierigkeit bewußt, den Staatspräsidenten durch ein normales innerparteiliches Verfahren zu beseitigen. Dafür war seine Machtbasis innerhalb der Partei zu schwach. Liu hatte den ganzen Parteiapparat – vom Zentralsekretariat bis zu den Provinzkomitees – unter seiner Kontrolle und genoß unter den Parteikadern ein hohes Ansehen. Die Möglichkeit, eine Anti-Liu-Mehrheit auf einer innerparteilichen Konferenz zu gewinnen, war für Mao äußerst gering. Es bestand sogar die Gefahr, daß Mao und sein »enger Kamerad« Lin Biao hätten entmachtet werden können, wenn sich Liu Shaoqi, Zhou Enlai, Deng Xiaoping und Peng Zhen zu einem Bündnis zusammengeschlossen und eine Gegenaktion eingeleitet hätten. Um dieses Risiko zu vermeiden, bevorzugte Mao die Option, von Anfang an ein verdecktes Spiel zu spielen. Zu Beginn setzte Mao drei Listen ein, die Liu Shaoqi in eine Falle lockten, die Struktur seiner Machtbasis zerschlugen und ihn von der Bevölkerung isolierten. Im Zuge des Listangriffes zerfiel Lius Front, und Mao gewann den größten innerparteilichen Machtkampf seines Lebens.

a) »Die Schlange aus der Höhle locken« (yin she chu dong): Die Ausschaltung von Peng Zhen

Den ersten Schachzug zur Entmachtung von Liu Shaoqi leitete Mao mit der Anwendung der List »Die Schlange aus der Höhle locken« ein. Die Schlange, die Mao aus der Höhle locken und dann vernichten wollte, sollte Peng Zhen sein. Peng war damals Politbüromitglied des Zentralkomitees der Kommunistischen Partei Chinas, Geschäftsführer des Zentralsekretariats und Erster Sekretär des Parteikomitees von Beijing.

Peng galt als Vertrauter von Liu Shaoqi. Wegen seiner Schlüsselposition in der Machtstruktur der Partei spielte er bei der Bestimmung der Politik eine wichtige Rolle. Als geschäftsführender Zentralsekretär kontrollierte er alle Abteilungen des

8 Zhou (1976) S. 37

zentralen Parteiapparates einschließlich der Presse, eine Institution, die Mao dringend brauchte, um die Massen zur Partizipation an der geplanten »Kulturrevolution« mobilisieren zu könne. Als Erster Sekretär des Parteikomitees von Beijing dominierte Peng Zhen das politische Leben der Hauptstadt. Seine Kontrolle über Beijing war so streng, daß Mao ihm vorwarf, in Beijing »ein selbständiges Königreich errichtet zu haben.«[9]

Peng stellte offensichtlich das Haupthindernis dar, das Mao auf dem Wege zur Entmachtung von Liu im Wege stand. Mao mußte also zuerst Peng ausschalten. Um dies zu erreichen, benutzte Mao das Strategem, Peng durch Angriffe auf dessen engste Mitarbeiter aus der Reserve zu locken. Mao ging davon aus, daß Peng angesichts seiner Machtposition und seiner Geradlinigkeit eine öffentliche Anschuldigung seiner Vertrauten nicht dulden und zu ihrer Verteidigung auftreten werde.

Am 10. November 1965 veranlaßte Mao Zedong, der sich zu jener Zeit in Hangzhou aufhielt, die Shanghaier Zeitung »Kultur Allgemein« (Wen Hui Bao) einen Artikel von Yao Wenyuan mit dem Titel *Kommentar zur neuen Herausgabe des historischen Dramas ›Die Amtsenthebung des Hai Rui‹* zu veröffentlichen. Die Hauptfigur dieses Dramas war ein hochrangiger Beamter (Hai Rui) aus der Ming-Dynastie (1368–1644). Er wagte nicht nur, einen korrupten Reichskanzler auf die Anklagebank zu bringen, sondern auch, den Kaiser höchstpersönlich selber zu kritisieren. Der Kaiser konnte jedoch Hai Ruis scharfe Kritik nicht ertragen und enthob ihn seines Amtes. Das Drama lobte die Tapferkeit Hai Ruis und deutete die Ungerechtigkeit seiner Behandlung durch den Kaiser an.

In seinem Kommentar beschuldigte Yao den Autor des Dramas, auf einen Maulbeerbaum zu zeigen, in Wirklichkeit aber die Akazie zu schmähen, das heißt mit Hilfe einer in der Kaiserzeit spielenden Geschichte die sozialistische Gegenwart anzugreifen. Dieses Vorgehen, unter dem Deckmantel der Literatur und Kunst die Partei anzugreifen, sei, so Yao, ein deutliches Beispiel für die Dominanz des bürgerlichen Denkens im kulturellen Bereich der VR China. Auch Mao selber wies darauf hin: »Das Hauptproblem des Dramas *›Die Amts-*

9 Vgl. Yan (O. J.) S. 16

enthebung des Hai Rui‹ liegt im Vorgang der Amtsenthebung. Kaiser Jiaqing enthob Hai Rui seines Amtes, und wir haben im Jahre 1959 Peng Dehuai seines Amtes enthoben. Peng Dehuai ist Hai Rui.«[10] Bei dem von Mao erwähnten Peng Dehuai handelte es sich um Marschall Peng Dehuai, der 1953 mit seiner »Freiwilligenarmee« die Amerikaner im Koreakrieg zum Verhandlungstisch gezwungen hatte. Als Verteidigungsminister wurde er jedoch 1959 von Mao entmachtet, nachdem er die radikale Politik des Vorsitzenden zur Realisierung des »Großen Sprunges« und der »Volkskommunen« gegeißelt hatte. Mao und seine Anhänger warfen dem Autor des Dramas vor, als Fürsprecher Peng Dehuais die diesem widerfahrene Ungerechtigkeit zu kritisieren, und brandmarkten das Drama als ein antikommunistisches »Giftkraut«, das landesweit kritisiert werden müsse.

Der Autor des Dramas war Wu Han, seinerzeit stellvertretender Oberbürgermeister von Beijing und einer der engsten politischen Freunde von Peng Zhen. Maos Erwartung entsprechend nahm Peng Zhen Wu Han in Schutz. Es sei, so Peng Zhen, zu sehr an den Haaren herbeigezogen, wenn man den in der Ming-Dynastie lebenden Hai Rui mit dem Marschall Peng Dehuai in Verbindung bringe. Zwischen dem Autor und dem Marschall gebe es keine Beziehungen. Die Anschuldigung, das Drama ziele darauf ab, die Partei anzugreifen, sei eine absolut bösartige Verleumdung.

Peng Zhens Auftreten und seine ablehnende Haltung gegenüber der Kritik entsprachen genau dem, was Mao von ihm erwartet hatte. Mao pochte auf seine Autorität und forderte Peng auf, seine Einstellung zu korrigieren. Dem starken Druck Maos ausgesetzt, erklärte sich Peng Zhen damit einverstanden, eine Diskussion über das Drama durchführen zu lassen. Seine Gegenstrategie bestand darin, die Diskussion in die Richtung einer akademischen Kontroverse zu lenken und die Politisierungstendenz der Kritik zu stoppen. Mao durchschaute Pengs Intention und mobilisierte eine aggressive Öffentlichkeit gegen ihn. Mao drohte ihm mit der Auflösung des Parteikomitees von Beijing, wenn er weiterhin »nicht zwischen Falschem und Richtigem unterscheiden, die Linke attackieren, die Mas-

10 Redaktion 1967

sen blockieren und böse Leute schützen werde.« (shi-fei bu fen, daji zuopai, shufu qunzhong, baobi huairen.)[11]

Unter dem starken Druck von Mao und seinen Anhängern, aber auch infolge der nicht hinreichenden Unterstützung durch Liu Shaoqi, entschied sich die aufgescheuchte Schlange Peng Zhen für die Option der Flucht. Peng hoffte, Mao beruhigen zu können, wenn er Selbstkritik in der Öffentlichkeit übe. Womit er nicht gerechnet hatte, war Maos Entschlossenheit, ihn politisch auszuschalten, und damit den ersten Schritt zur Entmachtung von Liu Shaoqi zu tun.

Der 16. April 1966 war der Wendepunkt des Kampfes. An diesem Tag beging Peng den entscheidenden Fehler. Er veranlaßte das Parteikomitee von Beijing dazu, in dessen Organ, der »Beijinger Tageszeitung«, Selbstkritik zu üben. Darin wurde der Fehler eingeräumt, durch Veröffentlichung verschiedener Essays und literarischer Publikationen bürgerliches Denken verbreitet und damit die Partei in ihrem innersten geschädigt zu haben. Das Eingeständnis von Fehlern vermochte Peng und seine Anhänger jedoch nicht mehr zu retten. Im Gegenteil, sie lieferten Mao und dessen Gefolge Munition für die zweite Runde des Angriffs. Mao nutzte die von Peng selber veröffentlichten Materialien als Belege für dessen konterrevolutionäre Einstellung und forderte das Politbüro des Zentralkomitees der KPCh dazu auf, das Problem Peng Zhen »organisatorisch« zu lösen, ein Terminus der Partei mit der Bedeutung, »personelle Konsequenzen ziehen«. Auf einer erweiterten Konferenz des Politbüros wurde Peng Zhen im Mai 1966 als »Konterrevolutionär« gebrandmarkt und entmachtet. Es ist eine Ironie der Geschichte, daß den Vorsitz der Konferenz Liu Shaoqi geführt hatte. Offensichtlich ahnte Liu zu diesem Zeitpunkt nicht, daß Peng Zhens Entmachtung just den Beginn seines – Liu Shaoqis – Endes bedeutete. Es war Mao gelungen, Liu über seine wirkliche Absicht im unklaren zu lassen. Auf dieser Konferenz wurde das Schlüsseldokument zur Einleitung der »Kulturrevolution«, die berühmte »Mitteilung vom 5.16. [16. Mai]« verabschiedet. Liu, der offensichtlich geschwächt worden war, wußte immer noch nicht, was Mao mit der »Kulturrevolution« eigentlich vorhatte. So sagte Liu in

11 Vgl. Sima (1976) S. 69

einer Rede unmittelbar nach der Konferenz zu Rotgardisten: »Ihr fragt mich, wie die Kulturrevolution durchgeführt werden sollte. Ehrlich gesagt, ich weiß es auch nicht«.[12]

b) »Den Tiger vom Berg herablocken« (diao hu lin shan): Ausschaltung einer potentiellen Putschgefahr

Während Mao plante, die Schlange Peng Zhen zur Vernichtung aus der Höhle zu locken, beschäftigte er sich mit der Anwendung einer weiteren List, um die Ausschaltung von Peng militärisch abzusichern. Durch die Anwendung der List »Den Tiger vom Berg herablocken« wollte Mao die Gefahr eines Militärputsches beseitigen. Bei den »Tigern« handelte es sich um die in den Vororten von Beijing stationierten Streitkräfte. Mao traute den »Tigern« der Militärregion Beijing deswegen nicht, weil dessen Befehlshaber General Yang Yong ein früher von Marschall Peng Dehuai kommandierter Offizier und der Politische Kommissar, General Liao Hansheng, der Schwiegersohn des Marschalls He Long war. Marschall He Long galt nicht als Vertrauter von Mao Zedong. Seine Loyalität galt Zhou Enlai, der ihn in den 20er Jahren in die Partei aufgenommen hatte.

Maos Kalkulation zufolge konnte die Entmachtung von Peng Zhen seine Gegenspieler Liu Shaoqi und Deng Xiaoping dazu veranlassen, ihn durch Gewaltanwendung zum Zurückweichen zu zwingen. Mao ging davon aus, daß Liu und Deng bei Bedarf die in den Vororten von Beijing stationierten Streitkräfte der Militärregion Beijing einsetzen konnten. Diese Streitkräfte, so Mao, mußten zum Verlassen von Beijing gebracht werden. Um dieses Ziel unauffällig zu realisieren, setzte Mao das Strategem »Den Tiger vom Berg herablocken« ein.

Die Schwierigkeit bei der Verlegung der Streitkräfte lag in der Wahrung der Unauffälligkeit. Jeder falsche Schritt, der Liu und Deng hätte beunruhigen können, hätte des gesamten Plan mit einem Schlag zum Scheitern verurteilt. Allerdings war Mao ein Meister der Listanwendung. Es sollte ihm ein weiteres Mal gelingen, seine Gegenspieler zu übertölpeln.

Maos Täuschungsmanöver zum Weglocken der Tiger aus

12 Zitiert nach Yan (o. J.) S. 37

Beijing bestand aus drei Teilen. Der erste Teil des Täuschungsmanövers zielte darauf ab, die Generalität von der sowjetischen Bedrohung zu überzeugen und damit ihre Aufmerksamkeit auf die Verteidigung gegen eine sowjetische Invasion zu lenken. Mao Zedong legte insbesondere Wert darauf, General Yang Yong und General Liao Hansheng von der Militärregion Beijing mit der Vorbereitung zur Abwehr eines sowjetischen Angriffs zu beschäftigen.

Im Februar 1966, kurz nach dem traditionellen Frühlingsfest, fuhr Mao nach Wuhan. Dorthin bestellte er in seiner Eigenschaft als Präsident der Militärkommission der Partei die Befehlshaber und politischen Kommissare aller zehn Militärregionen zu sich und berief eine Konferenz mit dem Namen »Klausurtagung zu Fragen der strategischen Kriegsvorbereitung der Streitkräfte« ein. Auf der Konferenz betonte Mao insbesondere die Verteidigungsaufgaben der drei Militärregionen in Nordchina einschließlich der Militärregion Beijing, dessen Schutzgebiete die Provinz Hebei, die Provinz Shanxi und das Autonome Gebiet der Inneren Mongolei umfaßte. Mao wies darauf hin, daß eine militärische Auseinandersetzung mit der Sowjetunion unvermeidlich sei. Der sowjetische Revisionismus, so Mao, hat die Idee nie aufgegeben, uns zu vernichten. Ideologische Konflikte müssen letztendlich mit militärischen Mitteln ausgetragen werden. Wir sollten keine Friedensillusionen gegenüber der Sowjetunion hegen. Wir erwarten einen baldigen Krieg, einen großen Krieg, einen nuklearen Krieg.[13]

Die Bedrohungsanalyse von Mao, der seine starke Fähigkeit zur Kriegführung bereits im Bürgerkrieg gegen die Nationalisten unter Beweis gestellt hatte, überzeugte die Befehlshaber und die politischen Kommissare. Nach Abschluß der Konferenz erteilte Mao klare und deutliche Befehle. Er befahl zunächst General Yang Yong, zur Ausarbeitung eines Verteidigungskonzeptes in Wuhan zu bleiben. Dessen politischen Kommissar, General Liao Hansheng, schickte Mao nach Beijing zurück, mit der Aufgabe, eine Inspektionsreise ins Grenzgebiet zur Sowjetunion zu organisieren. Alle Kommandeure von der Divisionsebene an aufwärts mußten an dieser auf zwei Monate angelegten Inspektionsreise teilnehmen, um sich an

13 Vgl. Jing (1994) S. 183 ff.

Ort und Stelle eingehend über die Lage zu informieren. Mit diesem Schachzug gelang es Mao, die Kommandeure von ihren Soldaten zu trennen. Niemand hegte angesichts des ungewöhnlich langen Aufenthaltes des General Yang Yong in Wuhan Verdacht. Die Streitkräfte der Militärregion Beijing waren von Mao mit Erfolg kampfunfähig gemacht worden. Doch nach außen wirkten die von Mao getroffenen Maßnahmen als aktive Vorbereitung gegen einen möglichen Krieg mit der Sowjetunion. Die Täuschung war gelungen.

Die größeren Tiger – die Generäle – hatten zwar den Berg verlassen, aber die kleinen Tiger – die Offiziere mittlerer Rangstufe und die Soldaten – befanden sich nach wie vor auf dem Berg. Auch sie hätten bei entsprechend guter Organisation die Fähigkeit zur Durchführung eines Militärputsches gehabt. Diese Tiger zum Verlassen von Beijing zu veranlassen, war das Ziel des zweiten Teiles von Maos Täuschungsmanöver.

Mao stellte fest, daß es sich bei den Truppen, die von Liu Shaoqi und Deng Xiaoping zu einem Militärputsch hätten eingesetzt werden können, um eine nördlich von Beijing stationierte Armeegruppe und eine südlich von Beijing stationierte Armeeeinheit handelte. Zur Armeegruppe im Norden gehörten drei Raketendivisionen und eine Luftwaffendivision. Die im Süden stationierte Armee bestand aus Bodentruppen. Die beiden Truppen umringten Beijing von Süden und Norden und befanden sich in einer günstigen Ausgangslage für einen Militärputsch. Mao entschloß sich dazu, diese Truppen von Beijing zu entfernen. Er bat Marschall Lin Biao, seinerzeit stellvertretender Präsident der Militärkommission und Verteidigungsminister, im Frühling 1966 eine Militärübung für diese Truppen zu organisieren. Die Soldaten mit Ausnahme der Luftwaffendivision sollten leicht ausgerüstet zu Fuß nach Shanxi und in die Innere Mongolei marschieren. Die Übung in Form eines Fußmarsches, so Mao, sollte dazu dienen, die Kampffähigkeit der Soldaten zu stärken.

Fast zur selben Zeit, in der die um Beijing stationierten Truppen von Mao in das Entmachtungsstrategem einbezogen wurden und Beijing verließen, begann Mao, – das war der dritte Teil seines Täuschungsmanövers – das entstandene Vakuum in Beijing durch aus seiner Sicht zuverlässige Streitkräfte aufzufüllen. Konspirativ bestellten Mao und Lin Biao den Befehlshaber der

38. Armee, General Wang Meng, zu sich nach Wuhan. Wang Meng bekam von Mao und Lin den geheimen Befehl, seine Soldaten unauffällig nach Beijing zu verlegen. Die 38. Armee bestand aus 80 000 ausgesuchten Soldaten und gehörte zu den am besten ausgerüsteten Bodenkampftruppen der Volksbefreiungsarmee. Sie waren nördlich von Shanhaiguan, einem nördlich der Hauptstadt gelegenen Paß, stationiert und als strategische Schlagkraft gegen die Sowjetunion vorgesehen. Mitte Februar 1966 beendete die 38. Armee die Umkreisung von Beijing. Unmittelbar danach befahlen Mao und Lin, die Kommandozentrale, das Parteikomitee und die politische Abteilung der hauptstädtischen Garnison, die strukturell nicht in die Kampftruppen eingegliedert war, umzustrukturieren. Den Kommandeuren wurde befohlen, die Kontrolle der wichtigen Kommunikationseinrichtungen und Presseanstalten zu übernehmen. Die Übernahmeaktion wurde blitzartig organisiert. Es ging so rasch, daß selbst Marschall He Long, der eigentlich die Geschäftsführung der zentralen Militärkommission innehatte, nichts davon erfuhr. Der erste aus dem Lager von Maos Gegenspielern, der das Vorgehen des Vorsitzenden bemerkte, war Peng Zhen. Er entdeckte zufällig, daß die Gesichter der Soldaten, die sein Haus beschützen sollten, völlig neu waren. Er unterrichtete Liu Shaoqi sofort per Telefon über die Lage. Angeblich zitterte Liu vor Empörung und konnte den Telefonhörer nicht fest in der Hand halten. Marschall He Long schrie Liu, Deng, Zhou und Peng zu: Wir sind total getäuscht worden. Das ist nichts anderes als ein Militärputsch![14]

c) »Mit dem Messer eines anderen töten« (jie dao sha ren): Die Beseitigung von Liu Shaoqi

Nach der Ausschaltung von Peng Zhen als dem Haupthindernis der »Kulturrevolution« und nach der Verunmöglichung eines gegnerischen Militärputsches fing Mao Zedong mit dem Generalangriff gegen Liu Shaoqi an. Als Leitstrategem dieses Angriffes setzte er die List »Mit dem Messer eines anderen töten«[15] ein.

14 Vgl. Jing (1994) S. 195
15 von Senger (1988) S. 62ff.

Wie bereits erwähnt, hätte Mao damals innerhalb der Partei keine überzeugende Mehrheit gewinnen können, wenn er durch ein normales Abstimmungsverfahren innerhalb der zuständigen Parteigremien Liu zu entmachten versucht hätte. Seine politischen Ressourcen bestanden damals im wesentlichen aus drei Elementen. Erstens: der Loyalität des Verteidigungsministers Lin Biao, der ihm die Unterstützung der Armee zusicherte; zweitens: der Propagandakapazität der Gruppe unter der Führung seiner Ehefrau Jiang Qing, die später von ihm selber als »Viererbande« bezeichnete wurde; und drittens: seinem unerschütterlichen Ansehen als Verkörperung der ewigen Wahrheit bei der Bevölkerung, das aus dem langjährigen Mao-Kult herrührte. Mao Zedong kombinierte diese drei Kräfte zur Entmachtung von Liu Shaoqi.

Die Armee benutzte er als Abschreckungsmittel. Um die Sympathie der Soldaten zu gewinnen, trat Mao während der »Kulturrevolution« in der Öffentlichkeit gewöhnlich in Armeeuniform auf. Das Auftreten in Armeeuniform hatte aber auch die Funktion, seinen Gegnern die ihm entgegengebrachte Gefolgschaftstreue der Soldaten vor Augen zu führen. Als Gegenleistung für die Unterstützung der Armee forderte Mao die ganze Bevölkerung auf, »von der Volksbefreiungsarmee zu lernen«. Seine Frau Jiang Qing und deren enge Vertraute spielten in Maos Plan zur Durchführung der »Kulturrevolution« im wesentlichen die Rolle eines Verbindungsglieds zwischen ihm und den Massen. Die Massen, für die Mao den unantastbaren Vertreter der Wahrheit und den absoluten Garanten des Sieges darstellte, sollten zum Kampf gegen Liu Shaoqi mobilisiert werden. Es war Maos Strategem, seine Autorität in reale politische Macht umzuwandeln, um durch die gleichsam als Messer benutzten Massen seinen Gegner Liu Shaoqi auszuschalten.

Die Menschengruppe, die Mao zuerst zu mobilisieren suchte, waren die Universitätsstudenten. In einer Rede von 1966 erklärte Mao: »Die Durchführung der Kulturrevolution ist auf sie [die Studenten] angewiesen. Auf wen sonst ist [die Kulturrevolution] angewiesen, wenn nicht auf sie [die Studenten]? ... [Wir können uns] nur auf die revolutionären Lehrer und Studenten verlassen. Jetzt ist der Lehrbetrieb unterbrochen, und das Essen ist frei. Nach dem Essen sollte man sich heiß fühlen und rebellieren wollen.«[16] Anhand dieser strategemischen Überlegungen von Mao entwickelte die zentrale Leitungsgruppe für die Kulturrevolution unter Führung von Maos Ehefrau Jiang Qing das Konzept »Das Feuer an der Universität Beijing anzünden und nach oben lenken« (cong Bei-Da dianhuo, wang shang gao).[17]

Unmittelbar nach der Bekanntmachung der *Mitteilung vom 16. 5.*, dem zentralen Programm für die *Kulturrevolution*, wurden die Studenten und Dozenten der Universität Beijing von Maos Anhängern ermutigt, gegen die Parteiführung der Universität zu rebellieren. Ihnen wurde anvertraut, daß die Führung der Universität im großen und ganzen eine bürgerliche antirevolutionäre Erziehungsrichtlinie verfolgt habe und damit von der proletarischen revolutionären Erziehungsrichtlinie des Vorsitzenden Mao abgewichen sei. Die Zentrale, so die Botschaft von Mao, unterstütze jede Rebellionsaktion der Studenten gegen die »den bürgerlichen Weg beschreitenden Machthaber«.

Auf Wandzeitungen begannen die naiven Studenten und die radikalen Dozenten die Führung der Universität zu kritisieren. Das erste Mauerpapier der *Kulturrevolution* überhaupt wurde am 25. Mai 1966, um 2 Uhr nachts, auf dem Campus der Universität Beijing aufgeklebt. Der Titel dieses Papiers *Was haben Song Shuo, Lu Ping und Peng Peiyun in der Kulturrevolution gemacht?* richtete sich direkt an die Parteiführung der Universität und das hinter ihr stehende Parteikomitee der Stadt Beijing. Am 31. Mai gab Mao persönlich die Anweisung, dieses Mauerpapier durch Veröffentlichung in den Zeitungen und durch Verlesen im Radio landesweit bekanntzumachen. Eine das ganze China erreichende, flächendeckende Massenrebellionsbewegung wurde auf diese Art und Weise gestartet. Als Folge dieses Vorgehens wurde der normale Betrieb vieler Universitäten, Fabriken und Institutionen lahmgelegt. Chaos begann sich auszubreiten.

Liu Shaoqi und Deng Xiaoping, die damals noch die Geschäftsführung des Zentralkomitees der KPCh innehatten, baten Mao vergeblich darum, die Geschäftsführung selber zu

16 Zitiert nach Yan (o. J.) S. 21
17 Yan (o. J.) S. 21

übernehmen. Vor diesem Hintergrund versuchten sie, die Bewegung unter Kontrolle zu bringen. Um die sich rasch ausbreitenden Rebellionen zu bremsen, schickten Liu und Deng Arbeitsgruppen in die einzelnen Universitäten und Institutionen. Es enstand eine Pattsituation. In manchen Universitäten gewannen die Arbeitsgruppen aber die Oberhand, und die »Kulturrevolution« schien nach den Spielregeln von Liu/Deng zu verlaufen.

In diesem entscheidenden Augenblick publizierte Mao am 5. August 1966 sein Mauerpapier mit dem Titel *Das Hauptquartier bombardieren! – Eine Wandzeitung von mir.* In diesem Papier übte Mao scharfe Kritik an seinen Gegnern und bekundete seine Unterstützung der Rebellion der Massen gegen die geschäftsführenden Genossen. Da dieses kurz, aber scharf formulierte Papier – um mit Lin Biao zu sprechen – die beginnende Kulturrevolution gerettet hatte, ist es sinnvoll und interessant, den Text genau durchzulesen. Mao führte an:

»Wie trefflich hat man das landesweit erste marxistisch-leninistische Mauperpapier und den Kommentar der ›Volkszeitung‹ dazu geschrieben! Ich bitte die Genossen, diese Abhandlungen nochmals zu lesen. In den vergangenen 50 Tagen agierten jedoch manche leitende Genossen – von der Zentrale bis zu den Regionen – gegen diese Bewegung. Sie bezogen eine bürgerliche, reaktionäre Position, praktizierten eine bürgerliche Diktatur und unterdrückten die blühende Kulturrevolution. Sie verwechselten schwarz und weiß, griffen die Revolutionäre an und übten Druck auf die Andersdenkenden aus. Sie terrorisierten die Massen und sind noch stolz darauf, stärkten die bürgerlichen Autoritäten und versuchten, die proletarische Kampfmoral zu vernichten. Wie grausam war das! Ist dies nicht eine Anregung zum Nachdenken, wenn man dieses Verhalten mit der Rechtsabweichung von 1962 und mit den scheinbar linken, in Wahrheit aber rechten Fehlern vom 1964 in Verbindung setzt?«[18]

Mit dieser Veröffentlichung übermittelte Mao den Massen eine direkte und klare Botschaft: Es gibt in der Parteizentrale zwei Hauptquartiere. Das eine ist das proletarische unter seiner Führung, und das andere ist das bürgerliche unter der

18 Text in Yan (o. J.) S. 22.

Führung von Liu/Deng. Das bürgerliche ist zu bombardieren und zu zerschlagen. Bemerkenswert ist die Tatsache, daß nun sowohl Maos Gegner als auch die Massen fast gleichzeitig dessen eigentliche, mit der Kulturrevolution verfolgte Intention verstanden. Deng Xiaoping räumte am 23. Oktober 1966 ein: »Es ist das Hauptquartier von Genosse Liu Shaoqi und mir, das durch das Mauerpapier des Vorsitzenden Mao bombardiert wird.«[19]

Auch die Massen hatten die Botschaft Maos verstanden und richteten nun ihre Rebellion konzentriert gegen Liu und dessen Anhänger. Sie vertrieben die von Liu entsandten Arbeitsgruppen zur Kontrolle der Kulturrevolution aus den einzelnen Universitäten und Institutionen. Um das Feuer der Massen auf Liu Shaoqi zu lenken, bezeichnete Lin Biao zum ersten Mal in der Öffentlichkeit Liu und Deng namentlich als Feinde der Kulturrevolution. Am 25. Oktober 1966 interpretierte Lin Biao Maos Mauerpapier wie folgt: »Liu Shaoqi und Deng Xiaoping haben eine gegen die Linie des Vorsitzenden Mao gerichtete Linie entwickelt. Die Liu/Deng-Linie ist, wie der Vorsitzende Mao in seinem Mauerpapier gesagt hat, eine Linie der bürgerlichen Diktatur.«[20]

Die Massen, die Mao als den unantastbaren Führer der Nation betrachteten, waren über Liu und Deng entsetzt und schworen dem Vorsitzenden Mao, mit ihrem Blut und Leben sein proletarisches Hauptquartier zu verteidigen. Unmittelbar nach der Veröffentlichung von Maos Mauerpapier wurden überall in Beijing Losungen wie »Nieder mit Liu Shaoqi und Deng Xiaoping!«, »Nieder mit der antirevolutionären revisionistischen Linie von Liu und Deng!« plakatiert. Gruppen von Rotgardisten mit dem selbstauferlegten Mandat, das proletarische Hauptquartier des Vorsitzenden Mao zu schützen, schlugen wie Pilze aus dem Boden. Mao trat nun nicht nur in Armeeuniform auf, sondern auch mit dem Armband der Rotgardisten. Auf dem Tiananmen-Tor, wo er achtmal Millionen Rotgardisten aus dem ganzen Land empfing, rief Mao den ihm zujubelnden Gardisten zu: »Ihr solltet euch um die großen Anliegen der Nation kümmern und die Kulturrevolution zu Ende führen!«

19 Yan (o. J.) S. 102
20 Yan (o. J.) S. 104

Die Kraft, die aus Unwissenheit und Tapferkeit besteht, ist unschlagbar. Fest überzeugt von ihrer historischen Mission, die Nation vor der Gefahr des Untergangs zu retten, griffen die Rotgardisten Liu persönlich an. Sie riefen sogenannte Kritik-Kampf-Versammlungen ein und demütigten Liu vor den versammelten Menschen. Liu wurde gezwungen, einen großen Papierhut zu tragen, den Körper nach vorne zu beugen, und gleichzeitig die Arme nach hinten zu strecken. Lius Gesundheitszustand verschlechterte sich rasch aufgrund der grausamen körperlichen Mißhandlungen, der schlechten Verpflegung und unzureichenden ärztlichen Behandlung. Mao und seine Anhänger unterließen es nicht nur, die körperlichen Angriffe auf Liu zu verhindern, sondern ermöglichten diese, indem sie die Sicherheitsmaßnahmen für Liu reduzierten. Den ursprünglich als Leibwächter bestimmten Soldaten wurde befohlen, Liu wie einen Gefangenen zu behandeln. Als Liu starb, war er laut Verfassung immer noch das Staatsoberhaupt der Volksrepublik China.

C. List und Listabwehrforschung

Für das Gelingen von Mao Zedongs Listanwendung war die Listenblindheit von Liu mitverantwortlich. Vielleicht waren sich Liu und seine Anhänger der Listen Maos bewußt, aber sie haben nicht rechtzeitig Gegenmaßnahmen unternommen. Als sie Maos wahre Absicht erkannten, war der Machtkampf bereits verloren.

Maos erfolgreiche Listanwendung und Lius Tragödie bieten ein klassisches Beispiel für die Notwendigkeit, im politischen Konflikt listensensibel zu sein. Ob ein Politiker – insbesondere bei einem demokratisch geführten Kampf – List anwenden soll oder darf, sei dahingestellt. Auf jeden Fall muß er, um nicht zum Opfer der Listanwendung eines anderen zu werden, gegenüber jeder sich abzeichnenden ungewöhnlichen Vorgehensweise des Gegners auf der Hut sein. Er muß die Fähigkeit besitzen, die Konstellationen, die für eine Listanwendung anfällig sind, früh zu erkennen und sich auf die Abwehr eines möglichen Listangriffs vorzubereiten. Mit anderen Worten: Ein reifer Politiker, selbst wenn er aus moralischen Bedenken nicht aktiv listig handeln möchte, sollte es verstehen, mit Listanwendung umzugehen, um listige Angriffe abwehren zu können.

An dieser Stelle möchte ich meinen Wunsch nach einer systematischen Listforschung in der Politikwissenschaft begründen. Die politologische Listforschung könnte sich zunächst der Aufgabe der Entwicklung einer »Listabwehrlehre« annehmen. Die politologische Listforschung mit der Listabwehr zu beginnen hat mehrere Vorteile. Zum einen könnte das Leitmotiv der Forschung, eine Listabwehrlehre zu entwickeln, die wissenschaftliche Auseinandersetzung mit der List legitimieren. Die potentiellen Bedenken vieler sich als Intellektuelle in öffentlicher Verantwortung verstehender Politikwissenschaftler könnten daduch ausgeräumt werden. Zum anderen erweitert der Ansatz der Listabwehrforschung den Bereich Listforschung. Dadurch wird es möglich, nicht nur aktive Listanwendung, sondern auch passives strategembetroffenes Handeln in die wissenschaftliche Forschung aufzunehmen. Außerdem setzt eine vernünftige Listabwehrforschung eine tiefgreifende und reife Listanwendungsforschung voraus. Der Ansatz der Listabwehr würde viele neue Fragen an die Listanwendungsforschung stellen und diese dadurch wesentlich vorantreiben.

Die politologische Listabwehrforschung könnte sich in der Anfangsphase auf drei Fragen konzentrieren:

1. Welche Anhaltspunkte lassen sich entwickeln, mit deren Hilfe man die politischen Konstellationen, die für Listanwendung anfällig sind, früh zu erkennen vermag? Zur Beantwortung dieser Frage müßten zahlreiche Fälle von Listanwendung im politischen Bereich gesammelt, analysiert und verglichen werden. Es ist denkbar, aufgrund dieser systematischen Datenerhebung und komparativen Studien Kriterien zu entwickeln, mit denen man bestimmte politische Situationen als »Listanwendungsanfällige Konstellationen« qualifizieren könnte.
2. Welche Typen von Listen gibt es, die für die politische Auseinandersetzung besonders geeignet sind? Empirisch gesehen gehört Politik zu einem der Lebensbereiche, in denen List am häufigsten und an intensivsten angewendet wird. Das Interesse an Macht und die Schwierigkeiten, sowohl in einer Demokratie als auch in einem autoritären System mit normalen Mitteln die Macht zu erwerben und zu erhalten, treiben die Politiker leicht dazu, auf ungewöhnliche Mittel zurückzugreifen. Bereits eine grobe und oberflächliche Auflistung

von Strategemen, die häufig zum Einsatz kommen, läßt schon einige Typen erkennen. Beispielsweise könnten wir nach dem Ziel der List die einzelnen politischen Listen in 4 Gruppen einteilen: a) Die »Listen als Lockmittel«, die darauf abzielen, den politischen Gegner durch Einsatz bestimmter Mittel in eine Falle zu locken. b) Die »Spaltungslisten«, deren Einsatz dazu dient, durch geschickte Nutzung der Widersprüche auf der Seite der Gegner eine vorhandene gegnerische Allianz zu spalten oder die Entstehung eines ungünstigen Bündnisses zu verhindern. c) Die »Fluchtstrategeme«, die das Ziel verfolgen, sich einer drohenden Gefahr zu entziehen oder sich aus einer schwierigen Lage zu befreien. d) Es gibt auch »Informationsstrategeme«, mit deren Hilfe man etwas auskundschaftet, was normalerweise verborgen bliebe.

3. Welche Möglichkeiten bieten sich an, eine Listanwendung zu vereiteln? Theoretisch gibt es mindestens drei Möglichkeiten, eine Listanwendung abzuwehren. Zum einen kann man eine Gegenlist einsetzen, um den Gegner in die gewünschte Richtung zu lenken. Zum anderen können einzelne Maßnahmen eingeleitet werden, um den Lenkungsprozeß des Gegners zu stören. Die dritte Möglichkeit zum Vereiteln einer Listanwendung liegt darin, durch kombinierten Einsatz von politischen Ressourcen den Listanwender zur Offenlegung der Karten zu zwingen und damit den politschen Kampf in ein offenes Spiel nach festen Spielregeln umzuwandeln.

Literatur

Arendt, Hannah, *Elemente und Ursprünge totaler Herrschaft,* Frankfurt a. M. 1955

Friedrich, Carl J. und Z. Brzezinski (Hg.): *Totalitäre Diktatur,* Stuttgart 1957

Jing Fuzi, *Zhongnanhai Enchou Ji (Dank und Haß in Zhongnanhai),* Taibei 1994

Linz, J., *Totalitarian and Authoritarian Regimes,* in: F. I. Greenstein und N. W. Polsby (Hr.), *Handbook of Political Science,* Bd. 3, Addison-Wesley, 1975

Morgenthau, Hans J., *Macht und Frieden. Grundlegung einer Theorie der internationalen Politik,* Gütersloh 1963

Moritz, Ralf, *Die Philosophie im alten China,* Berlin 1990

Rapoport, Anatol, *Konflikt in der vom Menschen gemachten Umwelt,* Darmstadt 1975

Redaktion »Hong Qi«, *Cong Peng Dehuai de shibai dao Zhongguo*

Heluxiaofu de pochan (Von Peng Dehuais Scheitern zum Zusammenbruch des chinesischen Chrutschtschow), Leitartikel von »*Hong Qi*« (Rote Fahne), Beijing 13/1967
Sa Mengwu, *Zhongguo Zhengzhi Sixiang Shi (Die politische Ideengeschichte Chinas)*, Taibei 1989
Sartori, Giovanni, *Demokratietheorie*, Darmstadt 1992.
Senger, Harro von, *Die List im chinesischen und abendländischen Denken. Zur allgemeinen Einführung*, (Manuskript), Freiburg 1995
Senger, Harro von, *Strategeme: Lebens- und Überlebenslisten der Chinesen – die berühmten 36 Strategeme aus drei Jahrtausenden*, Bern u. a. 1988
Sima Changfeng: *Wenge Shimo (Der Beginn und das Ende der Kulturrevolution)*, Hongkong 1976
Xue Peiyu und Che Mingzheng, *Yong Ji Yu Fang Ji (Listanwendung und Listabwehr)*, Taibei 1995
Yan Jiaqi und Gao Hao: *Zhongguo Wenge Shi Nian Shi (Die Zehnjahresgeschichte der chinesischen Kulturrevolution)*, o. O., o. J.
Zhou Enlai, *Rede beim Empfang der Delegation der Rotgardisten aus Guangzhou am 14. November 1967*, o. O., o. J.
Zürn, Michael, *Interessen und Institutionen in der internationalen Politik*, Opladen 1992

Franz Buggle

Denn sie wissen nicht, was sie tun: Listig – ein konstituierendes Merkmal des Psychischen?

Die jeweilige Formulierung eines Aufsatztitels wird immer *auch* geleitet durch die Absicht, möglichst zahlreiche potentielle Leserinnen und Leser anzusprechen, oder, verhaltensbiologisch ausgedrückt, sie anzulocken. Und so könnte man auch mir nicht ganz zu Unrecht vorhalten, ich wählte in der ersten Hälfte meines Titels einen nur minimal veränderten eigenen Buchtitel[1], der sich inzwischen in der entsprechenden Funktion bewährt hat; ich wählte diese Formel obwohl sich – welche Täuschung! – hinter ihr eine ganz andere Thematik verbirgt. Und als besonders »hinter-listig« könnte man ansehen, daß durch die auf den ersten Blick kaum bemerkbare Modifikation des ursprünglichen »Reiztitels« ein anderer Sachverhalt sehr prägnant bezeichnet wird.

Hätte ich (oder habe ich?) mich so listenreich verhalten, so hätte ich eigentlich, entwicklungsgeschichtlich und verhaltensbiologisch gesehen, nichts Außergewöhnliches getan, sondern mich sehr naturnah verhalten und mich einem schon in der vorhumanen Biosphäre sehr verbreiteten Phänomen angeschlossen, nämlich etwas durch etwas anderes aber ähnlich Erscheinendes vorzutäuschen.

Nicht anders verhält es sich bei der wohl jedem bekannten Schwebefliege, die durch ihr Aussehen eine bedrohliche Wespe vortäuscht, obwohl sie in Wirklichkeit ein ganz harmloses, stachelloses Wesen darstellt. Oder man versetze sich zur weiteren Einstimmung in das Thema in eine südliche laue Sommernacht, die erfüllt ist von einer Vielzahl hin und her fliegender blinkender Leuchtkäfer. Was könnte es Schöneres, Romantischeres, Harmonischeres und scheinbar Friedlicheres geben als eine solche Szene! Und doch kann sich hinter einer solchen Idylle ein nach menschlichen Maßstäben äußerst hinterhältiges und

1 Buggle, F.: *Denn sie wissen nicht, was sie glauben.* Rowohlt 1992.

grausames Geschehen verbergen: Leuchtkäfer blinken nicht primär zu unserer Erbauung, sondern um eine(n) paarungswillige(n) Artgenossen(in) zu finden. Die einzelnen Spezies haben ihre eigenen Blinkrhythmen, sozusagen Morsesprachen, mit denen sie sich gegenseitig als Artgenossen erkennen und anlocken. Die Weibchen der Gattung Photuris etwa machen sich diesen Sachverhalt »listigerweise« zunutze, indem sie auf die Blinksignale der Männchen kleinerer Arten in deren jeweiligen artspezifischen Blinkrhythmen antworten und so ein paarungswilliges Weibchen der eigenen Gattung des jeweiligen Männchens vortäuschen. Bis zu fünf artfremde Morsealphabete beherrschen die hinterlistigen Photuris-Weibchen (an welchem Beispiel man ersehen kann – den nostalgischen Verfechtern des alten deutschen Gymnasiums sei's zu bedenken gegeben –, daß die Kenntnis fremder Sprachen noch nicht einen edlen Charakter garantiert). Denn: Fliegt das liebeshungrige Männchen nun freudig erregt zur vermeintlichen Quelle seiner Lust, so landet es anstatt in den Armen einer liebesbereiten Partnerin in den Fängen einer gefräßigen Megäre, die es, Liebesstimmung hin, Romantik her, ohne lange Umschweife als willkommene Mahlzeit auffrißt (s. hierzu den Beitrag von Peter Sitte im vorliegenden Band).

Wir sind durch dieses Beispiel unwillkürlich in die Nähe einer sehr aktuellen Fragestellung geraten, nämlich die der Diskrepanz zwischen wahrgenommener Natur-Idylle und realer Gewalttätigkeit, ja Grausamkeit, und darüber hinaus zu der umfassenderen Frage einer möglicherweise zumindest partiell illusionären Naturrezeption, die durchaus Bezüge zu Täuschung und List aufweist, ein Sachverhalt, der im übrigen immer wieder, weniger in der Psychologie, sondern eher in bestimmten Ausprägungen der Naturphilosophie reflektiert wurde, etwa bei Schopenhauer in seiner Auffassung von einer illusionären Naturrezeption im Dienste des dumpfen, unindividualisierten Lebensdranges, oder im Bereich der Kunst oder Literatur, so etwa in Gottfried Benns grandiosem Gedicht »Melancholie«:

> »Wenn man von Faltern liest, von Schilf und Immen,
> daß sich darauf ein schöner Sommer wiegt,
> dann fragt man sich, ob diese Glücke stimmen
> und nicht dahinter eine Täuschung liegt ...«

Wir widerstehen der starken Versuchung, das vorgegebene Thema »List« zum Vorwand zu nehmen, uns in diese faszinierende und hintergründige Thematik weiter zu vertiefen. Vielmehr möchte ich zunächst zwei erste Aussagen ableiten:

1. Die Entwicklungspsychologie betreffend: Listiges Verhalten stellt entwicklungsgeschichtlich ein sehr frühes und außerordentlich verbreitetes Phänomen dar, das sich schon lange vor dem Auftreten des Homo sapiens konstatieren läßt. Zum Leidwesen aller Moralisten scheint das Streben nach Wahrheit, nach Übereinstimmung von Darstellung und Sachverhalt im aristotelischen Sinne primär und zunächst ein eher egoistisches Phänomen zu sein: Wahrheit sucht man zunächst für sich selbst, weniger für den anderen. Das begann sich erst zu ändern, als kollektiver Wahrheitsbesitz auch dem einzelnen Individuum zum Vorteil gereichte. Wobei sich auch im vormenschlichen Bereich listige Strategien und Taktiken finden, die, wenn wir schon diese Kategorie an die vormenschliche Natur herantragen, als moralisch gerechtfertigt erscheinen: So etwa, wenn der Regenpfeifer einen gebrochenen Flügel vortäuscht, um einen Freßfeind von seinen Jungen wegzulocken.

2. Ich beziehe mich auf den engeren List-Begriff im Sinne des Duden, im Unterschied zu dem nach Auskunft Herrn v. Sengers offenbar weiteren chinesischen Verständnis. In diesem engeren Verständnis liegt List dann vor, wenn ein Subjekt durch mehr oder minder intelligentes Ausnützen eines Informationsvorsprungs, durch Täuschung, ein oder mehrere andere Subjekte dazu bringt, statt der eigenen Verhaltensziele die Verhaltensziele des List anwendenden Subjekts zu realisieren, wobei dieser Sachverhalt den betreffenden überlisteten Subjekten nicht bewußt ist, diese vielmehr glauben, ihre eigenen Verhaltensziele zu verwirklichen.

Ich wähle diese engere Definition, ein Ziel mit außerordentlichen Mitteln zu erreichen, vor allem aus zwei Gründen:

1. Die Alternative der weiteren Definition wäre für den Gegenstandsbereich der Psychologie zu inflationär. Eine Fülle von Phänomenen, wie etwa Kreativität oder der umfassende Bereich der Intelligenz, die in einer ihrer frühesten Definitionen, etwa von William Stern, als die Fähigkeit definiert wird, neue Probleme oder alte Probleme mit unkonventionellen, außerordentlichen Mitteln zu lösen, wären dann schon als »List« zu be-

zeichnen. Das gegenüber einer solchen Fülle von Phänomenen ja doch abzuhebende und gerade in seiner Spezifität interessierende Phänomen der List verlöre damit aber jede Prägnanz.

2. Ich wähle die engere Definition aber noch aus einem zweiten mir sehr wichtigen Grund: Es ist den Psychologen, den forschenden wie den praktisch arbeitenden, immer sehr schlecht bekommen, Konzepte ohne Rücksicht auf das populäre Alltagsverständnis zu verwenden, nicht »dem Volk aufs Maul zu schauen«. Dies kann und hat immer wieder zu katastrophalen Mißverständnissen, zu massiven Störungen der Kommunikation zwischen Psychologen und ihren Klienten, Patienten und Gesprächspartnern geführt und so die Effizienz psychologischer Arbeit beeinträchtigt. U. a. *auch* deswegen erheben die meisten Psychologen heute zu einem ganz wesentlichen Teil empirische Daten (und nicht etwa, wie böse Zungen manchmal behaupten, weil ihnen selbst nichts einfiele).

Da es nun kaum empirische Forschung zum Thema »List« im Bereich der Psychologie gibt, habe ich selbst eine kleine Umfrage in meiner Vorlesung zum Alltagsverständnis von »List« und »listig« durchgeführt. Natürlich kann eine solche Erhebung an einer sehr selektiven Stichprobe, Hörerinnen und Hörern einer Psychologievorlesung, also in der ganz großen Mehrzahl Studierende des Faches Psychologie, keine repräsentativen Ergebnisse erbringen, ist aber vielleicht doch als erste Information über das Alltagsverständnis von »List« und »listig« nicht ganz uninteressant.

Ich habe also ein Blatt mit dem folgenden Text ausgeteilt:

»Im Rahmen einer Arbeit über ›List‹ wäre ich für eine kurze Beantwortung der folgenden Frage sehr dankbar:

Was verstehen Sie unter ›List‹? Welche grundlegenden Eigenheiten kennzeichnen ›listiges‹ Verhalten?

Bitte antworten Sie möglichst spontan, ohne lange nachzudenken: Es geht nicht um eine wissenschaftliche Definition, sondern um Ihr spontanes Alltagsverständnis von ›List‹ und ›listig‹.«

Zu beachten ist, daß ausdrücklich nach dem spontanen Alltagsverständnis von »List« und »listig« gefragt wurde, nicht nach einer lange und gründlich überlegten Definition. Die folgende Tabelle zeigt erste zusammenfassende quantitative Ergebnisse:

Umfrage zum spontanen Alltagsverständnis von »List«

Rücklauf N = 118

	N (%)
Nennungen konstitutiver Merkmale	
Täuschung	95 (81)
Zielmanipulation	90 (76)
Intelligenz, Schläue	80 (68)
Durch außerordentliche Mittel etwas erreichen	8 (7)
Wertungen	
Gesamtzahl	65 (55)
Positiv	9 (14*)
Ambivalent	39 (60*)
Negativ	17 (26*)

*auf N = 65 bezogen
N = jeweilige Häufigkeiten

Dabei geht es zunächst einmal um die jeweilige Häufigkeit bzw. das Verhältnis der oben aufgeführten engeren oder weiteren List-Auffassungen zueinander. Ein Beispiel für die erste engere Auffassung wäre etwa die folgende Antwort: »Unter List verstehe ich eine subtile, pfiffige Vorgehensweise, um ein Ziel zu erreichen, ohne daß dieses für die anderen oder den anderen ersichtlich ist. Eine List denkt man sich aus, sie ist geplant und intelligent und wird erst als List erkennbar, wenn Erfolg für den Listanwender eingetreten ist und er sich zu ihr bekennt.« Für die zweite, weitere Auffassung erscheint der folgende Text repräsentativ: »List ist, wenn ich durch eine außergewöhnliche, originelle Idee mir einen Vorteil verschaffe.« Aus der Tabelle, welche die quantitativen Ergebnisse der Befragung zeigt, wird deutlich, daß das engere Verständnis des Konzeptes »List« (Zielmanipulation durch intelligente Täuschung) bei der von mir befragten Population ganz eindeutig dominiert, es wird 10–12mal häufiger genannt als die weitere Auffassung (durch außerordentliche Mittel etwas erreichen). Wenn ich es mir als Psychologe geraten sein lasse, mich an das spontane Alltagsverständnis meiner potentiellen Klienten zu halten – und ich glaube, die zuvor genannten Gründe, dies zu tun, sind nachvollziehbar –, so scheint es konsequent, mich an das engere, spezifischere Verständnis von »List« und »listig« zu halten.

Interessant an den Ergebnissen scheint ferner, daß über die Hälfte der Antwortenden spontan Wertungen abgaben, ohne daß nach solchen explizit gefragt worden war. Dies zeigt, wie stark das Phänomen »List« einer gesellschaftlichen und moralischen Wertung unterliegt und immer wieder moralische Werturteile provoziert. Könnte man dies vielleicht bis zu einem gewissen Grad im voraus erwarten, so schien doch nicht von vornherein selbstverständlich, daß nur ein Viertel dieser Bewertungen eindeutig negativ war, während etwa zwei Drittel der Bewertenden dem Phänomen »List« positiv und negativ zu bewertende Züge abgewinnen konnten und immerhin fast jeder siebte listiges Verhalten eindeutig positiv bewertete. Es wäre von Interesse, entsprechende Bewertungen bei einer repräsentativen Stichprobe, die vor allem das Alter berücksichtigt, zu erheben: Vollzieht sich hier etwa ein Wertewandel? Als Quelle einer positiven Bewertung erscheint an erster Stelle die Intelligenz des jeweiligen Strategems und erst an zweiter Stelle der evtl. gute Zweck einer List, wogegen die wichtigste Quelle einer negativen Bewertung in der egoistischen Durchsetzung eigener Ziele zum Nachteil des Überlisteten gesehen wird.

Fragen wir weiter nach dem Stand der Forschung im Bereich der deutschen Psychologie zum Phänomen »List«, so fällt diese, was den defizitären Forschungsstand zum Phänomen »List« im deutschen Kulturraum betrifft, nicht aus dem Rahmen: Auch hier gibt es einen ausgesprochenen Mangel an Forschungsaktivitäten, der sich u. a. darin zeigt, daß der Begriff »List« oder »listig« in den beiden großen EDV-Fachbibliographien für Psychologie, Psyndex und PsychoLIT, nicht zu finden ist, ebensowenig wie in den gängigen Psychologiehandbüchern und Lexika. Zwar ist auch der Wissenschaftsbetrieb im Bereich der Psychologie nicht frei von impliziten Listaspekten, eine explizite psychologische Erforschung des Phänomens List existiert jedoch praktisch nicht.

Liegt dies daran, daß der psychologische Wissenschaftsbetrieb instrumentell, d. h. in seinem methodischen Vorgehen, nicht unbedingt rational gesteuert wird, etwa in der Auswahl der Gegenstandsbereiche, über die geforscht oder eben nicht geforscht werden soll? Oder ist List im deutschen Kulturraum ein sehr problematisiertes Phänomen, gerade weil sie im Unterschied etwa zur baren Lüge, über die geforscht wird, ein doch eher ambivalentes und bis zu einem gewissen Grad immer auch attraktives Phänomen ist und war, das man, im Unterschied zu anderen moralisch eindeutigeren Phänomenen wie etwa der Lüge, nicht so einfach niedermoralisieren konnte? War List, besonders in repressiven, autoritäten Verhältnissen, nicht immer auch eine gefürchtete Waffe gerade der Unterdrückten gegen die mächtigen Unterdrücker (man denke etwa an den braven Soldaten Schwejk) und deshalb für die etablierte Ordnung gefährlich?

Man könnte sich nun an dieser Stelle auf das Fazit beschränken, daß das Phänomen »List« im Bereich der Psychologie bislang eine äußerst marginale Rolle spielte, wenn dem nicht ein faszinierender und provokativer Sachverhalt entgegenstünde: Das Phänomen »List« spielt zwar als inter-individuelle Verhaltensweise in der (deutschen) Psychologie als Forschungsobjekt eine sehr marginale Rolle. Im Unterschied dazu war und ist das Konzept »List«, wenngleich unter anderen Bezeichnungen, zur Beschreibung individueller intra-psychischer Prozesse in der theoretischen wie praktischen Psychologie von kaum zu überschätzender Bedeutung.

Es mag zunächst befremdlich und provokativ erscheinen, eine Kategorie, die so genuin zur Beschreibung inter-individueller Prozesse geeignet erscheint, auch auf die Vorgänge innerhalb einer einzelnen Person anzwenden. Gerade weil dies einen qualitativen Sprung gegenüber dem als selbstverständlich vorausgesetzten interaktiven Gebrauch von »List« und »listig« darstellt, scheint es unerläßlich, möglichst prägnant herauszuarbeiten, welche Eigenschaften ein Modell von Psyche und Persönlichkeit aufweisen muß, damit auch intra-psychische Prozesse als »listig« gekennzeichnet werden können. Ein Modell von Psyche und Persönlichkeit, das dies zuläßt, muß durch die drei folgenden unabdingbaren Merkmale ausgezeichnet sein:

1. Es muß auch intra-psychisch Pluralität existieren, und zwar nicht nur im Sinne einer (eher trivialen) Unterscheidung verschiedener psychischer Inhalte, Funktionen und Funktionsbereiche, sondern als Pluralität von Teil-Subjekten, »Instanzen«, die Subjekt-Charakter besitzen, d.h. als Quellen eigenständiger (psychischer) Aktivitäten aufgefaßt werden können.

2. Um sinnvoll von »listigen« Prozessen sprechen zu können, müssen Informationsbarrieren und als Folge davon Informationsstandsdifferenzen zwischen den einzelnen intra-individuellen Teilsubjekten existieren.

3. Es muß die Möglichkeit von Motiv- und Zieldifferenzen, die sich bis zu ausgesprochenen Motiv- und Zielkonflikten entwickeln können, zwischen diesen angenommenen Teilsubjekten geben.

Sehr bemerkenswert ist, daß Modelle von Psyche und Persönlichkeit, die diese drei Merkmale als Voraussetzung listiger Prozesse aufweisen, in der Geschichte der Psychologie eine außerordentlich große Rolle gespielt haben und heute noch spielen. Ich kann im Rahmen dieses Beitrags auf die historischen und aktuellen Wurzeln einer solchen pluralen Auffassung von Psyche nicht im einzelnen eingehen.[2]

Ich möchte vor allem zwei Autoren herausstellen, die zu den Denkern gehören, die eine kaum zu überschätzende Wirkung auf Theoriebildung und Praxis der Psychologie im 20. Jh. ausgeübt haben: Arthur Schopenhauer, und, von ihm stark beeinflußt, Sigmund Freud.

Schon Schopenhauers Modell von Psyche und Persönlichkeit zeigt die oben postulierten Merkmale Pluralität, Informationsbarrieren und -unterschiede sowie Motiv- und Zieldifferenzen. Für Schopenhauer ist der Mensch im Grunde ein irrationales Wesen, *gesteuert von inneren Kräften, die er nicht kennt*, von denen er kaum etwas weiß, und wenn Schopenhauer in diesem Zusammenhang etwa von diesem Menschen sagt: »Es ist der Wahn des Individuums, für sein Wohl zu sorgen, während es unbewußt dabei die Zwecke der Gattung ver-

2 Vertiefende Informationen und weiterführende Literaturhinweise in: H. S. Ellenberger: *Die Entdeckung des Unbewußten*, Zürich, 1985, und V. Sommer: *Lob der Lüge*, München 1992.

folgt« (vgl. *Die Welt als Wille und Vorstellung.* IV. Buch, bes. Kap. 42 und 44), so finden wir hier nicht nur die oben postulierten Modellmerkmale realisiert, sondern auch recht prägnant das Phänomen der »List« oder des »Listigen«: Aufgrund von Täuschung und defizitärer Information, vermeintlich eigene, in Wirklichkeit aber fremde Ziele zu verfolgen. Hier spätestens dürfte nun deutlich werden, daß der Titel des Beitrags »Denn sie wissen nicht, was sie tun« nicht nur als werbewirksame List gewählt wurde, sondern gleichzeitig das Thema zutreffend beschreibt.

Eine entsprechende anthropologische Sicht des Menschen vertritt Freud, wenn er nach den Kränkungen des menschlichen Selbstbewußtseins durch Kopernikus, nicht im Zentrum des Universums zu stehen, und Darwin, aus dem Tierreich zu stammen, als dritte Kränkung dem Menschen die Einsicht zumuten zu müssen glaubt, nicht nur gegenüber der äußeren Natur klein und ohnmächtig zu sein, sondern entgegen allen Illusionen von Autonomie und Selbstbestimmung in Wirklichkeit als »Hausknecht der Triebe« zu fungieren, und zwar als ein Hausknecht, der seine »knechtischen«, d. h. ichfremden Dienste nicht primär bewußt aufgrund von Zwang und Gewalt leistet, sondern weitgehend unbewußt und aufgrund entsprechender intrapsychischer Täuschungs- und Überlistungsvorgänge im Glauben, eigene Ziele zu verfolgen. Ein großer Teil der Freud'schen Tiefenpsychologie kann als Versuch verstanden werden, solche »listigen«, unbewußten Taktiken und Strategien transparent zu machen und zu modifizieren.

Die beiden Quellen, die dem Persönlichkeitsmodell Schopenhauers zugrunde liegen, sind einmal dessen metaphysische Grundauffassungen von der Welt, zum anderen bestimmte Beobachtungen menschlichen und tierischen Verhaltens.

Ein entsprechendes Phänomen stellt z.B. die häufig gemachte Beobachtung von der Differenz subjektiver und objektiver Triebziele dar. Besonders fallen entsprechende Diskrepanzen im Bereich der vitalen Grundmotive auf, deren Realisierung offenbar auch am bewußten Individuum vorbei gesichert werden muß, sollen Art und Individuum überleben. Hierher gehören etwa Sexualität, Brutpflege, Aggressivität und Angst, vielleicht sogar bis zur Todesfurcht im Dienste der Selbst- und Arterhaltung. Möglicherweise ist dies ein besondes listbestimmtes Phänomen, denn immerhin stößt man bei Befragungen immer wieder auf eine erstaunliche Mehrheit von Menschen, die nicht noch einmal leben wollen, und kaum jemand beklagt seine Nichtexistenz vor seiner Zeugung oder findet sie gar *schreck*lich. Auch die Lehre des Buddha von der Wünschbarkeit des Erlöschens der individuellen Existenz kann man in diesem Zusammenhang sehen.

Im Bereich der Sexualität bedeutet dieses Auseinanderfallen objektiver und subjektiver Triebziele, besonders drastisch bei der unerwünschten Schwangerschaft, daß das ursprüngliche objektive biologische Triebziel, die Erhaltung der Art durch Erzeugung eines oder mehrerer neuer Individuen, in den allermeisten Fällen keineswegs vom Individuum angestrebt wird. Dasselbe Prinzip, das Individuum durch die Substitution eines zusätzlichen oder divergierenden, aber attraktiv erscheinenden Ersatzzieles, einer Lustprämie zu lenken, zeigt sich auch bei der für die Arterhaltung ebenso wichtigen Brut- oder Kinderpflege, etwa beim sogenannten »Kindchen-Schema«: Es ist einfach attraktiv, sich mit Kindern zu beschäftigen. Ich realisiere ein sehr anziehendes individuelles Ziel und gewährleiste damit gleichzeitig die Erhaltung der Art. An dieser Stelle mag Mißbehagen gegenüber einer solchen reduktionistisch erscheinenden Sicht der Eltern-Kind-Beziehung aufkommen. Dieses Unbehagen ergibt sich zwar auch aus einer die Wirksamkeit absichernden Verheimlichungsstrategie der »listigen« Natur, ist aber partiell berechtigt, wenn nicht gegenüber einem so drohenden Reduktionismus das Auftreten neuer nicht (völlig) auf niedere Systemebenen reduzierbarer Qualitäten ebenfalls berücksichtigt wird. Andererseits zeigt sich z. B. in dem allseits zu beobachtenden äußerst defizitären Umweltverhalten – etwa in der rasanten Zunahme der Benutzung von Auto und Flugzeug als Transport- und Reisemittel –, wie katastrophal unterentwickelt Fürsorgeverhalten gegenüber der Nachkommenschaft sein kann, wenn es nicht durch genetisch verankerte Programme gewährleistet, sondern nur von intelligenter Einsicht gefordert ist.

Ungeachtet hier nicht zu berücksichtigender epistemologischer und methodischer kritischer Fragen hat sich dieses Grundmodell des Realisierens »eigentlicher« Verhaltensziele »am Bewußtsein vorbei«, wie es etwa in der Psychoanalyse ausgedrückt wird, in der Geschichte der modernen Psychologie bis in die Gegenwart als Schlüssel des Verständnisses zahlreicher Eigenarten menschlichen Verhaltens, insbesondere auch gestörten oder irrationalen Verhaltens, in einem beträchtlichen Ausmaß durchgesetzt. Man denke etwa an die Auffassung psychopathologischen Symptome oder an den in jeder tiefenpsychologischen Neurosenlehre zentralen Abwehrmechanismus der »Verdrängung«, bei dem nicht nur die verdrängten Inhalte dem bewußten Ich verborgen sind, sondern auch der Vorgang der Verdrängung selbst.

Das Modell der Überlistung des bewußten Ich, auch des Über-Ich, fand und findet weitere Anwendungen nicht nur im Bereich der klinischen Psychologie, sondern auch in anderen Bereichen der Psychologie, etwa der Kultur- und Sozialpsychologie. Hier wird es besonders als Erklärungsmodell soziopathologischer Phänomene herangezogen, man denke etwa an das Phänomen der Hexenjäger oder Teufelsaustreiber: Sexuelle und sadistische Impulse, die vom (zölibatären, fundamentalistisch christlichen) Über-Ich verboten und mit Strafe bedroht sind, werden unter Täuschung des Bewußtseins in entstellter Form am Ich und Über-Ich vorbei durchgesetzt, unter Einsatz mannigfacher listiger Arrangements, sogenannter »Abwehrmechanismen«, etwa der Rationalisierung und Projektion. Man schiebt dem Ich und Über-Ich »edle«, moralisch positiv bewertete Motive unter, wie etwa die Bekämpfung des Bösen, des Teufels in der Hexe oder dem oder der Besessenen, projiziert seine eigenen sexuellen und sadistischen Impulse in das Opfer, um sie dort angeblich zu bekämpfen. Sieht man sich ein solches Geschehen von außen an, so ist immer wieder mit Händen zu greifen, wie intensiv und auf welche pervertierte Art in all diesen Fälllen sexuelle und sadistische Impulse ausgelebt werden.[3] Hierher gehören auch viele Phänomene des wiedererstarkenden religiösen und politischen Fundamentalismus, etwa wenn religiöse Fanatiker in Algerien Menschen die Kehle durchschneiden und dies im bewußten Glauben tun, damit ein gottgefälliges Werk zu verrichten.

3 Etwa im Falle Klingenberg; vgl. Mischo, J. und Niemann, U.: *Die Besessenheit der Anneliese Michel (Klingenberg) in interdisziplinärer Sicht.* In: *Zeitschr. f. Parapsychologie und Grenzgebiete der Psychologie* 25, 1983, 129–193.

Auch in einem meiner eigenen Forschungsbereiche, der Religionspsychologie, spielt dieses Modell der listenreichen Psyche auch in ganz modernen Theorien eine wichtige Rolle. Bezeichnenderweise trägt ein neueres religionspsychologisches und soziobiologisches Buch den Titel *Religion, eine List der Gene?*.[4] Aber auch der ganze Bereich der sogenannten »funktionalistischen« religionspsychologischen und -soziologischen Theorienbildung gehört hierher.[5] Religiöse Inhalte, »Wahrheiten« werden im Rahmen dieser Theorien als austauschbar angesehen. In Wirklichkeit gehe es um bestimmte Funktionen, um die Sicherung des Lebensvollzugs im Dienste der »Kontingenzbewältigung« und letztlich wieder der Selbst- und Arterhaltung.

Nur kurz kann im folgenden auf die notwendig gewordene Modifikation des ursprünglichen Modells hingewiesen werden: Die ursprünglich eher linearen Vorstellungen, »Wille«, Es, Gene usw. bestimmten das bewußte Ich, müssen heute durch ein weitgehend zirkuläres Modell ersetzt werden. Wie im intersubjektiven Bereich finden wir auch intrasubjektiv ein weitgehend zirkuläres Spiel von List und Gegenlist. Denken wir etwa exemplarisch an den Bereich der Sexualität: Nicht nur der Vitalgrund überlistet das bewußte Ich, sondern auch das bewußte Ich versucht in manngifacher Weise und nicht ohne Erfolg den Vitalgrund, das Es zu überlisten. Wir verschaffen uns z. B. die ursprünglich etwa von Schopenhauer als manipulativ, instrumentell gesehenen sexuellen Lustprämien, machen sie zum Selbstzweck, indem wir sie »listig«, etwa in den verschiedenen Arrangements der Empfängnisverhütung, von den »objektiven«, den Primärzwecken der Arterhaltung weitgehend abkoppeln (wobei wir etwa durch den Einsatz der Pille dem Vitalgrund oder Organismus »listig« eine schon bestehende Schwangerschaft vortäuschen). Im übrigen entpuppen sich nicht wenige Heilmethoden der Medizin als besonders listenreiche Manipulation des organismischen Vitalgrundes.

Auf die an dieser Stelle notwendige methodenkritische Diskussion der kategorialen wie relationalen Angemessenheit, des

4 Schmied, G.: *Religion, eine List der Gene?* Zürich, 1989.

5 Lübbe, H.: *Religion nach der Aufklärung*, Graz, 1986. Buggle, F.: a. a. O. S. 411–414.

Abbildcharakters des hier dargelegten und an wenigen selektiven Beispielen veranschaulichten Modells psychischer Prozesse muß ich verzichten. Es bleibt aber abschließend auf die faktisch ungemein große Relevanz und Verbreitung dieses Grundmodells in der modernen Psychologie hinzuweisen.

Dennoch bleibt ein Unbehagen, eine abgründige Verunsicherung des menschlichen Autonomie- und Selbstbewußtseins, auch wenn man ein eher modernes, eher zirkuläres und damit relativiertes Modell zugrunde legt, und auch wenn zuzugeben ist, daß dieses Modell zur Humanisierung der menschlichen oder unmenschlichen Verhältnisse beitragen kann, indem es uns immer dann mißtrauisch macht gegen allzu edle Motive, nicht nur bei anderen, sondern auch bei uns, wenn sie zur Rechtfertigung inhumaner Handlungen herangezogen werden.

Beunruhigend kann und hat dieses Modell letztlich aber auch immer gewirkt, weil wir dieses geheimnisvolle X, das uns listig zu steuern oder gar zu gängeln scheint, in Wirklichkeit so wenig kennen. Alle Versuche, dieses X zu identifizieren, dingfest zu machen, vielleicht schon als »Dämon« bei Sokrates, als »Wille« im Sinne des dumpfen Lebensdranges Schopenhauers, der zum ebenfalls nichtindividualisierten »Es« bei Freud wurde, als »Wille zur Macht« bei Nietzsche oder heute als »Gene«, alle diese und anderen Versuche, dieses ichferne und sich verbergende X zu identifizieren, blieben und bleiben vorläufig und fragmentarisch. Überblickt man die Geschichte der Psychologie und der Anthropologie, so könnte man abschließend in einem Bilde sagen: Dieses geheimnisvolle, verborgene X scheint in dem wohl deutlich gewordenen Kampf oder Spiel von List und Gegenlist seine Masken von Zeit zu Zeit nur zu wechseln, aber letztlich nie abzulegen. Aber ist nun nicht gerade dies der Gipfel der List?

Gabriele Haug-Schnabel
List bei Kindern: Verhaltensbiologische Überlegungen

Der Begriff List in der Verhaltensbiologie

Der Begriff List ist kein verhaltensbiologischer Terminus technicus. Verhaltensbiologen, die sich mit tierischem Verhalten beschäftigen, verwenden Begriffe wie Mimese, Mimikry, Signalfälschung oder Täuschung bzw. Ablenkungsverhalten oder Verleiten, wenn sie uns Menschen listig erscheinendes Verhalten von Tieren beschreiben wollen (s. im Detail den Beitrag von Peter Sitte im vorliegenden Band). Hierzu kann ein angeborenes Schutzverhalten Freßfeinden gegenüber gehören, zum Beispiel die sog. *Tarntracht*, die in einer morphologischen und ethologischen Anpassung an Zweige, Blätter, Rinde, Steine, selbst an Vogelkot besteht. Oder die *Warntracht*, bei der wehrlose und genießbare Tiere durch Gefährlichkeit vortäuschende Merkmale wie Giftstachel, -haare, Wehrdrüsen oder giftige bzw. übelschmeckende Körperinhaltsstoffe eine im selben Gebiet lebende wehrhafte oder ungenießbare Art nachahmen, um durch diese Signalfälschung vom Räuber, der diese Kennzeichen nach schlechter Erfahrung zu fürchten gelernt hat, ebenfalls gemieden zu werden.

Das *Verleiten* ist ein Ablenkungsverhalten zahlreicher am Boden brütender Vögel, das dazu dient, potentielle Feinde vom Nistplatz oder von den Jungtieren fortzulocken. Der Altvogel versucht durch auffällige Verhaltensweisen, wie Sichlahmstellen oder Flügelverletzungen, die Aufmerksamkeit auf sich zu ziehen, damit der Räuber ihm folgt. Ist das Ablenkungsmanöver gelungen, fliegt der Altvogel auf und kehrt auf Umwegen zum Nachwuchs zurück. Wahre Meister im Verleiten sind Regenpfeifer und Kiebitze (Gattermann 1993). Während Großvögel wie Stockenten und Rebhühner beim Ablenken eine Flügelverwundung vortäuschen, die sie am Auffliegen hindert, ahmen Grasmücken und andere Kleinvögel einen kranken Vogel nach, sträuben das Gefieder, machen kleine Augen, stolpern beim Hüpfen und fliegen mit dem matten Flügelschlag eines sterbenskranken Tieres. Lorenz (1974) weist darauf hin, daß die Ausbildung dieser Täuschungsfeinheiten voraussetzt, daß auch der wegzulockende Räuber sie entsprechend versteht.

Verhaltensbiologen, die sich auch mit menschlichem Verhalten beschäftigen, machten sich – allerdings eher beim Stichwort »Lüge« als beim Stichwort »List« – weitere Gedanken: »Lüge und Täuschung sind wichtige Waffen im zwischenartlichen Verkehr. Ein Räuber wird seine Beute mit allen Mitteln zu überlisten suchen, und dieser wiederum kann jedes Mittel der Täuschung [...] recht sein, um dem sonst sicheren Tode zu entgehen. In dem Augenblick jedoch, wo sich partnerschaftliche Beziehungen entwickeln, sei es innerhalb einer Kleingruppe oder zwischen Staaten und Machtblöcken, muß eine gewisse Voraussagbarkeit selbst gegnerischen Verhaltens möglich sein. [...] Das gilt selbst für agonale Auseinandersetzungen (Krieg, Zweikampf), die zwar im Rahmen von Konventionen auch Listen gestatten, aber Arglistigkeit und Täuschung, die den Rahmen der Konventionen überschreiten, verbieten.« An diese Überlegungen Eibl-Eibesfeldts (1986) schließt sich seine kritische Auseinandersetzung mit der von manchen Soziologen vertreteten Meinung an, daß es für ein Tier stets vorteilhaft sei, zu lügen und falsche Nachrichten zu geben. Es ergebe vom evolutionistischen Standpunkt her wenig Sinn, wenn Tiere über Motivationen und Intentionen informieren würden, da ehrliches Signalisieren evolutionistisch nicht stabil wäre, meint z. B. Maynard-Smith (1984). Der Soziologe glaubt, daß ein Räuber wenig Chancen hätte, seinen Hunger zu stillen, wenn er bei einer wehrhaften Beute offen angreifen und nicht den Vorteil des Anschleichens, der Deckung und des Überraschungsangriffs nützen würde. Auch für ein verletztes Tier sei es nicht zuträglich, seine momentane Schwäche in aller Öffentlichkeit zu zeigen und als »leichte« Beute zu erscheinen. Diese Beispiele sind richtig, doch treffen sie nach Meinung der Ethologen Eibl-Eibesfeldt (1986) und Wickler (1971) nicht für alle Bereiche des tierischen Sozialverhaltens zu, da Kommunikation nicht nur eingeschränkt im Rahmen agonaler Auseinandersetzung, in der sich Bluff auszahle, gesehen werden dürfe. Im Tierreich besteht Selektionsdruck gegen Mißverständliches und Lügenhaftes, und auf wahre Verständigung wird Wert gelegt. Selbst im Bereich innerartlichen Feindverhaltens muß es

Ebenen verläßlicher Verständigung geben, sonst gäbe es keine Turnierkämpfe, keine Submission und beim Menschen keinen Friedensschluß. Selbst für den agonalen Bereich ist die Lüge ein Mittel, das sich nur in beschränktem Maß als adaptiv erweist.

Für die Tierethologie haben die bahnbrechenden Arbeiten der schottischen Psychologen und Primatologen Andrew Whiten und Richard Byrne (1988a, b) einen frischen Wind in die Diskussion um die Frage gebracht, ob Tiere zu bewußten Täuschungsmanövern fähig sind. Dem Göttinger Anthropologen und Primatologen Volker Sommer gelang mit seinem 1992 erschienenen Buch *Lob der Lüge: Täuschung und Selbstbetrug bei Tier und Mensch* ein interessanter Beitrag zur Biologie der Lüge.

Der Aspekt »Kinder und List« darf bislang von verhaltensbiologischer Seite äußerst wenig untersucht gelten. Interessanterweise fand ich bei der Themennennung in Gesprächen primär Erstassoziationen zu listigem Verhalten der Eltern ihren Kindern gegenüber. So wurde mir mehrmals folgender Zusammenhang als Antwort genannt:

Aufmerksame Eltern sind sich des stammesgeschichtlich entstandenen Bedürfnisses ihres Säuglings nach nahezu lückenloser körperlicher Nähe, zumindest aber nach Anwesenheitssignalen der Bezugspersonen bewußt. Sie wissen um die Traglingsnatur ihres Kindes (Kirkilionis 1994), um sein biologisches Bedürfnis, sich möglichst am Körper der Mutter geborgen zu fühlen und von hier aus die Umgebung wahrzunehmen. Um trotzdem nicht immer anwesend sein zu müssen, arbeiten sie listig. Nämlich mit Attrappen, also künstlichen Gegenständen, die eine entsprechende Instinkthandlung auslösen können:

- Wiegen, die dem Kind vorgaukeln, auf der Hüfte oder dem Arm der Mutter in den Schlaf gewiegt zu werden;
- Spieluhren, die geduldig – wenn lange genug aufgezogen – in den Schlaf singen;
- immer mit sich getragene, nie gewaschene Schmusetiere, die durch ihre stete Verfügbarkeit und den bekannten beruhigenden Duft Verlassenheitsangst stillen;
- Flaschensauger und Schnuller, die als Attrappen der mütterlichen Brustwarzen nutritives und nichtnutritives Saugen und Nuckeln erlauben.

Bewußt eingesetzte List setzt *Ich-Identität*, dann die *Fähigkeit zur Perspektivenübernahme*, besser noch zur *Empathie*, dann aber auch *soziale Kompetenz* sowie *einsichtiges Verhalten* voraus. Uns interessieren diese Entwicklungsaspekte nur insofern, als sie wichtige Prämissen für die Fähigkeit zu strategemischem Handeln darstellen.

Erst wenn ein Kind eineinhalb oder zwei Jahre alt wird, kann es zwischen seinen eigenen und den Bedürfnissen anderer unterscheiden. Es hat Ich-Bewußtsein entwickelt, da es nun ein Bild von sich hat und über die Vorstellung seines eigenen Körpers im Zentralnervensystem, so auch in seiner Verhaltenssteuerung und in seinem Bewußtsein verfügt. Erkennt sich ein Kind im Spiegel, darf man schließen, daß sein Ich-Bewußtsein ausgebildet ist (Bischof-Köhler 1989). Diese *Ich-Identität* braucht ein Kind, um seine eigenen Verhaltensziele erkennen zu können, vor allem wenn es andere dazu bringen möchte, diese statt ihrer ureigenen Verhaltensziele zu realisieren.

Auch die Fähigkeit zur *Perspektivenübernahme* ist gegen Ende des zweiten Lebensjahres zu erkennen. Ein Kind begreift nun allmählich, daß es nicht reicht, bei einem Würfel mit nur einer bemalten Bildseite diese selbst intensiv anzusehen und den Würfel hochzuhalten, um jemand anderem das Bild zu zeigen. Es merkt, daß es das Bild von sich weg zum Interaktionspartner hindrehen muß, damit dieser das Bild ebenfalls sehen kann. Das sind die Anfänge der Perspektivenübernahme; das Sehen und Verstehen der Situation aus dem Blickwinkel des anderen beginnt. Sich wirklich in jemanden hineinversetzen zu können bedeutet auch, dazu fähig zu sein, sich in seine Vorstellungs- und Reaktionswelt einzufühlen. Erst allmählich begreift ein Kind, daß ein anderer Mensch dieselbe Situation anders interpretieren kann und deshalb auch anders handeln kann als es selbst.

Es dauert nun etwa noch ein halbes oder dreiviertel Jahr, bis ein Kind sich in die Gefühlslage seines Gegenübers hineinversetzen kann und darauf abgestimmt reagiert. Dann erst zeigt es *Empathie*.

Unter dem Begriff *Sozialkompetenz* versteht man die Fähigkeit zu sozial gerichtetem Verhalten, so z. B. die Möglichkeit, den Verlauf von Interaktionen, an denen auch eine oder mehrere Personen beteiligt sind, mitzugestalten, indem man diese in ihrem Verhalten zu beeinflussen versucht.

Das *einsichtige Verhalten,* die sicher komplexeste Voraussetzung in dieser Reihung, gehört zur Intelligenz. Die Entstehung einer gedanklichen Verknüpfung, einer neuen Assoziation nach innerem Experimentieren mit Gedanken ist hiermit gemeint.

Inwiefern tragen diese Prämissen zur Verfeinerung einer List bei?

1. Zunächst beziehen listige Verhaltensweisen die Reaktionen des von der List betroffenen Interaktionspartners mit ein, wobei sogar ein unbeteiligter Dritter als Mittel zum Zweck benutzt werden kann. Jemand wird gereizt, um jemand anderen, z. B. dessen Beschützer, aus der Reserve zu locken.

2. Sodann werden auch die Vorstellungen über das Erscheinungsbild miteinberechnet und ebenso die Interpretation des Sachverhalts durch ihn.

3. Zuletzt werden zusätzlich die emotionale Situation und deren Auswirkung auf den Interaktionspartner berücksichtigt.

Der Zugang zu einer Gruppe

Die nächsten Beispiele stammen allesamt aus Verhaltensbeobachtungen in Kindergruppen.

In eine bereits bestehende Spielgruppe hineinzukommen und mitspielen zu dürfen gehört mit Sicherheit zu den schwierigen Interaktionsaufgaben der Kindheit. Zur Lösung dieses Problems werden sowohl strategemische, also mit List operierende, als auch unstrategemische, auf List verzichtende Strategien und Taktiken angewandt. So kann man fragen: »Darf ich mitspielen?«, kann die Mutter oder ein anderes Kind für sich selbst fragen lassen, man kann sich in eine Gruppe reindrohen, indem man alle einschüchtert und so jede Gegenwehr im Keim erstickt, oder man kann – vor allem im Hinblick auf längerfristige Mitspielchancen – auch ein bedeutend effizienteres Vorgehen wählen, nämlich das folgende, auf einen langfristigen Erfolg angelegte Strategem:

Das Kind, das mitspielen möchte, steht am Rand und schaut aufmerksam dem Spielverlauf zu. Plötzlich schreit es: »Achtung, die hintere Tunnelwand bricht zusammen!«, springt in den Sandkasten, tätschelt und befeuchtet die »Problemstelle« vorsichtig und atmet erleichtert auf: »Da haben wir noch mal Glück gehabt!« Und schon gehört es zu den Mitspielern. Oder, nach ähnlichem Muster: »Ich hab' gesehen, die roten Steine reichen nicht aus, ich habe einige grüne gesammelt, die passen genauso. Ich zeige es euch!« Oder: »Wenn ihr auf Beutezug geht, braucht ihr aber dringend jemanden, der auf die Gefangenen aufpaßt!« Zwar noch keine Starrolle, aber man gehört immerhin zum Ensemble und wird weitersehen.

Was geschieht hier Listiges? Ein drohendes Mißgeschick bzw. ein Mangel wird vorgetäuscht oder gekonnt erkannt, der Retter und Helfer aber sofort mitgeliefert. Eine ausgesprochen erfolgreiche kognitive List im interaktiven Gebrauch, die im einen Fall mit Täuschung, im anderen mit Ausmünzung arbeiten kann.

Rangordnung

In jeder Gruppenkonstellation, selbst wenn sie nur wenige Stunden dauert, bildet sich sehr schnell eine zumindest vorübergehende Rangordnung aus. Ranghohe, einflußreiche, angesehen Kinder sind an verschiedenen Eigenschaften zu erkennen:

– Es sind nie die Aggressivsten der Gruppe. Sie stellen sich zwar gerne und lautstark zur Schau, greifen aber selten an, da ihnen ein kurzes Drohen in den meisten Fällen bereits genügt, um eine anstehende Auseinandersetzung siegreich zu beenden.
– Sie haben zumindest in einzelnen Spezialbereichen ein überlegenes Können, meist verfügen sie über ein für ihr Alter erstaunliches Einfühlungsvermögen und über hohe Frustrationstoleranz.
– Ihre Autorität beruht auf Einfluß, vor allem Überzeugungskraft und Beliebtheit, die durch ein verläßliches Freundesnetz und häufige Kontaktaufnahme mit allen Kindern der Gruppe gefestigt wird.
– Von ihnen geht am häufigsten die Initiative für Spiele und Körperkontakt aus. Sie schlichten bei Konflikten und sorgen für Gerechtigkeit. Und das alles nicht selten auf listigem Wege.

Es ist auffällig, daß diese Kinder häufig einer direkten Konfrontation in Form einer körperlichen Auseinandersetzung aus dem Weg gehen. Wie sie in einer solchen Situation reagieren können, zeigt das folgende Beispiel:

Robin, der Boß der Kindergartengruppe, war an diesem Morgen bereits mehrfach von Lorenz provokant angegangen worden. Es war schon zu verschiedenen Reaktionen seitens Robins gekommen. Ein Ablenkungsmanöver, mehrere Drohungen und ein gelungener Versuch, eine ernste Aggression ins Spiel umzulenken, hatten bereits stattgefunden. Als Lorenz erneut hinter Robin herjagt und ihn dauernd an der Jacke zieht, dreht dieser sich blitzschnell um, packt den Überrumpelten und drückt ihn mit dem Rücken kurz aber herzhaft an die Wand des Gartenschuppens. Sämtliche Augenpaare sind auf die beiden Rivalen gerichtet. Als Lorenz sich wehren will, ist Robin bereits verschwunden, klettert aufs Schuppendach – was natürlich verboten ist – schaut sich kurz um, balanciert gewandt über den Dachfirst – was strengstens verboten ist – und landet sicher auf dem Boden. Ungeteilte Aufmerksamkeit und absolute Bewunderung lassen ihn im Zentrum der Aufmerksamkeit stehen. Seine Position ist wieder für lange Zeit unantastbar, was Lorenz sofort verstanden hat und wohl auch akzeptieren muß.

Bei dieser List wird nicht getäuscht, hier werden Konstellationen des Spielplatzes ausgemünzt, vor allem aber wird informiert, indem durch ein ungewöhnliches Vorgehen signalisiert wird, daß eine durch den Rivalen in Frage gestellte Wirklichkeit nach wie vor ihre Gültigkeit hat. Dies ist ein Beispiel, das eine um die Präsenzstrategeme erweiterte Listdefinition gerechtfertigt erscheinen läßt.

Die Frage, warum der Alpha einer direkten Konfrontation mit dem Beta ausweicht und diesen ungewöhnlichen Weg zur Klärung der Hierarchieverhältnisse wählt, wird nicht eindeutig zu beantworten sein. Ist der Kampf nicht sein Spezialgebiet, und will er deshalb kein Risiko eingehen, seine Stellung zu verlieren? Hält er eine klare Niederlage Betas vor aller Augen für ungünstig? Möchte er die Zahl der körperlichen Auseinandersetzungen aus gruppendynamischen Gründen möglichst niedrig halten? Die Frage, weshalb er die geschilderte List zur Klärung der Rangordnung wählte, wird offenbleiben müssen.

Das Lächeltraining

Wie selbstverständlich sind wir bei der bisherigen Beispielwahl immer von einem interaktiven Gebrauch, also einem interindividuellen Einsatz der List ausgegangen. Listanwender und Listbetroffener waren nicht identisch. Doch List muß auch als intraindividuelle Verhaltensweise verstanden werden [s. hierzu den Beitrag von Franz Buggle im vorliegenden Band] und das bereits bei Kindern!

Ein Kind spricht oder singt vor sich hin, manchmal lächelt es sogar dabei, wenn es allein in den dunklen Keller geschickt wurde, um etwas zu holen. Es überlistet sich selbst, und zwar gleich zweifach:

Es täuscht sich eine nicht vorhandene Wirklichkeit vor, nämlich

– nicht allein zu sein, weil es ja jemand Vertrautes singen oder sprechen hört

– und gleichzeitig auch gut drauf zu sein, weil es ja singt – und ganz wesentlich – sogar lächelt.

Dieses bewußt initiierte Lächeln – in seiner intraindividuellen Wirkung erkannt – wird inzwischen therapeutisch ausgenutzt. Facial-Feedback-Übungen nennt man das Training, das dazu auffordert, bewußt lächelnd eine Aufgabe zu beginnen, die einem schwerfällt, oder lächelnd das Haus zu verlassen, auch wenn es unangenehme Gefühle auslöst, die eigenen vier Wände zu verlassen. Die bewußt durchgeführten muskulären Mimikveränderungen zum Lächeln haben Rückwirkungen auf unser limbisches System und setzen Endorphine frei. Auf diesem physiologischen Weg kann auch geplantes Lächeln zu der normalerweise mit spontanem Lächeln verbundenen Stimmungsaufhellung führen.

Spezielle Lernprozesse

Menschen sind, wie viele Lebewesen, unter bestimmten Voraussetzungen in der Lage, sich Listen beizubringen, um ihre defizitäre Bedürfnislage zu verbessern. Ich wähle hier zur exemplarischen Darstellung die sog. *Babystereotypien* aus: Es handelt sich um höchst merkwürdige und besonders durch ihre Gleichförmigkeit und Wiederholung auffällige Körperbewegungen, die von Baby zu Baby völlig unterschiedlich aussehen können, vom selben Kind aber immer in identischer Form gezeigt und wiederholt werden. Ihre Lerngeschichte muß man sich folgendermaßen vorstellen:

– Vor allem deprivierte, emotional unterversorgte Säuglinge und Kleinkinder zeigen dieses auffällige Verhalten. Ihr unbefriedigtes Kontakt- und Bindungsbedürfnis ruft Bewegungsdrang hervor, solange sie keine Anwesenheitssignale ihrer Bezugsperson wahrnehmen können. Sich kräftig zu bewegen, anfangs auch zu weinen, wäre in einer günstigen Umwelt eine durchaus angebrachte Taktik, um die Chance zu vergrößern, in die Nähe der Bezugsperson zu kommen.

– Durch die Eigenbewegungen entstehen ähnliche Sinnesempfindungen, sog. Ersatzreize, mit in etwa vergleichbar beruhigender Wirkung, wie dies bei Mutterkontakt durch Körperberührung und Bewegtwerden der Fall wäre.

– Die hohe Aktivierung des Kontakt- und Bindungsbedürfnisses erlaubt nicht, wählerisch zu sein, und erhöht die Ansprechbarkeit für die selbsterzeugten Ersatzreize.

– Irgendeine zufällige Bewegung ließ das Kind bei einer derartigen selbstgeschaffenen Gelegenheit eine kurzfristige Stillung seiner Verlassenheitsangst erleben. Diejenige Eigenbewegung, die zufällig als erste den Effekt der flüchtigen Befriedigung nach sich zog, wird von nun an als für dieses Kind typische Stereotypieform gezeigt (Hassenstein 1987).

Das Kind benutzt diese List, um trotz aller ungünstigen Entwicklungsbedingungen, bei fehlenden Originalreizquellen, dennoch eine flüchtige Antriebsbefriedigung zu erhalten. Es täuscht sich selbst eine nichtvorhandene Wirklichkeit, die beruhigende Anwesenheit der Bezugsperson, vor, indem es eine günstige Konstellation der Verhaltenssteuerung ausnutzt, nämlich die Möglichkeit, über selbsterzeugte Ersatzreize Beruhigung zu erlangen.

Diese List muß bezüglich ihres Verhältnisses zur Wirklichkeit den *Mischstrategemen* zugeordnet werden.

Wie reagiert man, wenn ein Gegner übermächtig ist, dem Konflikt aber nicht mehr ausgewichen werden kann?

Für diese Verhaltensebene ist folgendes zu erwarten:

– Die Wahrnehmung des übermächtigen Gegners löst Flucht aus,
– die zusätzliche Wahrnehmung ›Flucht unmöglich‹ bzw. ›Flucht aussichtslos‹ löst blitzschnell den Gegenangriff aus und hemmt die Flucht.

Statt mit Flucht wird mit Aggression reagiert. Angst bei Ausweglosigkeit ist eine häufige Ursache für aggressives Verhalten (Hassenstein 1999).

Ein Protokollauszug aus dem Kindergarten soll das Verhalten eines 3 ½ jährigen Mädchens in einer derartigen Szene illustrieren:

Anja versucht aus dem Bauwerk zweier sechsjähriger Jungen vorsichtig einen Eckstein für ihren Hausbau zu entwenden. Als einer der Jungen es bemerkt, will sie mit vielen Entschuldigungen den Baustein zurückgeben. Der Junge verweigert die Annahme, springt mit drohendem Blick auf und schreit: »Das machst du nicht noch einmal!« Anja wendet sich – immer noch den Stein in der Hand – ab und rennt weinend Richtung Tür, durch die die Erzieherin soeben verschwunden war. Der Junge verfolgt das Mädchen, sie rennt jammernd auf die Türe zu, die in diesem Moment geöffnet wird. Ein Handwerker kommt, einen Stuhlberg vor sich hertragend, herein und versperrt Anja den Ausgang. Diese dreht sich blitzschnell um, stellt sich auf die Zehenspitzen, schaut mit Drohblick zu dem Jungen auf, schreit mit lauter fester Stimme »du Zwerg, was willst du eigentlich!« und fuchtelt ihm mit dem Stein direkt vor dem Gesicht herum. Der Junge bleibt stehen, ist sichtlich verwirrt und geht zurück zur Bauecke. Anja atmet schwer, wischt sich die Tränen aus den Augen und geht – sich immer wieder umblickend – auf den Flur.

Anja will nach ihrer Zurechtweisung, aus Angst vor weiteren Konsequenzen ihrer Tat, sich zur Erzieherin auf den Flur retten. Die Wahrnehmung des übermächtigen Gegners löst Flucht aus. Doch diese Flucht aus dem Zimmer wird durch den eintretenden Handwerker verhindert, sie kann nicht fliehen. Die zusätzliche Wahrnehmung »Flucht unmöglich« bzw. »Flucht aussichtslos« löst jedoch blitzschnell den Gegenangriff aus und hemmt die Flucht. Sie stellt sich also dem Angreifer und reagiert aggressiv mit Imponiergehabe, verhaltensbiologisch gesehen eine typische Reaktion auf eine ausweglos gewordene Angriffssituation. Jetzt zu imponieren, sich größer, eindrucksvoller und überlegener zu präsentieren, als es der Wirklichkeit entspricht, ist eine listige Taktik, mit deren Hilfe man eventuell einer tätlichen Auseinandersetzung bei sehr ungleicher Kräfteverteilung und wenig Hoffnung auf Verstärkung von außen entgehen kann.

Doch läßt dieses kleine Fallbeispiel eine weitere strategemische Analyse zu. Für deren Verständnis sei die nun folgende Fabel aus China vorgeschaltet[1] Der alte Fuchs wurde vom wilden Tiger überrascht, als er sich an der Sonne wärmte. Aber bevor dieser zubeißen konnte, sagte der Fuchs: »Halt, weißt du denn nicht, daß du dich nicht am mächtigsten Tier der Erde vergreifen darfst?« Da lachte der Tiger und sperrte schon sein Maul auf, um den Fuchs zu verschlingen. Dieser jedoch forderte den Tiger auf, sich mit ihm auf einen Rundgang zu begeben, damit er sehe, wie gefürchtet er, der alte Fuchs, sei. Von Neugierde gepackt, verzichtete der Tiger auf sein Vorhaben und ließ sich führen. – Alle Tiere, denen sie nun begegneten, suchten beim Anblick des Tigers natürlich das Weite. So konnte der schlaue Fuchs nach dem Rundgang sagen: »Siehst du nun, wie gefürchtet ich bin?« Und der Tiger, der die ganze Zeit nur auf den Fuchs und die anderen Tiere geschaut hatte, mußte ehrfürchtig zustimmen und verzog sich kleinlaut.

Vor diesem Hintergrund erscheint eine andersartige Analyse ebenfalls plausibel: In ihrer Angst rennt Anja jammernd auf die Türe zu. Sie will fliehen. Mit dem eintretenden Handwerker, der ihr den Ausgang versperrt, ändert sich für Anja die Situation. Sie münzt die neue Konstellation geistesgegenwärtig aus, indem sie den Handwerker als »Tiger« benutzt. Sie dreht sich um, stellt sich der Auseinandersetzung, geht auf die Zehenspitzen und behauptet sich auch verbal, mit dem Erwachsenen im Rücken. Das bringt den Jungen aus dem Konzept und entwaffnet ihn. Das Mädchen ergriff also listig die sich ihr bietende Gelegenheit, sich – verstärkt durch das Auftreten des stühlebeladenen Handwerkers – größer, eindrucksvoller und überlegener zu präsentieren, als es der Wirklichkeit entsprach. Diese List, das *Imponieren* unter Zuhilfenahme eines Dritten

1 Die Darstellung der Fuchs-Tiger-List wurde aus Mauch 1992 übernommen.

(des Handwerkers), wird listkundlich als Autoritäts-Ausleih-Strategem bezeichnet.

Das Imponieren selbst ist bei uns bereits als biologische Anlage vorhanden; es gehört zu einem erweiterten Aggressionsverständnis, das auch Flucht und Verteidigung umfaßt, und muß nicht erst gelernt werden, kann aber willentlich unterdrückt werden.

Außenseiter

Häufig habe ich in Kindergruppen folgenden Verhaltensablauf verfolgen können:

Ein von den meisten Gruppenmitgliedern wenig akzeptiertes Kind, vielleicht auf dem Weg zum Außenseiter, hatte sich etwas zuschulden kommen lassen. Neben den einmaligen Vergeltungsmaßnahmen des oder der Betroffenen bekam dieses Kind über einen längeren Zeitraum hinweg immer wieder die Aggressionen verschiedener am Konfliktgeschehen nicht beteiligter Kinder zu spüren. Auffallend war, daß es sich bei diesen nachfolgenden aggressiven Aktionen häufig um Kopien der Erstattacke, um einen identischen körperlichen Angriff oder um eine identische Beschimpfung, handelte. Diese geplanten Aggressionen – ohne vorangegangenen Konflikt – werden als Zeichen der Solidarisierung mit den übrigen Gruppenmitgliedern gegen den Außenseiter wirkungsvoll in Szene gesetzt. Eine gruppendynamisch günstige Konstellation nützen Kinder geistesgegenwärtig aus, um auf Kosten eines Dritten die eigene Loyalität zur Gruppe zu demonstrieren (Haug-Schnabel 1994). Man hält sich einen Außenseiter, damit der Rest durch die gemeinsame Ablehnung näher zusammenrücken kann. Denselben Außenseiter auszugrenzen, denselben Feind zu haben, zeigt an, zur selben Gruppe zu gehören.

Frühkindliche Signale

An den folgenden Beispielen sind Verhaltenselemente beteiligt, die in unserem Erbgut schon vorprogrammiert sind und die Anlaß zu Überlegungen darüber geben, ob hier nicht – anthropomorph ausgedrückt – bereits der Evolution eine gewisse Listigkeit zu unterstellen ist.

– Säuglinge sehen putzig, goldig und lieb aus. Der Anblick eines Babygesichts wirkt anziehend, und zwar – in bestimmten Grenzen – um so mehr, je ausgeprägter es die Züge des *Kindchenschemas* trägt: eine hohe, vorgewölbte Stirn, eine kleine Nase, Pausbacken, weit auseinanderliegende, große Augen. Dieses Aussehen, verbunden mit weiteren charakteristischen Babymerkmalen, wie z. B. den angeborenen Babylauten, weckt in uns Pflegebereitschaft. Eine List der Natur.

– Besonders wirkungsvoll ist das *kindliche Lächeln*, das keine Altersgruppe und kein Geschlecht unberührt läßt. Das Lächeln ist ein Signal, mit dem der Säugling einem Erwachsenen oder einem anderen Kind seine Zugewandtheit zeigt. Biologisch gesehen ist das Lächeln eine angeborene Verhaltensweise, denn auch blind und taub geborene Kinder, die ihre Eltern nie lächeln sehen und sie darum auch nie nachahmen können, lächeln wie jedes andere Kind.

– Seine Signalfunktion als Ausdruck der Zugewandtheit bekommt das Lächeln erst nach 6 bis 8 Lebenswochen, erst dann wird es zum sozialen Lächeln. Doch bereits vorher, schon als Neugeborene, zeigen Säuglinge Andeutungen von Lächelmimik, die auch jetzt schon – zumindest auf die Eltern – positiv, da interaktiv wirken.

– Erst in den letzten Jahren wurde eine frühe Säuglingsfähigkeit erkannt. Über ihren Sinn wird noch intensiv diskutiert:

Säuglinge imitieren bereits in den ersten Lebenstagen bevorzugt Gesichtsausdrücke. Die *Imitation* ist nicht auf bekannte und vertraute Aktionen beschränkt, sondern nach einmaliger Präsentation eines neuen Imitationsmodells gelingt ihnen eine Gedächtnisreproduktion (z. B. Meltzoff & Moore 1992).

Mir scheinen diese frühkindlichen Signale, das attraktive Aussehen, das gewinnende Lächeln und die beeindruckende Imitationsleistung, im Erbgut vorprogrammierte und in der Evolution bewährte Ausmünzungs- bzw. Informationslisten zu sein, die die physische und emotionale Versorgung eines hilflosen Wesens zu sichern helfen. Hierdurch erscheint das Kind aufmerksamer, interaktiver und sozial kompetenter, als es dies in seiner Entwicklungswirklichkeit bereits ist.

Exzessives Schreien

Es gibt Säuglinge, die in den ersten Lebensmonaten ohne organische Auffälligkeit exzessiv schreien, nämlich mehr als 3 Stunden am Tag, mehr als 3 Tage in der Woche und dies alles über eine längere Zeitspanne als 3 Wochen.

Die Ursachensuche bei der sog. chronischen Unruhe gehört zu den momentan weltweit intensiv erforschten Säuglingsthemen (z. B. Bensel, Haug-Schnabel 1997). Könnte dieses intensive Schreien, das unter Normalbedingungen nur auffällig ist, unter bestimmten Bedingungen durchaus angepaßt, vielleicht sogar extrem listig sein?

Hierzu zwei Diskussionsbeiträge:

– Eine Säuglingsstudie bei den Massai macht deutlich, daß in Zeiten extremen Hungers eher die Säuglinge überleben, die sich lauthals und nahezu pausenlos Gehör verschaffen. Also: die Schreier werden bevorzugt, und nicht etwa die pflegeleichten Stillen (DeVries 1984). Sie signalisieren ständig Hunger, das bißchen, was an Nahrung vorhanden ist, wird ihnen gegeben.

– Vielleicht sind diese Beobachtungen in physiologischen Extremsituationen auch auf psychologische Extremsituationen übertragbar? Säuglinge, die Gefahr laufen, bei wenig Signalgabe zu wenige Interaktionsmöglichkeiten und somit zu wenige Zuwendungserfahrungen zu erhalten, setzen – mit Erfolg – das Schreien als Strategem ein. Ist ihre Notzeit vorüber, sei es, weil sich das elterliche Verhalten ändert, sei es, weil die kindlichen Kompetenzen zur Kontaktaufnahme vielfältiger werden (Haug-Schnabel 1994), bleiben sie für ihre Eltern durch diese gemeinsam überstandene Krisenzeit weiterhin »spezielle« Kinder: entweder weiterhin Problemkinder, mit der damit verbundenen verantwortungsvollen Aufmerksamkeit, oder bezüglich der Eltern-Kind-Beziehung ganz besonders sicher gebundene Kinder, entstanden durch die notgedrungen große Nähe in den ersten Lebensmonaten (Thompson et al. 1986; Stifter 1995). Die Rechnung muß aber – wie bei jeder List – nicht immer aufgehen: Extremes, aversives Schreien kann auch durch Überforderung der Elternkompetenz zu Kindesmißhandlung bis hin zur Tötung führen.

Nachtterror

Zur Diskussion steht das Night waking, der Nachtterror von Säuglingen in den ersten zwei Lebensjahren (Blurton Jones & da Costa 1987). Mehrmals in der Nacht erwachen sie, was völlig normal und richtig ist, doch dann schlafen sie nicht wieder von allein ein, was nach 6–7 Lebensmonaten durchaus möglich wäre.

Sie wollen an der Brust trinken, nicht allein weiterschlafen, müssen herumgetragen werden, brauchen Licht usw. Die Kinder signalisieren den Eltern, daß sie noch viel intensive Pflege und Zuwendung brauchen.

Doch was passiert biologisch gesehen? Der Nachtterror der Babys sorgt dafür, daß auch in der Nacht die Stillabstände kurz sind, die hormonell gesteuerte Milchbildung also unverändert weitergeht. Zur dauernden Aufrechterhaltung der Milchbildung ist das Saugen des Babys tags wie nachts nötig. Zusätzlich wirkt auf die Milchbildung der Mutter auch das langdauernde tägliche wie nächtliche Wahrnehmen des Säuglings mit allen Sinnen: Hautgefühl, Geruch, Hören der Lautäußerungen, Anblick.

Eine Verlängerung der Stillzeit bedeutet aber gleichzeitig eine Verlängerung der nachgeburtlichen Unfruchtbarkeit. Unter diesen Umständen kann mit recht hoher Wahrscheinlichkeit noch keine Zeugung eines Geschwisterkindes stattfinden. Eine genetische List des Typs Ausmünzungsstrategem sorgt für kurze Stillintervalle, um eine zu starke Geschwisterkonkurrenz bei zu nahem Geburtsabstand zu vermeiden.

In den letzten Beispielen erweist sich List, möchte man diesen Begriff auch ins Unbewußte erweitern, über Jahrmillionen hinweg als Selektionsvorteil für die Listanwender.

Literatur

Bensel, J.; Haug-Schnabel, G. (1997): *Primär exzessives Schreien in den ersten 3 Lebensmonaten.* In: Keller, H. (Hrsg.): *Handbuch der Kleinkindforschung*, 2. rev. Aufl. Huber, Bern, im Druck.

Bischof-Köhler, D. (1989): *Spiegelbild und Empathie.* Huber Verlag, Bern.

Blurton Jones, N. G.: Costa, E. da (1987): *A suggested adaptive value of toddler night waking: delaying the birth of the next sibling. Ethology and Sociobiology 8*, 135–142.
DeVries, M. W. (1984): *Temperament and infant mortality among the Masai of East Africa. American Journal of Psychiatry* 141, 1189–1194.
Eibl-Eibesfeldt, I. (1986): *Die Biologie des menschlichen Verhaltens.* Piper, München.
Gattermann, R. (1993): *Wörterbücher der Biologie – Verhaltensbiologie.* UTB, Gustav Fischer Verlag, Jena.
Hassenstein, B. (19): *Verhaltensbiologie des Kindes.* Wötzel, Frankfurt.
Haug-Schnabel, G. (1994): *Das neue biologische Aggressionsverständnis. Biologie in unserer Zeit* 24 (5), Sektion: *Biologen in unserer Zeit,* 65–70.
Haug-Schnabel, G. (1994): *Der kompetente Säugling – das Verhaltensrepertoire im 1. Jahr.* S. 275–284. In: Wessel, K. F. & Naumann, F. (Hrsg.): *Kommunikation und Humanontogenese. Berliner Studien zur Wissenschaftsphilosophie & Humanontogenetik,* Bd. 6. Kleine, Bielefeld.
Kirkilionis, E. (1999): *Ein Baby will getragen sein.* Kösel, München.
Lorenz, K. (1974): *Über tierisches und menschliches Verhalten. Aus dem Werdegang der Verhaltenslehre. Gesammelte Abhandlungen,* Bd. 1. Piper Verlag, München.
Mauch, U. (1992): *Der listige Jesus.* Theologischer Verlag, Zürich.
Maynard-Smith, J. (1984): *Game Theory and the Evolution of Behaviour. The Behavioral and Brain Sciences* 7, 95–125.
Meltzoff, A. N.; Moore, M. K. (1992): *Early imitiation within a functional framework: the importance of person identity, movement, and development. Infant Behavior and Development* 15, 479–505.
Sommer, V. (1992): *Lob der Lüge: Täuschung und Selbstbetrug bei Tier und Mensch.* C. H. Beck, München.
Stifter, C. A. (1995): *Paper presented at the 5th International Workshop on Infant Cry Research,* Visegrad (Hungary), 5–8 July.
Thompson, P. E.; Harris, C. C.; Bitowski, B. E. (1986): *Effects of infant colic on the family: Implications for practice. Issues in Comprehensive Pediatric Nursing* 9, 273–285.
Whiten, A.; Byrne, R. (1988a): *Tactical deception in primates. Behavioral and Brain Sciences* 11, 233–273.
Whiten, A.; Byrne, R. (1988b): *The manipulation of attention in primate tactical deception.* pp 211–223. In: Byrne, R. W. & Whiten, A. (Eds.): *Machiavellian Intelligence.* Clarendon, Oxford.
Wickler, W. (1971): *Die Biologie der Zehn Gebote.* Piper, München.

Peter Sitte

Die »listenreiche« Evolution: Täuschung bei Tieren, Pflanzen, Bakterien und Viren

1. Das Problem

Aus der belebten Natur sind zahllose Beispiele dafür bekannt, daß bestimmte Organismen durch andere Lebewesen in ihrem Verhalten gezielt beeinflußt werden. Dabei werden sie oft getäuscht, in Fallen gelockt oder sonst auf raffinierte Weise so manipuliert, daß für jene Individuen, von denen diese Manöver ausgehen, ein Vorteil entsteht. Die Analogie zu listigem Verhalten unter Menschen scheint perfekt.

Dennoch ist die Frage berechtigt, ob man außerhalb des Humanbereichs überhaupt von »List« sprechen kann, ob nicht doch listiges Verhalten ein Spezifikum des Menschen ist. Tatsächlich verfügt ja unter allen uns bekannten Lebewesen (fast) nur der Mensch – dank seines enorm entwickelten Großhirns – über die Möglichkeit, Einsicht in komplexe Zusammenhänge zu gewinnen und Zukunftsprojektionen vorzunehmen, die weiterhin konkrete Vorstellungen, Zielsetzungen und Planungen ermöglichen. Und in diesem Bereich ist dann eben auch listiges Vorgehen möglich, es wird etwa auf ausgeklügelte Weise ein Ziel angesteuert, das anderen vielleicht nicht angenehm sein wird. Und das häufigste Hilfsmittel dabei ist die Täuschung – nicht die plumpe, leicht durchschaubare, sondern die raffinierte, etwa die fein eingefädelte Desinformation: Das Gehirn triumphiert über den Bizeps. Unter den 18 chinesischen Strategemen, die Harro von Senger in seinem Buch über *»Lebens- und Überlebenslisten«* behandelt, laufen mehr als die Hälfte direkt auf bewußte Täuschung hinaus.

Ein gängiger Fall der arglistigen Täuschung ist das Stellen einer *Falle.* Bekannte Bedürfnisse des Opfers werden genützt, ihre Befriedigung wird als Köder angeboten, der später zu zahlende Preis dafür aber verheimlicht. Dieser ist schrecklich, er besteht in der Schädigung oder Vernichtung des Opfers: Der gern ergriffene taktische Vorteil verführt in die strategische Katastrophe. Der Fallensteller handelt gemäß Strategem Nr. 17: »Einen Backstein hinwerfen, um einen Jadestein zu erlangen«; einheimisch-prosaisch: Mit der Wurst nach der Speckseite werfen, oder: Mit Speck fängt man Mäuse. Vgl. auch Strategem Nr. 28: »Auf das Dach locken, um dann die Leiter wegzuziehen«.

Dies alles beruht auf *einsichtigem Handeln,* und solches wiederum scheint unter den uns bekannten Lebewesen eben (fast) nur uns Menschen möglich zu sein. Inwieweit können täuschende Verhaltensweisen und andere Manipulationen unter Tieren oder jene, die Pflanzen gegenüber Tieren oder die parasitische Einzeller oder Viren gegenüber unserem Immunapparat »anwenden«, mit menschlicher List verglichen werden? List setzt nun einmal als teleologische, zielintendierte (bewußt auf ein zunächst vorgestelltes Ziel ausgerichtete) Planungs- und Handlungsaktivität eine adäquate Vorstellungs- und Denkfähigkeit voraus. Schon bei höheren Tieren überwiegen aber Instinkthandlungen, bei niederen beherrschen sie das Verhalten, und vollends kann bei Pflanzen, Pilzen und Bakterien von »Denken« nicht gesprochen werden. Wie kommt es dann, daß uns ihr Verhalten oft so »listig« erscheint?

Um hier nach Möglichkeit Klarheit zu gewinnen, erscheint es zweckmäßig, zunächst die biologische Evolution kurz zu charakterisieren und dann jene Verhaltensweisen von Organismen genauer zu betrachten, die am ehesten und unmittelbarsten an listig-täuschendes Vorgehen erinnern. Konnten sich solche Verhaltensweisen unabhängig von einem denkenden, zu zielgerichteter und raffiniert-»listiger« Planung fähigen Wesen evolutiv entwickeln?

2. Die biologische Evolution

Die Erde ist, wie die Isotopen-Uhren zeigen, 4,6 Milliarden Jahre alt. Auf ihr gibt es seit etwa 4 Milliarden Jahren Leben. Würde man durch eine Zeitraffung von etwa 1:2 Billionen die Existenzdauer der Erde auf einen 24-Stunden-Tag reduzieren, wäre das Leben schon vor 4 Uhr früh entstanden, die ältesten Vielzeller wären um etwa 20 Uhr aufgetreten, die Besiedlung des Festlandes hätten gegen 22 Uhr begonnen, die legendäre »Lucy« (ein aufrechtgehender, kleiner Prähominide, *Australopithecus afarensis*) hätte ½ Minute vor Mitternacht gelebt, den moderndenen *Homo sapiens sapiens* gäbe es erst in den letzten 4 Sekunden, was 5 Promille eines Prozents der Existenzzeit von irdischem Leben entspricht.

Entgegen immer wieder, immer noch geäußerter Skepsis ist zu sagen, daß *Evolution ein Faktum* ist. Fossilien geben bei all ihrer unvermeidlichen Unvollständigkeit Bilder vergangener Lebensepochen, die um so stärker von der heutigen Lebenswelt abweichen, je weiter sie zeitlich zurückliegen. Aber auch die rezente Organismenfülle erweist sich als beredter Zeuge einer stattgefundenen Evolution, indem sie eine Hierarchie abgestufter Ähnlichkeiten erkennen läßt. Auf ihr beruht die Möglichkeit, die heute lebenden Arten in ein System zu bringen. Die scheinbare Unveränderlichkeit der Arten (Linnés Beschreibungen passen auch heute noch, nach 250 Jahren) ist ein Erkenntnisartefakt, hervorgerufen durch die menschliche Lebensdauer, die in der Zeitskala der biologischen Evolution zu einem Fast-Nichts wird. Wie rasch sich aber Arten zu verändern vermögen, wenn nur scharfe Selektion geübt wird, zeigen die vielen Haus- und Nutztierrassen (was gibt es nicht alles an ganz verschiedenen Hunden!) und die herausgezüchteten Nutzpflanzenformen (Getreide!), deren Geschichte oft nur wenige Jahrhunderte, ja Jahrzehnte alt ist. Zu all dem kommt heute eine weitere Evidenz von grundsätzlich neuer Qualität hinzu: Dank der Möglichkeiten, welche die Molekularbiologie eröffnet hat, sind wir gegenüber den »genetischen Texten« keine Analphabeten mehr; die Erbbotschaften, die in den linearen Makromolekülen der DNA verschlüsselt gespeichert sind, können heute gelesen werden, und so wird uns auch ihre stammesgeschichtliche Herkunft verstehbar, ihre Entwicklung wird deutbar. Dabei geht es vor allem um Vergleiche der Basensequenzen entsprechender Gene bei verschiedenen Organismen. Und wie in der vergleichenden Morphologie und Physiologie erhält man auch hier wieder eine Hierarchie abgestufter Ähnlichkeiten, man vermag Homologien auszumachen, die sich durch unterschiedliche Grade stammesgeschichtlicher Verwandtschaft zwanglos erklären lassen (und *nur* so überhaupt erklären lassen). Ja mehr noch: Aus den Sequenzvergleichen ergibt sich, daß alles Leben auf dieser Erde letztlich auf eine einzige Wurzel zurückgeht. Das hat weitreichende Konsequenzen. So unglaublich es auch klingt: Wir sind – wenn auch nur sehr entfernt – im biologischen Sinn »verwandt« mit Regenwurm und Rosenstrauch, mit Riesenwal und Amöbe, mit der Stechmücke, die uns peinigt, und dem Kätzchen, dessen drolliges Spiel uns erfreut.

Dies berührt die einmalige Sonderstellung des Menschen unter den Lebewesen, seinen »Mitgeschöpfen«, natürlich nicht. Aber seine vergleichsweise nahe Verwandtschaft mit den Primaten ist unbezweifelbar. Die Basensequenzen unserer Erbsubstanz stimmen mit jenen des Schimpansen zu 98,5 % überein.

Ist die Tatsache der Evolution nicht mehr vernünftig bezweifelbar, so sind doch ihre *Mechanismen* nach wie vor Gegenstand der Diskussion. Immerhin hat sich Darwins Konzept mehr und mehr als grundlegend bestätigt. Es beruht bekanntlich auf der Annahme (1) ungerichteter erblicher Veränderungen (Mutationen) und (2) einer Selektion, die ungünstige Veränderungen wieder eliminiert. Während die Mutationen zufällig erfolgen, ist die Selektion nicht zufällig, sie ist gerichtet, im Hinblick auf die herrschende Umwelt günstige »Treffer« werden durch erhöhte Fortpflanzungsraten belohnt. Insgesamt ist die Selektion eher ein bremsendes Element, sie schneidet den Wildwuchs der mutativen Veränderungen auf das weiterhin Verwertbare zurück. Mit dieser Vorstellung wird ein Algorithmus (eine Verfahrensweise) vorgestellt, der die stete Entwicklung der Organismenwelt von einfacheren zu immer komplexeren Individuen (unter gegebenen Umständen aber auch in umgekehrter Richtung) grundsätzlich erklären kann.

Was die Evolution dabei »geleistet« hat, steht uns in Gestalt der schier unendlich reichhaltigen Lebewesenwelt der Biosphäre mit ihren zahllosen, oft unglaublich »ausgeklügelten« Problemlösungen vor Augen. Aber nicht nur diese Vielfalt geht über menschliches Vorstellungsvermögen weit hinaus, sondern auch die zeitliche Dimension: Obwohl Organismen im Sinne der Thermodynamik äußerst unwahrscheinliche Gebilde sind, pflanzen sie sich seit nunmehr 4 Milliarden Jahren in ununterbrochenen Generationenfolgen fort. Dabei ist schon sehr früh, als Voraussetzung für alles weitere, die genetische Schrift entstanden. Und es sind so unfaßlich komplexe Systeme herausgebildet worden wie die Linsenaugen der Wirbeltiere und der Mollusken, das Facettenauge der Insekten, die Chemo-Solarzellen der Chloroplasten, der Immunapparat der Wirbeltiere, ihre Nervensysteme und Gehirne – je mehr man von diesen Wundergebilden weiß, desto größer wird das Staunen.

3. Mögliche Mißverständnisse

Im folgenden soll, wenn von konkreten Täuschungs-Strategemen die Rede sein wird, aus Zweckmäßigkeitsgründen die eingebürgerte, anthropomorphe Ausdrucksweise weiter verwendet werden. Eine solche Metaphorik schadet nicht, solange man sich bewußt bleibt, daß damit zunächst lediglich Analogien ausgesprochen werden und erst noch zu prüfen bleibt, inwieweit vielleicht wirkliche Entsprechungen vorliegen. Metaphorik hat in den Naturwissenschaften ja immerhin Tradition, zumal in der Biologie, man denke an Ausdrücke wie Anpassung, Eignung, Konkurrenz, *survival of the fittest* oder *struggle for life.* Wenn man selbst in der anorganischen Chemie mit größter Selbstverständlichkeit von »Wertigkeit« oder »Affinität« spricht, ist das ebenfalls Metaphorik. Auch Goethe hat sich ihrer in den »Wahlverwandtschaften« kunstreich bedient, und auch wir werden noch der Frage nachzugehen haben, warum sich so vieles Außerhumane in der Biologie mit Begriffen aus der Humansphäre so trefflich bezeichnen läßt.

4. Täuschung im Organismenreich

Arglistige (!) Täuschung kommt noch am ehesten bei höchstentwickelten Tieren vor, bei Säugern und Vögeln. Hier wäre etwa zu nennen das Ausstoßen von Warnrufen bei Affenhorden, wenn gar keine Gefahr droht und die Absicht unverkennbar ist, die übrigen Mitglieder der Gruppe z. B. von einer begehrten Beute abzulenken, um selbst an sie zu kommen. Bei bodenbrütenden Vögeln werden mögliche Nesträuber durch

Ablenkungsmanöver vom Nest weggelockt. Die Lerche landet bei ihren Sturzflügen nie unmittelbar am Nest, sondern immer in einiger Entfernung davon. Und viele Vögel täuschen bei Gefahr gebrochene Flügel (und damit leichte Beute) vor und hüpfen laut und jammervoll piepsend vom Nest weg, um Räuber abzulenken. Viele solche Verhaltensweisen sind instinktgeleitet. Die moderne Verhaltensforschung hat allerdings auch gezeigt, daß der Intelligenzgrad vor allem bei Menschenaffen, aber etwa auch bei Delphinen wesentlich höher ist als früher angenommen.

5. Die Kunst, sich unsichtbar zu machen

Bei vielen Täuschungen kann von »List«, »Klugheit« oder »Schlauheit« nicht die Rede sein, obwohl es uns listig, klug eingefädelt, ja, fast schlau anmutet. Fast alle Tiere und Pflanzen sind ständig von Freßfeinden bedroht. Diese Bedrohung ist an extremen Standorten, wo allgemeiner Nahrungsmangel herrscht (z.B. in Wüsten), besonders ausgeprägt. Hier kann es lebensrettend sein, ein nichtvorhandenes Nichtvorhandensein vorzutäuschen. Dazu gibt es verschiedene Möglichkeiten.

Im einfachsten Fall spricht man von *Krypsis:* Organismen tarnen sich mit Material aus ihrer Umgebung und verschwinden dadurch im Hintergrund, der für Freßfeinde uninteressant ist. In den südwestafrikanischen Wüsten (z.B. Namib) gibt es kleine Wüstenpflanzen, deren dicke, wasserreiche Blätter eine wunderbare Beute für durstige Pflanzenfresser wären, wenn sie sich nicht durch Sandkörner auf ihrer klebrigen Oberfläche unsichtbar machten. Andere Pflanzen wachsen überhaupt weitgehend im Untergrund, so etwa *Mesembryanthemum rhophalophyllum,* dessen dicke, wasserspeichernde Blätter zum größten Teil unter der Erde bleiben. Viele Fische des Seen- oder Meeresgrundes bedecken sich in Ruhestellung mit dem Material ihrer Umgebung bis zur totalen Unerkennbarkeit. Dieses Verhalten eignet nicht nur solchen Tieren, die sich als mögliche Beute vor Räubern verstecken müssen, sondern auch bestimmten Raubfischen, die in bewegungsloser Lauerstellung von vorbeischwimmenden Beutefischen nicht erkannt werden können. Meeresschnecken der Gattung *Xenophora* maskieren sich dadurch, daß sie Fremdkörper passender Größe in ihre Schalen einbauen. Dreieckskrabben befestigen Schwämme, Algen und anderes Material, das sie aus ihrer Umgebung aufsammeln, an Haken ihrer Schale, um sich zu tarnen.

In anderen Fällen tarnen sich Tiere und Pflanzen dadurch, daß sie häufige Gegenstände ihrer Umwelt in Gestalt und Farbe nachahmen, diese geradezu in ihrer eigenen Körpergestalt und -färbung abbilden: *Tarntracht (Mimese).* Dabei spielt oft zusätzlich die sog. *Gestaltfraktionierung (Somatolyse)* eine wichtige Rolle: Kräftige Zeichnungsmuster auf der Körperoberfläche ziehen die Aufmerksamkeit des Betrachters auf sich und verundeutlichen zugleich die eigentlichen Umrisse des Körpers. Entsprechendes ist aus dem menschlich-militärischen Bereich wohlbekannt. Im Tierreich gibt es zahllose Beispiele, die weit über die winterliche Weißfärbung von Schneehase, Schneefuchs und Schneehuhn hinausgehen. So ahmen viele Tiere in ihrer Körpergestalt und -farbe z. B. Blätter nach, um sich im Laub verstecken zu können. Oft beschrieben wurde das zu den Gespenstschrecken (!) gehörende Wandelnde Blatt (*Phyllium siccifolium,* tropisches Asien und südostasiatische Inseln), das einen flachen, grüngefärbten Körper besitzt und dessen Flügel, aber auch die flächig verbreiterten Beinglieder bogennervige Blätter vortäuschen. Das Tier bewegt sich nur langsam und fällt daher im üppig beblätterten Gezweig nicht auf. Blattähnlichkeit wird auch von den Blattheuschrecken des amerikanischen Tropenwaldes zur Tarnung benützt, und sogar von manchen Schmetterlingen (*Kallima* in Südostasien, *Oxydia* in Südamerika). Der braungefärbte südamerikanische Schmetterling *Draconia rusina* ahmt zerfallendes Laub nach, mit vorgetäuschten Fraßspuren an den Flügelrändern und scheinbar durch Verwesung freigelegten Blattadern auf den Flügelflächen. In den marinen Algenwiesen und den Tangmatten der Sargassosee sind viele Tiere (Fische, Krebse, Schnecken) durch Gestaltfraktionierung, entsprechende Färbung und Pflanzenähnlichkeit phantastisch getarnt. Auf die Spitze getrieben ist dergleichen etwa beim Fetzenfisch, einem abenteuerlich verformten Seepferdchen des Pazifiks, und dem Sargassofisch *Histrio pictus,* der mit seiner Umwelt ein veritables Vexierbild abgibt.

Besonders häßlich (im humanen Sinn) sind Fälle von *aggres-*

siver Tarnung – einige wurden schon angedeutet: Es wird Harmlosigkeit vorgetäuscht, obwohl die Situation alles andere als harmlos ist. Krabbenspinnen etwa sitzen ausgezeichnet getarnt durch Mimese in Blütenständen, lähmen angeflogene Bienen durch Genickbiß und saugen sie dann in aller Ruhe aus. Entsprechend tarnt sich auch der südamerikanische Blattfisch *(Monocirrhus polyacanthus),* der bewegungslos im Wasser hängt oder am Gewässergrund zwischen vergammelnden Blättern liegt; er ist ein Raubfisch, der ahnungslose Beutetiere aufschnappt, wenn sie an seinem Maul vorbeischwimmen. Ähnlich verhält sich die rotgefärbte malaysische Fangschrecke *Hymenopus coronatus,* die zwischen Orchideenblüten unerkennbar auf ihre Opfer – nektarsuchende Insekten – lauert. Andere Fangschrecken sitzen, mimetisch getarnt, einfach im Gezweig. Das genügt der afrikanischen »Teufelsblume« *Idolum diabolicum* nicht: Sie hängt zwar auch im Geäst, bildet aber mit der Körperregion rund um den gefährlichen Kopf und die Fangarme, ja sogar unter Mitverwendung dieser, eine buntgefärbte Blüte nach. Wehe dem Insekt, das sich davon anlocken läßt!

Nicht nur Tiere, auch Pflanzen äffen mitunter Andersartiges nach, um sich zu schützen. So findet sich in den großen Blättern des Gitterblattes *(Marantha)* ein wesentlich kleinerer beblätterter Sproß abgebildet – vermutlich, um die Eiablage von Schädlingen zu vermeiden, die große Blätter bevorzugen. In anderen Fällen wird dieser Zweck dadurch erreicht, daß die Pflanze selbst Eigelege durch entsprechende Blattzeichnungen, vergrößerte Drüsenhaare oder Sekrettröpfchen nachbildet und mit solchen Attrappen verhindert, daß wirkliche Eiablagen vorgenommen werden. In gezielter Desinformation übt sich auch der Riesenaronstab *Amorphophallus,* der auf seinen dicken, fleischigen Blattstielen durch entsprechende Zeichnungen kräftigen Flechtenwuchs vortäuscht, wie er sonst für alte, verholzte und damit ungenießbare Baumstämme typisch ist.

6. Die Kunst, aufzufallen

Schon längst war bemerkt worden, daß sich ungenießbare oder wehrhafte Tiere durch auffällige Färbung auszeichnen. Man spricht von *Warntrachten:* Sie sollen mögliche Freßfeinde von

Kostproben abhalten. So sind manche übelschmeckende Raupen plakativ gefärbt, und Tagfalter (die schon durch ihr Flügelschlagen unweigerlich »ins Auge fallen«) sind bunt oder grellfarbig – und werden nicht von Vögeln gejagt, weil sie als ungenießbar bekannt sind.

Warntrachten werden nun vielfach von wehrlosen und durchaus wohlschmeckenden Tieren nachgeahmt, die damit ebenfalls in den Genuß des durch die Warntracht vermittelten Schutzes kommen. Man spricht in diesen Fällen von *Schutztrachten.* Es war der englische Naturforscher Henry Walter Bates, der in den fünfziger Jahren des vorigen Jahrhunderts Pflanzen und Insekten im oberen Amazonasgebiet sammelte und dabei die Erscheinung der *Mimikry* entdeckte. Die erwähnten Schutztrachten laufen dementsprechend heute unter der Bezeichnung »Batessches Mimikry«. (Die zusätzliche Namensangabe ist nötig, weil es noch andere Arten von Mimikry gibt.) Nachgeahmt werden z. B. Hornissen und Wespen, deren schwarz-gelbe Warntracht besonders auffällig ist (Schwebefliege; Hornissenschwärmer – mit durchsichtigen Flügeln, wie sie sonst bei Schmetterlingen nicht vorkommen), aber auch Ameisen, und sogar Käfer: Fliegen – aus der tropischen Familie der Celyphiden – täuschen käferartige Panzerung vor; ungenießbare Blatt- und Marienkäfer werden von Schaben täuschend nachgeahmt, schußbereite Bombardierkäfer von Grillen, wehrhafte Laufkäfer von Heuschrecken usw. Auch unter den Wirbeltieren gibt es geradezu dramatische Fälle von Mimikry. So wird die auffällige Ringelzeichnung (schwarz/gelb/schwarz/rot/schwarz/gelb usw.) der amerikanischen Korallenschlange *Micrurus frontalis,* deren Biß tödlich ist, von einer Reihe weiterer, z.T. ganz ungiftiger Schlangen so gut nachgeahmt, daß noch 1927 eine harmlose Natter wegen ihrer Schutztracht als neue Art von *Micrurus* beschrieben wurde. (Wie »listig« muß doch eine Täuschung sein, auf die selbst ein Experte hereinfallen konnte!)

Es verwundert nicht, daß sich Tarn- und Schutztrachten auch an ein- und demselben Organismus vereint finden können. So gibt es tropische Falter, auf deren Hinterflügeln ein Paar Augen täuschend abgebildet ist. Diese Bilder sind aber tagsüber von tarnfarbigen Vorderflügeln zugedeckt. Wenn allerdings Gefahr besteht, doch entdeckt zu werden, werden die Vorderflügel weggeklappt, und nun blickt der mutmaßliche Angreifer unversehens in das (vorgetäuschte, vermeintlich ihm zugewandte) Gesicht eines Raubtiers, von dem man sich besser fernhält, zumal es viel größer zu sein scheint als der harmlose Falter in Wirklichkeit ist.

7. Die Kunst, eine falsche Identität vorzuspiegeln

Die Raffinesse, die von desinformierenden Räubern im Zuge ihrer Evolution erreicht wurde, ist manchmal atemberaubend. Bei tropischen Leuchtkäfern werden von den nächtlich herumfliegenden Männchen artspezifische Blinksignale ausgesandt, die von den flugunfähigen, am Boden sitzenden Weibchen ebenfalls mit intermittierenden Lichtsignalen beantwortet werden. Die Männchen erkennen »ihre« Weibchen am artspezifischen Blinkrhythmus, fliegen sie an und begatten sie. Die räuberischen Weibchen der Leuchtkäfergattung *Photuris* vermögen nun nicht nur Blinksignale der eigenen Art auszustrahlen, die sich an artgemäße Liebhaber richten, sondern sie können auch jene der verwandten Gattung *Photinus* so gut imitieren, daß *Photinus*-Männchen bei ihnen landen, sich liebevoll nähern und – gefressen werden! Eine wahrhaft satanische Desinformation, tödlich für die einen, nützlich den anderen.

Wer nun meinte, so gehe es eben bei Insekten zu, irrt insoweit, als es entsprechendes auch bei Wirbeltieren und sogar bei Pflanzen gibt. Ein Wirbeltier-Beispiel: Putzerfische sind angenehme Zeit- und Lebensgenossen größerer Fische (auch großer Raubfische), sie werden als echte Symbionten von diesen in Maul und Kiemenspalten eingelassen und dürfen sogar die Augen säubern von Parasiten und anderem Aufwuchs. Als Ausweis für ihre Harmlosig- und Nützlichkeit haben die Putzer eine auffällige Streifentracht – sie ist ihre Schutztracht. Diese wird nun allerdings von einem kleinen Raubfisch, dem Säbelzahnfisch, der den Putzern fast perfekt gleicht, dazu benützt, den ahnungslosen Putzkunden Flossenfetzen zu entreißen. (Es wird immerhin berichtet, daß alte, erfahrene Fische doch zwischen Putzern und den sie imitierenden Säbelzahnfischen unterscheiden können. Die sehr weitgehende Ähnlichkeit von Putzern und Säbelzahnfischen ist also evolutiv durch einen extremen Selektionsdruck zustande gekommen, der auch ihre Beibehaltung bzw. Vervollkommnung garantiert.)

8. Auch die friedlichen Pflanzen?

Tatsächlich gibt es auch räuberische Blütenpflanzen, die als *Insectivoren* (»Insektenfresser«) zusammengefaßt werden, aber in mehrere verschiedene Familien gehören. Diese Pflanzen haben natürlich keine Mundwerkzeuge, mit denen sie ihre Opfer totbeißen und zerkleinern könnten. Sie müssen also ähnlich vorgehen wie die Spinnen, die ebenfalls nicht zu beißen, sondern nur zu fangen, zu stechen und zu saugen vermögen. Tatsächlich werden verschiedenste Gliederfüßler (Arthropoden) von den Insectivoren angelockt, dann entweder durch klebrige Sekrete festgehalten oder in z. T. raffinierte Fallen gelockt, schließlich extern durch abgeschiedene Verdauungssäfte verdaut und die gelösten, stickstoffhaltigen Produkte von der Pflanze osmotisch aufgesaugt und verwertet. Beim Sonnentau *(Drosera)* tragen die Blätter langgestielte Drüsenemergenzen (d.s. komplizierte Haarbildungen), an deren Enden glitzernde Tröpfchen eines klebrigen Sekrets gebildet werden. Durch das Gefunkel angelockte Insekten kleben fest, werden unter Verbiegung der Emergenzen zur Blattoberfläche gebracht und dort verdaut. Einfacher erreicht denselben Zweck das Fettkraut *(Pinguicula)*, bei dem die glatte, helle Blattoberfläche als ganze klebrig ist. Raffinierter sind dagegen die Kannenfallen der Sarraceniaceen und Nepenthaceen: Bei ihnen sind Teile der Blätter zu Kannen mit Deckeln umgebildet, und in den Kannen werden einige Milliliter Verdauungssaft gesammelt. Deckel und obere Öffnung der Kannen sind mit Nektardrüsen versehen und oft auffällig gefärbt, sie erinnern an Blüten. Dort landende Insekten stürzen aber vom glatten Kannenrand – er ist mit Wachskriställchen »gekachelt« – ins Innere der Kanne ab und werden dort verdaut. Ältere Kannen sind voll von den leeren Panzern der unglücklichen Insekten. Aber es geht noch raffinierter: Manche Insectivoren können durch blitzartig-schnelle Bewegungen ihre flüchtigen Opfer fangen, so die Venusfliegenfalle *(Dionaea muscipula)*, deren beide Blattspreitenhälften am Rande gezähnt sind und wie ein Tellereisen zusammenschnappen, sobald ein Insekt über eine Fühlborste der Blattfläche stolpert – selbst so kräftige Insekten wie Wespen oder Heuschrecken sind dann hoffnungslos verloren. Oder der Wasserschlauch *(Utricularia)*, der an seinen Unterwasserblättern kleine Fangblasen ausbildet, in denen Unterdruck herrscht und die als Schluckfallen fungieren, sobald ein Wasserfloh an die Fühlborsten des Blasendeckels anrennt.

9. Blüten und Bestäuber

Nach soviel Terror und Horror jetzt ein erfreulicherer Aspekt der »listenreichen« Evolution, in dessen Bereich zwar ebenfalls Listen eingesetzt werden, aber letztlich nicht nur nicht zum Nachteil des Getäuschten, sondern oft genug geradezu zu seinem Vorteil.

Für die festgewachsenen Blütenpflanzen besteht das Problem, wie sie ihre männlichen Geschlechtszellen, die sich in den Pollenkörnern befinden, auf die Narbe der Blüten anderer Individuen der gleichen Art übertragen können. Viele Pflanzenarten überlassen die Begattung dem Wind, aber das erfordert eine gewaltige Überproduktion von Pollen (= Blütenstaub). Eleganter und hinsichtlich der Pollenproduktion sparsamer ist es, bewegliche Tiere als *postillons d'amour* zu engagieren, nur muß man diese Liebesboten dann auch entsprechend entlohnen. Viele Insekten waren seit alters Pollenfresser, und daraus hat sich die »Insektenblütigkeit« evolutiv ergeben: Für die beraubten Pflanzen waren die Pollenräuber insoweit von Nutzen, als sie nebenher auch die Bestäubung besorgten! Waren solche Systeme einmal im Prinzip installiert, konnte jene Koevolution von Blüten und Bestäubern einsetzen, deren Ergebnisse wir heute bewundern. Denn damit entwickelte sich jenes auch uns Menschen zutiefst erfreuende, überreiche Spiel der Farben und Düfte, dem wir in unseren Gärten gerne einige Mühe opfern, um es uns möglichst eindrucksvoll immer wieder vorführen zu können. Das Liebeswerben, das sich im Tierreich oft als besonderes Balzverhalten zwischen den Paarungspartnern äußert, spielt sich hier zwischen den pollenliefernden

Blüten und ihren Bestäubern ab. Diese werden angelockt und umworben mit plakativen Farben, mit wunderbaren Düften, mit Nahrung – neben Pollen bald auch Öl und vor allem Nektar, den die Pflanzen freilich aus ihrer Photosynthese ganz billig abzweigen können (aber das braucht der erfreute Kunde ja nicht zu wissen). Die »optische Reklame« kennen wir aus eigener Anschauung recht gut – der Blick in einen blühenden Strauch oder Baum oder über eine Blumenwiese, über einen Garten führt sie auch uns vor Augen. Viele Pflanzen versuchen, ihre Werbung durch Vergrößerung der Blüten oder ihre Massierung in auffälligen Blütenständen zu verbessern: Die Blütendolden der Doldenblütler, aber auch die »Scheiben« des Holunders sind eindrucksvolle Beispiele, und noch weiter kamen die Körbchenblütler, die mit ihren Blütenständen wieder einfache, aber große Blüten vortäuschen (Extremfall: die Sonnenblume, mit weit über 1000 Einzelblüten in jeder ihrer »Blüten«, die in Wirklichkeit Blütenstände sind).

Damit sind wir – nach dem Hinweis auf pflanzliche »Ausmünzungsstrategeme« – wieder bei der Täuschung angelangt. Bei den Begonien sind die einzelnen Blüten eingeschlechtig, es gibt männliche Blüten (mit Staubblättern, in deren Pollensäcken der Blütenstaub gebildet wird) und weibliche Blüten, die keine Staubblätter, dafür aber Fruchtblätter und an diesen als Begattungsorgane Narben tragen. Damit nun die pollensammelnden Bestäuber auch die weiblichen Blüten besuchen (und nur so ja die Bestäubung ausführen), sind die Narben der Begonien nach Farbe, Größe und z.T. auch Form den Staubblättern ähnlich, täuschen also eine begehrt-bewährte Nahrungsquelle vor. Es fällt auf, daß die Anzahl weiblicher Blüten an einer Begonie stets geringer ist als die der männlichen – die anfliegenden Bestäuber dürfen ja nicht zu oft frustriert und um ihren gerechten Lohn geprellt werden, damit sie nicht etwa in Streik treten und sich lieber an die Blüten anderer Pflanzen halten!

Tierblütige Pflanzen produzieren viel weniger Pollen als windblütige – ihre Art der Bestäubung ist eben viel effektiver. Aber das bringt die Gefahr mit sich, daß bei Regenfällen der wenige Blütenstaub dann vollends ausgewaschen wird. Viele insektenblütige Pflanzen haben daher Blüten entwickelt, deren Staubblätter im Inneren einer oft röhrenförmigen Blumenkrone verborgen und geschützt sind. Aber dann muß auf äußerlich gut sichtbaren Partien der Blütenhülle auf die innenliegenden Schätze hingewiesen werden, die Bestäuber werden durch außen gezeigte Staubblattattrappen angelockt. Solche »Schaufenster« und »Speisekarten« finden sich bei vielen Blüten, beim Fingerhut so gut wie bei der Schwertlilie und beim Trompetenbaum *(Catalpa)*. Bei manchen Rachenblütlern (z. B. beim Löwenmäulchen) ist die Kronröhre der Blüten vorne fast verschlossen, die Bestäuber müssen sich also zu den Staubblättern regelrecht hineinzwängen. Das hat z. B. beim Wachtelweizen *(Melampyrum)* dazu geführt, daß auf der Unterlippe seiner Blüten zwei übergroße, leuchtendgelbe, plastische Staubblattattrappen ausgebildet werden, die noch dazu mit Pollenkörnern übersät erscheinen – aber auch das ist nur Täuschung, es handelt sich in Wirklichkeit um kugelige Haare. Die Situation erinnert an japanische Restaurants, die in ihren Schaufenstern mit Plastikattrappen die innen servierten Speisen anpreisen.

Viele Blüten sind nicht radiärsymmetrisch gebaut, sondern »zygomorph«, d.h. bilateralsymmetrisch, die rechte Hälfte entspricht einem Spiegelbild der linken. Das haben sie mit den Körpern der meisten Tiere (auch des Menschen) gemein. Nun gibt es Pflanzen, die diese äußerliche Entsprechung für ihre Bestäubung ausnützen, und die größten Könner auf diesem Gebiet sind die Orchideen. So lassen etwa die südamerikanischen Schmetterlingsorchideen ihre grell gefärbten, falterähnlichen Blüten an sehr langen, dünnen Stielen im Kronenbereich der Regenwälder im Wind tanzen, wo sie von wirklichen Schmetterlingen als vermeintliche Eindringlinge in ihr Revier attackiert – und dabei bestäubt werden. Die z. T. auch bei uns vorkommenden Ragwurz-*(Ophrys-)*Arten ahmen mit ihren Blüten auf der Pflanze sitzende Insektenweibchen so treffend nach, daß sie von Männchen angeflogen werden. Bei Begattungsversuchen heften sich den Männchen die Pollenpakete (Pollinien) dieser Blüten an die Köpfe, sie sind »gehörnt« und übertragen bei weiteren frustrierenden Versuchen die Pollinien auf andere Blüten der gleichen *Ophrys*-Art.

Wie Schmarotzer ihre »Wirte«, d.h. ihre Opfer finden und sie trotz aller Abwehrmechanismen befallen und ausbeuten, das ist eine endlose Geschichte – oft genug so spannend wie Krimis oder Agententhriller. Hier können nur einige ganz wenige Fälle herausgegriffen werden.

Der Kuckuck ist als Brutparasit bekannt. Das Weibchen legt jeweils ein Ei in ein fremdes Vogelnest, während das Männchen, das Ähnlichkeit mit gewissen Raubvögeln aufweist, die eigentlichen Nestinhaber durch Scheinattacken ablenkt. Zugleich wird ein Ei des Originalgeleges aus dem Nest geworfen (und oft genug nachher verspeist). Das Kuckucksei ist nach Größe, Färbung und Zeichnung den Eiern des Originalgeleges sehr ähnlich – andernfalls würde es von den Pflegeeltern erkannt und entfernt werden. Der junge Kuckuck schlüpft oft etwas früher als seine »Nestgeschwister« und wirft diese (oder noch die Eier) nach und nach aus dem Pflegenest, indem er sich unter sie schiebt und sie über den Nestrand hinausstemmt. Dann wird er liebevoll großgefüttert – in dieser Phase reagieren seine Pflegeeltern nur auf das Fütterungssignal des aufgesperrten Schnabels und beachten weder die Zahl der Jungen noch ihre Größe.

Zahllos sind parasitierende Arten bei den Würmern. Auch die Menschheit wird massiv von ihnen heimgesucht – Bandwurm und Spulwurm sind bekannte Schauerbeispiele. Greifen wir den Saugwurm *Leucochloridium* heraus, der einen Wirtswechsel zwischen der Bernsteinschnecke *Succinea* und Singvögeln praktiziert. Die Schnecke ist dabei der Zwischenwirt, der als Überträger fungiert. Sie nimmt mit ihrer Nahrung leicht auch Eier des Wurmes auf. Die in ihrem Darm ausschlüpfenden Larven dringen in die Leber der Schnecke vor und wachsen dort zu schlauchförmigen Sporocysten mit wurstförmigen Säcken heran. Diese nun sind aktiv beweglich, können sich abtrennen und in die Augenfühler der Schnecke vordringen, die sie schließlich fast ganz ausfüllen. Sie sind bunt geringelt und führen in den Hörnern der Schnecke rhythmische Streckungsbewegungen aus. Zugleich ändert die Schnecke ihr Verhalten, sie kriecht gegen ihre Gewohnheit tagsüber auf die Oberseite von Blättern, so daß Vögel auf die vermeintlichen, zuckenden

»Insektenlarven« aufmerksam werden und sie von der Schnecke abpicken und schlucken – womit sie infiziert sind – oder an ihre Jungen verfüttern – womit auch diese befallen sind. Im Vogel nisten die geschlechtsreifen Saugwürmer in der Kloake, ihre Eier gehen mit dem Kot ab und gelangen so in den Lebensraum der Schnecken usw.

Viele Bakterien und alle Viren sind obligate Parasiten, und diese Winzlinge haben es bei Wirbeltieren mit deren Immunapparat zu tun. Das ist ein formidables Problem. Denn die Immunabwehr ist – gerade auch bei uns Menschen – ein unvorstellbar schlagkräftiges Instrument zur Abwehr fremder Einflüsse im Körper. Unsere Lymphocyten vermögen durch raffinierte Kombinatorik mit nur relativ geringer genetischer Information eine gigantische Zahl verschiedener Antikörper-Sorten zu liefern – ihre Zahl dürfte im Milliardenbereich liegen. So wird alles, was an nicht körpereigenen Proteinen, Polysacchariden und auch Nukleinsäuren in Körperflüssigkeiten oder im Gewebe angetroffen wird, als »fremd« erkannt und der Zerstörung durch verschiedene, ebenfalls sehr schlagkräftige Systeme ausgeliefert.

Aber auch hier wird mit Strategemen gearbeitet, die an Raffinesse den oben geschilderten nicht nachstehen. So verbergen sich viele einzellige Parasiten in Wirtszellen und sind durch diese Art von Krypsis vor den Attacken des Immunapparats einigermaßen sicher. Damit sind sie allerdings noch nicht aus dem Schneider, denn in vielen Zellen gibt es sog. »Lysosomen« zur Verdauung von Material, das von außen in die Zelle gekommen ist. (Es ist dieses lysosomale System, mit dessen Hilfe sich alle Protozoen – die einzelligen »Urtierchen« wie Amöben, Geißeltierchen oder Pantoffeltierchen – ernähren.) Nun gibt es allerdings auch Zellen, die so sehr auf bestimmte, begrenzte Funktionen spezialisiert sind, daß sie kein solches internes Verdauungssystem mehr besitzen, z. B. unsere roten Blutkörperchen (Erythrocyten). Und in genau diese Erythrocyten dringen die Erreger der Malaria (einzellige Sporozoen der Gattung *Plasmodium*) ein – so daß für sie das genannte Problem gar nicht entsteht. In anderen Fällen wird der Lysosomenangriff durch besondere Tricks verhindert (so bei Theilerien, welche Erkrankungen von Haus- und Nutztieren auslösen). In wieder anderen Fällen sind intrazelluläre Parasiten durch besondere, an Fettstoffen reiche Hüllen vor der Wirkung lysosomaler Verdauungsenzyme gesichert – so Tuberkel- und Leprabazillen, die sich in Lysosomen sogar noch vermehren können.

In den Körper eingedrungene *Viren* können vom Immunsystem nicht direkt bekämpft werden. Einerseits sind sie zu klein, um von Freßzellen (Makro- und Mikrophagen u. a.) gezielt aufgenommen zu werden, andererseits sind sie – als »leblose Organismen« – obligate intrazelluläre Parasiten: Sie haben wegen ihres viel zu einfachen Baues keinen Stoff- und Energiewechsel; nur wenn es ihnen gelingt, in lebende Zellen einzudringen, können sie deren Stoffwechsel mitbenützen und sich von diesen Zellen vermehren lassen (W. Weidel: *Geborgtes Leben*). Virosen (und auch die meisten anderen intrazellulären Parasitosen) werden daher vom Immunapparat auf andere Weise bekämpft. Zellen, die solche Parasiten bergen, lassen Bruchstücke von diesen auch an ihrer Oberfläche erscheinen (»Antigen-Präsentation«) und werden dann vom Immunapparat attackiert, genauer: von besonderen Killerzellen abgetötet. Dadurch werden also die »Kollaborateure«, die im Dienst der Eindringlinge stehen, vernichtet und so die Brutstätten für neue Schädlinge zerstört. Wie vermögen es Viren, dieser (indirekten) Vernichtung auszuweichen?

Eine Möglichkeit besteht darin, sich selbst ständig zu verändern (sog. Antigen-Variation). Tatsächlich haben die meisten Viren eine hohe Mutationsrate. Von den Grippeviren etwa treten alljährlich neue Formen auf, auf die sich der Immunapparat jedesmal erst wieder neu einschießen muß – eine einmal erreichte Immunität nützt bei Neuinfektion nur wenig oder gar nichts.

Noch raffinierter sind in dieser Hinsicht die Trypanosomen, die einzelligen Erreger der Schlafkrankheit. Diese Protozoen sind von einer Haut aus Glykoprotein überzogen. (Glykoproteine sind Eiweißkörper, die zugleich Zuckerkomponenten besitzen.) Das Glykoprotein der Trypanosomen erkennt der Immunapparat als »fremd« und beginnt die normale Immunantwort gegen dieses Antigen aufzubauen, was einige Zeit dauert (ca. 3 Tage). Tatsächlich fallen der Immunattacke die zunächst durch Vermehrung entstandenen Trypanosomen weitgehend zum Opfer. Aber einige dieser Parasiten haben inzwischen begonnen, ein chemisch veränderte Glykoprotein zu bilden, sie entgehen der Ausrottung, und gegen sie muß der Immunapparat erst umgerüstet werden. Da die Trypanosomen etwa 1000 verschiedene Glykoproteine bilden können, jagt der Immunapparat die längste Zeit immer nur hinter neugebildeten Varianten des Parasiten her, was von unbehandelten Befallenen nur selten überlebt wird.

Den Gipfel der Infamie hat das Humane Immundefizienz-Virus (HIV) erreicht, welches das *»Acquired Immune Deficiency Syndrome«* (Aids) auslöst. Diese Viren legen den Immunapparat überhaupt lahm, indem sie die zentralen Kommandozellen des Apparates, die sog. CD4-Lymphocyten (»Helferzellen«), befallen und schließlich abtöten. Ist es dazu gekommen – was viele Jahre dauern kann – ist der HIV-Infizierte jeder anderen Infektion hilflos ausgeliefert und geht meistens jämmerlich zugrunde.

11. Die »List« der Evolution

Zum Schluß noch einmal vom Besonderen und Konkreten zum Allgemeinen und Abstrakten. Dazu soll die früher gestellte, aber nicht beantwortete Frage wieder aufgegriffen werden: Wie kommt es, daß die ständig verwendeten Anthropomorphismen bei der Behandlung unseres Themas oft so treffend und zweckgerecht erscheinen? Warum läßt sich so vieles von dem, was die Evolution hervorgebracht hat (und keineswegs nur die Täuschungen, die vorhin besprochen wurden), so gut mit Begriffen aus Humanpsychologie und Humansoziologie bezeichnen? Wie läßt sich verstehen, daß sich alles vorhin Beschriebene mühelos jeweils bestimmten Strategemen zuordnen läßt? (Wobei freilich auch gesagt sein soll, daß viele Vorgänge im biologischen Bereich mit durchaus unlistigen Anthropomorphismen bezeichnet werden.)

Um hierauf eine brauchbare Antwort zu versuchen, muß auf den *zunächst nicht leicht zu verstehenden Unterschied zwischen teleologen und teleonomen Prozessen* eingegangen werden. Beide sind zielgerichtet und zweckmäßig. Aber: Das uns aus ständigem eigenen, persönlichen Planen, Handeln, Erleben besonders vertraute teleologe Vorgehen ist nicht nur zielgerichtet, sondern auch zielintendiert (ziel*bewußt*). Das heißt, ein zunächst nur vorgestelltes künftiges *Ziel* wird konsequent angestrebt, indem es zur Grundlage momentanen Handelns gemacht wird. Ich stelle mir z. B. schon jetzt den Wecker, weil ich morgen nach New York fliegen möchte, habe mir bereits alle nötigen Fahrkarten beschafft, das Taxi bestellt usw. Dagegen betrifft Teleonomie einen Vorgang, der zwar zielgerichtet ist, aber ohne daß dieses Ziel von irgendeinem Wesen vorgestellt oder mit Absicht angestrebt wird. Vielmehr läuft hier ein vorgegebenes, in der Erbinformation gespeichertes *Programm* gesetzmäßig ab. So ist es etwa bei der Ontogenese (Individualentwicklung): Sie steuert auf ein klar definiertes Ziel zu, den ausgewachsenen Organismus. Stets ist dabei die Abfolge der notwendigen Teilschritte als Programm schon festgelegt, bevor überhaupt die Entwicklung in Gang kommt, und so ist z. B. eine spätere Änderung des Zieles weder vorgesehen noch möglich. Nicht anders ist es im Prinzip bei den vielen Beispielen von Täuschung, von denen in diesem Beitrag die Rede war: Die dafür zweckdienlichen Strukturen sind ebenfalls im Ontogenese-Programm vorgesehen und werden diesem Programm entsprechend aufgebaut. Teleonomie bedeutet »Teleologie ohne [bewußtes] Telos, ... Zweckmäßigkeit ohne [bewußten] Zweck und erst recht ohne [individuellen] Zwecksetzer«. Dieses Zitat stammt von Gerhard Vollmer, der Teleonomie als »programmgesteuerte, arterhaltende Zweckmäßigkeit als Ergebnis eines evolutiven Prozesses und nicht als Werk eines planenden, zwecksetzenden Wesens« definiert. Die in eckige Klammern gesetzen Zusatzworte wurden vom Verfasser der besseren Verständlichkeit wegen in das Zitat eingefügt.

Der Unterschied zwischen Teleonomie und Teleologie ist lange Zeit nicht richtig erkannt worden. Schon die Termini sind jüngeren Datums: Von »Teleologie« sprach erstmals 1728 Chr. Wolff, von »Teleonomie« C. S. Pittendrigh erst 1958. Diese lange Unsicherheit, die wiederholt zu argen Mißverständnissen geführt hat und immer noch führt, ist verständlich: Im äußeren Ablauf und auch im Ergebnis sind teleonome und teleologe Vorgänge *nicht unterscheidbar*. So erscheint sehr vieles von dem, was wir an Organismen beobachten können, ausgesprochen zweckmäßig (im Sinne der Erhaltung des Lebenszustandes, der Fortpflanzung und Vermehrung usw.) und erinnert damit an unsere eigenen Handlungen, die wir bewußt so und nicht anders ausführen, um ein intendiertes Ziel zu erreichen. Nicht nur in unserem Verhalten, sondern auch sonst überall in der Biologie (unter den Naturwissenschaften aber *nur* in der Biologie!) ist die Frage »wozu« voll berechtigt: Jedes Kind weiß, daß die Augen »zum« Sehen, die Ohren »zum« Hören, die Hände »zum« Greifen und die Füße »zum« Gehen da sind. Organe sind nach ihrer Funktion definiert (*organon* = Werkzeug). Hier sind also überall – wie im menschlichen Handeln – Zwecke erkennbar. Das hängt mit der entscheidenden Besonderheit lebender Systeme (Organismen) gegenüber allen leblosen Systemen zusammen: Die lebenden Systeme vermögen die Neubildung von ihresgleichen (und damit die Perpetuierung der Lebensvorgänge) in der real existierenden Umwelt zu bewirken. Das können sie aber nur dank einer chiffrierten genetischen Information, die von Generation zu Generation weitergereicht wird, und als offene Systeme, die ständig Energie aufnehmen und dissipieren – was wiederum eine entsprechend komplexe Struktur voraussetzt. Die Entropie lebender Systeme ist extrem niedrig, ihr Ordnungsgrad extrem hoch. Rupert Riedel: »Nirgends im unbelebten Universum findet sich eine solche Konzentration an Ordnung wie schon im kleinsten Lebewesen.«

Die biologische Evolution hat unendlich viele teleonome Gebilde hervorgebracht – zuletzt auch den Menschen, der dank seines Bewußtseins und seiner komplexen Vorstellungswelt auch zu teleologem Handeln fähig ist. Ist die Evolution selbst teleonom oder gar teleolog?

Der Gottesgläubige wird die gestellte Frage bejahen, wie das etwa Teilhard de Chardin getan hat, oder kürzlich wieder Christian Kummer, der nicht von »Schöpfung statt Evolution« sprechen möchte (das war der Irrtum der sog. Creationisten), auch nicht von »Schöpfung neben Evolution«, sondern von »Schöpfung in Evolution«. In solcher Betrachtung werden die meisten der vorhin benützten Anthropomorphismen zu Theomorphismen: Im Ablauf der Evolution und in der Komplexität ihrer phantastisch angepaßten Produkte manifestiert sich die Schöpferkraft und die Weisheit der Gottheit. Allerdings vermag die Naturwissenschaft dazu keine Aussagen zu machen – dergleichen liegt, wie so vieles andere auch, einfach außerhalb jenes Bereiches, der durch das Wissenschaftlichkeitskriterium von Karl Popper abgesteckt ist (wonach eine Aussage nur dann als »wissenschaftlich« gelten kann, wenn sie grundsätzlich falsifizierbar ist).

Damit kommen wir zum Zentrum unseres Problems: So weit unsere Einsicht reicht, läßt sich nirgends erkennen, daß die Evolution in den sie konstituierenden Einzelprozessen etwa zielgerichtet oder gar zielintendiert abgelaufen wäre. Sie ist im Gegenteil ausgesprochen »opportunistisch«, nützt jeden sich bietenden Vorteil im Sinne besserer Angepaßtheit der Organismen an ihre Lebensbedingungen in ihrer Umwelt. Damit folgt sie dem früher erwähnten Algorithmus, den Charles Darwin in seiner Selektionstheorie formuliert hat. Aber nirgends ist ein Fall bekanntgeworden, wo in der Evolution etwa ein »schlauer« Umweg gegangen worden wäre zur Erreichung eines Zieles, der zunächst die Inkaufnahme von begrenzten Nachteilen verlangt hätte (was in unserem teleologen Handeln ständige Übung ist – oft genug nehmen wir Nachteiliges oder Mühevolles bewußt in Kauf, um übergeordnete Ziele zu erreichen). Das heißt nicht, daß die Evolution – von schließlich erreichten Ergebnissen her gesehen – nicht immer wieder auch »Umwege« gegangen wäre. Aber wo immer solche stammesgeschichtlichen Entwicklungslinien mit konkreten Nachteilen für die betreffenden Organismen verbunden waren, konnten sie wegen der »unerbittlichen« Selektion nicht weiter verfolgt werden, sondern liefen in Sackgassen der Evolution.

Evolution ist also, so gut wir es wissen, *weder teleonom noch teleolog.* Vielmehr ist sie zieloffen, und sie hat dementsprechend in den verschiedenen Erdepochen ganz unterschiedliche Organismen hervorgebracht. Sie erinnert an ein Spiel, das zwar nach strikten Regeln abläuft, dessen Ergebnis aber nicht von vornherein feststeht. Wohl nur deswegen konnten die Ergebnisse der Evolution so vielfältig und so großartig sein; und das nicht zuletzt auch insofern, als so unendlich viel wunderbar Schönes durch sie entstehen konnte – wer Augen hat, der sehe.

Dank und Widmung

Der Verfasser – von Fach Zellbiologe – verdankt seinem Freiburger Kollegen und Freund Günther Osche entscheidende, bereitwillig gewährte Hilfe bei der Erarbeitung des Stoffes.

Er widmet diesen Beitrag Herrn Professor Dr. Rainer Kollmann, Kiel, in altbewährter, herzlicher Freundschaft zum 65. Geburtstag.

Literatur

Zu Abschnitt 1:

Kämpfe, L.: *Evolution und Stammesgeschichte der Organismen,* Stuttgart [3]1992.

Margulis, L., and D. Sagan: *What is Life?* New York 1995.

Senger, Harro von: *Strategeme. Lebens- und Überlebenslisten aus drei Jahrtausenden,* Bern [8]1992.

Unsöld, A.: *Evolution kosmischer, biologischer und geistiger Strukturen,* Stuttgart [2]1983.

Zu Abschnitt 2:

Haszprunar, G., u. R. Schwager (Hrsg.): *Evolution – eine Kontroverse,* Thaur 1994.

Lorenz, K.: *Darwin hat recht gesehen,* Pfullingen 1965.

Markl, H.: *Evolution, Genetik und menschliches Verhalten,* München [2]1988.

Mayr, E. (Hrsg.): *Evolution. Die Entwicklung von den ersten Lebensspuren bis zum Menschen,* Heidelberg [7]1988.

Mayr, E.: *...und Darwin hat doch recht,* München 1994.

Meier, H. (Hrsg.): *Die Herausforderung Evolutionsbiologie,* München [3]1992.

Raible, W.: *Sprachliche Texte – Genetische Texte,* Heidelberg 1993.

Sitte, P.: *Evolution. Fakten, Faktoren, Konzepte, Konsequenzen. Biologie in unserer Zeit* 23, 38–42 (1993).

Wieser, W. (Hrsg.): *Die Evolution der Evolutionstheorie,* Heidelberg 1994.

Zu Abschnitt 4:
Arzt, V., u. I. Birmelin: *Haben Tiere Bewußtsein?* München [2]1993 (als Taschenbuch bei Goldmann, München 1995).
Bright, M.: *Intelligenz im Tierreich – Schlaue Tiere und staunende Forscher*, Stuttgart 1996.
Sommer, V.: *Lob der Lüge. Täuschung und Selbstbetrug bei Tier und Mensch*, München 1992.

Zu den Abschnitten 5 bis 8:
Barthlott, W.: *Mimikry. Nachahmung und Täuschung im Pflanzenreich. Biologie in unserer Zeit* 25, 74–82 (1995).
Brower, L. P.: *Mimicry and the Evolutionary Process*, Chicago 1995.
Bruns, H.: *Warn- und Tarntrachten im Tierreich*, Stuttgart 1952.
Owen, D.: *Camouflage and Mimicry*, Chicago 1982.
Portmann, A.: *Tarnung im Tierreich*, Berlin 1956.
Vogel, S.: *Betrug bei Pflanzen: Die Täuschblumen*, Stuttgart 1993.
Wickler, W.: *Mimikry. Nachahmung und Täuschung in der Natur*, München 1968.

Zu Abschnitt 9:
Gumprecht, R.: *Bemerkenswerte Bestäubungsmechanismen bei Orchideen. Biologie in unserer Zeit* 6, 135–139 (1976).
Osche, G.: *Zur Evolution optischer Signale bei Blütenpflanzen. Biologie in unserer Zeit* 9, 161–170 (1979).
Osche, G.: *Optische Signale in der Coevolution von Pflanze und Tier. Berichte d. Deutschen Botanischen Gesellschaft* 96, 1–27 (1983).

Zu Abschnitt 10:
Janeway, C. A. jr., and P. Travers: *Immunologie*, Heidelberg 1995.
Osche, G.: *Die Welt der Parasiten*, Berlin 1966.
Weidel, W.: *Virus. Die Geschichte vom geborgten Leben*, Berlin 1957.

Zu Abschnitt 11:
Eigen, M., u. R. Winkler: *Das Spiel. Naturgesetze steuern den Zufall*, München [2]1976.
Haeckel, E.: *Kunstformen der Natur*, Bibliograph. Institut, Leipzig 1904.
Hassenstein, B.: *Biologische Teleonomie. Neue Hefte f. Philosophie* 20, 60–71 (1980).
Kummer, C.: *Philosophie der organischen Entwicklung*, Stuttgart 1996.
Mayr, E.: *Die Entwicklung der biologischen Gedankenwelt*, Springer, Berlin 1984. – *Eine neue Philosophie der Biologie*, München 1991.
Penzlin, H.: *Das Teleologie-Problem in der Biologie. Biologische Rundschau* 25, 7–26 (1987).

Riedl, R.: *Biologie der Erkenntnis. Die stammesgeschichtlichen Grundlagen der Vernunft*, Berlin 1980.
Sitte, P.: *Schönheit des Lebendigen – auch Wunder haben Gesetze. Festschrift zum 100jährigen Bestehen des Georg Thieme Verlags*, Stuttgart 1987, S. 67–86.
Vollmer, G.: Stichwort *»Teleologie – Teleonomie« im HERDER Lexikon der Biologie*, Freiburg 1987. – Biophilosophie, Stuttgart 1995.

Die Autorinnen und Autoren

Prof. Dr. Franz Buggle, Psychologisches Institut, Klinische und Entwicklungspsychologie, Universität Freiburg i. Br.

Prof. Dr. Gunther Eigler, Seminar für Philosophie und Erziehungswissenschaft, Universität Freiburg i. Br.

Prof. Dr. Erhart Graefe, Direktor des Instituts für Ägyptologie und Koptologie, Universität Münster

PD. Dr. Xuewu Gu, Fachbereich III/Politikwissenschaft, Universität Trier.

Prof. Dr. Ute Guzzoni, Philosophisches Seminar, Universität Freiburg i. Br.

PD Dr. Gabriele Haug-Schnabel, Psychologisches Institut, Universität Freiburg i. Br. und Forschungsgruppe Verhaltensbiologie, Kaudern.

Prof. em. Dr. Burkhard Kienast, Orientalisches Seminar, Universität Freiburg i. Br.

Prof. Dr. Heinz Klingenberg, Institut für Vergleichende germanische Philologie und Skandinavistik, Universität Freiburg i. Br.

Prof. em. Dr. Dr. h.c. Dr. h.c. Herbert Pilch, Englisches Seminar, Universität Freiburg i. Br.

Prof. Dr. Ulrich Rebstock, Orientalisches Seminar, Universität Freiburg i. Br.

Prof. Dr. Paul Gerhard Schmidt, Direktor des Seminars für lateinische Philologie des Mittelalters, Universität Freiburg i. Br.

Prof. Dr. Eberhard Schockenhoff, Institut für Systematische Theologie, Universität Freiburg i. Br.

Prof. Dr. Alexander Schwarz, Faculté des lettres, section d'allemand, Université de Lausanne, Schweiz

Prof. Dr. phil. Dr. iur. Harro von Senger, Orientalisches Seminar, Fachrichtung Sinologie, Universität Freiburg i. Br.

Prof. em. Dr. Dr. h.c. Peter Sitte, Institut für Biologie II, Zellbiologie, Universität Freiburg i. Br.

Prof. em. Dr. Claudio Soliva, Universität Zürich, Rechtsgeschichtliches Seminar, und Hochschule St. Gallen, Schweiz

Prof. Dr. Hugo Steger, Institut für Deutsche Sprache und Ältere Literatur, Universität Freiburg i. Br.

Prof. Dr. Peter Walter, Institut für Systematische Theologie, Universität Freiburg i. Br.

Prof. Dr. Friedrich Wilhelm, Institut für Indologie und Iranistik, Universität München

Prof. Dr. Renate Zoepffel, Seminar für Alte Geschichte, Universität Freiburg i. Br.

Prof. Dr. Thomas Zotz, Historisches Seminar, Abteilung Landesgeschichte, Universität Freiburg i. Br.

edition suhrkamp
Eine Auswahl

316/1/4.97

edition suhrkamp
Eine Auswahl

Bloch: Tübinger Einleitung in die Philosophie. es 3308
– Viele Kammern im Welthaus. es 1827
Bloom: Die Topographie des Fehllesens. es 2011
Boal: Theater der Unterdrückten. es 1361
Böhme, Gernot: Ethik im Kontext. es 2025
– Für eine ökologische Naturästhetik. es 1556
Böni: Alvier. es 1146
– Hospiz. es 1004
– Der Johanniterlauf. es 1198
Bohrer: Die Kritik der Romantik. es 1551
– Ohne Gewißheiten. es 1968
– Der romantische Brief. es 1582
Boullosa: Sie sind Kühe, wir sind Schweine. es 1866
– Die Wundertäterin. es 1974
Bourdieu: Praktische Vernunft. es 1985
– Rede und Antwort. es 1547
– Soziologische Fragen. es 1872
– »Die Wirklichkeit ist relational«. es 1842
Bovenschen: Die imaginierte Weiblichkeit. es 921
Braun, Volker: Berichte von Hinze und Kunze. es 1169
– Böhmen am Meer. es 1784
– Es genügt nicht die einfache Wahrheit. es 799
– Gesammelte Stücke. es 1478
– Verheerende Folgen mangelnden Anscheins innerbetrieblicher Demokratie. es 1473
Brecht: Der aufhaltsame Aufstieg des Arturo Ui. es 144
– Aufstieg und Fall der Stadt Mahagonny. es 21
– Ausgewählte Gedichte. es 86
– Baal. es 170
– Biberpelz und roter Hahn. es 634
– Broadway - the hard way. es 1835
– Buckower Elegien. es 1397
– Die Dreigroschenoper. es 229
– Furcht und Elend des Dritten Reiches. es 392
– Die Geschäfte des Herrn Julius Caesar. es 332
– Die Gewehre der Frau Carrar. es 219
– Der gute Mensch von Sezuan. es 73
– Die heilige Johanna der Schlachthöfe. es 113
– Herr Puntila und sein Knecht Matti. es 105
– Ich bin aus den schwarzen Wäldern. es 1832
– Der Jasager und Der Neinsager. es 171
– Der kaukasische Kreidekreis. es 31
– Leben des Galilei. es 1
– Leben Eduards des Zweiten von England. es 245
– Mann ist Mann. es 259
– Die Maßnahme. es 415
– Die Mutter. es 200
– Mutter Courage und ihre Kinder. es 49
– Der Ozeanflug. Die Horatier und die Kuriatier. Die Maßnahme. es 222
– Prosa. es 184
– Die Rundköpfe und die Spitzköpfe. es 605

316/2/4.97

edition suhrkamp
Eine Auswahl

Brecht: Der Schnaps ist in die Toiletten geflossen. es 1833
– Schweyk im zweiten Weltkrieg. es 132
– Stücke. Bearbeitungen. Bd. 1. es 788
– Stücke. Bearbeitungen. Bd. 2. es 789
– Die Tage der Commune. es 169
– Theaterarbeit in der DDR. 1948–1956. es 1836
– Trommeln in der Nacht. es 490
– Über die bildenden Künste. es 691
– Über experimentelles Theater. es 377
– Der Untergang des Egoisten Johann Fatzer. es 1830 und es 3332
– Unterm dänischen Strohdach. es 1834
– Das Verhör des Lukullus. es 740
Bubner: Ästhetische Erfahrung. es 1564
– Dialektik als Topik. es 1591
– Zwischenrufe. Aus den bewegten Jahren. es 1814
Buch: An alle! es 1935
– Der Herbst des großen Kommunikators. es 1344
– Die Nähe und die Ferne. es 1663
– Die neue Weltunordnung. es 1990
– Waldspaziergang. es 1412
Bürger, Peter: Aktualität und Geschichtlichkeit. es 879
– Theorie der Avantgarde. es 727
Bürgergesellschaft, Recht und Demokratie. es 1912
Butler: Körper von Gewicht. es 1737
– Das Unbehagen der Geschlechter. es 1722
Cavelty: Quifezit oder Eine Reise im Geigenkoffer. es 2001
Celan: Ausgewählte Gedichte. Zwei Reden. es 262 und es 3314
Cornell: Die Versuchung der Pornographie. es 1738
Cortázar: Das Observatorium. es 1527
Dalos: Ungarn – Vom Roten Stern zur Stephanskrone. es 2017
Dedecius: Poetik der Polen. es 1690
Dekonstruktiver Feminismus. es 1678
Deleuze: Kritik und Klinik. es 1919
– Die Logik des Sinns. es 1707
– Unterhandlungen. 1972–1990. es 1778
Deleuze/Guattari: Kafka. es 807
Deleuze/Parnet: Dialoge. es 666
Derrida: Das andere Kap. Die vertagte Demokratie. es 1769
– Geschichte der Lüge. es 2019
– Gesetzeskraft. es 1645 und es 3331
– Schreiben der Differenz. es 1843
– Vergessen wir nicht - die Psychoanalyse! es 1980
Deutschsprachige Gegenwartsliteratur wider ihre Verächter. es 1938
Dieckmann: Glockenläuten und offene Fragen. es 1644
Dieckmann: Temperatursprung. Deutsche Verhältnisse. es 1924

316/3/4.97

edition suhrkamp
Eine Auswahl

Dieckmann: Vom Einbringen. es 1713
Digitaler Schein. es 1599
Dinescu: Exil im Pfefferkorn. es 1589
Döring: Ein Flamingo, eine Wüste. es 1588
– Schnee und Niemand. es 1779
Dorst: Toller. es 294
Draesner: gedächtnisschleifen. es 1948
Drawert: Alles ist einfach. es 1951
– Haus ohne Menschen. es 1831
– Privateigentum. es 1584
– Spiegelland. es 1715
Dröge/Krämer-Badoni: Die Kneipe. es 1380
Duerr: Frühstück im Grünen. es 1959
– Satyricon. es 1346
– Traumzeit. es 1345
Düttmann: Zwischen den Kulturen. es 1978
Duras: Eden Cinema. es 1443
– Hiroshima mon amour. es 3304
– La Musica Zwei. es 1408
– Sommer 1980. es 1205
– Das tägliche Leben. es 1508
– Der Tod des jungen englischen Fliegers. es 1945
– Vera Baxter oder Die Atlantikstrände. es 1389
Duras/Porte: Die Orte der Marguerite Duras. es 1080
Eco: Zeichen. es 895
Eich: Botschaften des Regens. es 48 und 3306
– Rebellion in der Goldstadt. es 1766
Der eingekreiste Wahnsinn. es 965
Norbert Elias über sich selbst. es 1590 und es 3329
Ende der sozialen Sicherheit? es 1907
Engler: Die ungewollte Moderne. es 1925
– Die zivilisatorische Lücke. es 1772
Enzensberger: Blindenschrift. es 217
– Deutschland, Deutschland unter anderm. es 203 und es 3313
– Einzelheiten I. es 63
– Die Furie des Verschwindens. es 1066
– Landessprache. es 304
– Der Weg ins Freie. es 759
Eppler: Kavalleriepferde beim Hornsignal. es 1788
Esser: Nachruf auf den Standort Deutschland. es 1926
Euchner: Egoismus und Gemeinwohl. es 614
Evans: Im Schatten Hitlers? es 1637
Ewald: Der Vorsorgestaat. es 1676
Falkner: X-te Person Einzahl. es 1996
Farge/Foucault: Familiäre Konflikte: Die »Lettres de cachet«. es 1520
Federman: Surfiction: Der Weg der Literatur. es 1667
Federman/Chambers: Penner Rap. es 2020
Fellinger: Paul de Man - Eine Rekonstruktion. es 1677
Felman: Wahnsinn und Literatur. es 1918
Felsenstein: Die Pflicht, die Wahrheit zu finden. es 1986

316/4/4.97

316/5/4.97

edition suhrkamp
Eine Auswahl

Goytisolo: Weder Krieg noch Frieden. es 1966
Graaf: Stella Klein. es 1790
Griffin: Frau und Natur. es 1405
Grill: Wilma. es 1890
Grimm/Hörisch: Wirklichkeitssplitter. es 1965
Gross: Die Multioptionsgesellschaft. es 1917
Grünbein: Grauzone morgens. es 1507 und es 3330
Gruenter: Der Autor als Souffleur. es 1949
– Epiphanien, abgeblendet. es 1870
Gstrein: Anderntags. es 1625
– Einer. es 1483
Günther: Versuche, europäisch zu denken. es 1621
Habermas: Eine Art Schadensabwicklung. es 1453
– Legitimationsprobleme im Spätkapitalismus. es 623
– Die nachholende Revolution. es 1633
– Die Neue Unübersichtlichkeit. es 1321 und es 3325
– Die Normalität einer Berliner Republik. es 1967
– Technik und Wissenschaft als Ideologie. es 287
Hacker, Katharina: Tel Aviv. es 2008
Hänny: Ruch. es 1295
– Zürich, Anfang September. es 1079
Hahn: Unter falschem Namen. es 1723
Handke: Die Innenwelt der Außenwelt der Innenwelt. es 307
– Kaspar. es 322
– Publikumsbeschimpfung und andere Sprechstücke. es 177 und es 3312
– Der Ritt über den Bodensee. es 509
– Wind und Meer. es 431
Happel: Grüne Nachmittage. es 1570
Hart Nibbrig: Die Auferstehung des Körpers im Text. es 1221
Haupt: Sozialgeschichte Frankreichs seit 1789. es 1535
Heijden: Die Drehtür. es 2007
Henrich: Nach dem Ende der Teilung. es 1813
– Eine Republik Deutschland. es 1658
Hensel: Im Schlauch. es 1815
Hentschel: Geschichte der deutschen Sozialpolitik 1880-1980. es 1247
Herbert: Ein Barbar in einem Garten. es 3310
Hertz: Die Spiegelung des Unsichtbaren. es 1939
Hesse: Tractat vom Steppenwolf. es 84
Hettche: Inkubation. es 1787
Die Hexen der Neuzeit. es 743
Hijiya-Kirschnereit: Das Ende der Exotik. es 1466
– Was heißt: Japanische Literatur verstehen? es 1608
Hodjak: Franz, Geschichtensammler. es 1698
– Siebenbürgische Sprechübung. es 1622
Hörisch: Brot und Wein. es 1692
– Gott, Geld und Glück. es 1180
– Kopf oder Zahl. Die Poesie des Geldes. es 1998

316/6/4.97

edition suhrkamp
Eine Auswahl

Hoffmann-Axthelm: Die dritte Stadt. es 1796
Holanda: Die Wurzeln Brasiliens. es 1942
Holbein: Der belauschte Lärm. es 1643
– Ozeanische Sekunde. es 1771
Hrabal: Die Bafler. es 180
Huchel: Gedichte. es 1828
Im Schatten des Siegers: Japan. es 1495-1498
Irigaray: Ethik der sexuellen Differenz. es 1362
– Speculum. es 946
Jaeger: Geschichte der Wirtschaftsordnung in Deutschland. es 1529
Jansen: Heimat. Abgang. Mehr geht nicht. es 1932
– Reisswolf. es 1693
– Splittergraben. es 1873
Jarausch: Dieunverhoffte Einheit. es 1877
Jasper: Die gescheiterte Zähmung. es 1270
Jauß: Literaturgeschichte als Provokation. es 418
Jenseits der Utopie – Theoriekritik der Gegenwart. es 1662
Johansson: Ich habe Shelley geliebt. es 1585
Johnson: Begleitumstände. es 1820 und es 3322
– Das dritte Buch über Achim. es 1819
– Der 5. Kanal. es 1336
– Ingrid Babendererde. es 1817
– Jahrestage 1. es 1822
– Jahrestage 2. es 1823
– Jahrestage 3. es 1824
– Jahrestage 4. es 1825
– Mutmassungen über Jakob. es 1818
– Porträts und Erinnerungen. es 1499
– Versuch, einen Vater zu finden. Marthas Ferien. es 1416
Über Uwe Johnson. es 1821
Joyce: Finnegans Wake. es 1524
– Penelope. es 1106
Judentum im deutschen Sprachraum. es 1613
Kellendonk: Geist und Buchstabe. es 1910
Kenner: Ulysses. es 1104
Ketzer, Zauberer, Hexen. es 1577
Kiesewetter: Industrielle Revolution in Deutschland 1815-1914. es 1539
Kipphardt: In der Sache J. Robert Oppenheimer. es 64
Kirchhoff: Body-Building. es 1005
– Legenden um den eigenen Körper. es 1944
Kleinspehn: Warum sind wir so unersättlich? es 1410
Kling: geschmacksverstärker. es 1523
– Itinerar. es 2006
Klix: Sehen Sprechen Gehen. es 1566
Kluge, Alexander: Gelegenheitsarbeit einer Sklavin. es 733
– Schlachtbeschreibung. es 1193
Koeppen: Morgenrot. es 1454
Kößler/Melber: Chancen internationaler Zivilgesellschaft. es 1797
Kolbe: Abschiede. es 1178
– Bornholm II. es 1402
– Hineingeboren. es 1110

316/7/4.97

edition suhrkamp
Eine Auswahl

Konrád: Antipolitik. es 1293
– Identität und Hysterie. es 1921
– Die Melancholie der Wiedergeburt. es 1720
– Stimmungsbericht. es 1394
– Vor den Toren des Reiches. es 2015
Krechel: Mit dem Körper des Vaters spielen. es 1716
Krippendorff: Militärkritik. es 1804
– Politische Interpretationen. es 1576
– Staat und Krieg. es 1305
– »Wie die Großen mit den Menschen spielen.« es 1486
Kristeva: Fremde sind wir uns selbst. es 1604
– Geschichten von der Liebe. es 1482
– Mächte des Grauens. es 1684
– Die Revolution der poetischen Sprache. es 949
– Schwarze Sonne - Depression und Melancholie. es 1594
Leggewie: Kultur im Konflikt. es 1960
Lejeune: Der autobiographische Pakt. es 1896
Lem: Dialoge. es 1013
Lenz, Hermann: Leben und Schreiben. es 1425
Lepenies: Benimm und Erkenntnis. es 2018
Leroi-Gourhan: Die Religionen der Vorgeschichte. es 1073
Lesen im Buch der edition suhrkamp. es 1947
Leutenegger: Lebewohl, Gute Reise. es 1001
– Das verlorene Monument. es 1315
Lévi-Strauss: Das Ende des Totemismus. es 128
– Mythos und Bedeutung. es 3323
Lezama Lima: Die amerikanische Ausdruckswelt. es 1457
»Literaturentwicklungsprozesse«. es 1782
Löwenthal: Mitmachen wollte ich nie. es 1014
Lüderssen: Abschaffen des Strafens? es 1914
– Genesis und Geltung. es 1962
– Der Staat geht unter – das Unrecht bleibt? es 1810
Lukács: Gelebtes Denken. es 1088
Maeffert: Bruchstellen. es 1387
Mahony: Der Schriftsteller Sigmund Freud. es 1484
de Man: Allegorien des Lesens. es 1357
– Die Ideologie des Ästhetischen. es 1682
Marcus: Umkehrung der Moral. es 903
Marcuse: Ideen zu einer kritischen Theorie der Gesellschaft. es 300
– Konterrevolution und Revolte. es 591
– Kultur und Gesellschaft 1. es 101
Mattenklott: Blindgänger. es 1343
Mattenklott: Umschreibungen. es 1887
Mayer: Gelebte Literatur. es 1427
– Das Geschehen und das Schweigen. es 342
– Versuche über die Oper. es 1050

316/8/4.97

edition suhrkamp
Eine Auswahl

Über Hans Mayer. es 887
Mayröcker: Magische Blätter. es 1202
– Magische Blätter II. es 1421
– Magische Blätter III. es 1646
– Magische Blätter IV. es 1954
Meckel: Von den Luftgeschäften der Poesie. es 1578
Meinecke: The Church of John F. Kennedy. es 1997
Menninghaus: Paul Celan. es 1026
– Schwellenkunde. es 1349
Menzel: Auswege aus der Abhängigkeit. es 1312
– Das Ende der Dritten Welt und das Scheitern der Großen Theorie. es 1718
Menzel/Senghaas: Europas Entwicklung und die Dritte Welt. es 1393
Meuschel: Legitimation und Parteiherrschaft in der DDR. es 1688
Milosz: Zeichen im Dunkel. es 995 und es 3320
Mitscherlich: Krankheit als Konflikt. es 164
– Die Unwirtlichkeit unserer Städte. es 123 und es 3311
Möller: Vernunft und Kritik. es 1269
Morshäuser: Hauptsache Deutsch. es 1626
– Revolver. es 1465
– Warten auf den Führer. es 1879
Moser: Besuche bei den Brüdern und Schwestern. es 1686
– Eine fast normale Familie. es 1223
– Repressive Kriminalpsychiatrie. es 419
– Romane als Krankengeschichten. es 1304
– Verstehen, Urteilen, Verurteilen. es 880
Muschg: Herr, was fehlt Euch? es 1900
– Literatur als Therapie? es 1065
Mythos Internet. es 2010
Mythos Metropole. es 1912
Mythos und Moderne. es 1144
Nachdenken über China. es 1602
Nakane: Die Struktur der japanischen Gesellschaft. es 1204
Narr/Schubert: Weltökonomie. es 1892
Negt/Kluge: Geschichte und Eigensinn. es 1700
Nizon: Am Schreiben gehen. es 1328
Nooteboom: Berliner Notizen. es 1639
– Wie wird man Europäer? es 1869
Oppenheim: Husch, husch, der schönste Vokal entleert sich. es 1232
Ostermaier: Herz Vers Sagen. es 1950
Overbeck: Der Koryphäenkiller. es 2009
Oz: Die Hügel des Libanon. es 1876
Paz: Der menschenfreundliche Menschenfresser. es 1064
– Suche nach einer Mitte. es 1008 und es 3321
– Zwiesprache. es 1290
Penck: Mein Denken. es 1385
Petri: Schöner und unerbittlicher Mummenschanz. es 1528

316/9/4.97